UNE SAISON AU PURGATOIRE

Dominick Dunne est journaliste et auteur de nombreux romans best-sellers, dont *Une femme encombrante,* paru aux Éditions Lattès en 1992.

Paru dans Le Livre de Poche :

UNE FEMME ENCOMBRANTE

DOMINICK DUNNE

Une saison au purgatoire

TRADUIT DE L'AMÉRICAIN PAR PHILIPPE LOUBAT-DELRANC

J.-C. LATTÈS

Titre original :

A SEASON IN PURGATORY
Crown, 1993

Pour Hannah, avec amour

I

1972

HARRISON BURNS

1

Les jurés en sont à leur troisième jour de délibérations. Dans la matinée, le président du jury a demandé au juge Edda Consalvi que leur soit relu le témoignage de la cuisinière des Bradley, Bridey Gafferty, et dans l'après-midi, à revoir l'arme du crime — une moitié de batte de base-ball — ainsi que les photographies du corps contusionné de Winifred Utley prises lors de l'autopsie — celles-là mêmes qui avaient plongé la mère de Winifred, Luanne Utley, dans un profond abattement, lorsqu'elles furent présentées comme pièces à conviction par la partie civile. Ces deux requêtes des jurés donnèrent lieu à beaucoup de commentaires parmi les journalistes et, comme toujours en pareil cas, à une considérable divergence d'interprétations. L'atmosphère est tendue ; madame le juge, impitoyable. Hier, elle a ordonné à l'huissier d'expulser de sa salle d'audience le journaliste de *Newsweek* qui avait ricané bêtement quand le greffier avait relu les déclarations de Billy Wadsworth selon lesquelles le défendeur, Constant Bradley, s'interposant entre sa cavalière et lui au bal du Country Club, aurait invité Winifred Utley en ces termes : « Ça ne te gêne pas de danser avec un homme qui bande, j'espère ? »

Les Bradley ont à leur disposition exclusive une pièce où, durant les suspensions d'audience, ils peuvent s'isoler et se soustraire à la vue des journalistes ou des simples curieux. Mais, de temps en temps, l'un d'eux en sort tout de même pour se rendre au téléphone ou aux toilettes. Aujourd'hui, j'ai vu Kitt dans le couloir du palais de justice. Nous nous sommes croisés de si près que sa robe en soie bleu et blanc a frôlé la jambe de mon pantalon, mais elle est passée en regardant droit devant elle, sans un mot. Ce n'est pas tant qu'elle ait fait semblant de ne pas me voir, mais plutôt que je suis dorénavant inexistant à ses yeux. A l'heure qu'il est, je m'y suis fait, aussi bien de la part de Kitt, qui a tant compté pour moi, que de celle de tous les Bradley. Et je ne parlerai pas de ce qui s'est passé hier aux toilettes, où je suis tombé sur Constant qui occupait l'urinoir voisin du mien. Oh, et puis zut, je vais peut-être en parler tout de même. Quelle différence cela fait-il, après tout ? Donc, Constant se trouvait à côté de moi quand soudain, sans un mot, il a pivoté sur lui-même et a dirigé le jet puissant et régulier de son urine dans ma direction, inondant mon blazer et mon pantalon. Une seule fois, dans ma jeunesse, quand nous étions à l'école, à Milford, je l'avais vu faire une chose semblable sur un garçon que tout le monde détestait, et qu'on appelait Tata Suarez. Son visage, alors empreint de malice, était celui d'un enfant gâté et espiègle qui jouait un vilain tour. Hier, il n'y avait aucune trace d'espièglerie dans son regard. Que de la haine. Mais ce fut le mépris de Kitt, et non la pisse de Constant, qui fut le plus blessant.

Bien sûr, je sais qu'en racontant l'histoire que je m'apprête à raconter je prends le risque de perdre tout ce que j'ai réussi à acquérir dans la vie, y compris ma réputation. Je sais aussi que je vais y gagner la haine éternelle de la famille ; et, au fil des années, j'ai eu l'occasion d'être le témoin, parfois privilégié, des formes multiples que pouvait revêtir leur haine éternelle, aux dépens d'autres que moi s'entend. Cette famille — celle désignée par ses membres et parfois même par la presse comme La Famille — n'est pas la mienne, mais celle au sein de laquelle je fus accueilli il y a vingt ans.

Je fus d'abord reçu dans la propriété des Bradley en

tant que camarade de classe de Constant, pour un séjour d'un mois. Nous étions alors élèves à Milford, une école du Connecticut réservée aux garçons privilégiés de riches familles catholiques, fondée soixante-quinze années plus tôt par un milliardaire catholique, un nabab du cuivre, dont le fils n'avait pas été admis à Groton à cause du fait, estimait le milliardaire, qu'il était catholique et irlandais. Les quatre frères aînés de Constant l'avaient précédé dans cet établissement, y avaient tous excellé, et aussi bien le directeur que les professeurs se souvenaient encore d'eux avec beaucoup d'affection.

Les cours ne nous étaient pas donnés par des prêtres mais par des laïcs qu'on appelait des maîtres. Les prêtres en auraient volontiers fait une école religieuse, ce qui n'était pas le cas, bien qu'on dût aller à la chapelle tous les jours, pour les prières, et à la messe deux fois par semaine, le dimanche et le jeudi, à sept heures du matin. Nous suivions le mouvement aveuglément — messe, communion, prières du matin et prières du soir, vendredis maigres, et Carême — sans nous interroger sur l'existence de Dieu.

A la suite de la disgrâce et du renvoi de Constant, qui survinrent rapidement et coïncidèrent avec la mort somme toute sensationnelle de mes parents, sa famille pensa que mon tempérament studieux aurait une bonne influence sur lui. Je fus toléré par son célèbre père, Gerald Bradley, qui ne perdait jamais de temps avec quiconque n'était pas la chair de sa chair ou lié de près ou de loin aux milieux de la politique, de la haute finance ou, à l'occasion, j'allais le découvrir, de la pègre.

Le jour de son renvoi, Constant, à une fenêtre du dortoir, attendait l'arrivée de Charlie, le chauffeur de la famille, qui devait le ramener chez lui.

— Nom de Dieu ! s'exclama-t-il, faisant un bond dans la pièce quand il aperçut la longue Cadillac noire qui descendait lentement l'allée menant de l'entrée au Hayes Hall, où étaient nos chambres.

— Qu'est-ce qu'il y a ? lui demandai-je.

— Mon père est venu aussi.

Pendant un moment, son calme le quitta. De la fenêtre du dortoir, nous vîmes Charlie ouvrir la portière pour que M. Bradley descende de voiture. Il portait un élégant manteau au col de velours et un feutre gris. Même de loin, il était évident qu'il était un homme avec lequel il fallait compter. Son visage présentait la caractéristique particulière d'être composé de traits étrangers les uns aux autres, éléments disjoints, mal proportionnés, semblant chacun appartenir à une personne différente. Son nez était trop gros. Ses lèvres, trop pincées. Son regard, trop sombre, aussi bien en teinte qu'en intensité. Pourtant, plus tard, j'allais me rendre compte que les femmes, curieusement, trouvaient cet homme séduisant — quoiqu'il soit toujours possible que sa fortune ait joué un rôle non négligeable dans son pouvoir de séduction. Ses manières étaient agressives ; il manquait de gentillesse. Même ses élans d'affection envers ses filles, qu'il adorait, étaient empreints d'une certaine rudesse. On disait qu'il faisait peur à ceux qui travaillaient pour lui. Je n'en doute pas. Je pense que ses fils, eux aussi, le craignaient, tout en l'aimant beaucoup et en étant prêts à faire — et ils les ont faites — ses quatre volontés jusqu'au moment où la maladie eut raison de ses exigences.

Il se dirigea vers le bureau du directeur. Quand il en ressortit, quarante minutes plus tard, nous fûmes priés de descendre à la voiture. Après nous avoir salués d'un signe de tête, Charlie chargea les sacs de Constant et ma petite valise dans le coffre. Nous avions conscience que nos camarades observaient cette étrange scène familiale de toutes les fenêtres de Hayes Hall.

J'aurais tout aussi bien pu ne pas être là, vu le peu d'attention que Gerald Bradley me porta. Le chauffeur nous conduisit. Gerald et Constant étaient assis à distance l'un de l'autre, chacun à une extrémité de la banquette arrière. J'occupais un strapontin. La plus grande partie du trajet se déroula dans le silence. Finalement, au bout d'environ deux heures, au moment où nous arrivions à la grande allée qui menait à la maison des Bradley, Gerald prit la parole.

— Tu n'es décidément pas comme tes frères, dit-il. Il faut toujours que tu te fasses prendre.

Aucun doute : du mépris transparaissait dans sa voix. Je tournai légèrement la tête. Constant regardait son père d'un air suppliant. Je supposai que ce regard était destiné à implorer Gerald de ne pas l'humilier davantage devant moi. Mais non. Il voulait juste ne pas lui déplaire.

— Qu'est-ce que je pouvais faire ? demanda-t-il.

— Mentir, imbécile ! Tu aurais pu — tu aurais DÛ mentir, dire que ces revues ne t'appartenaient pas.

Plus tard, je devins le protégé de la mère de Constant, Grace, ce qui était un moindre honneur dans cette maison où elle était parfois la risée de ses propres enfants, surtout de ses fils, à cause de sa ferveur religieuse, excessive il est vrai, et de son obsession pour la mode, tout aussi excessive. Elle brûlait pour tout ce qu'elle appelait « le dernier cri », même si, souvent, elle était complètement écrasée par les tenues splendides qu'elle portait, au point qu'elle laissait plus le souvenir de couleurs, d'une coupe, que d'elle-même. La maison avait une chapelle où, chaque après-midi, une messe privée était dite pour Grace Bradley. Son plus grand ami était le cardinal Sullivan, qui venait souvent prendre le thé en sa compagnie et bavarder des problèmes familiaux et spirituels. « Eminence vient pour le thé », disait-elle, tout excitée, le jour de sa visite. Elle ne disait jamais « Son Eminence », quand elle parlait du cardinal Sullivan, mais seulement « Eminence », comme s'il s'agissait là de son prénom. Elle adorait baiser son anneau épiscopal, geste qu'elle accompagnait d'une profonde révérence, digne de la dame de compagnie d'une souveraine. Pendant un court instant, son visage devenait extatique, comme si le contact de ses lèvres avec l'émeraude du cardinal — émeraude ayant soi-disant appartenu au cardinal de Richelieu et que Grace avait achetée aux enchères à Paris puis offerte au cardinal Sullivan pour son élévation — l'amenait plus près d'une communion avec Dieu.

— Nous allons lui donner la chambre d'Agnès, dit Grace, parlant de moi et clarifiant la logistique des chambres à coucher de sa demeure en les comptant sur ses doigts. Dites à Bridey de préparer la chambre d'Agnès pour le camarade de Constant.

Je n'avais jamais entendu parler d'Agnès et personne ne jugea bon de me préciser qui elle était. Je sentis que je ne devais pas poser la question, et donc m'en abstins.

Le temps passant, je me suis lié d'amitié avec certains frères et sœurs de Constant, pas tous. Gerald Junior, qu'on appelait Jerry, ne m'a jamais porté dans son cœur, et Maureen non plus ; Sandro, en revanche, oui, ainsi que Desmond, quand il venait, et Mary Pat, et Kitt, la benjamine, même si, avant que cela se produise — ce qui s'est produit avec Winifred Utley — les aînés n'étaient pour moi que des figurants dans le décor.

— Il écrit, précisa Constant au dîner, en guise d'explication sur moi à ses frères et sœurs, lors de ma première soirée chez eux.

— J'essaie, rectifiai-je.

Gerald Junior ricana, un ricanement teinté de mépris, comme si avouer une telle vocation impliquait une virilité diminuée. Il était lui-même diminué, infirme, à la suite d'un accident de voiture de jeunesse qui l'avait laissé partiellement paralysé des jambes et dont les circonstances étaient un des nombreux points dont on ne parlait jamais dans la famille.

Ce fut alors, ô surprise, que le chef de famille, qui m'avait plutôt ignoré jusqu'alors, vint à ma rescousse.

— Des livres ? me demanda-t-il d'une voix de stentor du bout de la table. Vous comptez écrire des livres ?

Et moi, rouge de gêne de devenir ainsi le centre d'attention, de lui répondre, de façon assez incohérente :

— J'espère. Oui, monsieur. Le moment venu.

— Hmm. Intéressant, dit-il, comme s'il classait un renseignement qui pourrait lui être utile à l'avenir.

Puis, se tournant vers Gerald Junior, il lui dit :

— Les gens respectent les écrivains.

— Moi, j'adore lire, intervint Kitt, qui n'avait alors que quatorze ans et me regardait d'un air encourageant.

En fait, j'étais déjà venu une fois chez les Bradley, six mois avant le renvoi de Constant, lors d'une visite impromptue, avec lui, pendant que ses parents étaient partis, sa mère à Paris pour commander des vêtements, et son père en Californie pour affaires. Du moins Constant le croyait-il. Nous avions filé de Milford par un après-midi de congé où nous étions censés faire une randonnée pédestre, et nous avions parcouru en stop les quatre-vingts kilomètres qui séparent l'école de la maison des Bradley. Constant disait que c'était très important, mais il se trouva que c'était le genre de choses qui étaient peut-être très importantes à ses yeux, mais qui ne valaient pas la peine de courir le risque d'être impliqué dans cette aventure, d'autant que, quelques mois plus tard, ce fut la cause de son renvoi.

Le but de l'expédition était de récupérer des revues qu'il avait commandées, des revues de femmes nues expédiées sous pli anonyme, dans une enveloppe en papier kraft. Il n'avait pas osé se les faire adresser à l'école où, passant sous l'œil de lynx de miss Feeley, la secrétaire du directeur qui triait le courrier et reconnaissait d'instinct la luxure, elles auraient pu être repérées et lui valoir d'être renvoyé. Il avait préféré se domicilier chez ses parents, en prévenant Bridey, la cuisinière, qui l'adorait, de surveiller l'arrivée de ladite enveloppe et de la mettre de côté pour lui. Il ne vint jamais à l'idée de cette pauvre Bridey, à qui il téléphonait tous les jours, que ce qu'elle avait caché au fond de sa boîte à ouvrage, dans la buanderie de l'étage, c'étaient des photos de femmes nues se livrant entre elles à des galipettes sexuelles. Bridey entretenait l'espoir secret que Constant, un jour, entrerait dans les ordres.

Nous fûmes pris en stop par une femme très sympathique en Buick bleue qui avait reconnu les écoliers que nous étions à nos vestes en tweed et nos pantalons de flanelle gris. Elle allait dans la direction de la ville où habitaient les Bradley et nous proposa de nous déposer à un embranchement d'où il nous serait facile de nous faire conduire en ville. Constant, naturellement, la charma durant le trajet, comme il sait charmer les femmes de tous âges, et elle finit par nous conduire jusqu'à la propriété des Bradley, faisant un détour de trente kilomètres et de trente-cinq minutes. En voyant l'immense édifice Tudor qui se dressait derrière les grilles, elle resta bouche bée. Elle avait une fille, dit-elle à Constant, et elle espérait qu'ils feraient connaissance un jour. Sa fille s'appelait Winifred Utley, et elle allait à l'école de miss Porter, à Farmington. S'il l'avait invitée à entrer, nul doute qu'elle l'aurait fait.

Constant avait la capacité surprenante de pouvoir, d'une seconde à l'autre, modifier ses traits et reproduire l'expression d'une autre personne. Ce petit talent, allié à celui d'imiter les voix et les gestes, provoquait des crises de rires chez ses interlocuteurs, rires qui n'étaient pas toujours des plus magnanimes. Tandis que nous lui faisions au revoir de la main, il se transforma en notre conductrice qui venait de partir. Nous avons ri en remontant l'allée jusqu'à la maison, tandis qu'il jouait une scène imaginaire dans laquelle il suppliait Mme Utley de lui accorder la main de sa fille.

— Quelle maison ! m'exclamai-je avec admiration,

avisant le manoir Tudor qui se dressait soudain devant nous. Je n'en reviens pas !

— Ils sont tous partis, me dit-il. M'man est à Paris avec Maureen. Mon père est quelque part pour affaires. Je ne sais jamais où. Kitt et Mary Pat sont à leur couvent du Sacré-Cœur. D'habitude, Jerry est avec p'pa. Sandro est en fac à Yale. Desmond est médecin, il exerce au St. Monica's Hospital en ville. Bon, je crois que j'ai fait le tour.

— Pas d'esclaves ?

— Si ! Beaucoup de jeunes Irlandaises, mais je ne pense pas qu'elles soient là. Il ne devrait y avoir que Bridey. C'est elle qui dirige la maison.

Sur le seuil, il sortit une clé et la glissa dans la serrure. Nous entrâmes dans le hall. En face, se trouvait un imposant escalier tournant, doté d'une rampe en fer forgé ; à gauche, s'ouvrait un vaste salon à la décoration luxueuse tout en velours damassé pourpre et au mobilier de genre Chippendale. Je regardai, fasciné.

— M'man n'arrête pas de faire refaire les pièces, dit Constant. Je ne sais jamais ce que je vais trouver. Celle-là était verte la dernière fois que je suis venu.

Ce n'était pas un salon où ils s'asseyaient souvent. Il était là, selon Constant, « pour la galerie », uniquement utilisé pour des fêtes, ou bien les soirs où le cardinal Sullivan venait dîner, ou encore pour les grandes occasions, comme la visite du pape. Y avait-il encore des gens qui ignoraient que le pape était venu chez les Bradley, dans leur maison de Scarborough Hill, lors de son dernier voyage aux Etats-Unis ? Oh, oui, bien sûr, il devait bien y en avoir, mais très peu parmi les catholiques, et chacun d'entre nous, à Milford, tous autant que nous étions, le savait. Cela singularisait Constant. « Le pape a rendu visite à ses parents », disaient systématiquement les maîtres quand ils parlaient de lui, et ils prononçaient ces paroles avec infiniment de respect.

Entre eux, quand ils étaient réunis, ils utilisaient la

pièce qu'ils appelaient le salon familial, du moins jusqu'à ce que Sally Steers, leur décoratrice, convainque Grace de la rebaptiser « bibliothèque ». A la place d'honneur, au-dessus de la cheminée, était accrochée une grande photographie en couleurs de Sa Sainteté. Partout ailleurs, sur toutes les tables, étaient réparties les photographies de la famille, dont l'annuel portrait-carte de Noël signé Bradford Bacharach représentant Gerald, Grace et tous les enfants, sauf Agnès, posant très officiellement devant la cheminée du salon, une carte qui était envoyée à une liste — plus longue d'année en année — de plus d'un millier de personnes. Il y avait des photographies de Gerald en compagnie de personnalités politiques : Lyndon Johnson, Hubert Humphrey, Eugene McCarthy, tous venus dîner à Scarborough Hill. Il y avait des photographies des filles en tenue équestre, chapeautées de velours, et des garçons en diverses tenues d'athlètes, dont Jerry, avant son accident, droit et beau, en combinaison de ski sur les pistes d'Aspen. Des coupes et des trophées étaient posés sur la tablette de la cheminée et sur les étagères des bibliothèques, et des cocardes de concours hippiques rouges et bleues étaient encadrées aux murs. C'était aussi dans cette pièce que se trouvait le piano dont Grace aimait jouer après dîner, rassemblant ses enfants autour d'elle pour chanter des chansons irlandaises.

Sur une banquette, sous la courbe de l'escalier, Constant remarqua deux manteaux jetés pêle-mêle, en hâte, semblait-il, par leurs propriétaires. L'un était un manteau d'homme et l'autre un manteau de fourrure, en vison ou en zibeline. J'étais à l'époque incapable de faire la différence. Constant souleva le manteau de fourrure et jeta un coup d'œil sur la doublure en satin. S'y trouvait une étiquette Revillon Frères et les initiales *STS* entremêlées. Son visage prit une expression étrange, distante, tandis qu'il laissait retomber le manteau sur le banc.

— Tes parents sont revenus ? lui demandai-je.

D'un signe, il m'intima le silence, et d'un autre, il m'invita à le suivre. Nous franchîmes une porte qui donnait sur un couloir. Constant jeta un coup d'œil dans la cuisine pour voir si Bridey était là, mais non. Je gravis un escalier de service à sa suite. Il ouvrit la porte qui donnait sur le couloir de l'étage et, après avoir vérifié que la voie était libre, il alla jusqu'à la buanderie où il récupéra son enveloppe au fond de la boîte à ouvrage de Bridey. Puis nous refîmes le chemin en sens inverse jusqu'au rez-de-chaussée.

— Il vaut mieux qu'on ne sorte pas par la porte principale, me dit Constant.

Il parlait à voix basse, comme s'il craignait qu'on ne l'entendît de l'étage.

— On va passer par la cuisine.

— Pour tout te dire, c'est la première fois que j'entre dans une maison aussi grande. J'aimerais bien voir autre chose que les couloirs et l'escalier de service.

— Une autre fois.

Si leurs frères et sœurs étaient toujours un peu impressionnés par l'immense demeure qu'ils habitaient, Constant et Kitt, les benjamins, l'assumaient totalement. C'était, pour eux, un décor banal qu'ils connaissaient depuis toujours.

Plus tard, de retour à l'école, quand je demandai à Constant une explication sur ce qui s'était passé chez lui, il me répondit :

— Le vison n'appartenait pas à ma mère.

— L'autre manteau était à ton père ?

— Oui.

— Mais... ?

J'avais envie qu'il me dise tout haut ce que je pensais tout bas.

Un léger froncement de sourcils assombrit son front. Je lui connaissais cette expression. Elle lui venait chaque fois qu'il estimait qu'on critiquait un membre de sa famille. Et elle signifiait, je le savais, qu'il valait mieux changer de conversation. Ce que je fis.

*
* *

Le lendemain matin, sur le court de tennis, Constant et moi attendions, avant de pouvoir jouer, que Kitt et Mary Pat aient fini leur match contre leur professeur.

— Salut, petit ! lança Kitt en quittant le court.

Kitt appelait tout le monde « petit ». Ils appelaient tous tout le monde « petit », mais surtout Kitt. Le jour où elle commençait à vous appeler ainsi, vous saviez que vous étiez accepté ; vous n'étiez pas l'un des leurs, mais un de ceux qui gravitaient autour de leur magnificence.

Constant était le chouchou de la famille. Dès son plus jeune âge, les flatteries mirent sa modestie à rude épreuve. Kitt était la préférée de Constant. Elle possédait ce charme mystérieux qui n'a rien à voir avec la beauté mais qui n'en est pas moins saisissant, et un franc-parler qui faisait autant la joie de ses frères et sœurs que le désespoir de sa mère.

— Où est-elle ? demanda Kitt, à une nouvelle bonne à la mine effarouchée qui avait ouvert la porte des appartements de sa mère et s'effaçait pour la laisser passer.

Kitt parlait souvent de sa mère en la désignant par « elle ».

— A l'office.

— Maman ? A l'office ? Occupée à quoi ? A renvoyer la cuisinière ?

— A disposer les fleurs.

— Ah, oui, les fleurs.

A l'époque où j'ai fait sa connaissance, Kitt était élève au Couvent du Sacré-Cœur, dans une autre petite ville du Connecticut. Ni Farmington ni Foxcroft pour les demoiselles Bradley. Elles étaient confiées aux « Dames », ainsi qu'on appelait les sœurs du Sacré-Cœur. Ces « Dames » représentaient l'aristocratie des religieuses, étant elles-mêmes issues de familles réputées et riches. J'allais découvrir plus tard qu'Agnès Bradley, la fille aînée de la famille, avait paraît-il voulu prendre le voile, être une « Dame » elle aussi, mais la démence avait contrecarré ses projets. Sa démence, sa famille n'en parlait jamais. Elle aurait pu tout aussi bien être morte, aussi morte que ce frère mort dans un avion abattu au Viêt-nam. Elle était internée dans un hôpital psychiatrique du Maine, confiée aux bons soins de religieuses très travailleuses, et non aux « Dames », qui auraient pu devenir infirmières ou assistantes sociales, n'eussent-elles eu la vocation. Personne ne parlait jamais d'Agnès, sauf Kitt qui allait la voir chaque année pour Noël et pour son anniversaire. Une fois, elle me demanda de l'accompagner. Agnès me confondit avec Constant, qu'elle n'avait vu que bébé et, d'un signe de tête, Kitt me pria de me faire passer pour lui. Il aurait été trop compliqué, me dit-elle plus tard, d'expliquer qui j'étais et quelle était ma relation à elle. Agnès, exception faite de son air absent, avait les traits et la façon de parler de son père. Sauf qu'elle avait dix ans d'âge mental. Kitt lui avait apporté un chapelet en argent, béni par le Saint Père à Rome, parce que Agnès se plaignait qu'on n'arrêtait pas de lui voler ses chapelets. Kitt faisait preuve d'une patience infinie à son égard. Agnès, les lèvres non maquillées, parlait sans cesse de la Vierge Marie et du pouvoir de la prière.

— Je t'appelle dimanche, avait dit Kitt à Agnès en partant.

— Chic ! Chic ! Chic ! Ce sera le dimanche de la Trinité, répondit Agnès en tapant dans ses mains.

Pauvre chère Kitt. Je pense qu'elle m'a aimé, tout comme je l'ai aimée, c'est certain, mais c'est arrivé bien plus tard et ce n'est rien d'autre qu'une intrigue secondaire de l'histoire que je dois raconter. Seule ma participation à ce tumulte affectif m'amène à en parler si tôt dans ce récit. Ma connaissance de la plupart des événements qui vont suivre est de première main, et le reste provient des conversations que j'ai eues avec

Constant et avec Kitt et, plus rarement, avec leurs cousins — bien moins riches qu'eux —, Fatty et Sis Malloy.

— Je suis le moulin à paroles de la famille, m'a dit Kitt un jour. Ils me le reprochent tous. Même p'pa, et il faut voir les choses en face, il tient à moi comme à la prunelle de ses yeux.

Pour des raisons de circonstances, Gerald et Grace Bradley n'étaient ni acceptés ni reçus par la bonne société de leur ville, car les Irlandais — même les Irlandais riches, et les Bradley étaient excessivement riches — n'étaient pas, à l'époque, considérés comme des gens tout à fait convenables. « Ce n'est pas le genre de personnes qu'on invite à dîner », disait Leverett Somerset, avec son air snob. Il abhorrait les Irlandais, et particulièrement les Bradley. L'argent des Bradley avait une odeur. Ils n'avaient pas fait fortune dans les assurances, la banque ou la spéculation boursière. Le père de Gerald, Malachy, qui avait amassé le noyau à partir duquel Gerald avait bâti la fortune Bradley, était un boucher qui avait prospéré dans l'épicerie et qui, peu de temps avant sa mort, était devenu président d'une petite banque du quartier irlandais de la ville. Plus tard, Gerald parlerait de son père comme d'un banquier, mais ceux qui avaient de la mémoire, particulièrement des gens comme les Somerset, en parlaient toujours comme d'un boucher. Gerald avait fréquenté les écoles catholiques de la ville, puis l'Université catholique de Washington et la faculté de droit à Harvard. Sa situation financière de départ s'améliora grâce à son mariage avec Grace Malloy, fille d'un plombier qui avait réussi dans la vente de matériel de plomberie. Vu le niveau de vie de l'époque, les revenus combinés des deux jeunes mariés firent d'eux des nantis. En relativement peu de temps, Gerald acquit la réputation d'être le meilleur avocat catholique de la ville et se chargea personnellement de tous les problèmes juridiques de l'évêque et de l'Eglise. Déjà un génie de la finance, surtout en matière d'acquisitions immobilières, Gerald doubla, tripla, quadrupla, et ainsi de suite jusqu'à un niveau stratosphérique, les apports initiaux du boucher et du plombier tandis que, parallèlement, Grace mettait au monde héritier Bradley sur héritier Bradley.

Les Bradley faisaient l'objet d'une admiration extrême de la part de la communauté irlandaise dont ils étaient issus mais étaient soigneusement évités par la communauté protestante qui tenait les rênes des affaires, de la politique et donnaient le ton à la bonne société de la ville. A cette époque, Irlandais, Polonais, Italiens et Juifs vivaient à l'est de la ville, tandis que les protestants résidaient dans les quartiers plus raffinés à l'ouest. Ce fut une surprise générale quand Gerald Bradley acheta la vieille maison Scarborough, autrefois occupée par le gouverneur Scarborough, dans le quartier chic connu sous le nom de Scarborough Hill. La surprise fut deux fois plus grande lorsque Gerald Bradley fit démolir cette vénérable demeure pour faire construire un manoir encore plus grand, en pierres marron et grises, dans le style Tudor. Ce n'était peut-être pas la plus belle maison de la ville mais c'était sans conteste la plus grande, et sa construction provoqua, à l'époque, bien des commentaires, pas tous favorables, ainsi qu'un défilé permanent de voitures emplies de curieux passant leur tête par la vitre pour contempler le vaste édifice. Le nom des Bradley fut alors sur toutes les lèvres.

— Pour qui se prennent-ils, ceux-là ? fit Piggy French, un de leurs nouveaux voisins.

— Me voilà voisin du fils du boucher, dit Leverett Somerset — une remarque qui fut répétée à l'infini au Country Club, un Club si exclusif qu'il n'avait pas d'autre nom que Le Country Club. « Avec un L majuscule à Le », précisait toujours Leverett quand il parlait de son Club.

Comprenant les contingences de l'époque, les Bradley ne tentèrent pas d'établir des rapports sociaux avec leurs si raffinés voisins. Et ils ne frayaient pas non plus avec leurs coreligionnaires, séparés d'eux par leur immense fortune. Mais ils tiraient grand plaisir de leur compagnie mutuelle. De bruyants éclats de rire et des cris de chahut montaient de la piscine des Bradley ou de leur court de tennis et résonnaient dans l'air calme du quartier. « Ma foi, on peut dire que pour faire du bruit, ils en font, ces Bradley », eut plus d'une fois l'occasion de dire Louise Somerset, l'épouse de Leverett. Ces deux familles ne devaient jamais réussir à se comprendre. Louise Somerset ne sut jamais si elle devait considérer comme une impertinence ou une marque d'amabilité le bristol qu'elle reçut de Grace Bradley pour assister à une messe après le décès de sa mère.

Gerald était très autoritaire envers ses enfants, exigeant d'eux qu'ils fassent toujours l'honneur de leur éducation catholique tout en les préparant à infiltrer le monde protestant d'écoles privées, de cours de danse, de vacances d'été au bord de la mer, de country clubs, et d'universités de l'Ivy League. Grace, qui avait son rôle à jouer dans cette infiltration, était un des grands mécènes de l'orchestre symphonique, elle assistait à chaque concert de la saison d'hiver en compagnie d'au moins une de ses filles, arborant un manteau de vison qui, disait à qui voulait l'entendre Mme Somerset, sa voisine, était beaucoup, beaucoup trop long. « Mme Bradley est une femme absolument charmante, déclara Mme Somerset, après une réunion du conseil d'administration de l'orchestre, mais j'aimerais autant qu'elle ne porte pas de gants quand elle sert le thé. »

Tout le monde fut éberlué le jour où l'on proposa que Gerald Bradley devienne membre du Country Club, le seul et unique catholique irlandais à avoir été parrainé jusqu'alors. Les Prindeville, membres de longue date, étaient catholiques eux aussi, seulement Helen Prindeville serait la première à vous dire qu'ils étaient des catholiques d'ascendance française, ce qui, à ses yeux, n'était pas du tout la même chose. Piggy French, Buzzy Thrall, et Neddie Pawson, s'exprimant au nom de la majorité des membres du conseil, se dirent prêts à blackbouler la candidature de Gerald Bradley. Personne ne prêta attention à Corky, le barman, qui surprit ces dissonances pendant qu'il servait à boire dans le vestiaire pour hommes et qui, plus tard, les répéta mot pour mot aux autres employés, dont la plupart avaient grandi à Bog Meadow. Piggy French osa même aller jusqu'à qualifier Gerald Bradley « d'inclubable ».

— Il est dépourvu de grâce sociale, approuva Buzzy Thrall.

— D'où tient-il sa fortune, à votre avis ? demanda Neddie Pawson. Est-on sûr que ce soit en « dessus de table » ? C'est vrai, quoi, comment peut-on se faire autant d'argent en si peu de temps et en toute légalité ? C'est vrai, quoi, pourvu que des histoires de blanchiment d'argent ne nous tombent pas dessus à l'avenir, n'est-ce pas, Leverett ?

— Non, non, non, fit Leverett avec impatience. On peut ne pas l'aimer, ce qui est mon cas, ne vous déplaise, mais cet homme est un génie de la finance. Il devrait faire partie du gouvernement. Il ferait mieux de s'occuper de notre déficit au lieu d'essayer de s'introduire dans la bonne société.

— La seule société dans laquelle il réussira à s'introduire, c'est celle du Sacré nom de Dieu, fit Buzzy Thrall, provoquant l'hilarité générale.

— Il entretient une maîtresse, à ce qu'on m'a dit, fit Piggy French. Sally Steers, leur décoratrice d'intérieur.

— Comment le sais-tu ? demanda Leverett Somerset.

— Elle est allée à Farmington avec Eve Soby, répondit Piggy French. Il lui a offert un vison.

— Toi aussi.

— Moi aussi quoi ?

— Tu entretiens une maîtresse.

— Mais je ne reçois pas des prêtres à dîner et des papes pour le thé. Et, de plus, je ne l'entretiens pas, je la vois. Ne confondons pas.

La réunion à huis clos devint orageuse. Des propos amers furent échangés. Finalement, pourtant, tout le monde approuva, à contrecœur. Ce fut, dit-on, un renvoi d'ascenseur du voisin de Gerald Bradley, Leverett Somerset, concernant une tractation commerciale dans laquelle Somerset, en détresse financière, s'autorisa à être tiré d'affaire par le fils du boucher. Gerald Bradley acceptait en outre de prendre à sa charge les frais de réparation, non couverts par l'assurance, de la porte cochère du Club récemment endommagée par le passage d'un ouragan.

De tous les membres du club, l'un des plus offusqués fut Monseigneur Fiddle, l'évêque revenu depuis peu de sa longue et prestigieuse sinécure à Paris pour couler une retraite paisible à Scarborough Hill. Sa mère était une Scarborough, la sœur de feu le gouverneur ; Louise Somerset était sa nièce. Il estimait que le fait que Gerald Bradley fût devenu membre du Club était monstrueux et il faisait part de son opinion à qui voulait l'entendre, en dépit des protestations de sa femme.

Un jeudi après-midi, comme les Bradley entraient d'un seul pas dans la salle à manger, l'évêque, agitant sa cuillère en l'air, fit signe à Gerald de venir à sa table. Il mangeait de la glace à la vanille. Sa femme, d'une patience d'ange, lui avait noué une serviette autour du cou pour que la glace n'aille pas tacher le rabat pourpre sous son costume noir. Au cou, il portait une croix au bout d'une chaîne en or qu'il mettait dans sa poche poitrine gauche. Quand il parlait, sa voix de stentor aux accents yankee emplissait la vaste salle à manger.

— Je trouve fabuleux que le Club ait libéralisé son règlement pour permettre à quelqu'un d'aussi notoirement connu que vous d'en faire partie, lui dit l'évêque, de la glace à la vanille lui dégoulinant sur le menton.

Gerald se pencha vers le prélat et lui murmura dans le creux de l'oreille :

— Je t'emmerde, l'évêque.

Le vieil homme devint cramoisi de rage.

— Qu'est-ce qu'il a dit ? demanda-t-il à sa femme.

— Il a dit « Je t'emmerde, l'évêque », rapporta-t-elle.

Ce soir-là, le rire et la gaieté furent de mise à la table des Bradley. Seule Grace, qui rêvait de se faire accepter, ne partagea pas la bonne humeur générale. Après tout, se plaignit-elle, c'était elle qui allait rencontrer Mme Fiddle à la prochaine réunion du conseil de l'orchestre symphonique.

— J'avais toujours cru que les Somerset étaient vachement riches, dis-je à Constant quand il me raconta comment sa famille était devenue membre du Country Club.

— Oh, ils le sont, ou plutôt ils l'étaient, mais ils se contentent de laisser leur argent dormir, en bons WASP, alors que les petits malins, comme mon père, qui ont compris que l'argent devait changer de mains, être placé pour être repris au bon moment et réinvesti, que ce soit dans l'immobilier ou en bourse, ou ailleurs, deviennent de plus en plus riches. Et, au bout de huit ou dix ans, ces ex-riches de Somerset paraissent pauvres en comparaison.

Le jeudi, connu dans la petite communauté comme « le soir de sortie de la cuisinière », la plupart des membres du Club venaient y dîner en famille, et les Bradley ne dérogèrent pas à cette règle, arrivant à sept heures et demie pile avec leur progéniture grandissante. Ils occupaient une longue table, Gerald à un bout et Grace à l'autre, et, durant les dix-sept années que dura leur affiliation, jusqu'à ce qu'ils quittent la ville, après la mort de Winifred Utley, ils ne prirent pas ombrage de n'être salués que d'un signe de tête par les membres protestants, et jamais appelés, ne fût-ce qu'une fois, par leurs prénoms. Ils avaient le sentiment d'être à part, d'être ceux des leurs qui avaient le mieux réussi.

Ma famille elle aussi partageait la même confession et le même héritage que les Bradley. Nous aussi étions fils et petits-fils d'immigrants et avions fait fortune en Nouvelle-Angleterre ; sauf que notre fortune, même si elle était claironnée dans notre ville, était moyenne comparée à celle des Bradley qui, déjà à l'époque, il y a cinquante ou soixante ans, selon mon grand-père, qui professait à leur égard une admiration excessive, avaient, disait-on, amassé une fortune comparable à celle des Rockefeller. Mon père, pourtant, était moins admiratif, en particulier à l'égard de Gerald Bradley. Il disait que l'argent Bradley était sale, que Gerald Bradley frayait avec des personnes indésirables uniquement pour le profit. Il disait que Gerald Bradley avait parmi les affairistes la réputation d'être impliqué dans des affaires véreuses. Plus je vieillis et plus je pense à des choses que mon père m'a dites même si, de son vivant, j'ai fait tout ce que j'ai pu pour éviter de me trouver en sa présence quand je me suis rendu compte, très tôt d'ailleurs, que je l'avais déçu, que je n'étais pas du tout le genre de garçon qu'il aurait choisi pour fils unique, à supposer qu'un tel choix lui eût été donné. Eût-il vécu, il est probable que je l'aurais déçu plus encore. J'étais une fréquente source de mécontentement, contrairement aux enfants Bradley qui, presque tous, faisaient la joie de leurs parents. Mais à l'époque, nous étions très différents des Bradley. Pas aussi riches. Loin de là. Tout juste aisés. Il avait beau être porté en haute estime, heureux en affaires même, mon père ne s'était jamais hissé au-dessus de la vice-présidence de la branche du Derby d'une grande compagnie d'assurances de Hartford. Nous roulions en Oldsmobile, pas en Cadillac. Notre bonne servait également de cuisinière. Je fus envoyé dans d'excellentes écoles, certes, mais en partie grâce à des bourses d'études. Jusqu'à notre catholicisme qui était différent. Le nôtre était en demi-teinte. Jamais dénié, juste en demi-teinte. Le leur était flamboyant, ostentatoire. Ils assistaient à la messe à la cathédrale de St. Martin de Tours — où la rosace et le carillon étaient des dons de Gerald Bradley —, et ils occupaient deux rangs, l'un derrière l'autre, toujours les mêmes, les deux premiers, comme s'ils étaient réservés à la famille, comme une loge d'opéra le lundi soir. Grace faisait étalage de sa piété, surveillant ses rejetons, leur murmurant instruction sur instruction. « Regarde l'autel, Constant », « Chante plus fort, Mary Pat ». Tous avaient un chapelet en argent béni par le Saint Père, et un missel. Tous recevaient la communion, le père, la mère et les huit enfants sans exception. Ils se savaient observés. Ils aimaient à l'être. « Quelle famille exemplaire », disaient les autres paroissiens, regardant ces dames au cou d'albâtre incliné par la dévotion sous leur mantille de dentelle noire, et écoutant les voix puissantes de ces messieurs clamer les répons. Puis, sur le parvis de la cathédrale, ils se mélangeaient un peu, échangeant quelques amabilités avec les gens qu'ils connaissaient, ou avec ceux à qui on les présentait, ou avec le prêtre qui venait de dire la messe. Grace, qui déjà à l'époque faisait ses emplettes à Paris, se donnait beaucoup de mal pour s'habiller d'une façon qui devait lui valoir les regards admiratifs des paroissiennes. Ensuite, ils rentraient chez eux pour leur repas dominical, se gavant d'œufs au bacon servis par des bonnes irlandaises en tabliers noirs et cuisinés par Bridey Gafferty, gros pudding fait femme qui était au service de la famille depuis des années et des années et savait, sans qu'ils aient à le lui dire, à quelle cuisson chacun voulait ses œufs. Ils avaient des cousins, qu'ils voyaient très rarement, qui habitaient dans le quartier de la ville connu sous le nom de Bog Meadow, où les familles respectives de Grace et de Gerald avaient, elles aussi, vécu autrefois. Ces cousins, Fatty et Sis Malloy, étaient les enfants du frère de Grace, Vinny, qui n'avait pas réussi dans la vie. Fatty, avec son teint rouge brique d'Irlandais, aurait pu devenir policier ou pompier si la sœur de son père n'avait pas épousé un homme qui avait réussi avec tant de brio qu'il n'avait pas envie d'avoir un neveu en uniforme bleu marine qui pouvait un jour ou l'autre se révéler être une épine dans le pied de ses Bradley de fils. Les Malloy étaient un peu « décalés » mais parfois ils étaient quand même invités à déjeuner le dimanche après la messe. C'était une grande joie pour Fatty et Sis, et une corvée pour les autres, même pour Grace, qui était malgré tout leur tante. Après leur départ, Constant, qui imitait Fatty à la perfection, jusqu'à sa façon de tenir sa fourchette et de laisser ses œufs mollets dégouliner sur son double menton, faisait rire toute la famille aux larmes en reproduisant une chose que son cousin avait faite ou dite au cours du déjeuner. Grace était la seule à ne pas trouver ça drôle.

Chez les Bradley, les repas étaient très animés. Conversations et controverses étaient encouragées sur tous les thèmes : la religion, la politique, les arts. « Des opinions. Ayez des opinions », entendis-je Gerald répéter maintes et maintes fois. Du vin était toujours servi aux dîners et parfois aux déjeuners, même s'il n'y avait pas d'invités. Gerald estimait qu'il valait mieux que les enfants apprennent à boire à la maison.

— J'ai toujours cru au bien-fondé de la théorie selon laquelle un jeune homme, ou une jeune fille, à moins de se ridiculiser plus tard, à l'université, doit apprendre à boire sous son toit et en présence de ses parents. Je n'ai pas raison, Grace ?

— Oui, mon ami, répondait Grace, qui n'approuvait pas vraiment cette pratique mais ne contredisait jamais son époux. Mais pas devant Eminence, ajoutait-elle, secouant la tête.

— A petites gorgées. Pas d'un coup, Constant, disait Gerald.

— Pas toi, Kitt. Tu es trop jeune, intervenait Grace.

— Oh, maman ! gémissait Kitt.

— Un verre, pas plus, miss Kitt, tranchait Gerald.

Dans une famille aussi nombreuse, les fêtes étaient fréquentes, pour les anniversaires, l'obtention de diplômes, et autres réjouissances, et toutes donnaient l'occasion de porter des toasts, chacun se levant à tour de rôle pour en porter un en l'honneur de la personne fêtée. Il était admis que Constant était passé maître en la matière.

— Il présente si bien debout, disait Grace chaque fois.

Constant Bradley, mon ami, était un jeune homme exceptionnel en tous points. Il semblait presque trop beau pour être vrai. Son nom, son physique, son mètre quatre-vingt-huit d'élégance athlétique, étaient plus grands que nature. Ses traits possédaient un raffinement dont ses parents étaient dépourvus et sa tessiture vocale était moins stridente que celle de ses parents et frères et sœurs. Son maintien, son esprit, son style, suscitaient beaucoup de commentaires, surtout parmi les jeunes filles des divers internats du Connecticut et du Massachusetts. Il était doué pour les sports, surtout pour ceux considérés comme des sports de gentleman : tennis, golf, squash, voile. Bien que la fortune de sa famille ne datât que de deux générations, il avait acquis tous les signes extérieurs de richesse et les portait avec l'arrogance, non dénuée de charme, du patricien. Peut-être cette splendide apparence masquait-elle un soupçon de menace, mais j'aurais été incapable de le voir à l'époque et, l'eussé-je vu, que je l'aurais considéré comme un plus. Les filles de ces familles protestantes qui abhorraient les Bradley étaient toutes folles de Constant. Dans les salles de bal de tous les country clubs, sa blondeur laissait des débutantes le souffle coupé par le désir, surtout la jeune Louise Somerset, la fille de Leverett Somerset, surnommée Weegie. Aucune n'aurait hésité à défier sa famille si Constant avait eu la moindre inclination pour l'une d'elles, mais déjà alors, il était attiré par le fruit défendu, et le fruit défendu avait pour nom Weegie Somerset qui, deux années plus tard, allait devenir la plus jolie débutante de sa saison et le meilleur parti de la ville.

Ils étaient fascinés l'un par l'autre depuis l'époque où ils s'étaient rencontrés au cours de danse de Mme Winship, quand ils avaient treize ans. Il alla ensuite à son école pour lui servir de partenaire, et elle fit de même pour lui. Il était convié aux fêtes qu'elle organisait chez elle, où ses parents n'avaient jamais été invités, et où les seules choses irlandaises et catholiques étaient les bonnes, en uniformes de soie noire, bonnets et tabliers blancs amidonnés, qui lui adressaient des sourires ravis et approbateurs, sachant qu'il était le fils de Gerald et de Grace Bradley.

Mon amitié avec Constant fut pour moi une surprise. Je faisais partie des élèves effacés de notre classe, à Milford, un des plus sages, même si j'étais le dépositaire d'une célébrité d'un genre inhabituel. Je demeurais à l'écart des autres garçons, bien que ma réserve ne fût qu'une attitude d'autodéfense ; je mourais d'envie de m'intégrer à leur groupe. Constant jouait très bien au bridge, ce qui faisait de lui le chouchou de M. Fanning, notre professeur de français, qui portait de très jolies vestes en tweed et recevait le groupe des bridgeurs dans ses appartements tous les soirs après dîner et avant l'étude. Je ne faisais pas partie de ce cercle. Je n'aimais pas M. Fanning, qui semblait avoir une prédilection pour les fils à papa.

Ce fut M. Fanning qui vint me trouver, un soir, dans la salle d'étude.

— Harrison, me dit-il. Le directeur vous demande dans son bureau. Immédiatement.

Mon cœur battit la chamade. Je me demandais quelle faute j'avais commise. M. Fanning, qui d'habitude m'ignorait, me considérait avec sympathie.

— Y a-t-il un problème, monsieur ? lui demandai-je.

— Vous devez allez voir le directeur, répéta-t-il d'une voix ferme.

Là, dans le bureau du Pr Shugrue, où je n'étais allé qu'une seule fois, le jour où mon père m'avait accompagné à Milford, on m'annonça que mes parents avaient été assassinés. Je ne pleurai pas, mais je m'effondrai sur une chaise face au bureau du directeur pendant qu'il me racontait les circonstances de cet événement atroce.

— Mme Shugrue vous prépare notre chambre d'amis pour la nuit, dit-il. Vous y serez mieux qu'au dortoir.

Quand je retournai à la salle d'étude pour prendre mes livres et mes cahiers, cette nouvelle affreuse avait fait le tour de mes camarades. Tous me dévisageaient. Dans le silence qui régnait, Constant Bradley, plein de sollicitude, m'aida à rassembler mes affaires. Le lendemain matin, ma tante Gertrude, que j'appelais Tante Gert, vint me chercher pour me ramener à la maison. En quittant l'école, conscient que des camarades me regardaient par la fenêtre, je regrettai qu'elle ne fût pas venue dans l'Oldsmobile de mon père, noire aux pneus à flanc blanc, plutôt que dans sa Chevrolet, vieille de quatre ans et qui avait besoin d'un bon lavage.

Après que le détective Stein, qui était chargé de l'enquête, fut venu un jour me voir à l'école pour m'annoncer qu'il n'avait aucun indice dans ce double assassinat, Constant rechercha ma compagnie. Le retentissement de cette affaire ne dépassa jamais vraiment les limites de la ville où elle eut lieu mais, à Milford, tout le monde était au courant, et le Pr Shugrue, notre directeur, avait exhorté mes camarades à ne pas me poser de questions à mon retour — exhortations que Constant outrepassa allégrement. Au début, l'intérêt qu'il me porta n'était rien d'autre que de la simple curiosité. Il me posa le genre de questions que personne, par correction, n'aurait osé me poser. Venant de tout autre que Constant, je les aurais éludées, ou bien je me serais éloigné, mais j'étais ravi de le voir s'intéresser à moi, et je lui répondais, découvrant que j'avais très envie d'avoir un confident. Quand, un après-midi, il me demanda de filer en catimini avec lui au village, ce qui était interdit, pour aller voir un film, je fus transporté de joie à l'idée d'être son complice, alors que j'étais plutôt du genre à ne jamais enfreindre le règlement. Très vite, nous devînmes inséparables. C'est lui qui possédait le matériel stéréo le plus sophistiqué et le plus cher de nous tous et, chaque semaine, toutes les cassettes qui venaient de sortir lui étaient envoyées par un disquaire de New York. Il connaissait les paroles de toutes les chansons de James Taylor. On fumait du hasch et on buvait de la bière, au risque de se faire renvoyer. Pour moi, c'était sensationnel. Et peu m'importait de lui souffler des réponses aux examens ; c'était même un honneur à mes yeux. Parfois, entre la confession du samedi après-midi et la communion du dimanche matin, il cédait à de puissants besoins sexuels et se masturbait. « J'attendris ma viande », me disait-il. A cette époque, il lui arrivait très souvent d'attendrir sa viande, surtout au moment de la sortie de *Playboy* en début de mois. Parfois, mais pas systématiquement, je me joignais à lui dans cette pratique masturbatoire, de tels actes étant loin d'être rares chez les garçons en internat, sauf que mon regard était braqué sur lui, et non sur son magazine. Le lendemain matin, craignant la colère directoriale s'il n'allait pas communier, il lui arriva plus d'une fois de se pavaner le long de l'allée centrale jusqu'au cancel où, craignant alors la colère divine, et ses menaces de damnation éternelle s'il recevait le saint sacrement alors qu'il était en état de péché mortel, il se perdait dans la file des communiants, et retournait à son banc, la tête pieusement inclinée en une prière postcommuniale, sans avoir reçu le Sacrement, et personne à part moi ne s'apercevait de sa ruse.

Un certain Diego Suarez était dans notre classe.

C'était un Sud-Américain très riche, fils d'un diplomate en poste à Washington que tout le monde, pour des raisons évidentes, appelait Tata Suarez. Il faisait celui que ce sobriquet ne dérangeait pas. Peau de vache, rapporteur, impopulaire, il était le seul élément exotique perdu au milieu de notre nuée catholique. Quand l'automne virait au froid, il portait son manteau jeté sur ses épaules, d'une façon extravagante, les manches pendant sur les côtés ou tournoyant autour de lui quand il faisait volte-face pour vous adresser la parole. C'était une mode lancée par le duc de Windsor que son grand-père avait très très bien connu à Palm Beach, nous raconta-t-il, même si peu d'entre nous savions à l'époque qui était le duc de Windsor. Tata Suarez avait passé un été à Beverly Hills et nous racontait avec une grande autorité des histoires de lesbiennes concernant telle ou telle star de cinéma, qui choquaient, décevaient, ou titillaient son public adolescent.

— Mais si, nous disait-il, c'est la vérité toute nue. Tout le monde sait qu'elles sont ensemble, à Hollywood. C'est de notoriété publique.

Ce fut Tata Suarez qui lança la rumeur selon laquelle j'étais subjugué par Constant Bradley.

— Je vois que tu es subjugué par le fameux charisme Bradley, Harrison, me dit-il un beau jour, alors que nous nous rendions à l'étude, de sa voix forte et affectée de façon que tous les autres puissent entendre. Tu le dévores des yeux.

Je rougis. Pendant un moment, tout le monde à l'école ne parla plus que de cela. Constant, imperturbable, rit haut et fort en entendant cette histoire, tandis que je souffrais en silence. Puis l'histoire mourut d'elle-même. Par la suite, Tata Suarez fut jeté dehors de l'école pour avoir fait des avances non désirées à Jerome O'Hagen, le capitaine de l'équipe de football, qui le dénonça au directeur. En secret, je fus ravi de voir partir Tata, même si je gardai le silence. Des années plus tard, à bord du Concorde, alors que je me rendais à Paris pour couvrir les obsèques de Marlène Dietrich, je tombai sur un de nos camarades de classe de l'époque et nous évoquâmes notre période à Milford.

— Qu'est-il arrivé à Tata Suarez, à ton avis ? questionna-t-il. Il a purement et simplement disparu, non ?

Je pesai le pour et le contre, me demandant si je devais lui confier ce que je savais.

— Oui, disparu, finis-je par lui répondre. Mort, peut-être, pour ce que j'en sais.

Subjugué ? Quel terme étrange ! Etais-je subjugué par Constant Bradley ? Oui, je l'étais. J'étais totalement subjugué par Constant Bradley.

2

L'opposant aux Bradley, j'ai souvent décrit ma famille comme de simples nantis mais, lorsque les biens de mes parents furent estimés et notre maison vendue, il ressortit que nous n'étions pas si nantis que ça. Apparemment, mon père avait fait quelques mauvais investissements. Il avait bien contracté une assurance, mais j'avais très peu de biens et, pour ainsi dire, aucune famille, hormis ma tante Gert, une vieille fille, la sœur aînée de mon père, qui m'aurait volontiers pris chez elle, adopté même, mais ce n'était pas une perspective qui m'enchantait. Elle menait une existence morne, passant tout son temps à collecter des fonds pour les Pères Maryknoll, missionnaires en de lointaines contrées. Et puis, à ce moment-là, j'avais d'ores et déjà goûté au mode de vie des Bradley.

— Il y a des choses que tu souhaites conserver ? me demanda ma tante.

Elle enveloppait des verres et des porcelaines dans du papier journal.

— Pour quoi ?

— Pour quand tu te marieras.

— Quoi, par exemple ?

— La table de la salle à manger appartenait à ta grand-mère. Le buffet aussi.

— Pourquoi pas ?

Plus tard, elle reprit :

— D'où vient cette cravate ? Elle me paraît très chère.

— Elle l'est. Turnbull & Asser. Londres. Elle appartient à Constant. Il veut bien que je porte ses cravates.

— Tu ne vois pas ces gens un peu trop souvent ?

— Je ne trouve pas. Je les aime bien. J'aime leur mode de vie. Ils sont passionnants.

— Ton père t'aurait désapprouvé.

— Mais mon père est mort.

Elle se détourna.

— Tu es resté en contact avec l'inspecteur Stein ? demanda-t-elle.

— Non.

— Pourquoi ?

— S'il avait quelque chose à me dire, je suis certain qu'il m'aurait contacté, répondis-je.

Je n'aimais pas parler du meurtre de mes parents.

— Demain, c'est l'anniversaire de la mort de ton père.

— De la mort de mon père et de la mort de ma mère.

— Oui, bien sûr. Je fais dire une messe. Tu y assisteras, n'est-ce pas ?

— Mmm.

— C'est de la bière que tu bois ? Je pense que tu es trop jeune pour boire, Harrison.

— M. Bradley pense que les jeunes devraient apprendre à boire chez eux. Ils servent du vin aux repas. Même Kitt, la plus petite, a le droit d'en boire un verre. Ainsi, dit-il, les jeunes savent comment boire quand ils sortent dans le monde.

— M. Bradley, M. Bradley ! Tu n'as plus que ce nom à la bouche ! Ces gens t'ont ensorcelé, Harrison !

— Je les aime bien. J'aime la vie qu'ils mènent.

Je retournai à Milford pour terminer mon année de première puis, en juin, je repartis avec Constant, ayant reçu une lettre d'invitation de sa mère. Kitt et Mary Pat étaient rentrées du couvent où elles étaient élèves. La vie des Bradley me semblait être un éternel été de tennis, de natation et de parties de golf au Country Club. Il se trouvait toujours des pros du tennis et du golf pour donner des cours aux enfants et, le plus souvent, ils restaient déjeuner. Le Country Club organisait des bals de printemps. La famille appréciait que je sois là car on pouvait toujours compter sur moi pour servir de cavalier aux sœurs de Constant, avec qui personne d'autre ne dansait, pendant que Constant, de son côté, faisait danser Weegie Somerset. Constant était invité à des soirées, mais sans ses sœurs.

— Pourquoi ont-elles toutes de jolis prénoms, comme Polly, Jiggsie, Gussie ou Weegie, alors que nous sommes toutes des Mary Pat, des Maureen, ou des Agnès ? fit Kitt, le regard braqué sur les filles qui tenaient la vedette sur la piste de danse.

— Oh, les filles Minskoff ne sont pas invitées elles non plus et elles ont pourtant un chauffeur pour les conduire à l'école, dit Grace.

— C'est censé être une consolation, maman ? fit Kitt.

Même si Constant était toujours en disgrâce à cause de son renvoi de l'école, son train de vie opulent n'en fut pas diminué pour autant. Pour son dix-septième anniversaire, son père lui offrit une Porsche décapotable neuve, et nous fîmes de longues balades. Un jour, nous allâmes à New Haven pour nous faire faire des vestes sport sur mesure chez J. Press. Je n'avais pas assez d'argent pour une telle folie, mais Constant, avec son mépris de patricien pour l'argent, insista pour payer.

Ses frères et sœurs prirent son renvoi à la rigolade. Gerald était surtout ennuyé que son fils se soit fait surprendre avec des revues pornographiques, non qu'il en possédât. S'il s'était agi de photographies d'hommes et non de femmes, là, oui, il aurait été vraiment ennuyé, dit-il, et toute la famille, sauf Grace, hurla de rire. Il réservait sa colère pour le directeur qui avait banni son fils.

— Quand même, j'ai fait beaucoup pour cette école, ne cessait-il de répéter.

Grace était la plus préoccupée. Elle insista pour que Constant se confesse au cardinal au cours d'une de ses visites, et il le fit.

— Quel genre de photos était-ce ? demanda Gerald à son fils.

Constant, gêné, rougit et ne répondit pas.

— Des chattes, mais pas de celles qui miaulent, intervint Jerry.

Gerald ricana.

Cet été-là, le principal sujet de conversation de la famille Bradley au dîner tournait autour de la réintégration de Constant à Milford. Si Constant avait eu plus d'une année à faire avant son diplôme, Gerald aurait fait des demandes d'inscription pour son fils dans un certain nombre d'autres établissements, mais il sentait que Constant n'aurait pas le temps, en une année, de se faire remarquer parmi des garçons qui étaient ensemble depuis déjà trois ans. A Milford, Constant, élève relativement doué, avait réussi à devenir une figure populaire, capitaine de l'équipe de tennis, et Gerald n'était pas disposé à renoncer à tout cela — dont les chances pour son fils d'aller à Yale l'année suivante. Le problème était que le directeur de Milford, le Pr Shugrue, ne se montrait guère favorable au retour de Constant. Il avait été particulièrement offusqué par la nature des revues qui avaient été découvertes sur l'étagère du haut du placard de Constant, et il le considérait comme un piètre exemple moral pour ses camarades plus jeunes que lui qui, tous, connaissaient la cause de son renvoi.

Un soir, au dîner, Grace suggéra de faire don d'un bâtiment à l'école.

— Comment ça, faire don d'un bâtiment ? Je leur ai déjà offert leur chapelle, bordel de Dieu, plus le carillon du clocher, répliqua Gerald de son bout de table. Et ça ne les a pas empêchés de foutre mon fils à la porte.

— « Tu ne prononceras pas le nom de Yahvé ton Dieu en vain », Gerald, dit Grace. Ils doivent bien avoir besoin de quelque chose. Peut-être un bâtiment de sciences, Gerald. Ou une nouvelle bibliothèque. Une bibliothèque, ça sert toujours, non ?

— Et ton ami, le cardinal, Grace ? demanda Gerald. Il ne pourrait pas aller parler à Shugrue ? Tu ne pourrais pas lui en toucher un mot ?

— Il le ferait, oui. Même si je pense que c'est plutôt au Pr Shugrue d'aller voir Son Eminence, et non l'inverse. Après tout, un cardinal est juste en dessous du pape. Et un directeur d'école n'est qu'un directeur d'école.

— Arrange ça dans le sens que tu veux, fit Gerald. Téléphone-lui ce soir.

— Il vient prendre le thé demain, répondit Grace. Je lui en parlerai à ce moment là.

— Parfait, parfait, dit Gerald.

— Et pourra-t-il faire don en ton nom d'un nouveau bâtiment à l'école ? insista Grace. Ou d'une nouvelle bibliothèque ?

Je me demandais si j'aurais été aussi fasciné par Gerald et Grace si je ne me souvenais pas avec tant d'acuité de ce manteau de vison jeté hâtivement sur un des bancs du hall d'entrée et qui n'appartenait pas à Grace Bradley. A Milford, quand les garçons parlaient de Constant, après son renvoi, c'était pour dire que son père avait des maîtresses. On parlait d'une Mme Steers, l'ex-belle-mère d'un de nos camarades de classe, décoratrice d'intérieur à New York pour l'agence très en vogue de Cora Mandell, la plus cotée de toutes les décoratrices. Je pris alors conscience que, lorsque nous étions venus dans la maison, Gerald se trouvait à l'étage avec une femme qui n'était pas la sienne. J'étais encore assez jeune pour être choqué. Non seulement que Gerald Bradley ait une maîtresse ; mais, en plus, qu'il la fasse venir au domicile conjugal.

— Quel est le prénom de Mme Steers ? demandai-je à son ex-beau-fils.

— Sally. Pourquoi ?

— Comme ça.

Je me souvenais des initiales cousues sur la doublure du manteau.

Pourtant, Gerald et Grace formaient un couple très uni et faisaient en sorte de le rester. Ils étaient d'accord sur tout. La religion était primordiale à leurs yeux. Ils partageaient un même intérêt pour leurs enfants et pour leurs réussites futures. Mais ils étaient peu démonstratifs et ne manifestaient guère leur affection réciproque. Ils se parlaient à dîner, en présence de leurs enfants, mais ensuite Grace et ses filles s'installaient ensemble dans une pièce pour bavarder, tandis que Gerald et ses fils s'isolaient dans une autre pièce pour regarder la télévision ou parler de sports.

En passant d'une pièce à l'autre, un soir, alors que j'étais là depuis plusieurs semaines, j'entendis Grace qui disait :

— Oui, il est charmant. Dommage qu'il ne soit pas plus grand. Je veux des hommes grands pour mes filles.

Je supposai qu'elle parlait de moi. Kitt et Mary Pat lui tenaient compagnie.

— Non, tu veux de grands catholiques pour tes filles, dit Kitt.

Toutes trois rirent aux éclats.

Quand Grace me vit, elle me fit signe de venir m'asseoir à côté d'elle.

— D'où êtes-vous, Harry ? s'enquit-elle.

Kitt feuilletait un magazine de mode en sifflotant.

— D'Ansonia, répondis-je d'une voix tranquille.

Ce n'était pas une ville où ils risquaient d'être allés.

— Vous connaissez sans doute les Rooney, les Martin Rooney ? me demanda-t-elle.

— Non.

— Ils habitent à — comment ça s'appelle ? Woodside Circle ?

— Je ne connais pas Woodside Circle, et je ne connais pas les Rooney.

— Ruth était une des triplés Cudahy ?

— Je ne vois pas.

— L'une d'elles a épousé Teddy Aherne ?

— Je ne vois pas.

— Elles ont toutes fait de très beaux mariages, ces filles.

— Maman, il ne connaît pas les Rooney, et les Rooney habitent à Greenwich, dit Kitt, levant les yeux de son magazine. Comment s'appelle ta ville natale, Harry ?

— Ansonia, répétai-je.

— Jamais entendu parler, dit Kitt.

— C'est près de Derby.

— Crois-moi, m'man ne connaît personne là-bas, dit Kitt. Il ne faut pas lui en vouloir.

— Non, non, bien sûr que non, dis-je.

Kitt se remit à siffloter.

— Il est si rare que toutes les filles d'une famille catholique fassent de beaux mariages, dit Grace.

— Qu'est-ce que tu vas bien pouvoir faire de nous toutes, maman ? questionna Kitt. Tu ne seras jamais d'accord sur les partis qu'on t'amènera à la maison.

— Tu fais pleurer la Sainte Vierge en sifflant comme ça, Kitt, dit Grace.

— Oh, maman !

— Si, Kitt, c'est vrai. Je le sais. Tu n'as qu'à demander à Eminence. Arrête de siffler.

— Oui, maman.

Grace se retourna vers moi.

— Harry. Il ne me semble pas que ce soit le nom d'un saint, me dit-elle.

— C'est le diminutif d'Harrison.

— Il n'y a pas de saint Harrison, que je sache.

— Mais non, c'était le nom de jeune fille de ma mère.

— Aaaah ! C'est très protestant, ça. La mère de notre voisin Leverett Somerset s'appelait Leverett.

— Pourtant, nous ne sommes pas protestants, dis-je.

— Constant m'a dit que vos parents étaient décédés ? me demanda Grace.

— Oui.

— Dans un accident de la route, c'est ça ?

— Non.

— D'avion alors ?

— Non. Un cambrioleur leur a tiré dessus.

— Dieu du ciel ! Vous voulez dire qu'ils ont été assassinés ?

— Oui.

— Mais c'est monstrueux ! Cela vous ennuie peut-être d'en parler ?

— Oui.

— En ce cas, je ne vous demanderai qu'une chose : a-t-on arrêté la personne qui a fait cela ?

— Non.

— Vous voulez dire que l'assassin court toujours ?

— Oui.

— Un de ces jours, il se fera arrêter, vous savez. Pour excès de vitesse, ou pour autre chose, et ils feront des recoupements et alors vous allez devoir affronter tout ça.

— Maman ! s'écria Kitt.

— Mais c'est vrai ! insista Grace.

— Quand bien même, fit Kitt. Ça ne regarde qu'Harry. Ce n'est pas que maman soit fouineuse, Harry. Mais c'est tout simplement plus fort qu'elle.

*
* *

— Je ne vous répéterai pas ce qu'il m'a dit, mais il a employé des mots extrêmement violents, dit le Pr Shugrue au cardinal Sullivan, évoquant la conversation qu'il avait eue avec Gerald Bradley le jour du renvoi de Constant.

— Oui, oui, Gerald est assez terrifiant quand il est en colère, approuva le cardinal.

Le cardinal était allé rendre visite au Pr Shugrue à Milford, puis le Pr Shugrue était allé rendre visite au cardinal Sullivan à son hôtel particulier. Ils eurent plusieurs entrevues.

— Gerald ne cessait de faire allusion à un élève surnommé « Tata Suarez ». Il disait que ce qu'avait fait Constant n'était rien comparé à ce que fait ce Tata Suarez. Mais qui est Tata Suarez, professeur Shugrue ?

— Oh, ne m'en parlez pas, Eminence. C'est le cauchemar du directeur.

— Oh, vous voulez dire que...

— Oui.

— Oh, là là ! fit le cardinal. Il nous arrive à nous aussi d'être confrontés à ce genre de problèmes dans le clergé, de temps en temps.

Le cardinal Sullivan partit avec l'impression très nette que le Pr Shugrue n'aimait pas beaucoup Constant Bradley, mais que son aversion avait d'autres motifs que la découverte de revues à caractère pornographique dans son placard. Lesquels, le cardinal les ignorait, ou bien choisit de ne pas les divulguer à la famille Bradley. L'offre d'un bâtiment de sciences ou d'une bibliothèque avait été faite et acceptée, mais à une condition. Pour qu'il puisse être réintégré, Constant devait rédiger une dissertation de cinq mille mots sur la moralité. Pendant que la famille séjournerait dans une villa en bord de mer, Constant resterait à la maison pour écrire son devoir. Je retournai à Ansonia.

Un ami de mon père m'avait trouvé un job d'été au « Hartford Courant ». Au cas où je n'aurais pas assez d'argent pour retourner à Milford pour mon année de terminale, je m'inscrivis dans un lycée public. Fin juillet, je reçus un coup de téléphone, chez ma tante, de Gerald Bradley.

— Bonjour, Harrison.

— Bonjour, monsieur Bradley.

Je ne lui avais jamais parlé par téléphone. Comme toujours avec lui, j'étais tendu.

— Il faut que mon fils écrive un devoir pour que le directeur de Milford veuille bien le réintégrer. Vous êtes au courant ?

— Oui, monsieur. Mais je crois qu'il l'a écrit.

— Vous l'avez lu ?

— Oui, monsieur. Il me l'a envoyé.

— Pas très bon, hein ?

— Je ne peux pas juger, monsieur.

— Pas assez bon, en tout cas. Constant ne sait pas écrire, contrairement à vous. J'ai eu une idée.

— Oui ?

— J'aimerais que vous écriviez le devoir de Constant.

— Moi ?

— Vous voulez devenir écrivain, non ?

— Oui.

— Voilà l'occasion rêvée de voir si vous êtes bon.

— Mais, hm, et si le Pr Shugrue l'apprenait ?

— Il ne l'apprendra pas. Ce sera notre petit secret.

Il y eut un moment de silence.

— Vous vous demandez peut-être quel bénéfice vous allez en tirer ?

— Oh, non, monsieur. Je serai ravi de le faire.

— Ne dites jamais cela, Harry. Chaque chose a son prix. C'est ça le secret des affaires.

— Je ne pourrais pas accepter de l'argent, monsieur.

— Un supporter doit être récompensé pour son soutien. Retenez cette leçon au plus vite, Harrison.

Vous rendez-vous compte que la fortune de votre père est considérablement moins importante que ce que les gens imaginaient ?

— Oui, monsieur.

Je me demandais comment il pouvait bien savoir ça. Je ne l'avais même pas dit à Constant.

— Vous rendez-vous compte qu'il n'y aura peut-être pas assez d'argent pour que vous puissiez faire votre dernière année à Milford ?

— Oui, monsieur.

— Considérez que c'est chose faite. Le paiement de vos frais de scolarité, s'entend. Sous réserve, bien entendu, que votre devoir satisfasse le Pr Shugrue et que Constant soit réintégré.

— Oui.

— C'est ce qu'on appelle conclure un marché.

— Oui, monsieur.

— Personne ne doit savoir, bien entendu. Aucun membre de la famille.

— Oui, monsieur.

— Juste vous et moi. Et Constant, évidemment. Le montant de vos frais de scolarité sera versé à votre tante qui, à son tour, paiera l'école. De cette façon, le directeur ne pourra pas faire de rapprochement.

— Je comprends. Mais ma tante, que va-t-elle en penser ? Elle a d'autres idées.

— Apparemment, votre tante apprécie beaucoup les Pères Maryknoll, leurs missions et leurs bonnes œuvres à l'étranger. Je suis disposé à faire, par son intermédiaire, un don important à ces pères méritants. Croyez-moi, Harry, j'ai une plus longue expérience que la vôtre. Ce sera une offre irrésistible.

— Pourquoi faites-vous ça ? lui demandai-je.

— Parce que j'ai de grands projets pour mon fils, Harry. Je pense qu'il a l'étoffe d'un grand. Quand il en aura fini avec ses gamineries, s'entend.

Par Constant, j'avais appris que Gerald avait nourri de grands espoirs et de grands projets politiques pour le frère aîné de Constant, Desmond, mais que ce dernier avait déçu son père en devenant médecin, puis en se mésalliant. Gerald estimait que les aspirations conventionnelles de son fils étaient du gâchis.

— On ne gagne pas vraiment d'argent en devenant médecin, avait-il argué auprès de son fils.

Mais Desmond n'entendait pas se laisser détourner de sa vocation. Gerald essaya de trouver une consolation, mais sans trop de succès, dans le fait que Desmond fréquentait la Harvard Medical School. Il aimait à dire que son fils était à Harvard.

C'est alors que Desmond enleva une des domestiques.

— Tu as épousé *quiii* ? s'écria Grace, quand Desmond vint lui annoncer la nouvelle.

— Rosleen.

— *Rosleen ?* La bonne ? Celle qui ouvre les portes ? Qui sert les petits pois ? Tu n'es pas sérieux ?

— Si, maman.

— Oui, eh bien, c'est ce que nous allons voir. As-tu pensé à la réaction de ton père ? Bridey, téléphonez à Son Eminence et passez le moi. Nous allons faire annuler ce mariage.

De ce jour, pour Grace, Rosleen fut miss Je-ne-sais-plus-comment. Bridey, qui était une parente éloignée de Rosleen, éclata en sanglots.

— C'est pas une mauvaise fille, madame Bradley. Elle vient d'une famille honnête. Elle a jamais quitté le droit chemin.

Ses larmes n'étaient pas pour Rosleen. C'étaient des larmes d'embarras devant son impertinence d'avoir cherché à s'élever si haut au-dessus de sa condition. Bridey avait de la peine, mais elle n'avait pas envie de partager la disgrâce de Rosleen.

— J'peuxpasappelerSonEminence,madameBradley. C'est pas possib'! implora Bridey. Elle est un peu la chair de ma chair.

— Depuis combien de temps êtes-vous à mon service, Bridey ? demanda Grace.

— Dix-sept ans, madame, répondit Bridey.

— Est-ce que je ne vous renvoie pas en Irlande chaque année pendant deux semaines, tous frais payés, pour que vous puissiez rendre visite à votre famille ?

— Si, madame.

— Et ne vous a-t-on pas permis de rencontrer Sa Sainteté le pape ? D'embrasser son anneau ? De recevoir sa bénédiction ? Ici même, sous ce toit ?

— Si, madame.

— Vous connaissez combien de gens qui peuvent en dire autant ?

— Personne, madame.

— Et n'ai-je pas embauché toutes vos petites cousines et nièces venant d'Irlande comme bonnes, ici ou à la plage, même la simple d'esprit qui a massacré toutes mes serviettes de bain Porthault parce qu'elle n'avait pas compris comment fonctionnait la nouvelle machine à laver ?

— Si, madame.

— Et n'ai-je pas pris des dispositions pour que votre neveu obtienne une bourse d'études à l'Ecole Dentaire de l'Enfant-Jésus ?

— De Loyola.

— Quoi ?

— L'Ecole Dentaire Saint-Ignace-de-Loyola. Pas de l'Enfant-Jésus.

— Qu'importe ! N'ai-je pas pris toutes les dispositions nécessaires pour qu'il bénéficie d'une bourse ?

— Si, madame.

— Dois-je poursuivre mon énumération ou me suis-je bien fait comprendre ?

— Vous vous êtes bien fait comprendre, madame.

— Merci, Bridey ! Téléphonez à Son Eminence et passez-le-moi.

Gerald, furibard, prit le relais. Il était un mauvais mari, au sens où il entretenait des maîtresses, mais il était le plus fidèle allié de sa femme dans le domaine de l'éducation de leurs enfants et dans celui, important entre tous, de leur statut social. Il la dupait, mais il ne lui refusait rien, l'encourageant toujours à recevoir, ne se plaignant jamais des dons extravagants qu'elle faisait à l'Eglise et ne remettant jamais en cause les factures énormes arrivant des grands couturiers parisiens. La façon dont elle avait réagi à la transgression de Desmond, en ayant le réflexe d'appeler le cardinal Sullivan, reçut son approbation totale. Lui-même était en voyage en compagnie de Sally Steers.

— Tu t'y es merveilleusement prise, Grace, la complimenta-t-il chaudement.

Elle but du petit-lait.

— Je ne te cacherai pas ma répugnance à l'égard de cette Rosleen, dit-il à Desmond au cours du dîner, en présence de toute la famille. Que cela vous serve de leçon à tous. Vous êtes des cibles pour des aventuriers qui chercheront à améliorer leur condition en se servant de vous. Quand le moment de vous marier sera venu, votre mère trouvera la personne adéquate pour chacun de vous.

Huit jours plus tard, le cardinal Sullivan assurait à Gerald et à Grace qu'il n'y aurait aucune difficulté à obtenir une annulation, mais qu'une telle démarche allait prendre du temps. Desmond fut envoyé en Europe en attendant que cette affaire fût réglée. Un certain M. Fuselli, une connaissance de Gerald Bradley, fut dépêché au Bureau d'état civil pour faire disparaître tous les documents concernant ce mariage. Rosleen, la bonne, fut renvoyée. De l'argent lui fut versé. Pas en un seul paiement, mais sous forme d'une généreuse allocation mensuelle, en contrepartie d'une discrétion totale ou les versements cesseraient. Rosleen refusa de repartir en Irlande. Elle préféra se rendre à l'ouest. Elle avait des amis en Arizona. Et Desmond reprit le chemin de l'école de médecine.

Très vite, il se distingua dans sa spécialité et, à trente-trois ans, fut nommé directeur du St. Monica's Hospital, le plus jeune directeur jusqu'alors, ce qui n'empêcha pas certains, dont le Dr Francis X. Gerrity, de prétendre que la construction du Pavillon Grace Bradley, don de la mère de Desmond, avait hâté son accession au poste directorial, lésant Gerrity qui, à cinquante-huit ans, avait toutes les raisons de penser que ce poste lui échoirait.

Peu après, Desmond opéra en urgence, en smoking, ayant été appelé par l'hôpital alors qu'il assistait à une soirée dansante au Country Club, un jeune Noir nommé Walter Potts qui, au cours d'une rixe entre gangs dans le quartier de Bog Meadow, avait reçu une balle en plein cœur. En un geste d'une grande audace chirurgicale qui laissa pantois les internes et les infirmières présents dans le bloc opératoire, il tint le cœur blessé dans la paume de sa main pendant qu'il en extrayait la balle puis le recousait, avant de le replacer dans la cage thoracique du jeune homme qui, à l'ahurissement général, survécut à l'opération. Cet exploit fit la Une des quotidiens régionaux du lendemain puis, grâce à un petit coup de pouce de Gerald, qui avait le sens de la publicité, celle des hebdomadaires nationaux et, bien sûr, des revues médicales. Il n'avait de cesse de répéter l'histoire de son fils, faisant toujours référence à Walter Potts comme à « un petit nègre à peine plus haut qu'une poubelle ».

Même les membres du Country Club qui, d'ordinaire, n'adressaient pas la parole à Gerald s'arrêtaient maintenant pour le congratuler de la performance chirurgicale de son fils, et Gerald entrevit alors les avantages d'avoir un fils travaillant dans ce qu'il appelait « les bonnes œuvres ». Il avait d'autres fils pour réaliser ses rêves dynastiques, Sandro, bien sûr, mais surtout Constant. Et les membres du Club qui, eux, n'allaient pas consulter Desmond pour leurs problèmes de santé et qui ne se faisaient pas hospitaliser au St. Monica's, le recommandèrent à leurs bonnes irlandaises, en signe de reconnaissance de ses capacités.

Pendant deux semaines, je consacrai toutes mes soirées à écrire la dissertation de Constant, tout en continuant mon travail au « Hartford Courant » pendant la journée. Je n'avais jamais autant travaillé de ma vie. J'avais envie de le faire pour Constant, dont je chérissais l'amitié, afin qu'il soit réintégré à Milford pour notre dernière année, et aussi pour Gerald Bradley, qui m'avait laissé entrevoir les projets d'avenir qu'il avait pour Constant. Je voyais mon propre avenir entre les mains de Gerald Bradley, comme s'il pouvait, le moment venu, faire pour moi ce que mon père n'aurait jamais pu faire.

Je m'aperçus qu'écrire à la place d'un autre, comme si j'étais cet autre, me donnait un courage que je n'avais pas quand j'écrivais en mon nom. Toute ma timidité se volatilisa. Feu mon père m'avait trouvé des défauts et des imperfections, et j'avais accepté son jugement ; mais, en écrivant en tant que Constant Bradley, je gagnai en assurance et je connus un vrai bonheur d'écrire. J'écrivis sur le grand-père de Constant comme s'il s'agissait du mien. Et sur son père, sur sa mère. J'écrivis sur le fait d'appartenir à une grande famille catholique. Je soulignai l'importance de la famille — une chose que je n'avais jamais ressentie dans ma vie. J'écrivis sur le devoir qu'ont les riches de venir en aide aux moins chanceux. J'écrivis sur l'importance d'une éducation précoce, et notamment à Milford, pour préparer les garçons catholiques que nous étions à entrer dans les universités de la League porteurs des valeurs catholiques apprises à l'école. J'écrivis sur le leadership. J'écrivis sur une vie publique future qui se fonderait sur les valeurs qu'on nous inculquait à Milford. Autant de choses qui, dans ma bouche, auraient paru absurdes, et qui ne l'étaient plus dans celle de Constant Bradley.

J'expédiai les vingt pages dactylographiées à double interligne à Gerald Bradley, à son bureau de New York. Sans lettre d'accompagnement, suivant ses instructions. J'attendis une réponse qui ne vint pas. Une semaine s'écoula. Puis deux. Finalement, je reçus un coup de téléphone chez ma tante. De Gerald Bradley.

Il m'invitait à venir passer le week-end de la Fête du Travail dans leur villa au bord de la mer, à Rhode Island, me disant que toute la famille y serait. Un dîner serait organisé en l'honneur de Constant. Je m'attendais à ce qu'il me parle de ma dissertation, mais non.

— Pourquoi en l'honneur de Constant ? demandai-je.

— Il retourne à Milford, me répondit Gerald. Le cardinal a tout arrangé.

Le même soir, Tante Gert m'informa qu'elle avait reçu de l'argent pour payer mes frais de scolarité pour mon année de terminale à Milford. Elle m'informa également qu'elle avait reçu un don de cinq mille dollars pour les Pères Maryknoll. Elle alternait entre joie et perplexité.

— Je me demande bien pourquoi M. Bradley fait ça, dit-elle.

— Je ne sais pas.

— Ton père ne l'aimait pas. Il disait qu'il fréquentait des gens peu recommandables.

— Ne me dites pas que vous allez refuser les cinq mille dollars pour les Pères Maryknoll, Tante Gert ?

— Non. Ils ont tellement besoin de cet argent. Monseigneur McGurkin sera très content.

— Donc Gerald Bradley ne peut pas être si mauvais que ça.

— Il y a des gens qui s'imaginent que l'argent peut tout acheter. Je pense que M. Bradley est de ceux-là.

— Mais vous n'allez pas refuser son argent ?

— Sois prudent, Harrison. C'est tout ce que je te demande. Le mode de vie qui est le leur... Tu sais, il est très dangereux de fréquenter ces gens-là quand on n'a pas le même genre d'argent qu'eux.

Leur villa de Watch Hill était une immense bâtisse en bardeaux comprenant quatorze chambres à coucher et des vérandas en façade et sur les côtés donnant pour certaines sur l'océan et pour les autres sur le terrain de golf. Même si la maison n'était louée que pour la saison, Mme Steers, la décoratrice d'intérieur, était venue de New York pour en composer l'agencement. C'était Mme Steers qui avait parlé de cette maison à Gerald. Enfant, elle venait passer ses grandes vacances à Watch Hill et y connaissait tout le monde. C'était Mme Steers, la quarantaine, belle, deux fois divorcée, qui avait dit à Gerald tout ce qu'il avait voulu savoir pour que ses enfants grandissent en étant familiers avec des choses dont lui-même n'avait pas idée à leur âge. Elle lui parla de ces draps et de ces serviettes de bain venant de Paris que les personnes averties reconnaissaient immédiatement sans qu'on ait à leur dire qu'ils venaient de Paris ; dès lors, rien n'était bon pour son intérieur que des draps festonnés et des serviettes de bain en tissu-éponge à fleurs venant de Paris.

— As-tu une idée du prix qu'ils coûtent ? s'égosillait Grace, quand elle téléphonait de Paris, où elle commandait de nouvelles parures.

— C'est dans mes moyens, répliquait Gerald.

Il s'exprimait avec énormément d'autorité dans ces moments-là, même vis-à-vis de Grace. Sa volonté devait être accomplie, sans discussion.

Des housses en chintz recouvrirent les canapés et les chaises. Des stores blancs à rayures vertes ombragèrent les vérandas, et les meubles en osier furent peints en blanc. Des géraniums roses furent plantés dans des jardinières peintes en blanc alignées le long des vérandas et un jardin d'agrément fut planté. Le tout, sous la supervision de Sally Steers. Ce fut à Watch Hill que la toujours docile Grace commença à se plaindre. Elle estimait que toute cette décoration était une folie pour le peu de temps qu'ils passaient là, mais Gerald insista. Il se pourrait que l'année suivante, il achète la maison, argua-t-il.

— Et le jardin, tu ne l'aimes pas ? lui demanda Gerald.

— Du bleu, du bleu, du bleu, j'ai horreur des fleurs

bleues, dit Grace. Je voulais des roses, pas des myosotis ni des pieds-d'alouette !

Gerald comprit que les reproches de sa femme n'avaient aucun rapport avec les myosotis et les pieds-d'alouette.

Devant l'entrée de la villa était garée la nouvelle Rolls-Royce bordeaux de Gerald. Tout comme la maison de Scarborough Hill, la villa en bord de mer devint la cible des regards et des doigts tendus des automobilistes mais, tout comme en ville, seuls les joueurs de golf professionnels et les professeurs de tennis engagés par Gerald pour ses enfants y venaient déjeuner. Mme Steers avait eu beau les présenter à la ronde, les Bradley demeuraient des « résidents ».

Gerald n'était pas un père du week-end, arrivant de la ville le vendredi soir et y repartant le lundi matin. Il restait pendant de longues périodes, réglant ses affaires par téléphone. Tout en regardant ses enfants nager dans la piscine, il appelait à Hollywood Dom Belcanto, le chanteur, qui, disait-on, avait des contacts avec la pègre. Ou bien le sénateur Zwick, ou Charles Arbelli, le rédacteur en chef du *World,* ou encore Terrence Noonan, le rédacteur en chef de *Sentinel*. Parfois, des messieurs venaient lui rendre visite. Certains étaient présentés à sa femme et à ses enfants. D'autres non. Un certain Johnny Fuselli passait de temps à autre, et ils s'entretenaient derrière la porte close d'une pièce du rez-de-chaussée que Gerald utilisait comme bureau. Il avait une voiture rouge vif. Il ne fut jamais introduit auprès de la famille, jamais invité à déjeuner, mais il allait toujours nager dans l'océan et nous étions impressionnés par la puissance de son crawl.

— C'est un sacré bon nageur, hein ? Je crois qu'il avait des ambitions olympiques à une époque, mais il y a eu un problème. Probable qu'il a échoué à ses examens d'urine lors des sélections, fit Gerald à Jerry. Moe Dailitz m'a raconté l'histoire, mais je ne m'en souviens plus.

— Un peu de cocaïne dans le sang, peut-être ? suggéra Jerry.

— Quelque chose comme ça. Alors, à la place, il est allé aux jeux de Las Vegas et d'Atlantic City, fit Gerald, ricanant à sa plaisanterie. Perdu pour les J.O., autant de gagné pour nous.

Je supposai que M. Fuselli faisait partie de ces gens peu recommandables dont ma tante Gert avait parlé. Maureen, l'aînée, disait qu'il avait un charme de bas étage. Elle apprit à sa mère que toutes les bonnes avaient le béguin pour lui.

— Qui est M. Fuselli ? demandai-je à Constant.

— Un des lieutenants de papa, je suppose, me répondit-il.

Il n'en dit pas plus. Je n'insistai pas. C'était Kitt qui adorait papoter sur les gens qui allaient et venaient dans la vie de son père. M. Crotty, renseignait-elle, était dans le ciment. M. McSweeney, dans les remorqueurs. M. O'Malley, dans les taxis. Et Johnny Fuselli, dans le crime, ajoutait-elle, partant d'un grand éclat de rire.

Il s'occupait de machines à sous dans le New Jersey.

— Tais-toi, Kitt, s'exclamait Constant. Tu parles trop.

Gerald voulait que ses enfants soient les meilleurs en tout. Assis au bord du terrain de golf, il les regardait jouer ou bien venait sur le green pour surveiller comment ils frappaient la balle, aboyant des instructions.

— Tu aurais dû faire un revers sur ce coup, Constant, criait-il. Et la renvoyer de l'autre côté du terrain, où Des n'aurait pu l'atteindre.

— Tu as raison, répliquait Constant.

Il tirait sur le pan de sa chemise Lacoste pour essuyer son visage en sueur. Weegie Somerset, qui était amoureuse de lui à l'époque, observait la scène de la ligne de touche, son regard empli de désir se posant sur le ventre et les pectoraux dénudés de Constant.

Gerald portait toujours un large chapeau de paille

pour se protéger contre les puissants rayons du soleil. Même ainsi, sa peau blanche virait à l'écarlate en un minimum d'exposition, et des lotions devaient sans cesse lui être appliquées. Il s'installait sous un parasol et n'ôtait son peignoir en éponge que pour entrer dans la piscine faire quelques brasses, le laissant choir au bord de l'eau de façon à pouvoir le remettre instantanément quand il remontait les marches. Grace ne venait à la piscine que lorsque le soleil était bas à l'horizon. Le jour de mon arrivée, l'après-midi de la petite fête donnée en l'honneur de Constant, j'étais assis sur une chaise longue au bord de la piscine, lisant *Gatsby*, et j'entendis la conversation suivante entre Gerald et Mme Steers qui, manifestement, n'avaient pas conscience de ma présence.

— Tu n'es pas très aimé, Gerald, disait Mme Steers. Tu n'a pas d'amis proches. Tu ne l'as pas remarqué ? Beaucoup de gens te craignent. C'est pour cette raison qu'ils t'inviteront à dîner chez eux, mais ils ne t'aiment pas. Tu passes ton temps au téléphone, et pourtant personne ne t'appelle juste pour bavarder. Personne ne t'invite à jouer au tennis. Tu crois que tes enfants ne remarquent pas ces choses-là ?

— J'ai plein de gens avec qui jouer au tennis, rétorqua Gerald.

— C'est vrai. Des gens que tu paies. Pourquoi t'acharner à te cogner la tête contre les murs, Gerald ? La vieille garde, ce que Cora Mandell appelle les familles « bien », ne t'acceptera jamais, quelle que soit l'ampleur de ta fortune, quelle que soit la superficie de ta maison, quel que soit le nombre de parures de draps Porthault dans tes lits.

— Laisse-moi du temps.

— Ça n'arrivera pas, Gerald, crois-moi. Tu es un « étranger », et tu le seras toujours. Oh, bien sûr, ils accepteront tes dons pour l'orchestre symphonique. Ils te laisseront payer les réparations des dégâts causés par l'ouragan au Country Club. Ils t'inviteront même à dîner une fois par an. Mais le jour où ton fils voudra épouser une de leurs filles, tu verras ce qu'ils pensent réellement de toi. Pour eux, tu es un Irlandais, le fils d'un boucher qui sent la viande crue et tu auras beau faire, tu ne changeras rien à cela.

Gerald grimaça. Son visage s'empourpra.

— Je sais de quoi je parle, Gerald. J'ai grandi dans ce milieu.

— Que dois-je faire selon toi ?

— Partir d'ici. Tu es au mauvais endroit, voilà tout.

— Je ne peux pas.

— Une partie de l'année, si. Il y a la Floride. La Californie. Tu peux t'acheter une grande villa à Palm Beach, ou à Beverly Hills, et y faire sensation. Ce sera moins provincial. Tes enfants s'intégreront mille fois mieux qu'ici.

— Et ma maison ?

— Considère-la comme une résidence secondaire. Entretiens-la. Garde les jardiniers. Garde le majordome. Viens-y plusieurs fois par an. Elle rappellera ce que tu es et ce qu'ils ratent. Parce que, à ce moment-là, c'est par la presse qu'ils entendront parler de toi et de tes enfants.

— Le majordome ne pourrait pas s'occuper de cet endroit.

— C'est un faux problème. Comment s'appelle cette cousine à toi déjà ? Sis Malloy ? Celle qui connaît l'emplacement de chaque meuble. Fais-la venir. Qu'elle s'occupe de ton intérieur.

— Grace n'acceptera jamais de partir.

— Commence par acheter la nouvelle maison. Ne lui en parle qu'ensuite.

— Elle ne voudra jamais quitter le cardinal.

— Des cardinaux, on en trouve treize à la douzaine.

— Justement non.

— Eh bien, le cardinal viendra vous rendre visite.

Ce même après-midi, Mme Steers reprenait l'avion pour New York. Cora Mandell, pour qui elle travaillait, refaisait la décoration d'une maison à

Southampton et avait besoin de son aide. *Im-mé-dia-te-ment*. Cora était au courant de la liaison de son assistante et la désapprouvait. Au départ, ce fut elle qu'on avait fait venir pour décorer tout l'intérieur de la nouvelle maison Tudor des Bradley ; puis, étant terriblement occupée, elle avait chargé Sally Steers de surveiller l'avancement des travaux.

— En fait, avait dit Cora, c'est tout à fait le genre de parvenus que j'affectionne. Grace est tellement sympathique, si on passe sur ses blabla sur les neuvaines, les stations du chemin de croix et les fêtes mobiles. Elle est enthousiaste, excessivement bien intentionnée, très pieuse, pas très intelligente, mais je l'aime énormément. C'est de lui dont tu dois te méfier, Sally. Gerald Bradley a les mains baladeuses. Tu les sentiras sur tes genoux et même plus haut, sous la table, pendant que, l'air de rien, il est en train de s'entretenir des problèmes de l'Eglise avec le cardinal Sullivan assis en face de lui.

— Je sais quoi faire dans ces cas-là, dit Sally.

— Je te le souhaite. Il est irrésistiblement commun, pas dénué de charme pour un Irlandais, et immensément riche. Il a la manie, tu le découvriras, d'offrir des manteaux de vison Revillon Frères.

Au début, les Bradley étaient si peu habitués à la magnificence du mobilier et de la décoration dont Cora Mandell les avait environnés que, lorsque meubles ou objets étaient déplacés au gré de la vie quotidienne, ils ne savaient jamais exactement où les remettre. Sis Malloy, la cousine, était la seule à s'en souvenir, mais il était hors de question de le lui demander. A deux reprises, Mme Mandell dut revenir à la maison pour tout redisposer et reconstituer l'équilibre parfait conçu par elle.

— La symétrie, madame Bradley, disait-elle. N'oubliez jamais la symétrie.

Lors de sa deuxième visite, elle fit suivre Sally Steers pour qu'elle photographie toutes les pièces, ainsi que tous les dessus-de-table, et que ces photographies puissent servir de repère au cas où tel ou tel objet serait à nouveau déplacé. Mme Steers plaça de discrets morceaux d'adhésif sur les consoles et les tablettes de cheminées pour montrer exactement où les assiettes en porcelaine import devaient être placées sur des supports. Souvent, elle restait déjeuner.

— Voyons, voyons, comment vais-je m'y prendre ? disait Grace. Toi ici, Des, à côté de moi, et toi, Constant, à côté de Maureen, le Père Daly, à ma droite, Mme Steers, à côté du Père, et Gerald en face de Mme Steers. Et Mary Pat, à côté de papa.

— Vous faites ça si bien, madame Bradley, disait Sally Steers. Moi, je mets des siècles et je finis toujours avec un couple marié assis côte à côte, quand ce n'est pas deux personnes qui se détestent.

*
* *

— Faites-nous donc ce homard qui tient du miracle, Bridey. Vous savez combien M. Bradley adore votre Thermidor. Ou est-ce Newburg ? Je m'y perds, mais vous savez bien ce que je veux dire, Bridey, déclara Grace.

Ce soir-là, la famille se réunissait pour une fête, incluant toasts et discours, en l'honneur de Constant. De gentilles vieilles bonnes irlandaises en uniformes d'été roses servaient des feuilletés au fromage avant le dîner. Le groupe se composait de dix-huit personnes. Les hommes étaient en blazers et pantalons blancs, les femmes en robes de lin. Les pros du tennis étaient là. Ceux du golf aussi. Certains hommes d'affaires de Boston, amis de Gerald, également. Une camarade de couvent de Maureen, considérée comme un parti possible pour l'un des frères. Et Weegie Somerset, qui résidait chez les Utley plus loin le long de la plage.

— Oh, tombez vos vestes. Je vous en prie. Je vous en prie. Il fait une chaleur affreuse, et l'air conditionné ne fonctionne pas très bien, dit Grace, qui prenait plaisir à son rôle d'hôtesse. Non, non, ne bavardez pas, vous deux. Je vous ai placés côte à côte à table.

Après une messe basse avec Bridey, qui avait fait son apparition dans la véranda, Grace passa d'un groupe à l'autre et, d'un geste timide de la main en direction de la salle à manger, donna le signal que le dîner allait être servi.

Après le dîner, Gerald suggéra à Constant qu'il lise à haute voix la dissertation qu'il avait écrite et qui avait tant impressionné le Pr Shugrue. Constant bondit sur ses pieds et se campa devant la cheminée tandis que ses parents, frères, sœurs et invités se répartissaient sur les chaises et les canapés de la pièce pour l'écouter. De la poche intérieure de son blazer, Constant sortit les vingt pages dactylographiées que j'avais envoyées à son père quelques semaines auparavant. Il commença sa lecture, et bientôt j'oubliai que c'était moi qui avais écrit les mots qu'il prononçait. Il les fit siens. Il parla de son grand-père arrivant pauvre d'Irlande, travaillant dur dans sa boucherie pour faire vivre sa petite famille. Il parla de ses parents.

— Un jour, j'ai demandé à ma mère : « Quand tu étais jeune mariée, que l'avenir était encore incertain, pas encore tracé, avais-tu la moindre idée que papa allait réussir un jour ? » Et ma mère de me répondre : « Oh, oui, je l'ai toujours su. Ton père exsudait le pouvoir. »

Il parla de ses frères et sœurs. De la famille. De l'importance du noyau familial. Sa verve envoûtait son auditoire qui, quand il eut terminé, l'applaudit à tout rompre.

— Tu seras un homme politique, dit Gerald. Tu es un excellent orateur, Constant.

Ses sœurs firent cercle autour de lui. Ses frères lui donnèrent d'amicales bourrades dans le dos. Sa mère l'embrassa. Son père lui donna l'accolade. Weegie Somerset, très calme dans la foule bruyante, souriait fièrement. Rien n'aurait pu me laisser penser alors que Gerald voyait en moi le potentiel hagiographe à demeure de la famille Bradley, et en particulier de Constant. Ni Gerald ni Constant ne regardaient dans ma direction. Seul le regard de Kitt croisa le mien. Elle avait compris. Un peu plus tard, tandis que tout le monde se préparait à partir pour le bal de la Fête du Travail au Beach Club, Kitt et moi sortîmes dans l'une des vérandas qui entouraient la maison et nous assîmes côte à côte sur des rocking-chairs en osier peints en blanc.

— J'aime bien cette maison, pas toi ? fit-elle. Elle fait très vieille fortune. A Scarborough Hill, on nous traite de nouveaux riches. Tu savais ça ? Probable que Constant ne te l'aurait jamais dit. Ceux du Club aussi pensent que notre maison fait nouveau riche.

Elle se pencha vers moi, prit d'entre mes doigts la cigarette que je fumais, et tira plusieurs bouffées. Tout le monde fumait encore à l'époque. On ne parlait pas de danger pour la santé, ou très peu.

— Si la Sainte Vierge se met à pleurer quand je siffle, je n'ose imaginer ce qui lui arrive quand je fume, dit-elle.

Je ris.

— Tu ne ris jamais, Harry. Ça te va bien. Tu devrais rire plus souvent.

— A t'entendre, on ne penserait pas que tu as quatorze ans, répliquai-je.

Elle me rendit ma cigarette.

— Un jour, tu découvriras quelque chose sur toi, Harry, dit-elle.

— Comment ça ?

— Tu as un réel talent pour la fiction.

— Qu'est-ce que tu veux dire par là ?

— C'est toi qui as écrit la dissert'de Constant, non ?

D'une chiquenaude, je lançai la cigarette par-dessus la rambarde. Elle atterrit dans un buisson. Je descendis l'escalier jusqu'à la pelouse, repérai le mégot et l'écrasai sous mon talon. Je ne répondis pas, me souvenant de l'avertissement de Gerald.

Kitt restait dans la véranda, m'observant. Elle comprit.

— Mais, cela dit, c'est la lecture de Constant qui a tout fait, n'est-ce pas ? dit-elle, revenant sans insister sur ma paternité littéraire. C'est vrai, hein, il a été merveilleux.

— Oui, oui, c'est sa lecture qui a tout fait, assurai-je, soucieux de me dissocier de mon travail. Il s'exprime admirablement.

— Il a toujours porté les meilleurs toasts dans la famille. Surtout quand il a bu quelques verres.

A l'intérieur, Constant, qui s'ennuyait ferme, maintenant qu'il n'était plus le centre d'attention, bâillait ostensiblement et se levait, titubant légèrement.

— Allons au Club, dit-il. L'orchestre a déjà commencé à jouer.

Ce soir-là, au bal du Beach Club de la plage, Constant s'enivra sérieusement. J'avais déjà remarqué, quand nous buvions des bières en cachette à l'école, qu'aux premières manifestations de l'ivresse, son charme et sa finesse d'esprit habituels cédaient la place à une humeur morose. J'ai rarement été saoul dans ma vie mais, ce soir-là, moi aussi, je l'étais. Mon but était de ne pas être en reste devant Constant, de faire comme lui. Seul, je n'aurais jamais bu autant. En dehors de mes danses obligées avec les sœurs Bradley, j'évitais la piste, préférant regarder à participer. Je déambulais, observant tous ces gens que je ne connaissais pas et ne connaîtrais probablement jamais. Aucune colère, aucun souci, ne se lisaient sur leur visage ; du moins, c'est ce qu'il me semblait à l'époque.

Finalement, j'allai me planter au bar et commandai un autre verre dont je n'avais pas vraiment envie. C'était le seul endroit où un jeune homme pouvait s'attarder sans qu'on vienne lui demander d'aller faire virevolter une jeune fille sur la piste. Lorsque je sortis pour fumer, par la porte-fenêtre qui donnait sur la plage, j'entendis des voix et aperçus, dans l'ombre, deux silhouettes appuyées à l'arrière des cabines. A cause de mon état, mon souvenir de la conversa-tion que je surpris entre Constant et Weegie Somerset est quelque peu fragmentaire. J'étais tiraillé entre la culpabilité d'espionner un ami et mon trouble devant le caractère déplaisant des propos qu'il m'était donné d'entendre. Il ne s'agissait pas de chuchotements d'amoureux. Constant parlait d'une voix dure, un peu comme Jerry, sans rien de son raffinement habituel.

Au moment où j'allais me tourner dans la direction opposée, j'entendis Weegie Somerset qui disait :

— Hé, hé, hé. Ça suffit comme ça. Arrête, Constant. La langue dans la bouche, c'est déjà aller très loin pour moi.

— Epargne-moi ça, fit Constant.

— Que je t'épargne quoi ? Je suis sérieuse. Ça suffit, Constant. Un petit bisou. Une petite langue. Un point, c'est tout.

— Je sais que t'en as envie. Tiens, touche-moi ça. C'est pas aussi dur que de la pierre, ça ?

— Si j'en avais envie, Constant — ce qui n'est pas le cas —, ce ne serait pas ici, sur le sable, adossée à une cabine de plage, je te prie de me croire. Bon, laisse-moi partir maintenant. Je vais rentrer.

— Non, tu vas pas rentrer.

— Tu as déchiré la bretelle de ma robe.

Il la gifla très fort. Je ne le vis pas, mais entendis le bruit de la gifle et le cri de surprise que poussa Weegie.

— Tu es méchant et tu es saoul, dit-elle entre deux sanglots.

— J'suis pas saoul.

Elle le poussa et prit la direction du Club.

— J'ai pas frappé fort, plaida Constant. C'était juste une petite claque.

Je m'empressai de regagner ma place à la table des Bradley. Peu après, Weegie entrait par la même porte-fenêtre. Elle se retourna pour s'adresser à Constant, resté dehors.

— C'est inacceptable. Je tiens à ce que tu saches que je trouve ça inacceptable.

Elle quitta le Club en larmes. Personne ne savait, ce soir-là, qu'elle ne lui adresserait plus jamais la parole.

— Que s'est-il passé au Club ? demandai-je à Constant le lendemain matin, à son réveil.

— Rien.

— Ne dis pas rien. Elle pleurait. On l'a tous vue.

— Rien, répéta-t-il.

— J'étais dehors, Constant. J'étais sorti pour fumer. J'ai tout entendu.

Constant tourna la tête vers le mur et ne me répondit pas. Dès lors, chaque fois que le nom de Weegie Somerset serait prononcé, il garderait le silence.

Quinze jours plus tard, nous retournions à l'école pour entamer notre année de terminale. Cette fois, c'était du sérieux. Et même si les plans de la nouvelle bibliothèque de Milford, la Salle Bradley, étaient accrochés, sous verre, dans l'entrée de la cantine, Constant savait que la moindre infraction de sa part entraînerait son renvoi définitif et éliminerait ses chances d'aller à l'université. Il joua dans l'équipe de crosse canadienne à l'automne, skia dans l'équipe de ski en hiver et fut capitaine de l'équipe de tennis au printemps. Il ne refit plus le mur pour aller voir un film au village. Il ne refit plus d'auto-stop les après-midi où on n'avait pas cours. Il allait à la communion le dimanche et se maintenait à un B de moyenne.

Il ne pensait plus qu'à l'université. Constant savait que son père tenait à ce qu'il aille à Yale ou Harvard. Ni Holy Cross, ni Villanova, ni Fordham pour le fils Bradley. Gerald ne se satisferait que de l'Ivy League.

Ce Noël-là, les Somerset organisèrent un bal pour Weegie dans leur villa voisine de celle des Bradley, à Scarborough Hill. La photographie de Weegie parut dans le journal et on parla d'elle comme de la débutante la plus populaire de la saison. Constant avait beau afficher de l'indifférence, j'étais certain qu'il avait ressenti une amère déception en apprenant que les invitations pour ce bal avaient été envoyées et qu'il n'avait pas reçu la sienne. Aucun des Bradley ne fut invité. Ce snobisme affiché fit sortir Gerald de ses gonds.

— J'ai sauvé la peau du cul de Leverett Somerset quand il était dans la merde financière, dit-il à Grace.

Grace se renfrogna, comme elle se renfrognait toujours dès que Gerald jurait.

— Je pense que ça a un rapport avec Constant et Weegie, dit-elle. Ils ne se voient plus. C'est aussi bien, tu me diras. Il est trop jeune pour s'engager sérieusement. Et puis, de toute façon, elle n'est pas catholique.

— Il serait normal que mes enfants soient à ce bal, rétorqua Gerald, et je compte bien découvrir pourquoi ils n'ont pas été invités.

— Et par quel moyen ?

— En téléphonant à Leverett.

— Non, Gerald, ne fais pas ça. Il a dû se passer quelque chose entre Constant et Weegie.

— De quoi veux-tu parler ?

— De rien de précis, mais Mary Pat m'a raconté que cet été, au bal du Club, Weegie était partie en larmes.

— Hmmm. Ils se seront querellés. Et après ? Ce n'est pas une raison pour que nous soyons humiliés publiquement en étant les seuls membres du club à ne pas être invités à ses débuts.

Et si nous allions passer Noël en Floride avec les enfants, Gerald ? Chez les Breaker. Soyons absents au moment du bal.

A la surprise générale, Constant choisit de ne pas partir pour la Floride. Il se concentrait sur ses études. Etre admis à Yale était plus important que tout à ses yeux. On me signifia de venir lui tenir compagnie pendant les vacances. Dans le train qui m'emmenait vers la campagne, je reconnus une silhouette familière.

Celle, dans son manteau de vison, de Mme Steers, Sally Steers, de loin trop « glamour » pour ce train de banlieue, qui lisait un magazine de décoration.

— Madame Steers ?

— Oui ?

— Je suis Harrison Burns.

— Oui ?

Elle ne me reconnaissait pas. Je rougis, embarrassé. A l'époque, j'avais le genre de physique passe-partout que les gens avaient tendance à oublier.

— Je vous ai rencontrée à Watch Hill. Chez Gerald Bradley.

— Oh, oui, bien sûr. Je m'en souviens parfaitement. Vous êtes l'ami de Constant.

— Oui.

— Qui écrit.

— Qui espère écrire.

— Oui. Asseyez-vous, grand Dieu. On ne peut jamais savoir qui va se vautrer à la place à côté de la vôtre ici. Autant que ce soit vous.

— Vous êtes la dernière personne que je me serais attendu à rencontrer dans un train de banlieue partant le matin de Grand Central.

— Je m'occupe d'une maison à Fairfield — les Hardwick, vous connaissez ? — mon chauffeur est malade et je ne sais pas conduire. Quelle plaie ! Comment vont les Bradley ? Vous les fréquentez toujours ? Je les vois moins souvent maintenant que leur intérieur est terminé. J'ai quand même fini par déraciner tous leurs faux Chippendale et par les persuader d'en acheter d'authentiques. Gerald ne devrait pas tarder à collectionner les œuvres d'art. Vous verrez ce que je vous dis. Les riches rachètent leurs péchés en achetant de l'art.

— Mais il a déjà des œuvres d'art, dis-je, sur la défensive.

— Un très mauvais Renoir, trop mièvre, c'est rien de le dire, mais Grace l'aime beaucoup, naturellement, et puis ce Christ de Zurbarán avec cette couronne d'épines et ce sang lui ruisselant sur le visage... Piti-ééé ! J'ai dû le supplier à deux genoux pour qu'il n'accroche pas ça dans le salon.

J'avais entendu dire qu'elle n'était plus trop dans les faveurs de Gerald. Je supposai que les feux de la passion s'étaient éteints.

— Je vais chez eux justement, lui dis-je. Mais ils sont en Floride pour les vacances. Sauf Constant. Je vais lui tenir compagnie pendant quelques jours.

Elle me dévisagea.

— Vous aimez beaucoup Constant, n'est-ce pas ?

— Nous sommes amis, oui.

— J'avais cru qu'il s'agissait d'autre chose.

— Comment ça, autre chose ?

— Oh, le genre de choses qui sont monnaie courante dans les écoles privées en Angleterre. Vous savez, Eton, Harrow, ces écoles-là. Des engouements d'adolescence, ce genre de choses.

Il n'y avait rien d'accusateur ni d'ironique dans sa voix ou son attitude, mais ce qu'elle sous-entendait était un point sur lequel j'étais particulièrement sensible. Je ne maîtrisais pas encore l'art de faire dévier une conversation embarrassante, aussi gardai-je le silence, ne faisant que la regarder d'un air interrogateur, comme si je n'avais pas compris ce qu'elle avait voulu dire. Elle, indifférente, ne semblait pas attendre de réponse.

— Dans combien de temps arrive-t-on à Fairfield ? cria-t-elle à l'adresse du contrôleur.

— C'est la prochaine, lui dit-il.

Elle sortit un poudrier de son sac, l'ouvrit et s'examina dans le miroir.

— J'ai besoin de rouge à lèvres ?

— Non.

Elle rajusta sa coiffure.

— Pauvre Grace, soupira-t-elle.

— Pourquoi dites-vous « pauvre » Grace ? lui demandai-je.

— A cause de ce truc catho. Les épouses sont faites

pour faire des enfants, pas pour le plaisir. Engrossez-les et allez jouer ailleurs. J'ai été étonnée qu'elle arrête. Bon, il y a eu les fausses couches, c'est sûr. Trois, je crois. Ou bien est-ce quatre ? Ses petits saints du paradis, comme elle les appelle. Elle se donne tant de mal pour plaire à Gerald. Et toutes ces épouvantables ballades irlandaises et autres chansonnettes tous autour du piano après le dîner ! L'autre jour, j'ai bien cru que, si j'allais devoir écouter une fois de plus « Elle descend de la montagne à cheval », j'allais piquer une crise de nerfs. Cette voix de contralto à vous faire dresser les cheveux sur la tête ! Elle va acheter tous ses vêtements à Paris, elle dépense une vraie fortune pour être toujours aussi mal fagotée. Elle ne savait même pas comment dresser une table dans les règles quand j'ai commencé à m'occuper de leur intérieur.

J'étais abasourdi d'entendre une maîtresse parler en ces termes de l'épouse légitime de son amant.

— Vous étiez près de la piscine, n'est-ce pas, quand Gerald et moi étions en train de bavarder ? Je vous ai vu, vous lisiez, mais j'étais certaine que vous nous écoutiez. Gerald ne vous a pas remarqué. Je suppose qu'un de ces jours vous écrirez un livre sur tout ce petit monde. C'est vrai, ils sont fascinants, avec tout leur héritage irlandais. Oh, ils meurent d'envie de s'intégrer. Mais, vous verrez, dans vingt ans, ou moins, dans quinze, dix ans même, tout le pays saura qui ils sont. Vous verrez ce que je vous dis. Comment vous appelez-vous déjà ? Pour les noms, je suis irrécupérable.

— Harrison. Harrison Burns.

— Ah oui, bien sûr. Harrison.

— Je ne le ferai pas, dis-je.

— Vous ne ferez pas quoi ?

— Je n'écrirai pas sur eux. Ce sont mes amis.

— Vous seriez le dernier des idiots de ne pas le faire. Qu'est-ce d'autre qu'écrire sinon mettre noir sur blanc ce que l'on voit, ce que l'on connaît ? Vous avez une vision privilégiée sur une dynastie en formation.

Souvenez-vous de tout. Tenez un journal. Ce serait le mieux. Moi, je regrette de ne pas écrire. Téléphonez-moi le moment venu. Je pourrai vous fournir deux ou trois détails.

Je la regardai, abasourdi par ce que je considérais comme une trahison envers la famille qui finançait mes études à Milford et m'avait pris sous son aile ; mais, en même temps, je n'avais pas envie qu'elle se taise. J'étais tiraillé entre mon désir d'apprendre tout ce qu'il y avait à savoir sur les Bradley, et ma répugnance à l'apprendre de la bouche d'une maîtresse éconduite. Elle ne paraissait avoir remarqué ni ma surprise ni ma désapprobation, et poursuivit.

— Ils ne parlent que de leurs triomphes. Vous l'avez sans doute observé à l'heure qu'il est. Pauvre Agnès. La débile de la famille. Dissimulée. Ils n'en parlent jamais. C'est comme si elle avait fait quelque chose de mal. Et Gerald Junior, ou Jerry, comme ils l'appellent. Vous êtes au courant pour l'accident ?

— Oui, je sais qu'il a eu un accident de voiture.

— Il roulait à plus de deux cents kilomètres à l'heure, en se faisant faire une pipe. Vous l'ignoriez ? Votre Constant chéri ne vous avait pas raconté ça ? Qu'est-ce que je vous disais !

— Je ne savais pas. Qu'est-il arrivé à la fille ?

— Elle s'est brisé la nuque.

— Où est-elle ?

— Dans un fauteuil roulant, je ne sais où. Tout est réglé pour elle. Financièrement, j'entends. Gerald est abominablement doué pour payer pour leur négligence.

J'avais envie de lui poser des questions, sur Agnès, sur Jerry, mais je n'osais l'interrompre.

— C'est sur Constant, bien sûr, que tous les espoirs reposent. Gerald l'adore. Grace aussi.

— Qu'est-ce qui vous fait croire que tous les espoirs reposent sur lui ? demandai-je.

— Jerry est un invalide depuis son terrible accident. Il est intelligent, c'est certain, mais il n'a plus aucune chance de faire carrière dans la fonction publique. Desmond a été marié à une bonne pendant dix minutes, et là-dessus il est devenu médecin. Sandro pourrait bien se présenter à une élection, pour un poste de gouverneur ou sénateur d'Etat. Maureen pourrait s'en tirer. C'est elle la plus intelligente, seulement c'est une fille, et Gerald n'est pas progressiste à ce point-là. Les autres filles feront toutes un beau mariage — et ça vaudrait mieux pour elles — mais c'est Constant qui deviendra président du pays, si Gerald se débrouille comme il veut.

— Dieu du ciel ! fis-je.

Je n'aurais jamais pensé que Gerald ait des ambitions aussi élevées.

— Seulement votre ami boit trop.

— Oh, ça. Vous pensez à la soirée au Club ? Vous en avez entendu parler ? Par Weegie ?

— Oui. On m'en a parlé. Mais pas seulement. J'ai été mariée à deux alcooliques, vous savez. Je reconnais les symptômes. Regardez sa façon de boire. Il ne boit jamais à petites gorgées. Il avale d'un trait. Un soir, au club, il n'arrêtait pas de tapoter sur son verre pour que le barman le resserve. Il ne pouvait pas attendre. Il était incapable de se concentrer sur la conversation tant qu'il n'avait pas un autre verre plein à la main.

— Il s'amusait, voilà tout.

Elle ne tint pas compte de ma tentative de défense.

— Un jour, il sera alcoolique. Souvenez-vous de ce que je vous dis. On lui en demande trop, à ce petit. Et tous les beaux projets de Gerald s'envoleront en fumée.

Le train entra en gare de Fairfield. Sally Steers reporta son attention sur la partie professionnelle de son existence. Elle rassembla ses affaires, chaussa des lunettes noires. Par la fenêtre, elle adressa un signe de la main à un chauffeur qui attendait sur le quai.

— C'est le chauffeur des Hardwick, me dit-elle.

Nous nous dîmes au revoir. Elle descendit.

C'était Kitt, et non Constant, qui m'attendait à la gare. Je faillis ne pas la reconnaître. Elle avait changé d'appareil dentaire pour un autre plus discret. Elle ne s'habillait plus comme une petite fille. Elle devenait jolie. Pour la première fois, je remarquai à quel point elle ressemblait à Constant. Comme d'habitude, elle n'arrêta pas de parler.

— J'espère que tu n'es pas déçu que ce soit moi qui sois venue à ta rencontre et non Constant. Il a ses humeurs, fit-elle, en guise d'explication.

Elle ôta ses lunettes et les plaça sur le sommet de son crâne. Un tic qu'elle avait piqué à Maureen.

— Les débuts de Weegie Somerset auront lieu vendredi soir et il n'est pas invité. Aucun de nous ne l'est. Je n'y serais pas allée de toute façon, je suis trop jeune. Si tu avais entendu mon père ! C'est pour ça qu'ils sont partis en Floride, pour ne pas être en ville. Ils sont chez les Breaker. Tu es sans doute au courant. Je suis très contente que tu aies pu venir. Constant ne supportait pas d'être seul. On n'avait que Fatty et Sis Malloy pour toute compagnie et ça ne convenait pas du tout à Constant. Toi, au moins, il peut t'emmener au Club. Il y est allé avec Fatty une fois : il connaissait tous les serveurs et serveuses de Bog Meadow et il leur a serré la main. Tu imagines comment ça s'est fini.

— Et toi ?

— Je pars demain pour la Floride. Je suis allée à une boum pour jeunes filles à Spring Lake. Chez une des filles du couvent.

Nous sortîmes de la gare. La Porsche de Constant était garée en double file. Il y avait une contravention sur le pare-brise.

— Oh, la barbe ! fit Kitt.

Elle prit la contravention et la déchira en deux.

— Tu ne devrais pas faire ça, lui dis-je.

— Mon père a un homme qui travaille pour lui, M. Fuselli, Johnny Fuselli — tu l'as vu à Watch Hill, celui que Maureen trouvait d'une beauté de bas étage ? Il se charge pour nous des contraventions et des choses dans ce goût-là.

— Le type genre gangster qui a une voiture rouge ?

— Lui-même.

— Il n'aura pas besoin des morceaux ?

— Pas Johnny. C'est pour ça qu'on le paie. Saute à l'intérieur !

— Tu as l'âge de conduire ?

— Non, mais ça ne saurait tarder.

— Il vaudrait peut-être mieux que ce soit moi qui prenne le volant.

— Surtout pas ! C'est la nouvelle Porsche de Constant et c'est ma seule chance de la conduire. Bon, où est-ce que j'ai foutu mes lunettes ?

Elle fouilla dans son sac.

— Elles sont sur ton crâne.

Elle éclata de rire.

— Je ne dirais pas non à une cigarette, déclara-t-elle.

Pour une novice, Kitt se débrouillait très bien au volant.

— Non, mais regarde-moi cet escargot, dit-elle, klaxonnant après un chauffeur qui lambinait.

Elle franchit le quartier embouteillé des abords de la gare et nous prîmes la direction de l'ouest au sortir d'Asylum Avenue, vers l'avenue qui montait à Scarborough Hill. Kitt n'arrêtait pas de parler.

— Ta famille ne veut jamais te recevoir ? me demanda-t-elle.

— Ma famille consiste en une tante qui est vieille fille et qui parle de missionnaires à longueur de journée.

— Es-tu le sigisbée de Constant ?

— Je ne sais pas ce qu'est un sigisbée.

— C'est quelqu'un qui est toujours disponible.

Je rougis. J'étais toujours disponible, en effet.

— Ma mère avait des sigisbées, reprit Kitt. Ce sont des gens qui vous sont utiles et qui font ce qui vous arrange. Maman a des sigisbées qui rédigent ses cartons d'invitation pour elle mais qui ne sont pas invités à la soirée et font comme si ça leur était égal. Elle est marraine de leurs enfants mais pour rien au monde elle ne voudrait d'elles comme marraines des siens. C'est une amitié inéquitable.

— Es-tu en train de me demander si c'est ce que je suis ?

— Oui.

— J'espère que non.

— Ne te laisse pas mener par le bout du nez. Il a tendance à jouer les petits chefs.

— Ne roule pas si vite.

— Je fais ce que j'ai envie.

Elle accéléra comme nous nous rapprochions des rues à trois voies de la partie ouest de la ville.

— Branle-bas de combat. Sandro se présente aux élections pour le Congrès. Je parie que tu ne savais pas ça.

— Non.

— Le député Lopez est mort durant ses fonctions et Sandro va se présenter pour finir son mandat.

— N'est-il pas beaucoup trop jeune ?

— Il aura bientôt vingt-six ans. P'pa ne pense pas qu'il soit trop jeune. P'pa trouve qu'il a du charisme.

— A-t-il les qualifications requises ?

— Tous les catholiques vont voter pour lui. P'pa va y pourvoir.

— Ce n'est pas une réponse.

— Gagner est tout ce qui importe. C'est la devise de la famille. Nous pensions tous que mon frère Desmond serait le premier à se présenter à des élections. Après l'accident de Jerry. Mais il a voulu devenir médecin, et puis il a épousé une bonne. Tu savais ça ?

— Je crois que j'en ai vaguement entendu parler.

— Oh là, là, quel tintouin cette histoire ! M'man en larmes. P'pa en rage. Le cardinal calmant le jeu. Pauvre Rosleen. Elle ne comprenait pas ce qui lui tombait sur la tête. Elle était assez jolie, mais elle ne pouvait absolument pas convenir. Mon père a dit à Desmond :

« Les filles comme elle, on couche avec, on ne les épouse pas. » Pauvre Bridey ! J'avais beaucoup de peine pour elle. Rosleen était sa petite cousine, ou une parente par alliance, je ne sais plus. Je n'arrive jamais à me souvenir correctement de qui est qui dans la famille de Bridey. Il est prévu qu'on fasse tous de beaux mariages, tu sais. Constant est censé ramener des camarades de Milford à la maison pour Mary Pat et moi, mais tu es le seul qu'il ait fait venir.

Je ne pus m'empêcher d'avoir le sentiment d'avoir été une déception en la matière.

— Evidemment, toutes mes amies du couvent sont folles de Constant. Mais quand j'en fais venir à la maison, il ne les regarde même pas. Il n'aime que les filles dans le genre de Weegie Somerset. Tu vas voir qu'il va épouser une protestante quand il sera en âge de se marier. Ah ! le tintouin s'il n'épouse pas une catholique !

— Je n'ai jamais entendu de famille parler de catholicisme autant que la vôtre.

— Pourtant tu es catholique.

— Mais nous n'en parlions pas tout le temps. Kitt, je trouve que tu roules trop vite.

— Je me demande ce qui a bien pu se passer entre Constant et Weegie. Il a dû se passer quelque chose, parce que, ils n'ont invité aucun de nous à la soirée, et M. Somerset doit beaucoup d'argent à mon père. Mon père va se venger de M. Somerset. Mon père se venge toujours. On dit que c'est typiquement irlandais, se venger.

— Ralentis, Kitt.

— Oh, tu as raison. On est suivis par un policier. Gyrophare allumé.

— Tu ferais mieux de t'arrêter. Et le permis ?

— Tu te tais et tu me laisses parler.

C'était un non-réveillon de Noël chez les Bradley. Il y avait des couronnes de fleurs aux portes et des guirlandes lumineuses aux fenêtres, mais pas de sapin. La maison, qui d'habitude bourdonnait de l'animation de ses très nombreux occupants, semblait étrangement silencieuse. Les cadeaux de Constant étaient posés sur la banquette de l'entrée, sous l'escalier, ainsi que deux pour moi, un de Grace et l'autre de Kitt, mais il n'afficha aucune curiosité à leur égard dans les jours qui précédèrent Noël. A ce moment-là, j'étais accoutumé à ses caprices d'enfant gâté, à sa maussaderie, à ses sautes d'humeur occasionnelles, surtout quand il avait bu, mais j'étais toujours en état de servitude, et je fermais les yeux sur ces défauts, étant donné que j'en étais rarement la cible. Dès qu'il n'était plus le centre de l'attention générale, on ne le tenait plus. Il sifflotait, faisait les cent pas, tapait du pied, claquait des doigts, faisait craquer ses articulations, ou encore tambourinait au rythme d'une chanson diffusée à la radio.

— Ça ne te détendra pas de rester ici, lui dit Kitt avant qu'elle ne parte pour la Floride.

Constant releva la tête, surpris, comme si elle avait découvert un secret le concernant.

Craignant de l'avoir contrarié, elle se moqua d'elle-même.

— Il te faudrait avoir ma paix intérieure, fit-elle, croisant les bras et prenant une expression d'humilité de religieuse.

— Oh, ta gueule, lui répondit-il, avec bonne humeur.

Et tous deux rirent à l'unisson.

Bridey tenait à nous servir les repas dans la salle à manger, avec bougies et fleurs, mais Constant dit qu'il préférait manger devant la télévision. Parfois, Fatty et Sis Malloy venaient déjeuner ou dîner. Ils menaient une existence radicalement différente de celle des Bradley et ils semblaient reconnaissants d'être conviés à quoi que ce soit dans la somptueuse demeure de Scarborough Hill. Fatty vénérait Constant et ne paraissait pas lui en vouloir quand il le taquinait sans pitié.

— J'ai couru à la voiture tout de suite après ton coup de fil, lui dit Fatty.

— La dernière fois qu'il a couru, me dit Constant, c'était pour rater le camion du marchand de glaces.

— Je crois que tu l'as blessé, dis-je plus tard à Constant.

— Fatty y est habitué, me rétorqua Constant. Il sait bien que nous l'aimons tous.

Le jour du bal de Weegie Somerset, la ronde des camionnettes des traiteurs et des fleuristes commença très tôt dans la matinée devant la grande maison en pierre grise voisine de celle des Bradley. Des livreurs, portant des brassées de roses roses, se précipitaient à l'intérieur. Plusieurs centaines de chaises de bal dorées étaient empilées dans l'allée pendant qu'on finissait de décharger des camions. Constant, de la fenêtre de la chambre de ses parents, observait ces allées et venues. En fin de matinée, il eut une longue conversation téléphonique avec son père en Floride. En revenant dans la pièce, il me dit :

— Viens, j'ai du travail pour toi.

— Quoi ?

— Chaque année, à Noël, mon père offre des dindes, des filets garnis et des oranges aux défavorisés de la ville, ainsi que des chaussures pour les gamins. Tous les ans, il nous force, mes frères, mes sœurs et moi, tous sur notre trente et un, à donner tous ces machins, puis il prononce un discours pendant que ma mère reste assise, en manteau de vison, comme une reine, avant que les curés remercient tout le monde. Cette année, mon père m'a dit que je devais m'en charger à sa place, et que tu devais m'écrire mon laïus.

— Mais sur quoi ? Je ne saurais même pas quoi mettre.

— Mais si ! Noël, la paix, le partage, l'amour, la famille, toutes ces conneries. Mon père dit que tout ce qui touche la famille, ça marche toujours. Ponds une page. Rien de bien long. Quelques paragraphes, c'est tout. Tu sais comment faire. Oh, et inclus un truc sur le fait que Sandro se présente au Congrès.

— Ne devrait-il pas être ici à préparer sa campagne ?

— Il le sera. Après la Floride. Puis en avant toute ! P'pa va déplacer l'artillerie lourde. Ils doivent tous lui renvoyer l'ascenseur, ces politiciens.

Fatty et Sis nous accompagnèrent au lycée Malachy Bradley, du nom du père de Gerald, dans le quartier de la ville appelé Bog Meadow. Dans une des salles de classe, se trouvaient des centaines de filets pleins de provisions, des dindes, des cagettes d'oranges, et des boîtes de chaussures pour enfants. Fatty, Sis, les prêtres et les religieuses firent s'aligner les gens et commencèrent la distribution, mais la plupart voulaient recevoir leurs paquets des mains du jeune et beau fils Bradley, si fringant dans son blazer bleu et son pantalon en flanelle grise de chez J. Press. Un photographe et un cameraman d'une chaîne de télévision régionale surgirent.

— Je vous vois une ressemblance avec votre grand-père maternel, dit une vieille dame, s'adressant à Constant. Je suis Agnès O'Toole. Votre grand-père, Dieu ait son âme, a habité tout à côté de chez nous, dans Front Street, quand sa famille est arrivée du pays. Dieu vous bénisse, Constant. Nous sommes reconnaissants à votre formidable famille.

— Merci, madame O'Toole, répondit Constant, souriant et amical.

En de telles occasions, il était d'une ouverture d'esprit condescendante envers les inférieurs qui, en retour, étaient ravis.

— Bien sûr, ma mère me parle très souvent de vous et de votre famille.

— Feu mon mari, Francis X. Moriarity, travaillait pour votre grand-père paternel, à la boucherie, dans Sisson Avenue, lui dit une autre vieillarde. Il était pompier.

— Je vous remercie, madame Moriarity. Mon

grand-père a toujours eu beaucoup d'affection pour cette boutique de Sisson Avenue, dit Constant.

— Dieu vous bénisse, Constant, disaient-ils les uns après les autres, recevant leurs paquets.

Constant ne se lassait pas de leurs louanges et de leur admiration. Il en devenait, si possible, plus beau, et plus disert qu'il ne l'avait été depuis le bal de la Fête du Travail au Beach Club de Watch Hill. Ses caprices d'enfant gâté, sa maussaderie s'évanouissaient. Toutes ses idées noires concernant Weegie Somerset s'évaporaient, pour un moment du moins. Il trouvait quelque chose de différent à dire à tous.

— Comment tu t'appelles ? demanda-t-il à une petite fille.

— Maureen.

— Tiens, tiens, une de mes sœurs s'appelle Maureen.

Il la souleva dans ses bras et lui parla pendant quelques minutes, la portant de façon à avoir le visage face au cameraman et au photographe.

— Fatty, dit-il, donne-moi un de ces Mars pour notre jeune miss Maureen.

Quand il s'avança vers le micro, il était en pleine possession de ses moyens :

— Je regrette beaucoup que mon père et ma mère ne puissent être parmi nous cette année pour saluer chacun de vous personnellement, mais ils ont dû renoncer à un Noël dans le Connecticut. Ses affaires retiennent mon père en Floride. Nous nous sommes parlé ce matin par téléphone, et il m'a demandé de vous dire à tous qu'il serait ici personnellement l'année prochaine pour la distribution des dindes de Noël. Ma mère, elle aussi, envoie ses amitiés et ses meilleurs vœux à tous. Nos parents nous élèvent pour avoir un rôle à jouer, pour participer à la vie politique ou à la fonction publique. Mon frère Sandro, comme vous le savez sans doute, se présente aux élections pour terminer le mandat de feu le député Lopez. Nous comptons sur vos voix à tous !

Toutes les personnes présentes, serrant leurs filets garnis, écoutaient, captivées, Constant. Il s'exprimait avec aisance et familiarité, un peu comme s'il s'était levé à la table familiale pour porter un toast.

— Je me souviens qu'un jour ma mère allait se confesser au cardinal Sullivan, et elle ne voyait pas quel péché elle aurait pu commettre depuis sa confession précédente, aussi elle s'en inventa. Plus tard, mon père lui demanda quels péchés elle avait inventés. Elle dit qu'elle était gênée à l'idée de le lui dire tant ils étaient horribles. « Je veux savoir », insista mon père. Elle accepta de les lui chuchoter à l'oreille. Il l'écouta puis s'exclama : « C'est ça que tu appelles des péchés, toi ? »

La foule hurla de rire. Puis Constant redevint sérieux.

— Nous formons une famille unie. Mes grands-pères, Malachy Bradley et Kevin Malloy, habitaient tous deux ici, dans ce quartier de Bog Meadow qui reste cher au cœur de toute ma famille. Mon père va organiser un système de bourses d'études, ici, au lycée Malachy Bradley pour que les meilleurs élèves puissent accéder à la formation universitaire. Pour finir, je vous souhaite à tous un joyeux Noël avec le plus beau des cadeaux : avoir une vie de famille unie.

Plus tard, roulant vers l'ouest en direction de Scarborough Hill dans sa Porsche, il était encore sous l'euphorie de sa prestation.

— Tu as vu comme ils n'arrêtaient pas de venir me trouver ? me demanda-t-il. Toutes ces vieilles dames qui disaient qu'elles avaient connu mes grands-pères.

— Tu as fait un coup de maître avec la gamine, la petite Maureen, Constant, dit Fatty Malloy. C'était comme si tu te présentais à des élections.

Même Sis Malloy, ou La Bégueule, ainsi que Mary Pat et Kitt surnommaient leur cousine dans son dos, était enthousiasmée par l'après-midi qu'elle avait passé. Elle savait qui étaient tous ces gens et s'efforça d'expliquer à Constant la place que chacun avait occupée dans la jeunesse de leurs grands-parents. Mais Constant était plus intéressé par leurs réactions vis-à-vis de lui que par l'histoire de leur vie.

— Mme O'Toole était aux anges quand tu lui as raconté que ta mère parlait de sa famille, dit Sis Malloy.

— C'était du pipeau, dit Constant. Je n'ai jamais entendu parler des O'Toole.

— Oh, Constant, ce que tu peux être taquin, fit Sis.

— C'est toi qui devrais te présenter aux élections, Constant.

— Je le ferai un de ces jours.

— Quand tu te présenteras à quelque élection que ce soit, je veux être le directeur de ta campagne, dit Fatty.

— Et ce gars-là rédigera mes discours, dit Constant, pointant son pouce dans ma direction. C'était une idée de génie de parler du cardinal, Harry. Ils ont gobé. Comment se fait-il que tu connaisses cette histoire ?

— Tu me l'avais racontée à l'école.

— Tu te rappelles tout ce que je dis ?

Je me rappelais tout ce qu'il me disait, oui, mais je ne répondis pas.

— Comment le photographe et le cameraman étaient-ils au courant ? demandai-je.

— Oh, par p'pa, sans doute, fit Constant. Il est ami avec Tom O'Gorman, du journal.

— Il a arrangé ça de Floride ?

— Ben oui, bien sûr.

*
* *

Ce soir-là, nous regardâmes Constant aux informations régionales de six heures, tenant miss Maureen dans les bras, tandis que le présentateur donnait une description éblouie de la prodigalité dont la famille Bradley faisait preuve chaque Noël envers les nécessiteux de la ville.

— Je me demande s'ils regardent, chez les Somerset, dis-je.

Vers huit heures, des voitures commencèrent à s'aligner des deux côtés de l'avenue devant les maisons des Bradley et des Somerset. On entendait les cris des grooms. L'euphorie de Constant retomba. Il neigeait depuis plusieurs heures ; devant les fenêtres, les arbres étaient étincelants de blancheur. Nous dînâmes dans la bibliothèque, regardâmes la télévision, sans faire aucune allusion aux réjouissances luxueuses qui se déroulaient dans la maison voisine. Nous bûmes deux bouteilles du meilleur vin rouge de M. Bradley.

J'examinai une des bouteilles. Je lus, sur l'étiquette, « Mouton Rothschild » et l'année « 1955 ». Je ne connaissais pas grand-chose en vin, mais assez quand même pour être impressionné.

— La vie est trop courte pour boire de la piquette, dit Constant, surveillant ma réaction.

Il disparut dans la cuisine et revint avec une troisième bouteille et un tire-bouchon. En entrant dans la pièce, il trébucha sur un tapis.

— Tu as peut-être assez bu, tu ne crois pas, Constant ? lui dis-je.

— Occupe-toi de tes oignons, me répondit-il sèchement.

Une lueur dangereuse luisait dans ses yeux saphir.

— N'oublie jamais que tu n'es qu'un invité ici. Je boirai ce que je voudrai.

Je rougis sous cette pique. C'était vrai. Je n'étais qu'un invité, le genre d'invité qui ne pouvait pas rendre la pareille à son hôte. Je ne lui avais jamais proposé de venir à Ansonia, ni de lui présenter ma tante Gert, et je ne le ferais jamais. Nous gardâmes un moment le silence. Puis je montai dans ma chambre, décidé à partir dès le lendemain matin.

Quelques minutes plus tard, la porte s'ouvrit sur Constant.

— Ce n'est pas ce que je voulais dire, Harry. Ne va

pas te vexer, ou te sentir inférieur. J'ai déjà eu ma part pour aujourd'hui. Alors, amis ?

J'acquiesçai.

— Amis, dis-je.

— Nous te considérons pratiquement comme un membre de la famille. C'est ce que dit maman, en tout cas, et Kitt et moi sommes d'accord.

— Tu peux être si sympathique, Constant, puis, tout de suite après, si salaud.

Il hocha la tête.

— Je vais prendre un peu l'air, déclara-t-il vers minuit.

— Il fait très froid.

— J'ai besoin de me clarifier les idées.

— Tu veux de la compagnie ?

— Non.

Dehors, il longea la longue allée jusqu'à la rue. Quelques personnes d'un certain âge, quittant la soirée tôt, s'étaient regroupées sous la marquise des Somerset tandis que les grooms couraient chercher leurs voitures. Constant rebroussa chemin avant qu'ils ne le voient. Il passa sans s'arrêter devant la porte d'entrée et tourna vers l'arrière de la maison, cheminant dans la pelouse enneigée vers le court de tennis au fond de la propriété. Une demi-heure plus tard, il n'était toujours pas revenu. Je marchai dans la neige jusqu'au court de tennis. Je le trouvai assis sur un banc sur le côté du court, écoutant la musique qui s'échappait de la maison voisine, la tête dans les mains.

3

A Scarborough Hill, les rapports entre les Bradley et les Somerset n'allaient pas en s'améliorant. Ainsi que Kitt l'avait prédit à Noël, Gerald Bradley se vengea de

Leverett Somerset, comme il savait le faire : financièrement. Il l'invita à déjeuner au Country Club, ne faisant aucune allusion au bal dont sa famille avait été exclue, comme si cela n'avait pas la moindre importance à ses yeux. En revanche, il lui fit part d'un contrat immobilier en or dans le Texas, qui pouvait rapporter très gros, et très vite ; le genre de coups grâce auxquels Gerald avait bâti sa fortune et pour lesquels il était si réputé. Ainsi que Gerald l'avait escompté, la perspective de bénéfices rapides fut irrésistible pour Leverett. La fortune des Leverett, autrefois solide, avait fondu au fil des années.

Chacun des deux hommes investit un montant égal. Gerald pouvait se permettre de perdre sur ce coup. Leverett, non ; il dut emprunter pour compléter son apport. Puis Gerald, qui connaissait les Texans, retira gentiment ses billes, sans avoir rien perdu et sans prévenir son voisin, et ainsi, quelques mois plus tard, Leverett Somerset essuya une perte sèche du montant total de son investissement. Kitt, miss Pipelette, me raconta tout cela à Pâques. Ce qui m'épouvanterait plus tard ne m'épouvantait pas alors. J'étais si fasciné par cette famille que je ne trouvai rien à redire au comportement de Gerald envers Leverett Somerset. J'y vis la marque de sa supériorité en affaires.

Un jour, Maureen Bradley et un jeune homme nommé Freddy Tierney, dont Constant avait entendu parler par Kitt, arrivèrent à l'école dans la Jaguar verte de Maureen pour voir les plans de la nouvelle bibliothèque que Gerald faisait construire. Le Pr Shugrue, bénéficiaire des largesses des Bradley, bouleversa son emploi du temps déjà surchargé pour présenter à Maureen le site surélevé où les travaux d'excavation avaient déjà commencé, puis il la conduisit dans l'entrée du réfectoire afin de lui montrer les plans du futur bâtiment qui devait être en brique et entouré d'une haie d'érables et de sapins.

— Très joli, répétait-elle, tout en suggérant certains changements.

Elle estimait que les fenêtres qui flanquaient la porte d'entrée devraient être plus grandes. Il se trouvait que l'architecte, Louis I. Kahn, qui avait également fait les plans d'une bibliothèque très admirée à la Philip Exeter Academy quelques années plus tôt, était de passage à Milford ce jour-là. Il n'était pas d'accord avec les suggestions de Maureen, mais celle-ci insista, avec autorité.

— Mon père pense exactement la même chose que moi, affirma-t-elle.

Et elle sourit avec gentillesse, rappelant sans insister que, son père réglant les factures, il valait mieux pour tout le monde que les choses soient faites comme elle le voulait. Sur un regard du Pr Shugrue, l'architecte, bon prince, courtois, rendit les armes. Il savait qu'il existait peu de Gerald Bradley prêts à honorer des factures aussi énormes que les siennes.

— Vous voyez ? disait Maureen, ayant fait valoir son point de vue.

Elle se tournait alors vers Freddy Tierney, comme si elle s'attendait à ce qu'il fût fier de ses compétences. Et il l'était.

Avec l'autorisation du directeur, elle nous invita, Constant et moi, à déjeuner dans une auberge du village. Freddy et elle, collés l'un à l'autre, ne cessèrent de glousser pendant tout le repas. Quand Freddy s'éclipsa pour aller aux commodités, comme il disait, Constant déclara, tout de go :

— Vas-y. Accouche.

Ils s'étaient connus à Noël, en Floride, chez les Breaker. Il était de Lake Forest. Sa famille était dans la viande en conserve à Chicago. Il était diplômé de Princeton et travaillait dans l'entreprise familiale.

— Tu ne le trouves pas divin ? demanda Maureen.

— Du fric ? s'enquit Constant.

— Beaucoup, répondit Maureen.

— Catho ?

— Sa sœur était dans la même classe que moi au Sacré-Cœur. Son père est chevalier de l'ordre de Malte.

— Il a toutes les références qu'il faut.

— Tu promets de ne rien dire ? chuchota Maureen à l'oreille de Constant.

— Promis. Croix de bois, croix de fer.

— On est fiancés.

— Tiens donc. Le champagne est de rigueur alors.

— Certainement pas. Tu ne t'es pas encore sorti d'affaire, même si Shugrue dit que tu y mets de la bonne volonté. Mais, comme tu étais le seul à ne pas être chez les Breaker à Noël, Freddy voulait te connaître avant qu'on l'annonce à sa famille.

A cette époque, je pensais n'avoir jamais été aussi heureux. Puis, brusquement, tout bascula. Constant et moi avions posé nos candidatures pour l'université et attendions impatiemment de savoir si nous étions admis à Yale. J'avais fait une demande de bourse.

Je retournai à Ansonia pour les vacances de Pâques. Tante Gert voulait que je l'accompagne à Halifax, où elle se rendait en voiture — il s'y trouvait des prêtres pour qui elle avait fait une collecte de fonds — mais je n'avais pas grande envie d'y aller. Là-dessus, je reçus une lettre de Constant.

> *Cher Harry. J'ai essayé de te joindre par téléphone. Pas de réponse. Laisse ta tante à ses missionnaires et radine tes fesses par ici pour me tenir compagnie. J'ai besoin d'avoir quelqu'un à qui parler. Tu pourras me résumer l'intrigue de tous les bouquins que tu as lus, et me dire s'ils sont bons ou pas, et je ferai comme si je les avais lus. Comme pour* Gatsby le Magnifique *dont tu me rebattais les oreilles. Shugrue n'en croira pas les siennes. J'en ai marre de faire sensation à bon compte dans des soirées merdiques. « Oh, ce Constant est merveilleux, vous ne trouvez pas ? »,*

« On n'a jamais vu plus drôle que lui ! », « Ce qu'il est beau ! Mais ce qu'il est beau ! ». Tu sais bien, toutes ces conneries. Avec toi, je n'ai pas à jouer la comédie. Dis-moi par quel train tu arriveras. Sandro a remporté le second tour des élections. Il est parti pour Washington. P'pa est sur un petit nuage.

Constant

P.S. Maureen et Freddy sont fiancés. Tu as peut-être vu l'annonce dans le New York Times *de dimanche ? Mariage en été. M'man est aux anges.*

J'y allai, bien entendu. Halifax pouvait attendre. Tous les Bradley étaient réunis pour ces vacances pascales. Des lys en pot s'alignaient le long de la courbure de l'escalier de l'entrée. Maureen, Mary Pat et Kitt firent énormément de shopping afin de se trouver de nouveaux ensembles et de nouveaux chapeaux pour Pâques, ce qui ne les empêchait pas de porter des mantilles de dentelle noire à l'église. Tous les journaux parlaient de la victoire de Sandro aux élections du Congrès et des fiançailles de Maureen et de Frederick Tierney, de la famille de la conserverie de viande de Chicago.

Au Country Club, Gerald affichait une assurance nouvelle, menant sa petite famille et leurs invités à dîner. Nous sacrifiâmes aux rituels religieux de la semaine sainte. Jeudi saint. Vendredi saint. Week-end de Pâques. Le cardinal Sullivan vint à Scarborough Hill pour le déjeuner de Pâques. Toute la famille était là, plus Freddy et moi. Le déjeuner consistait en la spécialité de Pâques de Bridey Gafferty. Gigot d'agneau. Pommes sautées. Sauce à la menthe. Et soufflé au chocolat.

Ce jour-là, pendant que nous déjeunions, Leverett Somerset se présenta chez les Bradley. Une des domestiques alla ouvrir la porte. Le monsieur, ainsi que le désigna la domestique plus tard, demandait à parler à M. Bradley.

— Les Bradley prennent leur repas de Pâques, lui dit-elle.

— J'aimerais parler à M. Bradley. Tout de suite, dit M. Somerset.

L'autorité qu'il dégageait, renforcée par les quelques verres qu'il avait bus, fit que la domestique, Colleen, fila à toute allure remplir sa mission, laissant le distingué voisin sur le pas de la porte, comme un vulgaire démarcheur.

Colleen entra dans la salle à manger. Constant, debout, un verre à la main, portait un toast en l'honneur de Freddy Tierney. D'un geste, Grace ordonna à la bonne de ne pas l'interrompre.

— On a enquêté sur lui, bien sûr, grâce à toutes les relations de p'pa à Chicago, et vous savez tous qui sont les relations de p'pa à Chicago, dit Constant.

Toute la famille éclata de rire.

— Sa candidature a été jugée acceptable. Il est très Midwest, de bonne famille, possédant, en d'autres termes friqué, et soucieux des règles de la politesse. Il plaît à m'man parce qu'il lit son missel à la messe. Il plaît à p'pa parce qu'il commence à lire le journal par la rubrique financière. Et il plaît à Maureen parce que, hum...

Le cardinal éclata de rire, et la famille l'imita.

— Ne faites pas attention à mes fils, Eminence, murmura Grace. Oui, qu'y a-t-il, Colleen ?

La bonne chuchota quelques mots à l'oreille de Gerald Bradley, mais celui-ci ne tint pas compte de son ton confidentiel.

— Plus fort, plus fort ! dit-il.

— Il y a un monsieur qui s'appelle M. Somerset à la porte, annonça Colleen.

— Dites-lui que nous sommes en train de déjeuner.

— Je lui ai dit, monsieur. Il insiste pour vous voir.

— Demandez-lui d'attendre, répliqua Gerald.

— Je crois qu'il a bu, monsieur.

Gerald jeta sa serviette sur la table, repoussa sa chaise et se dirigea vers la porte de la salle à manger. Il marchait avec arrogance. Il aimait les affrontements. Il était doué pour ça.

— Gerald, l'appela Grace.

Gerald regarda sa femme. D'un rapide coup d'œil, elle désigna le cardinal, assis à sa droite.

— Peut-être M. Somerset voudra-t-il prendre le thé avec nous dans la bibliothèque après déjeuner, dit-elle. Je suis sûre qu'Eminence serait ravi de faire sa connaissance.

Elle se fit un devoir d'informer le cardinal sur le somptueux cadre de vie de Leverett Somerset.

— Envoie-le chier, p'pa ! cria Kitt.

— Kitt ! s'exclama Grace, soufflée. Je t'interdis de parler comme ça. Surtout devant Eminence. Pardonnez-lui, Eminence.

— M. Somerset doit du fric à p'pa, alors évidemment, il ne peut pas le voir, mais p'pa dit que c'est ce qui arrive toujours en affaires quand on renfloue quelqu'un, expliqua Kitt.

— Chhh, fit Jerry. Je veux écouter ça.

Dans le hall d'entrée, Gerald marcha jusqu'à la porte que Colleen avait laissée entrebâillée. Il n'invita pas son voisin à entrer.

— Vous avez mal choisi votre heure, Leverett, lui dit-il. Il se trouve que je reçois le cardinal à déjeuner.

Leverett Somerset, dans la détresse financière, n'était pas d'humeur à faire montre d'égards envers un homme d'Eglise.

— Que m'avez-vous fait, Gerald ?

— Comment ça ?

— Oh, je vous en prie. Pas de comédie. Vous vous êtes retiré de l'affaire. Sans me prévenir. C'est injustifiable ! hurla Leverett Somerset.

Sa voix, aux intonations de Yankee de vieille souche, se répercutait d'une pièce à l'autre.

— Pourquoi avez-vous humilié mon fils en ne l'invitant pas à la soirée de Winifred ? questionna Gerald.

Somerset le dévisagea, abasourdi.

— C'est à cause d'une invitation à une soirée que vous avez fait ça ? Par vengeance ? C'est ça ?

— La vengeance fait partie de mon code de l'honneur, répliqua Gerald.

— Cela ne m'étonne pas, fit Somerset, du mépris dans la voix.

— Serait-ce la supériorité du patricien que je décèle dans votre voix ? demanda Gerald, imperturbable, maître de la situation.

A l'intérieur, les rejetons Bradley jouissaient de cet échange. Des rires s'étouffaient dans la pièce. Leverett Somerset n'était pas un ami de la famille et leur père remettait ce snob de Yankee à sa place. Seul Constant ne semblait pas à son aise mais sa gêne, inexprimée, passait inaperçue.

— Etes-vous conscient de ce que votre fils a fait à ma fille ?

Gerald haussa les épaules.

— Une querelle. Une querelle d'amoureux. Ce sont des choses qui arrivent. Quelle importance ? Ce sont des enfants.

— Vous voulez savoir pourquoi ma fille a catégoriquement refusé d'inviter votre fils à sa soirée ? Et pourquoi elle ne veut plus jamais le revoir ?

— Oui, justement, je serais curieux de le savoir.

— Parce que votre fils l'a agressée.

— Agressée ?

— Vous m'avez parfaitement entendu. Agressée.

Gerald sortit sur le perron et referma la porte derrière lui. Au même instant, sur un signe de sa mère, Des se leva de table et alla fermer la porte à deux battants de la salle à manger. La suite de la conversation ne fut plus audible de l'intérieur. Constant, épouvanté par cette accusation, me raconta plus tard. Des mots furent échangés. Haineux.

— Il l'a empoignée. Il lui a tordu le bras. Il l'a brutalisée. Il l'aurait violée si elle ne s'était pas mise à crier. Il lui a plaqué une main sur la bouche. Il l'a terrorisée.

— Je n'y crois pas.

— Vous pouvez le croire. Et la prochaine fois que vous irez vous agenouiller au balustre du chœur pour recevoir la communion des mains de votre cher cardinal, n'oubliez pas de remercier votre Dieu que je n'aie pas porté plainte contre votre fils. Weegie voulait aller à la police ce soir-là, à Watch Hill, mais sa mère lui a dit, et j'ai été d'accord, que les gens comme nous ne s'adressaient pas à la police en de telles circonstances. On ne risque que de s'attirer de la mauvaise publicité et d'y perdre sa réputation. Mais le problème, avec ce genre de raisonnement, c'est que les gens de l'espèce de votre fils peuvent agresser sans risque et que leur seul châtiment est de ne pas être invité à un bal !

— Sortez de chez moi, Leverett !

— Je ne suis pas chez vous, Gerald. Je suis devant chez vous !

— Sortez de ma propriété !

Plus tard, Constant me relata la conversation qu'il avait eue avec son père après le départ de Leverett Somerset.

— C'est vrai, Constant ?

— Non, p'pa.

— Tu me le jures ?

— Je te le jure.

— Que s'est-il passé ?

— Elle m'a allumé.

— Ce coup-là ?

— Oui.

— Et tu l'as blessée ?

— Seulement en paroles. Pas physiquement. Je te le jure, p'pa.

— Je te remercie, Constant. Je te crois.

Constant fit mine de partir.

— Tu sais, Constant, reprit son père, les filles

comme la petite Somerset et comme celles du couvent que tes sœurs amènent à la maison, on les embrasse, rien de plus, surtout à ton âge. Tu comprends ce que je veux dire ?

— Oui, p'pa.

— Je vais demander à Johnny Fuselli de te mettre en relation avec des filles d'un autre genre. Ce sera une bonne expérience pour toi. Et, avec elles, pas de problèmes. Pas de malentendus. Car c'est bien ce dont il est question avec Weegie Somerset : un malentendu. N'ai-je pas raison ?

— Absolument, p'pa.

*
* *

Jerry proposa qu'on fasse une partie de soft-ball. Avant son accident, c'était lui le meilleur athlète de la famille et il aimait toujours autant le sport, même s'il ne pouvait plus participer aux matches. Dans la famille, tout le monde était toujours partant pour jouer, aussi bien les filles que les garçons. Les équipes se formèrent.

— J'arbitre, annonça Jerry.

— Vous ferez attention à mes jonquilles, cria Grace.

— Qui a la batte ?

— Tout est dans la remise, dit Fatty Malloy. Les battes, les balles, les gants.

Les Malloy savaient toujours où tout se rangeait chez les Bradley. La remise était pourvue pour parer à toute éventualité sportive aussi bien pour la famille que pour des invités. S'y trouvaient des raquettes de tennis, des dizaines d'étuis de balles, des clubs, et des dizaines de balles de golf, des bombes d'équitation, des cravaches, des jeux de croquet, des accessoires de natation, et tout le matériel pour le soft-ball : gants, balles, battes.

— Je serai furieuse si vous piétinez mes jonquilles, répéta Grace.

— Oh, m'man ! crièrent Kitt et Mary Pat d'une seule voix.

Je détestais jouer avec eux. Ils étaient tous trop doués. Et tous beaucoup trop impitoyables si vous ratiez une balle, faisiez une erreur tactique ou bien, Dieu vous en préserve, lanciez la balle out.

— C'était ta faute, Harrison, cria Jerry. Tu as laissé cette balle te filer entre les jambes.

— Je suis navré, lui répondis-je sur le même ton.

— Lance-la à Harrison, hurla Sandro à Kitt quand elle eut la batte, induisant que je raterais sûrement la balle.

Elle le fit, lança de toutes ses forces, droit sur la deuxième base. Je rattrapai la balle et la lançai à Constant sur la première base. Kitt était out. Vivats de Constant et de Mary Pat.

— Evidemment, il faut que tu la rattrapes quand c'est moi qui joue, me dit Kitt.

— Je suis navré.

— Arrête d'être navré à tout bout de champ.

Bien entendu, ce fut Constant la vedette de l'après-midi. Il fit un retour à la base avec Fatty et Mary Pat, bondissant d'une base à l'autre, joyeux, tout à sa gloire. De retour à sa base, il ramassa la batte et la fit tournoyer au-dessus de sa tête.

— Et je l'ai fait avec une batte fendue ! s'écria-t-il.

A ces mots, de ses deux mains, il la lança haut dans les airs et elle alla atterrir dans le bosquet de la propriété des Somerset. Kitt et moi courûmes pour essayer de la récupérer.

— Elle doit bien être quelque part, dit Kitt.

Nous ne réussîmes pas à la retrouver. Les taillis qui séparaient les deux propriétés étaient trop épais, trop sombres.

— Quelle importance ? Il doit y avoir une dizaine d'autres battes dans la remise, assura Jerry. Va en chercher une autre, Fatty.

C'est alors que Gerald nous héla de la terrasse.

— Les Wadsworth se plaignent. Vous faites trop de

bruit et vous les empêchez de ramasser leurs œufs de Pâques.

— Qu'ils aillent se faire foutre ! s'exclama Jerry.

S'élevèrent des vivats et des hurlements de rire.

— Comment sont mes jonquilles ? cria Grace.

— Piétinées, lui hurla Kitt. Mortes ! Saccagées !

La famille rebroussa chemin à travers la pelouse, passa devant le court de tennis et la piscine, et regagna la terrasse de la maison. Le moment était venu pour Sandro de repartir pour Washington. Déjà, la famille l'appelait Le Sénateur. Charlie, le chauffeur, attendait afin de le conduire à l'aéroport. Maureen et Freddy Tierney prenaient l'avion pour Chicago où ils allaient passer quelques jours dans la famille de Freddy. Des était de garde à l'hôpital. On se dit au revoir.

Une jeune fille surgit du bosquet.

— Salut ! nous cria-t-elle.

Seuls Constant et moi étions toujours près du terrain de soft-ball, ramassant les gants.

— Salut, toi-même, lui dit Constant.

— Hé, il ne faut pas m'en vouloir à moi. Je ne suis qu'une ambassadrice envoyée par les Wadsworth qui vous prient de faire un peu moins de bruit.

— On les empêche de ramasser leurs œufs de Pâques, on sait. On a déjà eu le message par téléphone. Regarde, on a même arrêté de jouer.

— Bien, corvée accomplie.

Elle se détourna pour partir.

— Comment tu t'appelles ? lui demanda Constant.

— Winifred Utley.

— Winifred Utley, répéta-t-il. Je ne connais pas de Winifred.

— Indirectement, si.

— Comment ça ?

— Mon nom ne te dit rien ?

— Vous êtes très jolie, jolie Winifred, mais non, votre nom ne me dit rien.

— Eh bien moi, je sais qui tu es. A l'école, toutes les

filles savent qui tu es. Tu es célèbre. Ma mère t'a pris en stop un jour, et elle t'a amené de Milford jusqu'ici.

— Ah, oui, bien sûr, fit Constant. Tu t'en souviens, Harry ? Dans une Buick bleue. Elle a même fait un détour de vingt-cinq kilomètres pour nos beaux yeux. Elle nous a amenés ici même, devant cette maison.

— Oui, je me souviens de Mme Utley.

Je me souvenais aussi de l'imitation féroce qu'en avait faite Constant, à peine étions-nous descendus de voiturc.

— Mon ami Harrison Burns, ici présent, était avec moi ce jour-là. Une excursion qui a plutôt mal tourné, en l'occurrence, dit Constant.

— Pourquoi ?

— Parce que je me suis fait jeter de Milford juste après.

— Mais je croyais que tu passais ton diplôme en juin ?

— Oui. Mon père a financé la construction d'une bibliothèque, alors j'ai été réintégré. Voilà comment les mauvais garnements riches s'en sortent dans la vie.

— Je pense que tu es un plaisantin, Constant.

— Je pense que tu es adorable, Winifred.

Il scruta son visage frais et expressif, le visage d'une jeune fille de quinze ans, un visage qui devait son charme à sa jeunesse. Il ne serait sans doute jamais aussi joli qu'en cet instant.

— Qu'est-ce que tu es venue faire par ici ?

— Je te l'ai dit. Les Wadsworth m'ont envoyée.

— Non, je voulais dire, en ville. Qu'est-ce que tu es venue faire en ville ?

— On a emménagé ici. Mon père est le nouveau P.-D.G. de Veblen Aircraft.

— Vous habitez où ?

— Juste à côté de chez vous. Dans Varden Lane, derrière les Somerset.

— Je vois. Dans l'ancienne maison des Prindeville.

— Celle-là, oui.

— Il y a un raccourci qui y va.

— Je sais.
— Peut-être qu'un rendez-vous de minuit est à l'ordre du jour ?
— Dans le raccourci, tu veux dire ?
— Oui.
Elle pouffa de rire.
— Il y a peu de chances. Je connais ta réputation.
— Par qui ?
— A l'école, toutes les filles parlent de Constant Bradley.
— En bien ou en mal ?
— Tout dépend de qui en parle.
Elle rit de nouveau et courut vers le bosquet, repartant par où elle était venue.

Le surlendemain soir, Constant, Mary Pat, Kitt et moi dînions au Country Club. C'était la dernière soirée des filles avant qu'elles ne repartent pour le couvent. Grace et Jerry participaient à une collecte électorale en ville. Gerald était allé à New York « pour affaires », comme disait Constant en faisant un clin d'œil quand il pensait que son père était avec une de ses petites amies.
— Il en a une nouvelle, dit-il. Eloïse Brazen.
— Je suppose que ce n'est pas ton père qui te l'a révélé.
— Non. C'est Fuselli.
— Qui est-elle ?
— Une carriériste. Mon père a un faible pour les carriéristes. Il a moins de problèmes à s'en débarrasser quand c'est terminé.
— Exit Sally Steers ?
— Sally a mordu la poussière.
Au dîner, la plus grande partie de la conversation tourna autour du mariage de Maureen. Mary Pat et Kitt allaient être demoiselles d'honneur pour la première fois.
Constant était d'humeur badine, amusant ses

sœurs, allant jusqu'à taquiner la serveuse qui refusait de lui apporter du vin sous prétexte qu'il était mineur.

— Mon père me permet d'en boire à la maison, Ursula, lui dit-il.

Constant n'oubliait jamais les prénoms du petit personnel.

— Alors, vous feriez mieux de rentrer chez vous en demander à votre père, lui répliqua-t-elle.

— Oh, la province ! s'exclama Constant.

— Il vous fait marcher, dit Kitt à la serveuse. Il est très taquin. Il sait très bien qu'il n'a pas le droit de boire du vin au Club.

Mary Pat se racla ostensiblement la gorge.

— Oh, oh, fit-elle, d'un air de mauvais augure.

— Qu'est-ce qu'il y a ? s'enquit Constant.

— Regarde discrètement vers l'entrée de la salle.

Les Somerset arrivaient en compagnie de leur fille. M. Carmody, qui plaçait les membres du Club, les conduisit vers une table non loin de la nôtre mais, au centre de la salle. Leverett Somerset, sans prévenir M. Carmody, bifurqua brusquement et guida son épouse et sa fille jusqu'à une table inoccupée, à l'autre bout de la salle.

— Assied-toi là, Weegie, intima-t-il à sa fille, la plaçant dos à nous.

— Heureusement que nous avons presque terminé, soupira Kitt.

Constant se leva, nous priant de l'excuser.

— Je reviens tout de suite.

Il quitta la salle et obliqua sur sa droite, vers les vestiaires où un bar permettait aux hommes de boire un verre après leur partie de tennis ou de golf. Corky, le barman, était en train de fermer.

— Salut, Corky, fit Constant.

— Monsieur Bradley, répondit Corky.

— Tu peux me servir un verre ?

— Vous savez bien que je n'ai pas le droit de servir les mineurs.

— Oui, oui, je sais. Mais il n'y a personne.

— C'est le règlement du Club. C'est la loi de l'Etat.

— Ouais, je sais, fit Constant, posant un billet de dix dollars sur le bar. T'as revu mon cousin Fatty Malloy ?

— Je l'ai vu à la veillée mortuaire du Père Curry, la semaine dernière.

Constant posa un deuxième billet de dix dollars à côté du précédent et les fit glisser vers le serveur.

— Allez, Corky. Un petit scotch.

— Une vodka. Ça peut passer pour de l'eau.

— Verse-m'en un peu plus.

— Allez la boire dans les vestiaires. Pas ici. Je tiens à mon boulot.

Lorsque Constant revint à notre table, dix minutes plus tard, je devinai qu'il avait bu. Il s'appliquait à ne pas regarder dans la direction des Somerset. D'une pièce voisine, nous parvenaient les échos d'une musique de danse.

— C'est quoi, cette musique ? demanda Constant à la serveuse.

— C'est le bal des Juniors du Club, dans le salon, répondit-elle.

— Comment se fait-il que vous n'y soyez pas, les filles ? demanda-t-il à ses sœurs.

— Nous n'avons pas de cavalier, expliqua Kitt. Et puis, de toute façon, je préfère de beaucoup dîner avec vous, élèves de terminale, que de danser joue contre joue avec un boutonneux dans le genre de Billy Wadsworth. Promets-nous qu'en partant on passera par le salon pour qu'ils voient tous qu'on est avec toi, même s'il est presque certain que tu seras assiégé par toutes les petites BC-BG qui te supplicront de les faire danser. Promis ?

— D'ac'.

Sous la houlette de Constant et Kitt, nous fîmes une sortie tarabiscotée, traversant le salon en passant au beau milieu de la piste de danse jusqu'au vestibule. Plusieurs filles suivirent Constant des yeux. L'une d'elles interrompit sa danse avec Billy Wadsworth et s'exclama :

— Salut, Constant.

— Oh, ça commence, soupira Kitt.

— Tiens, salut, Winifred, dit Constant. Tu connais mes sœurs, Mary Pat et Kitt ? Tu connais Harry. Je vous présente Winifred Utley. Elle vient d'arriver en ville.

— Je vous ai aperçus dans la salle à manger. J'espérais que vous viendriez par ici, même si notre groupe est un peu jeune pour vous, dit Winifred, se détachant de Billy.

— On ne faisait que passer en partant, répliqua Constant. On n'est pas habillés pour la circonstance.

— Tu ne voudrais pas rester pour une danse ? Rien qu'une, supplia Winifred. Imagine ma popularité à l'école si je pouvais leur raconter que j'ai dansé avec Constant Bradley.

— Cela dépend entièrement de mes sœurs, répondit Constant.

— Oh, s'il vous plaît, dites-lui que c'est d'accord, implora Winifred. Juste une danse. Il paraît que c'est un si bon danseur. Le bal se termine à dix heures, et je dois être rentrée à dix heures et demie. J'ai la mère la plus sévère du monde.

— On va attendre ici avec Harry, dit Kitt.

Constant conduisit Winifred sur la piste.

— Ça ne te gêne pas de danser avec un homme qui bande, j'espère ? lui demanda-t-il.

— Vous êtes insupportable, Constant Bradley. Adorable mais insupportable.

— Ai-je bien entendu ce qu'a dit Bradley ? fit Billy Wadsworth, l'air renfrogné.

Nous regardâmes le couple danser pendant un moment. Constant, plus âgé d'un ou deux ans que les autres garçons, était le seul sur la piste à ne pas porter de cravate noire, mais c'était lui et Winifred qui dominaient le groupe des jeunes gens, attirant tous les regards. Après quoi, il disparut de nouveau dans la direction des vestiaires pour hommes. Au bout de plusieurs danses, il réapparut et vint me trouver.

— Et si tu prenais la voiture et ramenais les filles à la maison ? Je vais rester encore un peu pour danser avec Winifred.

— Billy Wadsworth ne t'apprécie guère, Constant, lui fit remarquer Kitt. C'est avec lui qu'elle est venue.

— Il s'en remettra, répliqua Constant.

— Et toi, tu vas rentrer comment ? lui demandai-je.

— Je me ferai déposer.

— Tu veux que je revienne te chercher ?

— Si tu veux.

— Ce bon vieux Constant, dit Kitt. Il faut toujours qu'il nous fausse compagnie.

Le téléphone sonna chez les Bradley. Grace Bradley avait le sommeil léger. Elle alluma la veilleuse de son lit à colonnes et consulta le réveil posé sur sa table de chevet. Il était deux heures du matin. Les appels en pleine nuit l'inquiétaient toujours. Elle pensa à Gerald, à New York pour affaires. Elle pensa à Sandro, à Washington. Elle pensa à Maureen, à Chicago avec Freddy.

— Allô ? dit Grace, tout en se signant.

— Madame Bradley ? Je suis Luanne Utley. Je vous prie de m'excuser de vous appeler à cette heure, mais je cherche ma fille, Winifred Utley. Elle devait rentrer à dix heures et demie et elle n'est toujours pas là. Je suis dans tous mes états. Mon mari n'est pas en ville.

— Mais qui est à l'appareil ? demanda Grace, désorientée.

— Luanne Utley. Mme Raymond Utley. Mon mari est le nouveau P.-D.G. de Veblen Aircraft. Nous avons acheté la maison des Prindeville, dans Varden Lane.

— Ah oui ? N'est-ce pas un peu tard pour téléphoner ?

— Ma fille, Winifred, a disparu.

— Mais qu'est-ce qui vous fait penser qu'elle pourrait être ici ? Il est deux heures du matin. Mes enfants la connaissent ?

— Votre fils Constant a dansé avec elle ce soir, au Club, au bal des Juniors.

— Je ne crois pas que mon fils soit allé à un bal, madame Utley. Je crois qu'il a dîné avec ses sœurs.

— Je vous en prie. Auriez-vous l'obligeance d'aller voir, madame Bradley ? Je suis désolée de vous importuner à cette heure indue, je sais. Winifred m'a dit qu'elle rentrerait à dix heures et demie. Elle n'est jamais en retard. Jamais. Je suis affreusement inquiète. Pourriez-vous me passer votre fils, s'il vous plaît ?

— Ne quittez pas, dit Grace.

Elle se leva, enfila son peignoir, ses mules.

La chambre qui était habituellement la mienne dans cette maison, la « chambre d'Agnès » avant qu'elle ne soit internée, venait d'être occupée par Freddy Tierney, aussi je partageais celle de Constant. J'étais endormi, lorsque Grace ouvrit la porte et alluma la lumière. Je m'éveillai immédiatement et me redressai.

— Que se passe-t-il ? demandai-je, surpris de voir Grace Bradley sur le seuil.

— Où est Constant ?

Je me tournai vers son lit. Vide. Il n'y avait pas dormi.

— Je n'en sais rien, lui répondis-je.

— Une femme vient de me téléphoner. Une certaine Mme Utley. Elle cherche sa fille. Elle dit que Constant a dansé avec elle au Club. Savez-vous si cela est exact ?

— Oui, oui, il a dansé avec elle.

— Kitt et Mary Pat sont rentrées ?

— Oui, je les ai raccompagnées. Constant est resté. Je suis allé le rechercher à la fin du bal, à dix heures.

— Et la petite Utley. Je ne sais plus son prénom. Elle était là ?

— Elle s'appelle Winifred. J'ai supposé que Billy Wadsworth l'avait ramenée chez elle. Il était son cavalier.

Grace se dirigea vers le téléphone du couloir de l'étage et le décrocha. Je me levai et la suivis.

— Non, madame Utley. Votre fille n'est pas ici... Oui. Mais il dort.

Le regard de Grace croisa le mien, juste un instant, pendant qu'elle mentait.

— Il m'a dit que Billy Wadsworth avait raccompagné votre fille... Pardon ? Ah, je comprends... Vous avez déjà parlé à Mme Wadsworth et à Billy... Je voudrais pouvoir vous aider, madame Utley... Oh, non, si j'étais vous, je ne préviendrais pas la police, fit Grace, vivement. Il n'y a pas de quartier plus sûr que le nôtre. Il y a des rondes toutes les heures. Elle a peut-être été hébergée pour la nuit par une de ses camarades de classe. Je suis sûre que tout va s'arranger.

Elle prononça d'autres paroles de réconfort, et raccrocha. Elle me regarda de nouveau, une expression de tristesse infinie sur le visage ; un air que je ne lui connaissais pas.

— Ah, les filles, les filles, les filles ! soupira-t-elle. Constant est exactement comme son père. Et ses frères. Regardez où ça a mené Jerry, tout ça. Il est infirme maintenant ! Et cette fille, en fauteuil roulant pour le restant de ses jours !

Je ne répondis pas. Je ne savais pas quoi dire.

— Quel âge a-t-elle, cette petite Utley ?

— Quinze ans, je crois.

— Quinze ans. Et elle est encore dehors à cette heure ! Je n'ai peut-être pas d'autorité sur les hommes de ma vie, mais j'en ai certainement sur mes filles. Vous voulez bien aller voir en bas ? Si Constant est avec elle, raccompagnez-la en voiture, voulez-vous ? Varden Lane. Et dites à cette petite nigaude que sa mère est aux cent coups. Bonne nuit, Harrison.

Je la suivis des yeux tandis qu'elle longeait le couloir jusqu'à sa chambre. Comme Sally Steers, j'avais toujours pensé qu'elle n'était pas au courant des infidélités de son époux. Je venais de comprendre qu'elle choisissait de les ignorer. Arrivée à la porte de sa chambre, elle se retourna vers moi et vit que je l'observais.

— Ne dites rien de tout cela à Mary Pat et à Kitt. Je ne veux pas que mes filles sachent qu'il se passe ce genre de choses sous ce toit.

Et elle rentra dans sa chambre.

Je regardai par la fenêtre. La Porsche de Constant était toujours devant le garage, là où je l'avais garée. J'enfilai à la va-vite mon pantalon, mon pull et mes mocassins. Je longeai le couloir sur la pointe des pieds et descendis l'escalier. Sur le seuil du salon, je me raclai la gorge le moins discrètement possible pour leur signaler ma présence au cas où ils seraient en train de faire l'amour. Il n'y eut aucune réaction. La pièce était plongée dans l'obscurité et le silence, excepté le tic-tac régulier de la pendulette ancienne posée sur la cheminée. J'allumai la lumière. La pièce était vide. Je tournai les talons et gagnai la bibliothèque. La porte était close. Je frappai. De nouveau, je me raclai la gorge. De nouveau, il n'y eut aucune réaction. Je poussai la porte et entrai.

— Constant ? appelai-je à mi-voix. Constant ?

J'allumai la lumière. Personne dans cette pièce non plus. J'allumai la lumière dans la salle à manger. Personne. J'allumai la lumière dans le cabinet de toilette qui se trouvait sous l'escalier du hall d'entrée. Personne. Me tournant un peu trop vivement, je renversai un des lys en pot qui, par dizaines, décoraient le hall d'entrée : le cache-pot blanc et bleu se brisa sur le sol. J'attendis un moment pour voir si quelqu'un à l'étage avait été réveillé par le bruit. Mais non. Enfin, j'allai allumer la lumière dans la petite pièce, au bout de l'entrée, que Gerald utilisait comme bureau. Personne là non plus.

Soudain, de petits coups furent frappés au carreau. Il y avait quelqu'un dehors. Je me figeai, glacé de peur. Mes parents, à qui je ne songeais presque jamais, me traversèrent l'esprit, et je pensai à ce qu'ils avaient dû ressentir au moment où leur agresseur avait surgi. La fenêtre était de style Tudor, les carreaux formés de petits losanges biseautés. La pièce étant éclairée, il était difficile de distinguer au-dehors. Un autre coup fut frappé, plus péremptoire cette fois.

— Harry ! Harry ! appela-t-on, à mi-voix.

C'était Constant.

Je courus à la fenêtre et l'ouvris.

— Bon sang, Constant, tu m'as fait une de ces peurs !

— Chhhh, murmura-t-il.

Il était débraillé, sale, sa chemise était déboutonnée, déchirée, tachée ; son pantalon, chiffonné. Il était blanc comme un linge. Ses cheveux, trempés de sueur, étaient plaqués en arrière. Il avait une plaie à la lèvre.

— Mais qu'est-ce qui t'est arrivé ? chuchotai-je.

— Oh, Harry, gémit-il.

Il pleurait.

— J'ai besoin d'aide.

Je passai une jambe par la fenêtre, mais l'ouverture était trop étroite pour que je puisse sortir.

— Oh, merde ! fis-je.

— Ne fais pas de bruit. Il ne faut réveiller personne, chuchota-t-il.

— Je vais sortir par l'office, lui dis-je.

Je longeai le couloir jusqu'à la cuisine en m'efforçant de ne pas faire de bruit. La chambre de Bridey était contiguë à l'office et Bridey, nous le savions tous, avait le sommeil léger. Les autres domestiques, Colleen et Kate, couchaient au deuxième étage. Je gagnai la porte à pas de loup. Aussi vite que je le pus, je tournai la clef dans la serrure, tirai les deux verrous, défis l'entrebâilleur. Au-dehors, Constant attendait à côté de la porte, haletant.

— Pourquoi toutes les pièces sont-elles allumées ? questionna-t-il.

— C'est moi qui ai allumé. Je te cherchais. Ta mère m'a demandé d'aller voir si tu n'étais pas en bas.

— M'man ? Pourquoi ?

— Mme Utley a téléphoné. Winifred n'est toujours pas rentrée. Elle a appelé aussi chez les Wadsworth. Ta mère a pensé que tu pouvais être dans une des pièces du bas avec Winifred, mais elle préférait que Mme Utley ne le sache pas. Où est-elle ? Elle est avec toi ?

— Il vaut mieux que tu éteignes toutes ces lumières. Elles pourraient attirer l'attention d'un automobiliste, ou d'une voiture de police, j'sais pas, moi.

— Je crois que Mme Utley va appeler la police.

— Oh, nom de Dieu, éteins toutes ces lumières, Harry. Grouille !

Alarmé par l'affolement qui transparaissait dans sa voix, je retraversai tout le rez-de-chaussée, éteignant la lumière dans le salon, la bibliothèque, la salle à manger, le cabinet de toilette, et la cuisine. Quand je ressortis par la porte de service, je trouvai Constant à l'endroit où je l'avais laissé, comme en transe.

— Qu'est-ce qui se passe ? lui demandai-je.

Il s'éloigna dans la direction du court de tennis. Je lui emboîtai le pas.

— Il faut que tu m'aides, Harry. J'ai besoin de toi. Plus que jamais. Tu es mon ami ?

— Bien sûr que je suis ton ami. Tu es mon meilleur ami.

— A la vie, à la mort ?

— A la vie, à la mort.

— Suis-moi.

Nous traversâmes la pelouse, passâmes devant le court de tennis et la piscine jusqu'à l'emplacement, au fond de la propriété, où nous avions joué au soft-ball le dimanche de Pâques. Constant continua à marcher et entra dans le bosquet. Il faisait nuit noire.

— C'est là, me dit-il, s'arrêtant. Il faut qu'on la porte plus loin dans le bois.

— Qui ça ?

— Winifred. Il faut qu'on la porte plus loin.

— Elle est blessée ?

— Non, elle est morte.

Dans le noir, je ne distinguais pas son visage.

— Morte ?

Il tomba à genoux. Devant lui, par terre, gisait Winifred Utley. Elle portait sa robe de bal rose, mais elle était relevée et lui recouvrait le visage. Son slip était baissé aux genoux. Je m'avançai pour la toucher, mais son visage et son crâne étaient couverts de sang. Je me reculai. Je compris que les taches qui maculaient la chemise de Constant étaient des taches de sang.

— Constant, qu'est-il arrivé ? Qui lui a fait ça ?

Je n'avais plus de voix. Mon cœur battait à tout rompre. J'avais conscience qu'une époque était révolue, qu'une page de ma vie était tournée, que rien ne serait plus jamais comme avant.

— Aide-moi à la porter plus loin dans le bosquet, plus près de chez elle.

— Tu veux la déplacer ? Pourquoi ? Il faut aller chercher de l'aide.

Il m'ignora.

— Moi, je la prends par les épaules, et toi par les pieds.

— Mais pourquoi ?

— Il ne faut pas qu'on la trouve sur notre propriété. Et si je la traîne à travers bois, ça se verra. Soulève-la par les pieds.

Au moment où nous la soulevâmes, elle laissa échapper un faible soupir.

— Constant ! Elle n'est pas morte, dis-je, tout heureux.

Nous la reposâmes par terre.

— Je vais chercher du secours, dis-je.

— Non. Personne ne peut plus rien pour elle. Elle est plus morte que vive.

Il ramassa une batte, celle de notre partie de softball du dimanche de Pâques, celle qu'il avait jetée dans le bois parce qu'elle était fendue, celle que Kitt et moi avions cherchée en vain. Elle était cassée en deux. Son extrémité était couverte de sang.

Winifred émit un autre gémissement. Sans quitter

Constant des yeux, je m'agenouillai près d'elle. J'entendis un gargouillement de salive dans sa bouche tandis qu'elle expirait. Je portai une main à ma gorge pour étouffer le cri qui s'y formait.

— Elle vient de mourir, haletai-je.

Ma voix n'était plus qu'un murmure où affleurait un début de panique.

Quand Constant parla, ce fut sur un ton rude, détachant bien chaque mot.

— Tu ne dois pas paniquer, Harry. Tu ne dois pas perdre la tête. Compris ? Nous devons rester très calmes. Faire ce qui doit être fait et rester très calmes. Demain, quand tout sera fini, on pourra craquer, pleurer, mais pas maintenant. Tu m'entends, Harry ?

Je le regardai fixement.

— Harry, tu m'entends ?

Je fis oui de la tête.

— Répète après moi, Harry. Dis, « Je t'entends, Constant ». Dis, « Je vais rester calme, je ne vais pas craquer ». Dis-le.

— Je t'entends. Je vais rester calme. Je ne vais pas craquer.

— Bien. Ce qui est fait est fait. On ne peut pas le défaire. On doit régler la situation telle qu'elle est. Tu comprends ?

— Oui.

— Soulève-la par les pieds.

Hébété, je suivis les instructions de Constant. J'accomplis ma tâche, muet de stupeur, me distançant mentalement de ce que faisaient mes mains. Nous la soulevâmes à nouveau mais, cette fois, je ne la regardai pas. Nous nous enfonçâmes dans les taillis. Puis, sur un signe de Constant, nous obliquâmes en direction de Varden Lane qui donnait sur les propriétés des Bradley et des Somerset. Quand les deux étages en brique rouge de la maison des Utley furent en vue, nous vîmes que la lumière brillait à chaque étage. Là, sur un second signe de tête de Constant, nous la couchâmes au pied d'un buisson. Constant se mit à la recouvrir de feuilles. Calmement, avec le pan de sa chemise blanche Brooks Brothers, il effaça ses empreintes digitales de la batte.

— Il vaut mieux qu'on rentre maintenant, chuchota-t-il. Ne parlons pas en chemin. Je ne tiens pas à réveiller Charlie dans son appartement au-dessus du garage.

— Et Winifred ? On ne peut pas la laisser comme ça ?

— Winifred ? Et moi ? Tout est fini pour elle. C'est à moi qu'il faut songer. Tout est de sa faute. De sa faute.

Nous repassâmes par la porte de service. Nous nous immobilisâmes un moment dans l'obscurité pour nous assurer que tout était tranquille. Constant posa le morceau de batte sur le comptoir de la cuisine.

— Passe-moi un des sacs-poubelle qui sont sous l'évier, me dit-il.

Il commença à se dévêtir — chemise, pantalon, slip — et entassa ses vêtements dans le sac-poubelle. Puis il jeta la batte à leur suite. Se relevant, nu, il me dit :

— Il vaut mieux que tu mettes tous tes vêtements là-dedans, toi aussi. Et tes chaussures.

Je fis ce qu'il me disait. Il ficela le sac et le porta à l'extérieur. Je le suivis.

— Je vais au garage le mettre dans le coffre de la voiture de Bridey. On pourra le sortir demain. Il est possible qu'ils fouillent ma voiture, mais pas la sienne.

Son calme me stupéfiait. Il revint dans la cuisine. Soudain, une lumière s'alluma.

— Qui est là ? fit une voix. Qui est là ?

— C'est moi, Bridey. Constant. Ne te dérange pas. Je suis juste descendu me chercher un verre d'eau. Retourne te coucher. Il est tard. Excuse-moi de t'avoir réveillée.

— Qu'est-ce que tu fais debout à cette heure-ci, Constant ?

— Va te recoucher.

Quand la lumière s'éteignit, il me fit signe de le

suivre dans l'escalier de service. A l'étage, il ouvrit la porte qui donnait sur le couloir, passa la tête pour s'assurer que sa mère n'était pas levée, et nous regagnâmes la chambre que nous partagions. Là, il me dit :

— Prends une douche. Vite. Brosse-toi les ongles au cas où tu aurais de la terre dessous. Puis recouche-toi et essaie de dormir jusqu'au matin.

Il décrocha le téléphone et composa un numéro.

— Les renseignements ? Je voudrais le numéro d'Eloïse Brazen. B-R-A-Z-E-N. A Manhattan, dans Park Avenue. Je ne suis pas sûr de l'adresse exacte. Dans les numéros quatre-vingt.

Il patienta.

— Je vous remercie.

Il raccrocha et recomposa un numéro.

— Allô ?

J'entendis la voix endormie d'une femme résonner dans le combiné.

— Je voudrais parler à Gerald Bradley. Non, miss Brazen, je ne me suis pas trompé de numéro. Passez-moi mon père, je vous prie. Tout de suite... Oui, je sais, il est trois heures du matin. Je suis désolé de vous avoir réveillée. Passez-moi mon père... P'pa, c'est Constant. Il faut que tu rentres à la maison. Le plus tôt possible. Loue une voiture avec chauffeur... Oui. Oui, c'est ça. J'ai des ennuis. Des ennuis pas possibles... Non, pas par téléphone. Il est arrivé un accident, un accident terrible. On va dire des choses sur moi, des trucs qui sont pas vrais. C'était un accident, p'pa. Je te le jure. Un accident... Quoi ? Ah oui, bonne idée. Je vais appeler Fuselli. Pars maintenant, p'pa. Fais vite.

Constant bondit sous la douche. Il se lava les cheveux. Le corps. Les mains. Il se brossa méticuleusement les ongles. D'une commode, il sortit une chemise blanche Brooks Brothers identique à celle, souillée de sang, qu'il avait mise dans le sac-poubelle. Il l'enfila et se coucha. Je le regardai fixement.

— S'ils demandent à voir les vêtements que je portais, je leur montrerai cette chemise. Elle sera froissée demain matin. J'ai une autre paire de pantalons en flanelle grise dans la penderie.

— Je n'ai pas de paire de chaussures ni de pantalons en double.

— J'ai tout ce qu'il faut. Ne t'en fais pas.

— Où est ton blazer ?

— Il doit être dans la Porsche.

Il alla regarder par la fenêtre.

— Bon Dieu ! fit-il.

Il recula pour ne pas être vu.

— Quoi ?

— Il y a des policiers qui tournent en voiture.

— Qui font quoi ?

— Ils roulent lentement. Ils braquent des projecteurs sur les pelouses.

Je considérai ce jeune homme qui avait été mon ami, comme s'il était un parfait inconnu. Il se détourna de la fenêtre.

— Pourquoi tu me regardes comme ça ? me demanda-t-il.

— Tu as une plaie à la lèvre.

Il y porta une main et alla se regarder dans le miroir de la salle de bains. Il tourna lentement son visage d'un côté, de l'autre, étudiant cette imperfection comme si elle n'était rien d'autre qu'une agression contre sa beauté physique et non un possible indice dans une affaire de meurtre.

— Constant, lui dis-je.

— Quoi ?

— Pourquoi ? Dis-moi au moins pourquoi. Que je puisse comprendre.

Il se tourna vers moi.

— Elle s'est mise à crier, me répondit-il sans la moindre émotion.

Horrifié par ses paroles, je me couvris la bouche de ma main. Il marcha vers moi, retirant sa chemise qui tomba sur le sol. Il se planta devant moi, nu, les mains sur les hanches. Son corps ondulait lentement, comme au rythme d'une musique. Puis il prit son pénis dans une main et commença à se masturber.

— Tiens, dit-il. Prends. C'est pour toi. Tout pour toi.

— Non.

— C'est bien ce dont tu as toujours eu envie ?

— Non.

— A d'autres. Je sais que tu en as toujours eu envie. Il est enfin pour toi. Vas-y. Vas-y.

Quand je m'éveillai, ni frais ni dispos, d'un sommeil agité, l'autre lit était déjà vide. Gerald était arrivé à Scarborough Hill à six heures du matin et s'était enfermé dans la bibliothèque avec son fils. Jerry sortit de ses appartements à sept heures. Plusieurs coups de fil furent passés à Sandro, à Washington. A huit heures, la famille se réunit autour du petit déjeuner. Cette famille était de celles qui débordaient de bonne humeur dès le matin, chacun racontant ses péripéties sociales ou familiales de la veille au soir. Grace tint à narrer par le menu le dîner politique auquel elle avait assisté, où on l'avait placée à côté d'un jeune prêtre, le Père Murphy, qui s'était investi avec passion dans la récente campagne électorale de Sandro, à Bog Meadow. Elle fit plusieurs tentatives pour raconter son histoire, mais Gerald était préoccupé par d'autres choses que le dernier prêtre dont s'était entichée sa femme. Il était évident que Grace et les filles ignoraient tout du drame qui se déroulait autour d'elles.

— Constant nous a laissés tomber, hier soir, p'pa, dit Kitt.

— Comment ça ? fit Gerald.

— Notre frère Constant est un homme à femmes, expliqua Mary Pat.

— On passait une soirée sensas au Club, Mary Pat, Harrison, Constant et moi, et il a commencé à faire la tête quand Weegie et ses parents sont arrivés puis, dès qu'il a vu la petite nouvelle du quartier, comment s'appelle-t-elle déjà... ah oui, Winifred Utley — dont le père est le nouveau P.-D.G. de Veblen Aircraft —, et qu'elle lui a dit : « Saluuut, Constant » en le dévorant des yeux, et qu'il lui a dit qu'il espérait que ça ne la gênait pas de danser avec un homme qui bandait, eh bien, il nous a tout bonnement laissés en plan pour aller danser avec elle et c'est le pauvre Harrison, ici présent, qui a été obligé de nous ramener.

— Kitt ! hurla Mary Pat.

— Je n'en crois pas mes oreilles, dit Grace.

Elle considéra son mari.

— Elle ne sait pas de quoi elle parle !

Gerald et Jerry échangèrent un regard.

— Harrison ne t'a-t-il pas invitée à danser ? demanda Grace à Kitt, essayant de changer de sujet.

Elle me regarda, semblant penser que c'était le moins que je pouvais faire vu tout le temps que je passais chez eux.

— Non, mais ce n'était pas grave. La musique était à gerber.

— J'ai horreur de cette expression, Kitt ! dit Grace.

Constant, en retard, fit son apparition dans la salle à manger. Il avait les cheveux mouillés. Il était vêtu avec son élégance coutumière : le blazer qu'il avait récupéré dans la Porsche, une chemise propre ouverte au col, un pantalon gris, des mocassins. Seuls les cernes sombres sous ses yeux tranchaient sur la fraîcheur de sa mise.

— B'jour, m'man, dit-il, se penchant pour l'embrasser sur la joue.

— Tu es en retard, lui dit Grace.

— J'ai fait quelques longueurs de piscine, lui répondit-il.

— Il fait un peu frisquet pour ça, non ?

— Nager dans l'eau froide est, paraît-il, la panacée contre la gueule de bois, s'écria Kitt.

— Qu'est-ce que tu en sais d'abord ? lui demanda Grace.

— Le père de ma camarade de chambre est un alcoolique, dit-elle.

Grace se tourna vers son fils.

— Une certaine Mme Utley m'a téléphoné à deux heures du matin. Elle cherchait sa fille.

— Tu vois, p'pa, fit Kitt, c'est un homme à femmes.

— Tu t'es coupé la lèvre, Constant ? interrogea Grace.

— En me rasant.

Bridey arriva de la cuisine, apportant les œufs de Gerald.

— Dis à Bridey ce que tu veux pour ton petit déjeuner, dit Grace à Constant.

— Juste du café, Bridey.

— Prends autre chose. Apportez-lui un jus de fruits et un œuf à la coque, Bridey.

— Non, m'man, je t'assure.

— Un muffin, alors ?

— Il faut dire qu'il s'est couché tard, intervint Bridey. Il m'a réveillée à trois heures du matin. Je me demande bien ce qu'il trifouillait dans ma cuisine à cette heure de la nuit !

— Mais non, mais non, ce n'était pas à trois heures du matin, rectifia Gerald. Le bal s'est terminé à dix heures. Il est rentré bien avant onze heures. N'est-ce pas, Harrison ? C'est Harrison qui l'a ramené en voiture.

Tous les regards se tournèrent vers moi. Avant que j'aie eu le temps de répondre, le bruit d'une voiture remontant la longue allée caillouteuse retint l'attention générale.

— Juste ciel ! Qui peut bien arriver à une heure pareille ? s'exclama Grace.

Gerald et Jerry allèrent regarder par la fenêtre.

— C'est Fuselli, dit Gerald.

Il fit un signe de tête à Jerry.

Pour un homme grièvement handicapé, Jerry Bradley se déplaçait très vite. Il sortit de la salle à manger, traversa le hall d'entrée et ouvrit la porte avant que Colleen ait eu le temps de le faire. Johnny Fuselli se tenait sur le seuil.

— Allez garer votre voiture derrière le garage, lui

dit Jerry. Mon père ne souhaite pas qu'il y ait trop de véhicules dans l'allée. Tenez, voilà les clefs de la voiture de la cuisinière. C'est une Pontiac. Prenez-la, sortez de la ville et jetez le sac-poubelle que vous trouverez dans le coffre. Ensuite, p'pa veut que vous reveniez ici.

— C'est quoi tout ce grand mystère ?

Jerry éluda sa question.

— Faites en sorte que le sac-poubelle ne puisse pas être retrouvé.

— J'avais bien envie de faire quelques brasses dans la piscine, dit Johnny. Okay ?

— On a d'autres choses à faire que barboter dans l'eau. Allez voir Bridey dans la cuisine et demandez-lui une tasse de café, mais ne lui dites pas que vous prenez sa voiture.

— Mary Pat, préviens Charlie que je veux le voir, et dis-lui aussi de faire le plein de la Cadillac, déclara Gerald, dans la salle à manger. Je veux qu'il vous raccompagne au couvent ce matin.

— Oh, non, p'pa ! se récria Kitt. On attend cet après-midi. Ce n'est pas la peine qu'on y soit avant cinq heures.

— J'ai dit maintenant. Vous partez dès maintenant. Cet après-midi, je vais avoir besoin de Charlie.

— On pourrait prendre le train, insista Kitt.

— Faites vos bagages, les filles. Vous partez maintenant. Votre mère et moi viendrons pour la réunion des parents d'élèves. Grace, si tu allais aider les filles ?

D'un signe, il ordonna à sa femme de faire sortir les filles de la pièce. Kitt s'arrêta sur le seuil.

— J'ai l'impression qu'un mystère plane ici, ce matin, dit-elle. Qu'en pense Harrison Le Taciturne ? C'est toi l'écrivain de la bande !

Je ne lui répondis pas.

— Mère Vincent va penser que tu nous punis parce qu'on a fait des bêtises, p'pa, remarqua Kitt.

— Venez embrasser votre papa.

Tout en étreignant ses filles, Gerald se tourna vers sa femme.

— Et si tu les ramenais, toi, Grace ? Tu as toujours beaucoup de plaisir à voir Mère Vincent. Je suis sûre qu'elle sera ravie d'apprendre que Maureen se marie.

Il la gratifia d'un regard d'acier qui exigeait qu'on se soumette.

Grace acquiesça d'un signe de tête, ayant compris le message.

— Ce Père Murphy, dont tu as fait la connaissance hier soir, celui qui a tant fait pour l'élection de Sandro, pourquoi ne l'inviterais-tu pas à dîner ce soir, Grace ? J'aimerais bien le rencontrer.

— Si vite, Gerald ? s'étonna Grace. Il est certainement très occupé.

— A quoi ? A assister à une réunion de la Société de Marie ? A un dîner à la fortune du pot chez les Compagnons de Christophe Colomb ? A la tombola du mercredi soir à la salle des fêtes de sa paroisse ? Crois-moi, Grace, il préférera venir ici, à Scarborough Hill. Je suis prêt à parier mon dernier dollar dessus !

*
* *

Après que les filles et Grace eurent quitté la pièce, Jerry dit à son père :

— Pourquoi inviter ce prêtre à dîner ?

— Ça peut être une bonne chose d'avoir un curé dans cette maison ce soir, au cas où.

Bridey réapparut avec un nouveau pot de café.

— Posez ça sur la table, Bridey. Ça ira. Inutile de faire le service, dit Gerald.

— Y a l'Italien qui vient de partir avec ma voiture, fit Bridey.

— Je lui ai dit qu'il pouvait l'emprunter, répliqua Jerry. Il a des problèmes avec la sienne.

— Mais j'ai mon marché à faire ce matin, moi, et j'ai les vêtements de Madame à aller chercher au pressing, et...

— Il va revenir, Bridey, l'interrompit Gerald, la congédiant d'un geste.

Après qu'elle fut repartie dans la cuisine, il y eut un moment de silence absolu, n'était Gerald qui tapotait sur la table en acajou avec le bout de ses ongles.

— Pour ce qui est d'hier soir, vous n'avez rien vu, rien entendu, hum, Harrison ?

Il me regardait. Jerry aussi. Constant avait les yeux baissés sur son assiette. Il resta coi pendant que son père et son frère réglaient les choses pour lui. Il n'y eut aucune remontrance. Ce serait pour plus tard, en privé. Pour l'heure, au milieu de l'agitation qui tourbillonnait autour d'eux, tout n'était que calme et ordre.

Pendant un instant, je ne dis mot. Je soutenais le regard dur et imperturbable que Gerald Bradley me lançait de sous ses sourcils grisonnants et broussailleux. L'impitoyable soleil du matin qui entrait à flots dans la salle à manger le vieillissait.

— Je n'ai pas entendu votre réponse, me dit-il. Vous m'avez répondu ?

— Comment ? murmurai-je.

— Je disais que vous n'aviez rien vu, rien entendu hier soir. Nous sommes bien d'accord, Harrison ? répéta Gerald Bradley.

— Non. J'ai... J'ai vu Winifred Utley, répliquai-je, d'une voix étranglée.

— Ah non, dit-il, chassant du revers de la main ces faits irréfutables comme s'il ne s'agissait que de fourmis venant importuner des pique-niqueurs en été. Non, non, non.

— Je l'ai vue, monsieur Bradley.

Je fondis en larmes.

— Ça va aller, petit, intervint Jerry.

Ces paroles se voulaient réconfortantes, mais sa voix trahissait une légère impatience.

— Ce n'est pas sur moi que je pleure, sanglotai-je. C'est sur elle.

— Laissez-moi seul avec Harrison, ordonna Gerald à ses fils.

Jerry et Constant se levèrent. Un bref instant, mon regard croisa celui de Constant. Le sien avait une expression que je ne lui connaissais pas ; c'était comme si les yeux d'un autre avaient pris possession de ses orbites. Il se dirigea à pas lents vers la porte, l'ouvrit et sortit. Jerry demeurait en arrière.

— J'aimerais rester, p'pa.

— En ce cas, ferme la porte, dit Gerald.

Jerry alla fermer la porte puis retourna s'asseoir à table, rapprochant sa chaise de celle de son père.

— Ma famille s'est toujours montrée sympathique envers vous, Harrison, commença Gerald.

— Oui, monsieur.

— Nous vous offrons un foyer depuis la mort tragique de vos parents, n'est-ce pas ?

— Oui, monsieur.

— Je suppose que vous nous en êtes reconnaissant ?

— Oui, monsieur.

— Et Constant a toujours été votre meilleur ami, n'est-ce-pas ?

— Oui, toujours.

— Depuis votre drame ?

— Oui.

— Sait-on qui a tué vos parents ?

— Quelqu'un de passage, probablement. Ils pensent que c'est un vagabond. Quelqu'un qui venait de l'I-95.

Gerald claqua des doigts, comme s'il essayait de se souvenir de quelque chose.

— Comment s'appelle-t-elle, déjà, votre bienfaitrice des missionnaires ?

— Tante Gert.

— Ah oui, Tante Gert. Je lui ai envoyé un joli chèque pour ses Pères Maryknoll.

— Oui.

Il inspira et expira avec bruit. Les préliminaires étaient terminés. Il en arrivait au cœur du problème.

— Il vient de se passer une chose terrible, Harrison.

— Oui.

— Un accident, bien entendu. Un accident tragique. Terrible. Vous savez tout ça, n'est-ce pas ?

Je le regardai sans répondre.

— Il est possible, reprit-il, que certains mésinterprètent ces faits tragiques une fois qu'ils seront connus. Les gens comme nous sont des cibles idéales pour la critique. Si, à un moment ou à un autre, vous deviez être interrogé, vous devez répondre que vous n'êtes au courant de rien, que vous n'avez rien vu, rien entendu. Vous comprenez ce que je vous dis, Harrison ?

J'acquiesçai.

— Il me faut votre parole d'honneur, Harrison.

Je détournai le regard.

— Vous avez eu une réponse de Yale, Harrison ?

— Non.

— Vous avez fait une demande de bourse, c'est ça ?

— Oui.

— Quelles sont vos chances ?

— Le Pr Shugrue a de bons espoirs.

— Et si la bourse ne vous est pas accordée ? Où irez-vous ?

— A l'université de l'Etat, je suppose.

— Du Connecticut ?

— Oui.

— Celle qu'on appelle U-Conn ?

— Oui.

Ça sonne décidément moins bien que Yale, hein ?

— Oui.

— Ce n'est pas vraiment ce dont vous avez envie, hein, d'être étudiant à U-Conn ?

— Non.

— Vous êtes un garçon intelligent, Harrison. Très intelligent. Je le sais. Je suis certain qu'on le sait à Yale.

Il est probable que vous obtiendrez la bourse. Mais avez-vous vraiment envie de faire toutes vos études universitaires en tant que boursier ? A dresser les tables pour vos camarades ? Les débarrasser après les repas ? C'est ce qui vous attend, vous savez. Vous faire payer des vestes de sport par Constant ? Eh oui, je suis au courant de tout ça. Porter ses chemises, ses cravates ? Vous n'en avez pas assez de tout ça ? Vous n'avez pas envie d'avoir des affaires à vous ? Vous allez même jusqu'à porter les chaussures de Constant. Je l'ai remarqué quand vous êtes arrivé pour le petit déjeuner. Où sont les vôtres ?

— Dans le sac-poubelle qui est dans le coffre de la Pontiac de Bridey, que Johnny Fuselli a « empruntée » ce matin, répondis-je. Elles sont avec la moitié de la batte et les vêtements de Constant tachés de sang.

Gerald et Jerry me dévisagèrent, épouvantés.

— Ecoutez, Harrison. Je suis prêt à payer l'intégralité de vos frais de scolarité pendant vos quatre années d'université. Je suis prêt à vous verser une rente qui vous permettra d'avoir un peu les mêmes choses que Constant. En fait, mon avocat de New York, Sims Lord, va vous contacter sous peu à ce sujet, pour vous faire parvenir un contrat, signé par moi. La garantie écrite d'une éducation très privilégiée. Un acte notarié. Officiel. Valable devant n'importe quel tribunal. Mais tout cela a un prix, Harrison. Un prix très modique : votre silence.

— Monsieur Bradley, j'ai vu ce qui s'est passé. J'ai vu Winifred morte. J'ai vu la batte qui l'a tuée. C'était celle que nous avions perdue lors de notre partie de soft-ball, le dimanche de Pâques, celle que Constant avait jetée dans le bois. Il avait déjà frappé Winifred avec la batte, plusieurs fois. Je l'ai aidé à déplacer le corps.

Soudain, Jerry, jusqu'alors silencieux, prit la parole.

— Tu te rends compte, j'imagine, que du coup tu es complice du crime ?

— Oui.

— C'est un chef d'accusation très grave.

J'acquiesçai.

— Tu sais quelles conséquences ça pourrait entraîner pour toi ?

Je le regardai. En cet instant, je compris qu'il m'avait toujours été antipathique, comme je le lui avais toujours été, depuis mon premier dîner dans cette même salle à manger, quand il avait amoindri mes aspirations à devenir écrivain. Son père m'intimidait. Lui, non.

— N'est-ce pas ? insista-t-il.

— Moins graves, je pense, que les conséquences pour celui qui a tué Winifred Utley de ses propres mains. Et Dieu merci, j'ai raté ce moment.

— Cela suffit, Jerry, dit Gerald, invitant d'un geste son fils à ne pas insister davantage. Laisse-moi régler cette affaire. Un autre café, Harry ?

— Non, merci.

— Constant est un brave garçon. Vous le savez bien.

J'eus l'impression qu'il attendait une réponse de ma part. Je n'en fis aucune.

— C'est un jeune homme plein d'avenir.

Je fis oui de la tête, mais ne dis rien. Nous étions assis, silencieux.

— Ces choses, ça passe, reprit Gerald. Les gens ont la mémoire courte. La vie reprend ses droits.

— Non. Moi, je n'oublierai pas.

— Mais si.

— Non. Je porte ma part de responsabilité. Je l'ai aidé à la transporter hors de votre propriété jusqu'aux abords de celle des Utley.

— Je veux que vous me disiez ce qui s'est passé exactement. Après que vous avez ramené mes filles ici, êtes-vous retourné chercher Constant au Club ?

— Oui.

— Avez-vous aussi raccompagné la petite Utley chez elle ?

— Non.

— L'avez-vous vue, cette fille ?

— Cette fille s'appelle — s'appelait — Winifred.
— Oui, oui. Est-ce que vous avez vu Winifred quand vous êtes retourné au Club pour chercher Constant ?
— Oui.
— Vous lui avez parlé ?
— Constant lui a parlé.
— Qu'est-ce qu'il lui a dit ?
— Il lui a dit : « Et si tu laissais tomber ton boutonneux et que ce soit moi qui te raccompagne ? »
— Que lui a-t-elle répondu ?
— Elle lui a dit : « Je suis venue avec Billy Wadsworth, et je repartirai avec Billy Wadsworth. »
— Comment se comportait Constant ?
— Il était saoul.
— Saoul ? Comment est-ce possible ?
— Il a donné vingt dollars au barman du vestiaire.
— Comment le savez-vous ?
— Je lui ai posé la question que vous venez de me poser.
— Qu'est-ce que vous avez fait une fois rentré ici ?
— Je suis allé me coucher.
— Et Constant ?
— Il est resté en bas. Il m'a dit qu'il avait envie de boire un autre verre.
— Et ensuite ?
— Ensuite j'ai été réveillé par Mme Bradley. Vers deux heures du matin.
— Continuez.
— Elle avait reçu un coup de téléphone de Mme Utley qui disait que Winifred n'était toujours pas rentrée. Elle venait voir si Constant était couché.
— Et il ne l'était pas ?
— Non.
— Est-ce seulement alors que vous vous êtes rendu compte qu'il ne s'était pas couché ?
— Oui.
— Est-ce que vous saviez s'il était convenu d'un

rendez-vous avec cette fille, avec Winifred, je veux dire.

— Si tel était le cas, il ne m'en a pas parlé.

— Continuez.

— Mme Bradley a pensé que Constant était dans une des pièces du bas, avec Winifred, et elle m'a prié d'aller voir, et de raccompagner Winifred chez elle en voiture.

— Et ?

— J'ai fait ce qu'elle me disait. J'ai allumé toutes les lumières. J'ai regardé dans toutes les pièces. Il n'y était pas. Puis, j'ai entendu des coups frappés au carreau. Il était là, dehors. Il m'a demandé de le suivre.

— Et vous l'avez suivi ?

— Oui. Et c'est alors que je l'ai vue. Elle était presque morte.

— Et c'est alors que vous l'avez déplacée ?

— C'est alors que j'ai aidé Constant à la déplacer, oui.

Gerald et Jerry échangèrent un regard. Le silence retomba.

— J'aimerais remonter dans ma chambre, dis-je.

— Oui, bien sûr. Remontez dans votre chambre. Reposez-vous. Nous en reparlerons, acquiesça Gerald.

Puis il eut une autre idée.

— Il vaudrait peut-être mieux que Johnny Fuselli vous ramène chez votre tante, à Ansonia ? Que vous y restiez jusqu'à la rentrée ? C'est mieux que vous ne soyez pas là. Qu'en dites-vous ?

— D'accord.

— Non, p'pa, intervint Jerry. Ce n'est pas une bonne idée. Il a ramené les filles du Club, puis il y est retourné chercher Constant et l'a ramené à la maison. Ça ferait très bizarre si, tout d'un coup, il n'était plus là.

— Nous ne savons pas ce qu'il va dire.

— Il ne va rien dire du tout. Constant est son meilleur ami. Tu ne vas rien dire du tout, hein, petit ? me demanda-t-il.

— Arrête de m'appeler « petit », dis-je. Ce n'est plus d'actualité. J'ai pris un coup de vieux en une nuit.

Je me levai et gagnai la porte à deux battants. Au moment où j'allais l'ouvrir, Gerald reprit la parole.

— Est-ce que vous n'auriez pas un petit penchant pour mon fils ? Hm ? Un petit penchant... de tapette ?

Je me tournai vers lui. La découverte de ce penchant par la famille de Constant avait été une de mes hantises mais, maintenant qu'il était verbalisé, je regardai Gerald droit dans les yeux pendant tout le temps que je lui faisais ma réponse, pour bien lui faire comprendre que cela ne lui donnerait aucune emprise sur moi.

— Je ne dirais pas cela mais, si tel a été le cas, monsieur, ça ne l'est plus.

Je me rendis compte que mon attirance pour Constant s'était éteinte avec l'expression que j'avais vue sur son visage tandis qu'avec le pan de sa chemise Brooks Brothers, il effaçait calmement ses empreintes digitales de la batte de base-ball dont il s'était servi pour tuer Winifred Utley.

4

Trois heures plus tard, à midi et demi, le corps de Winifred Utley était découvert par Belinda Beckwith, une fillette de quatorze ans, amie de Winifred, qui prenait un raccourci à travers le bosquet séparant les propriétés de Leverett Somerset et de Gerald Bradley. Belinda, déjà au courant de la disparition de Winifred, vit d'abord un pied, déchaussé, qui émergeait d'un tas de feuilles. Elle s'approcha de ce qui était, elle l'avait deviné, le cadavre de son amie, et aperçut les vestiges de la robe rose que Winifred avait portée au bal du Country Club, la veille au soir. Craignant de s'évanouir, répugnant à hurler, elle tourna les talons et courut jusque chez elle où, au bord de la crise de nerfs, elle fit part de sa macabre découverte à sa mère. Mme Beckwith commença par téléphoner à la police, puis elle se rendit immédiatement chez Luanne Utley.

La nouvelle fit le tour du quartier. Bonnes, majordomes, jardiniers et chauffeurs, par petits groupes, on se parlait d'une maison à l'autre, on se communiquait les toutes dernières informations. Sang. Batte. Sac mortuaire. Jupe relevée. Culotte aux genoux. En fin d'après-midi, on ne parlait plus que de cette histoire abominable au Country Club. Gerald m'y avait envoyé chercher la raquette de tennis que Constant laissait dans son casier de vestiaire. Il avait deux raquettes à la maison et deux autres à l'école, mais Gerald tenait à ce qu'il ait celle-ci pour son dernier trimestre à Milford. Je savais pertinemment que j'étais en fait mandaté pour écouter ce qui se disait au Club.

Leverett Somerset apprit la nouvelle au neuvième trou de son parcours de golf, de la bouche de Piggy French.

— On l'a retrouvée sur ma propriété ? demanda-t-il, éberlué.

— Entre chez vous et chez les Bradley, précisa Piggy.

— Je ne suis pas très sûr de savoir qui est Winifred Utley, dit Leverett. Etait-elle invitée au bal de Weegie à Noël dernier ?

— Oui. Sa famille venait d'emménager. C'était la fille de Ray et Luanne Utley. De Veblen Aircraft. Chip Wadsworth a ramené Billy et Winifred en voiture après le bal. Ils sont allés boire un Coca chez les Wadsworth avec d'autres jeunes, et Winifred est partie chez elle à pied.

— Oh, mon Dieu, la fille de Ray Utley ? C'est absolument incroyable qu'une chose aussi atroce puisse se produire à Scarborough Hill !

Leverett sauta derechef dans sa voiturette et fila au Club.

Corky, le serveur du bar des vestiaires pour hommes, tenait les membres du Club au courant des derniers rebondissements de l'enquête. Ayant joué, au lycée de Notre-Dame des Douleurs de Bog Meadow, dans la même équipe de basket qu'un des inspecteurs chargés de l'enquête, il était au fait de tout.

— Elle a été frappée si violemment que la batte de base-ball s'est cassée en deux, mais ils n'ont retrouvé que la moitié de la batte, dit Corky, ravigoté par son importance soudaine. L'autre moitié a disparu.

Ursula, la serveuse du bar des vestiaires pour femmes, raconta à Louise Somerset, à Eve Soby et à Felicia French qu'elle avait vu la petite Utley pas plus tard que la veille, au bal des Juniors.

— Elle portait une très jolie robe rose. Corky m'a dit qu'elle était complètement relevée quand on l'a retrouvée. Winifred adorait danser. Si vous l'aviez vue danser avec Constant Bradley ! Tous ceux qui étaient là s'étaient arrêtés pour les regarder. Il faut dire que c'est le meilleur danseur que j'ai vu, ça, c'est sûr.

A la mention du nom de Constant Bradley, Louise Somerset se rembrunit. Quand Ursula s'éloigna pour prendre une commande à une autre table, Louise se pencha vers Felicia French et Eve Soby, et leur chuchota quelque chose.

— Tu ne m'avais pas raconté ça, Louise ! s'exclama Felicia.

— Nous avions décidé de ne pas en parler à l'époque, dit Louise Somerset.

— Weegie a été blessée ? s'enquit Eve.

— Elle a eu plus de peur que de mal, Dieu merci. Vous me jurez de tenir votre langue ? demanda Louise. Leverett me tuerait s'il apprenait que je vous l'ai révélé.

— Oh, voyons, pour qui nous prends-tu ? se récria Felicia.

— Ma bouche est scellée, dit Eve.

Journalistes et reporters de télévision envahirent le quartier, tirant les sonnettes des somptueuses demeures de Scarborough Hill, avides d'interviewer quiconque aurait connu Winifred Utley. Le jardinier de Buzzy Thrall commit l'erreur de déclarer que « tout le monde » était au Country Club en train de jouer au golf et, un quart d'heure plus tard, la véranda du Club croulait sous les journalistes et les photographes qui essayaient de forcer l'entrée.

— Je ne veux aucun représentant de la presse à l'intérieur, décréta Leverett Somerset, en vertu de ses pouvoirs de président du Club. On sait ce qu'ils racontent sur notre genre de Club quand ils en parlent dans leurs articles. Ils disent que nous n'avons aucun Noir parmi nos membres, et pas de Juifs — ce qui est faux d'ailleurs, il suffit de voir les Minskoff — alors qu'ils feraient mieux d'écrire sur la question de savoir qui a tué Winifred Utley.

— Et les policiers ? demanda Corky.

— Quoi, les policiers ?

— On les laisse entrer ?

— Mais, bien sûr ! La police est toujours la bienvenue.

Chez les Bradley, Bridey Gafferty passait son temps à ouvrir la porte à des journalistes de presse ou de télévision pour leur annoncer que personne n'était à la maison. Johnny Fuselli, qui était revenu après s'être débarrassé du sac-poubelle de l'autre côté de la frontière d'un Etat limitrophe, proposa de se mettre en faction à l'entrée de l'allée et de repousser les journalistes, mais Gerald déclina son offre en disant que cela pourrait être mal interprété par les médias. On retira mes affaires de la chambre de Constant. Je me réinstallai dans la chambre contiguë à celle de Constant et que j'étais arrivé à considérer comme la mienne, celle que Grace Bradley appelait la « chambre d'Agnès », même si Agnès n'avait plus appuyé sa tête contre ces oreillers depuis belle lurette. Constant resta dans sa chambre toute la journée. Son père et ses frères allèrent le voir à plusieurs reprises. Jerry, quand il n'était pas dans la salle à manger avec son père, passait la plus grande partie de son temps dans la buanderie de l'étage, armé d'une paire de jumelles, à observer les policiers au travail, de l'autre côté du court de tennis. Ce qu'on appelait la machinerie Bradley s'était mise en branle. Sandro arriva de Washington. Desmond débarqua et dit à son père que l'autopsie de Winifred Utley était pratiquée au St. Monica's Hospital par le Dr Liu, le médecin légiste en chef de l'Etat. Johnny Fuselli gara toutes les voitures derrière la maison pour qu'elles ne soient pas visibles de la rue. Puis il enfila un maillot de bain, sauta dans la piscine, et se mit à nager furieusement. En un rien de temps, Jerry apparut au bord de l'eau.

— P'pa voudrait que vous sortiez d'ici. Ça la fiche mal que vous nagiez pendant qu'on recherche un corps à côté, dit-il.

— Ils l'ont déjà trouvé le corps, répondit Fuselli.

— P'pa vous demande de sortir de la piscine. Tout de suite !

Lorsque Jerry revint annoncer à son père que Johnny Fuselli était sorti de l'eau, Gerald lui dit :

— Qu'il disparaisse de la circulation pour le moment. Je ne tiens pas à ce qu'il soit dans les parages si les flics devaient venir.

— Où a-t-il jeté le sac-poubelle, p'pa ? questionna Jerry.

— Je n'en sais rien, et je ne veux pas le savoir. Et toi non plus, tu ne veux pas le savoir, répliqua Gerald.

Par deux fois, je fus prié de me rendre dans la salle à manger pour parler à Gerald et à ses fils. La première fois, pour repasser un à un tous les détails de la conversation que nous avions eue après le petit déjeuner ; et la seconde, pour faire mon rapport sur ce qui se disait au Club. Je les écoutais me dicter mes opinions et mes actions à venir. L'atmosphère était tendue, pour ne pas dire hostile.

Après que j'eus été congédié pour la seconde fois, Jerry me demanda d'attendre dans ma chambre. J'y restai, à regarder par la fenêtre. Une cohorte de policiers, photographes, cameramen et journalistes quadrillaient le quartier d'une propriété à l'autre, en bataille rangée. Un crime identique eût-il été commis dans un quartier moins cossu qu'il n'aurait pas attiré à ce point l'attention des médias. Mais, à Scarborough Hill, les maisons étaient immenses, les terrains étendus, les habitants riches. Et ces riches habitants restaient cloîtrés chez eux par choix, épiant les importuns. La clôture de chez les Wadsworth, déjà fendue, s'écroula sous le poids des journalistes qui s'y adossaient. Les haies de buis si chères aux Somerset furent déracinées par une équipe de télévision de Hartford. Les jonquilles de Grace Bradley furent piétinées, mortes pour de bon cette fois, et la grille du court de tennis des Bradley fut carrément dégondée parce que, à un moment donné, un journaliste confondit une branche morte tombée d'un arbre avec la partie manquante de la batte de base-ball. Dans toutes les maisons, tout le monde traitait ces intrus de vautours. Il n'y avait que chez les Utley où un respect de circonstance avait cours.

J'avais très envie de parler avec Constant, mais je savais que la famille voulait que je garde mes distances jusqu'à ce que toutes ces histoires soient réglées. J'errai jusqu'à la cuisine pour prendre un Coca dans le réfrigérateur. Les domestiques dînaient tôt à l'office, contigu à la cuisine, avant de dresser la table familiale pour le dîner où le Père Murphy était attendu. Je pouvais entendre les échos de leur conversation.

— Je crois que j'ai entendu quelque chose, Bridey, disait Colleen.

— Mais non ! répondit Bridey.

— Si. Ils étaient dehors sous ma fenêtre. A deux heures du matin. J'ai regardé mon réveil. Les voix montent, je les entendais, aussi nettement que le clocher de l'église.

— Qui ça ?

— Constant et son copain. Comment il s'appelle déjà ? Harrison, c'est ça ? Celui qui ne dit jamais rien.

« Rentre. Eteins les lumières », qu'il disait Constant. Quelque chose comme ça. Et Corinne m'a dit...

— C'est qui celle-là ?

— La bonne de Mme Somerset, à côté. Elle m'a dit que Constant avait frappé Weegie, l'été dernier.

— Non.

— J'te jure.

— Tu veux un bon conseil, Colleen ?

— Ouais.

— Motus et bouche cousue. Ou alors, avant que t'aies le temps de faire ouf, tu vas te retrouver à bord d'un vol Aer Lingus, direction retour Roscommon. Les Bradley sont les gens les mieux de la ville. Je te conseille de jamais l'oublier.

— Oui, Bridey.

— Et j'éviterais cette Corinne, si j'étais toi. Y a trop de gens par ici qui ont trop de choses à dire sur des choses dont ils savent rien.

Tandis que je remontais à l'étage, la sonnette de la porte d'entrée retentit à nouveau. Bridey se précipita hors de la cuisine, s'essuyant la bouche du revers de la main, et alla ouvrir. La conversation qui eut lieu sur le pas de la porte fut différente des conversations habituelles ce jour-là, Bridey répétant aux journalistes que tout le monde était absent. Je l'entendis dire :

— Oh, oui, bien sûr, monsieur. Entrez, monsieur. M. Bradley m'a prévenue que vous deviez arriver.

Un homme grand, distingué, en costume gris à rayures blanches, s'avança dans le hall et se dirigea vers la salle à manger.

— A votre place, je n'entrerais pas, dis-je, à mi-hauteur de l'escalier.

— Oh, et pourquoi donc ? fit-il, levant les yeux vers moi.

— Toute la famille est réunie dans cette pièce. Vous allez devoir essuyer la colère de nombreux Bradley si vous interrompez une de leurs réunions de famille. Je sais de quoi je parle. Je viens d'en faire l'expérience.

— Oh !

La porte de la salle à manger s'ouvrit sur Jerry. Un bref instant, avant que la porte ne se referme, les visages des membres de la famille furent visibles, tournés vers Sandro, le député, assis en bout de table.

— Harrison, je vais avoir besoin de toi, me dit Jerry.

Quand Jerry m'appelait Harrison, et non Harry, c'est qu'il allait me demander quelque chose que je n'aurais pas envie de faire.

— Nous avons parlé, poursuivit Jerry. La famille, j'entends. Nous avons encore une chose à te faire faire. Nous avons pensé que tu serais la personne idéale pour nous rendre ce service en ce moment difficile.

D'un signe de tête, je lui indiquai la présence d'un tiers.

Jerry se retourna et considéra l'inconnu.

— Je peux vous aider ? demanda-t-il.

— Je voudrais voir Gerald, dit l'homme.

— De la part ?

— De la part de Sims Lord.

— Oh, monsieur Lord, excusez-moi de ne pas vous avoir reconnu. Nous ne nous sommes jamais rencontrés, mais mon père m'a tant parlé de vous. Je suis Jerry Bradley, le fils aîné.

Les deux hommes échangèrent une poignée de main.

— En réalité, nous nous sommes déjà rencontrés, dit Sims Lord.

— Ah oui ? Quand ça ?

— Vous étiez entre la vie et la mort. C'était au St. Monica's Hospital, juste après votre accident de la route. Votre père m'avait fait venir pour prendre les dispositions nécessaires concernant la jeune miss McBride.

— Ah, oui, c'est vrai, dit Jerry, me lançant un regard.

C'était un épisode qu'il n'avait pas envie que je connaisse. Il se retourna vers Sims Lord.

— Je suis sûr que mon père désirera vous recevoir immédiatement. Voulez-vous bien me suivre jusqu'à la bibliothèque ? Il est en réunion pour le moment, mais je suis certain qu'il ne m'en voudra pas de le déranger pour le prévenir de votre arrivée. Attends-moi ici, Harrison. Il faut que je te parle. Par ici, monsieur Lord.

A son retour, quelques instants plus tard, Jerry me dit :

— Bon, écoute, on veut que tu ailles chez les Utley. Apparemment, les gens du quartier passent leur porter des plats et des gâteaux. Il vaut mieux que ce soit toi qui y ailles plutôt que l'un de nous. Bridey a préparé du jambon et un ragoût en cocotte. Porte ça chez les Utley. Observe les réactions. Ecoute ce qui se dit, et tout et tout.

— Ils ne sauront pas qui je suis. Comment me présenterai-je ? A quel titre ?

— En tant qu'invité. Dis que tu as vu Winifred hier soir au bal. Présente-leur tes condoléances. Dis que Mme Bradley n'est pas en ville aujourd'hui, qu'elle raccompagne ses filles au couvent. Dis que la famille passera plus tard. Nous comptons sur ton pouvoir de séduction, Harrison.

Je détectai un léger sarcasme dans sa voix. Nous échangeâmes un regard inamical au possible.

— Tu n'as qu'à faire comme tu as fait pour t'insinuer dans ma famille. Oh, non, excuse-moi, ma langue a fourché. Pour plaire à ma famille, voilà ce que je voulais dire.

A la porte, une bonne prit le jambon et le ragoût en cocotte, me disant que les Utley ne recevaient personne, sauf la police.

— C'est de la part des Bradley, dis-je.

— Ah, oui, les Bradley, répéta la bonne. Je ferais mieux de le noter par écrit, p'ce-que je commence à mélanger tous les noms et à plus savoir qui apporte quoi. Donc, vous, c'est le ragoût et le jambon, c'est ça ?

— Oui. De la part de M. et Mme Bradley. Ils passeront plus tard.

— D'accord.

Au moment où elle allait refermer la porte, j'entendis des voix derrière elle, dans l'entrée.

— Je vous remercie, commissaire. Merci, inspecteur, disait une voix de femme.

— Nous resterons en contact permanent, madame Utley, dit un homme. Vous pouvez nous appeler à n'importe quelle heure du jour ou de la nuit si vous avez des questions à nous poser, ou si vous vous souveniez de quoi que ce soit.

La porte s'ouvrit tout grand et deux policiers sortirent.

— Je ne faisais qu'apporter un plat pour les Utley, dis-je en guise d'explication à ma présence sur le perron, bien qu'ils ne m'aient pas demandé de la justifier.

Ils continuèrent leur chemin vers la rue où était garée la voiture de police.

— Je peux vous aider ? s'enquit une femme vêtue de noir.

Je ne me souvenais plus du physique de Mme Utley depuis qu'elle nous avait pris en stop, Constant et moi, et déposés à Scarborough Hill, la première fois que j'y étais venu, mais je la reconnus au premier regard. Bien que son visage fût dissimulé derrière des lunettes noires, je pouvais voir que, dans d'autres circonstances, elle eût été jolie, mais l'affaissement de ses épaules indiquait un désespoir extrême.

— Je suis un invité des Bradley, madame Utley. Mme Bradley n'est pas en ville, elle ramène ses filles au couvent du Sacré-Cœur, et j'apportais un plat de leur part. Ils viendront vous présenter leurs condoléances au retour de Mme Bradley.

— Merci, dit-elle.

Elle ôta ses lunettes noires. Ses traits étaient tirés.

— C'est affreux, madame Utley. Comme c'est affreux !

— Ce n'est pas logique, murmura-t-elle d'une voix à peine audible. Cela ne devrait pas être.

— Oui. Je sais. Je ne veux pas abuser de votre temps, madame Utley.

— Mon mari est aux pompes funèbres. Il choisit le cercueil. Je n'ai pas pu y aller. C'était au-dessus de mes forces.

— Oui, je comprends.

— Je vous connais, non ? dit-elle, me dévisageant.

— Vous nous avez déposés en voiture, Constant et moi, un jour que nous venions de Milford en auto-stop.

— Oui. Je me souviens de vous ce jour-là dans la voiture. Il me semble que vous n'avez pas dit un mot de tout le trajet, sauf « merci » quand nous sommes arrivés. Rappelez-moi votre nom.

— Harrison Burns. Oh, comme c'est affreux, madame Utley.

Nos regards se croisèrent.

En revenant de chez les Utley, je repris contenance en passant devant les journalistes qui faisaient le pied de grue devant l'allée. Une fois la porte franchie, je m'écroulai sur la banquette de l'entrée et fondis en larmes. Le visage tragique de Mme Utley reviendrait me hanter pendant des années.

La porte de la salle à manger s'ouvrit sur Jerry.

— Que quelqu'un le fasse monter, dit-il. Il ne faut pas qu'il reste là. Il ne faut pas que les domestiques le voient comme ça !

Je me levai d'un bond, montai l'escalier quatre à quatre et courus m'enfermer dans ma chambre. Je me jetai sur le lit et enfouis ma tête dans un oreiller, tentant d'effacer le souvenir du visage de Mme Utley. Quelques instants plus tard, on frappa à ma porte.

— Assez, assez, laisse-moi tranquille ! criai-je.

La porte s'ouvrit sur Des, qui la referma derrière lui. Il s'assit sur le lit.

— Ce qui s'est passé est terrible, Harrison, terrible, me dit-il d'une voix douce. Ne fais pas attention à Jerry, tu le connais. Il veut bien faire. Parfois, il peut être caustique, je sais. Il plaisantait quand il disait que tu t'étais insinué dans la famille, crois-moi. Nous, ses frères, ça fait des années qu'on doit supporter son caractère, mais son cœur est bon. Il est passé à côté de sa vie, tu sais. C'est pour ça qu'il est comme il est. Mais p'pa ne peut pas se passer de lui et personne ne peut dire qu'il n'aime pas sa famille.

Je n'étais pas d'humeur à écouter des excuses au nom de Jerry. Dès que je l'avais vu, j'avais éprouvé une antipathie immédiate à son égard. Et il me le rendait bien. Des dut le sentir, car il changea de conversation.

— Ecoute-moi, Harrison. Il est essentiel que tu prennes sur toi. Sous peu, la police va venir ici, comme elle ira chez tout le monde dans le quartier. Ils vont vouloir interroger toutes les personnes qui étaient présentes au Club, hier soir, au bal. C'est la routine. Il n'y a pas de quoi s'inquiéter. Mais il est préférable pour toi que tu ne sois pas hystérique. Ça ferait mauvaise impression. Attends, je vais te chercher un verre d'eau.

Il alla dans la salle de bains et en revint, me tendant un verre.

— Merci, dis-je, le lui prenant des mains.

— Tiens, j'ai du Valium. C'est un tranquillisant. Très léger. Il est essentiel que tu gardes ton calme. Je te suggère d'en prendre deux. Dès maintenant.

— Non. Je n'ai pas besoin de Valium. Ma mère prenait du Valium.

— Laisse-moi te donner certaines explications sur nous, Harrison. Sur notre famille, s'entend. Nous sommes les déceptions, tu comprends. Kevin, tué au Viêt-nam — on avait mis de grands espoirs en lui ; Jerry, infirme depuis son accident de voiture — c'est lui qui ressemble le plus à notre père ; on avait mis de grands espoirs en lui aussi ; et puis moi, qui ai épousé une bonne et suis devenu médecin. Un raté, aux yeux de mon père. Sandro a fait tout ce qu'il fallait faire, il fera son chemin au Congrès. Il deviendra sénateur. Il conservera son siège pendant des années. Mais Sandro n'est pas un meneur. Sandro est fait pour seconder. Et il est très doué pour ça. Pour seconder, il est le meilleur. Mais il lui manque le truc qu'il faut pour aller jusqu'au bout, que mon père a. Que Constant a. Tu le sais mieux que personne. Tu es son ami. Son meilleur ami. Constant est notre espoir... Deux. Prends-en deux d'un coup. Voilà, c'est bien. Bon, et si tu allais à la salle de bains te rincer le visage, te repeigner et rajuster ta cravate ? M'man ne devrait plus tarder à rentrer. Le Père Murphy vient dîner. Et p'pa souhaiterait ta présence à table.

En fin d'après-midi, la limousine des Bradley franchit les grilles de la propriété. Grace revenait du couvent du Sacré-Cœur, rapportant des nouvelles toutes fraîches de Mère Vincent, mais sa voiture, conduite par Charlie, fut prise d'assaut par les journalistes et les cameramen.

— Pour l'amour du ciel, que se passe-t-il dans cette maison ? s'exclama Grace, en entrant. Il y a plus de journalistes dehors que le jour de la visite du pape ! Ce pauvre Charlie a eu une peur bleue d'emboutir quelqu'un.

Gerald ne répondit pas. Son front était plissé. Sa mine, renfrognée. Son air, pessimiste.

Le regard de Grace passa d'un de ses fils à l'autre.

— Je ne vous ai jamais vus aussi lugubres, dit-elle. Quelqu'un est mort, Gerald ?

— Oui.

— Oh, Dieu du ciel. Pas Son Eminence, j'espère ?

— Non.

— Qui ?

— Winifred Utley.

— Winifred qui ? Oh, tu veux parler de la fille de la femme qui m'a téléphoné la nuit dernière ?

— Oui.

— Oh, ciel ! La pauvre ! Que s'est-il passé ? Un accident de voiture ?

— Elle a été assassinée.

— Assassinée ? Il faut que je m'assoie.

Elle se laissa choir sur la banquette de l'entrée, sous l'escalier.

— Sait-on qui a fait cela ?

— Non.

— C'est affreux, bien sûr, mais... en quoi cela nous concerne-t-il ?

— Constant a dansé avec elle hier soir au Club. Il sera très certainement interrogé par la police.

— Et alors ?

— Tu as raison, Grace. Cela ne nous concerne aucunement, mais de savoir qu'un événement aussi tragique a eu lieu dans le quartier...

— Dieu merci, les filles sont retournées au couvent, si jamais un homme dangereux rôde en liberté dans les parages. Pauvre madame Utley. Elle était aux cent coups hier soir. Tu crois que sa fille était déjà morte quand elle m'a téléphoné ? Je vais lui faire porter des fleurs et un bristol pour une messe. Qu'en dis-tu, Gerald ? Ils ne doivent pas être catholiques avec un nom comme Utley. Tu crois qu'ils s'en offusqueraient ?

— Mais non. Ce serait très gentil de ta part, Grace. Oh, pendant que j'y pense, ton prêtre a téléphoné. Le Père Murphy. Il serait enchanté de venir dîner ce soir.

— Tu as prévenu Bridey ?

Le *Scarborough Hill Times* en fit sa une.

SCARBOROUGH HILL

UNE FILLETTE DE 15 ANS BATTUE A MORT

par Gus Bailey

« La fille du nouveau dirigeant de Veblen Aircraft, âgée de quinze ans, a été retrouvée morte des suites de coups et blessures, cet après-midi dans des taillis à deux cents mètres de son domicile, dans le quartier huppé de Scarborough Hill.

Le corps de la jeune Winifred Utley, revêtu de la robe rose qu'elle portait la veille au soir à un bal des Juniors du Country Club, a été découvert peu après midi par Belinda Beckwith, quatorze ans, voisine et amie de la victime.

Thomas Riordan, commissaire de police à Scarborough Hill, a déclaré que Winifred Utley avait apparemment succombé à plusieurs coups reçus en pleine tête lors d'une agression ayant eu lieu non loin du domicile de ses parents, dans Varden Lane.

Le corps de Winifred Utley — 1,65 m, 55 kg, cheveux blonds — aurait été traîné jusqu'à un bosquet tout proche où il n'a été découvert que plusieurs heures plus tard en dépit des recherches intensives dans tout le voisinage par des policiers qui avaient été alertés par la mère de Winifred, à 3 h 45 du matin.

Le domicile de M. et Mme Utley est situé en plein centre d'un quartier résidentiel très coté, constitué de majestueuses demeures, au sud du Connecticut Turnpike.

Raymond Utley, le père de la victime, récemment nommé P.-D.G. de Veblen Aircraft, devrait arriver ce soir par avion d'Atlanta, où il était en voyage d'affaires.

La police a déclaré que Mlle Utley aurait été vue vivante pour la dernière fois à 22 h 30 hier soir, quittant le Country Club — club de tennis et de golf très sélect de Scarborough Hill — après un bal des Juniors. Elle s'y était rendue en compagnie de William Wadsworth III, quinze ans, fils de William Wadsworth, Jr., vice-président de Ross & Redmond, cabinet comptable de New York. M. Wadsworth est allé chercher son fils et Mlle Utley, et les a ramenés en voiture à son domicile. De là, Mlle Utley, après être restée peu de temps, est rentrée chez elle à pied, Varden Lane étant à trois pâtés de maisons de là.

La police se refuse à déclarer si Mlle Utley a subi des violences sexuelles, s'en remettant à l'autopsie qui devrait avoir lieu demain.

Ce soir, les enquêteurs continuent à passer le bosquet au peigne fin espérant découvrir des indices dans cette mort qui a profondément choqué cette communauté de familles riches et célèbres depuis que le mot "meurtre" a été prononcé cet après-midi.

Les laboratoires de la police de l'Etat ont dépêché des agents sur les lieux, et des représentants du bureau du procureur du comté supervisent le rassemblement des preuves.

Aussi bien la jeune Belinda Beckwith que sa mère, Pauline, se refusent à tout commentaire sur la découverte du corps ou sur les Utley, guère connus dans la communauté. En effet, il n'y a que six mois qu'ils sont venus s'installer à Scarborough Hill. »

A l'arrivée des policiers, nous étions en train de dîner : Gerald et Grace, Jerry, Sandro, Desmond (qui n'était pas de garde à l'hôpital), Constant, Sims Lord (l'avocat new-yorkais de Gerald), le Père Murphy et moi. Le Père Murphy était d'une paroisse d'un quartier défavorisé, et la splendeur du manoir des Bradley, comparée à la pauvreté des maisons où il avait l'habitude d'aller dans l'exercice de ses devoirs envers les malades et les mourants, était presque trop écrasante pour lui. Il n'aurait jamais pensé que des catholiques puissent être aussi riches. On l'avait assis à la droite de Grace, en sa qualité d'invité d'honneur, et à la gauche de Sandro, élu depuis peu au Congrès. Tous les Bradley avaient ce charme qui met à son aise le plus timide des invités, et la conversation, avant l'arrivée de la police, roulait essentiellement sur la récente élection de Sandro. Si le Père Murphy était au courant du meurtre qui avait eu lieu la veille, il n'en parla pas.

— Nous sommes une famille très unie, mon Père, dit Sandro, et mon père nous a élevés en nous inculquant les devoirs que nous avions envers les moins fortunés. Nous avons grandi dans l'idée d'avoir un rôle à jouer, de nous investir, que ce soit dans la politique ou dans la fonction publique. C'est ce à quoi nous aspirons. Ça tombe bien, les gens sont intéressés par ce que nous disons.

— Oh, je n'en doute pas, je n'en doute pas, lui répondit le Père Murphy, avec enthousiasme. Vous, les Bradley, formez une noble famille, l'exemple d'une famille de bons catholiques. Vous ferez l'honneur de la fonction publique.

— Mes deux grands-pères étaient des immigrés qui se sont installés dans cette ville, ont vécu dans la paroisse qui est aujourd'hui la vôtre, ont assisté à la messe dans l'église qui est aujourd'hui la vôtre, et ont fait fortune. Mes parents ont tous deux été baptisés à Notre-Dame des Douleurs. Mais ils n'ont jamais renié leurs origines, et j'ai l'espoir, au Congrès, de présenter un projet de loi pour augmenter les aides sociales...

Une voiture de police remonta l'allée, trahie par le crissement des gravillons sous ses pneus. Elle s'arrêta devant l'entrée. La sonnette retentit. Dans la salle à manger, tout le monde se comportait comme si rien d'exceptionnel ne se passait.

— Vous voulez bien aller ouvrir, Colleen, dit Gerald à la bonne qui était en train de présenter un grand plat en argent sur lequel se trouvaient assez de côtelettes d'agneau pour que chaque convive puisse en prendre deux.

— Posez ça sur le buffet, Colleen, dit Grace. Bridey fera le service. Ou bien, comment se prénomme-t-elle... Nora ? La nouvelle ? Pourquoi ne pas l'appeler ? Qu'elle vienne faire le service. Ça la formera.

Elle se tourna vers le Père Murphy.

— C'est un tel problème aujourd'hui de former ces jeunes filles, mon Père, quand elles débarquent d'Irlande. Elles n'aiment pas porter le tablier, et la première question qu'elles posent, c'est : « Quel sera mon jour de congé ? » Dieu merci, nous avons Bridey. Dix-sept ans qu'elle est à mon service. Je me demande ce que je deviendrais sans elle.

Le Père Murphy, dépassé par un tel problème, ne trouva rien à répondre. Nora, la nouvelle bonne, très nerveuse, prit le plat de côtelettes et le présenta à Grace.

— Non, non, non, de l'autre côté. On sert à gauche et on dessert à droite. Servez le Père. A gauche, Nora !

A gauche ! Bien. Servez le député, maintenant. Très bien, Nora.

Elle se retourna vers le Père Murphy.

— Evidemment, elles ont toutes peur qu'il y ait un assassin qui rôde dans le voisinage, alors elles ne veulent plus attendre le bus au coin de la rue mais que Charlie, notre chauffeur, les raccompagne leur jour de congé. Vous vous rendez compte ?

Colleen revint dans la pièce.

— Il y a un certain commissaire Riordan et un inspecteur Potts dans l'entrée. Vous voulez que je leur demande d'attendre à la cuisine que vous ayez fini ?

— Oh, tiens donc ! s'exclama Gerald. Faites-les entrer.

Quand les policiers entrèrent dans la salle à manger, Gerald et ses fils se levèrent. Il s'agissait des deux policiers que j'avais vus chez les Utley l'après-midi même.

— Bonsoir, messieurs. Je suis Gerald Bradley, et voici mon épouse, Grace Bradley.

— Enchanté. Je suis le commissaire Riordan, et voici mon collègue, l'inspecteur Potts.

— Potts ? Potts... De la famille de Walter Potts ? s'enquit Gerald.

— Je suis son frère.

— Vraiment ? A l'autre bout de cette table, là, se trouve mon fils, le Dr Desmond Bradley, qui a extrait la balle du cœur de votre frère au St. Monica's Hospital.

— Oh, doux Jésus, fit Grace. Vous saviez cela, mon Père ? Desmond a réellement tenu le cœur de ce jeune homme dans le creux de sa main et en a retiré une balle. Tous les journaux en ont parlé.

Desmond fit le tour de la table et alla serrer la main de l'inspecteur Potts.

— Comment va Walter ? Il venait me voir à l'hôpital de temps en temps, mais je n'ai plus de nouvelles de lui depuis quelque temps.

— Il va bien, répondit l'inspecteur Potts. Il est dans une école de commerce de l'East Side.

— N'est-ce pas une coïncidence extraordinaire ? fit Gerald. Je vous présente mes fils. Vous connaissez Desmond. Voici le député, Sandro Bradley, venu de Washington. Gerald Junior, que nous appelons tous Jerry. Et Constant. Vous venez nous voir lors d'une soirée presque exclusivement masculine, commissaire. Mes deux benjamines sont reparties ce matin au couvent du Sacré-Cœur, et ma fille aînée est à Chicago, dans la famille de son fiancé. Je vous présente Sims Lord, mon associé de New York ; Harrison Burns, un camarade de classe d'un de mes fils, et le Père Murphy, de l'église Notre-Dame des Douleurs, de Bog Meadow.

— Salut, Murph', fit le commissaire Riordan.

— Salut, Tom, répondit le Père Murphy.

— Vous vous connaissez ? s'étonna Gerald.

— De la paroisse, dit le Père Murphy.

— « Murph » ? Il vous appelle « Murph » ? s'exclama Grace, sidérée.

— On était ensemble au lycée, expliqua le Père Murphy.

— Quand bien même, fit Grace. Vous avez été ordonné prêtre depuis.

— Je demanderai au commissaire Riordan de faire preuve d'un peu plus de respect à mon égard, madame Bradley, dit le Père Murphy, avec un petit sourire.

— Quant à moi, madame Bradley, je vous demande de me pardonner mon insolence, surenchérit le commissaire.

Il adressa un sourire au Père Murphy et se tourna vers Gerald.

— Je vous en prie, messieurs, dit Gerald, prenez donc un siège. Bridey et Colleen vont desservir et apporter le dessert et le café, et nous serions ravis que vous vous joigniez à nous.

Gerald Bradley était l'homme le plus riche de la ville, mais il n'oubliait jamais ses origines. Il savait qu'il valait mieux ne pas trop se couper des petites gens. « Il vaut mieux les avoir dans sa poche », avait-il dit à Constant, un jour où celui-ci avait évité, à un enterrement, d'adresser la parole à un vieil homme, ami de son grand-père.

— Il y a des profiteroles, commissaire, dit Grace. C'est la spécialité de Bridey, ma cuisinière. Sauce chocolat !

— Non, merci, madame Bradley. Je crains que nous ne soyons en service.

— Oh, oui, bien sûr, ce drame affreux qui a eu lieu dans le quartier, dit Gerald. Mme Bradley vient justement d'envoyer un bristol à Mme Utley.

— Oui, effectivement, ajouta Grace. La pauvre femme ! On n'imagine pas que cela puisse arriver. Elle m'a téléphoné la nuit dernière, elle était dans tous ses états, elle cherchait sa fille. Quel genre de fille était-ce ?

— En fait, nous ne connaissons pas les Utley, fit Gerald, interrompant sa femme. Ils viennent de s'installer dans le quartier. Vous avez une piste ?

— On a trouvé une batte, dit le commissaire Riordan.

— Une bête ?

— Une b*a*tte. Une batte de base-ball.

— Qui est l'arme du crime ?

— Nous aimerions poser quelques questions à votre fils.

— Lequel ?

— Constant.

Constant leva la main.

— Présent ! fit-il, avec le sourire. Je suis Constant.

— Y a-t-il une pièce où nous pourrions parler en privé ? demanda le commissaire Riordan. Dans une maison aussi grande, ça devrait être possible.

— Oh, ce ne sera pas nécessaire, intervint Gerald. Nous sommes une famille très unie, et nous nous sentons tous concernés par ce qui s'est passé.

— Je préférerais parler à votre fils en tête-à-tête, insista le commissaire. Il y a certains détails intimes dont j'aimerais discuter.

— Non, non, non. Le Père Murphy et M. Lord sont

des amis de la famille. Ne vous gênez pas. Nous sommes tous concernés au premier chef par ce drame, insista Gerald. Je trouve très difficile à croire qu'un membre de notre communauté ait pu commettre un meurtre.

Le commissaire Riordan, contrarié, acquiesça.

— L'expérience m'a démontré que la plupart des affaires criminelles se résument à une question d'alcool, de sexe, ou d'argent, dit-il.

Il sortit un calepin de sa poche arrière et s'adressa à Constant.

— Mon collègue, l'inspecteur Potts, va enregistrer vos réponses sur magnétophone.

— Parfait, acquiesça Constant.

— Nous avons cru comprendre que vous étiez présent à un bal en compagnie de Winifred Utley, hier soir, au Country Club ?

Lorsque Constant répondit, il était parfaitement à l'aise. Aucune ombre de culpabilité ne planait sur son visage.

— En réalité, je n'étais pas à ce bal. Il s'agissait d'un bal organisé pour les plus jeunes du Club, les quatorze/quinze ans. Et j'en ai dix-sept, bientôt dix-huit. Je dînais au Club avec mes sœurs et mon ami.

— Mais vous avez bien dansé avec Winifred Utley, non ? demanda le commissaire Riordan.

— Oui, c'est exact. J'ai effectivement dansé avec elle, et puis je suis rentré.

— Vous la connaissiez bien ?

— Pas du tout. C'était la deuxième fois que je la voyais. Je partais du Club avec mes sœurs et mon ami, et elle m'a invité à danser.

— C'est elle qui vous a invité à danser ?

— Oui.

— Et vos sœurs ? Votre ami ?

— Ils sont rentrés avec ma voiture.

— Comment êtes-vous rentré, vous ?

— Mon ami Harrison Burns, ici présent, est revenu me chercher en voiture.

— Lequel d'entre vous est Harrison Burns ? demanda le commissaire.

— C'est moi, dis-je, levant la main comme l'avait fait Constant.

Il me dévisagea, me reconnaissant pour m'avoir vu l'après-midi même.

— Ah, j'y suis, fit-il. Vous étiez chez les Utley tantôt ? C'est bien ça ?

— Oui. J'y apportais des plats cuisinés de la part de M. et Mme Bradley, répondis-je.

Je n'avais pas parlé à la famille de la conversation que j'avais eue avec Mme Utley.

— Ce que dit Constant est-il exact ? Etes-vous retourné le chercher au Club en voiture ?

— Oui, répondis-je, aussi à l'aise que Constant. J'ai d'abord ramené Mary Pat et Kitt, puis je suis retourné chercher Constant.

— Etes-vous ressorti ensuite ?

— Non.

— Et vous, Constant ?

— Non.

— Pouvez-vous prouver ce que vous dites, Harrison ?

— Non. Je n'ai que ma parole.

Je m'étais préparé à cette épreuve. Je fournissais les bonnes réponses.

— Je vois.

— Mme Bradley peut le prouver, commissaire, fit soudain Gerald. Elle s'est rendue dans la chambre qu'ils partagent quand Mme Utley lui a téléphoné à deux heures du matin pour leur demander s'ils savaient où était allée Winifred et les deux garçons dormaient comme des loirs. C'est bien ça, Grace ?

De l'autre bout de la table, Grace considéra son mari.

— Euh, oui, dit-elle. Oui, c'est ça. Je n'ai pas eu le cœur de les réveiller.

— Je vois, dit le commissaire Riordan.

Je ne regardai pas dans la direction de Grace.

— J'ai une question très... intime à vous poser, Constant. Il serait vraiment préférable, je crois, qu'on en parle en tête-à-tête.

— Nous ne nous faisons pas de cachotteries, commissaire, dit Gerald. Dites ce que vous avez à dire !

Le commissaire Riordan lança un regard à Grace Bradley, puis au Père Murphy. Il prit une profonde inspiration et poursuivit son interrogatoire.

— Avez-vous, hm... Avez-vous dit à Winifred Utley que vous bandiez, juste avant de danser ?

— Juste ciel ! s'exclama Grace, portant les deux mains à sa bouche.

Elle fit signe à Bridey et lui chuchota dans le creux de l'oreille :

— Faites sortir Nora et Colleen.

— Voyons, mon frère ne dirait jamais une chose pareille, déclara Jerry.

— Attends, Jerry, intervint Constant. J'ai bien dit ça, oui. Excusez-moi, mon Père. Je suis confus. Mais ce n'était qu'une plaisanterie.

— Une plaisanterie ? fit le commissaire Riordan.

— Une plaisanterie de mauvais goût, je vous l'accorde, mais une plaisanterie quand même. Et Winifred l'a pris comme tel. Elle n'a pas été offensée. En fait, elle m'a dit : « Vous êtes insupportable, Constant Bradley. Charmant mais insupportable. » N'est-ce pas, Harrison ? Harrison l'a entendue.

— Oui. C'est exactement ce qu'elle a dit.

— Puis-je voir les vêtements que vous portiez hier soir ? demanda le commissaire Riordan, consultant ses notes. Voyons... un blazer. Une chemise blanche. Une cravate à rayures. Un pantalon gris en flanelle. Des mocassins.

— Oh, mon Dieu, qui donc vous a donné une description aussi précise de la tenue vestimentaire de mon fils ? fit Gerald, en riant.

— Corky.

— Corky ? Qui est Corky ? s'enquit Gerald.

— Vincent Corcoran. Serveur au bar des vestiaires

pour hommes au Country Club. Il a servi des boissons alcoolisées à votre fils mineur, dit le commissaire Riordan.

Il y eut un moment de silence.

— Oui, je vais chercher mes vêtements, dit Constant. Du moins, si Bridey n'a pas déjà tout mis au lavage. On n'enlève pas plus tôt ses vêtements dans cette maison que Bridey les a déjà mis dans la machine à laver.

— J'aimerais également voir vos sous-vêtements.

— Si Bridey ne les a pas mis au lavage.

— Ses sous-vêtements ? Et pourquoi ? questionna Sandro.

— Traces d'éjaculation, monsieur le député. Traces d'éjaculation.

— Oh, mon Père, dit Grace, je suis confuse que vous soyez obligé d'entendre ça ! Les profiteroles sont en train de fondre, Gerald. Bridey peut servir ?

— J'avais cru comprendre que la jeune fille n'avait pas été violée, dit Desmond.

— Qu'est-ce que vous en savez ? s'exclama le commissaire Riordan.

— Le Dr Liu, le médecin légiste en chef, a pratiqué plus de six heures d'autopsie et a conclu qu'elle n'avait pas subi de violences sexuelles.

— Permettez-moi de vous demander comment vous pouvez bien savoir une chose pareille ?

— Je suis chef de clinique au St. Monica's Hospital où l'autopsie a été pratiquée.

— Et le Dr Liu vous fait part de ses conclusions ?

— Il se trouve que je suis aussi le directeur de cet hôpital.

— Je vois.

Il échangea un regard avec l'inspecteur Potts.

— Je suppose que vous interrogez d'autres personnes que mon fils ? s'informa Gerald, une fois que Constant eut quitté la pièce.

— Oui, oui. Tous ceux qui étaient au bal. Et le groupe qui est allé chez les Wadsworth après le bal.

— Vous savez ce que je pense, commissaire ? commença Gerald.

— Quoi ?

— Des jeunes comme eux, dans un quartier comme le nôtre, ne peuvent pas être responsables d'un crime aussi atroce. Nos jeunes du Club ne sont pas des drogués. Oh, il est possible qu'ils boivent une ou deux bières de temps en temps, ou même trois, mais ce sont de bons gamins. Ils sont tous de bonne famille. C'est sans doute quelqu'un de passage. Un S.D.F. qui sera arrivé par la I-95. Y avez-vous pensé ?

— Votre fils a bu de la vodka, pas de la bière.

— Vous êtes sûr que vous ne prendrez pas de dessert, ou un café, commissaire ? s'enquit Grace.

— Non, merci, madame Bradley. Jamais pendant le service.

— De toute façon, les profiteroles sont perdues, dit Grace. Regarde, Gerald, elles ont complètement fondu. Bridey va être contente !

— Peut-être, alors, nous feriez-vous l'honneur de clore notre repas en disant les grâces, mon Père, dit Gerald.

Le Père Murphy inclina la tête. Tous les convives, à l'exception de Sims Lord qui n'était pas catholique, l'imitèrent.

— Au nom du Père, et du Fils, et du Saint-Esprit. Nous te rendons grâces, ô Dieu, pour les bienfaits de Ta bonté. Amen.

Au moment où le groupe passait de la salle à manger dans le hall d'entrée, Constant descendait l'imposant escalier, portant une brassée de vêtements.

— Bridey dort, m'man, dit-il. Elle n'a pas fait de lessive aujourd'hui. Je vais chercher un sac-poubelle dans la cuisine pour vous donner tout ça, commissaire.

— Ce ne sera pas utile. L'inspecteur Potts a un sac. Voyons voir... Chemise, cravate, veste, mocassins, chaussettes, sous-vêtements.

Il retourna les chaussures pour en examiner les semelles.

— Ces mocassins sont noirs, dit-il. Je croyais que vous en portiez des marron hier soir.

— Ah, non. Des noirs. J'ai laissé ma paire de marron à l'école, le temps des vacances, dit Constant.

— Je vois, murmura le commissaire Riordan.

— Oh, mon Père, venez donc dans la bibliothèque, proposa vivement Grace. J'aimerais vous montrer quelques photos de famille. Est-ce que vous saviez que le pape était venu chez nous lors de son dernier séjour aux Etats-Unis ?

— Est-il possible qu'on fouille la maison tant qu'on est là, monsieur Bradley ? interrogea le commissaire Riordan.

— Fouiller ma maison ? se récria Gerald.

— Avez-vous un mandat de perquisition ? demanda Sims Lord, pour sa première intervention depuis l'arrivée des policiers.

— Non.

— Comme vous le savez, vous ne pouvez fouiller une maison sans mandat de perquisition, dit Sims Lord.

— Je le sais. Mais je pensais que, comme on était sur place, vous n'y verriez pas d'objection.

— Je puis vous assurer que mon client n'y voit aucune objection sur le fond, mais il me semble que tout devrait être fait dans les règles.

— Parfait. Pas d'objection, dit le commissaire Riordan. Vous voulez bien me rappeler votre nom ?

— Lord. Sims Lord.

— Sims Lord, répéta-t-il, écrivant sur son calepin. Vous êtes avocat ?

— Oui.

— Vous disiez que votre « client » n'y voyait pas d'objection. Qui est votre client ici ?

— Moi, dit Gerald. M. Lord s'occupe de toutes mes acquisitions et de toutes mes transactions commerciales, et il est également un grand ami de la famille.

— Je vois.
— Puis-je vous demander ce que vous espériez trouver en faisant une perquisition ? s'enquit Jerry.
— La batte.
— Mais vous disiez que vous l'aviez trouvée.
— Nous n'avons qu'une partie de la batte. Elle s'est cassée en deux pendant l'agression. L'extrémité qui a été en contact avec le crâne de la victime a été sectionnée.
— Où a-t-on trouvé cette batte ?
— Dans le bosquet derrière votre court de tennis, près de deux flaques de sang, répondit le commissaire.
— Ecoutez, Sims, je ne vois pas pourquoi ces messieurs ne pourraient pas perquisitionner chez moi, s'écria Gerald. Nous n'avons rien à cacher.
— Je ne me souciais que de la procédure, Gerald, dit Sims Lord.
— Vous pouvez me signer une autorisation de fouiller les lieux sans mandat de perquisition, intervint le commissaire Riordan.
— Parfait, parfait, dit Gerald.
D'un geste, Riordan indiqua à l'inspecteur Potts qu'il pouvait commencer la perquisition pendant que lui-même rédigeait le papier que Gerald devait signer.
Les échos d'un piano parvinrent de la bibliothèque. Il y eut quelques accords mélodieux, puis la voix de contralto de Grace s'éleva : « Elle descend de la montagne à cheval, elle descend de la montagne à chevaaal... »
Le groupe demeura dans le hall d'entrée. Gerald signa le papier. Les frères bavardaient entre eux. Au bout d'un moment, l'inspecteur Potts réapparut avec une batte de base-ball.
— J'ai trouvé ça dans ce que les bonnes à la cuisine appellent le bûcher, dit l'inspecteur. Il y en a une ribambelle là-dedans, toutes de la même marque.
— Nous rangeons tous nos équipements sportifs dans cette pièce, dit Gerald. Mes fils sont d'excellents athlètes.

Le commissaire Riordan examina la batte. Constant, qui l'observait, claqua des doigts.

— Ah, mais oui ! s'exclama-t-il. On faisait une partie de soft-ball, toute la famille et nos invités, le dimanche de Pâques. J'ai lancé la balle et la batte s'est coupée en deux, et je l'ai lancée dans le bois, et on n'a pas réussi à la retrouver. Vous vous en souvenez, les gars ?

— C'est exact, confirma Jerry. Oh, non ! Ce serait donc avec cette batte que l'assassin aurait tué Winifred ?

Il y eut un moment de silence.

— On aimerait que vous nous accompagniez au poste, Constant, déclara le commissaire Riordan.

— Pour quelle raison ?

— Pour que nous prenions vos empreintes digitales.

— Oh, oui, dit Constant. Je comprends parfaitement. Pas de problème, p'pa.

— Nous aurons aussi besoin d'un de vos cheveux et d'un échantillon de sang.

— Très bien.

— Je suis moi-même avocat, commissaire, dit Jerry. Si vous n'y voyez pas d'inconvénient, je vais venir avec mon frère.

— Et Harrison Burns, aussi. Nous allons avoir besoin de vos empreintes digitales, me précisa le commissaire Riordan.

Le lendemain, Constant et moi devions retourner à Milford, mais Gerald estima qu'il serait inopportun que Constant n'assiste pas à l'enterrement de Winifred Utley, et moi-même, en ma qualité d'invité s'étant trouvé présent au Club le soir du drame, je fus inclus. Gerald téléphona au Pr Shugrue pour le prévenir que nous arriverions avec une journée de retard.

Nous allâmes à l'enterrement de Winifred Utley dans la limousine des Bradley, conduite par Charlie. Des caméras de télévision étaient placées sur le parvis de l'église. Je repérai l'inspecteur Potts, frère de Walter Potts, en face de l'église épiscopale Saint-Jean, debout derrière une voiture. Il portait un appareil photo doté d'un téléobjectif et mitraillait le cortège funèbre. Constant et moi ne nous étions pratiquement pas adressé la parole depuis le soir de la mort de Winifred, mais je lui donnai un coup de coude pour le prévenir et fis un signe de tête dans la direction de l'inspecteur Potts.

— C'est la routine, me dit-il calmement, reportant son regard sur moi. Ils font toujours ça.

Constant s'avançait, grand et beau, le visage grave. Aux yeux d'un étranger, il serait apparu comme un ami chagriné de la défunte. Il donna le bras à sa mère pour gravir l'escalier qui menait au parvis. Du haut des marches, le commissaire Riordan observait la foule. Toutes les personnes que j'avais appris à reconnaître comme membres du Country Club semblaient entrer en même temps dans le temple. Piggy et Felicia French. Buzzy Thrall. Eve Soby. « La clique du Club », comme disait Gerald. Constant bavarda avec quelques jeunes gens qu'il connaissait, mais j'avais le sentiment qu'ils gardaient leurs distances vis-à-vis de moi. Gerald, qui marchait aux côtés de Jerry et moi, gravit les marches derrière Constant et Grace.

L'autel croulait sous divers arrangements floraux. Un programme était distribué à l'entrée du temple. En haut était imprimé : A NOTRE REGRETTÉE WINIFRED, 22 JANVIER 1958 — 30 AVRIL 1973. Le nom du pasteur, selon le programme, était Timothy Farquhar, Jr ; celui de l'organiste : Emil Toland.

Le temple était plein à craquer. La tristesse de la mort d'une fille aussi jeune, liée au parfum de scandale de son assassinat, avait attiré une foule inhabituelle pour un enterrement à Saint-Jean. Nous, les Bradley et moi, prîmes place à mi-hauteur de l'aile centrale. Les retardataires eurent du mal à trouver un siège, et les placeurs demandèrent aux gens de se serrer dans leurs bancs de façon à faire de la place. Certaines personnes qui voulaient tout voir se poussèrent de telle sorte que les derniers arrivés puissent passer devant eux pour s'installer au fond du banc, gardant les places côté nef pour eux.

Le cercueil était déjà en place. Sur le dessus était posée une gerbe de roses jaunes toute simple. Luanne Utley entra par une porte latérale, suivie de son époux. Elle posa la main sur le bois du cercueil.

— Ce n'est pas logique, dit-elle. Ce n'est pas logique.

Raymond Utley prit sa femme par la taille et la conduisit à leur place, au premier banc. Là, ils inclinèrent la tête, se recueillant.

Leverett et Louise Somerset arrivèrent avec retard, accompagnés de Weegie. Comme ils s'avançaient dans la nef, Constant vit Weegie. Au même moment, Weegie tourna la tête et le regarda. Ils continuèrent à avancer dans la nef et furent placés juste derrière les Utley. M. Utley salua Leverett, et Leverett, en retour, tapota gentiment l'épaule de M. Utley.

Le service fut simple, bref, uniquement terni par une légère altercation quand deux placeurs durent jeter dehors un cameraman qui s'était introduit dans la tribune de l'orgue afin de filmer la cérémonie pour le journal du soir. A la fin de la dernière prière, le révérend Farquhar annonça que l'inhumation se ferait en privé mais que les Utley recevraient leurs amis chez eux après le service.

— Quelle austérité quand même ! dit Grace, regardant par la vitre de la limousine. Franchement, je trouve que le culte protestant est trop froid, trop impersonnel.

Nous étions assis dans la voiture, devant Saint-Jean, après le service, attendant que les autres véhicules démarrent.

— Ils ne s'agenouillent même pas ! Ils se penchent en avant et inclinent la tête pour prier, c'est tout. Et pas une larme, vous avez remarqué ? Juste : « Cantique numéro cent soixante-neuf, premier et troisième couplets ». Ou psaume numéro tant. Ou Evangile ceci ou cela. Je pense qu'il n'y a rien de tel qu'un éloge funèbre en un moment pareil. C'est indispensable. Oh, et ce pasteur ! Comment s'appelle-t-il déjà ? Timothy Farquhar, c'est ça ? D'une froideur ! Tellement protestant, non ? Personnellement, j'aime pleurer à un enterrement. Tu te souviens de l'éloge funèbre de Son Eminence pour la fille Ryan qui s'était fait écraser par un autobus, Gerald ? C'était d'un émouvant ! Pas un œil sec dans toute la cathédrale.

Personne ne lui répondit.

— Et puis tout a été à une vitesse ! Je crois bien qu'on est restés moins de vingt minutes. Personnellement, je préfère une messe. Avec une chorale. En parlant de ça, j'ai envoyé un bristol pour une messe à Mme Utley. Elle se demandera sans doute ce que c'est, mais je pense que j'ai bien fait. Oh, regarde, Gerald, il y a un photographe qui essaie de nous photographier. Il est en train de courir à côté de la voiture.

— Tout le monde regarde droit devant, ordonna Gerald. Faites comme si vous ne l'aviez pas vu.

— Je me demande bien pourquoi il tient à nous photographier, dit Grace. C'est bien la première fois que je vois un photographe à un enterrement.

Personne ne lui répondit.

— Gerald, tu crois vraiment que nous devons aller chez les Utley ? C'est vrai, nous n'en connaissons aucun. Je ne savais même pas à quoi ressemblait cette femme avant de la voir à l'église aujourd'hui. Joli petit bout de femme, un peu WASP, si tu vois ce que je veux dire ? Comme la moitié des femmes du Country Club. Elles se ressemblent toutes, tu ne trouves pas, avec leurs petites barrettes en or. La coupe à la page. Et toutes habillées pareil ! Peck & Peck. Bizarre quand même de porter du bleu marine et pas du noir à un enterrement ; enfin, moi, je trouve. Que voulait-elle donc dire par : « Ce n'est pas logique. Ce n'est pas logique. »

— Je l'ignore, dit Gerald.

— Et toi, tu as une idée, Jerry ? s'enquit Grace.

— Non.
— Constant, à ton avis ?
— Je ne sais pas, m'man.
— Elle voulait dire que ce n'est pas dans l'ordre des choses qu'un enfant meure avant ses parents, murmurai-je.
— Oh !
Le silence retomba dans la voiture.
— Alors, qu'en dis-tu, Gerald ? Sommes-nous obligés d'y aller ? J'ai envoyé des fleurs, un bristol, nous sommes allés à l'enterrement, nous avons signé le registre de condoléances pour qu'ils sachent que nous sommes venus. A quoi bon aller chez eux ?
— On ira, déclara Gerald. On fera la queue, on dira tous « Sincères condoléances », et on partira. Personne ne boira si des boissons nous sont offertes. Compris ? Ni verre ni sandwich. On fait la queue et on s'en va.
— Mais pourquoi ? insista Grace.
— Parce que notre fils a été l'une des dernières personnes à l'avoir vue vivante, voilà pourquoi. C'est une question de savoir-vivre.
— Je suppose que tu as raison.
— Roulez moins vite, Charlie, dit Gerald au chauffeur. Nous ne voudrions pas arriver chez les Utley avant eux.
— Tu as vu nos fleurs, Gerald ? La croix d'orchidées blanches à l'intérieur violet ? J'ai trouvé que notre couronne était la plus jolie de toutes.

Chez les Utley régnait une ambiance feutrée. Un bar avait été dressé dans le salon. Une bonne en tablier noir servait des feuilletés au fromage. La plupart des personnes présentes faisaient tranquillement la queue pour présenter leurs condoléances à M. et Mme Utley. Gerald et Grace s'arrêtèrent pour bavarder avec des amis à eux. Je restai derrière Constant.
— Je suis Constant Bradley, madame Utley, dit-il, lui tendant la main.

Luanne Utley leva les yeux vers lui et lui répondit par un signe de tête, mais sans lui tendre la main. Constant laissa retomber la sienne.

— Je suis terriblement navré pour Winifred.

Luanne Utley ne cessait de dévisager Constant. Puis elle se tourna vers son époux, il suivit le regard de sa femme qui se reposait sur Constant.

— Je l'ai vue le soir du drame. Au bal. C'est affreux.

Mme Utley acquiesça.

— Je ne sais pas si vous vous le rappelez, reprit Constant, mais un jour, vous m'avez pris en stop de Milford jusqu'à chez moi. J'étais avec mon ami Harrison Burns. Vous aviez eu la gentillesse de faire un détour pour nous. Vous vous en souvenez ?

— Je m'en souviens parfaitement, répliqua Mme Utley. Je crois qu'il y a derrière vous des gens qui attendent pour nous saluer.

Il se retourna vers moi. Grace et Gerald nous avaient rattrapés.

— Je vous présente ma mère, mon père, et Harrison Burns, que vous connaissez déjà. Lui aussi était au Club l'autre soir.

Grace et Gerald tendirent la main.

— Nos plus sincères condoléances, dit Gerald.

— Nos plus sincères condoléances, madame Utley, dit Grace.

— On en arrive à se demander s'Il existe, le Dieu miséricordieux, dit Mme Utley. Je crois que oui, enfin, je suppose, mais je ne comprends pas Ses desseins. Pourquoi cela devait-il arriver à une jeune fille aussi innocente que Winifred, qui avait encore tant de choses à vivre ?

Le regard de Mme Utley glissa vers la personne qui se trouvait derrière Constant dans la file.

— Bonjour, Felicia, dit-elle, lui tendant la main. Merci d'être venue.

Si Constant se rendit compte qu'il avait été snobé, il n'en laissa rien paraître. Tandis que nous partions, quelqu'un — Buzzy Thrall, d'après ce que nous raconta plus tard Colleen qui le tenait de la bonne des Utley — dit :

— Il a frappé Weegie Somerset l'été dernier, à Watch Hill.

Nous fîmes comme si nous n'avions pas entendu, et sortîmes.

5

Les habitants de Scarborough Hill, échauffés au fil des semaines par un journaliste zélé, du nom de Gus Bailey, qui semblait faire une fixation sur cette affaire, poussèrent les hauts cris : personne n'avait encore été arrêté pour le meurtre de Winifred Utley. De Milford, où nous étions retournés pour notre dernier trimestre avant le diplôme, nous lisions dans la presse les comptes rendus de l'enquête de police. Constant en parlait avec un détachement étonnant, comme si tout cela ne concernait ni lui ni moi. Finalement, le commissaire divisionnaire Dennis Quish réagit aux critiques grandissantes en donnant une conférence de presse retransmise en partie au journal télévisé de la chaîne locale.

— Je crois savoir qui a tué Winifred Utley, déclara-t-il, en guise d'entrée en matière.

J'avais les yeux rivés sur le poste de télévision, le souffle court. Je sentais les battements de mon cœur qui s'accéléraient. Nous nous trouvions dans le foyer de Hayes Hall, pendant notre moment de libre entre le dîner et l'étude. Je tournai la tête vers Constant. Il regardait la télévision, entouré de sa coterie habituelle à cette heure, celle des joueurs de bridge. La déclaration de Quish parut ne lui faire ni chaud ni froid. Sur l'écran, derrière le commissaire divisionnaire, se tenait le commissaire Riordan, qui nous avait interrogés, ensemble et séparément, pendant des heures, qui avait relevé nos empreintes digitales, qui nous avait fait prélever une mèche de cheveux et du sang.

— Ma théorie est qu'il y a eu deux agressions, l'une dans le bosquet qui sépare la propriété des Somerset de celle des Bradley, où une lutte a eu lieu, et la seconde où le meurtre a été commis, plus près de chez les Utley, dit le commissaire Quish.

— Voulez-vous nous faire part de votre conviction sur l'identité du meurtrier ? demanda Gus Bailey, qui suivait cette affaire depuis le début.

— En aucun cas. Faute de preuves, je ne peux rien dire, répondit le commissaire.

— Cette personne a-t-elle été interrogée ? renchérit Bailey.

— Oui.

— A-t-elle été soumise au détecteur de mensonges ?

— Non.

— Pourquoi ?

— Raisons légales.

— Avez-vous le sentiment d'avoir été gêné dans le déroulement de votre enquête ?

— Gêné ?

— Intimidé, disons.

— Par qui ?

— Par des gens riches. Des gens puissants. Des gens qui pourraient vouloir protéger quelqu'un.

— Je pense que la police a fait de l'excellent travail. S'il y avait eu une volonté d'étouffer cette affaire, je pense que cela se saurait à l'heure qu'il est. On ne peut pas garder de secret en Amérique.

— Je ne partage pas votre opinion, commissaire Quish, dit Gus Bailey.

— J'ai lu vos articles sur cette affaire, monsieur Bailey, rétorqua Quish.

— Pourquoi le bureau du médecin légiste a-t-il refusé de communiquer une copie du rapport d'autopsie ? questionna Bailey.

— Je l'ignore. Ça ne fait pas partie de mes attributions.

— N'est-il pas habituel, en cas de crime, que l'autopsie soit faite à Farmington ? s'enquit Bailey.

— Normalement, oui.

— Pour quelle raison celle-ci a-t-elle été faite au St. Monica's Hospital ?

— Je l'ignore.

— Donc que va-t-il se passer maintenant ?

— On attend. Tôt ou tard, les gens finissent toujours par commettre une erreur, dit le commissaire divisionnaire.

— Avez-vous fait part à quelqu'un de votre conviction quant à l'identité du meurtrier de Winifred Utley ? demanda Bailey.

— J'ai dit le nom de cette personne à Mme Utley, la mère de Winifred.

— Pensez-vous qu'elle révélera le nom de l'assassin ?

— Non, je ne le pense pas.

— Pourquoi ?

— Nous n'avons pas de preuve. Que des convictions. En revanche, j'ai une déclaration écrite de Mme Utley.

— Vous allez nous la lire ?

— Evidemment. Elle est de Mme Raymond Utley, Luanne Utley, la mère de Winifred Utley.

De sa poche intérieure, le commissaire divisionnaire Quish sortit une feuille de papier à lettres bleu et la déplia. Le message était manuscrit.

— Je cite, dit-il : « Je vous en supplie, je vous en supplie, si quelqu'un sait quoi que ce soit, qu'il vienne me trouver. Il doit y avoir quelqu'un qui sait quelque chose et qui garde le silence. Quelqu'un sait. »

Je regardai Constant, à l'autre bout de la salle commune. Un bref instant, nos regards se croisèrent. Puis, très vite, nous tournâmes la tête vers le poste de télévision.

— Commissaire Riordan, puis-je vous poser la

même question qu'au commissaire Quish ? demanda Gus Bailey.

— Quelle question ? s'enquit le commissaire, s'avançant pour prendre place au côté de Quish.

— Votre enquête sur ce meurtre a-t-elle été entravée par des gens riches et puissants ?

— Je crois que le commissaire divisionnaire vous a déjà répondu à ce sujet, monsieur Bailey.

Bien des années plus tard, dans le couloir du palais de justice, le commissaire Riordan, alors retraité des forces de police, évoqua cette période à mon intention. C'était le jour où Kitt m'ignora dans le hall et où Constant me pissa dessus dans les toilettes. Riordan, observant le groupe des Bradley qui se dirigeait vers l'ascenseur au moment de la pause-déjeuner, me dit :

— C'était peut-être à cause de leur fortune... ou de leur position sociale, mais je crois qu'inconsciemment j'étais intimidé par les Bradley. J'ai toujours pensé que vous en saviez plus long que vous n'en disiez. Je ne vous ai jamais soupçonné. Je ne vous ai jamais tenu pour responsable, mais je n'excluais pas la possibilité que vous vouliez protéger Constant Bradley. Mais d'un autre côté, je me refusais à croire à la culpabilité d'un membre de cette famille. Pensez à tout le bien qu'ils ont fait aux pauvres de la ville. J'ai grandi à Bog Meadow, vous savez. J'ai grandi en entendant parler des Bradley. Vous vous souvenez de Ben Potts, l'inspecteur qui était avec moi, le Noir ? Eh bien, ce soir-là, quand on est partis de chez les Bradley, il m'a dit : « Ecoute, ce Desmond, il a sauvé la vie de mon frère. Il l'a opéré en smoking. Il a tenu son cœur dans le creux de sa main pendant qu'il extrayait la balle. Mon frère serait mort s'il n'avait pas été là. » Et Sandro, le député — sénateur maintenant —, j'avais voté pour lui à l'époque. Je vote toujours pour lui. Et l'infirme. Comment il s'appelait déjà ?

— Jerry. Gerald Junior.

— Oui, Jerry. Il a failli me convaincre que c'était

l'œuvre d'un rôdeur venu par la I-95. Et puis il y avait le Père Murphy. Il a toujours été loyal. Avant de le voir à leur table, je ne savais pas qu'il était un vieil ami de la famille.

— Sauf qu'il ne l'était pas. C'était la première fois qu'il venait. Il était, malgré lui, un figurant en costume.

— Je m'en suis rendu compte plus tard. Ils nous ont joué une comédie où chacun tenait un rôle. Dans toute ma carrière de policier, je n'ai jamais rencontré un suspect aussi impatient qu'on lui prenne ses empreintes digitales que l'était Constant Bradley, aussi désireux d'être utile. Alors que Billy Wadsworth, l'autre suspect, était un prétentieux et un chieur. Et son père pareil. Son père m'avait raconté que Constant avait frappé la fille Somerset l'été précédent, mais elle l'a nié, et sa famille aussi l'a nié.

Le journal télévisé s'acheva. Quelqu'un éteignit le téléviseur. Que Constant soit mêlé de si près à un tel drame, qu'il soit la dernière personne à avoir dansé avec l'infortunée Winifred Utley le soir de sa mort, qu'il ait été interrogé par la police, qu'on lui ait pris ses empreintes digitales avant de le relâcher, augmentait encore son aura à Milford. Pour ses camarades, tout cela avait bien plus d'importance que la visite du pape à sa famille. Pour eux, Winifred Utley avait acquis la dimension mythique de ces stars de cinéma qui meurent tragiquement et trop jeunes, et Constant faisait partie de sa légende.

— Comment était-elle ? ne cessaient-ils de lui demander. Parle-nous d'elle.

Constant ne regimbait jamais devant leurs questions, ne semblait jamais gêné de parler d'elle.

— Je la connaissais très peu, vous savez, répondait-il. Je ne l'avais vue qu'une fois avant le soir où nous avons dansé ensemble. C'était à Pâques, elle est arrivée par le bois dans notre propriété. On jouait au soft-ball, et elle venait de chez Billy Wadsworth pour nous dire que nous faisions trop de bruit et que nous empêchions les Wadsworth de ramasser leurs œufs de Pâques. Vous n'avez qu'à demander à Harry. Il était avec moi. Elle était pas mal, hein, Harry ? Très fraîche. Jolie comme tout. Et elle dansait à merveille.

Mais nos camarades ne m'interrogèrent pas. Que j'aie moi-même été sur les lieux, que j'aie moi-même connu Winifred Utley, n'avait que très peu de valeur à leurs yeux, en dépit des efforts que faisait Constant pour m'associer à lui. Je n'avais jamais trop compté pour les garçons de Milford, même si j'étais sur le point d'être le meilleur élève de notre promotion.

Les semaines passèrent sans que rien ne se produisît. La presse et les journaux télévisés ne parlèrent plus de cette histoire. Seul Gus Bailey s'obstinait. Ce que je savais me mettait au supplice, mais Constant ne semblait nullement troublé par le souvenir de Winifred Utley.

— Ça ne revient donc jamais te hanter ? Winifred ? lui demandai-je.

Il détourna les yeux. Il regarda à droite, à gauche, comme cherchant une réponse, mais il dit simplement :

— Je ne pense plus à elle. C'est fini. C'est du passé. C'était sa faute. On ne peut plus rien y faire. On ne va pas s'arrêter de vivre. Bon dieu, Harry, tu ne pourrais pas t'arrêter un peu de ressasser ?

Il prononça ces dernières paroles avec irritation. Il s'éloigna. Il n'avait plus envie de me voir. Arrivé à la porte de sa chambre, il se retourna vers moi et me dit :

— Et puis, tu sais, maintenant, le meurtre, c'est passé dans les mœurs !

Nous reçûmes une réponse de Yale. Nous étions admis. Constant était aux anges. Il fonça dans le hall pour téléphoner à son père. Leur conversation fut animée et joyeuse, ponctuée de cris de joie bradleyiens poussés par Constant. Je ne ressentis pas l'allégresse à laquelle je me serais attendu en apprenant une aussi bonne nouvelle. Nous nous préparâmes pour la remise des diplômes. Constant, plus populaire que jamais, devait être le porte-parole de notre classe. Je devais écrire son discours. Et je le fis.

La famille Bradley, au grand complet, arriva dans deux limousines. Je me tenais au côté de Tante Gert, et nous regardâmes les voitures descendre lentement le flanc de la colline jusqu'à Hayes Hall. Charlie conduisait le premier véhicule qui transportait Gerald et Grace, le député Sandro, le Dr Desmond et Jerry. Conor, le frère de Charlie, à qui on faisait appel à l'occasion quand toute la famille devait se déplacer ensemble, était au volant du second véhicule, qui transportait Maureen et son fiancé, Freddy Tierney, Mary Pat et Kitt. Kitt était ravissante, même avec son appareil dentaire.

Grace portait une ombrelle assortie à l'imprimé de sa robe en soie de Paris.

— C'est le dernier cri, dit-elle à Mme Shugrue, l'épouse du directeur, qui avait fait une remarque sur l'utilité d'une ombrelle par journée ensoleillée. Cette année, toutes les dames en ont aux courses, à Longchamp.

M'apercevant, Grace vint m'embrasser sur les deux joues.

— Bonjour, cher Harrison. Que vous êtes élégant en pantalon et blazer blancs ! Gerald, tu as vu Harrison ?

Gerald me salua, jovial, plus amical que jamais. Je leur présentai Tante Gert qui, guindée dans ses vêtements, prit un air assorti. Elle n'était pas une inconditionnelle des Bradley, estimant que, d'une certaine façon, ils m'avaient tourné la tête avec leur vie excessive, mais Gerald la salua chaleureusement, l'appela par son prénom et la présenta à tous ses enfants.

— C'est la tante d'Harry qui fait tant de bien pour les pères missionnaires, dit-il. On a tous beaucoup d'affection pour votre neveu, Gert.

Même Gert, en fin de journée, n'était plus trop réfractaire au charme Bradley.

Les Bradley évoluaient comme une famille royale parmi la foule des parents, étudiants et enseignants, souriants et affables, adressant un salut à ceux qu'ils connaissaient, déposant des baisers sur les joues de certains, bavardant, se laissant présenter. Ils évoluaient différemment à Milford qu'à Scarborough Hill, aussi sûrs d'eux dans cet environnement où ils avaient fait don de la chapelle, du clocher, et de la nouvelle bibliothèque, que s'ils étaient en carrosse en train de saluer leurs sujets à Ascot. Le député Sandro, le Dr Desmond et Jerry avaient tous précédé leur nouveau diplômé de frère à Milford et leur venue à la cérémonie donnait lieu à d'affectueuses retrouvailles avec leurs professeurs préférés. Tous les enseignants s'adressaient à Sandro en l'appelant « Monsieur le député ». Il était le seul ancien élève de Milford à siéger à Washington et, ce jour-là, ils n'avaient de cesse de parler de son avenir comme futur sénateur et puis, « si Dieu le veut », psalmodiaient-ils, ils lui prédisaient qu'un jour il occuperait le Bureau Ovale.

— Je vous présente mon fiancé, disait Maureen à qui voulait l'entendre, désignant Freddy Tierney, qui n'était jamais allé à Milford.

Plus tard ce jour-là, j'appris par Kitt, miss Pipelette, que Maureen avait eu des mots avec son père à la suite de la mort de Winifred Utley. Maureen se plaignait que son prochain mariage allait être compromis par toutes ces attentions négatives dont son frère était l'objet. Elle dit à son père que Freddy ne voulait pas que Constant soit un des placeurs. Gerald ne souffrait aucune critique de la part de ses enfants, d'autant moins d'un futur gendre qui ne faisait pas encore partie de la famille. Il répondit à Maureen — dixit Kitt — d'une voix glaciale : « Constant sera un des placeurs à ton mariage, que ça plaise ou non à Freddy Tierney, et tes sœurs et toi allez danser avec lui pour que tout le monde le voie bien, tout comme Freddy et toi allez vous asseoir au premier rang lors de la remise des diplômes à Milford et l'applaudir des deux mains. Ou bien il n'y aura pas de mariage. Suis-je assez clair ? »

Le long du chemin allant de Hayes Hall à la chapelle, en haut de la colline, où une messe devait ouvrir la cérémonie de la remise des diplômes, élèves et parents firent une haie d'honneur tandis que diplômés, en costume scolaire, et enseignants, défilaient. Puis, après la messe, la cérémonie eut lieu dans le gymnase. Les Bradley occupaient toute la première rangée de sièges qui avaient été réservés pour les parents et les amis des élèves de notre promotion.

Le Pr Shugrue était revenu sur l'opinion défavorable qu'il avait de Constant depuis l'épisode des revues pornographiques. Avant de lui céder la parole, il le présenta en ces termes :

— Constant Bradley est celui que tout le monde aimerait avoir pour fils. A Milford, il a été un élève exemplaire, chef de classe, vice-président du B.D.E. de Hayes Hall, et capitaine des équipes de tennis et de crosse canadienne. Oh, au cas où vous penseriez qu'il est un peu trop parfait, je vous rassure tout de suite, il y a bien eu quelques entorses à la discipline...

Là, les élèves partirent d'un éclat de rire général, tous se souvenant qu'il avait failli se faire renvoyer l'année précédente. Le Pr Shugrue, de bonne humeur, leva une main pour faire taire les rires, et poursuivit :

— Mais nous devons les imputer au trop-plein de vitalité de la jeunesse. Si, à Milford, nous devions désigner par vote celui de nos élèves qui a le plus de chances de réussir, il ne fait aucun doute que Constant Bradley l'emporterait haut la main.

Lorsque nous fûmes appelés pour recevoir notre diplôme, personne ne fut plus applaudi que Constant. Sa famille accompagna ses applaudissements de cris et de vivats, et de trépignements enthousiastes de la part de ses frères, et Constant répondit à cette ovation par un geste de la main et un sourire plein de charme. Je me rendis compte alors que, malgré ce qui s'était passé, la vie continuerait, identique ou presque, pour Constant et les siens. Sa mère et ses sœurs, ignorant les faits, lui voueraient une adoration inébranlable. Son père et ses frères, au courant de sa culpabilité, fermeraient les yeux, comme s'il ne s'agissait que d'une erreur de jeunesse qui avait échappé à leur contrôle, et dont le souvenir allait s'estomper avec le temps, la maturité, et la réussite. Ils croyaient en lui. Ils avaient mis tous leurs espoirs en lui.

Quand je m'avançai pour recevoir mon diplôme, les applaudissements furent polis, sans plus, en dépit de mes mentions, jusqu'à ce qu'une voix, au premier rang, celle de Kitt, hurle :

— Hourraaa, Harrisoooon !

Et son enthousiasme provoqua des rires dans la foule et des applaudissements plus chaleureux. Aujourd'hui, quand je me penche sur mon passé, je me demande si j'aurais pu deviner alors qu'un jour nous nous reverrions ailleurs, mariés avec d'autres, et tomberions amoureux l'un de l'autre. En cet instant, à Milford, tout ce dont j'avais été témoin si peu de temps auparavant dans le bosquet entre les propriétés des Bradley et des Somerset ne me paraissait rien de plus qu'un cauchemar dont je m'étais éveillé.

Plus tard, le déjeuner fut servi sous une tente blanche à rayures jaunes dressée devant la bibliothèque Bradley, toujours en construction. Gerald repoussa son assiette de homard en salade, avala son thé glacé et me demanda si je voulais bien lui faire visiter le nouveau bâtiment.

— Attention aux échafaudages, me dit-il. Vous voyez, ces fenêtres de chaque côté de la porte d'entrée sont une idée de Maureen. Elle a dit à l'architecte que l'entrée serait plus claire. Et, évidemment, elle avait raison. Même l'architecte est d'accord maintenant. Maureen est une fille intelligente.

Je ne répondis rien, acquiesçant seulement. Je savais qu'il faisait du remplissage en attendant d'entrer dans le vif du sujet.

— Vous me semblez bien calme, finit-il par me dire.

— Je l'ai toujours été, monsieur Bradley. Je le suis simplement devenu encore plus.

— Et pourquoi donc ?

— Parce que j'aide à étouffer une affaire de meurtre. Parce que j'ai entendu ce qu'a dit Mme Utley à la télévision — vous aussi, vous avez sûrement écouté le commissaire divisionnaire Quish parler en son nom en réponse à une question de Gus Bailey. Elle a dit : « Quelqu'un sait. » Et ce quelqu'un, c'est moi.

— Qui est ce Gus Bailey ? Il fait de l'acharnement thérapeutique sur une histoire qui est morte de sa belle mort. Il fait des allusions à notre propos, sans nous nommer, bien sûr, car il sait que je lui ferais un procès en ce cas. Il fait croire que nous avons entravé le travail de la police. Mais il va s'arrêter. Ça, je le sais. Fuselli fait une recherche sur lui. D'où il vient. Où il en est. On a tous quelque chose à cacher.

— Winifred Utley n'avait rien à cacher, elle.

— Vous êtes déjà allé en Europe, Harrison ? me demanda Gerald, ne tenant pas à pousser ma réflexion plus loin.

— Non.

— Vous n'êtes jamais allé à Londres, à Paris ?

— Non.

— Ça devrait faire partie de l'éducation de tous les jeunes, un voyage comme celui-là. C'est une expérience très enrichissante. Vous ne croyez pas ?

— Je suppose que oui.

Il glissa une main dans la poche intérieure de son veston et me montra deux enveloppes.

— Vous verrez que Sims Lord a établi le contrat dont nous avons parlé il y a quelques mois. Pour tout ce qui concernera votre éducation dans les années à venir, vous devrez passer directement par Sims. Les billets pour l'Europe sont un petit cadeau pour votre diplôme de la part de Mme Bradley et moi. Vous êtes un ami privilégié de notre fils et de notre famille. Vous savez que vous serez toujours le bienvenu parmi nous.

— Vous m'expédiez hors du pays ?
— Je vous offre un voyage inoubliable.
— Pour combien de temps ?
— Jusqu'à la rentrée universitaire, en septembre.
— Constant vient aussi ?
— Non.
— Je suppose que cela vous arrange, dis-je.
Gerald s'accorda du temps avant de me répondre.
— Vous êtes un curieux garçon, Harrison. Je ne vois vraiment pas en quoi le fait de vous envoyer en Europe, tous frais payés, une expérience inoubliable pour un jeune garçon de votre âge, m'arrangerait ? Si vous voulez bien m'expliquer.
— Vous n'aurez plus qu'un seul sujet d'inquiétude : Constant. Et non plus Constant ET moi. Je suis le joker, je me trompe ?
— Le joker ?
— Je suppose que ma présence brouille un peu les cartes en ce moment.
Je m'attendais à de la fureur mais, ce jour-là, Gerald maîtrisait son humeur. Il ne trahit pas la sienne.
— Tous ces soupçons qui pèsent sur Constant sont abominables. Abominables. Ce garçon est innocent. Sa mère l'a vu de ses yeux dans son lit au moment où c'est arrivé.
— Vous savez bien que c'est faux.
Il fit celui qui n'avait pas entendu.
— Des histoires abominables sont en train de circuler sur Constant. Buzzy Thrall, Piggy French, Eve Soby — toute cette clique du Club. Ils disent qu'il a frappé Weegie Somerset l'été dernier, à Watch Hill. C'est un mensonge. Un abominable mensonge. De la méchanceté pure. Vous le savez bien, vous y étiez.
Il poursuivit sa diatribe, ne me laissant le temps ni d'approuver ni de désapprouver ses propos.
— Constant est un gentil garçon, dit-il. Nous le savons tous. Insouciant, parfois, oui. Méchant, jamais.

— Insouciant, répétai-je, hochant la tête à ce mot. Le terme est mal choisi.

Il parut interdit.

— C'est tout Constant. Gentil, mais insouciant.

— Vous avez entendu parler de Gatsby, monsieur Bradley ?

— Qui ça ?

— Son ami Nick disait, à propos des Buchanan, mais il aurait pu tout aussi bien parler des Bradley : « *C'étaient des gens insouciants... Ils brisaient les objets et les êtres qui leur tombaient sous la main puis s'en retournaient à leur argent, à leur immense insouciance, enfin à ce qui, quoi que ce fût, les maintenait ensemble, et ils laissaient les autres se charger de réparer le désordre qu'ils avaient laissé derrière eux.* » J'ai le sentiment de m'être laissé piéger par l'insouciance de Constant.

Gerald avait l'air mécontent.

— Il me semble que ma famille fait beaucoup pour vous, dit-il.

D'un geste ample, il désigna le contrat concernant mon éducation et mon entretien, et les billets d'avion pour un été à l'étranger.

— Il me semble que c'est moi qui fais beaucoup pour votre famille, répliquai-je.

Je me sentais plus courageux que je ne l'avais jamais été face à Gerald Bradley.

— Je suis loin d'être persuadé que vous soyez perdant dans cette affaire, monsieur Bradley.

Il ignora mes propos.

— Je suis moi-même allé rendre visite à M. et Mme Utley, me dit-il. Ils sont, naturellement, fous de douleur. Je sais ce que c'est. Je ne me rappelle que trop bien le soir où Jerry a eu son accident, quand nous ne savions pas s'il y survivrait. Je pense qu'ils sont convaincus que Constant n'a pas revu Winifred après qu'ils eurent quitté le bal ce soir-là.

— Je ne mets pas les deux choses sur le même plan.

— Quelles choses ?

— L'accident de Jerry et la mort de Winifred.

— Oui, vous avez raison, bien sûr. Sur le principe. Il y a eu une mort dans un cas, et pas dans l'autre. Mais ce sont deux tragédies.

— Ce n'est pas seulement ça. Une jeune fille innocente est frappée à mort sur le crâne avec une batte de base-ball. Jerry avait sa queue dans la bouche d'une fille tout en roulant à cent quatre-vingts kilomètres à l'heure, une dizaine de bières dans le bide, et il s'est écrasé contre un arbre.

Je pense que, si j'avais été un de ses fils, il m'aurait giflé. Son air était effrayant.

— Qui vous a raconté une histoire aussi infecte ?

— Pas Constant. Il joue le jeu de la famille. Vous n'avez pas à vous inquiéter de lui.

— Qui alors ? insista-t-il.

Je secouai la tête. Le nom de Sally Steers n'était pas près de franchir mes lèvres.

— Puis-je vous poser une question ? lui demandai-je.

— Je vous écoute.

— Est-ce que la police a interrogé Weegie Somerset ?

— Oui. Et elle a nié que Constant l'ait frappée. Elle a dit qu'ils s'étaient disputés, voilà tout. Elle a dit que rien ne s'était passé physiquement. J'ai pu en informer M. et Mme Utley.

De l'extérieur nous parvint la voix de Kitt.

— Harrison, tu es là ? Harrison ?

— J'arrive, Kitt, lui répondis-je.

— Laissez Kitt en dehors de tout cela, me dit Gerald. Elle ne sait rien.

— Qui d'autre est au courant ? Cela me serait utile de le savoir. Mme Bradley ?

— Grands dieux, non !

— Maureen ?

— Non.

— Qui alors ?

— Jerry. Sandro. Desmond. Moi. Personne d'autre.

— Pas même Johnny Fuselli ?

— Si, Johnny Fuselli. Il ne parlera pas. Il travaille pour moi. Je lui fais entièrement confiance.

— Et Sims Lord ?

— Sims aussi, oui. Il est au courant. C'est mon avocat.

— Ça fait beaucoup de monde pour garder un secret, monsieur Bradley.

— Ça, c'est mon problème, pas le vôtre.

Nous ne continuâmes pas notre visite de la bibliothèque Bradley, qui n'avait été qu'un prétexte pour être en tête-à-tête. Nous nous levâmes pour retourner sous la tente.

— Je vais m'arrêter ici un petit instant, dit Gerald, montrant les toilettes pour hommes. Shugrue m'a dit que les urinoirs fonctionnaient.

Il se plaça devant l'un d'eux tandis que j'attendais. Soucieux que nous ne nous séparions pas sur une note inamicale, il me dit, sur le ton de la confidence :

— Je me fais vieux, Harry. Quand j'étais jeune et que je m'asseyais sur la cuvette des chiottes, ma bite trempait dans l'eau. Aujourd'hui, ce sont mes couilles.

C'était censé être une plaisanterie destinée à détendre l'atmosphère. Il s'attendait à ce que je rie. Avant Pâques, je l'aurais certainement fait. Ce jour-là, non.

— Par moments, vous m'avez l'air d'un prêtre défroqué, Harry, me dit-il.

J'avais moi aussi des choses à dire.

— L'alcool ne réussit pas à votre fils, monsieur Bradley. Il réveille ses mauvais instincts. Vous ne devriez pas l'oublier.

— N'en rajoutez pas. Se cuiter est une chose qu'on fait tous quand on a dix-sept, dix-huit ou dix-neuf ans.

— Pas Constant. Constant ne boit pas pour s'amuser. Ni pour avoir la pêche. L'alcool va tout droit à ce qu'il a de pire en lui.

— Oh, je vous en prie ! fit Gerald avec impatience.

— C'est une de vos ex-maîtresses qui me l'a d'abord fait remarquer. Moi aussi, j'ai dit « Oh, je vous en prie », du moins je l'ai pensé. Mais elle avait raison.

— Quels mauvais instincts ?

— Il a tué une femme sous l'emprise de l'alcool, monsieur Bradley. Ça ne vous suffit pas comme mauvais instincts ? Ce qui s'est produit peut se reproduire.

— Jamais. C'était un accident.

— C'est la version officielle, je sais. « C'était un accident. » Mais ne me la servez pas à moi. J'étais là, rappelez-vous. J'ai vu. Et écoutez ce que je vous dis sur Constant. Ça pourrait se reproduire.

— Je pensais que vous étiez son ami.

— Je le suis. Enfin, je l'étais. C'est justement pour ça que je vous dis ça.

Il remonta sa braguette et s'écarta de l'urinoir. Il épousseta de la sciure qui s'était collée aux coudes de son costume en lin bleu. Il s'éloigna vers la porte de la bibliothèque. Puis il s'arrêta et revint à l'endroit où je me tenais. Il sortit les deux enveloppes de sa poche. Dans l'une, les billets d'avion. Dans l'autre, mon contrat établi par Sims Lord. Il laissa choir les deux enveloppes sur une planche qui reliait deux échelles, puis il sortit rejoindre sa famille. Il ne me pria pas de le suivre. Je n'en avais pas envie. J'avais le sentiment d'être devenu un double de la fille en fauteuil roulant, qui que ce soit, où qu'elle soit, celle qui était au côté de Jerry dans la voiture. Réduite au silence par le fric. J'avais vendu mon âme, mais mon avenir était assuré.

Le jour de mon départ pour l'Europe, en classe Affaires, je fus informé par Sims Lord que Charlie, le chauffeur des Bradley, m'emmènerait au Kennedy Airport où il attendrait mon vol avec moi à l'Admirals Club. Il me semblait que c'était un dérangement inutile que Charlie vienne de Scarborough Hill à Ansonia, mais Sims me dit que Gerald y tenait. Afin d'atténuer la désapprobation de Tante Gert, gênée de voir une luxueuse limousine garée devant son immeuble, je proposai à Charlie de m'asseoir devant, à côté de lui, comme si j'étais un de ses amis, mais il ne voulut pas en entendre parler.

— Ah non, Harrison, M. Bradley ne serait pas content du tout. Vous monterez derrière et je vous ouvrirai la portière.

Durant le trajet, nous bavardâmes. Ou plutôt, Charlie fit la conversation, sans me quitter des yeux dans le rétroviseur. Comme tous ceux qui côtoyaient les Bradley, sa conversation tournait autour des faits et gestes de la famille. Le mariage de Maureen était la grande nouvelle. La robe de mariée était faite à Paris par Givenchy, qu'il s'efforça de prononcer à la française. La piscine serait transformée en piste de danse et la tente, presque aussi grande qu'un terrain de football, serait décorée par Cora Mandell, la célèbre décoratrice, et doublée de cretonne. Il y aurait dix demoiselles d'honneur, dont Mary Pat et Kitt. Le député Sandro, le Dr Desmond, et Constant seraient placeurs ; Jerry, le témoin de Freddy Tierney, mais il ne prendrait pas part à la procession dans la nef centrale, « parce que, vous savez, quand on boite comme lui ». Son Eminence dirait la messe nuptiale dans la cathédrale, et Son Eminence lirait la bénédiction papale envoyée de Rome par Sa Sainteté.

Nous foncions en direction de l'aéroport. Je n'avais plus envie d'entendre parler de la famille Bradley, que je n'allais plus jamais revoir mais, d'un autre côté, j'avais envie de tout savoir sur eux. Au fond de moi, je savais que je ne retournerais jamais à Scarborough Hill où je m'étais senti plus chez moi que chez moi. J'avais envie d'être loin, très loin de Scarborough Hill, et pourtant j'en avais déjà la nostalgie. Charlie continuait à soliloquer. Ceux de Washington allaient venir, disait-il. Le député Sandro devenait populaire là-bas, et il amenait avec lui un gros contingent de la capitale. Le gouverneur avait accepté l'invitation, avec sa femme. Et le maire aussi, avec sa femme. La sœur du cardinal viendrait également, ainsi qu'un grand nombre d'ecclésiastiques. Les Leverett Somerset ne seraient pas en ville, de même que les Thrall, les French, et M. et Mme Utley.

— Comment vont les Utley ? demandai-je.

— Ça m'étonnerait pas qu'ils déménagent sous peu, me répondit Charlie. Vous parlez d'un souvenir chaque fois qu'ils regardent par la fenêtre de chez eux. Ça a dû se passer pendant qu'elle téléphonait à Mme Wadsworth et à Mme Bradley et aux autres mères cette nuit-là.

— Permettez-moi de vous demander quelque chose, Charlie.

— Ben, je vous en prie.

— Etiez-vous chez vous, dans votre appartement au-dessus du garage cette nuit-là ?

— J'y étais, oui.

— Une de vos fenêtres donne bien sur le côté du court de tennis ?

— Ouais.

— Vous n'avez rien vu, rien entendu ?

— Non, non. Rien du tout. Faut dire qu'un tremblement de terre me réveillerait pas. C'est ce que j'ai dit au commissaire Riordan.

Nous roulâmes un moment en silence.

— Il semblerait que les journaux ne parlent plus de cette histoire, dis-je.

— C'est une bonne chose.

— Et ce journaliste... Gus Bailey ? On ne l'entend plus.

— Terrible, ce qu'il racontait celui-là ! fit Charlie. Il insinuait toutes sortes de mensonges.

— J'ai toujours été surpris qu'il ne lui soit rien arrivé. Qu'il n'ait pas eu les jambes cassées, ou qu'il n'ait pas été passé à tabac.

Je songeai à Johnny Fuselli. J'avais toujours pensé que ce genre de choses — briser des rotules — était dans ses cordes.

— Il y a des tas de façons de s'occuper des gens, remarqua Charlie.

— Comment ça ?

— On n'entend plus parler de Gus Bailey, pas vrai ?

— Non, plus du tout, maintenant que j'y pense. Vous ne voulez pas dire que... ?

— Tout ce que je veux dire, c'est que, quand on gagne sa vie en faisant ce qu'il fait, y a des risques qu'il vous arrive quelque chose. Pourquoi les gens devraient-ils accepter de voir leur vie gâchée par quelqu'un comme lui ?

Je fixai son regard dans le rétroviseur.

— Quand on fait ce que faisait ce Gus Bailey, c'est à ses risques et périls, et je suis sûr qu'il le savait, dit Charlie.

— Mais je suis sûr que M. Bradley se refuserait à être complice d'une chose pareille.

— Bon Dieu, bien sûr que oui. En aucun cas.

— Qui alors ?

— Y a des gens qui ne sont que trop heureux de réaliser vos vœux. Si on y met le prix, évidemment. Des gens qu'on n'a même pas besoin de rencontrer. Des gens dont vous connaissez même pas les noms, et qui connaissent pas le vôtre.

— Qui s'occupe des transactions ?

— Des agents, je suppose qu'on les appelle comme ça.

— Comme Johnny Fuselli ? demandai-je.

Il arrêta la voiture devant l'aérogare et son attention fut distraite. Des porteurs, apercevant la limousine, s'attroupèrent tout autour.

— Nous y voilà, dit Charlie. Je vais faire enregistrer vos bagages. Ne vous inquiétez pas pour les pourboires, je m'en occupe. C'est ce que veut M. Bradley. Vous allez au comptoir, là, et je vous rejoins dès que j'ai garé la voiture. Préparez vos billets et votre passeport. Puis on montera au Club pour attendre l'heure du vol. Vous avez beaucoup de temps.

— Parfait.

— Oh, au fait, j'ai failli oublier.

— Quoi ?

— M. Constant m'a chargé de vous dire au revoir.

Je me détournai et entrai dans l'aérogare. Une heure plus tard, j'étais à bord d'un avion pour Londres. Je ne devais revoir Constant que seize années plus tard mais, à ce moment-là, les Bradley n'habitaient plus à Scarborough Hill.

II

1989

NEW YORK

6

Ce fut un concours de circonstances, rien de plus, qui poussa le très discret Harrison Burns sous les feux des projecteurs. On avait beau le connaître de réputation, il refusait, par principe, toute publicité et ne faisait que de très rares apparitions dans les sphères sociales où sa célébrité lui donnait droit de cité. Dans le cours de sa vie d'adulte, Harrison Burns s'était accoutumé à la solitude. Il vivait seul depuis sa séparation d'avec sa femme et il dînait le plus souvent au Borsalino's, un restaurant près de chez lui, à une table isolée, avec un livre ou une revue pour seule compagnie.

— Ce n'est pas un endroit spécialement à la mode, lui avait-on dit. Fréquenté par des gens de l'édition et des artistes. Mais la cuisine y est sublime. D'Italie du Nord. Pas de chichis.

Au repos, ses traits ne jouaient pas en sa faveur. Une ride profonde entre les sourcils le vieillissait et la moue vaguement pessimiste de sa bouche donnait l'impression, lorsqu'il était seul, qu'il ruminait de sombres pensées — impression qui décourageait souvent les gens de l'approcher. Pourtant, dans la conversation, ou bien quand il rencontrait un ami, son visage s'animait, ses traits se rajustaient, pour ainsi dire, et il devenait franchement ouvert. Loin d'être beau, il se montrait alors plutôt charmant et c'était cette chaleur inattendue qui le faisait paraître tel. Souvent, on lui disait : « Votre tête me rappelait bien quelque chose, mais je n'osais pas vous aborder » ; ou encore : « Vous êtes différent de ce que j'imaginais. »

Aussi Harrison Burns ne fut-il pas autrement surpris lorsqu'une femme très élégante, d'âge moyen, qui l'avait observé durant tout le repas d'un air dubitatif, s'approcha de lui et lui demanda :

— Etes-vous celui que je crois ?

Il fut un temps, au début de sa célébrité, où il aurait répondu : « Qui croyez-vous que je sois ? » Mais aujourd'hui, au bout de dix ans, il répondait à une telle entrée en matière en se contentant de décliner son identité.

— Je m'appelle Harrison Burns, dit-il, d'une voix tranquille.

— Oh, oui, bien sûr. J'étais presque sûre que c'était vous. Ça m'exaspérait. J'ai lu tous vos livres.

Il hocha la tête d'un air affable. Etre reconnu n'était pas une sensation désagréable en soi, mais ils en étaient arrivés maintenant au moment délicat qu'Harrison avait appris à reconnaître lorsque des inconnus l'abordaient ainsi. Le silence. Une légère gêne. Comment poursuivre la conversation, ou comment l'arrêter. Parfois, il y avait un livre à signer. Il préférait encore ça à une conversation forcée. Cela mettait un point final au cérémonial. « Répétez-moi votre nom, disait-il, avant d'écrire. Catherine ? Avec un K ou avec un C ? » Puis quelques mots. Et enfin la signature avec le S géant à la fin de Burns. C'était terminé. Au revoir et merci. Mais cette femme ne semblait pas décidée à partir. Son instinct l'avertit que son intérêt pour lui n'avait rien à voir avec la littérature.

— Il est naturel que vous ne me reconnaissiez pas, lui dit-elle. Tant d'années ont passé.

Il la dévisagea.

— Effectivement, non, dit-il, tout en se rendant compte que le visage de cette femme ne lui était pas inconnu.

Parfois, lors de ses conférences, des femmes

venaient le trouver et lui racontaient des détails intimes, et les mêmes se trouvaient très déçues quand, deux ans plus tard, à nouveau de passage dans leur ville, il ne se souvenait ni de leur visage ni de leurs propos.

— Aidez-moi.

— Je suis Luanne Utley.

Il bondit sur ses pieds.

— Oh, mon Dieu, madame Utley. J'espère que vous ne m'en voulez pas de ne pas vous avoir reconnue. Je suis impardonnable.

— Oh, notre rencontre a été brève, et traumatique. Et il y a seize ans de cela. J'ai l'avantage de vous regarder à la télévision ou de voir des photos de vous dans la presse. Asseyez-vous, je vous en prie.

— Vous êtes seule ? M. Utley n'est pas avec vous ?

— Non. Ray est mort trois ans après Winifred.

— Je l'ignorais. C'est affreux. On dirait bien que ce sont les seules paroles que je sois capable de prononcer : « C'est affreux. »

Elle acquiesça.

— J'ai quitté Scarborough Hill. Trop de souvenirs.

— Oui, je comprends. Vous vous êtes remariée ?

— Non. J'ai fréquenté quelqu'un pendant un moment, il y a quelques années, mais j'ai mis un terme à cette relation. Par honnêteté vis-à-vis de lui. Il me reste encore des choses à régler dans ma vie.

— Asseyez-vous, je vous en prie. Tenez-moi compagnie.

— Rien qu'un instant. Je partais. J'ai demandé à mon amie de m'attendre dehors.

— Vous voulez un café ?

— Non, non, rien du tout. Comment vont les Bradley ? On n'arrête pas de parler d'eux dans la presse. Il faut dire qu'ils sont si nombreux. Aujourd'hui, évidemment, on les voit partout, mais à l'époque, à Scarborough Hill, on ne les avait jamais vraiment acceptés.

— Je suppose que non.

— Ils ont sans doute été la coqueluche de Paris quand Gerald y était ambassadeur. Le mariage de Mary Pat avec le comte, on ne parlait que de ça à Scarborough Hill. Je suppose que vous étiez à Paris à ce moment-là ?

— Non. Pour tout vous dire, cela fait des années que je n'ai pas revu les Bradley.

— Ah oui ? fit-elle, étonnée. Pas même Constant ?

— Non.

— Vous étiez pourtant d'excellents amis. Vous étiez à Yale ensemble, non ?

— Je ne suis pas allé à Yale, en fait. Après Milford, je suis resté en Europe pendant un an et, quand je suis rentré, je suis allé à Brown.

— Ah bon. Vous êtes marié ?

— Je l'ai été. Nous sommes séparés à l'heure actuelle.

— Excusez-moi.

— Nous essayons de régler ça à l'amiable. Conseillère conjugale, et tutti quanti.

— Vous avez des enfants ?

— Des jumeaux. Ils ont deux ans.

— Je souhaite que tout se passe bien.

— Merci.

— Vous avez brillamment réussi dans la vie.

— La chance, je suppose.

— Vous êtes si rigoriste dans vos écrits. La soif de justice est un de vos thèmes de prédilection, non ?

Leurs regards se rencontrèrent.

— Si vous n'étiez pas devenu écrivain, je suis certaine que vous auriez travaillé dans la justice. Je pense que c'est pour ça que tant de monde aime vous lire.

— C'est que je suis fils de parents assassinés, après tout. Vous ne le saviez pas ?

— Grands dieux non. Nous avons donc une chose en commun.

— Oui.

— A-t-on arrêté l'assassin de vos parents ?

— Les assassins. Ils étaient deux. Des vagabonds.

Des drogués. Apparemment, ce fut un meurtre gratuit. Ils cherchaient de l'argent, ils ont été surpris, ils ont paniqué, ils ont tiré, ils ont tué.

— Vous avez assisté au procès ?

— Non. Il a eu lieu pendant que j'étais en Europe. En fait, c'est pour ça que je suis resté là-bas. Je ne suis revenu que lorsque tout a été fini.

Elle le dévisagea un moment, puis dit :

— Je ne pourrais pas ne pas assister au procès. Il me faudrait y aller. Tous les jours. Pour regarder l'assassin en face. Pour l'obliger à me regarder.

Son calme commençait à la quitter. Elle se ressaisit et hocha la tête.

— Enfin, au moins, dans votre cas, les assassins ont été arrêtés. Vous avez pu mettre le point final. Ils sont en prison, je suppose ?

Harrison acquiesça.

— Vingt ans, dit-il.

Elle se leva.

— Je dois partir. J'espère ne pas vous avoir gâché votre dîner par cette conversation morbide.

— Oh, non. J'ai été ravi de vous revoir, madame Utley. J'ai souvent pensé à vous.

— Et moi à vous. Vous vous souvenez du commissaire Riordan ?

— Oui, bien sûr.

— Je suis restée en relation avec lui. Il est très sympathique.

— Je n'en doute pas.

— Il va bientôt prendre sa retraite. Il va me manquer. Il n'avait jamais abandonné l'espoir de résoudre l'affaire. Moi non plus, d'ailleurs.

— Ah non ?

— Non. Quelqu'un sait. Un jour, ce quelqu'un se fera connaître.

— Tant d'années ont passé, madame Utley.

— Le coupable a dû se faire aider pour la transporter. On ne l'a pas traînée par terre, voyez-vous. On l'a portée. Quelqu'un par les épaules. Quelqu'un par les pieds.

Harrison la regardait fixement, sans répondre.

Elle croisa son regard.

— C'était dans le rapport de police, dit-elle.

— Oh ! fit Harrison, surpris. Vous l'avez lu ?

— Oui. C'est curieux, mais certaines parties du rapport ont été censurées. Je n'ai jamais compris qui avait eu ce pouvoir-là.

Harrison se tint coi.

— J'ai offert une récompense, reprit Mme Utley. Vous le saviez ?

— Non.

— Oui, pas plus tard que le mois dernier. Pour tout renseignement qui pourrait aboutir à une arrestation. Une grosse somme, je peux vous le dire. Cinquante mille dollars. Je me suis dit que la personne qui l'avait aidé était un adolescent à l'époque. Aujourd'hui, cette personne devrait avoir une trentaine d'années. Marié, sans doute. Des enfants. Un crédit sur le dos peut-être pour l'achat d'une maison. Je me suis dit que la personne qui savait qui avait fait ça pourrait avoir besoin de cinquante mille dollars, qu'il devait aussi avoir dépassé cette loyauté aveugle qui lie parfois deux adolescents.

Harrison avala sa salive.

— Il y a eu preneur ? demanda-t-il.

— Non. Pas encore.

Elle le regarda un instant, puis ajouta :

— Le commissaire Riordan a toujours pensé que vous ne disiez pas tout ce que vous saviez.

— Moi ?

— Attention, il ne vous soupçonnait pas. Mais il pensait que vous couvriez quelqu'un.

— Non, madame Utley. Non, je ne couvrais personne. J'étais couché cette nuit-là. Mme Bradley est venue dans ma chambre quand vous lui avez téléphoné, et Mme Bradley n'a jamais dit un mensonge de sa vie.

— Bon. Vous m'avez toujours été sympathique, Harrison. Depuis que je vous ai pris en auto-stop, vous vous souvenez ?

— Oh, oui, bien sûr. Dans votre Buick bleue. C'est pourtant Constant qui a fait toute la conversation. Je suis surpris que vous vous souveniez de moi. J'ai à peine ouvert la bouche.

— C'est ce que j'apprécie en vous. Les garçons comme Constant Bradley m'ont toujours paru trop... raffinés. Et puis, vous êtes venu chez nous le jour où c'est arrivé, vous nous avez porté des plats cuisinés.

— Oui. De la part des Bradley. Je ne faisais que jouer le livreur.

— Je sais. J'aimerais vous laisser ma carte.

— Avec plaisir.

— J'ai un appartement au coin de Park Avenue et de la Soixante-Deuxième Rue. Le numéro de téléphone est dessus.

— Merci.

— Au revoir, Harrison.

— Au revoir, madame Utley.

A cette époque, les Bradley avaient assis leur fortune. La presse parlait d'eux comme de gens riches, et non plus seulement aisés, parfois même de gens « fabuleusement » riches. Et l'épithète « nouveau » n'était plus de mise en ce qui les concernait. Ils avaient conservé leur maison de Scarborough Hill, mais n'y séjournaient plus que rarement, comme s'ils suivaient la suggestion que Sally Steers avait faite à Gerald Bradley bien des années plus tôt, quand elle était encore sa maîtresse. Depuis leur retour de l'ambassade en France, ils avaient des résidences à New York et en Californie, ainsi qu'une immense propriété au bout de Long Island, qui comprenait plusieurs petites villas pour les membres mariés de la famille et leurs enfants. Ils avaient rejoint le petit monde de ceux qui se tenaient au courant des événements de la vie des uns et des autres par les journaux et voyaient des photographies des intérieurs des uns et des autres dans *Architectural Digest*. Ils fréquentaient des célébrités — stars de cinéma, personnalités en vue, politiciens — et leur nom et leurs photos paraissaient régulièrement dans la presse parce qu'ils étaient présents à tel ou tel événement mondain. L'œil aguerri du « médiaphile » discernait sans peine l'influence d'un attaché de presse dans la mention régulière de leur nom. Ceux de Scarborough Hill observaient de loin. Ils ne se laissaient toujours pas impressionner par Gerald et sa progéniture, même si Kitt, la benjamine, y avait fait ses débuts, non par un grand bal privé à son domicile, comme Weegie Somerset quatre années plus tôt, mais avec un groupe de débutantes, à un cotillon au Country Club. L'année suivante, on l'avait sollicitée pour qu'elle intègre la Junior League, première catholique de Scarborough Hill à avoir cet honneur. Et elle avait été demoiselle d'honneur plus souvent qu'à son tour. Malgré tout, les Bradley demeuraient des « résidents ».

A Scarborough Hill, la tragédie de Mme Utley était bien oubliée. Quand cette histoire refaisait surface, comme il arrivait parfois, c'était de plus en plus souvent sous la forme d'une question du genre : « Comment s'appelait cette fille déjà, celle qui a été tuée à coups de batte de base-ball ? » Les Utley étaient des nouveaux venus au moment du drame, ils n'avaient pas de passé dans la communauté, en outre, ils avaient déménagé juste après. La partie de l'histoire dont tout le monde se souvenait était que le fils Bradley, le plus beau, Constant, avait été soupçonné un certain temps, mais jamais inculpé. On commençait même à dire qu'il avait été victime d'une fausse accusation ; que certains membres du Country Club, qui détestaient son père, avaient fait courir le bruit qu'il avait frappé Weegie Somerset, un été, à Watch Hill, une histoire que Weegie Somerset elle-même avait démentie. En dehors d'une tricherie à un examen d'éthique — il avait été renvoyé pendant un trimestre — et d'une altercation avec un policier qui l'avait arrêté pour excès de vitesse — « Est-ce que vous savez à qui vous parlez ? » aurait-il crié au policier —, son carnet scolaire à Yale était irréprochable. Mais tout le monde s'accordait à dire que, le jour où Constant Bradley voudrait se marier, il lui faudrait se chercher une épouse ailleurs qu'à Scarborough Hill. Ce qu'il fit.

Entre-temps, Constant s'était pris de passion pour le polo. Il possédait sa propre écurie de chevaux. Il jouait à Palm Springs, Palm Beach, Colorado Springs, et un article rapporta qu'on aurait entendu le prince de Galles dire, durant un match : « Il se débrouille bien, ce Constant Bradley. » Des admiratrices suivaient tous ses matches. Puis, cela cessa. Il arrêta de jouer. Ses chevaux furent vendus. Ce fut Jerry qui lui fit remarquer que cela ne faisait pas sérieux, que cela lui donnait plus des airs de play-boy que du politicien que son père voulait qu'il soit. « Ceux qui reçoivent des tickets d'alimentation du gouvernement auront peut-être du mal à accorder leur confiance à un candidat en jodhpurs qui possède une écurie de chevaux de polo », lui dit-il.

Il s'était produit, pour reprendre le terme employé par les hommes de la famille afin de désigner les écarts de conduite de Constant, un nouvel incident. Celui-ci n'avait pas fait de remous, et n'était connu que des protagonistes et des membres de la famille. La jeune fille, Maud Firth, une débutante de Chicago dont la famille était persuadée qu'elle mentait, raconta qu'il l'avait menacée quand elle avait voulu quitter la chambre d'hôtel où elle l'avait accompagné, qu'il lui avait fait un croche-pied et l'avait renversée au sol. En tombant, elle s'était cogné la tête contre une table de chevet, se faisant une entaille au crâne qui avait nécessité dix-sept points de suture. Constant clama qu'elle était ivre, ce qui était le cas.

— Mais qu'est-ce qui ne va pas chez toi ? lui demanda Jerry. Tu es jeune. Tu es beau. Tu es riche. Toutes les filles sont folles de toi. Tu peux avoir celles que tu veux. Pourquoi a-t-il fallu que tu ailles lui faire du mal ?

— Je ne lui ai pas fait mal. Elle s'est fait mal, rectifia Constant. Elle a trébuché et elle est tombée.

— Constant, c'est moi, Jerry, ton frère. Je suis de ton côté. Je ne suis pas le commissaire Riordan de Scarborough Hill. Je veux savoir pourquoi tu as fait ça.

Constant regarda son frère.

— Je n'arrivais pas à bander, lui dit-il, le plus naturellement du monde.

— Jusqu'à ce que tu la frappes, c'est ça ?

Constant détourna les yeux.

— C'est un peu ça, oui.

Jerry rapporta cette conversation à son père, en présence de Des et de Sandro.

— Comme nous le savons tous, il n'y a pas de pire colère que celle du bande-mou, dit Gerald.

L'engouement de Gerald pour son fils préféré ne fléchissait jamais. Pour lui, Constant incarnait le moyen de réaliser ses aspirations de prédominance nationale, voire d'occuper une place dans l'histoire du pays, ce dont lui-même avait été floué à cause de son impopularité et de l'importance de sa fortune, que les jaloux regardaient toujours comme mal acquise.

— P'pa, tu ne prends pas la chose suffisamment au sérieux, lui dit Jerry.

— J'admire un homme qui a la queue plus grosse que le ventre, lui rétorqua Gerald.

— Espérons qu'il ne fera pas une intoxication alimentaire, p'pa, répondit Jerry du tac au tac. Et qu'on ne se retrouvera pas avec un malade sur les bras.

— Constant n'est pas malade, fit Gerald d'une voix glaciale. Je vais lui parler.

Ils se retrouvèrent au Grill du Four Seasons, à New York. Gerald alluma un cigare, au grand mécontentement du groupe occupant le compartiment à sa gauche — des éditeurs — et de celui occupant le compartiment à sa droite — un ancien secrétaire d'Etat et un ancien sénateur.

— Ton cigare les gêne, p'pa, dit Constant.

— Et mon cul, il les gêne ? rétorqua Gerald, tirant à grosses bouffées sur son cigare. Ils ne sont même plus en poste. Bon, maintenant, raconte-moi exactement ce qui s'est passé.

— Je n'ai rien fait d'illégal, p'pa. Ils savent qui nous sommes. Ils savent qu'on a de l'argent, dit Constant, en guise d'explication à l'incident.

— J'ai du mal à croire que les Firth de Lake Forest en veulent à notre argent, interrompit Jerry. Tu sais qui est son père, p'pa, hm ?

— Dix-sept points de suture, ça fait un peu beaucoup, Constant, dit Gerald, ignorant l'intervention de Jerry. Tu étais saoul ?

— Non, p'pa. J'avais bu quelques verres, mais je n'étais pas saoul. C'est elle qui était complètement bourrée. Elle a trébuché. Voilà ce qui est arrivé.

— Ce garçon est un alcoolique, p'pa, dit Jerry.

— Mais non, mais non ! s'exclama Gerald avec emphase.

— Il a besoin d'aide, insista Jerry.

— Aucun de mes fils n'ira à aucune de ces réunions d'église pour dire qu'il est alcoolique. C'est hors de question, tu m'entends ?

— Ce n'est pas nécessaire, papa. Je connais un endroit dans le Minnesota et un autre à Palm Springs. Ils font des miracles. Tu te souviens comment buvait Pierce O'Donnell ? Il a dégueulé sous la tente au mariage de Maureen, tu te souviens ? Eh bien, il a arrêté. Complètement.

Gerald, mécontent, tira une bouffée de son cigare.

— C'est vrai, dit-il, s'il y a une chose qui me met en rogne, c'est toute cette bande de peigne-culs toujours partants pour aller à ces réunions à la con se confesser en public.

— Pierce n'a pas rechuté, même quand Alice est

partie avec Andy Mahoney en le laissant avec les gosses, reprit Jerry.

— Bon, maintenant, écoutez-moi, fit Gerald, édictant les tables de la loi Bradley. Ce que tu vas faire, Constant, c'est arrêter de boire pendant un mois. Complètement. Dis-toi que c'est Carême. Autrement dit plus de bière, plus d'alcool. Et plus de vin pendant les repas. Dès maintenant. Garçon ! Reprenez ce verre. Tu pourras tenir, hein ?

— Mais oui, p'pa, bien sûr.

Pendant quelques minutes, ils mangèrent leurs espadons grillés en silence.

— Tu me disais qu'Alice O'Donnell était partie avec qui, Jerry ? demanda Gerald.

Un homme d'un certain âge, distingué, ancien sénateur et ancien ministre, passa devant leur table comme il sortait du restaurant et, d'un geste appuyé de la main devant son visage, chassa la fumée du cigare.

— Bonjour, Abe, s'écria Gerald. Viens saluer mes fils, Constant et Jerry.

*
* *

Le lendemain, Johnny Fuselli fut convoqué. De l'argent fut versé à Maud Firth. Certaines dépositions disparurent des dossiers de la police. Constant fut privé de vacances. Pas d'Aspen ce Noël-là. L'incident fut clos.

— Nous devons penser à le marier. Il se calmera, dit Gerald. Mais il faut que ce soit avec une fille totalement convenable. Le genre Weegie Somerset, mais en catholique.

La chasse était ouverte pour trouver une jeune épouse à Constant, qui correspondrait à l'idéal de Gerald.

Le soir où Harrison Burns dîna chez Borsalino's aurait dû être une soirée tranquille, un dîner de bonne heure en solitaire, à la table qu'Arrigo lui donnait toujours, vers le fond de la salle, où il ne serait pas dérangé. Il aimait avoir fini son repas et filer avant que ne débarque la foule des dîneurs qui, chaque soir, emplissait les lieux. Il avait l'intention de rentrer chez lui, dans son appartement de Lexington Avenue, et d'écrire un article sur une déséquilibrée mentale internée dans un hôpital psychiatrique du Maine pour avoir tiré sur le compagnon de son père, et qui cachait quelque chose, il en était sûr, qu'il espérait bien découvrir. Les secrets destinés à être emportés dans la tombe étaient devenus un de ses thèmes favoris.

Mais sa rencontre fortuite avec Luanne Utley l'avait bouleversé. Il autorisa ses pensées à vagabonder un moment dans une zone qu'il avait bannie de ses préoccupations seize années plus tôt, à bord d'un Boeing 747 pour Londres. Des bribes de conversation lui revinrent. « Quelqu'un sait », avait dit Luanne Utley à l'époque. « Je suis ce quelqu'un », avait-il dit à Gerald Bradley. Et Gerald, la veille du départ d'Harrison pour l'Europe, qui lui avait dit au téléphone : « Ces choses-là ne durent pas longtemps, vous savez, cette obsession des médias pour telle ou telle histoire. Il se produira autre chose, vous verrez. Un avion qui s'écrasera avec une personnalité à son bord ; un détournement de fonds impliquant quelqu'un de connu ; un scandale bancaire ; le suicide d'une star de cinéma. Et alors les projecteurs se détourneront de cette histoire et de nous, pour se braquer ailleurs. Vous verrez, quand vous reviendrez, les gens auront oublié.

— Oui, monsieur », avait-il répondu, pressé de raccrocher, regrettant déjà d'avoir accepté le marché.

Mais Gerald n'était pas de ceux au nez de qui l'on raccroche. Il n'avait pas terminé sa conférence.

« L'attitude joue un rôle primordial dans tout ça, Harrison. Constant l'a compris, lui. Il ne prend pas un air coupable. Il n'agit pas en coupable. Il ne pense pas en coupable. Et ceux qui, peut-être, l'ont soupçonné finissent par se dire : “Non, ça ne peut pas être lui. Il n'a pas pu faire ça. C'est un coup monté.” Prenez-en de la graine, Harrison. »

Cet été-là, Harrison voyagea de Londres à Paris, de Paris à Rome, et de Rome à Madrid. Ce fut, ainsi que Gerald Bradley le lui avait dit plus d'une fois, un voyage de rêve pour un adolescent. Chaque jour, il se faisait un devoir d'aller visiter musées, églises et autres merveilles architecturales. Le soir, il allait au théâtre, à l'opéra ou au concert. Il était presque toujours seul. Et, au fond, il ne manquait à ce voyage que l'allégresse qu'aurait dû susciter une telle aventure. Pourtant, pas une fois son cœur ne se gonfla de joie devant sa bonne fortune.

Il reçut une lettre de Grace, cette pauvre Grace à qui l'on ne disait jamais rien, qui ignorait qu'il avait été éloigné à grands frais du cercle de la famille. Elle l'avait envoyée à Ansonia, et Tante Gert l'avait fait suivre à la « pensione » où il logeait à Florence.

Mon Cher Harrison, lui avait-elle écrit,

> *Vous nous manquez beaucoup à tous. Nous n'avons pas compris comment vous aviez pu partir de la sorte, sans dire au revoir à aucun d'entre nous, pas même à Constant. Nous avions tous tant d'affection pour vous, vous considérant presque comme un membre de la famille. Kitt parle de vous très souvent. Elle pense que vous deviendrez célèbre. Elle a été la demoiselle d'honneur la plus populaire au mariage de Maureen. Tous les placeurs voulaient la faire danser. C'est Mary Pat qui a attrapé le bouquet. J'étais très fière de mes filles. On n'avait jamais vu une tente aussi jolie — doublée de cretonne. Son Eminence a lu la bénédiction papale. Pas un œil sec dans l'assistance, pas un.*

Il avait tout de suite su qu'il ne répondrait pas à cette lettre. Il avait conclu un marché. Il avait plu la veille et la matinée florentine était grise et fraîche. Un feu brûlait dans l'âtre. Il s'était levé de la table où il prenait son petit déjeuner et avait jeté la lettre de Grace dans les flammes. Elle ne lui avait plus jamais écrit.

Un jour, à la galerie des Offices, il était tombé sur M. Fanning, son professeur de français à Milford, qui passait l'été à l'étranger. Bien qu'ils n'aient jamais été très proches à Milford, ils se saluèrent chaleureusement et, un soir, dînèrent ensemble à la « pensione » d'Harrison.

— Plutôt bien, ici, dit M. Fanning, balayant la salle à manger du regard.

A une table dans un coin, une vieille comtesse recevant ses jeunes petits-enfants conférait aux lieux un air de bienséance indiscutable.

— Vous semblez vous en être bien sorti. Je suppose que vos parents vous ont laissé dans l'aisance pour que vous puissiez profiter de vacances pareilles.

Harrison avait rougi, et n'avait pas répondu, espérant que M. Fanning prendrait son trouble pour la pudeur d'avoir eu la « chance » d'hériter de ses parents assassinés et non pour la honte de vivre de l'argent qui avait acheté son silence.

— Avez-vous des nouvelles de Constant ? lui avait demandé M. Fanning.

— Je viens de recevoir une lettre de Mme Bradley.

Et il s'était fait un devoir de mettre M. Fanning au courant du mariage de Maureen, ne voulant pas laisser paraître que ses liens d'amitié avec les Bradley étaient rompus.

— Oui, j'y étais, avait renchéri M. Fanning. Quand le cardinal a dit : « Je vous déclare mari et femme », tous les frères et sœurs ont applaudi, poussé des cris, tapé du pied. Je n'avais encore jamais vu ça dans une église. C'était plus les états généraux d'un parti politique qu'une messe.

— C'est le genre de la famille. Ils font des trucs comme ça, avait dit Harrison.

A Rome, il s'était fait déposer en taxi devant le

Grand Hotel, sous une pluie diluvienne. Et c'est là qu'attendant désespérément un taxi, il avait vu les deux jeunes mariés Maureen et Freddy Tierney gesticuler frénétiquement. Maureen, tenant un parapluie, était vêtue de noir de la tête aux pieds, et ses cheveux étaient recouverts d'une mantille de dentelle noire. Harrison n'avait eu aucun mal à deviner qu'ils se rendaient au Vatican pour une audience papale. Son regard croisa un instant celui de Freddy, et Harrison dit au chauffeur qu'il avait voulu dire le Hassler Hotel et non le Grand Hotel, et le taxi redémarra.

— J'aurais juré avoir vu le grand copain de Constant, tu sais, celui qui ne dit jamais rien, s'exclama Freddy. Comment s'appelle-t-il déjà ?

— Harrison. Harrison Burns. Un saligaud et un ingrat. Maman m'a dit qu'il ne nous avait rien offert pour notre mariage, après tout ce que ma famille a fait pour lui, rétorqua Maureen. On va être en retard, Freddy. Je t'avais dit de louer une voiture avec chauffeur. Oh, non, il y a toujours plein de taxis, m'as-tu répondu. Ha ha ha ! J'ai les pieds trempés. Regarde ! Quelqu'un libère un taxi. Mais cours, cours !

A la fin de l'été, Harrison se prépara à rentrer pour commencer ses cours à Yale. Il redoutait ses retrouvailles avec Constant. Le secret qu'ils partageaient les avait éloignés l'un de l'autre. Ce fut alors, par bonheur, qu'il reçut le coup de téléphone de l'inspecteur Stein l'avertissant que les assassins de ses parents avaient été arrêtés. Cette arrestation ne devait rien au flair de la police. Deux jeunes avaient été arrêtés pendant qu'ils cambriolaient un 7-Eleven et ils avaient avoué le meurtre des Burns à Ansonia.

— Vous rentrez quand ? lui demanda l'inspecteur Stein.

— Je ne comptais pas rentrer, répondit Harrison.

Il avait parlé sans réfléchir. Jamais il n'avait envisagé rien de tel.

— Oh ? fit Stein, surpris.

— Je prends des cours à la galerie des Offices.

— Votre tante Gert m'avait pourtant dit que vous entriez à Yale en septembre.
— Non. J'ai changé mes projets.
— Vous allez rester combien de temps à l'étranger ?
— Oh, sans doute la majeure partie de l'année.
— Vous ne voulez donc pas voir ces types ?
— Non.
— Votre tante Gert se fait du souci à votre sujet.
— Dites-lui que je vais bien.

Comme tout un chacun, Harrison Burns avait suivi dans la presse les succès mondains et commerciaux de la famille qui l'avait fasciné si longtemps, mais il n'en parlait jamais. Leur nom ne franchissait que rarement ses lèvres. Claire, sa femme, éprouvait elle aussi de l'aversion pour cette famille. Ils étaient mariés depuis plus d'un an quand il apprit, tout à fait par hasard, qu'elle avait été une des demoiselles d'honneur de Maureen Bradley. Au petit déjeuner, elle lui lut à voix haute la nécrologie de Cora Mandell, la célèbre décoratrice, parue dans le *Times*.

— « Elle était légendaire pour son goût et sa clientèle qui, au fil des années, compta des noms aussi prestigieux que Phipps, Vanderbilt, Guest, Rockefeller, Niarchos, Onassis, et Bradley », lut Claire. « Ce fut au mariage de Maureen Bradley, en 1973, qu'elle fit sa terrible chute du sommet d'une échelle alors qu'elle doublait l'intérieur de la tente de cretonne, et se brisa les deux jambes. »

Claire reposa le journal.

— La nécrologie se termine là-dessus ? demanda Harrison.

— Non, ça continue, dit Claire. Je revois encore la vieille Cora Mandell tombant de l'échelle. C'était la veille du mariage. J'étais une des demoiselles d'honneur.

— Ah bon ? fit Harrison, très surpris. Tu as été une des demoiselles d'honneur de Maureen Bradley ?

— Oui.

— Tu ne me l'avais jamais dit.

— Ça m'était sorti de la tête. Ça n'a pas été un événement majeur de ma vie. En outre, je n'aime pas parler des Bradley.

— Pourquoi ?

— De mauvais souvenirs.

— Lesquels ? Raconte.

— Le père, Gerald, traînait dans les couloirs la veille du mariage. Il est entré dans ma chambre, et aussi dans mon lit. Il m'a tripotée partout. C'était écœurant. Il a failli me violer. Dieu merci, il a joui avant d'avoir réussi à me pénétrer. Je l'ai menacé de crier s'il ne ressortait pas. Il était terrifié à l'idée que Grace puisse m'entendre, et il est parti. Je suis restée pour la cérémonie parce que je n'ai pas voulu faire de scandale. Je le regardais dans la cathédrale avec son chapelet en argent, les yeux clos pendant que leur cardinal-maison faisait la lecture de la bénédiction papale. Toute cette hypocrisie me donnait envie de vomir.

Harrison hocha la tête.

— Je suis partie en catimini après la réception. J'ai laissé ma robe de demoiselle d'honneur dans la corbeille à papier de la chambre que j'occupais. Elle avait coûté sept cents dollars. Pas mal pour une robe de demoiselle d'honneur. Surtout pour l'époque. Elle était très jolie. J'aurais pu m'en resservir comme robe du soir, mais je ne le voulais pas. Je n'ai jamais revu Maureen. On n'échange même pas de vœux pour le Nouvel An. Mais le père m'a fait envoyer un manteau de vison. Contre mon silence, je suppose.

— Un Revillon Frères ?

— Comment peux-tu savoir ça, Harrison ?

— Et tu l'as gardé ?

— Evidemment que je l'ai gardé. Mais il peut toujours attendre mon mot de remerciement.

— Comment avais-tu connu Maureen ?

— On s'était rencontrées un hiver en Floride. Je

connaissais très bien le garçon qu'elle a épousé, Freddy Tierney.

— Tu lui as envoyé un faire-part pour notre mariage ?

— Non. Je n'étais pas la première copine des sœurs Bradley que leur père essayait de sauter. J'ai toujours pensé qu'elles étaient au courant mais fermaient les yeux. Pourquoi tu me demandes ça ?

— Moi aussi, je les connaissais.

— Première nouvelle, Harrison, dit Claire. Mais il y a tant de choses dont tu ne parles jamais.

— Voilà ce qu'on récolte quand on se lie avec un homme plus jeune que soi, fit Harrison.

— Oui. Un homme plus jeune, mélancolique et sombre. Comment as-tu connu les Bradley ?

— J'ai connu Constant à Milford. Je suis allé passer des week-ends à Scarborough Hill.

— Tu es toujours en contact avec eux ?

— Non.

— Pourquoi ?

— C'était un copain d'école. Rien de plus. On a grandi, je suppose. Je suis allé en Europe après mon diplôme à Milford et je ne l'ai pas revu depuis.

— Il est très beau. Il a ça pour lui. Dans la famille, ils disaient tous qu'il deviendrait président un jour. Peut-être que oui. Qui sait ? Je me souviens que toutes les demoiselles d'honneur en étaient folles. Elles le voulaient toutes pour danseur. Il faut dire qu'il dansait à la perfection. Et c'est lui qui a porté le toast le plus amusant au dîner de la veille du mariage qui avait lieu à ce Club auquel ils appartiennent...

— Le Country Club. Avec un L majuscule. Ils y tiennent beaucoup, dit Harrison.

— Oui. Mais il y avait quand même une chose bizarre. Les gens du coin l'évitaient, les gens de Scarborough Hill. Au Club, il y avait un barman, Corky, ou un nom dans ce goût-là, qui m'a parlé d'un meurtre qui avait eu lieu quelques mois plus tôt. Une jeune fille nouvellement arrivée en ville. Et Constant aurait dansé avec elle le soir où elle s'est fait assassiner. Tu en as entendu parler ?

— Non. Dis, quelle heure est-il ? Il ne faut pas que je sois en retard.

— Oui, oui, file, Harrison. A croire que tu te sauves toujours dès que nous avons le moindre sujet de conversation qui pourrait nous aider à mieux nous connaître. Te rends-tu compte que nous venons seulement de découvrir que nous avons connu tous deux les Bradley, et même assez bien. Que faut-il en conclure sur nous ?

Harrison rit.

— Ecoute, tu as épousé un orphelin. Je n'ai pas de passé. Sauf Tante Gert qui est à l'Hospice Ste. Mary, et devient complètement gaga.

Ils étaient mariés depuis un peu plus d'un an. Ils s'étaient connus au cocktail de lancement de son premier livre — une mise au pilori du financier de Wall Street Elias Renthal qui purgeait une peine de prison de six ans à Danbury pour avoir trempé dans un délit d'initié lié à un scandale commercial. Elle y était venue avec un directeur de collection de la maison d'édition.

— Je suis ravie que vous ayez épinglé ce Renthal, lui avait dit Claire, une fois les présentations faites. C'est fou ce qu'arrivent à faire tous ces affreux jojos.

Elle était grande, avait l'air grave, intelligent et, finalement, était jolie.

— Mais, avait-elle ajouté, je dois dire que je suis triste pour la pauvre Mme Renthal. Elle m'a l'air d'être une femme bien.

— Je l'ai trouvée sympathique, mais elle a refusé catégoriquement de m'accorder une interview, avait répondu Harrison.

Quelqu'un d'autre attendait pour lui parler, cependant Claire ne semblait pas pressée de partir.

— J'ai vu sur la jaquette de votre livre que vous aviez fait des études à Brown, avait-elle poursuivi.

— Oui.

— Moi aussi.
— Ah oui ?
— Sept ans avant vous.
Un photographe loué par l'éditeur leur demanda de se tourner vers lui et les prit en photo.
— Continuez de parler, leur intima-t-il.
Le lendemain soir, ils avaient dîné en tête-à-tête. Et le surlendemain, il avait dormi chez elle. Pour la Noël, il l'avait accompagnée à Philadelphie, chez sa famille. En février, elle lui avait annoncé qu'elle était enceinte. En avril, ils étaient mariés par un juge de New York. En juillet, les jumeaux étaient nés.
— Je te laisse choisir les prénoms, lui avait-elle dit.
— J'aime bien Timothy.
— Oui, c'est joli. Et l'autre ? Ralph ?
— Oh, non, pas Ralph. Robert ? Roy ? Charles ? Pourquoi pas Charles ? Un de mes personnages de roman préférés s'appelait Charles.
— Ryder, je parie ?
— Exact, avait-il dit, en souriant.
— D'accord. Va pour Timothy et Charles. Timmy et Charlie. Il va nous falloir assumer les diminutifs tôt ou tard. Toujours d'accord ? Je trouve que ce sont de très jolis prénoms. Dis-moi une chose, Harrison. M'aurais-tu épousée si je n'avais pas été enceinte ?
— Quelle question ridicule !
— Quelle non-réponse !

Une nuit, alors qu'ils étaient couchés, endormis, la sonnerie du téléphone retentit. Claire, tâtonnant dans le noir, décrocha.
— Allô ? Allô ?
— Est-ce que je pourrais parler à Harrison Burns ? fit une voix à l'autre bout de la ligne.
Claire tendit le bras vers l'interrupteur de la lampe de chevet et l'alluma. Il était deux heures et quart du matin.
— Pourriez-vous rappeler M. Burns demain

matin ? dit-elle. Il est très tard, et mon mari est en train de dormir.

— Non. Il faut que je lui parle maintenant, dit la voix.

— A qui ai-je l'honneur ?

— Mon nom ne vous dirait rien.

— En ce cas, je ne peux réveiller mon époux.

— Votre mari me connaît.

— Puis-je avoir votre nom ?

— Diego Suarez. Mais il se souvient peut-être de moi sous le nom de Tata Suarez.

Claire Burns n'avait jamais entendu parler de Diego Suarez, *a fortiori* de Tata Suarez, mais il y avait beaucoup d'inconnus dans la vie de son mari.

— Tata Suarez ? répéta-t-elle, incrédule.

Harrison, étendu à son côté, écoutait, somnolant, essayant de ne pas se réveiller complètement car sinon, il le savait, il n'arriverait pas à se rendormir. Mais quand il entendit Claire prononcer le nom de Tata Suarez, il sursauta.

— Passe-le-moi, dit-il. Non, dis-lui de patienter, je le prends dans l'autre pièce. Je ne veux pas te déranger.

— Non, Harrison, prends-le ici. Je suis déjà réveillée. Qui est-ce ?

— Un ancien copain de classe.

— Il ne peut pas t'appeler dans la matinée ? C'est insensé de téléphoner à une heure pareille.

Il lui prit le combiné des mains sans répondre.

— Allô ?

Claire remarqua l'hésitation dans la voix de son époux.

— Bonjour, Harry, dit Tata Suarez.

— Ma parole, quelle surprise ! Ça fait un bail ! dit Harrison.

— Ça fait dix-sept ans. Et le six mars, l'anniversaire du jour où j'ai été viré de Milford pour mauvaise conduite, ça en fera dix-huit.

— Qu'est-ce que je peux faire pour toi ?

— Tu as bien réussi. Je te lis. Je te vois.

— Ce n'est pas pour me dire que tu es un de mes fans que tu m'appelles ?

— Non, Harry, ce n'est pas pour ça.

Un long silence s'ensuivit.

— Tu appelles de New York ?

— Non.

— D'où alors ?

— De Chicago. Est-ce que je t'avais déjà parlé d'une de mes cousines du côté de ma mère, Maud Firth ?

— Je ne crois pas, non.

— Une jeune femme charmante. Un peu timbrée, peut-être, mais charmante.

— Oui ?

— Un soir, un incident malheureux a eu lieu dans une chambre d'hôtel à Chicago ; Maud s'est ouvert le crâne et a dû subir dix-sept points de suture.

— Je ne vois pas le rapport avec moi, Tata.

— C'est Constant Bradley le responsable de ces dix-sept points de suture.

— Oh, mon Dieu !

— Ils avaient fait connaissance à un match de polo, à Lake Forest. Ils ont un peu bu. Ils sont allés à l'hôtel. Il y a eu malentendu. Maud a voulu partir. Constant l'a jetée par terre et elle s'est cognée en tombant.

Harrison, ébahi, ne répondait rien.

— Toujours là ? demanda Tata Suarez.

— Oui.

— Maud avait peur de raconter ça à ses parents, alors elle est venue me trouver, moi, le cousin peu recommandable, la brebis galeuse de la famille, celui que rien ne pouvait choquer, et qui se trouvait être de passage en ville.

— Je ne vois toujours pas le rapport avec moi, dit Harrison.

— J'ai pensé qu'il fallait que tu saches cette histoire. Il y a eu cette ténébreuse affaire à Scarborough Hill, il y a pas mal d'années maintenant. Comment s'appelait la fille déjà, cette fois-là ? Ah oui : Winifred Utley.

Harrison, atterré, ne répondit rien.

— Surpris que j'en aie entendu parler ? Un bruit qui court au Country Club fait le tour de tous les clubs, tu sais, surtout quand il concerne un joueur de polo beau et riche et qui a des ambitions politiques. Je me demandais simplement si l'on pouvait parler de schéma comportemental dans son cas. Après tout, tu es du côté de la loi et de l'ordre dans tout ce que tu écris. C'est ce que le public pense de toi.

— Tu as autre chose à ajouter, Tata ?

— Non. J'ai toujours su que tout son charme et son sourire de milliardaire cachaient un côté sadique. Il me faisait toujours chier à Milford. Il est même allé jusqu'à me pisser dessus. Tu t'en souviens ?

— Oui.

— Est-ce que tu as idée de ce que j'ai pu ressentir ?

— Oui.

— Oh, j'ai gardé la tête haute. Toute ma vie, j'ai gardé la tête haute. J'ai joint mon rire aux vôtres. Mais j'ai bien vu son air. J'ai vu la cruauté dans ses yeux saphir.

— Je suis navré pour ta cousine.

Il raccrocha et se tourna vers Claire. Elle le regardait d'un air interrogateur. Il lui prit la main.

— Claire, dit-il.

— Qu'y a-t-il, Harrison ?

— Je voudrais savoir si tu accepterais de me rendre un immense service.

— Lequel ?

— De ne pas me demander de t'expliquer ce coup de téléphone.

Harrison Burns commençait toutes ses journées en écrivant dans son journal. Le lendemain matin de sa rencontre avec Luanne Utley au Borsalino's, il écrivit :

> *Rétrospectivement, je suis horrifié par ma duplicité envers Luanne Utley, hier soir. Cela dit, s'agit-il vraiment de duplicité ? J'ai depuis long-*

temps banni Winifred Utley de ma mémoire, si complètement que c'est comme si c'était un autre que moi qui avait vu ce que j'ai vu il y a seize ans dans un bosquet de Scarborough Hill. Ce souvenir demeure en moi à l'etat léthargique. J'ai depuis longtemps cessé de repenser à ce qui s'était passé. Ce n'est pas que j'aie oublié, mais j'ai fait du rangement ; c'est comme si j'avais mis tout ça dans une malle au grenier. Je ne veux pas m'appesantir sur ce que ma rencontre avec Luanne Utley pourrait éveiller en moi. La vie continue. Les années sont bien remplies. L'eau a coulé sous les ponts.

Et pourtant je sais, je sais, je sais, que j'ai un rôle à jouer dans la vie de Luanne Utley. Elle m'a regardé avec tant d'insistance, un peu comme si elle lisait en moi à livre ouvert, quand elle m'a parlé de la récompense, les cinquante mille dollars. Il n'y avait ni colère ni haine dans son regard. Tout au plus de la compassion. Son joli visage, triste et blême, et la peine infinie exprimée par ses traits m'ont plus ému que je ne saurais le dire. Si Gerald n'avait pas subvenu à mes besoins, aurais-je gardé le silence tout ce temps ? Aurais-je dit ce que je sais ? Je l'ignore, mais je me réjouis de penser que j'ai retourné tous les chèques mensuels de Sims Lord depuis que j'ai commencé à gagner ma vie.

Il en resta là, rangca son journal, et se lança dans le travail de sa journée : Esme Bland.

7

Ce fut dans le cadre de ses recherches sur la vie d'Esme Bland, une malade mentale internée dans un hôpital psychiatrique du Maine pour avoir tiré sur un jeune homme qui monnayait ses faveurs, qu'Harrison Burns fit la connaissance de Rupert du Pithon. L'entourage d'Esme Bland répugnait à parler d'elle. Elle était, pour reprendre l'expression de Blanche Islington, « une des nôtres », ce qui signifiait que les gens comme eux ne parlaient pas de l'un des leurs, quoi qu'il ait pu faire. « Pauvre Esme, disaient-ils, toutes ces années à passer d'hôpital psychiatrique en hôpital psychiatrique », et ils en restaient là. Seule Blanche avait ajouté, désireuse d'aider Harrison Burns, qu'elle trouvait plutôt sympathique, « Vous devriez peut-être en parler avec Rupert du Pithon. Il la connaissait très bien. Il pourrait peut-être vous apprendre une ou deux choses. Il sait tout sur tout le monde ». Le subtil non-dit qu'il fallait saisir était que Rupert du Pithon, en dépit de sa grandeur, n'était pas un des leurs, n'était pas né dans leur milieu, et serait donc plus à même de parler de la malheureuse Esme, qu'il connaissait très bien, tout comme il avait connu feu le père d'Esme, le distingué Esmond Bland, réputé pour avoir été l'ami des présidents et autres grands de ce monde.

Le nom de Rupert du Pithon n'était pas inconnu à Harrison Burns. Pendant des années, il avait paru dans les chroniques mondaines, à une fréquence telle qu'il avait fini par occuper une place dans l'entrepôt de sa mémoire, même s'il ne savait rien de précis sur lui.

— Que fait-il ? demanda Harrison, essayant de se familiariser avec ce nom.

— Ce qu'il fait ? s'écria Blanche Islington. Mais rien. Il n'a jamais rien fait. C'est tout son charme. Ou son contre-charme, selon votre décision. Oh, il est extraordinaire en matière de placements — autour d'une table, je veux dire. Il sait placer les convives mieux que quiconque. Il connaît tout en matière de préséance, ce genre de choses. Adèle Harcourt s'en remettait totalement à lui quand elle recevait les puissants de ce monde. Est-ce que l'évêque ou le gouverneur devait être placé à sa droite — ce genre de choses, vous voyez. Il savait toujours. La plus grande réussite de sa vie a été le bal qu'il donna pour Lil Altemus. Nous ne parlons pas de quelqu'un de sérieux, mon cher.

— Mais pourquoi accepterait-il de me parler quand aucun d'entre vous ne le voulait ?

— C'est le moment idéal pour aller le trouver. Il est un peu passé de mode. On le sollicite beaucoup moins qu'avant. Il a caressé certaines personnes bien placées dans le sens contraire du poil. Et une fois qu'il a commencé à parler, on ne l'arrête plus. Il est comme ça — bla, bla, bla. Je vous suggère de l'inviter dans un restaurant à la mode. Il aime être vu, d'autant qu'il ne sort plus beaucoup maintenant.

En partant, Blanche Islington lâcha un autre renseignement sur Rupert du Pithon.

— Oh, et ne lui faites jamais de confidences. Vous pourriez le regretter.

— Merci.

— Et autre chose : il porte une moumoute.

Elle éleva les mains au-dessus de sa tête, comme si elle essayait un bibi.

— Perchée sur son crâne, un peu comme ça. Faites comme si vous ne remarquiez rien. Il est persuadé que ça ne se voit pas.

Rupert du Pithon, Rupie pour les intimes, s'était fait connaître en fréquentant des gens connus. « Il faut absolument que vous appeliez Rupie si vous allez à New York, disait-on dans son cercle. Il connaît tout le monde. » Mais, depuis quelque temps, son statut avait changé. Les gens à la mode ne recherchaient plus trop sa compagnie. Il s'était brouillé avec des gens en vue. Il avait surestimé son importance sociale. Son bavardage avait tourné à l'indiscrétion, et ses critiques acerbes à propos de la robe de mariée de la fille de Sally Steers, exprimées tandis qu'elle s'avançait dans la nef de St. James, avaient rendu les amis de Sally fous furieux. « Des paillettes ! s'était-il exclamé. Mais sa mère est tombée sur la tête ! » Ce fut, de l'avis général, la goutte d'eau qui fit déborder le vase.

Les tables de son appartement, encombré de meubles, étaient jonchées de cadres en argent contenant des photographies de stars de cinéma, de nobles, et de gens de bonne famille qui avaient connu la gloire ou la disgrâce sociale. « C'est Diana Cooper, disait-il. Elle était divine. » Ou bien : « C'est lady Kenmare. Vous connaissez son histoire, bien sûr ? » Il en était qui arguaient que ces photographies étaient, pour la plupart, celles de morts qui ne pouvaient plus nier avoir connu Rupert aussi bien qu'il le prétendait. Pendant des années, il eut les meilleures tables dans les meilleurs restaurants, même s'il était considéré comme un client difficile ; souvent, il renvoyait ses plats, parfois plusieurs fois de suite, criant ses doléances au chef à propos de son bœuf, de son soufflé, ou de sa mousse. Parmi les serveurs, il s'était taillé la réputation de n'avoir pas le pourboire facile. Son changement récent de situation sociale et financière avait libéré ces mêmes restaurants de l'obligation de bien le placer et, plutôt que de subir la honte d'une rétrogradation publique, comme se voir octroyer une table du mauvais côté de la salle, il ne s'y présentait plus. « Je n'y vais plus, disait-il. Vous ne trouvez pas que ça a baissé, vous ? »

La fréquence de ses apparitions aux meilleures soirées avait également diminué. Sa popularité, si tant est qu'on puisse parler de popularité, battait de l'aile, et c'était maintenant par la presse qu'il entendait parler des soirées auxquelles on ne l'invitait plus. Que son bannissement le mît au supplice ou au désespoir, c'était là un secret qu'il ne partageait avec personne. « J'en ai plus qu'assez d'aller à des soirées, claironnaitil, en levant les yeux au ciel. Les mêmes têtes, encore les mêmes têtes, toujours les mêmes têtes. J'ai décliné l'invitation. J'ai dit que je n'irais pas, un point c'est tout. »

Son nom et ses propos en matière de goût et de bonnes manières ne paraissaient plus dans les magazines en vogue, contrairement aux années précédentes. « Oh, je ne sors jamais le samedi soir : tout le monde est à la campagne », avait-il déclaré dans l'une de ces interviews, mais aujourd'hui, ces mêmes échotiers ne se souciaient plus de son opinion. « Il est au bout du rouleau, fini, démodé, on ne l'invite plus nulle part », déclara Dolly De Longpré, la doyenne des chroniqueuses mondaines, dont l'opinion prévalait.

Mais, et Harrison Burns le savait, les gens en perte de vitesse avaient souvent des comptes à régler, savaient souvent dans quel placard le linge sale était rangé. Harrison fut surpris qu'un aussi grand seigneur que Rupert du Pithon réponde lui-même au téléphone. Il s'était attendu à tomber sur un barrage : un majordome, une bonne, ou, au pire, un répondeur téléphonique. Mais non. La voix qui résonna à l'autre bout du fil était indubitablement celle de Rupert du Pithon. Il l'avait déjà entendue imitée par plusieurs personnes, haut perchée, nasale, faussement aristocratique. Harrison déclina son identité. Il dit qu'il préparait un article, et qu'il aimerait rencontrer M. du Pithon.

— Oh, vous aimeriez me rencontrer ? fit Rupert, avec un petit rire. Eh bien, moi aussi, figurez-vous, si je ne me connaissais pas, je crois que j'aimerais me rencontrer. Mais, malheureusement, la vie est trop courte pour rencontrer tout le monde. Ou faut-il dire heureusement ?

Harrison avait déjà eu affaire à des interviewés récalcitrants. Il savait d'emblée reconnaître quand leur répugnance était une affectation. Il savait quand il valait mieux ne pas insister, et connaissait la force de persuasion de la renonciation.

— Oh, très bien, merci beaucoup, monsieur du Pithon. J'espère que je ne vous ai pas dérangé.

— Comment vous appelez-vous, déjà ? demanda vivement Rupert.

Il n'avait pas lu son nom dans les journaux et magazines.

— Harrison Burns.

— Harrison Burns. Harrison Burns ? Est-ce un nom que je suis censé connaître ?

— Non, non, pas du tout.

— Attendez une seconde, que je baisse Maria. Callas, précisa-t-il. Voilà, je vous entendrai mieux. Vous êtes toujours là ? Il y a tant de gens qui écrivent maintenant qu'on ne sait plus qui est qui. Toutes ces revues, tous ces livres ! On s'y perd. Les biographies, je saute toujours le premier tiers. Je me moque de savoir ce qu'un tel faisait avant de devenir célèbre ou riche. Je me moque des débuts difficiles. Vous pensez que j'ai tort ? Je ne veux plus lire un seul mot sur un des Milford, non merci. Ni sur Sylvia Plath, pitié, épargnez-moi ça ! Et j'en ai par-dessus la tête de Vita Sackville-West et de ses histoires scabreuses avec Violet Trefusis.

— Au revoir, monsieur du Pithon, dit Harrison.

— Oh, ça y est, j'y suis, je sais qui vous êtes. Ce n'est pas vous qui avez écrit *Déjeuner aux chandelles* ?

— Non. C'est Basil Plant.

— Oh, Basil Plant, ouiiii. Il était partout celui-là — impossible d'aller à une soirée sans tomber sur Basil — avant qu'il ne soit jeté, avec perte et fracas, comme il le méritait. Ce qu'il écrivait était à chier. Et méchant avec ça ! Il est responsable du suicide d'Ann Grenville, vous savez. Si, si, aussi sûr que s'il lui avait lui-même enfoncé les barbituriques dans la gorge. Ann avait peut-être tué Billy, d'accord, mais elle ne baisait pas avec tous ces jockeys, contrairement à ce que Basil a prétendu, vous pouvez me croire. Oh, et ce qu'il avait écrit sur le mari de la pauvre Annabelle Mosley ! Annabelle ne le lui a jamais pardonné, vous savez, et ils étaient pourtant amis intimes, cul et chemise pendant des années. Basil aurait tout donné pour la voir avant qu'elle meure — elle avait un cancer — et la supplier de lui pardonner pour ce qu'il avait écrit, mais elle a refusé de le recevoir. Une femme divine, Annabelle. Divine, mais impitoyable.

Harrison avait compris qu'il avait un moulin à paroles sur les bras.

— Basil Plant est mort, dit-il.

— Oui, je le sais bien. L'alcool. La drogue. Ils partent tous comme ça, non ? Je vais vous dire, la dernière fois que j'ai vu Basil, c'était dans un bordel à Bangkok. Mais je ne devrais pas vous raconter ça. Je ne vous connais pas. Je ne sais même pas à qui vous ressemblez. Bref, passons, je me disais, enfin je peux être moi-même, faire tout ce que j'ai toujours eu envie de faire sans craindre le moins du monde de tomber sur quelqu'un que je connais, et voilà pas que j'entends une voix, criant, dans la vapeur : « Hou, hou, ça alors, quelle coïncidence ! », et c'était Basil Plant. Vous imaginez ? J'étais FU-RIEUX. Il n'y a pas d'autre mot : fu-rieux. Quand je vous aurai dit la position que j'avais à ce moment-là, un Oriental dans chaque orifice. C'était très gênant. Oh, je vous dis tout ça *off the record,* cela va de soi.

Harrison resta coi.

— Ne me dites pas ce que vous avez écrit. Je trouverai tout seul.

— Au revoir, monsieur du Pithon.

— Vendredi ! s'exclama Rupert, avant qu'Harrison Burns ait eu le temps de raccrocher.

Il parlait très vite ; ses mots se bousculaient.

— Et si vous veniez vendredi ? Nous ne serons pas dérangés par le téléphone. Tout le monde sera parti à la campagne. Venez pour le thé. Ma femme de ménage chinoise vient le vendredi. Elle ne parle pas un mot d'anglais. Je l'ai surnommée Frotti-Frottons. Quatre heures ? Quatre heures et demie ?

Harrison Burns avait volontairement omis de préciser que le sujet de conversation de vendredi, à quatre heures et demie, ne serait pas Rupert du Pithon, mais Esme Bland.

Le coup de fil d'Harrison Burns intéressa Rupert du Pithon au plus haut point. Le surexcita même. Il était sûr qu'il en sortirait quelque chose d'intéressant. Il était sûr qu'il lui ouvrirait de nouvelles portes. Son nom dans un magazine rappellerait à certains vieux amis qu'il était toujours vivant. Oui, bien sûr, il serait ravi de le rencontrer. Il savait parfaitement qui était Harrison Burns, tout comme il savait quels livres il avait écrits. Ils parlaient tous de justice et d'ordre établi, ce genre de choses. Mais, aurait-il expliqué à qui eût bien voulu l'entendre, il n'est pas bon de leur donner à penser que vous ne demandez qu'à les rencontrer. Les seules personnes avec qui il avait des contacts quotidiens étaient sa femme de ménage chinoise, Frotti-Frottons, qui ne parlait pas anglais, Eloïse Brazen, l'agent immobilier à qui il avait confié la vente de son appartement, et Tsarine, son Norwich-terrier, et sa confidente.

L'idée qu'il était obligé de vendre son appartement, où il avait vécu pendant tant d'années, était presque trop dure à supporter, mais il était fauché. Comme les blés. Plus rien. Ce qui lui avait paru une vraie fortune, trente ans plus tôt, quand sa mère, Sybil du Pithon, était morte, avait fondu jusqu'à la néantisation presque totale. M. Mendenhall, son banquier — l'ennuyeux, l'ennuyant M. Mendenhall —, lui avait téléphoné, lui avait écrit, l'avait supplié de prendre la juste mesure de sa situation, mais il avait ignoré les avertissements de M. Mendenhall, s'était moqué de M. Mendenhall, était même allé jusqu'à singer M. Mendenhall. Il ne payait plus les charges de son appartement depuis neuf mois, et le syndic de son immeuble, dont il avait toujours snobé les membres, l'informa que les services proposés par l'immeuble ne seraient plus assurés en ce qui le concernait. Il allait devoir descendre sa poubelle lui-même au sous-sol en passant par l'ascenseur de service, étant donné que le personnel de l'immeuble n'assurerait plus ce service pour lui. Il mourait de honte à l'idée de descendre ses poubelles en catimini, à la nuit tombée, quand tout le monde dormait, par l'ascenseur de service. Le couloir ne serait plus nettoyé par le personnel ; les ampoules ne seraient plus remplacées. Si la plomberie se détraquait, il devrait prendre ses dispositions tout seul. Et ainsi de suite. Il avait très envie de vendre et en même temps très peur. Le marché était à la baisse. Il n'avait nulle part où aller. Des dettes partout. Il était glacé d'horreur.

C'est alors qu'Eloïse Brazen était entrée dans sa vie. Elle était, lui avait-on dit, très respectée dans les milieux de l'immobilier. Elle avait eu, bien des années plus tôt, une liaison avec Gerald Bradley, et ne cessait d'en parler. « Il baisait plutôt bien pour un vieux », avait-elle dit à Rupert le jour de leur rencontre. Bradley l'avait lancée dans les affaires. Il lui avait offert un manteau de vison Revillon Frères qui, même maintenant, tant d'années après, faisait encore assez chic. « C'est bien la seule chose qu'elle ait de chic », disait Rupert.

Il avait détesté Eloïse Brazen au premier regard. « Elle est la femme la plus consternante que j'aie jamais rencontrée », dit-il d'elle à Frotti-Frottons, qui n'y comprenait goutte mais ne l'aimait pas non plus. Il détestait sa façon de faire comme si elle ne savait pas qui il était ; sa façon d'arpenter son appartement, sans même retirer son vison, zieutant ceci, zieutant cela, tirant la chasse d'eau, allumant les lumières, ouvrant les robinets, les fenêtres, négative sur tout. « Ça ne marche pas, ça fonctionne mal », disait-elle à tout bout de champ. Et Tsarine, qui ne l'aimait pas non plus, lui aboyait férocement après quand elle venait pour faire visiter l'appartement à un acheteur potentiel.

— Couchée ! Cou-chée ! hurla Eloïse à Tsarine, la première fois qu'elle vint à l'appartement.

Et la chienne de continuer d'aboyer après elle.

Elle lui flanqua un coup de pied.

— J'ai horreur des clébards, dit-elle.

— Je vous interdis de toucher à fi-fille, hurla Rupert en retour.

Il prit Tsarine dans ses bras.

— Oh, regardez, vous l'avez bouleversée. Elle est hypersensible. Elle a un pedigree d'une noblesse inconcevable. Est-ce que ça ne se voit pas, rien qu'en la regardant ? Ne la trouvez-vous pas élégante ?

Il couvrit la tête de Tsarine de baisers.

— Si, elle est élégante ! Si, elle est élégante ! E-légante, il n'y a pas d'autre mot, mon petit amour.

— Le plus beau jour de ma vie a été celui où mon chien s'est perdu, dit Eloïse. Combien voulez-vous en demander ?

— Dans les deux millions, deux millions et demi, répondit-il avec hauteur.

— Oh ! on oublie ça, mon chou, s'exclama-t-elle. Revenez sur terre.

Il la considéra. Cette familiarité lui était particulièrement insupportable. Il détestait qu'on l'appelle « mon chou ».

Elle comprit. Elle ôta son manteau de vison, le jeta sur une chaise.

— Nous sommes dans un marché languissant, Rupie, lui expliqua Eloïse. Deux millions, cinq millions, neuf millions, c'était bon pour la décennie précédente. Les temps ont changé. Ronnie et Nancy, c'est fini, n-i, ni. Bye-bye, Ronnie. Bon, je vais vous expliquer comment ça va se passer. Nous allons en demander un million et transiger à huit cent mille.

— Huit cent mille dollars ! Ah, non. Ça vaut plus que ça ! se récria Rupert.

— Non, ça ne vaut pas plus que ça. Soit dit sans

vouloir vous vexer, si c'était une maison indépendante et non un appartement, alors là, oui, on se l'arracherait. Soyons réalistes. C'est délabré ici. C'est une bonne idée, toutes ces ampoules et ces abat-jour roses. On voit moins les fissures et la peinture écaillée. Néanmoins l'acheteur qui sera accepté par le conseil d'administration de cet immeuble devra refaire les salles de bains, refaire la cuisine. Ça va bien coûter un million de dollars pour tout remettre en état.

Elle marcha nonchalamment jusqu'à une table jonchée de cadres d'argent contenant des photographies.

— C'est Rosalind Russell ? demanda-t-elle.

— Oui, répondit-il d'une voix étranglée après l'annonce de la valeur de son appartement sur le marché.

Il essayait de calculer mentalement combien il avait de dettes, combien son déménagement allait lui coûter, et comment il allait faire pour joindre les deux bouts avec si peu d'argent.

— Vous avez connu Rosalind Russell ? C'est fou, ça ! s'exclama Eloïse.

— Oh, j'adorais Roz, dit-il, se radoucissant.

Il aimait parler de ses amis célèbres.

— Elle était l'actrice préférée de ma mère, dit Eloïse. Qui c'est ? fit-elle, lui mettant sous le nez une des photographies.

— « Qui c'est ? », répéta-t-il, pastichant sa voix qui, dit-il à Frotti-Frottons, était d'un commun indescriptible. Vous ne savez pas qui c'est ? Non, mais je cauchemarde ! C'est la duchesse de Windsor.

— Ah, fit-elle, reposant le cadre. Celle qui a détrôné le roi, ou une histoire dans ce goût-là ?

— Je cauchemarde, réveillez-moi ! Les livres d'histoire parleront encore d'elle dans cinq cents ans.

— Ah. Et Marlène Dietrich ! Elle aussi, vous l'avez connue ?

— Ah, j'adorais Marlène. Il lui est arrivé de venir chanter à certains de mes soupers du samedi. Alice Grenville, Elsa Maxwell, Billy Baldwin, Pauline Mendelson, quand elle était en ville — elles venaient toutes. Marlène amenait toujours sa petite amie du moment.

— Marlène Dietrich était gouine ? J'ignorais ça, s'écria Eloïse, que ce potin d'initié émoustillait.

— Elle n'était pas gouine, Dieu du ciel, allons ! rétorqua Rupert d'une voix dure. Elle était tout. C'est affreux cette façon que vous avez de réduire les gens à ça. Elle était une star, voilà ce qu'elle était, une staaar, une star immense à qui il arrivait, de temps à autre, d'avoir une petite amie, parallèlement à un grand nombre de petits amis.

— Continuez, oh, continuez, Rupie, fit Eloïse, ne prêtant pas attention au ton qu'il avait employé. Je veux tout savoir ! Et celle-là, qui c'est ? Visez-moi ces bijoux !

— Oh, c'est Sunny. La pauvre. Elle est toujours dans le coma.

— Ça doit être dur d'être coupée du monde ? dit Eloïse.

Elle avait posé sa question par simple curiosité, sans cruauté aucune.

— C'est vrai quoi, poursuivit-elle, être pendant si longtemps là où les choses se passent et puis tout d'un coup rester assise toute la journée sans que le téléphone sonne.

Il détourna la tête, ne voulant pas qu'elle vît à quel point elle lui avait fait mal. Mais elle eut le temps d'apercevoir ses yeux embués de larmes.

— Je n'ai rien fait de mal, j'espère ? demanda-t-elle.

— Si, ma chère, répliqua Rupert. D'être née.

Ils se limitèrent à des rapports professionnels. Mais l'appartement ne se vendit pas. Des gens venaient visiter et repartaient. Ceci n'allait pas, ou bien cela. Eloïse se faisait un devoir de transmettre leurs remarques.

Le vendredi après-midi où Harrison Burns devait rencontrer Rupert du Pithon, Eloïse Brazen arriva à l'improviste. Elle jeta son vison sur une chaise de l'entrée et pénétra dans l'appartement.

— Salut, Rupie ! s'exclama-t-elle.

Tsarine commença à lui aboyer après.

— Couché, le sac à merde !

— Qui est là ? cria Rupert, qui le savait parfaitement.

— La petite amie de Marlène Dietrich, qui donc croyez-vous que ce soit ?

— Du vent, du vent, du vent ! Vous ne pouvez pas faire visiter aujourd'hui. Je vais être interviewé pour un magazine national et je ne veux pas que des gens se baguenaudent dans mon appartement.

— Ecoutez, Rupie, j'ai appâté M. Rock and Roll en personne. C'est quelqu'un de très important. Il a besoin d'un *pied-à-terre* — vous appréciez mon français ? — à New York et il se moque de ce que ça coûte. On n'annule pas M. Sol Hertzog en espérant qu'il repassera une prochaine fois. Ces types-là ne se trouvent pas sous le sabot d'un cheval.

— Non, non et non. Aujourd'hui, c'est impossible. Si vous m'aviez téléphoné pour me prévenir que vous aviez un client, je vous l'aurais dit ; mais non, vous débarquez à l'improviste, aussi impolie que faire se peut. Vous ne pensez donc jamais à autrui, mademoiselle Brazen ? Je ne crois pas que ce serait très bien pour l'article de dire que l'appartement est en vente et d'avoir M. Hertzog allant et venant en se plaignant des tuyauteries de la salle de bains. On pourrait penser que je suis dans la mouise.

— Mais vous êtes dans la mouise, Rupie ! dit Eloïse. Le liftier me disait que vous n'aviez pas payé vos charges depuis neuf mois. Ils rêvent de vous voir débarrasser le plancher, au cas où vous ne le sauriez pas.

— Je vous prie de cesser de m'appeler Rupie. On ne se connaît pas suffisamment.

Il examina son reflet dans le miroir et s'aperçut que son postiche était de travers.

— Mon Dieu, on va bientôt me confondre avec Georgia O'Keeffe, dit-il, se tapotant les joues de ses mains pâles aux veines protubérantes pour se donner des couleurs. Et s'il vient avec un photographe ? Il faut que je me prépare. Filez, téléphonez-moi demain et nous conviendrons d'un autre rendez-vous pour votre M. Hertzog. Je ne fais pas mes quatre-vingt-quatre ans, non ?

— Non, Rupert. Quatre-vingt-trois, tout au plus.

— Demain.

— Mais il n'y aura peut-être pas de demain, dit Eloïse. J'en ai assez, Rupert, plus qu'assez.

Dans l'entrée, elle reprit son manteau de vison en passant. Au moment où elle allait appeler l'ascenseur, les portes s'ouvrirent sur Harrison Burns.

— Rassurez-moi : vous n'êtes pas Sol Hertzog ? fit Eloïse.

— Non.

— Vous ne ressemblez pas à un Sol Hertzog. Vous devez être le journaliste qui doit interviewer Rupie.

— Je suis venu voir M. du Pithon.

— J'attends un type d'Hollywood qui doit venir pour acheter l'appartement, mais voilà maintenant que Rupert ne veut pas que je fasse visiter parce que vous venez l'interviewer.

— M. du Pithon est ici ?

— Oh, oui. Il se pomponne et se bichonne pour vous.

— C'est le journaliste ? C'est M. Harrison ? Enfin, M. Burns, je veux dire ? s'écria Rupert du Pithon de sa voix nasale et haut perchée.

— Tiens, il a fini ses ablutions, dit Eloïse. Oui, Rupie, M. Burns est arrivé et vous attend.

— Je croyais que vous étiez partie ? lui cria-t-il.

— Je suis partie.

Elle tendit son manteau de vison à Harrison.

— Vous m'obligeriez, lui dit-elle.

Harrison lui présenta son manteau. Sur la doublure, il remarqua l'étiquette Revillon Frères et les initiales entremêlées *EB*.

— Vous voulez bien me rappeler votre nom ? lui demanda-t-il.

— Eloïse Brazen.

Il la considéra, tandis que son souvenir le ramenait des années en arrière à un appel téléphonique de Constant Bradley à son père, au beau milieu de la nuit.

Le rire de hyène de Rupert du Pithon se répercutait dans la pièce.

— Entrez, entrez, installez-vous, je vous en prie, dit-il à Harrison, une main sur le combiné du téléphone et l'autre lui indiquant une chaise. Je suis en ligne. Lil Altemus.

Il avait chuchoté les deux derniers mots, s'attendant à ce qu'Harrison fût impressionné par ce nom prestigieux. Puis il revint à sa conversation téléphonique.

— Tu es toujours là, Lil ? Excuse-moi. J'ai de la visite. On vient m'interviewer, oui. Je n'ai même pas pensé à demander sur quoi ! Où en étais-je ? Ah oui... à Eloïse Brazen. Et donc, elle me fait : « Des gens de notre monde », ce à quoi j'ai répondu : « Attendez une seconde, Eloïse, de votre monde ou du mien ? » Tu ne la trouves pas excellente ? Hm ? Tu ne la trouves pas excellente ?

Il re-hurla de rire.

— Non. Non, demain, je ne peux pas, je suis en vadrouille toute la journée. Je déjeune dehors. Je cocktaille dehors. Je dîne dehors. Peut-être jeudi. Je te rappelle demain. Promis-juré. Je t'embraaaasse.

Il raccrocha et se tourna vers Harrison.

— Faites attention à Tsarine.

Harrison échangea un regard avec la chienne.

Rupert du Pithon trônait, au milieu de meubles laqués et de soupières en porcelaine, sur une chaise début XVIIIᵉ. Le visage qu'il avait vu dans son miroir une demi-heure plus tôt n'avait plus guère de ressemblance avec celui qui accueillit son invité.

— Je lis les aventures du Baron de Charlus, dit-il, brandissant un livre. C'est mon personnage de roman préféré. Quelle triste fin que la sienne, vous ne trouvez pas ?

Harrison acquiesça.

— Bonjour, au fait. Je suis Rupert du Pithon. Mais, je vous en prie, asseyez-vous. Je suis allé à un bal costumé en baron de Charlus, à Venise. J'ai fait sensation. Bon, je suppose, à vrai dire, que c'est Annabelle Mosley qui a surtout fait sensation. Elle était en duchesse de Guermantes. Elle portait toutes ses émeraudes. Ce fut une soirée merveilleuse. On n'en voit plus de pareilles de nos jours. Eh, non. C'est fini, tout ça.

Il brandit le troisième tome de la *Recherche.*

— Vous l'avez lu, je suppose.

— Oui.

— En français ?

— Non. En anglais.

— Oh, je pense qu'on passe à côté de tant de choses si on ne le lit pas en français. Les nuances. Les subtilités. Vous ne croyez pas ?

— Je suppose que oui. A vrai dire, je n'en sais rien.

— Vous avez croisé Mme Brazen en entrant, je crois. Elle ne prononce pas Proust, mais « Praoust ».

— Je suis venu vous voir pour vous parler d'Esme Bland, fit-il, décidé à ne pas poursuivre dans cette voie.

— Esme Bland ? Et pourquoi donc ?

— J'aimerais la rencontrer. On m'a dit que vous la connaissiez.

— En effet. Je la connais. Ou plutôt je la connaissais. Elle est chez les dingues. Elle yoyotte de la touffe.

— Parlez-moi d'elle.

— Esme était un cas désespéré. Elle a eu toutes les chances et n'en a saisi aucune. Elle n'avait pas la moindre idée de comment arranger les fleurs, de comment placer les gens à table. Elle se moquait éperdument de sa tenue vestimentaire. Des cardigans, encore des cardigans, toujours des cardigans.

— Peut-être s'intéressait-elle à autre chose ? La vie mondaine n'est pas le but de tout un chacun.

— Elle a été une perpétuelle déception pour son père, dit Rupert. Elle se trompait dans tout ce qu'elle faisait. Elle a acheté une villa à Florence, mais sur la mauvaise rive de l'Arno. Côté palais Pitti. Et elle ne s'est jamais mariée. Elle avait choisi un mauvais parti, voyez.

— Vous connaissiez son père ?

— Esmond ? Oh, oui.

— Vous voulez bien me parler de lui ?

Rupert semblait déconcerté.

— Vous voulez que je vous parle d'Esmond Bland ?

— Oui.

— Un homme très raffiné. Il chassait à courre. Une maison à Middleburg. Divine. Style anglais XVIIIe, voyez, en brique rouge, divine — on se serait tout à fait cru en Angleterre. Il avait de très bonnes peintures équestres de Stubbs. Un Munnings ou deux, je crois. Il adorait ses Jack Russel. Je suppose qu'on peut dire qu'il était au plus près de l'idée que se font les Américains de l'aristocratie.

— Continuez.

— Il a été l'ami de nombreux présidents. Jackie l'a-do-rait ! Elle l'invitait sans arrêt. Il a passé pas mal de temps dans le Bureau Ovale avec Jack. Nelson l'aimait bien quand il était vice-président. Ronnie l'aimait bien, lui aussi. Il était un Bernard Baruch des temps modernes, je suppose. Une éminence grise. Au cœur de la vie publique, mais jamais publiquement, voyez. Il a refusé plusieurs ambassades. J'ai appris qu'on lui avait proposé Londres et Paris à diverses reprises. J'ai toujours pensé que, pour une raison ou une autre, il n'avait pas envie de subir les affres de la diplomatie. Il venait ici, à mes soirées du samedi. Beaucoup d'argent. Un vrai gentleman, vraiment. Je suis allé à son enterrement, à St. Thomas. Absolument extraordinaire. Il a eu une vie remarquable. Mais pourquoi un si grand intérêt pour Esmond et cette pauvre Esme ? Ils ont occupé une place importante dans ma vie, certes, mais tout de même pas primordiale, si vous voyez ce que je veux dire.

Harrison acquiesça, mais s'obstina.

— Peut-être seriez-vous en mesure de m'expliquer pourquoi j'ai le sentiment que tout n'était pas si limpide dans la vie remarquable d'Esmond Bland ? Qu'il avait peut-être des secrets un peu honteux, et qu'Esme Bland est peut-être la gardienne de sa flamme ? dit Harrison.

— Je ne vois absolument pas à quoi vous faites allusion, monsieur Burns, répliqua vivement Rupert.

— Avez-vous entendu parler d'un certain Dwane Lonergan ?

— Dwane Lonergan est l'homme qu'Esme a tué.

— Vous le connaissiez ?

Il y eut un long moment de silence.

— Non, finit par répondre Rupert.

— Pourquoi cette hésitation ?

— On le connaissait de nom. Il était très connu dans un certain cercle de, euh, d'hommes riches. Mais, vous savez quoi, en vous écoutant, je me dis qu'il se pourrait bien que je vous autorise à écrire mon livre, dit Rupert du Pithon, fixant sur Harrison un regard qui suggérait qu'il lui faisait une offre qui allait améliorer son existence. Je n'ai jamais raconté, vraiment raconté, ma vie. J'ai raconté plein de choses à plein de gens, mais jamais tout à quelqu'un.

— Un livre sur quoi ?

— Sur ma vie. Elle est absolument fascinante. Tout le monde vous le dira. J'ai connu tout l'Occident. Toutes les têtes couronnées. Tous les hommes politiques. Toutes les stars de cinéma. Vous avez sûrement eu vent d'anecdotes me concernant ?

Harrison, interloqué, acquiesça.

— Sur la duchesse ? Je parie qu'on vous a raconté cette anecdote ?

Harrison n'en avait jamais entendu parler.

— Quelle duchesse ? demanda-t-il.

— Quelle duchesse ? Quelle duchesse, effectivement ! Wal-liiiis Windsor. A Southampton ? Cravate noire exigée le dimanche soir. Vous vous rendez compte ? Oh, comment s'appelle-t-elle déjà, cette lesbienne qui jouait sans arrêt aux cartes ? C'est elle qui donnait la soirée. Elle est morte maintenant. Elle était si grosse que les croque-morts ont dû la tourner de profil pour la mettre en bière. Bref, j'ai dit que je ne voulais pas y aller. J'ai dit qu'il n'y avait que les garçons de café et les chefs d'orchestre pour porter une cravate noire le dimanche soir. Et ils ont changé tout le dîner à la dernière minute. J'ai été à l'origine d'une de ces perturbations ! C'était à hurler de rire, je vous assure. Wallis avait a-do-ré ! J'en ai des tas d'histoires comme ça. Je recherche la personne qu'il faut pour les mettre en forme pour moi. Et vous voilà, enfin, vous, la personne idéale, assis, ici, dans mon appartement. Un cadeau de la providence, voilà comment j'appelle ça. Je suis prêt à me montrer très généreux. J'irais même jusqu'à envisager de faire fifty-fifty.

— Je ne crois pas que ce soit dans mes cordes, monsieur du Pithon, dit Harrison.

Rupert du Pithon ne se laissa pas démonter, ou peut-être n'avait-il pas écouté.

— On pourrait mettre au point un plan de travail. Je vous raconterais mes anecdotes pendant quelques heures par semaine, les vendredis après-midi disons, alors que tous ceux que nous connaissons filent à la campagne et que nous ne risquons pas d'être dérangés par le téléphone. Puis vous pourriez me soumettre vos pages que je corrigerais. Oh, ce serait divin. Vous imaginez ? Un livre. Tout le monde n'arrêtait pas de me dire : « Rupie, quand vas-tu te décider à écrire ton livre ? » Et voilà qu'aujourd'hui vous surgissez de nulle part. Esme Bland, allons, allons. Mon histoire est nettement plus intéressante que la sienne.

Harrison secoua la tête et leva la main en un geste de dénégation.

— Non, non. Je ne peux pas écrire votre livre, monsieur du Pithon. J'ai les miens à écrire. Je n'ai pas le temps. De plus, la vie que vous menez dépasse le cadre de mes compétences.

— Vous voulez dire que vous êtes venu ici simplement pour me parler d'Esme Bland ? fit-il, au désespoir.

— Oui.

— C'est tout ?

— Oui.

— C'est que, voyez-vous, quand vous m'avez téléphoné, j'ai cru que c'était moi que vous vouliez voir. Moi. Pour parler de moi. Pour écrire un article, ou un livre, sur moi.

— Je suis navré de ce malentendu.

— Comme j'ai été bête !

— Je me demandais si vous pourriez la persuader de me rencontrer, dit Harrison. Elle n'a répondu à aucune de mes lettres.

— Non, non, elle ne veut voir personne, et surtout pas un représentant de la presse.

— Voyez-vous, je pense qu'elle a été traitée injustement. Je pense qu'elle bénéficie de circonstances atténuantes. Elle sait des choses qu'elle n'a jamais dites. Je pense que cette femme a un secret. Je m'intéresse aux gens qui veulent emporter des secrets dans leur tombe. Je serai honnête avec elle.

Un instant, Harrison crut que Rupert du Pithon allait fondre en larmes.

— Il faut que je prenne un verre, dit-il d'une voix faible. Tout cela est un tel choc pour moi. Je m'attendais à quelque chose d'un petit peu différent. Vous voulez bien m'en servir un, s'il vous plaît ? Frotti-Frottons a dû sortir les glaçons et tout le nécessaire.

Harrison se dirigea vers la table à cocktail.

— Qu'est-ce que je vous sers ? Il y a du vin blanc.

— Non. Je suis une grande fille maintenant. Un

Martini. Si vous ne savez pas le préparer comme il convient, servez-moi du gin, des glaçons, et touillez. J'ai horreur d'un mauvais Martini. Elle a sorti les citrons ? Elle ne parle pas un mot d'anglais.

— Il y a des citrons. Et je sais préparer un Martini.

— C'est bien ce que je pensais.

Harrison, sans hâte, prépara la boisson et tendit le verre à Rupert, qui but une gorgée.

— Mon cher, c'est parfait. Tout bonnement parfait. Si peu de gens savent le faire, vous, vous savez. Ils n'agitent pas : ils secouent. Ils le versent sur les glaçons. Non, non, non. Je vous ai observé. Vous avez agité. Vous avez versé d'un trait et dans un verre à pied. Où donc avez-vous appris ça ?

— Chez un homme riche du Connecticut chez qui j'allais de temps en temps quand j'étais écolier. Un de ses fils et moi étions dans la même classe.

— Qui cela pouvait-il être ?

— Gerald Bradley.

— Bonté divine ! Vous êtes plein de surprises. Cette gorgone que vous avez croisée dans mon entrée, Eloïse Brazen, a été une de ses maîtresses. Il y a des années de ça. Non que ce soit un si grand honneur, loin de là, d'être la maîtresse de cet homme. Elle n'arrête pas d'en parler dès que paraît la moindre chose sur lui, ou sur un de ses enfants, dans les journaux. Elle est dévorée de curiosité sur le plus beau des fils, Constant. Savez-vous ce qu'elle m'a dit sur lui un jour ? Elle m'a dit : « J'adorerais coucher avec lui. Il n'aurait même pas besoin de me payer à dîner. » Vous voyez le genre. J'ai toujours pensé qu'Eloïse savait sur Gerald Bradley quelque chose qu'elle ne devrait pas savoir. Je ne sais pas quoi. Savez-vous qu'il est le seul homme autorisé à fumer le cigare au Four Seasons ?

— Non, je l'ignorais.

— Je regorge de ce genre d'informations. Et elles ne profitent à personne.

Il hocha tristement la tête.

— On m'avait dit que vous étiez une mouche du coche mondain.

— J'ai cette réputation, oui.

— Vous me paraissez plus profond que ça.

— Je le suis, en effet, mais voyez-vous, j'ai raté mes chances. J'ai été un oisif. Il y a des choses que j'aurais pu faire. J'aurais pu écrire, j'en suis sûr. J'avais un œil parfait. Rien ne m'échappait. J'avais le chic pour savoir tourner une phrase.

— Pourquoi ne pas l'avoir fait ?

Ses traits trahissaient une profonde lassitude qui n'avait rien à voir avec la fatigue. Il regarda le plafond. Harrison put voir qu'il avait les yeux humides, comme s'il retenait des larmes. Il secoua la tête, et la peau parcheminée de son double menton tremblota légèrement.

— Il est affreux d'en arriver, comme moi, à la conclusion que sa vie a eu très peu d'importance. Qu'attendiez-vous de moi déjà, monsieur Burns ?

— Que vous intercédiez auprès d'Esme Bland pour qu'elle accepte de me voir.

— Elle est à l'hôpital psychiatrique de Cranston, dans le Maine. C'est là qu'on envoie tous les louftingues qui ont les moyens.

— Oui.

— Des religieuses s'occupent d'eux. Et vous aimeriez la rencontrer ?

— Oui.

— Et vous pensez qu'une lettre ou un coup de fil de ma part ferait l'affaire ?

— Oui.

— Son père était un grand ami.

— Oui.

— Me rendrez-vous service en retour ?

— Tout dépend.

— Ma mort ne chagrinera personne, dit Rupert. Mais en finir avec la vie n'est pas facile, en étant à demi invalide comme moi. J'y pense, mais où se procurer les pilules ? Je ne me sens pas le courage de franchir le pas. Oh, j'y ai pensé. Tard le soir, je me suis penché à la fenêtre de la cuisine, de l'autre côté de l'immeuble. Mais je ne pourrais jamais me résoudre à m'écraser dans Park Avenue. Jamais. Pas même dans la ruelle. C'est tellement crasseux et puis, vraiment, je ne saurais pas quoi me mettre. Bessie Talley ne portait qu'un imper quand elle s'est défenestrée. Fitzy Montague, lui, était en pyjama et il a perdu le pantalon dans sa chute, et c'est nu de la taille aux pieds qu'on l'a retrouvé, avec son gros furoncle rouge sur les fesses visible aux yeux de tous ! Je n'y survivrais pas. Et ce serait tout aussi affreux si ma perruque s'envolait — je parie que vous n'aviez pas remarqué que j'en portais une — et qu'on jase. Vous ne voudriez pas me procurer quelque chose ? Des pilules qui fassent mon affaire ?

— Non.

— Si c'est de me les donner qui vous gêne, vous pourriez les poser sur une table et je les trouverais. Vous ne voudriez pas faire ça pour moi ?

— Non, je ne le ferai pas. Je ne pourrais pas. Je suis navré.

— Vous êtes catholique ? C'est ça ?

— Pas pratiquant.

— Ça me ferait tellement plaisir.

— Non. Je ne peux pas faire ça.

— Je suppose que les catholiques sont tous comme ça, même les non-pratiquants. On dit que vous n'y échappez pas. A votre sentiment de culpabilité, voyez. Vous n'arrivez pas à vous en débarrasser complètement, hein ? Alors, j'aimerais autre chose.

— Quoi ?

— Je suis grand amateur de nécrologies. Je commence toutes mes journées en lisant la rubrique nécrologique du *Times*. J'en ai même découpé certaines que je conserve depuis des années. Celle de Magda Lupescu, par exemple. Celle d'Alice Grenville. Celle de Cecil Beaton. Ce ne sont plus des nécrologies, mais des œuvres d'art. Depuis un moment, je pense très souvent à la mienne, à la façon dont elle sera rédigée.

Je ne sup-por-te-rais pas d'avoir une mauvaise nécro. J'ai mené une existence que très peu de gens sont susceptibles de comprendre. Il est possible qu'entre de mauvaises mains elle paraisse complètement grotesque. « De toute sa génération, c'est l'homme qui a assisté au plus grand nombre de déjeuners et de défilés de mode. » Ou bien : « Il était exceptionnellement doué pour placer des gens autour d'une table. » Est-ce qu'ils précisent si vous avez connu des gens célèbres ? Je ne le crois pas. Est-ce que je vous ai dit qu'un jour, j'étais très jeune, j'ai été présenté à Hitler par cette pauvre folle d'Unity Mitford ? La plupart des gens ne connaissent pas cet événement de ma vie. « Il collectionnait les gens. » Voilà le genre de choses que j'aimerais qu'on dise de moi. « Il assista au légendaire bal Bestegui, à Venise, en Baron de Charlus, dans un costume, entièrement noir, signé Balenciaga. » Je trouve que ça sonne plutôt bien, pas vous ? Un journal a écrit une fois que j'avais la taille la plus fine de toute l'armée américaine durant la Seconde Guerre mondiale, mais je suppose qu'il sera inutile de le rappeler. Ça ferait plutôt cul-cul imprimé, vous ne croyez pas ? Accepteriez-vous d'écrire ma nécrologie ? Vous voulez bien ? Je ne voudrais pas passer pour un imbécile après ma mort. Je ne veux pas qu'on rie de moi. Si vous l'écrivez, vous la laisserez ici, sous enveloppe au nom de M. Mendenhall de la banque, qu'il la fasse porter au *Times* après ma mort. Si vous acceptez de faire cela pour moi, monsieur Burns, je demanderai à Esme Bland de vous recevoir. Et elle acceptera. Elle me doit une fière chandelle. Elle vous en parlera peut-être. Quant à savoir si elle vous révélera son secret, cela dépend de vous. Vous serez gentil avec elle, je compte sur vous ? Et avec moi.

8

Harrison prit l'avion jusqu'à Bangor, dans le Maine, où il loua une voiture pour parcourir les soixante-quinze kilomètres qui le séparaient de la ville de Cranston. Il neigeait. Il se rendit à l'auberge Bee & Thistle où il avait réservé une chambre. Des festons ornaient les portes, des guirlandes de Noël clignotaient aux fenêtres. De là, il téléphona à l'hôpital psychiatrique de Cranston pour confirmer le rendez-vous qu'il avait l'après-midi même avec Esme Bland, convenu suite à la demande de Rupert du Pithon. Tout était en ordre.

Esme Bland entra dans la salle des visites de l'hôpital psychiatrique de Cranston, l'abord affable mais hésitant. Elle était mince, timide, âgée de soixante-six ans. Elle était chèrement et sagement vêtue, en pull-over et cardigan assortis en cachemire, jupe en tweed et un seul rang de perles ; une mise de provinciale de la bonne société qui, supposa Harrison avec justesse, avait été la sienne pendant la plus grande partie de sa vie. Ses cheveux gris, autrefois blonds, coiffés avec élégance, étaient retenus par deux barrettes en or. Elle dégageait cette sorte de charme aristocratique qu'on avait, au mieux, qualifié de joli dans sa jeunesse, mais certainement jamais de beau. Elle considéra son hôte, le jaugea, lui offrit sa main, se ravisa, puis l'offrit à nouveau, avec un petit sourire devant sa propre maladresse.

— Monsieur Burns ? demanda-t-elle.

Oui.

— Je suis Esme Bland.

— Oui, mademoiselle Bland. C'est très gentil à vous de me recevoir.

— Il est très difficile de résister à Rupie.

Sa voix, aux inflexions raffinées, était assortie à son air d'institutrice.

— Il sait se montrer persuasif, dit-elle. Comment va cette vieille chose ?

— Il est fragile. Pas au mieux de sa forme. J'ai cru comprendre qu'il avait de graves problèmes financiers. Il parle de suicide, mais je crois que ce ne sont que des mots. Il s'intéresse encore trop à tout.

— Oh, c'est bien Rupie. Un peu stupide, je suppose, mais très gentil malgré ses airs snobs. J'essaie de me rappeler quel âge il peut avoir. Quatre-vingt-trois, quatre-vingt-quatre ans, je crois bien. Il était du même âge que mon père. Dieu sait ce que ces deux-là ont pu traficoter ensemble. Des chenapans, des chenapans, des chenapans, je vous dis.

Elle sourit avec tendresse.

D'une pièce voisine leur parvinrent les cris d'une femme en pleurs.

— Voleuse ! criait-elle. Voleuse ! Voleuse !

Esme leva les yeux au ciel.

— Oh, mon Dieu, dit-elle. C'est reparti !

Surgit une infirmière vêtue de l'habit d'une sœur du Sacré-Cœur.

— Vous m'avez volé mon chapelet ! hurla-t-elle à l'adresse d'Esme.

— Non, je n'ai pas volé votre chapelet, mère Vincent, lui répondit Esme, imperturbable.

— Si fait, si fait ! hurla la religieuse, à la limite de l'hystérie, des larmes ruisselant sur ses joues. Les grains étaient en argent massif. Il avait été béni par le Saint Père.

Esme Bland prit le parti d'ignorer la présence de la religieuse.

— Continuez, monsieur Burns. Rupie me disait que vous aviez quelques questions à me poser ?

— Voleuse ! hurla de nouveau la religieuse, le visage maintenant presque collé contre celui d'Esme.

Esme se tourna vers son accusatrice.

— Pourquoi volerais-je votre chapelet ? J'appartiens à l'Eglise épiscopale, comme vous le savez fort bien, Agnès, et nous n'utilisons pas de chapelets, fit-elle d'une voix légèrement exaspérée, comme si elle avait cette conversation pour la énième fois.

Une sœur entra dans la pièce, vêtue de la tenue blanche des infirmières.

— Allons, venez, venez, Agnès, dit-elle. Esme n'a pas pris votre chapelet. Non, non, non. On l'a retrouvé au fond d'un tiroir de votre commode où vous l'aviez caché et oublié.

Elle passa un bras autour de la large taille de la nonne et l'entraîna hors de la pièce.

— Vous l'avez retrouvé ? demanda la nonne, calmée. Vous avez retrouvé mon chapelet ?

— Oui. Au fond de votre tiroir.

— Oh, chic, chic, chic ! Oh, merci, saint Antoine, d'avoir exaucé mes prières. Si vous perdez quelque chose, priez saint Antoine et il le retrouvera pour vous.

Ses lèvres remuèrent en une prière de remerciements muette.

— Oui, nous savons, Agnès. Venez maintenant. Esme a une visite et nous lui laissons la salle commune pour une heure, dit l'infirmière.

— Oh, sœur Cagney ! fit Esme.

— Oui, Esme ?

— Vous voudrez bien refermer la porte derrière vous ?

— Bien sûr, Esme.

— Merci.

Esme, les mains sagement jointes sur ses genoux, attendit patiemment que la porte se fût refermée avant de reprendre la parole.

— Je préférerais qu'elle ne m'appelle pas Esme, dit-elle, mais, bien entendu, cela fait partie du règlement de l'établissement. Seuls les prénoms ont cours ici.

Elle sourit.

— Bon, où en étions-nous ? fit-elle.

— Nous parlions toujours de Rupert du Pithon. Puis-je vous demander une chose ?

— Oui ?

— Qui était cette sœur ?

— Oh, ce n'est pas une sœur. Elle se déguise en sœur. Elle aurait voulu en être une, sans doute.

— Elle portait l'habit de l'ordre du Sacré-Cœur, dit Harrison.

— Vous avez un grand sens de l'observation. Mais, suis-je bête, cela fait partie de votre travail, n'est-ce pas, de remarquer les détails ? Elle pense qu'elle est la mère supérieure d'un couvent de l'ordre du Sacré-Cœur. Elle se fait appeler Mère Vincent.

— Mère Vincent ?

— Oui. Et elle récite quarante chapelets par jour.

— Oh.

— Des secrets, fit Esme, tout à coup.

— Pardon ?

— Rupie me disait que vous vous intéressiez aux secrets. Ces secrets que les gens voudraient emporter dans leur tombe.

— Grands Dieux, s'exclama Harrison. J'ignorais qu'il était si précis.

— Pourquoi vous intéressez-vous tant aux secrets ?

— Je ne sais pas s'ils m'intéressent vraiment.

— Mais si. Rupie m'a dit que vous écriviez là-dessus. Et moi je sais pourquoi les secrets vous intéressent tant.

— Pourquoi ?

— Parce que vous-même en avez un. Je me trompe ? Soyez sincère, je vous en prie. Ou alors tout cela ne sert à rien. Alors, j'ai raison, n'est-ce pas ? Vous avez un secret ?

Harrison dévisagea son interlocutrice.

— Oui, finit-il par répondre.

— Eh bien, vous voyez ! Ce n'était pas si difficile que ça, non ?

— Non.

— C'est de la mort de mon père, n'est-ce pas, dont vous souhaitiez me parler ? demanda-t-elle.

— Heu, oui, mais tout d'abord de celle de Dwane Lonergan, dit Harrison.

— Oh, Dwane Lonergan, répéta-t-elle, frissonnant en prononçant ce nom.

Elle croisa les bras comme si elle avait froid.

— Elles sont, comment dire, liées, en un sens.

Elle se leva et se dirigea vers la fenêtre. Au-dehors, il neigeait. Elle contempla la neige un moment, puis tourna sa chaise vers la fenêtre et se rassit, dos tourné à Harrison.

— Votre magnétophone fonctionne ?

— Oui.

— Bien. Je ne répéterai pas deux fois.

D'une voix lente, elle commença son récit.

— C'est une chose terrible que de voir son père mort, surtout quand on l'aime comme j'aimais le mien. C'est encore plus atroce de le trouver mort, nu, avec un pot de Vaseline ouvert sur sa table de chevet et des ampoules de nitrite d'amyle brisées éparpillées sur le lit. Vous savez à quoi sert le nitrite d'amyle ?

— C'est un médicament pour le cœur, je crois.

— Oui, mais ça sert aussi à intensifier le plaisir sexuel, apparemment, dit-elle. Ça vous met dans un état second qui permet de repousser les limites de vos, hm, pratiques, du moins c'est ce que M. Dwane Lonergan m'a expliqué un peu plus tard. Juste avant que je lui tire une balle dans la tête, en fait.

Elle s'accorda un instant de répit avant de poursuivre :

— Je ne savais pas quoi faire. Je redoutais le scandale. Alors j'ai téléphoné à Rupert du Pithon. Je ne voyais pas qui d'autre serait à même de comprendre, ne fût-ce qu'un peu, ces circonstances sordides, et puis il avait été un ami de mon père, enfin plus ou moins. Je lui ai demandé ce que je devais faire. Il m'a dit : « Essuie la Vaseline qui reste sur sa verge. » Je lui ai répondu que je ne pouvais pas faire ça. Il m'a dit : « Il le faut. C'est trop révélateur. Quelqu'un va forcément remarquer ça au dépôt mortuaire, et ces gens-là rapportent tout à la police ou à la presse. Fais-le. Sans regarder. » C'est le genre de chose à laquelle je n'aurais jamais pensé toute seule. Je suppose que Rupie, cette vieille pipelette, vous a raconté tout ça.

— En fait, non, dit Harrison.

— Vraiment ? Voilà qui parle en sa faveur, hm ?

— Oui.

— S'il est une tâche déplaisante, monsieur Burns, c'est bien de devoir essuyer la Vaseline du pénis et du rectum de son père pour que le médecin et les employés des pompes funèbres ne sachent pas que le très distingué Esmond Bland, qui allait régulièrement dîner à la Maison Blanche, est mort dans son lit en compagnie d'un prostitué à cinq cents dollars qui, après sa mort, l'a dépouillé de ses boutons de manchette, de son portefeuille, de ses espèces, et de ses cartes de crédit avant de disparaître dans la nuit, abandonnant le cadavre. Cela répond-il à votre question, monsieur Burns ?

Harrison, abasourdi, acquiesça et elle, le visage détourné, ne vit pas son signe de tête mais poursuivit, ayant deviné sa réponse.

— En bien des façons, la mort de mon père a été un soulagement. Pas la façon dont il est mort, mais sa mort en elle-même. Il se compromettait de plus en plus. Il dînait en public avec ce Dwane Lonergan, dans des endroits comme Chez Clarence, où il était certain de croiser des gens qu'il connaissait. Mon père avait soixante-dix ans passés. M. Lonergan avait, au plus, vingt-sept ans, arborait une boucle d'oreille et une queue de cheval, et portait des blousons de cuir et des T-shirts. En aucune façon, il ne pouvait passer pour son petit-fils. Il suffisait de le regarder pour savoir ce qu'il était. Une ordure. Lil Altemus les a vus Chez Clarence. Elle m'a raconté qu'ils étaient arrivés sur la moto de M. Lonergan, et qu'ils portaient des casques. Je ne savais plus où regarder tellement j'étais gênée quand elle m'a raconté ça. Mais je m'égare, excusez-moi... J'ai changé les draps souillés — c'était écœurant — avec le corps toujours sur le lit parce que je n'arrivais pas à le bouger. Mon père était un homme fort, un mètre quatre-vingt-cinq pour quatre-vingt-dix kilos, en parfaite condition physique pour un homme de son âge. Je lui ai mis un pyjama. Avez-vous déjà dû habiller un mort, monsieur Burns ? C'est extrêmement difficile. Ensuite, j'ai aéré la pièce. Le mélange des odeurs du nitrite d'amyle et du sperme est d'une part très révélateur et d'autre part très désagréable. Ensuite, j'ai téléphoné au Dr Parker. Silas Parker. Au Columbia-Presbyterian Hospital. Le Dr Parker est notre médecin de famille depuis de très nombreuses années. Forcément il connaissait les secrets de la famille, mais je ne le lui ai pas demandé. Il a signé le permis d'inhumer. Un infarctus, selon lui. Enfin, c'est ce que c'était, en un sens. Mon père avait contracté une très grosse assurance dont j'étais la bénéficiaire, et la compagnie d'assurances a payé tout de suite. Mais je brûle les étapes... J'ai toujours été instable, monsieur Burns. Pendant des années, j'ai fait régulièrement des séjours ici, à Cranston. Rupie a dû vous le dire, hm ? Vous n'êtes pas tenu de me répondre. Il y a longtemps, j'étais très jeune alors, dans les années cinquante, je suis tombée follement amoureuse d'un jeune homme de Long Island nommé Billy Grenville. Il avait quatre ou cinq ans de plus que moi. Je suis allée à Green Vale avec une de ses sœurs, Felicity. Oh, comme je l'aimais, si vous saviez ! A la folie, au premier sens du terme. J'ai toujours pensé qu'on se marierait. Ses sœurs le pensaient. Sa mère, Alice Grenville, le pensait. Même Billy le pensait. Mais il a rencontré une danseuse de revue et c'est elle qu'il a épousée. Elle était jolie, commune évidemment, affreusement commune, mais très jolie. Les sœurs de Billy la détestèrent. Elles disaient toutes qu'elle était née du mauvais côté de la route. Qu'elle avait épousé leur frère pour son argent. J'étais anéantie, complètement anéantie. Je ne crois pas avoir autant souffert depuis, mais j'ai caché ma douleur, bien entendu. Après tout, Long Island était une petite communauté à l'époque. Nous nous connaissions tous. Nous nous fréquentions tous. Nous jouions au tennis ensemble. Nous étions tous de Piping Rock. Je faisais même semblant de trouver Ann sympathique — c'était son prénom. Au bout de plusieurs années de mariage, les choses ont commencé à mal tourner. Ce n'était pas une femme bien ; elle avait la cuisse légère, comme on dit. Elle a commencé à coucher à droite à gauche. En secret, Billy m'a refréquentée. J'étais aux anges. Il disait qu'il voulait divorcer. Il m'a demandé si je l'épouserais après le divorce. Et puis sa femme a tiré sur lui et l'a tué. Elle a raconté qu'elle avait pris Billy pour un rôdeur, mais elle savait ce qu'elle faisait. Les rôdeurs ne se promènent pas tout nus. Billy l'était. Vous avez dû lire des choses là-dessus. Un livre a été écrit sur cette affaire. Ils en ont même fait un téléfilm. Seulement, je n'y suis pas. Ils ont coupé mon personnage. Voilà qui résume parfaitement ma vie : je suis coupée. C'est pourquoi, à l'âge de soixante-six ans, je reste une vieille fille qui, toute sa vie, a fait une fixation sur son père. Après la mort de Billy, j'ai fait ma première grande dépression nerveuse. J'avais déjà eu quelques petites alertes. C'est alors que je suis venue ici, à Cranston, pour la première fois. Mais revenons à mon père et à Dwane Lonergan. C'est ce qui vous intéresse, je sais... Mon père a eu des obsèques absolument extraordinaires, en grande pompe, presque comme pour un roi, des cors d'harmonie jouaient... Une musique magnifique. Cinquante choristes en soutanes rouges et surplis blancs. Oh, comme ils étaient beaux ! Comme ils étaient jeunes ! Comme ils étaient impeccables ! Je suis sûre que vous avez dû en lire des comptes rendus. Peut-être même étiez-vous là ? Tout le monde était là. Le monde entier était là. Il n'y avait pas assez de sièges pour tout le monde dans l'église St. Thomas de la Cinquième Avenue, et c'est pourtant une immense église. Ils ont dû diffuser les éloges funèbres par haut-parleurs à la foule amassée à l'extérieur. Le vice-président était là, au premier rang, de l'autre côté de l'allée centrale par rapport à moi, représentant le président et Mme Reagan, et il y avait aussi de nombreux hauts dignitaires — le gouverneur, le maire, et caetera, et caetera, et caetera, plus des amis, des amis, des amis venus de partout et puis, bien entendu, les curieux venus pour voir les gens célèbres. Nous avions besoin de quelqu'un de grande envergure pour parler, et le Dr Kissinger a accepté. Son éloge funèbre a été sublime. Mon père faisait partie du conseil d'administration du Metropolitan Opera, aussi Jessye Norman est venue chanter. Il n'y a pas de mots pour décrire à quel point elle a été sensationnelle. Quelle voix ! L'évêque de l'Eglise épiscopale a officié. Pendant une demi-heure, même moi, qui savais tout, qui savais à quel point tout était faux, qui savais que le cercueil était vide, j'ai été émue par toute cette pompe... Soudain, il s'est passé une chose absolument inattendue. Jessye Norman était en train de chanter l'*Ave Maria* de Gounod quand, tout à coup, le prostitué s'est glissé dans ma travée et s'est assis à côté de moi. Je ne comprends pas comment il a pu tromper la surveillance des sacristains, que je connaissais presque tous. Il portait une petite boucle d'oreille. Je déteste ce genre, pas vous ? Et il avait une petite queue de cheval. Je déteste ça aussi. Il s'est mis à me parler. Il était furieux. En fouillant le portefeuille de mon père, qu'il avait volé, il avait découvert un papier qui stipulait que mon père était séropositif. Vous savez ce que ça signifie, j'imagine ? Il m'a dit que mon père ne le lui avait pas dit et que sa vie était en danger. Il a menacé de grimper sur l'autel puis de monter en chaire et de tout dire si je n'acceptais pas sur-le-champ de lui verser dix millions de dollars. Il parlait suffisamment fort pour que les porteurs et les gens derrière moi nous regardent. Si vous aviez vu son air ! Il était complètement surexcité à l'idée de sauter sur l'autel et de piétiner tous les superbes lys arrangés avec tant d'art par Robert Isabell, et de haranguer la foule. Mon cœur a cessé de battre. Je l'ai regardé, horrifiée. Il respirait avec peine. Il dégageait, curieusement, une grande sexualité. Je confesse, de vous à moi, que je l'ai trouvé beau en cet instant, tout simplement beau, d'une beauté commune évidemment, mais beau. Il a fait mine de se lever, je l'ai agrippé par la main et l'ai forcé à se rasseoir. Evidemment, j'ai accepté de payer ce qu'il demandait. Le service s'est poursuivi. Il n'a pas bougé de mon banc. J'étais son otage... Il n'y a pas eu d'enterrement. Sachant ce que je savais, voyez-vous, j'avais fait incinérer mon père tout de suite après sa mort, trois jours avant ses obsèques, pour qu'il n'y ait pas d'autopsie. J'étais au courant de sa séropositivité, et je ne voulais en aucun cas avoir de problème avec l'assurance. Après les funérailles, il y avait une réception au Butterfield Club, dans la Cinquième Avenue. Je me tenais au sommet du magnifique escalier, serrant les mains de centaines et de centaines de personnes qui me répétaient à l'infini que mon père avait été un homme extraordinaire. Puis on m'a reconduite à Long Island. J'ai donné quartier libre au majordome, à la cuisinière et au chauffeur. Tous m'ont dit : « Oh, non, miss Esme, on reste avec vous ce soir », mais je leur ai dit : « Non, non, je vais parfaitement bien, je vous assure. » Plus tard, après la tombée de la nuit, comme nous en étions convenus sur le banc de l'église pendant que Jessye Norman chantait l'*Ave Maria,* j'ai reçu M. Lonergan. Il est venu chez moi. Je n'avais pas dix millions de dollars à lui donner, ni alors ni jamais. Et même si je les avais eus, je ne les lui aurais pas donnés. On ne paie pas ces gens-là. Ou alors on n'en finit jamais. Il m'a dit : « Je baisais avec votre père depuis que j'ai dix-sept ans. » Vous imaginez entendre ça ! Il m'a dit, et je cite, mot pour mot, car je n'ai pas oublié ses paroles, comme je n'ai oublié ni son expression ni le ton de sa voix : « Je n'ai pas encore rencontré quelqu'un, homme ou femme, qui ne me fasse pas bander s'il y met le prix. » Je n'ai jamais été de celles qui se lancent dans des discussions de bas étage, mais je pense qu'il me sollicitait, qu'il me proposait de continuer à rendre ses services sexuels. Vous connaissez la suite de l'histoire. Tout le monde la connaît. Je l'ai abattu.

— D'une balle entre les deux yeux, à ce que j'ai entendu.

— Eh bien, pour tout vous dire, j'ai toujours été un excellent fusil. J'ai été championne de ball-trap à Piping Rock six années de suite. Je n'avais pas peur de ce qui pouvait m'arriver. Je savais ce qu'on raconterait : « Elle a fait des séjours en hôpitaux psychiatriques toute sa vie. Elle travaille du chapeau. » Et c'est exactement ce qui s'est produit. C'est exactement ce qui s'est dit. Et me voici de retour à l'hôpital psychiatrique pour le restant de mes jours. Mais, bien entendu, c'est un des nombreux avantages de la fortune. J'estime que j'ai de la chance d'être ici et non dans cet épouvantable endroit, à Bedford Hill, avec cette pauvre Mme Harris. Je suis déjà allée à Madeira, mais des années avant que Mme Harris en devienne la directrice... Voilà, je vous ai raconté le secret que j'allais emporter dans ma tombe. Vous avez des questions ?

— Je suis abasourdi, dit Harrison. Pourquoi m'avez-vous raconté tout ça ?

— Oh, quelle différence cela fait-il maintenant ?

— Que puis-je faire pour vous en retour ?

— Il y a une mère en Arizona. Peut-être, avec votre flair, pourriez-vous retrouver sa trace ?

— La mère de qui ?

— Celle de Dwane Lonergan. Elle a réclamé son corps.

— Que ferez-vous si je la retrouve ?

— Je lui léguerai de l'argent. C'est que, voyez-vous, j'ai un cancer. On m'a enlevé les deux seins. Tumeur métastasique. Ce qui signifie que la maladie se répand dans tout mon corps. Pour reprendre ce qu'un des médecins a dit de moi lors de ma dernière opération, pensant que j'étais inconsciente, ce qui n'était pas le cas : « Elle est foutue. » Oui, je suis foutue. Mes cheveux, c'est une perruque. Je parie que vous ne l'aviez pas vu, hm ? Kenneth l'a faite sur mesure. De l'excellent travail, non ? Personne ne s'en aperçoit. J'en ai trois. Bref, je n'en ai plus pour très longtemps à vivre. Ça fera une bonne fin pour votre histoire, non ? Je suppose que mon père sera le méchant de la pièce, n'est-ce pas ? Mon pauvre papa. Et maintenant, si vous en avez fini avec moi, monsieur Burns, je souhaiterais aller me reposer. Je suis vraiment épuisée. Faire tant de révélations fatigue. Comment se fait-il qu'on parle avec vous ? Vous ne dites presque rien. Vous ne m'avez pas posé beaucoup de questions. Peut-être est-ce parce que vous avez un peu l'air d'un prêtre défroqué. Au revoir, monsieur Burns.

— Au revoir, mademoiselle Bland.

Parvenue à la porte, elle s'arrêta et se retourna vers lui.

— Quant à votre secret, fit-elle. Dites-le, quel qu'il soit. Ne le gardez pas en vous. Il vous rongera le corps, comme mon cancer. Vous ne pouvez pas savoir comme je me sens le cœur léger tout d'un coup. Joyeux Noël, monsieur Burns.

Ce soir-là, Harrison s'installa dans le bar bondé de l'auberge, parcourant les notes qu'il avait prises pendant son entretien avec Esme Bland, l'après-midi même. Les guirlandes de Noël conféraient à la pièce une atmosphère de fête. De la table voisine, lui parvint une conversation entre un homme et une femme.

— Regarde par la fenêtre, disait la femme. Ça va tourner au blizzard.

— Je regardais, dit l'homme.

— Jolie fille, là.

— Laquelle ?

— Celle en tailleur Chanel noir.

— Qui est-ce ?

— C'est la plus jeune des filles Bradley.

— Comment le sais-tu ?

— J'ai vu sa photo dans les journaux.

Harrison se retourna pour regarder. N'eussent été

les réflexions des occupants de la table voisine, il aurait tout à fait pu passer à côté d'elle sans la reconnaître, mais c'était bel et bien Kitt, grande, adulte, élégamment vêtue, et seule. Il ne bondit pas de son siège pour se précipiter vers elle. Non. Il resta assis et l'observa pendant quelques minutes, ajustant le souvenir de l'adolescente dissipée qu'il avait vue pour la dernière fois le jour de la remise des diplômes à Milford avec cette femme du monde plongée dans une profonde rêverie. Au fil des ans, il avait souvent pensé à elle, toujours avec affection, se demandant ce qu'elle était devenue. Il fut frappé par sa plus grande ressemblance avec Constant.

Elle regardait par la fenêtre la neige qui s'accumulait sur le carreau, ne se doutant pas qu'on parlait d'elle à une table et qu'on l'observait d'une autre. Chaussée de chaussures à brides, elle rythmait du pied la musique qu'un trio jouait dans l'entrée. Sur sa table se trouvaient un verre de vin, une pile de revues mondaines et de mode et un petit sac noir orné d'une chaîne en or. Elle n'attendait personne.

Harrison se leva et se dirigea vers elle. Arrivé dans son dos, il lui dit :

— A la cérémonie de remise des diplômes à Milford en 1973, vous avez crié : « Hourra, Harrison ! », tout le monde a ri et j'ai eu droit à une salve d'applaudissements bien plus chaleureux que ceux que j'aurais recueillis si vous n'aviez pas fait ça.

Elle fit volte-face.

— Je n'en crois pas mes yeux ! s'exclama-t-elle.

— Bonjour, Kittie.

— Harrison !

Elle poussa un petit cri de joie.

— Je ne suis pas sûr que je t'aurais reconnue.

— Moi, je t'aurais reconnu tout de suite, dit-elle. Et je suis si heureuse de te revoir après tant d'années ! J'étais en train de sombrer dans la mélancolie, regardant la tempête de neige toute seule. On s'embrasse sur les deux joues, et on se donne l'accolade. Assieds-toi. Assieds-toi. Je veux tout savoir. Je suppose que tout le monde t'appelle Harrison maintenant, et plus Harry, c'est bien ça ? J'ai lu ça quelque part à ton sujet.

— Je réponds aux deux noms. Je dois avouer, Kitt, que tu es très chic. Il n'était pas indiqué sur l'appareil dentaire de tes jeunes années que tu deviendrais si élégante.

— Nous avons suivi l'exemple de maman, aussi étonnant que cela puisse paraître après l'avoir taquinée sur ses vêtements pendant tant d'années. Nous nous habillons toutes chez de grands couturiers, Maureen, Mary Pat et moi. Evidemment, nous avons tous vécu à Paris quand papa y était ambassadeur, et Mary Pat y habite depuis qu'elle a épousé Philippe.

— Et toi, tu vis où ? demanda Harrison.

— Dans les environs. Ici et là.

— Qu'est-il advenu de la maison de Scarborough Hill ?

— Toujours debout. Sis Malloy y habite. Elle est la gardienne de la flamme des Bradley, une espèce de Mme Danvers vieille fille, gardant tout en l'état jusqu'au retour de la famille, qui n'y retournera jamais.

— Comment va Sis Malloy ?

— Egale à elle-même. Le jour où Mary Pat a épousé le comte, alors qu'elle était ravissante en satin blanc orné de dentelle, presque trop belle pour être vraie, Sis lui a dit : « Souviens-toi toujours que ton grand-père était boucher. »

— C'est du Sis tout craché, fit Harrison, riant.

— Le problème, c'est qu'elle a raison. Nous l'avons tous oublié, alors que nous ne devrions pas.

Une femme s'approcha de leur table.

— Excusez-moi, dit-elle.

Harrison et Kitt se tournèrent vers elle.

— C'est vous, n'est-ce pas ? Vous êtes bien M. Burns ? Je me disais aussi. Regardez ce que je suis en train de lire. Un de vos livres ! En poche, je le regrette, mais je serais si heureuse si vous vouliez bien me le signer.

S'adressant à Kitt, elle poursuivit :

— J'espère que vous ne m'en voulez pas de vous interrompre comme ça, mais c'est vraiment trop étrange. Le Maine, la neige, l'auberge, le livre, et lui, là !

— Mais oui, bien sûr, je serais ravi de vous le signer, dit Harrison.

— Je ne voudrais pas vous embêter.

— Mais pas du tout. Comment vous appelez-vous ?

Harrison n'avait qu'une envie : reprendre sa conversation avec Kitt.

— Liza Lake.

— L-I-Z-A ou L-I-S-A ?

— En fait c'est L-E-E-Z-A.

— J'ai bien fait de demander. Je ne l'aurais jamais deviné. Tenez.

Il lui rendit son livre.

— Merci. Je suis ravie que Max Goesler soit là où il le mérite : derrière les barreaux, dit-elle, en partant.

— Tu étais le charme personnifié, dit Kitt, une fois que la femme se fut éloignée. Ça t'arrive fréquemment ?

— Non.

— Ça doit faire plaisir, non ?

— Oui.

— Constant lit tout ce que tu écris. Comme nous tous.

Elle le dévisagea, et reprit :

— Je suppose que je devrais dire : « Mais qu'est-ce que tu fais ici ? »

— Dans cette auberge de Cranston, dans le Maine ?

— Oui.

— Je pourrais te retourner la question.

— Oh, juste des petites vacances pour me changer les idées. C'est une auberge très agréable, tu ne trouves pas ? Des balades superbes, de grands courts de tennis, le bon air, la nourriture, le repos, tout ça.

— Non, non, non, pas à moi, Kitt. C'est presque le blizzard dehors. Ne me dis pas que tu vas te promener ou que tu joues au tennis. Ne partons pas du mauvais pied. Je l'ai vue. Hier.

— Qui ça ?

— Ta sœur Agnès, à l'hôpital psychiatrique de Cranston. La Bradley galeuse de la famille. Tu es venue lui rendre visite.

Kitt ne répondit pas.

Harrison s'assit à côté d'elle.

— Elle porte l'habit des sœurs du Sacré-Cœur ? Elle croit qu'elle est Mère Vincent dans un couvent ? Elle récite quarante chapelets par jour ? Elle clame qu'on lui a volé son chapelet en argent béni par le pape ? Ça ne te rappelle rien ?

Kitt but une gorgée de vin.

— Je lui fais faire ces habits par une costumière de théâtre de Boston, dit-elle, au cas où ce serait ta prochaine question. C'est mon petit secret. Maman n'est pas au courant. Quelle différence cela fait-il, je te le demande, du moment que ça la rend heureuse ? La pauvre. Elle parle de la visite du pape à Scarborough Hill comme si elle datait d'hier et non de vingt et un ans. Ça ne doit pas être drôle tous les jours, tu sais, de se battre avec une certaine Esme qui occupe la chambre voisine tous les jours que Dieu fait.

Elle lui sourit, les larmes aux yeux.

— Pauvre Agnès. Avant qu'ils ne se rendent compte qu'elle était une attardée, Jerry, Des et Sandro n'arrêtaient pas de se moquer d'elle et de lui jouer des tours, et le plus triste, c'est qu'elle ne les en aimait que davantage. Elle ressemble à mon père, tu n'as pas trouvé ? Le menton. Elle parle comme lui, aussi.

— Oui, je suppose que oui, dit Harrison.

— Je viens tous les ans à la même époque passer quelques jours et, si je ne suis pas à l'étranger, je viens aussi pour son anniversaire. Elle adore les cadeaux. Elle regarde mes mains avant de regarder mon visage pour voir ce que je lui ai apporté. Elle adore défaire les paquets ; elle garde le papier et le bolduc. Elle frappe dans ses mains. Je lui apporte des missels, des chapelets, des médailles, des scapulaires, enfin tous ces trucs-là. Si tout ça n'était pas arrivé, je pense qu'elle aurait pris le voile. Elle avait tout pour ça, mais p'pa et m'man ne pouvaient pas le supporter. Ils pensaient qu'une telle chose ne pouvait pas nous arriver. Une tournure d'esprit Bradley, tu ne trouves pas ?

Elle soupira, secoua la tête et changea de sujet.

— Tu n'as pas répondu à ma question, tu sais. Qu'est-ce que tu fais à Cranston, dans le Maine, par une tempête de neige huit jours avant Noël ?

— Je suis venu voir Esme Bland.

— Esme ? Pour une affaire ?

— Oui.

— Elle a tué quelqu'un, c'est ça ?

— Oui.

— Je suppose que je pourrai lire ça bientôt ?

— Oui.

— La salle ferme dans dix minutes. Tu ne voudrais pas m'inviter à dîner, par hasard ?

Pendant le dîner, il y eut une panne d'électricité. Serveurs et serveuses se précipitèrent pour allumer des bougies sur les tables.

— Panne de courant, annonça la serveuse, allumant une bougie. C'est une grosse tempête.

— C'est rigolo, dit Kitt. Tu ne trouves pas ? Ça me rappelle un film sur des gens qui étaient bloqués dans une auberge pendant un blizzard.

— Il n'y a pas de générateur dans votre auberge ? demanda Harrison à la serveuse.

— Si. Il est dans une des dépendances, mais la porte est verrouillée et personne ne peut remettre la main sur la clef. On cherche.

— Oh, Harrison, je trouve ça sensationnel, dit Kitt. Tout à fait de circonstance pour les fêtes. Je pense qu'on devrait finir le vin, non ? C'est dommage de le laisser perdre.

— Je vais prendre un autre café, dit Harrison.

— Rebonjour, monsieur Burns ! Vous voulez venir à notre table ? Vous me reconnaissez dans cette pénombre ? Leeza. Tout à l'heure ? Avec votre livre ? On s'est dit qu'on attendrait la fin de la tempête au bar.

— Oh, Leeza.

Harrison regarda Kitt et lut dans son regard.

— Peut-être tout à l'heure, Leeza ? Nous devons discuter de certaines choses, dit Harrison.

Kitt lui sourit.

— Ça me fait très plaisir de te revoir, Harrison.

— Au choix : bridge, trictrac, danse. Le tout aux chandelles. Une de ces activités te tente-t-elle ?

— Non. Il y a trop de choses que je veux te demander et trop de choses que j'ai envie de te dire. Est-ce que tu savais que j'étais folle de toi quand j'avais quatorze ou quinze ans ?

— Non.

— Evidemment. Et Maureen qui me disait : « Ne tombe pas amoureuse d'un étudiant boursier. Ce n'est pas ce que papa et maman veulent pour nous. »

Harrison secoua la tête en souriant.

— Quelle famille que la tienne ! Je n'ai jamais trop aimé Maureen, puisque nous en sommes à parler franchement. Ni Jerry. Je ne pouvais pas le supporter lui non plus. Un jour, j'ai entendu Maureen faire la leçon à un grand architecte, celui qui a conçu la bibliothèque Bradley à Milford, et je ne l'ai jamais oublié. Comment va sa vie ? Comment vont les choses pour elle ?

— Elle a épousé Freddy, et elle est très heureuse. Il gère les affaires commerciales pour la famille, ce qui laisse les garçons libres pour la fonction publique. Maureen fabrique des enfants à tour de bras, si je puis dire, un par an. Elle veut damer le pion à nos parents, j'imagine. Elle a toujours pensé qu'elle était beaucoup plus intelligente que les garçons, et c'était vrai, peut-être, mais p'pa n'a jamais été de ceux qui ont envie que les femmes de la famille réussissent. S'occuper de la maison, de soirées de bienfaisance, avoir des enfants, en faire de bons catholiques, c'est ce à quoi nous devions aspirer.

— De nos jours, les femmes ne sont plus tenues d'exécuter la volonté de leur père, dit Harrison. En fait, je n'en connais aucune qui le fasse.

— Oui, seulement, il y a la perspective de recevoir tout cet argent au bout. Aucune de nous ne veut faire l'imbécile avec ça.

— Détecterais-je un rien de défaitisme ?

— Je croyais l'avoir bien caché sous ce tailleur Chanel, ce gardénia en organdi, et toutes ces breloques en or. Je croyais qu'ils me donnaient un air de supériorité. Ou bien est-ce l'œil de l'écrivain qui perce le secret de l'habit ?

— Je crois que Leeza et son groupe vont penser que nous sommes impolis, dit Harrison.

— Oui, oui, nous irons les retrouver dans une minute. Il ne faut surtout pas que tu déçoives tes fans, répliqua Kitt, laissant clairement entendre qu'elle n'avait aucune intention d'y aller.

Elle vida les dernières gouttes de vin dans son verre.

— Tu m'as manqué quand tu es parti, reprit-elle. J'étais triste que tu ne m'aies pas dit au revoir. J'avais toujours cru que tu m'aimais bien. Que s'est-il passé ? Qu'est-ce qui n'allait pas ? Comment as-tu pu disparaître ainsi ? Sans un mot. Aucun de nous n'a compris. M'man t'a écrit et tu ne lui as pas répondu. Maureen et Freddy nous ont dit qu'ils t'avaient vu à Rome et que tu avais fait semblant de ne pas les reconnaître.

— Oh, il s'est passé certaines choses, dit Harrison, haussant les épaules.

— Je m'en doute. Et je me doute, à ton haussement d'épaules, que tu n'as pas l'intention de me dire lesquelles. Maintenant que tu es devant moi, je me rends compte que tu n'as jamais cessé de me manquer, même si je n'y ai plus pensé au bout d'un moment.

Elle rit.

— Je suis un peu nerveuse.

Il lui sourit.

— Tu n'es pas seulement devenue élégante, tu sais. Tu es devenue ravissante. Absolument ravissante, Kitt.

— Si tu savais quelle sensation exquise me traverse. J'ai toujours eu envie qu'on me dise que j'étais ravissante. Parfois, on me dit que je suis belle. Ravissante, jamais. Je m'attendais à ce que tu me dises que je ressemblais à Constant en grandissant. C'est ce que tout le monde dit.

Elle sourit.

— On a appris que tu étais fiancé.

— Plus que ça. Marié.

— Oh.

Elle laissa durer ce monosyllabe, laissant transparaître de la déception dans sa voix.

— Je ne pensais pas que tu étais de ceux qui épousent.

— Apparemment pas. Nous sommes séparés.

— Elle te manque ?

— Parfois, oui. Les garçons me manquent.

— Les garçons ?

— J'ai des jumeaux. Ils ont deux ans.

— Oh, mince alors, pour être marié, tu l'es ! Qui est-ce ? Qui était-ce ? C'est ce que maman demande toujours.

— Claire Rafferty.

— Claire Rafferty ? Elle était demoiselle d'honneur au mariage de Maureen.

— Je sais.

— Tu as épousé une femme plus âgée que toi.

— De cinq ou six ans, oui.

— Sept ans.

— Six.

— Quel était le problème ? L'âge ?

— Non.

— Cette jeune dame n'avait aucun savoir-vivre. Elle est partie avant la réception, en ayant jeté sa robe à la poubelle. Elle avait coûté sept cents dollars. M'man était furieuse ! Elle n'avait jamais vu un tel comportement. Personne n'a compris. Maman assurait que, si elle la revoyait, elle lui dirait ses quatre vérités. Et voilà qu'elle est devenue Mme Harrison Burns. J'ai hâte de raconter ça à maman.

Harrison hocha la tête.

— Qu'est-ce que tu as à répondre à cette révélation ? demanda Kitt.

— Tu n'auras pas envie d'entendre ce que j'ai à répondre à ça.

— Oh, que si !

— La veille du mariage, après le repas au Club, une fois que tout le monde était couché, ton père est allé dans la chambre où dormait Claire, autrefois celle d'Agnès, et a essayé de la sauter.

Kitt, le souffle coupé, porta une main à sa bouche.

— Heureusement pour Claire, ton père a joui avant qu'il ait pu la pénétrer. Tu penses toujours qu'elle manque de savoir-vivre ? Qu'on doit lui en vouloir de n'être pas restée à la réception ?

— Oh, mon Dieu ! s'exclama Kitt, enfouissant son visage dans ses mains. Je ne m'étonne plus qu'aucune de mes amies ou de celles de Mary Pat n'ait jamais voulu passer la nuit chez nous. Leurs parents devaient le leur interdire. On s'était donné le mot. J'aimerais autant que tu me commandes un autre verre, si tu n'y vois pas d'inconvénient. Je pourrais peut-être boire comme une grande maintenant. Un cognac, par exemple. Je m'étais toujours dit qu'une chose dans ce goût-là avait dû se produire. Mais je pensais plutôt à un de mes frères. Tous les hommes de ma famille baisent trop. J'en ai épousé un du même acabit.

— Vraiment ?

— Oh, oui. Tous les hommes, enfin la plupart, ont des activités extra-conjugales, du moins c'est ce que mes frères m'ont dit, mais ça ne transparaît pas chez eux ni dans la famille. Pauvre maman. Sur quoi ne doit-elle pas fermer les yeux ! Et c'est messes basses et compagnie devant les domestiques. « Vous savez comme les bonnes sont bavardes. » C'est ce que m'man dit toujours. C'est son souci numéro un, apparemment. Elle mourrait si elle pensait que Bridey et les autres étaient au courant, mais je suppose qu'elles le sont. Les domestiques savent toujours tout, tu ne crois pas ?

— Je ne sais pas. Nous n'en avions pas, dit Harrison. Il y avait pas mal de papotage de petites filles riches comme toi. Ça, je m'en souviens.

— Ce que tu es susceptible, Harrison, fit Kitt en riant. C'est l'étudiant boursier qui pointe le bout de son nez ?

Harrison unit son rire au sien.

— Tu as changé, Harry. Tu as quelque chose de différent. Tu n'es plus du tout le petit garçon timide, renfermé, rougissant, que Constant avait ramené à la maison le jour où il s'était fait renvoyer de Milford. On pensait que tu étais amoureux de Constant.

— Je l'étais sans doute, à un certain point. Mais c'est du passé.

— Je me souviens de toi comme de quelqu'un qui ne voulait surtout pas se faire remarquer, de presque apeuré à l'idée d'attirer l'attention sur lui. Aujourd'hui, tu me parais sombre, peut-être même un peu sinistre. Te serait-il arrivé des choses terribles ? Oh, ça me revient. On a arrêté les deux monstres qui ont tué tes parents. C'est ça ?

— Toi aussi, tu as changé, tu sais. J'essaie de me souvenir de l'âge que tu dois avoir.

— Eluder une question par une autre, quelle vieille ruse. J'ai trente ans.

— Trente ans. Mon Dieu. Il m'arrive de lire ton nom dans la rubrique de Dolly De Longpré. Et, je ne sais plus où, j'ai vu des photos de toi à une partie de campagne en Turquie. Et j'ai appris par *Town and Country* que tu te mariais.

— Oh, inutile de m'envoyer un cadeau de noces.

Harrison se remit à rire.
— Ça ne va pas fort de ce côté-là ? demanda-t-il.
— Cérémonie réussie, mariage raté. Ma sœur, la comtesse, était dame d'honneur. Ce qui a ajouté un rien de glamour à la cérémonie. Les journaux ont presque plus parlé d'elle que de moi, dit Kitt. Mon père ne voulait pas que je l'épouse. Il me répétait : « Tu veux que je te dise quelque chose sur Cheever Chadwick, Kitt ? Il ne fera jamais rien de ses dix doigts. Sa rente va lui couper les couilles. Il n'a pas suffisamment d'argent pour être philanthrope, mais il en a trop pour se mettre à l'épreuve. Tu verras ce que je te dis, c'est un dilettante. » On peut dire ce qu'on veut de mon père, et je sais que beaucoup de gens ne s'en privent pas, surtout en mal, mais en matière d'argent, il sait de quoi il parle.
— Pourquoi l'as-tu épousé alors ?
— C'est dur d'être une catholique espérant faire un beau mariage. Et dans notre famille, avec ma mère, il nous fallait faire un beau mariage. Maureen s'en est bien tirée avec Freddy Tierney. Et Mary Pat a eu le comte. Tout le monde adore Philippe. Moi, j'ai rencontré Cheever à Aspen un hiver, à un mariage. C'était ma quatorzième corvée en tant que demoiselle d'honneur et sa dixième en tant que témoin. Au début, c'était comme un rêve. Oh, je suppose que, de mon côté, je voulais en remontrer aux filles qui me snobaient au Club. J'ai fait le plus beau mariage de toutes, que ce soit Weegie Somerset, Belinda Beckwith, ou n'importe quelle autre. Sauf que je n'étais pas du tout heureuse avec Cheever. Sa famille était opposée à ce qu'il épouse une catholique, ce qui n'a fait que renforcer ma détermination. Et, pour couronner le tout, nous l'avons convaincu de se convertir, même si pour lui ça ne signifiait rien du tout. Nous n'avons pas reçu la bénédiction papale, contrairement à Maureen et aux autres. Même le cardinal n'a rien pu faire. M'man était très contrariée.
Harrison ne fit pas de commentaire.

— Peut-être ai-je toujours su que ça n'allait pas durer. C'est peut-être pour ça que je n'ai remercié personne pour les cadeaux. Je suppose que je serai la première divorcée de la famille Bradley. Tu veux qu'on parle de nos échecs conjugaux ? Tu veux qu'on entre dans les détails ?

— Non, fit Harrison, en riant. Non, pas ce soir. Demain.

— Bien sûr, tu as raison. Demain. Après la messe. Il y en a une à huit heures et demie et une à dix heures au village.

— Je ne vais plus à la messe.

— Ce n'est pas bien ça ! Tu rôtiras en enfer.

Elle prit son sac.

— Il est deux heures, dit-elle. Je vais me coucher. Je te laisse rejoindre Leeza et sa bande. On se voit au petit déjeuner ?

*

* *

— L'aéroport de Bangor est fermé, et les routes d'accès à l'aéroport aussi. Apparemment, le blizzard fait rage. Les lignes téléphoniques ont été abattues. Le fax ne marche plus. On est coincés ici, dit Harrison.

— Ce serait rigolo d'être enneigés dans le Maine, non ? Toutes les routes bloquées. Ce serait le paradis, non ? Le champagne s'impose. Tu as téléphoné à Claire ?

— Oui. Tu vas appeler Cheever ?

— Non. Il est à Las Vegas avec un mannequin.

— Vous en êtes donc là ?

Ils se regardèrent.

— Est-ce que tu étais en train d'envisager de m'embrasser ?

— Comment l'as-tu deviné ?

— Ce n'est pas trop tôt. J'attends ça depuis vingt-quatre heures. Je commençais à me dire que tu étais de ceux qui n'embrassaient pas au premier rendez-vous. Eh bien, vas-y, pour l'amour du ciel !

Il s'approcha d'elle sur le canapé et la prit dans ses bras. Ils s'embrassèrent, se regardèrent dans les yeux, s'embrassèrent encore, se caressant.

— Ce n'est pas à Constant que tu penses, dis ? murmura Kitt.

— Oh, non. C'est à toi que je pense.

— Tant mieux. Je suis folle de ta langue. J'aime les langues chercheuses. Tu me trouves trop directe ?

— Oui, mais ça me plaît. Il faut qu'on me tende la main. Je ne suis pas un bon instigateur.

A nouveau, ils s'embrassèrent. Leur étreinte devint plus passionnée.

— De quoi as-tu envie ? lui demanda-t-elle.

— De te voir nue.

— Je crois que ça devrait pouvoir s'arranger. Très facilement.

— Ta chambre ou la mienne ?

— La mienne, bien sûr. De quoi aurais-je l'air si on me voyait me faufiler dans les couloirs de l'auberge après minuit ? La fille de Gerald Bradley ! Imagine ce qu'on dirait. La porte sera ouverte. Quand je dis ouverte, je veux dire fermée, mais pas à clef. Il te suffira de la pousser pour entrer.

Cette nuit-là, Harrison et Kitt devinrent amants. Ils restèrent dans la chambre de Kitt la plus grande partie de la journée du lendemain.

*

* *

— M'man, je ne pourrai pas être à la soirée de ce soir. Je suis bloquée par la neige. La pire tempête depuis des années. Les routes sont fermées, les lignes téléphoniques ont été abattues. Je t'appelle d'un téléphone cellulaire. Tu ne devineras jamais à qui il appartient. Tu ne devineras jamais qui est assis à côté de moi. Harrison. Harrison Burns. L'ancien copain de Constant à Milford. Tu te souviens ?

Elle se tut, écoutant la réaction de sa mère. Puis elle

regarda Harrison, couvrit le combiné de sa main et annonça :

— Elle dit que tu nous as laissés tomber, que tu nous as oubliés.

Elle reporta son attention sur sa mère.

— Oh, il va bien. Il a un air très sérieux. Les sourcils toujours aussi froncés. C'est à force de fixer toute la journée l'écran de son ordinateur, je suppose. Oh, maman, une femme lui a demandé un autographe, et il le lui a donné comme s'il faisait ça tous les jours.

A nouveau, elle écouta sa mère, puis continua :

— Elle dit qu'elle lit tes livres. Elle me demande ce que tu fais par ici. Il est venu voir quelqu'un, m'man. Non, il ne prépare pas un article sur Cranston pour un magazine, du moins je ne crois pas. Non, m'man, je ne lui parlerai pas d'Agnès. C'est promis. Oh, elle est toujours pareil. Elle se dispute sans arrêt avec Esme qui occupe la chambre voisine. A propos de chapelets essentiellement. Tu peux en commander quelques-uns au cardinal, pendant que j'y pense. Bénis, bien sûr.

Quand elle raccrocha, elle regarda Harrison, qui la regardait.

— Viens, lui dit-elle.

— Je trouve bizarre que tu ne me poses aucune question sur Constant. Tu n'as donc aucune curiosité au sujet de ton ex-meilleur ami ?

— Comment va-t-il ?

— Il a été élu au Congrès. Ça, tu dois le savoir. Le plus jeune des députés. Il va se présenter aux élections pour devenir gouverneur. P'pa pense qu'on est plus en vue en tant que gouverneur qu'en tant que député si on veut se lancer dans la course à la Maison Blanche. P'pa veut qu'il fasse un discours à la prochaine convention.

— Ah !

— Il s'est passé quelque chose entre vous, non ?

— Les amitiés d'internat ne sont pas forcément faites pour durer toujours.

— Il n'est pas toujours facile, je sais. Mais reconnais qu'il est très séduisant, et il s'en sort merveilleusement bien au Congrès.

Harrison se tint coi.

— Quant à Charlotte, sa femme, bon, c'est autre chose. Oh, elle est très bien, je suppose. Elle pense qu'elle est plus classe que nous, ce qui est vrai. Elle est le type Weegie Somerset mais, heureusement pour ceux qui s'en inquiétaient, le cardinal a déniché une arrière-grand-mère catholique du côté de sa mère, l'a baptisée *illico presto* et ra ta plan, une catholique instantanée était née, et une femme politiquement parfaite.

Harrison ne fit toujours pas de commentaires.

— Elle trouve qu'on en fait trop quand on est tous ensemble, mais elle s'accroche. Elle aime l'argent. Elle a voulu quitter Constant une fois, et p'pa lui a offert un million de dollars pour qu'elle reste. L'année suivante, même scénario, et p'pa lui a offert un autre million. Je me demande combien de fois elle va pouvoir faire ce coup-là.

Harrison, répugnant à encourager cette discussion, demanda :

— Mais pourquoi veut-elle le quitter si régulièrement ?

— Elle prétend qu'il la bat, et tu sais comme moi que c'est ridicule. Constant ne ferait pas de mal à une mouche.

— Mon père voudrait te voir, dit Kitt.

— Gerald ? Me voir ? Pourquoi ?

— Je l'ignore. Il m'a téléphoné ce matin. M'man lui a dit qu'on s'était revus. Il semblait ravi d'apprendre que je t'avais retrouvé, si on peut dire. P'pa admire le succès, tu sais. Il aime ton style. Il m'a dit : « Il est du côté de la loi et de l'ordre, et j'aime ça. »

— Ton père a dit ça ?

— Oui.

— Dieu du ciel !

— Il veut t'inviter à déjeuner au Four Seasons.

— Oh, non, je ne crois pas.

— S'il te plaît, fais-le pour moi. S'il te plaît, Harrison.

— Non. Je ne veux pas.

— Il veut te demander quelque chose.

— Quoi ?

— Je ne sais pas. Tu auras toujours un bon déjeuner. Et tu verras tout le monde. Mon père est le seul homme autorisé à fumer le cigare au Four Seasons.

— Oui, je sais.

— Comment peux-tu savoir ça ?

— Un certain Rupert du Pithon me l'a raconté. Il m'a dit que c'était le genre de renseignements qu'il avait à revendre, et dont il ne pouvait faire profiter personne.

— Tu le verras ?

— A mon retour d'Arizona, après Noël.

— P'pa n'aime pas qu'on le reporte, tu sais.

— J'ai dit que je le verrai à mon retour d'Arizona.

— Oh, quel air sévère tout à coup. Qu'y a-t-il en Arizona ?

— La mère de Dwane Lonergan.

— Suis-je censée savoir qui est Dwane Lonergan ?

— Le prostitué qu'Esme Bland a tué.

— Tu t'es endormi avec tes lunettes sur le nez, dit Kitt.

Son visage rayonnait de tendresse.

— J'avais l'air de quoi ?

— Il y a des zones d'ombre en toi, Harrison.

— Comment ça ?

— Un jour, tu devrais te filmer en vidéo pendant que tu dors. Tu pourrais te voir gigoter. T'entendre gémir. Si je ne te connaissais pas mieux, je pourrais croire que c'est toi qui as tué tes parents. Oh, ce que je viens de dire est horrible, Harry. Excuse-moi. Je suis allée trop loin, comme d'habitude.

— Ce n'est pas grave.

— Qu'est-il arrivé à ces garçons ?

— Vingt ans.

— On m'envie, mais je n'ai aucun mérite. A te revoir, à voir ce que tu as fait de ta vie, je me rends compte à quel point la mienne est futile. Qui suis-je au fond ? Une riche héritière, c'est tout. J'ai fait un mariage raté. Je n'ai pas d'enfant. Ma vie se passe à faire des déjeuners, à aller me faire coiffer chez Kenneth, à me faire voir dans le genre de soirées dont Dolly De Longpré va parler dans sa rubrique, et à boire trop de vin blanc. Ce n'est pas du tout ce que j'imaginais pour moi. Je pensais que je ferais de grandes choses, mais je n'ai rien fait, à part apprendre le français, que je parle couramment, et sans accent, du moins c'est ce que Philippe me dit, mais ce n'est pas le bout du monde, non ? Regarde-toi, Harrison. Dès qu'ils ont retrouvé la clef qui ouvrait la porte d'accès au générateur, tu es retourné dans ta chambre pour taper sur ton portable l'histoire d'Esme Bland et du prostitué qu'elle a tué. Comment s'appelait-il déjà ?

— Tu ne les as pas laissés avoir raison de ton esprit, hein, Kitt ? demanda Harrison.

— Par « eux », tu veux parler de Cheever ?

— Non, je veux parler de ta famille.

— Les routes sont rouvertes. L'aéroport de Bangor est rouvert, dit Harrison. Je crois que le moment est venu de passer à l'action.

— J'aimerais pouvoir rester ici pour toujours, répliqua Kitt. Passons Noël ici, Harrison. Rien que nous deux dans cette auberge.

— Je ne peux pas.

— Pourquoi ?

— J'ai deux petits garçons qui m'attendent pour Noël.

— Et Claire, je suppose ?

— Et Claire, oui.

— Je ne peux pas supporter que ce soit fini entre nous.

— Qui a dit que c'était fini ? Il nous suffit de revenir. La tempête est finie. Retour à la vraie vie.

— Harry, je crois que je commence à t'aimer.

— Non, ne tombe pas amoureuse de moi, Kitt.

— Non ?

— Non. Ce serait trop compliqué.

— Oui, oui, tu as raison, bien sûr, pas d'amour. Beaucoup de désir, mais pas d'amour. C'est déjà assez compliqué comme ça.

— Oui.

— Mais ça ne finira pas, hein ? Dis-moi que ça ne finira pas, Harrison. Dis-le, dis-le, dis-le !

9

Harrison prit l'avion pour Phoenix, d'où il embarqua sur un autre vol pour Tucson. Il faisait une chaleur torride, un soleil aveuglant. A l'aéroport de Tucson, il loua une voiture pour se rendre à Nogales, à une centaine de kilomètres au sud, à la frontière du Mexique. Aux abords de la ville, il s'arrêta et sortit le plan qu'il avait fait selon les directives que lui avait données Maxine Lonergan par téléphone.

— Je suis du côté américain, ne l'oubliez pas, lui avait-elle dit. Ne franchissez pas la frontière. Au Seven-Eleven, prenez la Patagonia Highway, juste avant l'entrée de la ville. Roulez sur une dizaine de kilomètres. Vous arriverez à un chemin en terre battue qui s'appelle Vista del Cielo. Là, vous tournez à gauche et vous faites quatre ou cinq bornes. Sur votre droite, vous verrez une boîte aux lettres avec une vache rouge dessinée dessus. Vous rentrez là. C'est chez moi.

Arrivé à la boîte aux lettres en question, Harrison entra, comme on le lui avait indiqué. Il s'était attendu à trouver une petite maison, voire une caravane, mais il n'y avait aucune habitation en vue. Il roula sur le chemin pendant trois ou quatre kilomètres. Par moments, sa vision était gênée par la poussière que soulevait sa voiture. De chaque côté s'étendait une terre désertique, hormis quelques cactus. Il se dit qu'il avait dû mal comprendre l'itinéraire. C'est alors qu'il arriva devant un portail fermé entre deux piliers de pierre desquels partait un haut mur de brique qui, semblait-il, entourait toute une propriété. Indécis, Harrison s'arrêta devant le portail, où il remarqua une sonnette et un interphone. Il sonna. Il vit que l'objectif d'une caméra de surveillance, activée par la sonnette, était braqué sur lui.

— *Sí ?* fit une voix d'homme.

— Je crois que je me suis perdu, dit Harrison dans l'interphone. Je cherche Mme Maxine Lonergan. J'ai cru qu'elle m'avait dit de prendre à la boîte aux lettres à la vache rouge, mais j'ai peut-être mal compris. Je me demandais si vous pouviez m'indiquer la route ?

— Votre nom ?

— Mon nom ? Harrison Burns.

Le portail s'ouvrit. Harrison le franchit. De l'autre côté, s'étendaient une pelouse et des jardins et, plus loin, au bout d'une allée gravillonnée, se trouvait un grand ranch assez bas, de belle architecture et de forme harmonieuse, au toit de tuiles. Harrison gara sa voiture de location dans la cour circulaire devant l'habitation. La porte s'ouvrit presque immédiatement. Un jeune homme grand, mince et beau, habillé en cow-boy et portant un colt à sa ceinture, sortit.

— Monsieur Harrison ? s'enquit-il.

— Burns. Harrison est mon prénom.

— Bien. Entrez.

Il s'effaça pour laisser passer Harrison. A l'intérieur de la maison, régnait une fraîcheur d'air conditionné. Il y avait une grande entrée centrale. Sur la droite, une porte à deux battants s'ouvrait sur un vaste salon. Au-delà, une porte identique donnait sur une pièce plus petite. De l'entrée, Harrison pouvait voir un écran de télévision géant. Une stéréo diffusait les chansons de Dom Belcanto, feu le chanteur de Las Vegas et d'Hollywood qui, disait-on, avait eu des liens avec le monde de la pègre.

— Elle se fait une beauté, dit l'homme au colt. Elle aime pas qu'on la voit pas maquillée.

— Je comprends, dit Harrison. Elle travaille ici ?

— Qui ?

— Maxine Lonergan.

— Si elle travaille ici ? Tu veux rire ? C'est sa baraque.

— C'est la « baraque » de Mme Lonergan ? demanda Harrison, incapable de dissimuler sa surprise.

— *Mademoiselle* Lonergan, pas madame. Ouais, c'est chez elle. Qu'est-ce que tu crois ?

D'un hochement de tête, Harrison balaya ses doutes.

— Pourquoi avez-vous un revolver ?

— J'suis son garde du corps.

— Oh ! Il est chargé ?

— Evidemment qu'il est chargé.

— Hmm. Ça m'a tout l'air d'être une belle maison.

— Ouais, c'est une belle baraque. Et on y est en sécurité. C'est une vraie forteresse, c'te taule. Les vitres sont blindées. Je pourrais vider mon chargeur sur cette fenêtre, là, que ça ne ferait qu'étoiler le carreau. T'vois ce bouton ? Ben, t'appuies là-dessus et pffft, des portes en acier surgissent de sous les avant-toits, et t'es enfermé. Elle a des boutons comme ça dans toutes les pièces.

Harrison approuva du chef.

— Et vous vous protégez contre qui ?

Sa question demeura sans réponse.

— Mais, déclara l'homme, comme dit toujours Maxine, s'ils doivent t'avoir, ils t'auront, quel que soit ton système de sécurité. Pas vrai ?

— Oui. Je suppose que oui, convint Harrison.

Quand on roule sur ce chemin de terre, on n'imagine pas qu'on va trouver ça.

D'un geste ample des deux mains, Harrison désigna l'impressionnante demeure dans laquelle il se trouvait.

— Ben, c'est justement ça l'idée, mon pote, dit l'homme, comme s'il parlait à un imbécile.

— Oui, bien sûr, je comprends.

— Elle m'a dit de vous dire d'attendre au bar.

— J'aimerais utiliser les toilettes.

— Par là. Au bout du couloir à gauche. Comme Maxine dit toujours : « Au fond, à gauche après le Renoir », mais c'est son humour, pas le mien, alors marre-toi quand elle le dira si jamais tu lui redemandes d'aller aux chiottes.

Harrison longea le couloir. Au mur, il vit un tableau dans le style de Renoir. Il l'examina. Le toucha. Regarda la signature. Il tourna à gauche et entra dans les toilettes. Au mur étaient fixés deux urinoirs, comme dans des toilettes publiques. Il sortit un stylo, un calepin, et prit quelques notes.

« *Fly me to the moooooon* », fredonna une voix dans le vestibule, accompagnant celle de Dom Belcanto, que diffusait toujours la stéréo.

— J'espère que Pony s'est occupé de vous, dit Maxine Lonergan, entrant dans la pièce, dans le dos d'Harrison, qui était assis sur un tabouret du bar. Vous ne buvez pas ? Pony ne vous a pas offert un drink ?

Elle avait la voix d'une femme qui fume trop. Il la vit dans le miroir derrière le bar, puis se tourna vers elle, la regarda, et sauta au bas de son tabouret pour lui serrer la main.

— Mademoiselle Lonergan, je suis Harrison Burns, dit-il.

— Et on vous appelle Harry, c'est ça ?

— Parfois, oui. Mais je préfère Harrison.

— Qu'à cela ne tienne ! dit-elle, lui souriant.

Harrison, c'est un joli prénom. Le nom de jeune fille de votre mère, je parie ?

— Oui, en effet.

C'était une belle femme de quarante-cinq ans, grande, bien faite. Son visage, à la jeunesse artificielle finement ciselée par un chirurgien esthétique du Brésil, était maquillé avec art, comme si elle était sur le point d'entrer en scène. Ses cheveux, d'un blond iridescent, venaient d'être coiffés de façon très élaborée. Elle portait un pantalon en cachemire blanc cassé et un chemisier en soie assorti, en partie déboutonné. Elle n'avait pas de soutien-gorge. A son cou, à ses poignets, à ses doigts, à ses oreilles pendaient un nombre impressionnant de diamants. « Mes breloques de jour », dit-elle plus tard, agitant les mains sous le nez d'Harrison, quand il lui fit une remarque à ce sujet. Elle passa derrière le bar, claquant des doigts en rythme avec la chanson de Dom Belcanto. Elle respirait la bonhomie et la bonne humeur.

— Il y a intérêt à y avoir des glaçons ici, ou j'en connais une qui va se faire virer. Et il n'y en a pas. Concepción ! cria-t-elle, levant les yeux au ciel. Concep-cioo̗ón ! *¿Donde está el hielo ?* C'est l'espagnol pour où sont les putains de glaçons, fit-elle à Harrison en guise d'explication.

Une bonne mexicaine arriva au petit trot dans la pièce, portant un seau à glace.

— *Gracias, Concepción,* dit Maxine, lui prenant le seau des mains. Et apporte-nous aussi des amuse-gueule. Ou alors de ton guacamole.

— *Sí, señora.*

— Qu'est-ce que je vous sers ? demanda-t-elle à Harrison. Nous avons tout ce que vous voulez. J'ai ce qu'on appelle un bar bien approvisionné.

— Juste un Perrier.

Elle grimaça à cette annonce.

— Je vais peut-être prendre un peu de champagne quant à moi. Vous êtes sûr que vous ne voulez pas m'accompagner ? Le meilleur qu'on puisse s'offrir, dit-elle, agitant une bouteille de Dom Perignon devant lui.

— Non, merci.

Elle ferma les yeux quelques instants, écoutant la musique, chantant avec Dom Belcanto.

— Etait-il le plus grand ou seulement le plus grand ? demanda-t-elle, n'attendant pas de réponse.

Les yeux au ciel, elle s'écria :

— Oh, Belcanto, où que tu sois, je t'aime, Belcanto.

— Vous êtes chanteuse ?

Elle rit.

— Non, pas vraiment.

— Une actrice ?

— Non plus.

— Quoi alors ?

— Je suis une ex-call-girl qui a réussi et qui élève des vaches. Des Santa Gertrudis, pour être précise. C'est un croisement obtenu au King Ranch, au Texas, il y a une quarantaine d'années. Elles sont rouges, comme celle peinte sur la boîte aux lettres.

— Votre maison a l'air immense, dit Harrison.

— Pas tant que ça. Deux ou trois mille acres. Prenez l'Obregon Ranch, un peu plus bas sur la Patagonia Highway. Là oui, c'est immense.

Harrison hocha la tête.

— J'ai cru comprendre que vous aviez été un des amis de mon fils ? questionna-t-elle.

— Non. En fait, je ne l'ai jamais rencontré. J'ai entendu parler de lui, c'est tout. J'écris un article sur une éventuelle fraude à l'assurance après le décès d'un certain Esmond Bland, et le nom de votre fils figure dans mon enquête.

Elle fit oui de la tête.

— Je reçois régulièrement des lettres d'hommes qui l'ont aimé. Des types riches. Un prince quelque chose, je ne me rappelle pas son nom. Il l'a fait venir en avion à Rabat, au Maroc. Deux ou trois directeurs de studios à Hollywood. Et ainsi de suite. Vous n'êtes pas un de ceux-là ?

— Non.

— Oh. Je me mélange les pinceaux, je crois. Dwane avait quelque chose, y a pas à tortiller. Il est en train de devenir un mythe. Comme James Dean.

— J'ai vu Esme Bland.

— Toujours à l'asile, celle-là ?

— Oui. Dans le Maine. A Cranston. Elle est malade.

— C'est le moins qu'on puisse dire. Elle est complètement barje, oui. Elle a tué mon gosse. Une balle entre les deux yeux.

— Je voulais dire qu'elle en était au stade terminal. Elle a un cancer. Et elle veut vous léguer une somme d'argent par testament. Je ne crois pas qu'elle sache que vous vivez de cette façon.

— Vous pouvez dire à Mlle Bland que Mlle Lonergan n'a pas besoin de son fric, non merci, sans façon.

Elle se mit à chantonner :

— *Miss Otis regrets, she's unable to lunch today, madam*. Suggérez-lui de le léguer à AIDS.

— Je dois reconnaître que je suis moi-même ébahi par votre opulence, mademoiselle Lonergan.

— Essayez Maxine, Harrison.

— Je ne me serais pas attendu à vous voir dans un décor à la « Dallas », Maxine.

— C'est ma maison de retraite.

— Je ne devrais sans doute pas le dire, mais je m'attendais à trouver une caravane, ou un mobil-home.

Elle éclata de rire.

— Je ne suis pas vraiment née dans la soie. J'ai bossé dur pour ce fric. Mais un poil de chatte peut quelquefois tirer un train de marchandises, comme disait Dwane. Vous devez savoir que Dom Delcanto m'a laissé un petit magot quand il y est passé. Pepper, sa femme, voulait contester mon héritage. On appelle ça le syndrome de la cinquième femme. « A moi, à moi, à moi. » Je l'ai rancardée. Je lui ai dit, fonce, ma chérie, fous-moi un procès au cul, pas de problème, et moi je montre à toi, au FBI, et au président des

Etats-Unis certaines photos de Dom et de Sal et de quelques autres de leurs potes, prises à Las Vegas, à La Havane ou à Hollywood, et ici même au ranch, où ils venaient quand ils avaient envie de s'isoler en privé pour leurs petites conférences au sommet, si vous voyez ce que je veux dire. Pepper a vite rabattu son caquet. Elle évolue dans la haute société maintenant. Elle n'avait pas vraiment envie que tout ça se sache. Après tout, j'ai offert mes services à Dom pendant une bonne dizaine d'années, et ce n'était pas toujours de la tarte, surtout quand il était saoul et agressif. Et puis, bien sûr, il y a eu Sal. Sal a été mon grand amour.

Ses yeux s'embuèrent. Elle tira un Kleenex d'une boîte posée sur le bar et se regarda dans le miroir pour sécher sa larme avant qu'elle ne fasse couler son rimmel.

— Il m'a fallu une heure et demie pour me faire cette gueule, dit-elle, regardant Harrison dans le miroir. Je vais quand même pas la foutre en l'air si vite. Sal a vraiment pris soin de moi. C'est lui qui m'a acheté le ranch, les tableaux, tout.

— Sal ?

— Salvatore Cabrini. Vous avez entendu parler de Lansky ? De Giancana ? De Trafficante ? De Roselli ? Mais vous n'avez pas entendu parler de Sal Cabrini. Aucun lien avec Mère Cabrini, entre parenthèses. Ils ne sont même pas cousins éloignés. Le silence. C'était ça le pouvoir de Sal. Il a toujours gardé un profil bas. Et il m'a toujours gardée, moi. Il m'aurait épousée. Il voulait. Mais il était déjà marié à une femme malade. Angela. Malade depuis des années. Il ne voulait pas divorcer. On se disait qu'Angela ne tarderait pas à mourir, mais elle ne mourait jamais. Elle est toujours vivante d'ailleurs. Elle vit à Miami. J'aimais bien ça chez Sal. Son sens de l'honneur. Et puis il s'est tué dans un accident d'avion en allant à Miami pour l'anniversaire d'Angela. Et voilà comment on se fait larguer. Enfin ! Vous savez quoi ? Je suis meilleure en solo. Ecoutez, ça vous dirait de voir mes tableaux ?

— Bien sûr.

— J'adore Monet, Van Gogh, et tous ces machins-là, dit-elle. Certains sont peut-être volés, pour ce que j'en sais. Un jour, Sal s'est mis à m'offrir des tableaux, et j'ai toujours pensé qu'il valait mieux que je pose pas de questions. Il y connaissait que dalle en peinture. A part la valeur des toiles.

Harrison rit.

— J'ai déjà vu le Renoir.

— Oh, vous êtes allé aux chiottes alors ? Tant pis ! Comme je dis toujours quand des mecs me demandent où se trouvent les chiottes : « Au fond, à gauche, après le Renoir. » Ça fait rire à tous les coups.

— Oui. Pony me les a indiquées.

— C'est Sal qui a fait installer les urinoirs sur le mur, comme ça. Dwane adorait les utiliser quand il était gosse.

— Pourquoi votre fils s'est-il prostitué ? demanda Harrison.

— Parce qu'il aimait ça. Il y prenait plaisir. C'était l'argent, les voyages, les cadeaux qui l'excitaient. C'était une vie mouvementée. Il était un peu une autre version de moi-même. S'il avait vécu, il se serait arrêté à trente, trente-cinq ans. Nous faisons d'excellentes femmes au foyer, nous autres, les ex-putes... J'ai fait venir un cercueil de Los Angeles par avion. Huit mille dollars. Tout en cuivre. Sublime. Je dirai une chose en faveur de Dwane. Il faisait un beau cadavre. Je l'avais installé là, au fond du salon. Juste devant la grande fenêtre panoramique. On voyait les montagnes pourpres au fond. C'était une vue splendide. La cérémonie a été intime. Juste Pony, moi, Concepción et quelques-uns des cow-boys, et ceux qui travaillent avec nous au ranch. Angela Cabrini a envoyé des fleurs. J'ai trouvé ça sympa.

Harrison la regardait fixement.

— Qu'est-ce que vous zieutez comme ça ? Mes nichons ou mes diams ?

— Vos diamants, en l'occurrence, répondit Harrison.

— Y a intérêt parce que mon petit ami du moment est du genre jaloux.

— Oh. Parlez-moi de lui.

— Il est comme vous. Il a pas de bide.

— Ce n'est pas ce que je voulais dire.

— Je le sais, fit Maxine en riant. J'avais juste envie de le placer. Dom Belcanto avait une brioche jusque-là et je ne voulais surtout pas que vous pensiez que je me limitais à des hommes ayant ce genre de silhouette. En fait, vous avez déjà rencontré mon ami.

— Pony, l'homme au colt ?

— Ecoutez, il est honnête. Travailleur. Il n'en veut pas à mon argent. Il est fidèle. Il baise pas mal, trois ou quatre fois par semaine, en général le matin quand il se réveille en bandant, ce qui n'est pas mon moment préféré, mais bon ! C'est en scope couleurs. On ne peut pas tout avoir. Je vous ressers à boire ?

— Non, merci.

— Voici une photo de Sal et de Dom prise ici, au ranch, il y a des années de ça. Le gosse, là, à côté de Sal, c'est Dwane à douze ou treize ans. Mignon, hein ? Il est parti de la maison quand il a eu seize ans et il s'est débrouillé tout seul.

Elle regarda la photo avec tendresse.

— Mes compagnons, dit-elle.

— Qui est cet homme au second plan, derrière Sal ? demanda Harrison.

— Il bossait pour Sal il y a des années, à Atlantic City, dans les machines à sous. Johnny Fuselli. Il a quitté Sal pour travailler pour le milliardaire Gerald Bradley en tant que bras droit, ou plus clairement, mac, dit Maxine. Il était réglo, Johnny, mais c'était pas un joueur ; il était pas à la hauteur de Sal et des autres gars. Juste deuxième catégorie. Troisième même.

— Le monde est petit, dit Harrison. Je l'ai connu, vaguement.

— Ah bon ? Racontez-moi ça, Harrison. Comment

un type comme vous a pu rencontrer un type comme Johnny Fuselli ?

— Un des fils Bradley était un de mes camarades de classe. J'allais parfois dans sa famille. C'est là que j'ai vu Fuselli.

— Vous voulez savoir ce que Sal pensait de Gerald Bradley ? Rien de bon. Voilà ce qu'il en pensait. « Te laisse pas avoir par les apparences », qu'il m'a dit un jour après que j'avais vu Gerald Bradley à Vegas. Un queutard. Il m'a draguée et puis il m'a envoyé un manteau de fourrure. Sal m'a dit : « Il prend des grands airs et il envoie ses mouflets dans des écoles de riches et dans des clubs snobinards et il fréquente ceux de la haute, mais moi je sais ce qu'il vaut vraiment ce gars-là. C'est un escroc, comme moi. » Sal pouvait pas le sentir. Il disait que c'était un faux jeton.

— Ahurissant.

— Sal voyait beaucoup Gerald au début, mais il n'a jamais voulu qu'aucun de ses fils vienne à ces réunions. Même Jerry, le handicapé. Il ne voulait pas que ses fréquentations déteignent sur ses fils.

Harrison hocha la tête, en signe d'entendement.

— Vous savez qu'il y a un Bradley qui vit ici, à Nogales ? demanda Maxine.

— Comment ça ? Un cousin éloigné ?

— Pas du tout. De leur sang.

— Comment est-ce possible ?

— Il s'appelle Desi. Desmond Junior, je suppose.

— Vraiment ? Quel âge a-t-il ?

— Vingt, vingt et un ans. Dans ces eaux-là.

— Oh, je me souviens maintenant. Desi a épousé une de leurs bonnes, à Scarborough Hill, dans le Connecticut. C'était avant que je les connaisse, mais on m'en a parlé. Quelle histoire ! Le cardinal Sullivan a fait annuler le mariage. Comment s'appelait-elle déjà ? Mary ?

— Rosleen.

— Oui, c'est ça, Rosleen. Ils l'ont payée pour qu'elle

disparaisse de la circulation. Elle se fait toujours appeler Bradley ?

— Je crois, oui. Moi je l'appelle juste Rosleen. Elle travaille comme aide-dentiste pour le Dr Sabiston à Nogales. Elle me fait mes détartrages.

— Vous pensez que vous pourriez arranger une entrevue pendant que je suis ici ? Avec elle ou Desi ?

— Comment vont les garçons ? demanda Harrison.

— Très bien, répondit Claire.

— Dis-leur qu'ils me manquent.

— Tu leur manques à eux aussi.

— Je leur ai acheté de très beaux chapeaux de cowboy.

— Ils adorent les cadeaux. Oh, oui, ils vont adorer.

Claire n'était pas du genre à aspirer à l'impossible, à avoir la nostalgie des amours perdues. Ils étaient installés au Borsalino's, mangeant sans appétit de la cuisine italienne, assurant la conversation minimum. Il fallait bien qu'ils parlent de quelque chose. Il ne lui raconta pas sa rencontre avec Rosleen Bradley et le jeune Desi, à Nogales, qui l'aurait sans doute amusée, mais qui aurait peut-être amené Harrison, sans qu'il le veuille, à parler de son retour malgré lui dans le cercle des Bradley, de son déjeuner imminent avec Gerald Bradley, qu'elle détestait, ou de sa liaison avec Kitt, qu'il ne pouvait se décider à avouer par crainte de la blesser.

Qu'est-ce que tu as décidé pour la table et le buffet de la salle à manger ? lui demanda Claire.

— Comment ça ?

— Ils te viennent de ta grand-mère, non ? C'est ce que ta tante Gert m'a dit quand nous nous sommes mariés. Tu veux que je te les fasse livrer à ton appartement ?

— Oh, non, dit-il vivement. Laisse tout. Ne bouleverse pas la maison. Je n'ai vraiment besoin ni d'une table ni d'un buffet. Je ne crois pas avoir mangé une seule fois chez moi depuis que j'ai emménagé.

Il tenta de lui parler d'Esme Bland, de Dwane Lonergan et de Maxine, mais les ramifications de leur histoire la laissèrent indifférente.

— Je pense que si tu t'investis tellement dans la vie des autres, c'est pour t'éviter d'avoir à affronter la tienne, lui dit-elle.

— Mais non ! fit-il, tout en sachant qu'il y avait du vrai dans ce qu'elle disait.

Claire l'avait toujours percé à jour.

— Ça n'a jamais vraiment marché, hein ? fit-elle.

Il devina qu'elle voulait parler de leur vie conjugale.

— Je ne crois pas que ce soit vrai, répondit-il.

— Tu es comme un colocataire privilégié. Tu n'es pas un mari, ou du moins, tu ne corresponds pas à l'idée que je m'en faisais. Qu'est-ce qui ne va pas chez toi ? Il y a un pan de ta vie qui reste caché. Parfois, j'ai l'impression que tu as un terrible secret.

Ils gardèrent le silence.

— Dis quelque chose, bon sang ! s'écria Claire.

— Esme Bland, celle qui est internée à Cranston, m'a dit la même chose que toi. Que j'avais un secret.

En partant, il voulut l'embrasser, lui donner un baiser affectueux, mais elle détourna la tête.

— Embrasse les garçons pour moi, murmura-t-il.

— Oui.

— N'oublie pas les chapeaux de cow-boys !

10

— Tiens, tiens, Harrison, comme on se retrouve ! fit Gerald Bradley. Qui l'eût dit ?

Il était déjà confortablement installé à sa place favorite dans le Grill Room du Four Seasons, à New York, quand Harrison Burns fut conduit à sa table. Son fils Jerry était assis à sa droite. Devant chacun d'eux était posé un Martini dans un verre à pied. Les béquilles dont Jerry se servait dorénavant se trouvaient à côté de lui. Harrison et Gerald se dévisagèrent un moment, prenant la mesure des changements de seize années.

— Bonjour, monsieur Bradley, dit Harrison.

— C'est comme au bon vieux temps, dit Gerald, chaleureux. Je suis ravi de vous revoir parmi nous.

Harrison, momentanément déconcerté par ce « bon vieux temps », se contenta d'acquiescer.

— Vous vous souvenez de Jerry, bien sûr.

Harrison et Jerry se mesurèrent du regard mais ne dirent mot.

— Asseyez-vous. Asseyez-vous, Harrison. Qu'est-ce que vous voulez boire ?

Il tapa dans ses mains et héla les chasseurs.

— Julian, Alex, quelqu'un, vite, vite, vite ! Je vous présente M. Burns, un jeune écrivain très doué et un grand ami de mon fils Constant. Ils étaient camarades de classe. Il voudrait commander à boire.

— Juste un Perrier, s'il vous plaît, demanda Harrison, s'adressant directement aux chasseurs.

— Un choix dicté par la raison, je suppose, dit Gerald. Vous devez encore écrire aujourd'hui sans doute. Mais, comme je dis toujours, c'est une honte de passer à côté d'un bon Martini.

— Oui, je me souviens. J'ai récemment été complimenté pour ma façon de les préparer. Je vous en ai attribué tout le mérite.

— J'ai toujours apprécié la reconnaissance, fit Gerald, avec un petit rire.

Il regarda Harrison qui contemplait la salle.

— Vous êtes déjà venu ici, bien sûr, lui dit-il.

— Une fois, mais on ne m'avait pas placé dans cette salle.

— Ah, c'est là où il faut avoir sa table, s'exclama Jerry. C'est d'ici qu'on peut voir tout le monde.

Harrison ignora cette intervention.

— C'est M. Kissinger, là-bas, signala Gerald.
— Oui.
— Là, c'est Felix Rohatyn. Vous savez qui c'est ?
— Oui.
— Et là, c'est S.I. Newhouse. Vous le connaissez, bien entendu.
— Oui.
— Et dans le coin, là-bas, avec ses lunettes de hibou, c'est Philip Johnson.
— Oui.
— Je ne semble pas vous impressionner, Harrison.
— Ils sont sans doute en train de dire à ceux avec qui ils sont : « C'est Gerald Bradley. Vous savez qui c'est, bien sûr ? Il est le seul homme autorisé à fumer le cigare au Four Seasons. »
Gerald rit de bon cœur, et alluma un cigare.
— Comment savez-vous ça ? demanda-t-il.
— C'est un miracle largement proclamé, rétorqua Harrison.
— J'ai cru comprendre que vous aviez vu ma fille ?
— J'ai vu deux de vos filles, répliqua Harrison.
— Je voulais parler de Kitt, dit Gerald, un peu sec.
— Oui, j'ai vu Kitt. Ce fut une grosse surprise.
— Vous l'avez trouvée changée ?
— Bien sûr. Je ne l'avais plus revue depuis seize ans. Je ne l'aurais peut-être pas reconnue si je n'avais entendu quelqu'un dire : « C'est la plus jeune des filles de Gerald Bradley. » La dernière fois que je l'ai vue, elle portait encore un appareil dentaire et elle avait les cheveux au milieu du dos. Dans le Maine, j'ai retrouvé une femme de trente ans, extrêmement jolie, extrêmement élégante, et extrêmement seule.
— Et comment l'avez-vous trouvée ?
— Je viens de vous le dire : seule.
— Elle a épousé Cheever Chadwick contre ma volonté.
— Elle me l'a dit.
— Cheever Chadwick est un connard, fit Jerry.
— Eh oui, un couillon, approuva Gerald. J'ai ten-

dance à penser qu'il porte ce qualificatif écrit sur le front. Puis-je me permettre de vous demander ce que vous êtes allé faire à l'hôpital psychiatrique de Cranston ?

— Une visite professionnelle.

— Vous écrivez dessus ?

— Sur l'hôpital ? Non, pas spécifiquement.

— Alors ?

— Quelqu'un qui s'y trouve depuis un grand nombre d'années figure dans un article que je suis en train d'écrire, en relation avec un meurtre.

— Ce quelqu'un serait-il Esme Bland ? s'enquit Gerald.

Harrison but une gorgée de Perrier et ne répondit pas.

— Nous devrions peut-être commander, suggéra-t-il. J'ai beaucoup de travail qui m'attend cet après-midi. Comme on dit dans le jargon de ma profession, je fais charrette.

— Oui, bien sûr, approuva Gerald. Nous prenons toujours de l'espadon, Jerry et moi. Grillé, sans beurre, idéal pour la ligne. Mais vous n'avez pas à vous inquiéter de ça, à ce que je vois.

— Je suis devenu nageur, dit Harrison, tapotant son ventre plat. L'espadon me convient tout à fait.

Tandis que Jerry faisait signe au chasseur et lui passait la commande, Gerald continua de parler à Harrison.

— J'ai assisté aux obsèques d'Esmond Bland. Le père d'Esme, comme vous le savez. Je l'avais rencontré plusieurs fois à la Maison Blanche du temps où j'étais ambassadeur, et il avait dîné avec nous à Paris à deux ou trois reprises. Mon Dieu, vous auriez vu cet enterrement ! Ça remonte à cinq ou six ans, je crois. Des gens ont dû rester dehors sur la Cinquième Avenue. Il n'y avait pas assez de place dans St. Thomas. C'était un type très populaire, cet Esmond Bland. Snob, mais populaire. Kissinger, là-bas, a fait un discours et Esme avait demandé à cette grosse cantatrice noire de chanter un truc. J'oublie toujours son nom à celle-là. Je me demande parfois comment sera mon enterrement, si les gens viendront.

— C'est curieux comme beaucoup de gens s'inquiètent de ça, dit Harrison. Après tout, quelle différence cela fait-il ? On est mort.

— Tu remplirais la cathédrale St. Patrick, p'pa, assura Jerry. Tu ferais salle comble.

— Je me le demande, fit Gerald, réfléchissant un moment à la question.

Le silence s'installa. Harrison regardait les Bradley.

— Je pense que nous pourrions en venir au but de ce déjeuner, finit-il par dire. Kitt m'a averti que vous vouliez me parler.

— Vous avez beaucoup changé, Harrison, dit Gerald, qui n'avait pas l'intention de se laisser bousculer. Moins coincé que vous ne l'étiez. Je suppose que votre succès rapide y est pour quelque chose, qu'il vous a donné un peu d'assurance. Pendant que je me faisais raser ce matin, je repensais à vous et Constant, Harrison. Extraordinaire, quand même, la façon dont vous avez tous deux réussi. Je suppose que vous suivez sa carrière au Congrès.

— Oui. Plus ou moins.

— Quel âge avez-vous, Harrison ?

— J'ai cinq ans de plus que Kitt, le même âge que Constant, mais ce n'est pas la question que vous vouliez me poser, je suppose ?

D'un geste de la main, il chassa la fumée du cigare de Gerald.

— Oh, mon cigare vous gêne pendant qu'on mange ? Garçon ! Vous voulez bien emporter ça ? Merci. Oui, venons-en aux choses sérieuses. J'ai un travail à vous proposer. Où en êtes-vous pécuniairement parlant ?

— Quelle question étrange. Supposez que je vous demande la même chose, dit Harrison.

— Eh bien, je vous répondrais : « Je m'en sors très bien. Consultez donc la liste *Forbes* », fit Gerald en riant. Sérieusement, je sais que vous ne prenez rien sur le compte que Sims Lord approvisionne pour vous.

— Je m'en sors très bien tout seul, répliqua Harrison. Pourquoi cet intérêt subit pour ma situation financière ?

— Oui, je sais que vous vous en sortez. Nous vous portons un grand intérêt, de loin, n'est-ce pas, Jerry ?

Jerry approuva du chef.

— Il se trouve que je connais le montant exact de vos revenus, en l'occurrence, précisa Gerald. Impressionnant.

— Johnny Fuselli revient à ses premières amours : voler les déclarations de revenus, je suppose, rétorqua Harrison.

— Je ne relèverai pas, dit Gerald, avec un petit rire. En fait, j'admire votre hargne. Elle transparaît dans vos ouvrages.

Ils restèrent silencieux un long moment.

— Eh bien, fit Harrison, j'attends.

— Est-ce que vous auriez envie de vraiment gagner de l'argent ? lui demanda Gerald.

— Qu'entendez-vous par « vraiment » ?

— Oh, une maison de campagne. Une Jaguar. Des voyages en Concorde. Un portefeuille d'actions. En partie ou le tout, à votre guise. Comment qualifieriez-vous cela ?

— De tentant. Et que faut-il faire pour avoir « vraiment » de l'argent ?

— Ce que vous faites déjà. Ecrire.

— Ecrire quoi ?

— Un livre pour mon fils.

— Lequel de vos fils ?

— Constant, évidemment.

— Ecrire un livre au nom de Constant, c'est ça ?

— Oui.

— J'écrirais le livre et Constant passerait pour l'auteur ?

— Oui.

— On ne peut même pas appeler ça se recycler. C'est ce qu'on appelle une rétrogradation. Et qu'est-ce qui vous fait penser que je pourrais être intéressé ?

— L'argent.

— J'en gagne assez.

— Ecoutez-moi jusqu'au bout, Harrison. Ecoutez-moi jusqu'au bout. Constant se présente au poste de gouverneur. Un livre tomberait à point nommé. Il lui donnerait de la crédibilité. Il a toujours cette image de play-boy qui le poursuit. On dit qu'il conduit trop vite, qu'il boit trop, qu'il est coureur. En fait, il a abandonné le polo, boit rarement, il a épousé Charlotte, a des enfants, et caetera, mais sa réputation ne le lâche pas.

— A quel genre de livre pensez-vous ?

— Des mémoires. Une biographie familiale. Une saga américaine qui remonterait aux grands-parents quittant l'Irlande pour notre pays et s'en sortant à la force du poignet. Bog Meadow. Bradley, le boucher. Malloy, le plombier. Mes parents se démenant pour m'envoyer dans de bonnes écoles. Ceux de Grace se démenant pour l'envoyer au Couvent du Sacré-Cœur. Notre rencontre. Notre grand amour. Notre mariage. Nos enfants. Nos drames.

— Vos drames ?

— Vous savez, une famille aussi nombreuse que la nôtre connaît plus de drames que ne pourraient en supporter la majorité des gens. Les fausses couches, par exemple. Les petits saints de Grace, comme elle dit, qui nous protègent. Et Agnès. Agnès à l'asile. Je sais que vous l'avez vue. Depuis des années, nous faisons tout ce qui est en notre pouvoir pour protéger son intimité, mais peut-être est-il préférable de laisser sortir cette histoire au grand jour. C'est l'avis de Jerry. Pas qu'elle se déguise en bonne sœur, non, quand même pas. J'ai cru comprendre que vous l'aviez vue dans son habit du Sacré-Cœur. Non, je voulais parler de sa maladie. Il y a tant de familles qui se trouvent confrontées à ce drame qu'est la maladie mentale, qu'il serait utile, et même inspiré, d'en parler avec compassion.

Et écrit par Constant, avec ses propres mots — enfin vos mots qui seraient les siens, si vous voyez ce que je veux dire — ce beau jeune homme ne pourrait en sortir que grandi d'être le premier à révéler le drame d'Agnès.

Harrison reposa sa fourchette et repoussa son assiette.

— Un problème avec le poisson ? demanda Gerald.

— Non.

— Et Kevin ! Kevin, dont nous parlons rarement, qui est né après Jerry et avant Des. Il est mort au Viêt-nam. On ne voulait pas qu'il y aille. On aurait pu arranger ça. Tout le monde s'arrangeait pour ne pas y aller. Mais il s'est enrôlé. Il a voulu se battre pour son pays. J'ai réussi à retrouver un membre de son équipage. Il pourra vous donner tous les détails du vol.

Harrison ne quittait pas Gerald des yeux.

— Oh, nom d'une pipe ! s'exclama soudain Gerald, avisant quelqu'un.

— Qu'est-ce qu'il y a, p'pa ?

— Il y a que Johnny Fuselli monte vers ici. Fais-le partir, Jerry. Je lui ai demandé d'attendre en bas, mais vous savez comment il est. Il faut toujours qu'il dépasse ses prérogatives. Installe-le au bar et dis-lui d'attendre là. Je ne veux pas qu'il vienne dans cette salle. Dis-lui que j'en ai encore pour une petite demi-heure, et reviens.

Gerald attendit que Jerry se fût levé avec peine, ait pris ses béquilles et se fût éloigné pour reporter son attention sur Harrison.

— Où en étions-nous ?

— Vous me disiez que vous aviez retrouvé un membre de l'équipage de Kevin qui pourrait raconter sa mort au Viêt-nam, répondit Harrison.

— Exactement.

Il alluma un autre cigare.

— C'est une histoire ahurissante. Et inédite. Et puis, bien sûr, il y a le terrible accident de Jerry. Je ne voulais pas aborder le sujet devant lui, évidemment, mais ce beau jeune homme, infirme à vie... Regardez-le, là-bas, avec Johnny Fuselli. Mon cœur se serre quand j'y pense. Et Desmond, le médecin, qui a sauvé la vie d'un pauvre gosse en lui extrayant une balle du cœur, un petit Noir de Bog Meadow. Sandro, le premier Bradley à avoir été élu au Congrès, défendant les droits des pauvres et des sans-abri, et qui entame maintenant son troisième mandat au Sénat. Maureen et Freddy et leur descendance qui s'élargit. Déjà sept enfants, et un autre en route. La période où j'étais ambassadeur à Paris. Là, les anecdotes ne manquent pas. Le mariage de Mary Pat et du comte Philippe de Trafford. Et, bien sûr, le mariage de Constant lui-même avec Charlotte Stafford. C'est l'histoire d'une famille, de ses amours. C'est l'histoire du rêve américain. Avec des photos. On en a des centaines. Des milliers même. Grace a eu l'heureuse idée de tenir des albums au fil des années. Les recherches seront relativement simples pour vous. Alors, qu'en dites-vous ? Vous êtes l'homme de la situation, Harrison. Vous nous connaissez. Vous avez habité chez nous.

— C'est hors de question, monsieur Bradley. C'est peut-être une bonne idée pour Constant, mais pas pour moi. Je ne suis pas un nègre, dit Harrison vivement, désireux de clore cette conversation.

Gerald posa une main sur le poignet d'Harrison.

— Ce que je vais vous dire est extrêmement confidentiel, Harrison. Etes-vous capable de garder un secret ?

— Venant de vous, cette question me surprend, rétorqua Harrison.

Gerald ignora cette réponse.

— Il est pratiquement certain maintenant que Constant va faire un discours à la convention démocrate de New York dans deux ans. On vise le prime-time. On espère que ce sera le discours de sa candidature à la vice-présidence. Cette démarche au niveau national ne va pas sans risques pour lui. Il y a ceux qui disent de Constant qu'il n'est rien d'autre qu'un fils de riche un peu play-boy, mais cela va leur donner l'occasion de voir de quel bois il se chauffe. Alors, que pensez-vous de tout ça, monsieur Harrison Burns ?

— Je pense à toutes les ficelles qu'il va vous falloir tirer pour réussir ce coup-là. Je pense à toutes les éminences grises à qui il va vous falloir faire appel.

Gerald ne se satisfaisait pas de cette réponse.

— Vous êtes quelqu'un de très curieux, Harrison, dit-il.

Jerry revint à leur table et s'assit.

— Je dois partir, déclara Harrison.

— Non, non, non, vous ne pouvez pas refuser comme ça, dit Gerald. Il faut que vous y réfléchissiez.

— Non, monsieur Bradley.

— Mon père t'offre une opportunité en or, insista Jerry.

Harrison se tourna vers lui et, le menaçant du doigt, rétorqua :

— Je suis venu pour parler avec ton père, à sa demande. Je ne suis pas venu pour parler avec toi. Alors, garde tes réflexions pour toi. Tes opinions, tes observations, ou tes commentaires, ne m'intéressent pas. Si tu restes ici, tu la boucles, ou je m'en vais.

— Eh bien, dis donc, la réussite change son homme, je vois, s'exclama Jerry. Après tout ce que mon père a fait pour toi.

— Tu veux que je te rende l'argent de ton père, Jerry ? Je serais ravi de te faire un chèque. Mais assurons-nous d'abord qu'il n'y a pas de malentendu. Ce n'était pas un acte de charité de la part de ton père, comme il serait le premier à te le dire. Aucun rapport avec la bonté d'âme. C'était un marché, un contrat, une proposition. Il a payé mes études. J'ai juré de garder le silence. Tout bénéfice pour ton père, comme d'habitude avec lui en affaires.

— C'est outrageant ! s'écria Jerry.

— Calme-toi, Jerry. Laisse-moi faire, dit Gerald.

Il se tourna vers Harrison.

— Pourquoi ? lui demanda-t-il. J'aimerais juste

savoir pourquoi. C'est un rôle que vous avez déjà tenu par le passé, et de façon admirable. C'est grâce à la dissertation que vous aviez écrite pour Constant qu'il a pu être réintégré à Milford après l'incident grotesque des photos porno.

— Je pense que la bibliothèque que vous avez financée pour l'école aura eu plus d'influence que ma dissertation, monsieur Bradley.

Harrison se glissa vers l'extrémité de la banquette, se préparant à partir.

— Permettez-moi de vous expliquer les choses ainsi : ce n'est pas ce que je fais. C'est comme si vous demandiez à un peintre paysagiste de faire votre portrait. A chacun sa spécialité. Ce que vous me demandez n'est pas ma spécialité.

— Et quelle est-elle ?

— Le crime. Voilà ce qui m'intéresse. Voilà ce dont je sais parler.

— Oh, vous voulez dire, des choses comme : « Le mystère de la mamie disparue ? » ou « Le mystère de l'urne funéraire ? », s'enquit Gerald, moqueur.

— Non, ce n'est pas ce que je veux dire, monsieur Bradley.

— Quoi, alors. Expliquez-moi. Vous m'intéressez. Je veux savoir.

— Je suis passionné par les enquêtes de police. Je m'intéresse de près aux grands procès. En particulier aux assassins qui s'en sortent. Ceux qui restent en liberté. Le crime sans conséquence comme privilège des très riches.

Il y eut un long silence à la table. Gerald fit tomber la longue cendre de son cigare dans le cendrier, puis écrasa le mégot.

— Voudriez-vous me rendre un service avant de dire non ? demanda Gerald, le retenant.

— Je vous ai déjà dit non, répondit Harrison.

— J'aimerais que vous rencontriez Constant. Juste une fois, pour en discuter. Vous étiez de si grands amis.

— Je ne pense pas que ce soit une bonne idée, monsieur Bradley.

— Ça lui ferait tant plaisir de vous revoir, Harrison. Il parle si souvent de vous.

Harrison descendit l'escalier du restaurant quatre à quatre, pressé de partir. En bas des marches, adossé contre le mur, se tenait un homme d'une quarantaine d'années, d'apparence étrangère, portant d'élégants vêtements de style anglais et tenant une cigarette dans un fume-cigarette noir.

— Bonjour, je vous attendais, dit l'homme à Harrison.

Son manteau était négligemment jeté sur ses épaules. Il s'exprimait avec un accent affecté mi-britannique, mi-américain.

— Vous m'attendiez moi ? s'étonna Harrison.

— Tu ne me reconnais pas, n'est-ce pas ? Tata Suarez !

— Oh, ça, par exemple ! s'exclama Harrison. Comment savais-tu que j'étais là ?

— J'étais assis à l'étage, au bar, et j'ai engagé la conversation avec une espèce de mafieux — assez séduisant, du reste. Il m'a dit qu'il s'appelait M. Fuselli, « Johnny », qu'il attendait que Gerald Bradley finisse de déjeuner et, je ne sais plus trop comment, ton nom a été cité, et il m'a dit que c'était toi qui déjeunais avec Gerald Bradley. Tu imagines ! Alors, j'ai pensé, tiens, je devrais peut-être aller le saluer après tant d'années. J'espère que toi et ta femme — Claire, c'est bien son nom ? — ne m'en voulez pas pour mon coup de fil à deux heures du matin à propos de cette pauvre Maud ? Elle va mieux, entre nous soit dit. Elle a obtenu un beau règlement à l'amiable. C'est une chose que je dirai en faveur de Gerald Bradley : il paie bien pour le, euh... comment dire... le « problème ? » de Constant.

— Quelle surprise ! Excuse-moi, Tata, mais je suis assez pressé, dit Harrison.

— Pas au point de ne pas boire un verre vite fait avec un vieux copain que tu n'as pas revu depuis des années ? Je sais que nous n'étions pas vraiment des amis. Des relations, disons. Je pense que le terme est plus approprié.

— D'accord, mais vite fait. On remonte au bar ?

— Oh non, non, non. J'ai décrété que je n'étais pas bien là-haut. Tous ces gens qui dirigent le pays et tous ces multimilliardaires déjeunant dans la même salle au même moment, ça me met mal à l'aise. Qu'un terroriste balance une bombe là-dedans, et imagine les conséquences pour la ville et le pays. Et, de toute façon, « Johnny » m'a déjà donné son téléphone. On ne sait jamais, quelqu'un comme lui, avec ses relations, ça peut être utile. Non, il y a un truc sympa au coin de la Cinquante-Troisième Rue et de la Seconde Avenue, le Miss Garbo's. Tu connais ? Il existe un bar jumelé du même nom à Los Angeles.

— C'est quel genre de bar ? s'enquit Harrison.

— Oh, ne t'en fais pas, rétorqua Tata Suarez, en une fausse réprimande. Tu seras parfaitement en sécurité. La clientèle de l'après-midi n'y prend que des verres. Rien de plus fâcheux, je t'assure. Le fâcheux ne commence qu'après minuit.

Dans la rue, Tata Suarez allait à grands pas, ignorant les passants qui se retournaient sur son personnage exotique. Les manches de son manteau se balançaient le long de son corps. Il ne cessait de parler, son fume-cigarette perpétuellement coincé entre ses dents. L'obscurité régnait à l'intérieur du bar. Le barman l'accueillit à bras ouverts.

— Oh, mais regardez qui est de retour parmi nous ! fit-il. C'est re-Tata Suarez !

— Salut, Clint, répliqua Tata. Tu as le bonjour de Zane, de Los Angeles.

Puis, se tournant vers Harrison, il lui demanda :

— Tu préfères rester au bar ou t'asseoir ?

— M'asseoir, je crois, répondit Harrison, faisant le tour de la salle du regard.

— Ne t'en fais, ne t'en fais pas. Tu ne vas pas tomber sur quelqu'un que tu connais. Tu as entendu parler d'un certain Dwane Lonergan ?

— En l'occurrence, oui.

— C'est dans ce bar qu'il a débuté. Il est devenu une légende, tu sais. Dans certains milieux, évidemment. Un grand nombre de mes « co-religionnaires » le connaissaient. Les riches des studios d'Hollywood lui payaient régulièrement des aller-retour par avion, parfois sur des jets privés, d'une côte à l'autre. Tu sais comment ils sont. Parfois, il était invité en Europe. Même le prince héritier s'était entiché de Dwane, enfin, c'est ce qu'on dit. Il était réputé. Oh, ce qu'il pouvait aimer toutes ces attentions, et tout ce fric aussi. Comme certaines stars de cinéma, il en est qui sont faits pour mourir jeunes. Peut-être qu'Esme Bland lui a rendu service sans le vouloir en le tuant. Les Dwane Lonergan ne sont pas faits pour avoir quarante ans.

Harrison sortit un stylo et un calepin d'une de ses poches et prit quelques notes.

— Qu'est-ce que tu écris là ? s'enquit Tata Suarez

— Oh, excuse. Je prends toujours des notes comme ça. Je pense que, si on n'écrit pas une idée au moment où elle nous vient, on n'arrive jamais à s'en souvenir exactement plus tard, dit Harrison.

— On dirait que tu fais un discours à la Conférence des Scénaristes de Santa Barbara.

— Excuse-moi, Tata, dit Harrison, en riant. Je suis à toi. En fait, ça me gêne un peu de t'appeler Tata. Ton prénom, c'est Diego, c'est bien ça ?

— Oh, tu peux m'appeler Tata. C'est sous ce nom que tu me connais. Retenir un nouveau nom est toujours difficile. Et, à vrai dire, je m'y suis habitué.

— Qu'est-ce que tu as fait depuis tout ce temps ?

— Oh, j'ai échoué au-dessus de mes moyens. Ma carrière, ou plutôt mes carrières, devrais-je dire, ont été très discrètes. Un peu de ci, un peu de ça. Décorateur d'intérieur. Restaurateur. Vendeur de meubles de jardin. Trois petits tours à Hollywood. Quelques petites autres choses qui m'échappent mais, bon, tu vois le tableau. Heureusement que j'ai un compte en fidéicommis. Je me signe chaque fois que je vois une pub pour les machines à coudre Firth. Ma mère était une Firth. Mais toi, Harrison, tu étais la dernière personne de cette piteuse classe de cette piteuse école que nous fréquentions tous deux à qui j'aurais prédit la gloire.

— Le mot est un peu fort, mon vieux.

— Oh, que non. Tes livres sont publiés. Ton nom paraît dans *Newsweek*. On parle de toi. Pour moi, c'est ça la gloire. Je te lis. Je lis des articles sur toi. Je vais jusqu'à me vanter de t'avoir connu. J'ai toujours été un peu groupie, comme tu t'en souviens peut-être.

Harrison rit.

— Oui, je me rappelle ton histoire des deux stars de cinéma lesbiennes. Qui étaient-ce ? J'ai oublié.

Tata fit non de la tête, refusant d'assouvir la curiosité d'Harrison, et reprit le fil de ses pensées.

— J'ai bien aimé ton livre sur le financier, M. Renthal. C'est la partie sur la prison que j'ai préférée. Tu disais sans le dire que c'est là qu'il méritait d'être. Le bruit de la porte de la cellule se refermant sur lui, les verrous tirés. Oh, mon Dieu. J'ai frissonné de la tête aux pieds. Et Max Goesler, le violeur d'enfant. Tu en as fait une de ces descriptions — le regard onctueux, les mains moites. Je sentais son odeur de transpiration sous ses aisselles rien qu'à lire le portrait que tu as fait de lui.

Tata soulignait ses propos de gestes théâtraux avec son fume-cigarette.

— Pourtant je sens quelque chose en toi, Harrison. Quelque chose que tu n'as pas encore exprimé, mais tu y réussiras, je te le souhaite, quelque chose tapi derrière ce que tu écris.

— Qui serait quoi ? demanda Harrison, inquiet.

— Une grande colère. Une colère aveugle. J'ai toujours l'impression que tu ne t'exprimes pas pleinement. Tes bouquins sont très bien, très moralisateurs, très nobles, du côté de la justice. Mais il y a autre chose. C'est un peu comme si tu tournais autour de ton sujet, tu vois, de la cause de cette colère muette, de ton enfer personnel, et quand je dis ça, je ne pense pas à la mort abominable de tes parents. Est-ce que tout ça t'évoque quelque chose, Harry ?

Harrison détourna la tête.

— Pourquoi ne dis-tu rien ? Pourquoi détournes-tu les yeux ? Tu n'as donc rien à répondre ? Je suis sûr de ne pas trop me tromper. Je suis un hypersensible, ne l'oublie pas. C'est ce qu'on a dit de moi quand on m'a foutu dehors de Milford. Mon Dieu, Harry. Tu pleures ? Non ? Mais si ! Et pas de mouchoir. Il faut toujours avoir un mouchoir sur soi. Deux, même. Un pour la frime et l'autre pour la morve, comme disait mon père, l'ambassadeur. Tiens. Prends celui-là. Un Charvet. *Made in Paris*. Tu peux le garder. Joli coloris, tu ne trouves pas ? Mais vas-y, chiale ! Personne ne te regarde. Libère-toi. Je trouve ça formidable de pleurer. Ce qui est bien dans un troquet comme le Miss Garbo's, c'est que tout le monde se fout de tout le monde. Tu imagines pleurer dans la salle de restaurant du Four Seasons au vu et au su de M. Kissinger — quoiqu'il ait vu Nixon pleurer, tu me diras. Mais Gerald Bradley, c'est une autre paire de manches. Il ferait des commentaires du genre : « Ressaisissez-vous, Harrison. » Tu te sens mieux ?

— Oui. Excuse-moi.

Il s'essuya les yeux avec le mouchoir de Tata Suarez et le lui rendit.

— Inutile de t'excuser. J'ai touché une corde sensible. C'est ça ?

— Peut-être. Et si nous parlions d'autre chose ?

— Parle-moi de ta femme, Harry. Je l'ai réveillée. Elle m'en voulait plutôt l'autre nuit.

— Elle est plus grande que moi. Plus âgée que moi. Et elle m'a quitté.

— Tu m'en diras tant. Est-ce le troisième volet de ta réponse qui t'est le plus lourd à supporter ?

— Je ne suis pas encore arrivé à mettre le doigt sur mon sentiment. C'est une situation assez récente. Mes petits garçons me manquent.

— Il y a un bruit qui court à ton sujet, dit Tata Suarez.

— Tiens donc !

— Que tu sors avec quelqu'un d'autre.

— Oh ?

— Je t'épargne le nom.

— Oui. De qui tiens-tu cette histoire ?

— De mon nouveau meilleur ami, M. Fuselli. Veux-tu un conseil désintéressé ? Tiens-toi éloigné d'eux, d'eux tous. Ils te détruiront. Qu'a donc cette famille de si irrésistible à tes yeux, Harry ?

— Il faut que je file, fit Harrison, consultant sa montre. Je fais charrette.

— Oui, bien sûr, file.

Harrison gagna la porte et sortit sur le trottoir. Au-dehors, il réfléchit un moment, fit demi-tour, et rentra dans le bar. Il se dirigea sur Tata.

— Tu as oublié quelque chose ? lui demanda celui-ci.

— Oui. De te remercier.

— De t'avoir fait pleurer ?

— Je suppose.

— Oh, Harrison, pourquoi n'avions-nous pas essayé ça plus tôt ? s'exclama Kitt, haletante.

— J'en peux plus, dit Harrison.

— Ça ne m'étonne pas. Après ce que tu viens de faire.

Harrison rit.

— Faut être deux pour danser le tango, comme on dit.

— J'adore ces après-midi dans ton appartement, Harrison. J'adore y arriver avant toi, entrer, changer les draps, me déshabiller, m'apprêter, t'attendre, fantasmer, m'impatienter, avoir hâte que tu rentres d'où que tu sois pour que je puisse t'aider à arracher tes vêtements, devenir folle si tu as dix minutes de retard. L'amour l'après-midi. C'est divin. C'est merveilleux. C'est excitant.

— Ils sont après nous, Kitt, dit-il. On parle de nous.

— Qui ?

— Un dénommé Tata Suarez l'a appris au bar du Four Seasons par Johnny Fuselli, pendant que Johnny attendait que ton père finisse de déjeuner avec moi.

— Ça t'embête ?

— Ça m'embête pour Claire, oui. Je ne veux pas lui faire de peine. Toi, ça ne t'embête pas ?

— Pour Cheever ? Grands dieux, non ! Cheever n'est plus rien pour moi. Pour mes frères, non plus. Pour mes parents, oui. Ce qui est acceptable chez un homme ne l'est pas chez une femme dans ma famille. M'man croit toujours que la Sainte Vierge pleure quand je siffle. Tu imagines si elle savait ce que nous venons de faire. Mais, dis-moi, qui est Tata Suarez ?

— Il était dans la même classe que nous, à Milford. Il avait fait courir le bruit que j'étais amoureux de Constant.

— Quelle commère, ce Tata, fit Kitt.

Elle se redressa et enfila le peignoir d'Harrison. Elle alla jusqu'au miroir et commença à se brosser les cheveux avec la brosse d'Harrison.

— J'aime te regarder pendant que tu te coiffes, dit Harrison.

Il ne pouvait détacher son regard du visage de Kitt, de son cou, ses bras nus, ses épaules.

Elle lui sourit dans le miroir, ravie de ses regards.

— Tu penses à quoi ? fit-elle.

— A t'embrasser, là.

— Où, là ?

— Le cou. La poitrine.

— Ça me plaît, Harrison. J'aime ton allure tranquille. Cheever était toujours d'une rapidité...

— Qui a envoyé ces fleurs ? demanda-t-il.

— Moi. C'est tellement monacal ici. Il n'y a que le

strict nécessaire dans cet appartement. J'avais envie de l'endimancher un peu, dit Kitt.

— Il y a une photo des jumeaux.

— Pas même encadrée. Juste punaisée.

— Il y a des livres.

— Oui, des tas de livres, mais pas de bibliothèque.

— Mais tout ça n'est que provisoire, jusqu'à ce que je sache dans quelle direction va ma vie.

— Je ne me plains pas, remarque. Je commence à aimer cette austérité. Nous avons toujours vécu dans des pièces surdécorées où les volants des coussins étaient assortis à la couleur des murs. M'man raffole de tout ça.

— Je me souviens.

— Je t'aime, Harrison.

— Non.

— Oh, si, laisse-moi t'aimer. Si je dois en souffrir, j'en souffrirai. Et après ?

— Oh, Kitt.

— Le déjeuner s'est bien passé, à ce qu'on m'a dit, fit Kitt.

— C'est ce qu'on t'a dit ? rétorqua Harrison, surpris.

— C'est ce que p'pa a dit. Ce n'était pas le cas ?

— Peu concluant, d'après moi. Ton père n'est pas du genre à considérer que « non » est une réponse, et j'ai dit non.

— Il a dit que tu détestais vraiment Jerry.

— Cette information-là est exacte.

— P'pa te fait dire qu'il t'enverra un hélicoptère qui te conduira à Southampton pour le week-end. Tu ne connais pas cette villa. Elle est divine. Tout le monde y sera. Ce sera un peu comme une réunion de famille.

Harrison grommela.

— Tu pourrais faire preuve d'un peu plus d'enthousiasme, Harrison. Beaucoup de gens donneraient leur vie pour y aller.

— Qu'est-ce que vous y faites ? demanda Harrison.

— On y reçoit des stars de cinéma, des hommes politiques, des lords et ladies anglais qui cherchent un endroit où séjourner gratuitement quand ils viennent en Amérique, mais il semblerait que les gens bien s'obstinent à ne pas nous apprécier, quel que soit l'endroit où on habite, la superficie de notre maison ou que l'on mette ou non nos courts de tennis à leur entière disposition.

— J'aurais cru que c'était du passé maintenant.

— Oh, non, répondit Kitt. Je ne sais pas pourquoi, mais nous n'avons jamais vraiment été acceptés nulle part. M'man en est très contrariée, tu sais. Elle adorerait faire partie de comités, de conseils d'administration, et pas seulement chez les catholiques. P'pa dit toujours qu'on se suffit à nous-mêmes, la famille, mais ce n'est qu'une façade. Ça les préoccupe. Vraiment. Mais ils ne l'admettront jamais. Tu iras, Harrison ? Dis ?

— Tu seras avec moi dans l'hélicoptère ?

— Non. Je ne voudrais pas que m'man soupçonne quoi que ce soit. Je te sortirai en voiture avec les enfants de Maureen. Il y a autre chose, Harrison.

— Qui est ?

— On ne doit pas faire tu sais quoi sous le toit de m'man. Pas même échanger des regards.

— Je ne comptais pas faire d'attentat à la pudeur.

Elle rit.

— Fais-en un maintenant, si tu veux. Je peux même te donner un coup de main pour la braguette.

— Le téléphone a sonné pendant que je t'attendais, annonça Kitt.

— Tu as répondu ? lui demanda Harrison.

— Bien sûr que non. Mais j'ai écouté le répondeur. C'était une certaine Eloïse Brazen. Elle téléphonait pour te dire que Rupert du Pithon était décédé ce matin. Elle arrivait chez lui pour faire visiter l'appartement à un chanteur de rock d'Hollywood, et Rupert était mort, dans son lit.

— Ah, ce pauvre Rupert, soupira Harrison.
— Je l'ai rencontré plusieurs fois. A Southampton. A Berverly Hills. Dès qu'il y avait une soirée, il y était, bavassant à propos de « placement ». Quel imbécile !
— Peut-être. Je l'aimais bien. J'ai écrit sa nécrologie. C'est grâce à lui que j'ai pu rencontrer Esme Bland.

— Je suis tombé sur quelqu'un de ta famille la semaine dernière, dit Harrison.
— Laisse-moi deviner. Fatty Malloy ?
— Non.
— Sis Malloy, alors ?
— Non plus.
— Je ne crois pas avoir d'autres parents. Ce devait être un imposteur. Qui alors ?
— Rosleen Bradley.
— Rosleen Bradley ? Je ne connais pas de Rosleen Bradley.
— Mais si. Elle a travaillé comme bonne chez ta mère à Scarborough Hill.
— Oh, *Rosleen*. Celle qui ouvre les portes, qui sert les petits pois, comme disait maman. Oh, oui, celle qui a été la femme de Desmond pendant dix minutes, c'est ça ? Je l'avais presque oubliée. Elle n'est pas restée chez nous longtemps, tu sais. Ne me dis quand même pas qu'elle se fait appeler Bradley ! Quel culot ! Miss Je-Ne-Sais-Plus-Comment, comme disait m'man. Même Bridey la trouvait insolente, et pourtant c'est une parente à elle. Le cardinal avait tout de suite obtenu l'annulation de ce mariage.
— Elle habite en Arizona.
— Ce n'est pas pour autant qu'elle fait partie de la famille, Harrison. Je viens de te dire que le mariage avait été annulé. Elle n'est rien pour nous.
— Elle a eu un fils de Desmond. Ce qui fait de lui ton neveu.
— Tu plaisantes ?
— Il a vingt ans. Rosleen l'appelle Desi.

— Desi ? Comme Desi Anranz ?

— Il était le major de sa promotion dans son lycée. Il est en première année à l'université d'Arizona. Il veut devenir journaliste.

— Je ne le crois pas. C'est sans doute le moyen qu'elle a trouvé pour nous extorquer de l'argent. Les gens savent qui nous sommes. Ils savent qu'on est riches. Ils pensent que notre fortune est un puits sans fond. Tous ces gens qui vivent grassement à *nos* dépens !

— Je n'appellerais pas ça grassement. Rosleen est aide-dentiste. Sims Lord lui verse deux mille dollars par mois. C'est tout. Elle travaille pour élever son fils.

— Je ne te crois pas, répéta-t-elle.

— Je l'ai vu. Il est le fils de Des, je t'assure. Même fossette au menton. Les longues dents blanches des Bradley. Un crâne qui ne connaîtra pas la calvitie. Tu peux me croire, Kitt, c'est un Bradley.

— Je ne pense pas qu'il serait de bon ton de parler de ça ce week-end.

— Telle n'était pas mon intention.

11

La villa des Bradley à Southampton, d'inspiration florentine, avait été bâtie dans les années vingt, par un magnat du Chemin de fer mais ses descendants, ruinés par leurs prodigalités, avaient dû la vendre pour une bouchée de pain dans les années cinquante à un lycée de jeunes filles qui lui-même ferma ses portes dans les années quatre-vingt. On parla de démolition. Ce n'était pas une maison très pratique pour les critères de l'époque. Les vestibules étaient aussi grands que des pièces, les couloirs aussi larges que des galeries. Elle comptait quatorze chambres, une salle de bal, un garage pour douze voitures, des communs et trois cottages disséminés sur toute la propriété. Les hautes fenêtres du premier étage donnaient sur un jardin à la française de haies de buis taillées, de fleurs — toutes blanches —, et de statues de style baroque, victimes des intempéries.

C'était là que, chaque année, Gerald Bradley emmenait sa famille du début du printemps à la fin de l'automne. Sally Steers qui, à la mort de Cora Mandell, lui avait succédé comme P.-D.G. à la tête de sa société de décoration d'intérieur, avait été sollicitée pour organiser la nouvelle demeure des Bradley. Pêche et vert furent les couleurs choisies pour les salons du rez-de-chaussée.

— Pas vert-vert, voyons, mais céladon. Il faut conserver la clarté ! La luminosité ! La lumièèèère ! pérorait Sally, allant et venant dans la maison, calepin et crayon en or en main, s'exprimant avec volubilité. Il y a suffisamment de place pour danser dans l'entrée, quand vous aurez envie de danser. Transformez la salle de bal en salle de projection. Vous passerez des films ; on se battra pour venir. Je vais faire faire des banquettes sublimes, de trois mètres de long, des rangées de banquettes, recouvertes de... oh, je vais vous trouver quelque chose de sublime, corail, peut-être. Et pour le sol : du sisal. Sublime, non ? Et là, sur la mezzanine, vous recevrez. Ce sera sublime pour les déjeuners, pour les dîners. Six, douze, ou trente-six, aucune importance ! Il y a bientôt une vente de bambous chez Christie's. J'ai vu le catalogue. Une merveille ! Je vais vous trouver des trucs sublimes. Et de l'osier en pagaille, et aussi des tables en fer forgé su-blimes pour toutes vos terrasses. Des rideaux soyeux, très légers, qui gonfleront sous la brise quand les portes-fenêtres seront ouvertes. En été, ce sera sublime.

Grace était d'accord pour tout. Sally Steers, à presque soixante ans, était devenue une femme formidable, reprenant à son compte les idiosyncrasies de feu la grande Cora.

Le seul gros problème de décoration qui se posa à Sally Steers fut de trouver une place pour la grande photographie en couleurs de Sa Sainteté qui était accrochée au-dessus de la cheminée dans la bibliothèque de la maison de Scarborough Hill. Grace insistait pour qu'elle occupe une place d'honneur.

— Il est venu prendre le thé chez nous, voyez-vous, dit-elle, ne se lassant jamais de répéter cette histoire. Il a fait sauter Kitt sur ses genoux.

Mais Sally n'était pas d'humeur à écouter cette rengaine.

— Vous ne pouvez pas, vous ne pouvez pas, vous ne POUVEZ pas la mettre dans la loggia. Je vous en conjure, Grace. Et pas dans le salon non plus ! implorait Sally.

Mais Grace demeurait inflexible. Finalement, à regret, Sally se rabattit sur le hall d'entrée. La photographie fut accrochée au-dessus d'une console sur laquelle étaient posés des verres opaques sur un plateau d'argent.

Comme toujours avec les Bradley, il y eut des difficultés avec les clubs. Comme toujours, certains membres de l'arrière-garde regardaient d'un sale œil les affaires commerciales de Gerald. Le seul club qui était disposé à l'accepter était le dernier-né, mais Gerald ne voulait pas en entendre parler, ne désirant pas être associé au genre de personnes qui en étaient membres. Pour éviter toute gêne et tout commérage, Sims Lord, avocat de Gerald et membre de tous les clubs sauf du tout nouveau, lui conseilla de retirer ses demandes d'adhésion.

— Mais non, ça n'a rien à voir avec le fait que vous soyez catholique, lui dit Sims, avec patience. Vous raisonnez comme si les limitations ethniques du monde dans lequel vous avez grandi étaient toujours en place, Gerald. Ce n'est pas le cas. Oh, je ne dis pas qu'il n'y en ait plus. Je dis qu'elles concernent d'autres confessions que la vôtre qui sont en train de gratter à nos portes maintenant. Votre erreur, apparemment, est que vous auriez eu des litiges en affaires avec Webster Pryde, et Webster est très remonté contre vous. Son père et son grand-père, tous les Pryde en fait, ont été membres du club avant Webster et, par conséquent, ce que Webster ne veut pas, le club ne le veut pas.

Gerald savait quand il valait mieux ne pas insister.

— Et en ce qui concerne le golf alors ? demanda-t-il.

— On peut envisager de vous faire inviter. Je me charge de ça, dit Sims.

— Il est important que les garçons jouent au golf. Kitt et Maureen aussi, dit Gerald.

— Cela exigera une certaine organisation chaque semaine, Gerald, mais c'est tout à fait faisable. Vous serez les invités de tel membre une semaine et de tel autre la semaine suivante, et ainsi de suite. Laissez-moi faire à ma façon. Tenez, voici la liste de certaines personnes que vous devriez inviter à vos projections. Ils ont tous horreur de faire la queue au cinéma du village.

L'hélicoptère atterrit à l'aéroport d'East Hampton. Harrison alla jusqu'au terminal, portant son sac de voyage en bandoulière et regarda autour de lui. Constant n'était pas venu l'attendre. Ni Charlie, le chauffeur des Bradley. Un homme l'accosta.

— Vous êtes Harrison ? Le boss m'a envoyé vous chercher. Je sais pas si vous me remettez. Je suis Johnny Fuselli.

— Oh, bonjour, oui, oui, je me souviens de vous. Où est Charlie ? Kitt m'avait dit qu'il viendrait me chercher.

— Charlie a pris de la bouteille. Le boss lui donne deux jours de congé par semaine maintenant. Pour tout vous dire, il angoisse que Charlie conduise le vendredi après-midi, avec toute la circulation qu'il y a.

Le boss dit que tous les gens qui faudrait pas viennent aux Hamptons maintenant, et ça bouchonne sec du vendredi soir au dimanche soir. Les excursionnistes, qu'il les appelle. Et puis y a tous les coproprios. Vous avez des bagages ?

— Rien que ça. Je vais le porter. J'avais toujours cru que les gens riches faisaient atterrir leurs hélicoptères sur leurs pelouses, dit Harrison.

— Les voisins, les Pryde, se sont plaints. Ils n'arrêtaient pas d'appeler la police. Grace se plaignait, elle aussi. Elle disait que ça massacrait ses hortensias. Ça les déracinait. Le vieux Gerald avait rien à foutre des voisins, mais il a arrêté pour faire plaisir à Grace. Ça va bientôt faire cinquante ans qu'ils sont mariés maintenant, ces deux-là.

— Oui, c'est exemplaire.

— Ils deviennent tous vieux dans cette baraque. Bridey va sur ses soixante-dix ans, mais elle prépare toujours trois grands repas par jour. Maintenant elle a tous les petits-enfants à nourrir, en plus. Et elle arrive à se souvenir comment chacun d'entre eux aime les œufs. Et Maureen a des sacrés mouflets, c'est moi qui vous le dis. Oh, j'ai peut-être trop parlé.

— Je ne suis pas un bavard, dit Harrison.

Ils montèrent à bord d'une Mercedes break.

— Belle auto.

— Charlie bichonne les bagnoles. Il les astique, il les répare, il vérifie les pleins, la pression des pneus. On est à une petite demi-heure de Southampton. Ça dépend de la circulation.

Harrison hocha la tête.

— Vous êtes toujours un aussi bon nageur ?

Fuselli sourit de toutes ses dents et se tourna vers Harrison.

— Hé, comment vous savez ça, vous ?

— Je vous regardais à la jumelle l'été où nous étions à Watch Hill. On aurait dit que vous n'arrêteriez jamais de nager.

— J'en reviens pas, que vous vous souveniez de ça, un mec célèbre comme vous.

— J'aime nager, dit Harrison.

— Ah ouais ? On m'a dit que vous faisiez des bouquins maintenant.

— Oui.

— Vous écrivez sur quoi ?

— Sur les assassins. Ceux qui s'en sortent impunis, surtout.

Johnny regarda Harrison. Ils roulèrent en silence pendant un bon kilomètre.

— Ouais, je nage toujours, reprit Johnny. C'est bon pour le bide. Les nanas aiment pas qu'un mec ait du bide. Vous avez remarqué ?

— Ce fait a récemment été porté à mon attention par une femme de l'Arizona, une certaine Maxine Lonergan.

— Maxine Lonergan ! Ah, ben ça, c'est ce qu'on appelle un nom du passé, fit Johnny.

Un sourire mélancolique apparut sur son visage, le genre de sourire qui se dessine sur le visage d'un homme quand il entend le nom d'une femme avec qui il a eu autrefois une amourette très agréable et avec qui il a rompu depuis longtemps, sans rancœur.

— Où donc vous l'avez rencontrée, Maxine ? questionna-t-il.

— Elle est propriétaire d'un ranch près de Nogales. Mille hectares. Elle élève des Santa Gertrudis. Elle s'en est bien sortie.

— Nom de Dieu ! Maxine Lonergan ! s'exclama Johnny, hochant la tête à cette évocation. Je me demande de qui elle bouffe les couilles aujourd'hui. Laissez-moi vous dire une chose, Harry. Maxine Lonergan a été une des plus grandes pipeuses de tous les temps. Je lui donne trente-six sur vingt.

— Je pense qu'elle serait extrêmement touchée de savoir qu'elle vous a laissé un souvenir impérissable, dit Harrison.

— Maxine Lonergan, bon sang ! De vous à moi,

« off the record », comme vous dites vous autres, j'ai arrangé le coup pour Gerald avec Maxine, une fois, à Atlantic City. Le vieux Gerald aime bien soulager sa crampe, voyez, et il a un faible pour la fellation. Vous savez ce que ça veut dire, hein ?

— Oui, oui.

— Oh, bien sûr, je suis con moi, vous êtes écrivain. Mais vous seriez étonné de voir le nombre de mecs qui savent pas.

— Vraiment ?

— Bref, au bout d'une heure en compagnie de Maxine, Gerald, il a cru qu'il était mort et arrivé au paradis. Il lui a fait envoyer un manteau de vison d'une boutique française de New York, que j'ai oublié le nom. Il m'disait toujours : « Dis donc, Johnny, fais-moi venir cette Maxine », mais là, elle était avec le Caïd, et si vous saviez ce qui valait mieux pour vous, on ne faisait pas chier la nana de Sal Cabrini. Pas vrai ?

— Apparemment.

— Son fils était de la pédale, si ma mémoire est bonne, fit Johnny. Pas vrai ?

— Votre mémoire est bonne.

— Y a pas une fois où j'ai pissé chez Maxine sans que son gamin me suive dans les chiottes, se mette à l'urinoir à côté pour mater mon attirail.

— Il est mort.

— Du sida ?

— Non, d'une balle entre les deux yeux.

— Non, merde !

— J'attends que vous me disiez qu'il est mort comme un homme, dit Harrison.

— Exact. Exact. Vous savez quoi, Harry, c'est sympa d'avoir une vraie conversation avec vous, comme ça. Je suis dans la famille depuis, heu, voyons voir, presque vingt ans maintenant, et Grace m'a jamais adressé la parole, pas une fois. Vous êtes pas comme j'aurais cru. J'me souviens quand vous et Constant étiez dans cet internat de riches, et voilà que vous devenez célèbre comme ça. On peut jamais savoir, pas vrai ?

— Vous avez raison, Johnny. On ne peut jamais savoir.

*
* *

Si Constant Bradley et Harrison Burns s'étaient perdus de vue, chacun n'en demeurait pas moins attentif au parcours de l'autre. Constant regrettait son ami. A sa façon, il n'en avait pas fait son deuil ; cela faisait seize ans qu'ils n'étaient plus en contact. Dans l'intervalle, Constant était devenu un point de mire. A l'exception d'un ou deux incidents mineurs, ses années à Yale avaient comblé les espérances de son père, les avaient dépassées même. Il avait été un de ces étudiants dont tout le monde parle. Son surnom sur le campus était « Magnifico ». Quand les filles venaient à New Haven pour les matches de football du week-end, elles disaient toujours au type avec qui elles sortaient : « C'est lequel Constant Bradley, chéri ? » Il passait de moins en moins de week-ends à Scarborough Hill, préférant aller voir ses amis à New York ou à Long Island. « Toutes les portes lui sont ouvertes », claironnait Gerald. Son nom et sa photographie paraissaient régulièrement dans les journaux. L'été, il restait une partie de ses vacances à Washington où il travaillait au bureau de son frère Sandro qui avait quitté la Chambre des députés pour devenir sénateur. Constant adorait le Hill [1], comme il disait. Après sa ration de travail avec Sandro, il partait chaque année faire un voyage en Europe, mélange de distractions sur la Riviera, où il s'intégrait aux cercles qui fréquentaient les princesses de Monaco, et de semaines plus sérieuses durant lesquelles il étudiait la chute imminente des régimes communistes dans les Balkans, selon un emploi du temps préparé pour lui par les représentants à l'étran-

1. « Capitol Hill » : la colline du Capitole à Washington. *(N.d.T.)*

ger des diverses activités commerciales de son père. Après son diplôme d'études supérieures, il avait bénéficié d'une grande popularité en tant que joueur de polo, passe-temps qu'il avait très vite abandonné, sur les conseils de sa famille quand, à l'âge de vingt-six ans, il s'était présenté aux élections à la Chambre des députés et avait été élu. Son mariage avec Charlotte Stafford, d'une vieille famille de Baltimore, avait eu lieu à la cathédrale de Marie-Reine des Cieux à Baltimore, suivi d'une réception à la ferme familiale des Stafford, à Glyndon, dans le Maryland. De la classe. Voilà ce que tout le monde s'accordait à dire sur Charlotte Stafford : elle avait de la classe.

Par un curieux caprice du destin, le mariage de Constant et de Charlotte et celui d'Harrison et de Claire Rafferty avaient eu lieu le même jour, mais dans deux Etats différents, une coïncidence à laquelle personne n'avait prêté attention, sauf Harrison. Les noces chic de Constant et de Charlotte avaient eu droit à une bénédiction papale et à beaucoup de publicité tandis que les noces d'Harrison et de Claire, à Philadelphie, s'étaient passées dans la plus stricte intimité, et n'avaient eu droit à aucun écho dans la presse.

Tout n'allait pas toujours pour le mieux chez les Constant Bradley. Le couple alternait, à intervalles réguliers, entre séparations et coûteuses réconciliations. Gerald, pour qui Charlotte était l'épouse idéale pour la carrière politique de son fils préféré, ne cessait de venir à la rescousse.

— Que s'est-il passé ? Qu'est-il arrivé ? demandait-il à Constant.

— On en a marre l'un de l'autre, je suppose, répondait Constant.

— Ce n'est pas une vraie raison, ça.

— Quand on n'arrive plus à bander, c'est qu'il est temps de passer à autre chose, p'pa.

— Il est temps que tu grandisses, fiston. Il est temps que tu grandisses. Charlotte t'est indispensable. Ne t'avise pas de l'oublier.

Lorsque Harrison entra dans le hall d'entrée au sol en marbre de la villa des Bradley à Southampton, il s'attendait à être accueilli par Constant, mais ce fut une jeune bonne irlandaise en uniforme d'après-midi rose et tablier blanc qui lui ouvrit la porte et prit son bagage. Il admira l'élégance du hall d'entrée et des pièces sur lesquelles il donnait. Seule la grande photographie en couleurs du pape lui était familière.

— Toute la famille est sortie jouer au golf, lui annonça la domestique, d'une voix mélodieuse. Ils vont revenir un peu après quatre heures. Bridey tenait à vous dire bonjour. Voulez-vous aller à la cuisine avant que je vous montre votre chambre ?

— Oui, bien sûr, dit Harrison. Par où est-ce ?

— Là, après la salle à manger. C'est le moment où elle se repose entre le déjeuner et le dîner, mais elle vous attend.

— Bridey ! appela Harrison, entrant dans la cuisine.

Elle était assise sur une chaise confortable, installée dans une petite alcôve attenante à la cuisine, lisant.

— Non, non, ne vous dérangez pas. Je viens. Vous avez une mine splendide, Bridey.

— Oh, pensez-vous, je vieillis. J'aurai soixante-dix ans en août. Laissez-moi vous regarder, Harrison. Vous n'avez pas beaucoup grandi. Vous avez toujours votre air sérieux, mais vous avez toujours été un charmant garçon, Harrison. Toujours bien élevé. Vous veniez toujours dans la cuisine pour me dire « Merci pour tout, Bridey » avant de repartir pour l'école. Rares sont ceux qui le faisaient, vous savez, de ceux qui venaient en invités. Et un jour que j'avais lavé votre linge, vous m'avez donné un pourboire, deux dollars, et moi je savais bien que vous aviez une bourse pour aller dans cette école de luxe et que vous n'aviez pas les moyens de gaspiller deux dollars, alors j'ai remis l'argent dans la poche de votre pantalon ce soir-là.

— Ainsi voilà donc d'où venaient ces deux dollars !

fit Harrison, riant. Il faut que je vous embrasse sur les deux joues, Bridey.

— Vous aimez toujours vos œufs pochés le matin ? Cinq minutes ?

— Non, Bridey. Je suis fidèle aux céréales aux raisins et aux noix avec des fraises et du lait écrémé en ce moment.

— Quelle honte ! Il faut faire un bon petit déjeuner copieux pour commencer la journée.

— Tout le monde est sorti, je crois.

— Ils vont bientôt rentrer. Le golf, le golf, le golf, c'est leur grand truc en ce moment. Ils jouent tous au golf. Même Madame, vous vous rendez compte. Et elle n'est plus très jeune. Regardez ce que je suis en train de lire, Harrison. Je le tiens comme ça, avec la photo de vous vers l'extérieur, et je dis aux filles à la messe, le dimanche : « Figurez-vous que je connais l'auteur. »

— Oh, Bridey !

— C'est un homme affreux, ce Max Goesler. Faire des choses pareilles à une petite fille, non mais ! C'est très bien que vous dénonciez des gens comme ceux-là. Et je suis ravie qu'on ait arrêté les deux qui ont tué vos parents. Quand on voyait leurs têtes dans le journal à l'époque ! Des drogués, que disait le journal. Tiens, voilà la voiture. Ils reviennent. Je suis très contente de vous revoir, Harrison.

— Bonjour, Harrison, dit Gerald. Je suis désolé qu'il n'y ait eu personne pour vous accueillir. J'avais espéré être de retour. Je suis parti jouer au golf avec Des et Sandro au Maidstone Club d'East Hampton, et ça bouchonnait au retour. Les gens les plus affreux qu'on puisse voir dans les voitures les plus affreuses. Ces zozos de copropriétaires et d'excursionnistes d'un jour qui viennent pour reluquer nos villas gâchent les Hamptons. Grace et les filles sont à une réunion de comité pour le bal de l'hôpital de Southampton de cet été. J'espère que vous pourrez y retourner avec nous ce soir. Nous avons réservé quatre tables.

— Je n'ai pas vu Constant, fit Harrison, en guise de réponse.

— Il ne devrait pas tarder. De vous à moi, il a eu une petite anicroche avec sa femme. Rien de grave, mais ça l'a retardé. Vous savez comment sont les femmes, Harrison. Je sais que Constant est un peu coureur et, parfois, ce genre de petit malentendu peut arriver.

— On ne peut pas dire que vous ayez donné le bon exemple, monsieur Bradley, fit Harrison.

— Qu'entendez-vous par là, Harrison ?

— Vous avez laissé une ribambelle de manteaux de vison Revillon Frères dans votre sillage.

Pris de court, Gerald sourit.

— Je suppose qu'on peut dire que j'ai un gros appétit pour les chattes, oui, dit-il.

— Un appétit dont votre fils a hérité.

— Tous mes fils, et j'en suis fier. C'est une partie importante de la vie d'un homme, Harrison. Voyons les choses comme elles sont : Constant est un homme jeune qui adore les femmes.

— Je n'en ai jamais été convaincu, rétorqua Harrison.

— Mais si. Il aime leur façon de marcher, de parler, de sourire. Il les trouve enivrantes. Il m'a dit une fois qu'il ne pouvait concevoir de plus grand plaisir dans la vie que d'être en compagnie de la femme qu'il aimait. Eh bien, moi, je prétends que c'est une noble pensée.

Harrison prit un temps avant de demander :

— En ce cas, pourquoi les bat-il ?

Gerald, interloqué, garda le silence, et se contint. Il s'éloigna d'Harrison et le considéra, d'un air désapprobateur, mais la douceur de ses paroles démentit sa colère intérieure.

— Vous ne trouvez pas qu'il a suffisamment souffert de cette vieille allégation ? s'enquit-il.

— Je ne suis pas certain qu'allégation soit un terme bien choisi, monsieur Bradley.

— Qu'est-ce qui ne va pas ? Vous n'aimez pas les

femmes, Harrison ? Que s'est-il passé ? Votre mariage est un échec ? Mais qui avez-vous donc épousé ?

— Claire Rafferty.

L'expression que prit Gerald suggérait que ce nom ne lui était pas inconnu.

— Qui ça ?

— Elle était demoiselle d'honneur au mariage de Maureen. Vous avez essayé d'abuser d'elle dans la chambre d'ami qu'elle occupait à Scarborough Hill, la veille de la cérémonie.

Gerald, momentanément décontenancé, fixait Harrison. Quand il parla, ce fut sur un ton jovial, comme s'il était la cible complaisante d'une mauvaise blague.

— Non, non, non, il y a erreur là. Vous ne devriez pas faire ce genre de plaisanterie, Harrison. Ah, attendez, attendez, je crois bien que j'entends une voiture dans l'allée.

Il alla regarder à une des portes-fenêtres, écartant le tulle du rideau.

— Oui, oui, oui. Le voilà. C'est la Testarossa de Constant. N'est-ce pas une merveille ?

— Quelle bagnole ! s'exclama Harrison, sortant sur le perron.

— Pas mal, hein ? fit Constant.

— Et quelle baraque ! dit Harrison.

— Pas mal, hein ?

— Des urnes dans des niches. Très West Egg.

— Très quoi ?

— Très Gatsby. On dirait la maison de Jay Gatsby.

— Oh, mon Dieu, ne me dis pas que tu en es encore là ?

Les deux anciens amis se regardèrent. Constant était svelte, d'une beauté frappante, conscient qu'il était devenu un centre d'attention, mais ses traits dégageaient aussi une certaine suffisance, un certain ennui même. Harrison se demanda si, dans la vie programmée qui était la sienne, tout ne lui était pas venu trop facilement. Constant ouvrit les bras, marcha sur Harrison et l'enlaça.

— Tu as toujours tous tes cheveux, lui dit-il.

— Toi aussi.

— C'est donné aux hommes de ma famille, dit Constant, en riant. Un Bradley chauve, ça n'existe pas. Tu m'as manqué, espèce de salaud. Tu m'as laissé tomber du jour au lendemain.

— Ce n'est pas exactement ce qui s'est passé, Constant, répondit Harrison. Ou peut-être est-ce la formulation qui n'est pas la bonne.

D'un geste dédaigneux, Constant indiqua qu'il ne souhaitait pas poursuivre cette conversation.

— Voyons, reprit-il, je sais que tu es marié, que tu as deux enfants — des jumeaux — et que tu as réussi. Que tu es sur le chemin de la gloire, à ce qu'on dit. Oh, je ne t'ai pas perdu de vue. Laisse-moi te regarder. Tu m'as l'air en pleine forme. Comment fais-tu pour rester aussi mince ?

— Je nage tous les jours.

— Toi, tu nages ? Tu n'avais même pas été sélectionné pour faire partie de l'équipe à Milford !

— Et je ne le serais toujours pas sans doute. Ma natation n'a rien à voir avec la vitesse ou le sport. La distance m'intéresse plus que le style. Je nage tous les jours à mon club mais, l'été, ou quand je suis en Floride ou en Californie, dans l'océan. Je me donne des buts. C'est le seul moment de la journée où je me sens en paix avec moi-même et où j'oublie ce qui me hante. Ne me demande pas ce que c'est.

— Eh bien, nous avons un assez vaste océan à côté que tu pourras essayer.

— L'eau sera peut-être encore un peu froide.

— Johnny Fuselli met une combinaison de plongée.

— J'essaierai peut-être.

— Bon, eh bien, j'attends, fit Constant.

— Quoi ?

— Tes compliments. De quoi ai-je l'air après toutes ces années ?

— Je n'arrête pas de voir ta photo dans les journaux, alors je ne suis pas étonné de voir que tu es toujours le plus bel homme que j'ai connu.

— Certains disent que tu étais amoureux de moi.

— Le béguin du pauvre pour le riche. Rien de plus. C'était il y a longtemps. C'est fini, dépassé. C'est de l'histoire ancienne.

— Tu n'es plus le même, dit Constant.

— J'espère bien, lui répondit Harrison.

Assis dans la chambre d'Harrison, ils se racontèrent les dernières nouvelles. Par le passé, à Scarborough Hill, ils avaient soit partagé la même chambre quand la maison était bondée, soit occupé des chambres mitoyennes reliées par une salle de bains, Harrison se souvenant toujours de la sienne comme étant la chambre d'Agnès, étant donné que c'est ainsi que Grace l'avait désignée la première fois qu'il était venu chez les Bradley. Là, à Southampton, il n'y avait pas de « chambre d'Agnès », et Constant n'occupait plus la pièce voisine.

— P'pa est très impressionné par toi, dit Constant. Je vois ça. Ils t'ont donné la plus belle chambre d'ami.

— Elle est très chic. Je n'ai encore jamais dormi dans un lit à colonnes.

— Sally Steers l'a refait à neuf.

— Sally Steers ? Tu n'es pas sérieux ? C'est le retour à la Case Départ.

Ils éclatèrent de rire.

— En tout bien tout honneur maintenant. Rien que pour affaires. Sally a la soixantaine et elle a pris un peu d'embonpoint. Trop de choux à la crème. P'pa les préfère plus jeunes et plus minces.

— Où est ta chambre ? demanda Harrison.

— Charlotte et moi avons un des cottages. Des et Lee en ont un autre. Maureen et Freddy ont le plus grand, avec tous leurs gosses, c'est normal. Sandro a deux ou trois pièces au bout du couloir quand il vient.

— Des est marié alors ?

— Oh, oui. Depuis cinq ans.

— Des enfants ?

— Deux petites filles.

Constant alla regarder par la fenêtre donnant sur l'océan.

— Alors, il paraît que tu vas me lancer ? Que tu vas écrire mon livre ?

— J'ai déjà dit non à ton père. Je ne peux pas écrire ton livre, Constant. Ce n'est pas mon truc. De plus, ça ne m'amuserait pas beaucoup de te voir à la télé en train de recevoir toute la gloire pour un livre que j'aurais écrit.

— Il va te falloir me donner une meilleure raison que ça, fit Constant en riant.

— Je l'ai déjà dit à ton père, mais il a insisté pour que je vienne quand même et qu'on en parle. Tu sais comment est ton père quand il veut quelque chose.

— Mais ce serait comme au bon vieux temps, Harry ! fit Constant. Tu te rappelles quand tu m'avais écrit mon discours de Noël à Bog Meadow ? Quel succès j'ai eu grâce à toi cet après-midi-là ! Toutes ces vioques ne voulaient plus me lâcher. Oh, et la dissert' pour Shugrue, pour que je sois réintégré à Milford après que ce *putz*, ce connard, m'a foutu dehors. Il en était baba. Oh, et mon discours pour la remise des diplômes.

— C'est la restitution qui faisait tout.

— Qu'est-ce que tu dis ?

— Rien. Je me souvenais juste d'un truc que Kitt m'avait dit à Watch Hill. Tu vas vraiment tenter ça, n'est-ce pas ? Te présenter au poste de gouverneur ?

— Oui, évidemment. P'pa pense qu'on a plus de chances de se faire remarquer en étant gouverneur que député.

— Pourquoi éprouves-tu ce besoin de vivre sur le

devant de la scène ? Il y a des façons moins publiques de vivre sa vie.

— P'pa dit que je suis fait pour la politique.

— Mais toi, Constant, qu'en penses-tu ? Tu en as envie ou bien tu veux vivre le fantasme de ton père d'avoir un fils à la Maison Blanche ?

— Oui, j'en ai envie.

— Tu sais ce qui arrivera, n'est-ce pas ? L'affaire de Scarborough Hill ressortira. Ce qui s'est passé à Scarborough Hill. Il y a toujours des gens là-bas qui...

— Tu sais, je n'ai jamais retrouvé un ami comme toi. A Yale, j'étais une vedette. On m'avait surnommé Magnifico, tu savais ça ? J'étais on ne peut plus populaire. Il y en avait qui ne m'aimaient pas, tu t'en doutes, mais je ne me suis jamais soucié de ce que les gens pouvaient penser de moi. Mais je n'ai jamais retrouvé un ami véritable à qui je pouvais tout dire. Tu te souviens comme on parlait pendant des heures et des heures ?

— Oui.

— Au fait, comment va Tante Gert ? J'ai failli oublier de te demander de ses nouvelles.

— La pauvre. Elle est à l'hospice. L'Hospice Ste. Mary. Elle est gâteuse.

— Fini les Pères Maryknoll ?

— Oui. Le plus curieux, c'est qu'elle a peur de mourir. Elle a vécu toute sa vie dans la bonté et elle a peur de partir. Elle me disait toujours : « Bradley, Bradley, Bradley, tu n'as que ce nom à la bouche ! Ces gens-là t'ont ensorcelé, Harrison. »

— Et tu l'étais ? Ensorcelé, je veux dire ?

— Vous êtes différents, tous. Je n'ai jamais rencontré de gens tels que vous.

— Je ne vois pas ce que nous avons de si différent, dit Constant.

Il semblait agacé, comme s'il avait déjà entendu ça mille fois.

— Aucun d'entre vous ne devra jamais travailler pour vivre. Aucun de vos enfants non plus. Et, très probablement, aucun de leurs enfants. Ton père s'est assez enrichi pour vous assurer ça à tous. Chaque enfant et petit-enfant a un million de dollars à la naissance auquel il ne peut toucher qu'à sa majorité, moment où, en bonne période économique et bien investis, comme ce sera sûrement le cas, ils équivaudront au minimum à six millions de dollars. Jolie somme pour démarrer dans la vie. Comment ça, tu ne vois pas ce que vous avez de si différent ?

— On dirait que tu es jaloux, fit Constant.

— Oh, comme tu te méprends. Je ne crois pas en la vertu des comptes en fidéicommis, surtout pour les jeunes garçons. Je pense que tu ne te réaliseras jamais pleinement à cause de ça. Tu as pris trop de raccourcis, Constant. On a trop fait à ta place.

Constant était piqué au vif.

— Mon père croit que nous serons utiles à notre pays en entrant dans la fonction publique, surtout nous, les garçons, et il nous a donné les moyens de le faire, dit-il avec fougue.

Assis parmi les gens à la mode à l'une des tables admirablement décorées de Grace Bradley dans la loggia, Harrison ne se sentait absolument pas concerné par la conversation qui consistait essentiellement en des potins mondains sur des réceptions auxquelles il n'était pas allé et sur des gens qu'il ne connaissait pas.

— Je vais aller en Inde, me « guru-iser », avec mon nouveau petit ami, qui est beaucoup trop jeune pour moi, mais divin, très très beau, dit une certaine Baba, qui était assise à son côté.

Elle méditait tous les jours, disait-elle. Elle prétendait avoir fait de la lévitation dans un ashram aux Indes. Avant le déjeuner, Grace avait chuchoté à l'oreille d'Harrison qu'elle était de la famille des laboratoires pharmaceutiques du même nom.

— Cet agneau est succulent, n'est-ce pas ? Rosé. C'est primordial d'avoir un boucher qui sache couper la viande, vous ne croyez pas ? demanda une certaine Lulu, assise en face d'Harrison.

Kitt et Constant, qui ne disaient jamais à personne que leur grand-père avait été boucher, échangèrent un regard et se retinrent de rire.

— J'arrange moi-même toutes mes fleurs, déclara Grace. Je ne conçois pas de laisser ce soin à quiconque.

— Tout est splendide, Grace, dit un certain comte Stamirsky, qui mangeait beaucoup et parlait peu, disant seulement, à cinq occasions différentes, que Grace Bradley était une grande dame, gagnant ainsi son repas de ce jour et ceux à venir.

Les convives parlèrent de pièces de théâtre, de films, de défilés de mode, et de ventes aux enchères. Un certain Sonny, qui n'était pas anglais mais parlait avec l'accent anglais, dit qu'il avait fait une offre chez Sotheby's pour une collection de porcelaines chinoises qui avait appartenu à Fitzy Montague, qui s'était défenestré au 740 Park Avenue.

— Oh, oui, le pauvre Fitzy ! Il a perdu son pantalon de pyjama en tombant. Je parie que vous ne saviez pas ça, fit Sonny.

— Mais si. Il paraît même qu'il avait un furoncle à la fesse, dit une pairesse britannique nommée Honour, qui avait un chien sur les genoux.

— Bingo m'a raconté une blague sympa sur le sida hier soir chez les Frazier, dit Lulu.

— On la connaît déjà, répliqua Baba.

Ils parlèrent de domestiques, de maisons de campagne, de réceptions, de bals, et d'un mariage à Pise pour lequel tout le monde prenait l'avion. Grace dit qu'elle avait connu sept Premières Dames, dont cinq à tu et à toi. Ils parlèrent d'un couple que tout le monde connaissait et que personne n'aimait.

— Sa femme se fait le menuisier qui a construit leur mezzanine en séquoia, dit Lulu.

— C'est bien fait pour ses pieds, dit une certaine

Thelma, qu'elle prononçait Zelma. Il est insupportable.

— Chhhh. Que Grace ne vous entende pas. Elle est anti-adultère, chuchota Sonny.

Bridey fut appelée et tout le monde l'applaudit pour sa mousse aux figues.

— Miam miam ! s'écria Thelma, essayant d'initier une standing ovation.

L'on rit et l'on but.

— Ça suffit, Kitt, dit Grace. Tu as assez bu pour aujourd'hui.

— Ces gens t'ont ennuyé, n'est-ce pas ? lui demanda Kitt.

— Le beau monde, fit Harrison.

— Tu as détesté, je sais. Mais tu n'as pas même essayé de t'intégrer.

— A quoi bon, vraiment ? Je ne les reverrai jamais de ma vie.

— Si. A la projection de ce soir. M'man les invite systématiquement. J'en suis arrivée à la conclusion que m'man était une ambitieuse refoulée. L'année dernière, elle nous a dit qu'elle ne voulait plus qu'on l'appelle m'man. Elle voulait qu'on dise maman, mais aucun d'entre nous n'a pu se défaire de cette habitude. On ne pouvait qu'éclater de rire si on essayait.

Harrison rit de bon cœur.

— Et puis après, elle a voulu qu'on l'appelle « Mère », en français, c'était après notre période à l'ambassade, et on piquait de ces crises de fou rire chaque fois qu'on le disait, même Mary Pat qui parle français à la première occasion, alors on en est revenus à m'man.

Harrison unit son rire à celui de Kitt.

— Je vais nager, dit-il.

— Il fait trop froid.

— J'ai emprunté une combinaison de plongée à Johnny Fuselli.

— Brrr, fit Kitt, faisant semblant de frissonner.

Gerald encourageait son épouse à s'intégrer à la bonne société, même s'il estimait que les gens qu'elle fréquentait étaient sans intérêt. Il assistait rarement à ses déjeuners ou à ses soirées de bienfaisance et Jerry et lui se moquaient souvent du genre d'hommes qui venaient déjeuner.

— Une bande de perdants, disait Gerald.

— Rupert du Pithon a droit à une belle nécrologie dans le *Times*, dit Grace. Personnellement, je l'avais toujours considéré comme un imbécile, mais j'ignorais qu'il avait fait des choses si courageuses pendant la Seconde Guerre mondiale. Il a été décoré. Vous vous rendez compte ? Rupert ? Décoré ? Sally le dé-tes-tait, évidemment. Vous vous souvenez de la pique qu'il avait sortie sur la robe de mariée de sa fille pendant qu'elle s'avançait dans la nef de St. James ? Remarquez, il n'avait pas tout à fait tort. Tous ces tourbillons de satin blanc autour de la petite Sally quand tout le monde dans l'église savait qu'elle était enceinte jusqu'aux dents. Je mourrais, mais je mourrais, moi, si une de mes filles faisait une chose pareille. Où vas-tu, Kitt ?

— Tu as nagé loin ? demanda Constant.

— Pas trop, non. Quatre ou cinq kilomètres. Je ferai mieux demain, répondit Harrison. Sept ou huit, peut-être. En France, une fois, j'ai nagé seize kilomètres.

— Tu m'épates. Combien tu as mis de temps aujourd'hui ?

— Deux heures.

— Tu es allé au large ?

— A deux cents mètres après les vagues. Il faut éviter le varech. Puis je me dirige toujours vers le nord. Tu dois toujours souffler par la bouche du même côté pour pouvoir juger de la distance de la plage et être sûr que tu vas tout droit. Tu progresses toujours au même rythme. Ta vitesse ne change pas.

— Je répète : tu m'épates. J'ai beau avoir grandi en allant chaque été au bord de l'eau, j'ai toujours peur quand je n'ai pas pied. C'est si grand et on se sent si petit.

— C'est justement ce que j'aime. Ce vaste monde aquatique sous moi, flotter dans une zone inconnue.

— C'est là que tu oublies ce qui te hante ? C'est ce que tu m'as dit : c'est le seul moment de la journée où j'oublie ce qui me hante.

— Ça dépend de la température de l'eau, évidemment, continua Harrison, comme s'il n'avait pas entendu. Tout est dans la respiration. Savoir respirer change toute ta vie. Au bout d'une demi-heure, une certaine euphorie te prend.

— Raconte.

— Quoi ?

— Ce sentiment.

— Oh, mon Dieu, je ne pourrais pas te le décrire, Constant. C'est un peu comme si tu marchais sur une autoroute en sachant que les voitures ne te renverseront pas. Bon, pour parler d'autre chose, où est la fameuse Charlotte ? J'aimerais la rencontrer.

— La fameuse Charlotte et moi-même sommes brouillés.

— Ça tombe mal pour un futur candidat au poste de gouverneur.

— Ça va s'arranger. Comme toujours. J'aurais voulu que tu voies comment elle m'a renvoyé mes vêtements. Cent cinquante cravates Turnbull & Asser jetées pêle-mêle dans un sac d'épicerie comme des serpents. Mes costumes accrochés à l'envers sur des cintres. Des costumes Morty Stills, tu te rends compte ? Deux mille dollars pièce. Je n'en croyais pas mes yeux.

— Tu t'attendais à quoi ? A ce qu'elle enveloppe le tout dans du papier de soie ? demanda Harrison.

— Je ne suis pas certain de la façon dont je devrais réagir à ce que tu viens de dire.

— Tu l'as quittée pour une autre femme. Exact ?

— Provisoirement seulement.

— Tu l'as provisoirement quittée pour une autre femme. Tu lui as demandé de t'envoyer tes vêtements. Tu ne crois pas qu'elle a tout à fait le droit d'être un peu furieuse et de les fourrer dans un sac ?

— Tu es heureux en ménage ?

— Non. Mais, mes vêtements, je suis allé les chercher moi-même.

— Comment s'appelle la nouvelle bonne, Bridey ? s'enquit Grace.

— Debbie, Madame.

— C'est bien ce que j'avais cru entendre. Non, Bridey, je ne veux pas d'une bonne qui s'appelle Debbie. Je trouve que ça ne fait pas... bien. « Debbie ». C'est un peu trop... oh, je ne peux pas dire au juste, mais ça ne va pas comme prénom pour une bonne. Demandez-lui d'en changer, d'accord ? Mary serait parfait, ou bien Catherine, ou Margaret, un prénom dans ce goût-là.

— Je lui en ai déjà touché un mot, Madame. Mais elle dit qu'elle ne veut pas en changer.

— Eh bien, si elle ne « veut » pas changer de prénom, dites-lui que, moi, je pourrais bien vouloir changer de bonne ! Vous pouvez disposer, Bridey. Bridey ?

— Oui, Madame ?

— N'avions-nous pas une Colleen avec nous ? Il y a des années ? A Scarborough Hill ?

— Si, Madame.

— Elle ne différenciait pas sa droite de sa gauche, vous vous rappelez ? Je lui disais : « Servez à gauche, desservez à droite », sans arrêt, sans arrêt, sans arrêt, et elle se trompait toujours, vous vous rappelez ? Elle disait qu'elle devait d'abord écrire dans l'espace pour savoir. Je me demande ce qu'elle est devenue. Appelons Debbie Colleen, Bridey. Ah, Bridey est un si joli prénom. Pourquoi n'appelle-t-on plus les jeunes filles Bridey de nos jours ?

— J'sais pas, Madame.

Charlotte arriva. Elle se rendit tout droit à son cottage, de l'autre côté de l'immense garage, sans faire halte à la villa principale pour saluer Grace et Gerald, contrairement à l'habitude collective. Tous s'arrêtèrent de parler quand ils virent sa Jaguar verte passer à toute allure devant les fenêtres.

— Mes enfants sont dehors en train de jouer, Constant ! s'écria Maureen, outrée. Tu pourrais dire à ta femme que la vitesse est limitée à vingt kilomètres à l'heure dans la propriété !

— Oh, ta gueule, Maureen, fit Constant.

— M'man, tu as entendu ? Tu as entendu ce qu'il vient de me dire ?

— Tes enfants sont près de la fontaine, Maureen, dit Grace. Je les vois d'ici. Ils sont loin de l'allée.

— C'est pour le principe, m'man.

Maureen se leva et alla regarder par la fenêtre.

— Winthrop ! Choate ! Où est Nanny ? Je ne veux pas que vous jouiez près de la fontaine si Nanny n'est pas là ! Combien de fois vais-je devoir vous le répéter ?

Elle se tourna vers Freddy Tierney.

— Je vais virer cette nounou. Tout de suite. Laisser ces enfants seuls comme ça !

— Elle a eu des nausées terribles ce matin, expliqua Freddy, voulant justifier Maureen après qu'elle eut quitté la pièce.

— Elle aura peut-être des triplés cette fois-ci, dit Kitt à sa mère. Comme ça, elle aura plus d'enfants que toi et p'pa, et elle sera enfin la meilleure.

— Ne dis donc pas de sottises, Kitt, répliqua Grace. Je veux que toutes ces chamailleries cessent avant l'arrivée du Père Bill. Fais-moi voir ton canevas, Kitt. Oh, joli, ma chérie. Très jolies couleurs.

— J'aime bien le vert. Pas toi ?

— Ce n'est pas vert, ça, c'est céladon.

— Tu ne crois pas que tu devrais rejoindre Charlotte, Constant ? fit Gerald.

— Bien sûr, p'pa. Mais je voulais d'abord emmener

Harrison à la bibliothèque pour lui montrer mes trophées de polo.

— Plus tard, Constant, dit Gerald.

— Oui, p'pa.

— Qui est le Père Bill ? demanda Harrison à Kitt.

— Le tout dernier prêtre dont m'man s'est entichée.

— Je ne peux m'empêcher de constater que tu ne m'as pas touchée depuis pas mal de temps, dit Charlotte. Comprenons-nous bien, Constant : je n'ai pas spécialement envie que tu me touches, mais j'aime jouer cartes sur table. Tu as quelqu'un ? Ou bien entrons-nous dans une nouvelle phase de notre vie de couple ?

— Oh, arrête, Charlotte.

— Quand je dis « quelqu'un », je veux dire une autre que les quelques-unes que tu vois quotidiennement — tes baises éclair. Quelqu'un sur une base sérieuse, c'est ce que j'essaie de dire.

— Non, non, bien sûr que non, fit Constant.

— « Non, non, bien sûr que non », répéta-t-elle, le singeant. Tu mentirais même si la vérité sonnait mieux, Constant. Ce n'était rien qu'une comédie, hein, notre mariage ? Une longue comédie de dix ans. J'apportais le chic et ton père le fric. Je vois d'ici ce que ça va être, aussi clairement que si j'étais extralucide. Moi en tailleur Adolfo, levant un regard enamouré vers toi tandis que tu fais discours sur discours, toi seul sachant que je n'écoute pas un seul mot de ce que tu dis.

— Non, tu te trompes, Charlotte. Ce n'était pas une comédie.

— Une comédie, s'obstina-t-elle. Ça n'a jamais été autre chose.

— Non. Je t'aimais.

— Oh, pi-ti-ééé !

— Arrête, Charlotte. P'pa va se retrouver sur la paille si tu continues à me quitter comme ça. Allez, ma puce. Tu sais, que je te trouve très excitante quand tu es en colère, le feu aux joues, un peu de sueur sous les aisselles, dégageant une petite odeur musquée. Oh, mince, regarde-moi ça. Regarde ce qui est presque, encore pas tout à fait, mais presque durci. Regarde ce que j'ai là pour tes blanches mains.

Charlotte était toujours stupéfaite de voir à quel point elle pouvait être attirée par un homme pour qui elle éprouvait tant de mépris, aussi bien avant qu'après l'acte sexuel. Et peu importait chaque fois la force de sa détermination à lui résister, il suffisait que Constant déboutonne sa chemise ou glisse une main sous sa braguette, la faisant aller et venir le long de sa verge, pour qu'elle le supplie à deux genoux de se déshabiller complètement, et vite, vite, enfouissant son visage dans ses parties intimes, et le suppliant de la prendre où il voulait, comme il voulait, peu importait.

Après, il lui dit :

— Quand tu auras pris ta douche, rejoins-nous à la villa. Je veux te présenter mon ami Harrison Burns.

— Oh, le fameux Harrison. Le vieil ami de la famille. Celui qui va te servir de nègre pour que tous les électeurs de l'Etat sachent quel type bien tu es. Cet Harrison-là ?

— Ce que tu peux être salope quand tu t'y mets.

— Ce n'est pas pour rien qu'on me dit riche et sans cœur, Constant.

— Je m'appelle Harrison.

— Oui, l'ex-camarade de classe, dit Charlotte quand, finalement, ils se rencontrèrent près de la fontaine.

Ils se jaugèrent.

— Que se passe-t-il quand vous tombez après coup sur les gens sur qui vous écrivez ? lui demanda-t-elle, faisant fi des habituels préliminaires d'une relation qui se noue.

— En général, ils sont en prison, répondit Harrison.

— Mme Goesler n'y est pas. Mme Renthal non plus. Ou leurs filles ?

— Nous ne fréquentons pas vraiment les mêmes cercles.

— Non, je suppose que non. Ruby Renthal m'a fait mal au cœur. Ça vous ennuie si on marche un peu ? Ou bien vous ne faites que nager ?

— Avec plaisir.

— Je m'étais préparée à vous détester, vous savez, dit-elle.

— Moi aussi, répliqua Harrison.

Elle lui sourit.

— Je suppose que vous avez entendu des choses terribles à mon sujet, de la part de Kitt et de Constant. Et de Maureen. Et de cet affreux Jerry. Je le déteste, celui-là. Pas vous ?

— Il n'a jamais été mon préféré de la famille, fit Harrison, en souriant.

— Vous ne trouvez pas curieux que vous soyez le seul véritable ami qu'ait eu mon mari ? Il parle de vous sans arrêt. Quand il a appris que vous veniez ce week-end, il était fou de joie.

— Ça remonte à des années, fit Harrison.

— C'est toujours comme ça avec lui. Il est riche, beau, éblouissant, spirituel, charmant. Les gens font la queue pour le voir. Ils veulent l'approcher. Il est magnifique quand il est en campagne. Tous les jours, des gens différents dans une ville différente. C'est là qu'il est le meilleur. Il dit à chacun exactement ce qu'il faut dire. Parfait, unique, le charme incarné. Mais ce que j'ai découvert, avec les années, c'est que personne ne reste près de lui longtemps. Pas même vous. Ils finissent tous par voir que les qualités qui les ont attirés chez lui au prime abord ne sont que le masque de ses déficiences. Tout le monde s'en rend compte sauf son père.

Ce n'était pas une conversation qu'Harrison était désireux de poursuivre. Il changea de sujet.

— Alors, quelle impression de faire partie de cette famille ?

— Bizarre. Difficile. Je suis fille unique. Je viens d'une de ces vieilles familles de Baltimore qui n'ont plus le vent en poupe, et plus d'argent. D'une année sur l'autre, je ne savais jamais si papa allait pouvoir me réinscrire à Foxcroft. L'année de mes débuts, on n'avait pas assez d'argent pour un bal, alors je les ai faits à un thé. Si je n'avais pas été jolie et appréciée, ça aurait tourné à la grosse farce. Et puis j'ai rencontré Constant. Une de mes grand-mères était catholique, alors j'ai été qualifiée. C'était le plus beau garçon que j'aie vu, et tellement riche. Papa était ravi, évidemment, même s'il ne supportait pas Gerald. Il les traitait de « patates d'Irlandais ». Je lui ai dit : « Si tu sais ce qui vaut mieux pour toi, papa, je te conseille de supprimer définitivement cette expression de ton vocabulaire »... Mais, chez les Bradley, on épouse toute la famille, cette vaste armée, aucune intimité. Tous les week-ends ensemble. Plus de vingt personnes à tous les repas. Les enfants gâtés de Maureen qui n'arrêtent pas de brailler pendant tout le dîner. Et maintenant que Grace fréquente le beau monde, elle a les pires pique-assiette qui viennent déjeuner tous les jours. Bien sûr, je n'ai jamais cru que Grace était aussi aveugle qu'elle voulait bien le faire croire quant à ce qui se passe dans la famille. En fait, le vieux Gerald m'est plutôt sympathique, avec ses airs de mal embouché, mais chaque fois qu'il claque des doigts, tous ses enfants sont au garde-à-vous, et ils ont tous la trentaine et la quarantaine. Je vois que vous vous en tenez à un silence des plus diplomatique.

— Jusqu'à hier, je n'avais plus revu aucun d'eux depuis des années, dit Harrison.

— Je ne me suis jamais vraiment considérée comme faisant partie de cette famille. J'étais mariée à Constant depuis deux ans quand j'ai eu vent qu'il avait une sœur nommée Agnès enfermée dans un asile quelque part, ou que Des avait autrefois épousé une bonne.

— Ils ont plutôt tendance à étouffer ces choses-là.

— Qu'avez-vous donc de spécial ? J'ai l'impression d'être allée à confesse.

Harrison rit.

— A vrai dire, j'aime être catholique, reprit Charlotte. J'adore la confession. Oh, attendez de nous voir aller à la messe dimanche. Ils se mettent en rang pour nous voir. J'aime bien ça, aussi. Et je me débrouille aussi bien que Nancy Reagan quand il s'agit de dévorer Constant des yeux pendant qu'il fait un discours, même si je l'ai déjà entendu cent mille fois. Je n'écoute pas, évidemment, mais personne ne s'en rend compte. Je vous parie que Nancy n'écoutait pas non plus.

Harrison rit.

— Je ne pense pas que vous soyez aussi méchante que vous voudriez le paraître.

— Non ?

— Je ne pense pas, non.

— Il faut que nous parlions de certaines choses, Harrison, dit Constant. Les messes sont dites à huit heures et demie et à dix heures au village. Bridey et les domestiques vont à celle de huit heures et demie et nous allons tous à celle de dix heures. Puis la famille déjeune sur le pouce. Après, on pourra passer la journée ensemble. Aller se promener sur la plage, parler, réfléchir au bouquin. Ça va être formidable de travailler ensemble.

— Vas-y. Je t'attendrai ici.

— Tu ne vas pas à l'église ?

— Non. Je ne suis plus un catholique pratiquant.

— Depuis quand ?

— Depuis que je ne peux plus recevoir la communion.

— Et pourquoi ne peux-tu pas recevoir la communion ?

— Parce que j'ai été témoin d'un meurtre et que je

n'ai rien fait. Ce n'est pas le genre de choses qu'on peut confesser en espérant recevoir l'absolution. Apparemment, tu n'as pas les mêmes scrupules.

— Pour l'amour de Dieu, Harrison !

Constant lança un coup d'œil inquiet vers la porte fermée, comme si Harrison venait de proférer des mots d'une vulgarité insigne en présence de sa mère. Les événements de cette nuit du passé, à Scarborough Hill, étaient occultés, comme si personne n'en avait eu vent. On n'en parlait jamais.

— Mon père a estimé que...

Constant s'interrompit et se détourna.

— Oh, oui, bien sûr, je comprends. Ton père a estimé que ce ne serait pas une bonne chose pour un fils qui fait de la politique de ne pas assister à la messe et de ne pas recevoir la communion. Est-ce que votre cardinal Sullivan t'a donné une dispense spéciale, ou bien est-ce que tu ne confesses que tes péchés de fornication et d'alcoolisme en omettant ton péché de meurtre ?

— Qu'est-ce qui te prend, tout d'un coup, Harrison ?

— Ce n'est pas tout d'un coup.

— J'en ai assez. Je ne vois pas de quoi tu veux parler.

— Mais si, Constant. C'est gros comme un nuage noir et menaçant entre nous. Ce non-dit. Cette chose qui ne se serait jamais passée. Ce souvenir que nous nous efforçons de chasser de notre esprit depuis des années. Tu veux que je l'appelle par son nom ? Winifred Utley.

Constant, le souffle court, regardait fixement Harrison secouant la tête, se tordant les mains, comme s'il voulait s'éviter une malédiction.

— Je n'aurais jamais dû accepter de venir, reprit Harrison. Je menais une petite vie tranquille de névrosé que j'en suis venu à prendre pour la normalité. J'avais enfoui tout ça au fond de ma mémoire. Là-dessus ton père, en grosse légume, est venu mettre son grain de sel. « Je voudrais que vous écriviez un livre à la place de mon fils. Ce sera une bonne chose pour lui. » Tirant à grosses bouffées sur son cigare à la con. Je ne voulais pas venir. Je ne voulais pas passer le week-end ici. Mais comme toujours avec vous, je redeviens l'étudiant boursier terrorisé et je finis par faire ce que vous voulez que je fasse, et non ce que je veux faire. Toi et moi ne devons plus jamais nous revoir, Constant. Jamais.

— Tu es complètement hystérique.

— Oui, c'est ça, c'est exactement ça ! Et je n'ai pas honte de l'être ! Apparemment, je n'ai pas ton sang-froid. D'où te vient cette réserve ? Je suis rongé par ce que je sais, alors que je ne suis même pas le responsable, pendant que toi, qui es le responsable, te comportes comme si ce qui était arrivé n'était qu'un accident de parcours, comme être renvoyé d'une école pour posséder une revue porno. Depuis le moment où je t'ai revu, je n'arrête plus de penser à cette nuit-là.

— Après tout, ce n'était pas volontaire.

— Oh ? C'était quoi alors ?

— Tu me fatigues, Harry. C'est du passé, c'est oublié. Pourquoi est-ce que tu t'y accroches ainsi ?

Constant se leva et s'approcha lentement d'Harrison. Il le prit par les épaules, le força à se lever, et le secoua comme un prunier, sans jamais le quitter des yeux. Puis il l'embrassa sur la bouche et l'enlaça, l'enveloppant dans son corps.

Harrison, impassible, ne lui résista ni ne l'encouragea.

— Non, Constant, ça ne marchera pas, lui dit-il.

— Je bande, dit Constant.

— Pas moi.

— Tu veux voir ?

— Non, sans façon.

— Il fut un temps...

— Oui, il fut un temps. Mais ça remonte à loin, et nous étions très jeunes alors.

— Je me souviens quand on se branlait ensemble à

l'école, en feuilletant *Playboy* ; c'est moi que tu regardais, et non les photos de chattes.

Harrison demeurait impassible.

— Fini. Terminé, dit-il, se détachant de Constant. Tu as toujours beaucoup parlé de tes érections. Tu t'en rends compte ? Je me demande si tu as des problèmes pour en avoir, ou les maintenir. Je me demande si ce n'est pas la cause de la fureur qui t'a fait faire ce que tu as fait. Comment ça s'est passé cette nuit-là ? Tu t'es posté sur le sentier pour attendre qu'elle rentre chez elle de chez les Wadsworth ?

Constant, hors de lui, poussa rudement Harrison.

— On a fait énormément de choses pour toi dans notre famille, dit-il, sur un ton désobligeant.

— Ecoute-moi bien, salopard, tu n'as pas fait pour moi le quart de ce que j'ai fait pour toi, dit Harrison, se mettant au diapason. Tu as tué une jeune fille et pour toi j'ai gardé le silence. Je te hais pour m'avoir impliqué dans cet acte terrible. Qu'est-ce que tu veux que je fasse de plus pour toi ?

Constant, momentanément paniqué, se ressaisit.

— Tu aurais pu dire non cette nuit-là, tu sais. Je ne t'ai pas obligé à la déplacer. Tu m'as accompagné de ton plein gré.

— C'est ça, oui, et tu vas bientôt raconter que c'est moi qui lui ai fracassé le crâne à coups de batte de base-ball ! Reviens sur terre, Constant. Le béguin d'écolier, c'est terminé. Je sais qui tu es. Je te connais de A à Z. Inutile de me jouer la comédie. Parle-moi plutôt de Maud je ne sais plus qui.

— Maud ?

— Oui, Maud. Celle dans une chambre d'hôtel à Chicago qui s'est fêlé le crâne contre une table de chevet et qui a eu dix-sept points de suture. Ne me dis pas que tu as oublié Maud.

— Ah, Maud Firth ?

— Oui, Maud Firth.

Il la balaya d'un geste de la main.

— Elle était saoule. Elle est tombée. C'est tout. Mais qui t'a parlé de Maud Firth ?

— Elle est parente, une cousine je crois, de Tata Suarez. C'est lui qui m'a raconté ça !

— Qui est-ce ?

— Le type sur qui tu avais pissé à Milford.

— Oh, celle-là ! Elle s'était pas fait virer pour avoir sucé une queue ? Ou essayé ? Comment elle va ? Toujours à chasser les célibataires, je présume. C'est donc lui notre confident maintenant ? Notre source de renseignements ? Cet enculé de Tata Suarez ?

— Très drôle. « Elle », « Celle-là ». Tu vas faire un tabac avec le vote gay quand tu te présenteras comme gouverneur, dit Harrison.

— Et comment Tata a-t-il refait surface ?

— Il m'a téléphoné un beau jour à deux heures du matin, il y a quelques années. Réveillant ma femme. Maud était allée chez lui après que tu l'eus laissée dans la chambre d'hôtel. Elle avait peur de rentrer chez ses parents. Ta version des faits est légèrement différente de celle de Tata.

— Tu sautes ma sœur, m'a-t-on dit ? fit Constant.

— Quelle manière bradleyienne de présenter les choses.

— Mon père en a conclu que tu sembles avoir une attirance particulière pour ses enfants.

— Tu n'as qu'à dire à ton père qu'Eloïse Brazen trouvait qu'il baisait plutôt bien pour un vieux.

— Qui est cette dame ?

— Tu n'as pas la mémoire des noms, Constant. Un mauvais point pour un homme politique. Eloïse Brazen est la femme chez qui tu as téléphoné pour parler à ton père la nuit où tu as tué Winifred Utley.

— Parle-moins fort, bordel, Harry ! Nous sommes chez ma mère. Tout le monde ne comprend pas ton sens de l'humour.

— Mon sens de l'humour, hm ? Parce que c'en est ?

— Franchement, je ne me souviens de rien concernant cette nuit-là. D'absolument rien.

— De rien ?

— De rien.

— Ah, je vois. Le vieux coup de l'amnésie partielle, c'est ça ? Tu étais saoul. Et tu ne te rappelles rien. Donc tu n'es pas responsable.

— Si jamais on devait en arriver là, oui.

— Je pourrais faire un trou d'une largeur d'un kilomètre dans cette version, dit Harrison.

— Mais tu ne le feras pas, rétorqua Constant.

— Qu'en sais-tu ?

— Je le sais, c'est tout.

— Tu as raison, Constant. Je ne le ferai pas, finit par dire Harrison.

— C'est vrai ? questionna Constant.

— Quoi ? demanda Kitt.

— Toi et Harrison ? Vous couchez ensemble ?

— Dis donc, Constant, tu ne vas quand même pas me faire la morale ?

Kitt et Constant, les benjamins de la famille, avaient autrefois été très proches l'un de l'autre, partageant leurs secrets, parlant indéfiniment de leurs aînés. Kitt, contrairement aux autres, comprenait les sautes d'humeur de Constant. Elle avait deviné que, quelque part, il ne se sentait pas à la hauteur des grandes espérances que son père mettait en lui. « Il aurait mieux fait de choisir Jerry, lui avait-il avoué un jour. Pas moi. »

— Et Cheever ? lui demanda Constant.

— Quoi, Cheever ?

— Tu es toujours sa femme.

— Je n'avais pas l'impression que ton mariage ait infléchi ta propension à faire « l'école buissonnière », Constant. De tous, c'est vraiment toi le moins bien placé pour venir me parler des liens sacrés du mariage !

— C'est différent.

— Non, Constant. Ça, c'est ce que pense p'pa. C'est bon pour les hommes, pas pour les femmes. Tu ne remporteras jamais aucune élection si tu persistes dans ces idées, Constant. Il se pourrait même que tu n'aies pas ma voix.

Ils se promenaient sur la plage. Ils voyaient Harrison qui nageait, très loin. Tous deux le regardaient.

— Tu es curieux à son sujet ? C'est ça, Constant ? Tu veux savoir comment c'est au lit avec lui ? C'est sensationnel. Est-ce que j'ai répondu à ta question ?

— Ce n'est pas ce que je voulais dire.

— Moi, je crois que oui.

— Il a semé la zizanie dans notre famille en venant.

— Il n'avait pas envie de venir. P'pa a insisté. J'ai insisté. Tu avais envie qu'il vienne. Pas lui.

— Je crois qu'il est un peu timbré, Kitt. Méfie-toi de lui.

— Qu'est-ce qui se passe entre vous deux ? J'aimerais comprendre.

Grace Bradley était assise dans le salon rose de sa maison, seule, récitant un chapelet. Un parfum de pivoines qui se fanaient emplissait la pièce.

— Vous ne venez pas voir le film, madame Bradley ? lui demanda Harrison, qui passait dans le couloir.

— Certainement pas. Pas après ce que le Père Bill m'en a dit. Cette Madonna est une honte. Le Vatican a demandé aux catholiques de boycotter ses concerts en Italie. Vous ne le saviez pas ? Je n'aime pas que des films comme ça soient projetés sous mon toit, dit Grace.

— Vos amies semblent apprécier. Sonny, Baba, Thelma.

— Constant est dans la salle de projection ?

— Je ne l'ai pas vu. Charlotte y est.

— Venez donc bavarder un peu avec moi, Harrison. Vous ne m'avez pas dit un mot de tout le week-end. Je me souviens des conversations agréables que nous avions à Scarborough Hill.

— Moi aussi, je m'en souviens, madame Bradley.

— Vous pourriez m'appeler Grace, vous savez, après tant d'années. Asseyez-vous là. Cette bergère est extrêmement confortable. Retirez le coussin s'il vous gêne. Joli, n'est-ce pas ? Kitt a fait la tapisserie à l'aiguille et Sally Steers a acheté la passementerie à Paris.

Harrison déplaça le coussin et s'assit à côté de Grace.

— Comme c'est sympathique que Kitt vous ait retrouvé dans le Maine, par hasard. Et vous voilà de retour dans la famille. Vous ne croyez pas que certaines choses doivent arriver ? Moi, oui. Je crois. Vous avez vu Agnès ?

— Oui.

— Comment l'avez-vous trouvée ?

— Etant donné que je ne l'avais jamais vue, je n'ai pas d'éléments de comparaison.

— La pauvre. Elle a toujours voulu devenir religieuse, depuis qu'elle est toute petite. Elle a toujours eu la foi. J'étais en train de dire un chapelet pour elle. J'en dis un pour elle tous les soirs avant d'aller me coucher. Je m'assois ici, après le départ des invités. Personne ne vient jamais, dit-elle, lui souriant, serrant son chapelet en argent.

— Vous regrettez la maison de Scarborough Hill ? lui demanda Harrison.

— Oh, oui ! J'aimais cette maison. C'est nous qui l'avons fait bâtir, vous savez. Nous avons fait démolir celle de l'ancien gouverneur Scarborough qui était là depuis des années et des années et nous avons fait bâtir la nôtre. Oh, ça en a fait, des histoires ! Toute l'arrière-garde de Scarborough Hill a levé les armes contre nous. Louise Somerset, notre voisine, ne m'a pas adressé la parole pendant des années. C'était une Scarborough. Nous y avons passé des années merveilleuses. Tous les enfants y ont grandi. Les autres maisons où nous avons vécu, comme celle en Californie, et l'appartement de New York, ce sont de belles maisons, mais elles sont le rêve d'autres personnes, pas le mien.

— Sis Malloy y habite maintenant, à ce qu'on m'a dit ?

— Sis, oui. Elle est tellement gentille. Un jour, nous y retournerons, je le sais. Vous n'êtes pas venu avec votre femme ?

— Non.

— Elle travaille ?

— Pour une maison d'édition ; comme directrice de collection.

— J'imagine que vous n'avez pas besoin d'une nounou pour vos enfants ? Maureen vient d'en renvoyer une qui est excellente. Une cousine de Bridey.

— Nous avons une jeune fille au pair. Une Suissesse.

— C'est curieux, Maureen n'arrive pas à garder ses domestiques. Savez-vous depuis combien d'années Bridey est à mon service ? Et Charlie ? J'ai perdu le compte exact, mais depuis que les enfants sont petits. Il est très important de savoir traiter les domestiques. Vous ne croyez pas ?

— Je suppose, dit Harrison. Je n'ai jamais été confronté à ce problème.

Inévitablement, Grace orienta la conversation sur la religion.

— Vous avez épousé une catholique ? demanda-t-elle.

— Oui.

— Vos enfants sont baptisés ?

— Oui.

— J'ai remarqué que vous n'étiez pas venu à la messe aujourd'hui.

— En effet.

— Une chose que je désapprouve sous mon toit.

— J'ai trente-cinq ans, madame Bradley. Avec tout le respect que je vous dois, j'estime que cela ne regarde que moi.

Grace, décontenancée par la réponse d'Harrison,

battit en retraite. Elle avait l'habitude qu'on lui réponde « Oui, m'man », ou bien « Oui, madame Bradley » quand elle énonçait ses diktats sur les pratiques religieuses. Harrison n'était plus le garçon docile dont elle se souvenait, aussi disposé à obéir à toutes les suggestions des Bradley que pouvaient l'être Sis et Fatty Malloy.

— Oui, évidemment, dit-elle. Peut-être y reviendrez-vous un jour. Attendez de connaître le premier grand drame de votre vie, vous verrez. Cela se passe souvent ainsi. Votre femme va à l'église ?

— Ma femme et moi sommes séparés, mais je ne crois pas qu'elle y aille.

Grace sombra dans le silence. A cet instant, Kitt entra dans la pièce.

— Harrison a épousé Claire Rafferty, m'man, lança-t-elle. Tu te souviens d'elle ? Elle était demoiselle d'honneur au mariage de Maureen.

— Oh ? fit Grace. Vraiment ?

Une expression de mécontentement apparut sur son visage.

— Bon, il se fait tard, dit-elle. Je devrais déjà être couchée. Bonne nuit tout le monde.

— Bonne nuit, m'man.

— Bonne nuit, madame Bradley.

— Demande à la nouvelle femme de chambre d'enlever les pivoines, tu veux bien, Kitt ? Je crois qu'elle s'appelle Colleen. Les pivoines se fanent, dis-le-lui.

— Oui, m'man.

— Je reverrai toujours cette superbe robe de demoiselle d'honneur dans la corbeille à papier, dit Grace à la cantonade tandis qu'elle gravissait l'escalier. Elle avait coûté sept cents dollars, ce qui représentait beaucoup d'argent en 1973.

Kitt suivit sa mère des yeux jusqu'à ce qu'elle atteigne le palier et la porte de sa chambre.

— Il aurait peut-être mieux valu que tu ailles à la messe, tu sais, Harrison. C'est tellement important pour elle. Quelle différence cela fait-il, franchement ? C'est juste une heure de ta vie.

Harrison se tint coi.

— C'est juste pour la comédie familiale. Des gens attendent sur le parvis de l'église pour voir Constant, Charlotte et leurs enfants. Ils incarnent la famille américaine idéale quand ils s'avancent dans la nef pour aller s'asseoir. Même s'ils ont des problèmes en privé, impossible de deviner que quelque chose ne va pas quand on les voit ensemble en public. Ils connaissent leur rôle par cœur. Elle est aussi bonne comédienne que lui. P'pa rayonne de fierté de voir tout le monde qui regarde Constant. Pas étonnant qu'il ait envie que Constant devienne président.

Harrison gardait toujours le silence.

— Je ne vais quand même pas aller parler à la femme de chambre à cette heure-ci, dit Kitt.

Elle prit le vase de pivoines blanches qui était posé sur le piano et le porta dans le couloir où elle le plaça sur la console, sous la photographie du pape. Quand elle revint, le salon était plongé dans l'obscurité.

— Harrison ? fit-elle.

— Je suis ici. J'ai éteint les lumières, chuchota-t-il.

— Chéri, souffla-t-elle, se dirigeant vers la voix.

Ils s'embrassèrent dans le noir, s'enlacèrent. Harrison passa une main sous la robe de Kitt.

— Oui, oh, oui, gémit-elle.

— Pas de soutien-gorge ? chuchota-t-il.

— C'était au cas où une occasion se présenterait.

— Elle se présente.

— Deux jours entiers sans te toucher. J'ai cru que j'allais devenir folle, dit Kitt.

Ils s'embrassèrent de nouveau, avec de plus en plus de passion, leur cœur battant de plus en plus vite. Harrison souleva la robe de Kitt, nicha une main entre ses cuisses, la caressant doucement tout en continuant à l'embrasser profondément.

— Oh, ouiiii, gémit Kitt.

Elle descendit la braguette du pantalon d'Harrison,

glissa sa main à l'intérieur, saisit son sexe en érection et le sortit.

— Oh, oui, murmura Harrison. Oh, Kitt.

Elle se laissa tomber à genoux, et commença une fellation. Ils se perdirent dans le plaisir.

Du hall d'entrée, leur parvint le son de talons aiguilles cliquetant sur les dalles de marbre.

— M'man ? M'man ? Pourquoi est-ce que tout est éteint ? cria la voix de Maureen. M'man, Nanny a volé deux de mes plus beaux pulls en cachemire avant de repartir pour New York. M'man ?

Elle appuya sur l'interrupteur et la pièce fut inondée d'une lumière rosée. Là, à l'autre bout de la pièce, devant la cheminée, Harrison était debout, Kitt agenouillée à ses pieds. Maureen en eut le souffle coupé. Elle porta ses deux mains à sa bouche en un geste horrifié. L'idée même de ce dont elle était le témoin involontaire lui répugnait, la fit frissonner et piquer un fard. Puis elle se signa.

— Dieu du ciel ! Sainte mère de Dieu ! Je n'ai jamais, jamais, jamais, ja-mais, vu quelque chose d'aussi répugnant de toute ma vie. Et chez ma mère, en plus ! Comment as-tu pu... couvre-toi la poitrine, Kitt... comment as-tu pu tomber si bas ?

Kitt se releva, rajusta sa robe, le bas, et le haut autour de sa poitrine. Harrison se baissa et remonta son caleçon qui lui était tombé aux chevilles, puis il se baissa de nouveau et remonta son pantalon. Il le boutonna et remonta sa braguette.

Maureen, respirant avec peine, les regardait avec dégoût.

— Il vaut mieux que tu ailles dans ta chambre, Harrison, dit Kitt, très calme. Laisse-moi faire.

— Tu es sûre ? fit Harrison.

— Oh, oui.

— Ça ira ? insista Harrison.

— Oui, oui. Bonne nuit.

— Bonne nuit.

— Je t'aime, Harrison.

Harrison quitta la pièce sans accorder un regard à Maureen. Elle le suivit haineusement des yeux. Les deux sœurs le regardèrent qui montait l'escalier.

— Au cas où cela t'intéresserait, fit Maureen, sache que pas plus tard qu'aujourd'hui, la nouvelle bonne, Debbie ou Colleen, peu importe son nom, l'a vu qui embrassait ton frère, dit Maureen.

— Ne dis pas n'importe quoi, dit Kitt.

— Ton comportement est déplorable, dit Maureen, se tournant vers sa sœur. Les animaux ont plus de tenue. Les animaux ! Tu veux tuer maman ? Parce que c'est ce qui arriverait ; elle mourrait si elle apprenait que tu sors avec ce profiteur, Harrison Burns. Il a utilisé notre famille au maximum, il nous a laissés tomber et maintenant le voilà de retour, plus avide que jamais.

— Tu as tout faux, Maureen, comme toujours. J'espère que tu n'as pas l'impression qu'il fait partie de tes inconditionnels ?

— Ses sentiments à mon égard me laissent totalement indifférente. Il est marié, tout comme toi, devant Dieu. Et marié à cette horrible Claire Rafferty pour couronner le tout. C'est la seule partie de ce feuilleton abominable qui me réjouit. Tu sais ce qu'elle a fait à mon mariage ?

— Oh, je t'en prie, Maureen, ne recommence pas avec cette histoire de robe à sept cents dollars. Je t'en prie. On la connaît tous. On l'a entendue des centaines de milliers de fois !

— C'était d'une impolitesse insigne !

— Je suis dans une position gênante vis-à-vis d'elle et je suis la dernière personne qui devrait prendre sa défense, étant donné que je baise avec son mari, et qu'il m'arrive aussi de lui faire des pipes, comme tu as pu le constater par toi-même, mais elle avait de bonnes raisons de jeter sa robe de demoiselle d'honneur à la corbeille. S'il m'était arrivé ce qui lui est arrivé, ce n'est pas dans la poubelle que je l'aurais jetée, mais dans les chiottes !

— Oh ? Et que lui est-il donc arrivé ? demanda Maureen.

— Devine. Devine, Maureen. Il lui est arrivé la même chose que ce qui est arrivé à Mary Elizabeth Moylan quand elle est venue voir Mary Pat à l'ambassade, à Paris. La même chose que ce qui est arrivé à Puff Rooney, du couvent, quand elle est venue passer quelques jours à la maison avec moi. La raison pour laquelle aucune de nos amies ne voulait rester coucher chez nous. Ou pour laquelle leurs parents ne le leur permettaient pas.

— Je ne comprends pas de quoi tu parles.

— Mais si, tu comprends, Maureen. Tu comprends même parfaitement. C'est une des dizaines de choses dont on fait semblant de ne rien savoir dans la famille. Comme le fait que Johnny Fuselli soit un gangster. Comme l'existence de cette fille à la colonne vertébrale brisée qui était dans la voiture avec Jerry. Comme ce qui est arrivé à Winifred Utley.

— Tais-toi ! hurla Maureen.

Elle gifla sa sœur de toutes ses forces.

Kitt, vacillant sous le choc, projetée en arrière, tomba sur le fauteuil qu'avait occupé sa mère. Ses yeux s'emplirent de larmes. Lentement, elle se releva.

— Oh, va te faire faire un autre gosse, Maureen, dit-elle d'une voix lasse.

Elle sortit de la pièce et s'engagea dans l'escalier puis, changeant d'idée, elle se dirigea vers la loggia. Là, au fond de la pièce, le buffet du déjeuner n'avait toujours pas été desservi. Elle prit une bouteille de vodka, la déboucha, et but au goulot, à grandes gorgées.

— Ce n'était peut-être pas une si bonne idée que ça, dit Gerald.

— Quoi, p'pa ? demanda Jerry.

— De faire venir Harrison.

— Je t'avais dit de laisser tomber avec ce type, p'pa.

— Il m'a tenu des propos bizarres. Et à Constant

aussi. Il n'arrête pas de ressasser cette vieille histoire. Constant en est très contrarié.

Gerald, Jerry, Des et Sandro avaient toujours pensé que le temps diminuerait le souvenir de cet événement de ces lointaines vacances de Pâques à Scarborough Hill. « Les gens oublient », disait souvent Gerald. Ils pensaient même que le temps diminuerait la douleur de Luanne Utley, la mère de Winifred. Elle avait sûrement surmonté son chagrin maintenant et la vie avait repris ses droits, spéculait Gerald.

— Constant pense qu'il est un peu cinglé, dit Gerald.

— Ce type est une bombe à retardement ambulante, p'pa.

12

Bien après minuit, le téléphone sonna chez les Bradley, dans leur villa de Southampton. Le poste de la chambre de Gerald et de Grace avait été débranché avant qu'ils se retirent. Grace, qui allait au village tous les matins pour assister à la première messe, n'appréciait pas que son repos fût perturbé une fois qu'elle avait fermé la porte de sa chambre. Kitt, qui avait ingurgité près d'une demi-bouteille de vodka après son altercation avec Maureen, était tombée ivre morte sur son lit et n'entendit pas le téléphone. Maureen était retournée à son cottage. Le poste de la chambre de Jerry, située tout au bout de la maison, correspondait à une ligne personnelle. Harrison, dont la chambre se trouvait juste en haut de l'escalier, fut tiré de son sommeil par l'insistance de la sonnerie mais estima que ce n'était pas à lui d'aller répondre dans une maison où il était de moins en moins le bienvenu. Finalement, à la douzième sonnerie, le téléphone se tut.

Mais le silence fut de courte durée. Quelques minutes plus tard, Harrison fut à nouveau dérangé par des sanglots venant du hall d'entrée. Il se leva, enfila le peignoir en éponge qui se trouvait dans son cabinet de toilette, et ouvrit la porte de sa chambre. Bridey montait l'escalier, vêtue d'une longue chemise de nuit, en chaussons, et coiffée d'un bonnet de nuit. Elle pleurait.

— Que se passe-t-il, Bridey ? s'enquit Harrison.

— C'était la police, Harrison. Il a eu un accident.

— Qui ?

— Constant. Il est rentré dans un poteau télégraphique sur la Montauk Highway. Ils l'ont transporté à l'hôpital de Southampton.

— Je m'habille. Vous feriez mieux de réveiller M. et Mme Bradley, Bridey.

— Oh, j'aime pas l'idée que ce soit moi qui leur dise. Elle n'aura eu que des malheurs dans sa vie, la pauvre femme.

— C'est grave ?

Elle regarda à droite et à gauche pour s'assurer que personne n'écoutait et chuchota à l'oreille d'Harrison :

— Il avait bu. Dans un bar de Sag Harbor.

En quelques minutes, les lumières de l'immense villa étaient toutes allumées. On avait téléphoné à Maureen, à son cottage, revenue au plus vite à la villa pour être auprès de sa mère. On avait sorti Kitt de sa torpeur. Jerry était au téléphone avec Johnny Fuselli, lui transmettant les ordres que Gerald lui aboyait à l'oreille. Des et Sandro étaient partis les premiers à l'hôpital. Bridey faisait du café à la cuisine. Harrison remarqua l'absence de Charlotte. Il sortit et se rendit à son cottage. Il sonna tout en frappant à la porte.

— Qui est-ce ? fit une voix derrière la porte.

— Harrison, Charlotte. Ouvrez.

La porte s'ouvrit. Charlotte, en chemise de nuit, apparut sur le seuil.

— Il est arrivé un accident, dit Harrison.

— Constant, je suppose.

— Oui.

— Il est mort ?

— Non. Il a été transporté à l'hôpital de Southampton.

— Je m'habille.

A quatre heures du matin, la famille au grand complet, ou presque, était rassemblée dans le couloir de l'hôpital de Southampton. Seule Grace était restée à la maison, en compagnie de Bridey. Elle avait prévu de venir après la messe de huit heures. Harrison, à l'écart, les observait. Gerald, Jerry et Des parlementaient avec un médecin indien, au bout du couloir, devant une salle de soins intensifs. Maureen, pas maquillée, assise sur un canapé en skaï orange à côté de Charlotte, égrenait un chapelet en argent. Kitt, toujours sous les effets de sa gueule de bois, regardait par la fenêtre la nuit noire au-dehors. Freddy Tierney fut envoyé à une cafétéria ouverte toute la nuit afin de rapporter du café pour tout le monde.

— Et appelle à la maison ! lui cria Maureen. Que Bridey dise à la nouvelle bonne d'aller garder les enfants jusqu'à notre retour. Ah, nanny a bien choisi son moment pour nous fausser compagnie !

— C'est une commotion cérébrale, annonça Des à la famille.

— Grave ? demanda Kitt.

— Il est toujours inconscient. Ils ont dû lui faire beaucoup de points de suture sur le crâne et le visage. Le Dr Puthli, celui qui a le turban bleu, semble penser qu'il s'en sortira.

— Quel était son taux d'alcoolémie ? s'enquit Harrison.

Tous le regardèrent, n'en croyant pas leurs oreilles.

— Je te tiens pour responsable de ce qui lui est

arrivé, dit Jerry, désignant Harrison du doigt, le visage déformé par la colère.

— Moi ? fit Harrison. C'est la meilleure !

— C'est toi qui l'as contrarié. Il n'avait pas bu depuis des mois. C'est toi qui l'as foutu en boule.

— Tu sais quoi, Jerry ? fit Harrison. Si tu n'étais pas infirme, je t'éclaterais la gueule. Comment oses-tu dire une chose pareille ?

Jerry, stupéfait, resta momentanément sans voix.

— Vous tenez des propos outrageants à l'égard de mon fils, dit Gerald.

Il avait parlé d'une voix dure. Son regard exprimait de la froideur et de l'hostilité.

— J'exige que tu présentes des excuses à mon frère, s'exclama Maureen, irritée.

— Je préférerais répéter ce que j'ai dit plutôt que d'avoir à m'en excuser, dit Harrison à Maureen. L'idée de me rendre responsable de l'accident de votre frère qui conduisait en état d'ivresse est un aveu de culpabilité de la part de l'entourage permissif qui est le sien.

— Qu'est-ce que tu fous ici de toute façon ? s'écria Maureen. Tu ne fais pas partie de la famille, que je sache !

— Oui, tu as entièrement raison, reconnut Harrison. Je m'en vais.

— Il peut rester, déclara Kitt. J'ai envie qu'il soit là.

— Autant que tu dises à Sims Lord de venir, murmura Gerald, d'une voix lasse, à Jerry. Nous devons préparer une déclaration au cas où la presse s'emparerait de cette histoire. Où est Fuselli ?

— Toujours au poste de police, dit Jerry.

Il avait donné des ordres à Johnny Fuselli qui était au courant de tout, capable de tout, et était bien connu de divers postes de police et tribunaux comme généreux donateur de fonds lorsque certains rapports demandaient à être supprimés.

— Il vaut mieux le laisser faire. Il sait comment régler ces choses-là.

Harrison erra dans un couloir jusqu'à ce qu'il déniche un distributeur de jus de fruits. Devant la machine, dos à lui, se tenait Charlotte qui appuyait sur les boutons comme une folle.

— Je n'arrive pas à faire fonctionner cette machine, dit-elle. Vous m'aidez ? J'ai mis mon dollar là-dedans, comme c'est expliqué, mais rien ne se passe.

— Vous avez mis George Washington dans le mauvais sens, dit Harrison. Qu'est-ce que vous voulez boire ?

— Un Coca light. Oh, à vrai dire, ça m'est complètement égal. Poussez le premier bouton qui vous tombe sous la main. Il fallait que je m'éloigne de cette famille. Je ne devrais pas vous adresser la parole, je suppose. C'est vous l'ennemi public numéro un à présent. J'ai apprécié que vous les traitiez d'entourage permissif. Je ne vous ai pas dit au sujet de Jerry ?

Son regard se porta à l'autre bout du couloir où Jerry et Maureen étaient en pleine conversation.

— Deux pignoufs s'aimaient d'amour tendre, dit-elle.

— Que va-t-il se passer maintenant ? s'enquit Harrison.

— Maintenant, la machinerie Bradley va se mettre en branle. Johnny Fuselli. Sims Lord. Un publicitaire de New York. Et Jerry aux commandes. Je me demande à quoi peut bien s'occuper Jerry entre deux scandales familiaux.

— Et que se passe-t-il lorsque cette machinerie se met en branle ?

— Eh bien, je vais être photographiée m'engouffrant précipitamment dans cet hôpital, en épouse aimante et inquiète, avec, dans une main, un bouquet de pivoines blanches venant directement du jardin de Grace — ils pensent à tout, vous savez — et dans l'autre, des brownies venant d'être faits par Bridey enveloppés dans du film transparent. On aura pris soin de m'écrire sur mesure une petite déclaration irréprochable que je devrai réciter à tout journaliste à qui il prendrait l'envie de me demander ce que mon mari faisait dans une voiture en compagnie d'une autre femme, roulant à cent vingt kilomètres à l'heure sur la Montauk Highway à deux heures du matin.

— On ne m'avait pas dit qu'il était avec une femme, fit Harrison.

— A moi non plus, figurez-vous. Mais, vous savez, j'ai déjà joué cette scène, Harrison, et dans cette famille il y a toujours une femme sur le siège passager des voitures, dit Charlotte. C'est sans doute pour ça que Johnny Fuselli est au poste de police : pour faire rayer son nom des rapports et acheter son silence.

— Vous avez vu Constant ?

— Oui.

— Et ?

— Peut-être que quelques cicatrices faciales lui feront le plus grand bien, lui donneront un peu plus de personnalité. Il est trop beau.

— Ça ira, pour vous ?

— Oh, oui, bien sûr. On s'y habitue, vous savez. N'allez surtout pas croire que c'est une première pour moi. La seule raison pour laquelle je ne suis pas devenue une alcoolique, c'est qu'il y en a déjà une dans la famille.

Harrison se détourna et s'éloigna dans le couloir.

— Oh, Harrison ? s'écria Charlotte.

— Oui ?

— C'était gentil de votre part d'être venu me chercher. Aucun d'eux n'y aurait pensé.

— Pour un accident dû à l'alcool, c'est pas un accident grave, dit Johnny Fuselli. Y a pas eu mort d'homme. Y a que la Testarossa qui s'en est pas tirée. Bien sûr, Constant est plutôt sonné, mais la fille va pas mal. Je l'ai fait transférer dans un hôpital de Garden City.

— Qui est-elle ? demanda Gerald.

— Ce n'est personne, p'pa. Une pouffiasse qu'il a ramassée dans un bar.

— Elle s'appelle Wanda Symanski, un nom comme ça, dit Johnny Fuselli. Une Polonaise, je crois.

— Symanski, Dieu du ciel ! s'exclama Gerald, à la façon méprisante que Leverett Somerset prenait pour prononcer des noms d'origine irlandaise qui lui causaient tant de détresse.

— Ce n'est personne, répéta Jerry.

— Je n'en suis pas si sûr, dit Gerald. Les jeunes filles de la bonne société ne portent pas plainte. Les « pouffiasses », comme tu dis, oui. Surtout quand elles flairent qu'il y a de l'argent à la clé. Tu as intérêt à découvrir tout ce qu'il y a à savoir sur elle, Johnny. Mariages, divorces, avortements, casier judiciaire. Va dans le bar en question. Bavarde avec le serveur.

— Hé, hé, Gerald. Je sais ce que je dois faire, je sais à qui faut parler, j'connais mon boulot.

*

* *

Kitt et Harrison regardaient par la fenêtre de l'hôpital.

— Le jour se lève, constata Harrison.

— Il y a une chose que je voulais te demander, dit Kitt.

— Quoi ?

— Est-ce que tu as embrassé Constant hier ?

Harrison se tourna vers elle et lui sourit.

— Non.

— D'après Maureen, la nouvelle bonne t'a vu le faire.

— Cette brave Maureen.

— Alors ?

— C'est Constant qui m'a embrassé.

— Ce n'est pas vrai !

— Si.

— Pourquoi aurait-il fait ça ?

— Pour que j'écrive son livre, je suppose.

— Et tu vas le faire ?

— Non. Je l'avais déjà dit à tout le monde avant de venir. J'ai hâte de partir, Kitt. Je ne veux pas me faire de nouveau bouffer par ta famille. Je n'ai pas du tout apprécié ce week-end, sauf ce moment merveilleux où Maureen t'a surprise en train de me faire une pipe.

Kitt sourit.

— Tu aurais dû l'entendre. Elle était dans une rage !

Elle prit la main d'Harrison.

— Qu'est-ce que tu as dit à Constant pour que p'pa et Jerry soient aussi furieux ? lui demanda-t-elle.

— Je lui ai dit qu'il ne devrait pas se présenter aux élections. Je lui ai dit que l'affaire de Scarborough Hill risquait d'être déterrée.

— Oh, cette vieille allégation. Tu ne crois pas qu'il en a assez souffert comme ça ? fit Kitt, d'une voix qui surprit Harrison par l'irritation qu'il y décela.

— C'est exactement ce que m'a dit ton père, répliqua-t-il, la regardant droit dans les yeux. Vous dites tous les mêmes choses. Vous répétez votre texte ?

— Pourquoi ne laisses-tu pas tomber, Harrison ? Je t'en prie. Constant est fait pour diriger. Il est né pour ça.

— En ce cas, Constant devrait ajuster son comportement à la hauteur de ses ambitions.

— Tu es une sainte nitouche, Harrison. Si imbu de ta personne.

— Je peux te demander quelque chose, Kitt ? Supposons que ce soit toi qui aies été assassinée cette nuit-là et non une nouvelle venue en ville que personne ne connaissait, crois-tu que ton père et tes frères se seraient contentés d'une enquête de police aussi bâclée que celle qui a eu lieu ? S'ils n'avaient pu obtenir satisfaction de la police, ils auraient chargé Johnny Fuselli et ses sbires de s'occuper du suspect à leur façon.

— Je ne veux pas avoir cette conversation, Harrison. Je ne veux rien entendre ! C'est si loin tout ça.

Surtout maintenant, ici, dans cet hôpital. Nous ne savons même pas si Constant va s'en sortir !

— Je vais partir, Kitt. Je rentre à New York.

— Quand est-ce que je te revois ?

— Je n'en sais rien.

— Ne me dis pas ça, Harrison. Ne me dis pas ça ! Dis-moi mardi après-midi, mercredi à midi, jeudi matin, vendredi minuit, n'importe quand, n'importe où, mais donne-moi un rendez-vous ! Je t'en prie, Harrison. Je t'en prie. Je t'aime, Harrison.

Des surgit.

— Mon père aimerait vous voir, Harrison, dit-il.

— Où est-il ?

— Dans la chambre de Constant.

— Avec ou sans Jerry ?

— Sans.

Harrison parti, Des se tourna vers Kitt et lui dit :

— P'pa veut que Maureen et toi rentriez à la maison, Kitt. Constant va bien.

— Comment ça va ? demanda Harrison à Constant.

Constant, recouvert de bandages, hocha la tête. Son beau visage paraissait boursouflé et lourd sous les bandages, ses yeux injectés de sang.

— Je suis désolé de ce qui t'arrive, dit Harrison.

Constant hocha de nouveau la tête.

— Je pense que nous devrions avoir une petite conversation, Harrison, dit Gerald, assis sur une chaise au pied du lit.

— Constant va bien ? s'enquit Harrison.

— Un peu assommé, mais il va bien. Sims Lord est arrivé. J'aimerais que vous bavardiez un peu avec lui. Je lui ai dit que vous seriez à la villa à huit heures. Il aimerait vous parler après le petit déjeuner.

— J'ai décidé de rentrer à New York, monsieur Bradley. Je ne repasse chez vous que pour prendre mes affaires, et je repars tout de suite en ville.

— Non, je suis navré. Vous allez d'abord vous entretenir avec Sims Lord. J'insiste. Vous me comprenez ?

Harrison regarda Gerald, puis Constant. Tous deux le fixaient du regard.

— C'est la machinerie Bradley encore et toujours au travail ?

Gerald éluda sa question.

— Sims vous attendra dans la salle de projection. Personne ne viendra vous déranger.

— Je n'ai d'ordres à recevoir de personne, monsieur Bradley, répliqua Harrison. Quand Constant, ici présent, candidat au poste de gouverneur, aura récupéré de son accident en état d'ivresse, lui, recevra des ordres. Des, le célèbre chirurgien cardiologue, reçoit des ordres. Sandro, le sénateur, reçoit des ordres. Et Jerry, votre député, votre secrétaire-confident, reçoit des ordres. Johnny Fuselli reçoit des ordres. Nous nous souvenons tous du sac-poubelle contenant la batte de base-ball et les vêtements, n'est-ce pas ? Mais moi, je n'ai d'ordres à recevoir de personne ici. Je ne fais pas partie de votre famille, non, Dieu merci, et je ne suis pas à votre service.

— Non, non, bien sûr que non, dit Gerald, soudain conciliant. Je comprends parfaitement. Disons que je vous serais extrêmement reconnaissant si vous acceptiez de voir Sims.

— J'aimerais que vous me disiez de quoi Sims Lord veut m'entretenir dans la salle de projection à huit heures du matin pour que je puisse décider si j'irai ou pas.

Gerald regarda Harrison un long moment avant de dire :

— Vous avez fait allusion plus d'une fois durant ce week-end au triste événement qui a eu lieu à Scarborough Hill, il y a des années.

— Manifestement, je ne possède pas la même faculté d'oubli que vous autres, dit Harrison.

Gerald ignora son intervention.

— Est-ce que vous seriez tous aussi cléments si

c'était Mary Pat ou Kitt qui avait reçu douze coups de batte de base-ball sur le crâne cette nuit-là ?

Constant détourna la tête.

— Il est important que vous sachiez, continua Gerald, persistant à ignorer les propos d'Harrison, quel est, du strict point de vue juridique, votre degré de participation dans cet événement si lointain.

— Oh, je vois. J'ai déjà averti votre fils que je n'irais pas trouver la police, dit Harrison. N'est-ce pas, Constant ?

Constant ne répondit pas.

— Quand même, insista Gerald, j'aimerais que Sims vous l'explique.

— Je le sais déjà. Je suis, je suppose, son complice. J'ai transporté un cadavre. J'ai menti aux inspecteurs. Je me suis tu. Mais, et vous, monsieur Bradley ?

— Quoi, moi ?

— *Votre* complicité dans cette affaire ?

— La mienne ? s'exclama-t-il, tombant des nues.

— Vous m'avez soudoyé pour que je me taise.

— Jamais de la vie.

Comment appelez-vous ça, alors ? Vous avez acheté mon silence. Lequel de nous deux fera le plus mauvais effet ? Un jeune étudiant boursier de dix-sept ans, orphelin, qui a accepté qu'on finance ses études ? Ou bien un père multimillionnaire qui les a financées pour protéger son fils ?

— Mensonges, mensonges, mensonges que tout cela ! J'ai financé votre éducation, c'est vrai, mais ça n'a aucun rapport avec un quelconque marché. Les très riches ont de tout temps aidé les moins fortunés. J'ai la réputation d'être un homme de vérité.

— Permettez-moi de ne pas être d'accord avec vous sur ce dernier point, monsieur Bradley. La première fois que je vous ai rencontré, c'était dans une limousine conduite par Charlie après que Constant fut renvoyé de Milford parce qu'il possédait des photos pornographiques de femmes se bouffant la chatte. Nous avons traversé le Connecticut en silence, de Milford à

Scarborough Hill. J'étais assis sur le strapontin. J'aurais tout aussi bien pu ne pas être là vu le peu d'attention que vous m'avez accordée.

— Où voulez-vous en venir avec cette longue histoire ? interrogea Gerald.

— J'en arrive à la chute. Quand nous sommes parvenus à Scarborough Hill, vous avez dit à votre fils alors âgé de seize ans, je cite : « Tu n'es pas comme tes frères. Il faut toujours que tu te fasses choper. Tu aurais pu mentir, espèce d'idiot, tu aurais pu, tu aurais dû mentir, dire que ces photos n'étaient pas à toi. »

— Tout comme le Juif sait reconnaître un antisémite, je sais reconnaître un anti-Bradley, et vous en êtes un. Je n'ai jamais rien dit de tel.

— Si. N'est-ce pas, Constant ? Alors, ne venez pas me parler de vérité, monsieur Bradley. Dites à Sims Lord que j'accepte de le voir.

— Comment avez-vous trouvé le film avec Madonna, hier soir, Sims ? demanda Harrison, désignant l'écran de la salle de projection, ex-salle de bal. Ils étaient assis de côté, sur des chaises placées face à l'écran, se regardant. Aucun d'eux ne semblait très pressé d'entamer la discussion.

— J'ai bien aimé, dit Sims Lord. Pas vous ?

— Je ne suis pas resté pour le regarder, répondit Harrison. Tous ces papotages de la haute société me mettent hors de moi ; ces amies de Grace, Baba, Sonny, Thelma et les autres !

— Hmmm.

Il avait du mal à se lancer.

— J'ai parfaitement conscience que je suis complice, dit Harrison, venant à sa rescousse. On pourrait commencer par là, si vous voulez ?

— Le terme me paraît bien choisi, oui, approuva Sims. Mes *mavens*, mes experts en droit criminel m'ont dit que vous pourriez faire l'objet de divers chefs d'accusation, graves pour certains, Harrison. Bien entendu, je leur ai posé mes questions en termes voilés. Et si ? ai-je demandé. Et *si* ? Pas de noms. Supposons que tel ou tel crime ait eu lieu, ai-je dit. Supposons qu'il y ait eu un complice. Ce genre de questions, vous voyez. Rien qui ne puisse être relié à une quelconque réalité. C'est une chose courante dans l'exercice de notre métier. Permettez-moi de vous lire mes notes.

Sims plongea la main dans une de ses poches et en sortit une paire de lunettes. Il les chaussa, glissa la main dans la poche intérieure de son veston et en tira une feuille de papier.

— Voyons voir... Ah oui, voilà, c'est ça : « faux témoignage, complicité de meurtre, délit d'entrave à la justice », lut Sims. Bien entendu, les lois varient d'une juridiction à l'autre.

— Oui, oui, j'ai parfaitement conscience du bien-fondé de ces accusations. Mais vous en avez oublié une : corruption passive. Vous avez oublié que je pourrais aussi être accusé de ça, dit Harrison.

— Corruption ?

— Oui, Sims, cor-rup-tion. Vous vous souvenez de ce que ce mot veut dire ? Libeller des chèques ? Payer des voyages ? Une année en Europe ? Un établissement scolaire plus coté ? Ce genre de corruption.

— Je ne comprends pas à quoi vous faites allusion.

— Mais si, vous comprenez très bien, Sims. C'est vous qui m'envoyez les chèques.

— Aider un jeune garçon désargenté en lui versant une bourse pour financer ses études, je ne vois pas en quoi ce serait de la corruption.

— Quand c'est pour acheter le silence de ce jeune garçon, c'en est, dit Harrison.

Sims, furieux, replia et rempocha sa feuille de papier. Il ôta ses lunettes, se leva posément et s'éloigna. Sur le seuil de la salle de projection, il se retourna vers Harrison, qui n'avait pas bougé de son siège.

— Avez-vous songé à Grace Bradley dans tout ça ? Ne voyez-vous pas quelle femme extraordinaire elle est ? Moi-même, je ne suis pas catholique, mais j'ai cru comprendre qu'elle allait sous peu être faite comtesse papale par le Saint Père pour son apport remarquable aux œuvres de bienfaisance catholiques. Avez-vous idée de ce que ça lui fera ? N'y avez-vous pas pensé du tout ?

— Qu'êtes-vous en train de me dire, Sims ? Qu'on doit fermer les yeux sur le crime de Constant parce que sa mère est une femme remarquable ? Je veux être certain de bien vous comprendre. Le problème de Constant, c'est que ses offenses ne lui ont été que trop pardonnées, sa vie durant. Vous le savez tous. Et que sa mère soit une femme remarquable n'y change rien.

— Ce gars-là est un coriace, dit Sims Lord, faisant son rapport.

— Harrison Burns, un coriace ? C'est une plaisanterie, fit Jerry, avec un rire désobligeant. Nous pensions tous que c'était une petite pointure, pour tout vous dire.

— Je ne veux pas dire aussi coriace qu'un boxeur sur le ring, Jerry. Plus coriace encore : d'une intégrité à toute épreuve.

— Vous lui avez lu les accusations qui pourraient être portées contre lui ? demanda Gerald.

— Oui. Il le savait déjà.

— Et ?

— Et je crois qu'il s'en moque. Je crois qu'il est prêt à en assumer les conséquences. Je pense qu'il veut chasser tout ça de sa vie. Je pense que l'avoir fait venir ici auprès de toute la famille a été une grosse erreur. Je pense que ça a réveillé des démons endormis. C'est ainsi qu'il en parle : ses démons. C'est pour cela qu'il nage. Il dit que c'est le seul moment où il se sent en paix avec lui-même.

— Ses démons, je les emmerde ! fit Jerry. Conclusion ?

— Je pense que cet homme est de jour en jour un danger de plus en plus grand pour votre tranquillité.

— Fatty Malloy m'a envoyé une coupure de presse, p'pa, dit Jerry. Je ne voulais pas t'en parler devant Sims.

— Sur quoi ? demanda Gerald.

— Extraite du journal de Scarborough Hill.

— Sur quoi ?

— Qui dit : « La police déclare que l'affaire Utley progresse mais se refuse à révéler des détails. »

— Je croyais que cette histoire était réglée depuis dix-sept ans.

— Depuis que Mme Utley a offert une récompense de cinquante mille dollars pour toute information qui permettrait d'aboutir à une arrestation, plusieurs choses ont été mises en lumière, poursuivit Jerry.

— Conneries, fit Gerald. C'est un tissu de conneries destinées à faire peur. C'est tout. Personne ne sait rien, à part nous et Harrison.

A la mention de ce nom, leurs regards se croisèrent.

— C'est justement ce que je voulais dire, fit Jerry.

— Où est-il ? demanda Gerald.

— Il est en train de nager.

— Il ne cesse de nager celui-là.

— Qu'allons-nous faire, p'pa ?

Gerald se leva, alla à la fenêtre et regarda la mer.

— Tu t'en occupes, Jerry. Fais ce que tu juges bon de faire. Je ne veux rien savoir. Je ne veux pas être au courant. Compris ? Je ne veux rien savoir.

Jerry et Johnny Fuselli étaient assis à l'avant de la Ferrari Testarossa rouge de Constant. Le pare-brise avait volé en éclats dans l'accident. La calandre et l'aile gauche étaient sérieusement endommagées.

— Elle vous plaît, cette voiture ? demanda Jerry.

— Oh, vous pensez, c'est la voiture de mes rêves, dit Johnny Fuselli. Comment il a pu la bousiller à ce point, ça me dépasse. Si j'avais une bagnole comme ça, une Testarossa — rien que le nom me plaît —

j'arrêterais pas de lui embrasser le cul, matin, midi et soir.

— Elle est à vous.

— Vous déconnez ?

— Non. Elle est à vous. P'pa a dit de vous en faire cadeau. Nous paierons pour toutes les réparations. On connaît un gars à Southampton qui répare...

— Vous avez demandé à Constant ?

— Lui aussi aimerait que vous l'ayez.

— Mais vous lui avez demandé ? C'est que je ne veux pas me raconter qu'elle est à moi et puis que, quand il sortira de l'hôpital, il décide de la reprendre et que je doive y renoncer après que j'en serai tombé amoureux.

— P'pa lui en a commandé une neuve.

— Oh, fit Johnny.

Il réfléchit un petit moment, puis ajouta :

— Quel est le prix ?

— J'aimerais que vous nous rendiez un petit service, dit Jerry.

— Ça, je m'en doutais.

— Je te dépose en ville en voiture, dit Kitt.

— Je suppose que je n'ai pas droit à l'option hélicoptère pour le retour, dit Harrison.

— Il y a plein de voitures. Je dois aller jouer au bridge chez Sonny et Thelma. Je l'ai promis à m'man. Nous partirons après. Vers six heures ?

— Je ne veux aucune marque sur le corps, précisa Jerry. Que ce soit une noyade, rien de plus.

— Ce gars-là est un nageur de première, dit Johnny Fuselli. Il peut nager pendant des heures, des kilomètres. Je l'ai observé à la jumelle hier.

— C'est un nageur de première qui se noiera, répliqua Jerry, d'une voix posée. Vous porterez une combinaison de plongée. Un masque. Vous le suivrez à la nage. Vous attendrez qu'il ait dépassé le Beach Club. Il ne vous verra pas. Il regarde devant lui. Vous passerez sous l'eau. Vous nagerez jusqu'à lui. Vous l'attraperez par un bras. Ou une jambe. Vous le tirerez en dessous. Et il y restera.

— Et il est censé penser que c'est un requin ? Allons, allons, Jerry.

— Il pensera ce qu'il voudra. Ce type est un danger, pour vous comme pour nous, et vous le savez très bien.

— Hé, écoutez, Jerry, ça, c'est pas vraiment mon rayon, déclara Johnny. Et puis, voyons les choses comme elles sont : contre une Testarossa d'occasion qui était entortillée autour d'un poteau télégraphique sur la Montauk Highway, on peut pas dire que c'est un marché équitable.

— Plus cinquante mille dollars, proposa Jerry.

— A ce qu'on m'a dit, c'est ce qu'a reçu la fille qui était dans la bagnole avec Constant. Plus ses frais d'hospitalisation.

— Soixante mille dollars, dit Jerry.

— P'pa, je ne veux personne à la villa cet après-midi, annonça Jerry. J'ai pris des dispositions avec Sims pour que toi, Des et Sandro alliez jouer au golf au National. Soyez-y à deux heures. Rentrez à cinq heures au plus tôt.

— Le National Club, hm ? fit Gerald, impressionné. La tête que va faire Webster Pryde quand il va nous voir au National. Quel dommage que Constant soit à l'hôpital. Nous aurions été au complet.

— Que Sims vous paie un verre quand vous aurez fini.

— Qu'est-ce que tout ça signifie, Jerry ?

— Fais-le, p'pa. Je ne veux personne à la maison cet après-midi à part Bridey et les domestiques. Maureen et Freddy vont à Quogue pour rendre visite à une fille qui était au Sacré-Cœur avec Maureen.

— Et ta mère ?

— M'man, Charlotte et Kitt vont jouer au bridge chez Sonny et Thelma.

— Et toi ?

— Je vais voir le film avec Madonna au village.
— Mais tu l'as vu ici hier soir.
— Je vais le revoir. Je ne veux personne à la maison cet après-midi à part les domestiques.

Tous les jours, Harrison nageait plus loin dans l'eau froide. Il entrait dans l'océan sur la plage située au bout de la rue où habitaient les Bradley. Il parcourait deux cents mètres à la nage jusqu'à ce qu'il ait dépassé les vagues et le varech. Puis il changeait de direction et nageait vers le nord. Il se donnait un but. Le premier jour, il nagea quatre kilomètres. Le deuxième jour, six. Ce jour-là, il nagea vers le nord avec l'intention de nager huit kilomètres. Vu de la plage, il n'était qu'une petite tête qui sortait de l'eau. Puis il fut presque hors de vue. Même avec de puissantes jumelles, il était difficile de le repérer dans la mer houleuse. Il ne se pressait jamais. Son allure était régulière. Sa nage égale. Ses jambes en accord parfait avec ses bras. Sa vitesse constante. Au bout d'une demi-heure, la nage devenait un automatisme. Il nageait sans plus penser à ce qu'il faisait. Il concentrait toute son énergie sur un point au centre de son front. Oh, oui, oh, oui, songea-t-il, tandis qu'un calme absolu l'envahissait. Il se sentait en paix. Proche du Nirvana. Proche du Suprême.

Soudain, sous la surface, son pied droit fut serré comme dans un étau. Harrison sortit de sa rêverie et des frissons de terreur lui secouèrent le corps. Il essaya de nager vers l'avant mais il se sentait tiré vers le bas. En une seconde, Johnny Fuselli bloqua le pied d'Harrison sous son bras et, à deux mains, lui empoigna une jambe au-dessus du genou le plus fort qu'il le put tout en le tirant sous la surface. Il ne tint plus la jambe que d'une main pour, de l'autre, empoigner les cheveux d'Harrison et lui maintenir la tête sous l'eau. Celui-ci se débattit comme un beau diable, se servant de son pied gauche. Son talon toucha Fuselli à la tête et l'eau se rougit de sang. Fuselli lâcha Harrison.

A la surface, haletants, les deux hommes recrachèrent l'eau entrée dans leurs poumons. Epuisés, ils firent la planche, essayant de reprendre souffle.

— Je n'aurais jamais cru que tu étais un assassin, Johnny, dit Harrison. Un subtiliseur de rapports, oui. Un corrupteur de témoins. Un jeteur de sacs-poubelle contenant des preuves, mais pas un assassin.

— T'aurais été mon premier, répliqua Johnny.

— Vois ce que je t'ai épargné, fit Harrison. J'espère qu'il n'y a pas de requins dans le coin, ou nous sommes bons tous les deux, avec tout ce sang.

— Tu m'as cassé le nez, dit Johnny.

Il avait des difficultés à respirer. Il porta une main à son cœur.

— Quel ressort pour un homme qui se noie, fit-il.

— Qui t'a commandité ? Gerald ou Jerry ?

— Méfie-toi de Jerry. C'est lui qui veut ta peau.

— Tu n'as pas vraiment accompli ta mission, dis donc.

— Le cœur n'y était pas.

— Jerry va être halluciné quand il va me revoir dans cette maison.

— Je crois que je fais une crise cardiaque, dit Johnny, malade et épuisé, ses bras battant l'air, toussant, s'étouffant.

— Johnny, je ne vais pas pouvoir te ramener. Je le ferais si je le pouvais, mais notre combat m'a épuisé. Je me demande si je vais y arriver moi-même.

— Je suis trop vieux pour ce genre de boulots. J'allais avoir quarante-six ans demain. A une époque, je pensais pouvoir être sélectionné dans l'équipe olympique.

— Excuse-moi pour ton nez.

— Harrison, écoute-moi. T'es un chic type.

— Johnny, il y a quelque chose qu'il faut que tu me dises. Tu es le seul à le savoir. Et il faut que je le sache, John. Je t'en supplie.

— Quoi ?

— Le sac-poubelle.

— Quel sac-poubelle ?

— Celui qui était dans le coffre de la voiture de Bridey le jour de l'assassinat de Winifred Utley.

— J'suis pas au courant.

— Johnny, tu as pris sa voiture, une Pontiac, et tu as jeté ce sac, le sac qui contenait la batte de base-ball et les vêtements souillés de sang que Constant portait quand il a tué Winifred Utley. Où l'as-tu jeté ? Dis-le-moi, dis-le-moi, je t'en prie, Johnny. Ces gens-là, tes grands amis, les Bradley, ils faisaient de toi un assassin, Johnny. Et si tu avais été arrêté, c'est toi qui serais allé en taule, pas eux. Où as-tu jeté ce sac, Johnny ? Johnny ! Coule pas, Johnny. Dis-le-moi. C'est peut-être ta dernière chance de salut. Coule pas, Johnny, coule pas !

13

Il était dix-huit heures. Charlotte, portant un bouquet de pivoines blanches du jardin de Grace, était allée rendre visite à Constant à l'hôpital de Southampton.

— Oh, il va beaucoup mieux, vraiment, répondit-elle à la question d'un journaliste. Son accident n'est pas grave du tout. Quelques égratignures, quelques points de suture. C'est un contretemps fâcheux, voilà tout. Il lui tarde de se lancer dans la campagne électorale du Connecticut. Oui, ce sont de très jolies pivoines. Elles viennent du jardin de ma belle-mère.

— Quand pourrons-nous le voir ? s'enquit le journaliste.

— Bientôt, je pense. Il devrait sortir d'ici un jour ou deux. Ce n'est pas grave du tout.

Depuis l'accident sur la Montauk Highway, Charlotte avait consciencieusement rendu visite à son époux hospitalisé. Elle arrivait chaque jour, un présent à la main, et répondait aimablement aux questions d'un journaliste insistant qui, chaque jour, demandait des nouvelles et engageait la conversation. Elle ignorait que ce journaliste était un certain Gus Bailey. Et elle ignorait que ce Gus Bailey était convaincu que l'enquête sur l'assassinat de Winifred Utley avait été étouffée, des années plus tôt, à Scarborough Hill. Elle ignorait qu'à cause de sa persévérance Gus Bailey avait perdu son emploi au *Scarborough Hill Times* qui avait été racheté dans des conditions mystérieuses, puis avait cessé de paraître. Elle ignorait que Gus Bailey avait déménagé à Los Angeles où il vivait depuis seize ans. Elle ignorait que son époux avait été interrogé, à l'époque, dans le cadre de l'enquête sur le meurtre de Winifred Utley. Elle ignorait jusqu'à l'existence d'une Winifred Utley.

Le fait que Constant était ivre au moment de l'accident, et en compagnie d'une certaine Wanda Symanski, transportée alors dans un hôpital de Garden City, n'avait pas paru dans la presse. Charlotte restait assise dans la chambre de Constant pendant une quinzaine de minutes avant de retourner à sa voiture. Durant ces quinze minutes, elle parlait rarement à son mari, sauf si une infirmière ou un médecin était là. Sinon, elle regardait le journal télévisé ou bien feuilletait un magazine jusqu'à ce que la durée décente pour une visite à l'hôpital se fût écoulée.

Les autres membres de la famille étaient revenus de leurs diverses occupations de l'après-midi. On se passait les boissons dans la loggia.

— Des coups de fil, Bridey ? s'enquit Jerry, quand il revint du cinéma.

— Non, monsieur.

— Des visiteurs ?

— Non. Vous attendiez quelqu'un ?

— Non, non. Simple curiosité.

— Vous avez vu Harrison, Bridey ? demanda Kitt.

— Non, miss Kitt. Je ne l'ai pas revu depuis qu'il est parti nager vers les deux heures, répondit Bridey.

— Il devrait déjà être là, remarqua Kitt, consultant sa montre.

— Jerry, ne me dis pas que tu es retourné voir ce film dégoûtant ? Je ne le croirais pas ! s'exclama Maureen. Freddy et moi sommes partis avant la fin hier soir.

— Le Père Bill assure que le Vatican a demandé aux catholiques de boycotter ses concerts en Italie, intervint Grace.

— Ça n'en fera vendre que plus de tickets, rétorqua Jerry. Comment s'est passé le golf, p'pa ?

— Le sénateur a été le grand gagnant du jour, dit Gerald, désignant Sandro d'un geste fier.

Ils étaient en train de jouer au trictrac.

— J'aurais voulu que tu voies la tête de notre voisin et ami, Webster Pryde. Ils faisaient un parcours à quatre juste derrière nous. Et alors, au quatrième trou, une femme absolument charmante a reconnu Sandro et a insisté pour avoir un autographe. Là-dessus, elle a tenu à lui présenter son mari et nous avons dû attendre que sa voiturette nous rattrape et, pendant tout ce temps, Webster attendait de jouer. Il était furieux. Ça m'a mis du baume au cœur.

— J'ai mal choisi ma profession, alors, remarqua Des. Personne ne demande d'autographe aux médecins. Il faut être star de cinéma ou sénateur.

— Si tu m'avais écouté à l'époque, répliqua Gerald, ils se battraient pour te demander un autographe. Je voulais que tous mes fils fassent de la politique.

— Oh, p'pa, ne recommence pas, fit Des.

— Je ne comprends pas pourquoi Harrison n'est pas encore là, dit Kitt. Il ne doit plus être en train de nager. Personne ne nage pendant quatre heures.

— Il est peut-être allé voir Constant à l'hôpital, suggéra Grace. Il ne doit pas écrire un livre ? Ce n'est pas la raison pour laquelle on l'a invité ? C'est bien ce qu'on m'a dit, non ?

— Oui, il est sans doute allé à l'hôpital, acquiesça Jerry. Charlotte le ramènera.

— Je dois reconnaître, dit Grace, que je suis extrêmement déçue qu'Harrison se soit détourné de la religion. J'ai été extrêmement choquée, hier soir, quand il me l'a annoncé. Il est séparé de sa femme, et ils ont deux enfants. Vous vous rendez compte ? Je pense que ce qu'il a vécu dans sa famille doit y être pour quelque chose, ses parents assassinés, tout ça, et ni frères ni sœurs. Il n'a jamais connu de vraie vie de famille. A part avec nous, je suppose. Vous saviez qu'il avait épousé Claire Rafferty ? Tu savais ça, Maureen ?

— Oui, m'man, je le savais.

— Une vie de couple, ça se construit, reprit Grace. On ne doit pas partir à la moindre prise de bec. Ce n'est pas possible !

— Je n'ai jamais été une aussi grande fan d'Harrison que toi, m'man, dit Maureen. Je pense que c'est un profiteur. Il s'est servi de notre famille pour se pousser. Méfiez-vous des étudiants boursiers qui s'incrustent, je le dis toujours. Ça fait des années que Jerry et moi avons Harrison dans le collimateur, n'est-ce pas, Jerry ?

— J'ai jamais aimé ce type, avoua Jerry.

— Tu vois ? fit Maureen.

— Tu es infecte, Maureen, murmura Kitt. Tu es vraiment infecte.

On sonna à la porte.

— C'est sans doute Harrison, dit Grace. Vous ne croyez pas qu'il pourrait entrer sans sonner tout de même ? Bon, maintenant, tu arrêtes de parler de lui, Maureen. Et vous aussi, Jerry. J'ai toujours eu un faible pour Harrison et je suis persuadée qu'un jour il reprendra le chemin de l'Eglise. C'est ce qu'ils font tous.

Bridey fit irruption dans la pièce.

— C'est un chauffeur de taxi, dit-elle. Quelqu'un a appelé un taxi ? Il dit qu'on l'a prié de venir à cette adresse.

Un murmure de dénégations s'éleva dans la pièce.

— C'est une erreur, Bridey, dit Grace. Je me demande bien pourquoi on appellerait un taxi avec toutes les voitures qu'on a dans cette maison. A moins que ce ne soit une des domestiques. Est-ce que l'une d'elles va en ville, Bridey ?

— Non, Madame. Pas que je sache. Je suis sûre qu'elles me l'auraient dit. La dernière fois, c'était avant-hier, quand Maureen a renvoyé Nanny. Elle avait appelé un taxi.

Harrison, portant son sac à bandoulière, apparut, descendant l'escalier.

— C'est moi qui ai appelé ce taxi, Bridey, dit-il. Je rentre en ville par le train de sept heures deux.

— Je ne savais pas que vous étiez dans la maison, Harrison, s'écria Bridey. Quand est-ce que vous êtes rentré ?

— Oh, il y a un petit moment. Je n'ai vu personne, alors je suis monté.

Jerry regardait Harrison, ahuri, puis se tourna vers son père.

— Harrison, dit Kitt, nous nous faisions tous un sang d'encre à ton sujet. J'étais à deux doigts d'appeler la gendarmerie maritime. Je venais de dire que personne ne pouvait nager quatre heures d'affilée.

— Vous voulez bien donner ce sac au chauffeur, Bridey ? dit Harrison.

Il entra dans la pièce et se dirigea vers Grace.

— Je vous remercie beaucoup, madame Bradley.

Il ignora Gerald Bradley, ignora Maureen, s'approcha de Kitt.

— Au revoir, Kitt.

— J'aimerais comprendre, Harrison, dit Kitt. Je te dépose en ville en voiture. Il n'y a aucune raison que tu prennes le train.

— Non, je te remercie, Kitt. Je préfère prendre le train.

Il sortit de la pièce et gagna le hall d'entrée. Kitt le rattrapa.

— Harrison ! cria-t-elle. Que s'est-il passé ? Il y a eu un problème, je le vois bien.

— Demande-le-lui, répondit Harrison, désignant Jerry.

Et il sortit sur le perron.

— Alors, Jerry ? interrogea Kitt.

— Je ne sais pas de quoi il parle, dit Jerry.

Livide, il suivit Harrison à l'extérieur.

Harrison ouvrait la portière du taxi.

— A la gare, lança-t-il au chauffeur en s'installant.

Il baissa la vitre et dévisagea Jerry. Gerald et Kitt arrivaient derrière lui.

— Te souviens-tu de l'époque où le meurtre nous choquait encore, avant qu'il ne devienne le train-train quotidien, Jerry ?

Jerry fixait Harrison.

— Ton ami Johnny Fuselli devrait être rejeté par la mer vers Shinnecock Bay demain à l'aube, Jerry. Je crois que c'était la direction du courant. A moins, évidemment, qu'il n'ait été dévoré par un requin. Il est arrivé derrière moi, sous l'eau, il m'a empoigné une jambe, il m'a fait couler, il m'a maintenu la tête sous l'eau, mais mon instinct de survie a eu raison de sa force. D'un bon coup de pied, je lui ai cassé le nez. Il a beaucoup saigné.

Jerry, sans voix, écoutait, bouche bée, le récit d'Harrison, n'en croyant pas ses oreilles.

— Après tout ça, nous avons bavardé un petit moment et puis il a fait un infarctus, poursuivit Harrison. Nager si loin à son âge. C'est une mission à haut risque que tu lui avais confiée là, Jerry. Et une mission qu'il exécutait à contrecœur. Même les Johnny Fuselli ont leurs limites. Nous avons eu une petite conversation très enrichissante en pleine mer, dans les dernières minutes de sa vie. J'aurais aimé le ramener à terre, mais je n'étais pas sûr d'y parvenir moi-même. La lutte m'avait beaucoup fatigué. Il m'a dit qu'il comprenait. Un type bien, ce Johnny.

— Qu'est-ce que tu racontes ? demanda Kitt,

s'approchant de la portière. De quoi parles-tu, Harrison ?

— Rentre, Kitt, lui ordonna Gerald.

— Je n'ai pas envie, rétorqua-t-elle.

— Je t'ai dit de rentrer ! hurla Gerald.

Kitt, choquée, dévisagea son père. C'était la première fois qu'il lui parlait sur ce ton. Sa voix dure et retentissante attira plusieurs domestiques aux fenêtres. Kitt se tourna vers Harrison, cherchant à faire la part des choses. Puis elle se détourna et regagna la maison où elle s'arrêta dans le hall et se retourna.

— Oh, pour ta gouverne, Jerry, quand tu te confesseras au Père Bill samedi prochain afin de recevoir la communion dimanche, Johnny s'est noyé courageusement, dit Harrison. Ses dernières paroles avant de sombrer furent : « Tu diras bonjour à Maxine de ma part. » Il faut te dire que nous avions une amie commune, Johnny et moi, en Arizona, une certaine Maxine Lonergan. Je crois que ton père la connaissait d'ailleurs. N'est-ce pas, monsieur Bradley ? Elle était réputée pour ses compétences buccales.

— Qu'est-ce qu'il a dit ? Fuselli s'est noyé ? demanda Gerald à Jerry, passant outre la réflexion d'Harrison.

— Oui, lui répondit Jerry.

Gerald, le teint terreux, eut soudain l'air vieux et malade.

— Dieu du ciel ! s'exclama-t-il.

Des années auparavant, Gerald Bradley avait débauché l'impétueux Johnny Fuselli, alors au service de Salvatore Cabrini comme responsable de l'exploitation des machines à sous d'Atlantic City. Grace Bradley prit le parti de ne jamais faire cas de la présence de Johnny Fuselli et donna pour instruction à ses filles de faire de même. Mais, au fil des années, Gerald Bradley s'était pris d'affection pour Johnny, même s'il s'était bien gardé de la manifester.

— Ton père est-il en train de suggérer que j'aurais dû me laisser noyer pour permettre à Fuselli d'exécuter tes ordres ? demanda Harrison à Jerry, ignorant Gerald, de la façon et sur le ton avec lesquels Gerald venait de l'ignorer quelques instants plus tôt.

Jerry lançait des coups d'œil nerveux en direction du chauffeur de taxi pour voir s'il avait compris.

— Tiers monde, ne t'en fais pas, fit Harrison, désignant le chauffeur d'un signe de tête.

— S'il n'avait tenu qu'à moi, tu ne serais jamais venu ici ! s'écria Jerry.

— Ton père a eu le tort d'insister quand j'ai décliné son invitation, rétorqua Harrison.

— Non, je parlais depuis le début, à Scarborough Hill !

— Et moi donc. Tu vois Jerry, on finit par être d'accord sur un point.

— Va-t'en. Disparais. Qu'on ne te revoie plus. Et je parle aussi pour ma sœur Kitt. Ne cherche pas à la revoir. N'est-ce pas, p'pa ?

Gerald Bradley, qui avait assisté à cet échange, vacilla soudain en avant et s'écroula sur l'allée gravillonnée.

— P'pa ! hurla Jerry.

Kitt courut jusqu'à la véranda et dévala le sentier bordé de fleurs jusqu'à l'allée où gisait son père.

— P'pa ! P'pa ! criait-elle.

Ses cris angoissés portèrent loin. Charlie les entendit de ses quartiers au-dessus du garage. De partout dans la maison, les bonnes accouraient, tout comme les domestiques et le jardinier de la maison voisine, celle de Webster Pryde.

Gerald gisait par terre, marmonnant des propos incompréhensibles, n'arrivant plus à articuler. Son expression sévère et menaçante avait cédé la place à la peur et à la soumission. Ses sourcils tressautaient. Ses yeux, emplis de terreur, lançaient des regards timides et gênés à ceux qui étaient penchés sur lui. Il les vit qui échangeaient des regards. Puis ses yeux se fermèrent. Charlie, le chauffeur, se signa d'un geste machinal de sa main droite, s'agenouilla par terre et, les paupières closes, inclina la tête, priant.

— Relève-toi ! Relève-toi ! lui cria Jerry. Qu'il ne te voie pas comme ça, Charlie, nom de Dieu !

En entendant ces mots, Gerald rouvrit lentement les yeux. Voyant ses enfants, il remua les lèvres pour parler mais il n'émit qu'un son étouffé, incompréhensible. Ses paupières retombèrent.

— Je vais chercher maman, dit Kitt, vivement.

— Non, rétorqua Jerry. On va le porter à l'intérieur. Charlie, soulevez-le par là. Vous voulez bien nous aider ? demanda-t-il au jardinier des Pryde, spectateur de ce drame familial. Vous, prenez-le par une jambe, voulez-vous ? fit-il à l'une des bonnes.

Gerald gémit pitoyablement tandis qu'ils le soulevaient avec difficulté.

— J'ai lu, j'sais plus où, fit le jardinier des Pryde, qu'on devait pas les bouger avant l'arrivée de l'ambulance.

— On vous demande juste de le soulever ! dit Jerry avec brusquerie. Je sais ce que je fais.

— Il paraît qu'on peut être poursuivi en justice si ça tourne mal, insista le jardinier.

Harrison assistait à cette scène depuis l'intérieur du taxi. Kitt lui lança un regard implorant.

— Vous allez rater votre train, lui dit le chauffeur.

Harrison tira un billet de dix dollars de sa poche.

— Tenez, dit-il au chauffeur. Je reste. Sortez mon sac.

Il se dirigea vers l'endroit où gisait Gerald et prit la jambe que le jardinier des Pryde hésitait tant à soulever.

Lentement, ils prirent Gerald par les épaules et les jambes, et le portèrent à l'intérieur. Grace, qui se tenait sur le seuil, Bridey à son côté, abaissa les yeux sur son mari tandis qu'on le passait près d'elle.

Gerald la regarda d'un air implorant et essaya, mais en vain, de tendre la main pour qu'elle la prenne.

— Allez chercher le Père Bill au presbytère, dit

Grace, très calme, à Bridey. Dites-lui de venir au plus vite.

Bridey partit au petit trot vers la cuisine.

— Bridey ! la rappela Grace.

— Oui, Madame ?

— Précisez-lui que c'est pour les derniers sacrements, dit-elle d'une voix assez forte.

— Il a fait sous lui, dit Jerry, tandis qu'ils l'allongeaient sur un long canapé.

— Ne le mettez pas là, pour l'amour du ciel ! s'écria Grace. Il vient de revenir de chez le tapissier. Posez-le là sur celui en rotin. Va chercher du papier toilette, Kitt. Jerry, tu ne crois pas qu'une ambulance...

— Oui, oui, on en a appelé une, m'man, dit Jerry.

— Ta mère ne semble pas excessivement peinée, remarqua Harrison.

— Oh, mais si, à sa façon, répondit Kitt, secouant imperceptiblement la tête, un léger froncement de sourcils assombrissant son front.

Harrison avait déjà vu cette expression ; sur le visage de Constant. Elle s'y inscrivait chaque fois qu'il croyait percevoir une critique envers les siens.

L'ambulance arriva et la famille observa les ambulanciers qui plaçaient habilement Gerald sur le brancard.

— Essayez de lui donner la chambre à côté de celle de Constant, dit Grace. Téléphonez à Son Eminence, Bridey.

— Attends-moi, murmura Kitt à Harrison. Ne t'en va pas avant que je revienne.

Elle monta dans l'ambulance et partit pour l'hôpital avec son père.

A son retour, deux heures plus tard, elle franchit la porte en courant et demanda à Bridey où était Harrison.

— Il est dans la loggia, mademoiselle Kitt.

— Oh, Dieu merci, Harrison, j'avais peur que tu ne

sois parti, lui dit Kitt, en le voyant. Ça n'en finissait pas à l'hôpital.

— C'est grave, apparemment ?

— Oui. C'est affreux. Des médecins viennent de partout. Je devrais y retourner, mais je voulais te voir.

— Je vais m'en aller, Kitt, déclara Harrison, posant le journal qu'il était en train de lire. Je t'ai juste attendue pour te dire au revoir.

— C'était gentil à toi de porter p'pa. Après ce qui s'est passé. Dis-moi une chose : est-ce que j'ai bien entendu au sujet de Fuselli ?

— Qu'il s'est noyé ?

— Non, qu'il t'a tiré par le fond ?

— Demande ça à Jerry.

— Oh, Harrison, je suis désolée.

— Et moi donc, Kitt. C'est fini entre nous. Tu le sais. Ça devait finir.

— Je le sais. Je le savais. J'ai su dès ce jour où tu es revenu de ce déjeuner au Four Seasons, avec p'pa, que ce n'était plus qu'une question de temps. Tu avais un air que je ne t'avais jamais vu. C'était une erreur. Je n'aurais jamais dû leur dire que je t'avais revu dans le Maine. J'aurais dû te garder tout à moi. Etre ton cinq-à-sept. J'aurais pu le rester pendant des années et des années, Harrison.

— Oh, Kitt. Tu mérites bien mieux.

— Tu vas retourner auprès de Claire ?

— Je crois que je fais peut-être partie de ces gens nés pour le one man show.

— Je n'y crois pas une seule seconde. Tu n'as cessé de m'étonner.

Elle ouvrit son sac, en sortit un mouchoir et se tamponna les yeux.

— Ne t'en fais pas, je ne vais pas pleurer. Je te le promets.

— Je sais.

— Permets-moi de te demander une chose, Harrison. Fais un effort de mémoire. Il y a des années, un certain déjeuner à Scarborough Hill. Ce que nous ignorions tous à ce moment-là, assis autour de la table, c'est que Winifred Utley était morte. Du moins, certains d'entre nous l'ignoraient. Mais tu es resté si silencieux ce matin-là. J'ai tout de suite compris que tu savais quelque chose. Je me trompe ? Pourquoi n'as-tu pas desserré les dents de tout le repas ?

— Je n'avais pas grand-chose à dire en ce temps-là, si tu te souviens bien.

— Tu riais à mes plaisanteries comme si j'étais la fille la plus drôle du monde. J'en étais très touchée. Mais tu savais quelque chose, ce matin-là, n'est-ce pas ?

— Oui.

— Il faut que tu comprennes bien une chose sur nous, Harrison. Sur le fait d'être un Bradley, je veux dire. Je mentirais sous serment à la barre s'il le fallait.

— Tu n'es pas sérieuse, Kitt.

— Si. J'ai honte, mais c'est vrai. J'espère que je n'aurai pas à en arriver là mais, dans notre famille, on fait ce qu'on nous dit de faire.

Au-dehors, un coup de klaxon retentit.

— C'est Charlie, annonça Harrison. Il m'a dit qu'il me conduirait en ville.

— Encore une chose, Harrison. C'était formidable.

— Oui, formidable, répéta-t-il, lui prenant la main.

— Je sais qu'il était convenu que je ne tombe pas amoureuse. Ça faisait partie de notre accord. Mais c'est trop tard.

— C'est peut-être mieux d'avoir eu beaucoup en peu de temps.

— Oh, tu veux dire, mieux d'avoir aimé et perdu que de ne pas avoir aimé du tout ? Ce genre de connerie ? Je réussirai peut-être à m'en persuader avec le temps, mais pour aujourd'hui, c'est raté. Je souffre. Je vais souffrir davantage. Jusqu'à cet instant, je ne croyais pas qu'il puisse exister une chose comme un cœur brisé.

— Que vas-tu faire, Kitt ? Que va-t-il se passer ?

— Je n'étonnerai personne. Rien que l'ordinaire. Il

est probable que je boirai trop. On dira de moi : « C'est la plus jeune des filles de Gerald Bradley qu'on vide de la soirée. »

— Je ne supporterais pas de te savoir comme ça.

— Oh, mon chéri, tu n'auras rien à te reprocher. C'est ce dont tu m'aurais peut-être sauvée, pas ce à quoi tu m'as poussée.

Seule dans sa chambre, Grace était assise, très droite, dans une bergère en damas pêche, chapelet en main, se préparant à recevoir d'une minute à l'autre la nouvelle du décès de son mari. Des images de voiles noirs bordés de gros-grain noir tournoyaient dans sa tête. Une large sélection de robes noires l'attendait dans ses penderies ; chaque année, à Paris, elle en commandait au moins une, « au cas où », qui, agrémentée de perles et de broches, pouvait aussi servir pour les cocktails et les sorties au théâtre. Des pensées qui ne lui étaient jamais venues, des pensées d'une existence nouvelle, libérée d'un époux débauché et incroyant, lui passaient par la tête. Le veuvage me siéra, s'autorisa-t-elle à penser. Elle avait vu tant de femmes mariées qui, comme elle, avaient vécu dans l'ombre de leur époux pour ne se réaliser pleinement qu'une fois veuves. Elle savait qu'il en serait ainsi pour elle. Elle se vit, grande bienfaitrice, très aimée, entourée de ses enfants célèbres et prospères, distribuant son immense fortune aux nécessiteux et aux désespérés, étant faite, à son heure, comtesse papale honorée par le Saint Père pour ses actions philanthropiques. C'était son rêve secret le plus ardent que d'être connue sous le titre de Comtesse Bradley.

Alors, horrifiée, elle serra son chapelet en argent contre sa poitrine et pria pour être délivrée de telles tentations, comme si elles lui étaient soufflées par le diable. Elle demanda que lui soit donnée la force de faire face aux souffrances qui les attendaient, elle et les siens. Elle avait depuis longtemps cessé d'aimer son mari, une découverte qu'elle n'avait évoquée qu'une seule fois dans sa vie, avec le cardinal, au cours d'une des longues conversations qu'ils avaient l'après-midi autour d'un thé, à Scarborough Hill. C'était après qu'elle se fut rendu compte que Sally Steers était la maîtresse de son mari et avait couché dans ses draps pendant qu'elle-même était à Paris pour ses essayages, une révélation qu'elle avait réussi à arracher à la fidèle mais récalcitrante Bridey. Lit, matelas, oreillers, couvertures, dessus-de-lit, draps, taies d'oreillers avaient été retirés et brûlés. Elle pouvait passer outre l'implacabilité de Gerald en affaires mais, dans le fond de son cœur, elle ne pouvait lui pardonner d'avoir rompu les liens du mariage.

Hélas, le veuvage lui fut refusé. Gerald ne mourut pas ce jour-là. On le ramena à son domicile, paralysé et ayant perdu l'usage de la parole.

14

De loin, Fatty et Sis Malloy suivaient les faits et gestes de leurs richissimes cousins. « Un jour, ils reviendront ici », disait Sis. Une fois par semaine, habituellement le jeudi soir, ils dînaient en tête-à-tête à l'office du manoir Bradley, à Scarborough Hill, où la famille ne résidait plus depuis des années, même si, de temps en temps, un de ses membres y venait quand ses affaires l'appelaient en ville. Leurs séjours étaient toujours brefs, une journée et une nuit tout au plus, puis ils repartaient pour leur maison de Californie, ou leur appartement de New York, ou leur villa de Southampton. Sis, à l'insistance de sa tante Grace Bradley, sœur de feu son père, Vinny Malloy, en était devenue la châtelaine. Certes, ce fut Grace la première qui, dans un élan de générosité, avait utilisé le terme de « châtelaine » pour qualifier la position de Sis, mais, en fait, elle avait voulu dire « gardienne », ce que Sis avait parfaitement compris. Elle n'outrepassait jamais les limites de sa position. Elle occupait la chambre depuis toujours désignée comme « la chambre d'Agnès », et non une des chambres plus cossues qui avaient été celles de Maureen, de Mary Pat ou de Kitt. Elle n'allait dans le salon et la salle à manger qu'une fois par semaine, pour vérifier que chaque chose était bien à sa place après que l'unique bonne de la maison y eut fait la poussière et passé l'aspirateur. Sis croyait ardemment, et Fatty abondait dans son sens, qu'un jour le grand manoir de Scarborough Hill retrouverait ses fastes d'antan.

Sis s'était enlaidie en vieillissant. Il était acquis qu'elle ne se marierait jamais. Tous les soirs, ou presque, elle restait assise dans la bibliothèque, lisant le journal de Scarborough Hill ou bien regardant la télévision. Parfois, elle recevait des amies d'enfance, de Bog Meadow, ou bien d'anciennes camarades de son collège catholique et leur faisait les honneurs de l'immense demeure qu'elle habitait désormais, même si, aux yeux de ses amies, elle n'était que guide et non propriétaire. « C'est la chaise où s'est assise Sa Sainteté quand elle est venue rendre visite à la famille. Elle a béni tout le monde et a offert sa calotte blanche à Constant. Elle est là, vous voyez, sous cette cloche en plexiglas. Constant était le petit garçon le plus adorable que j'ai jamais vu, un ange. » Ses amies, qui étaient devenues professeurs, infirmières ou secrétaires dans une des grandes compagnies d'assurances de la ville, poussaient toujours des cris émerveillés à l'évocation de la visite papale, même si elles entendaient cette histoire pour la énième fois. Complimentaient-elles Sis pour sa mise que celle-ci s'empressait de préciser que le tailleur ou la robe chic qu'elle portait avaient appartenu à Kitt ou à Maureen, que c'était sa tante Grace qui lui en avait fait cadeau, tout en dévoilant timidement l'étiquette parisienne.

La seule robe du soir qu'elle avait dans sa penderie,

celle qu'elle mettait tous les ans pour le bal de la Société de Marie au presbytère de St. Martin de Tours, était la robe de demoiselle d'honneur qu'elle avait portée, seize années plus tôt, au mariage de Maureen. Rose à l'origine, elle l'avait depuis longtemps fait teindre en noir pour des raisons pratiques. Avoir été une des demoiselles d'honneur de Maureen avait été un des grands moments de sa vie, et ses amies l'encourageaient souvent à évoquer le souvenir de ce jour mémorable.

— Je revois encore Cora Mandell, la décoratrice d'intérieur la plus cotée de New York, déjà âgée, en train de fixer le tissu français doublant l'intérieur de la tente et, boum badaboum, elle tombe du sommet de l'échelle, une chute de cinq mètres, et elle se brise les deux jambes.

— Oh, non, Sis ! s'exclamaient ses amies horrifiées, frappant dans leurs mains.

— Dieu m'est témoin, disait Sis, levant sa main droite. Heureusement, il y avait mon cousin Des. Il était médecin-chef au St. Monica's Hospital à l'époque. Il a plâtré les deux jambes de la vieille dame et la cérémonie a pu se dérouler sans encombre et sans que personne s'aperçoive de rien. Cette famille a le chic pour dissimuler les choses et continuer ses petites affaires comme si de rien n'était.

Sis n'avait pas idée des scènes qui avaient présidé à son choix comme demoiselle d'honneur.

— Oh, m'man, je t'en prie, ne me l'impose pas comme demoiselle d'honneur, avait supplié Maureen. Aucune de mes amies ne la connaît, et elle sera complètement déplacée.

Mais Grace campa sur ses positions.

— Elle est ta cousine germaine. Vous êtes du même âge. Et elle fera partie de tes demoiselles d'honneur, que cela te plaise ou non. Qu'est-ce que je dirais à ton oncle Vinny si tu ne la prenais pas ?

— S'il te plaît, maman, avait imploré Maureen. S'il te plaît, s'il te plaît, s'il te plaît ! Elle va parler de Bog

Meadow, de curés, de religieuses et puis de la boucherie, et je ne saurai plus où me mettre !

— Si tu n'avais eu que trois ou quatre demoiselles d'honneur, passe encore, mais je te rappelle que c'est toi qui as insisté pour en avoir dix, Maureen. De plus, elle t'a envoyé un très joli plateau d'argent.

— En métal argenté, maman, rétorqua Maureen d'une voix aigre. En métal argenté !

— Quand bien même, c'était très gentil de sa part, répliqua Grace.

Sis, qui, chaque fois qu'elle avait le trac, faisait une crise d'urticaire, avait le visage, le cou et les bras couverts de plaques rouges, et son bouquet d'orchidées blanches tremblait dans sa main, tandis qu'elle s'avançait dans la nef, au côté de Claire Rafferty, mais personne ne remarqua son malaise ; elle ne faisait pas partie de celles qu'on regardait ce jour-là.

Fatty, comme sa sœur, ne s'était jamais marié. Il habitait toujours dans la vieille maison des Malloy, dans Front Street, à Bog Meadow. Son rêve de devenir pompier avait été brisé par son oncle, Gerald Bradley, qui ne voulait pas avoir un parent à lui en uniforme bleu quand ses fils se seraient hissés jusqu'aux sommets qu'il souhaitait les voir atteindre. Gerald proposa à Fatty de lui payer des études à Holy Cross, ou Villanova, ou Loyola, ou St. Jean, mais Fatty, qui n'avait jamais aimé l'école, avait préféré entrer dans la vie active et dans la vie tout court. Pendant un moment, il vendit des chaussures au magasin de Kosky, à Bog Meadow. Puis, pendant plusieurs années, il fut vendeur à la quincaillerie Ted & Joe, toujours à Bog Meadow. Ensuite, il devint directeur-adjoint du supermarché Riley's, non loin du domicile des Malloy où, durant les heures d'affluence, il lui arrivait souvent d'arrondir ses fins de mois en aidant à faire les paquets aux caisses, une tâche pour laquelle on le disait expert. « Fatty va vous montrer comment on emballe correctement les marchandises », disait souvent le directeur à de nouveaux employés et, chaque fois, le visage de Fatty rayonnait de bonheur au compliment. Il aimait quand les autres employés disaient aux clients qu'il était le neveu de Gerald Bradley, ou le cousin du sénateur Sandro Bradley, ou du Dr Desmond Bradley, ou du député Constant Bradley, ou même de la comtesse de Trafford à Paris, selon de qui la presse parlait alors. Le samedi soir, il retrouvait souvent son ami Corky, après que celui-ci eut quitté son travail au Country Club de Scarborough Hill, où il était passé de serveur du bar des vestiaires pour hommes à maître d'hôtel dans la salle de restaurant pour finir responsable-adjoint des banquets, et tous deux allaient écluser quelques bières en évoquant le bon vieux temps. Fatty et Corky étaient restés copains depuis les bancs du collège Notre-Dame des Douleurs. Il n'y avait qu'un sujet que Fatty et Corky n'abordaient jamais. Corky avait sa petite idée sur ce qui s'était passé une certaine nuit, des années plus tôt, à Scarborough Hill ; d'ailleurs, il en avait fait part au commissaire Riordan à l'époque. Et il en avait fait part à Fatty, qui en avait fait part à Sis. « Si tu veux un bon conseil, te mêle pas de ça », avait dit Sis à son frère. Ses soirées du samedi avec Corky, et du jeudi avec sa sœur, étaient celles que Fatty attendait avec le plus d'impatience.

— Pauvre Kitt, dit Sis, faisant à son frère son rapport hebdomadaire sur la famille.

Elle restait en contact étroit avec Bridey, quelle que soit la résidence occupée par les Bradley, lui passant un coup de fil tous les dimanches après-midi.

— Elle est tombée amoureuse de cet écrivain qui était si calme quand il venait ici à l'époque. Ils l'appelaient Harry, mais maintenant c'est Harrison.

— Kitt, amoureuse de lui ? s'étonna Fatty, entre deux bouchées de rosbeef-purée. Et machin-truc, comment il s'appelle déjà, son mari ? Celui qui est toujours au ski ?

— Cheever Chadwick, répondit Sis. Ils sont séparés, ils n'habitent plus ensemble. Mais tu sais comment est Bridey, elle ne va jamais au bout de ses histoires. Pour elle, le soleil se lève et se couche selon le bon vouloir de tante Grace.

— Kitt va divorcer ? J'y crois pas ! Un divorce dans la famille Bradley !

Fatty émit un sifflement admiratif.

— En tout cas, pas avant les élections, c'est sûr, déclara Sis. Ce genre de publicité est au-dessus de leurs moyens. J'avais dit à l'époque, et je maintiens, qu'elle aurait mieux fait d'épouser un catholique, et je sais pour sûr que tante Grace est d'accord avec moi sur ce sujet.

— Je me rappelle très bien cet Harrison. Il avait écrit le discours de Constant, à Bog Meadow, pour la distribution des colis de Noël aux pauvres. Tu te souviens ?

— C'est lui, oui.

— Je croyais qu'il avait disparu de la circulation celui-là. Elle l'a rencontré où ?

— A l'hôpital psychiatrique de Cranston. Là où est Agnès. Non, non, non, Fatty, tu ne vas pas en reprendre une troisième fois ! Garde une petite place pour le dessert. J'ai une belle surprise pour toi, une tarte aux pêches à la crème fouettée.

— J'ai toujours une petite place pour le dessert, Sis.

— Au fait, comment va ton ami Corky ?

*
* *

Le Père Bill, à la demande de Grace Bradley, administra les derniers sacrements, oignant Gerald des saintes huiles au cours d'une brève cérémonie à l'hôpital de Southampton. Mais la mort n'était pas au rendez-vous. Seulement la paralysie. Et une longue période de convalescence. Les spécialistes des traitements de l'apoplexie vinrent par avion de Chicago, de Los Angeles, ou par hélicoptère de New York.

Grace alla à l'hôpital pour rendre visite à son époux

et à son fils. Elle avait pris les dispositions nécessaires pour qu'ils occupent des chambres contiguës.

— Tu es au courant pour ton père, Constant ? lui demanda-t-elle.

— Oui, m'man, répondit Constant.

— Il marchait, et la minute d'après il gisait sur l'herbe. On ne peut jamais savoir avec la vie. Voilà pourquoi il est très important de rester en état de grâce. Comment te sens-tu, Constant ?

— Ça va, m'man. Juste un peu sonné.

Le regard de Grace fit le tour de la chambre.

— Ces pivoines blanches viennent de mon jardin ? s'enquit-elle.

— Oui. C'est Charlotte qui les a apportées.

— Tu étais ivre pour que ta voiture aille emboutir ce poteau ?

— Non, m'man. J'avais bu quelques verres, c'est tout.

— Il n'y a pas assez d'alcool à la maison ? Fallait-il absolument que tu ailles dans un bar le long de la Montauk Highway ?

— J'étais énervé, m'man.

— Tu étais en compagnie d'une femme ?

— Non, m'man. Qu'est-ce que tu vas chercher là ?

— Je me souviens de la nuit où Jerry a eu son accident de voiture.

Jerry et Sims Lord entrèrent dans la chambre. Ils préparèrent une déclaration pour la presse annonçant que Gerald Bradley, le financier multimilliardaire, avait été victime d'une attaque sans gravité à son domicile de Southampton, New York, et se reposait confortablement à l'hôpital de Southampton. Son fils, Constant Bradley, candidat au poste de gouverneur du Connecticut, était hospitalisé dans le même établissement où il se remettait d'un accident de voiture sans gravité dont il avait été victime, la veille, sur la Montauk Highway.

— Une attaque d'apoplexie, madame Bradley, est la

formation d'un caillot dans une artère du cerveau, dit le Dr Sidney Dickey, de New York. Nous parlons aussi de thrombose intracrânienne. Nous lui avons fait une artériographie, c'est-à-dire que nous lui avons injecté un produit opaque à la radio dans la principale artère du cou pour pouvoir photographier la circulation dans le cerveau aux rayons X. Vous comprenez ?

— Oui, docteur, dit Grace, opinant du bonnet.

— Nous avons trouvé qu'il était, malheureusement, inopérable.

— Bien, docteur.

— Mais vous ne devez pas perdre espoir. Une guérison partielle n'est pas seulement possible, elle est presque certaine.

— Oui, docteur.

— Mais la guérison est un processus long et lent, dit le Dr Ernest Bogner de Chicago. Je pense quand même qu'avec le temps votre mari sera capable de s'habiller presque tout seul et de se brosser les dents. Avec le temps, peut-être pourra-t-il même parler un peu, du moins arriver à se faire comprendre pour les petites choses. Son cerveau fonctionne parfaitement. Il est conscient. Il saisit tout. Mais il ne peut pas s'exprimer. Il forme des sons, pas des mots. Cela le mettra en colère si on ne le comprend pas. Il sera souvent très irritable. Son entourage doit apprendre à être patient.

— Oui, docteur, dit Grace.

— J'ai donné à votre fils les noms de plusieurs spécialistes. Je suggère que, dans quelques semaines, il commence un programme quotidien de kinésithérapie.

— Oui, docteur.

— Je reste, bien entendu, à votre entière disposition. Je viendrai ici d'un coup d'avion.

— C'est très gentil à vous, docteur.

— Mon confrère, le Dr Foreman, exerce à Manhattan, à l'hôpital presbytérien de Colombie, et il se trouve qu'il a une maison de campagne non loin d'ici, à Quogue. Il est venu ici deux fois cette semaine. Il connaît bien le dossier de votre mari.

— Merci, docteur. Que diriez-vous de rester à déjeuner ? Ma cuisinière a préparé un délicieux soufflé au fromage.

— Il va nous falloir installer un ascenseur, m'man, dit Jerry, à quelques jours de là.

— Parfait, dit Grace. Fais-en installer un.

— Pour que le fauteuil roulant puisse passer du premier étage au rez-de-chaussée, précisa Jerry.

— Je viens de te dire d'en faire installer un, répéta Grace.

— D'autres appareils thérapeutiques seront nécessaires.

— Jerry, je ne connais rien à tout ça. Je te laisse t'en charger. Il est inutile de passer en revue tous ces détails avec moi. Fais ce qu'il y a à faire, un point c'est tout.

— Bien, m'man.

— Quand ton père rentrera de l'hôpital, qu'on l'installe dans la chambre d'amis en haut de l'escalier, dit Grace à Jerry, un peu plus tard au cours de la journée.

— Pas dans votre chambre, m'man ? Tu crois que c'est prudent ? demanda Jerry. C'est là où il avait l'habitude de dormir.

— Non, pas dans ma chambre. Prends toutes les dispositions nécessaires pour que les lits d'hôpitaux et que tout ce dont il a besoin soient placés là. C'est une chambre très lumineuse, très aérée et si jolie avec ces beaux coloris suggérés par Sally Steers.

— Bien, m'man. Et, pour les infirmières ?

— Non, non, non. Il n'y a rien de plus déprimant qu'une infirmière chez soi. Ces uniformes blancs comme des linceuls ! Et puis, les infirmières cancanent elles aussi, tu n'imagines pas. C'est l'infirmière de Fitzy Montague qui a raconté à tout le monde qu'il avait un furoncle sur la fesse quand on l'a retrouvé cul nu sur le trottoir de Park Avenue, tu te rends compte ?

Et puis elles ne veulent pas manger avec les domestiques, et nous n'allons quand même pas les faire manger avec nous, ou bien nous devrions sans arrêt faire attention à ce que nous disons, et il est hors de question, absolument hors de question, que je demande à Bridey de faire un troisième service. Elle aura bientôt soixante-dix ans.

— Alors, que fait-on, m'man ?

— Fais venir les Malloy. Fatty pourra porter ton père à la salle de bains, l'installer dans son fauteuil roulant, ou dans la voiture, ou dans son bain, ou autre. Il pourra assister aux exercices de kinésithérapie et en faire lui aussi par la même occasion. Ça consiste juste à avancer et à reculer les jambes, après tout. Ils ont fait ça avec mon père. Et Sis pourra s'occuper de lui, pousser son fauteuil, lui faire la lecture, tout ce genre de choses. J'ai toujours pensé que Sis ferait une excellente infirmière.

— Fatty a un travail, m'man.

— Où ça ?

— Au supermarché, à Bog Meadow.

— Qu'est-ce qu'il y fait ?

— A la caisse.

— A la caisse ? Tu veux dire qu'il met les achats dans les sacs en plastique ?

— En faisant le total, oui.

— J'ai toujours su que Fatty n'irait jamais très loin. Nous lui avons proposé de l'envoyer à Holy Cross, Gerald et moi, ou à Villanova, ou à Loyola, ou à St. Jean, avec les neveux de Bridey — lui payer le voyage, tout — mais non, il voulait tra-vail-ler. Eh bien, on peut dire que ses aspirations étaient conventionnelles, non ? Faire le total aux caisses ! On n'imagine pas. Voilà bien une carrière pour toi !

Elle renversa la tête en arrière et partit d'un grand éclat de rire.

— Sis a toujours été celle qui avait des possibilités, reprit-elle.

— M'man, p'pa a besoin d'infirmières. De vraies infirmières.

— Plus tard, si son état empire. Nous en reparlerons à mon retour de Paris. Mais n'oublie pas : ni jeunes ni jolies. Pas avec Constant qui va et vient dans cette maison, ça, non.

— Bien, m'man. Tu vas à Paris ? Maintenant ?

— Oui, pour mes vêtements. J'y vais toujours à cette époque de l'année.

— Bien, m'man.

— Oh, Jerry. Il est possible que le Père Bill vienne entendre la confession de ton père. Au cas où, tu comprends. De Constant aussi. J'ai remarqué qu'il n'avait pas communié à la messe de dimanche dernier. Son Eminence vient ce week-end pour les voir. Tout le monde doit être en état de grâce. Où est Kitt ? Je voudrais lui parler.

— Dans sa chambre. Elle n'en est pas sortie depuis deux jours.

— Va me la chercher, tu veux bien ?

— Elle est un peu éméchée.

— Kitt ? Eméchée ? Non, pas ma Kitt.

— A vrai dire, elle n'est pas éméchée. Elle est ivre. Complètement pétée.

— Jerry ! J'ai horreur de cette expression, dit Grace.

Kitt se leva de sa chaise et répondit à travers la porte close de sa chambre :

— Fous le camp !

Depuis le départ d'Harrison, elle avait perdu l'appétit et le sommeil. Elle maigrissait à vue d'œil. Son amant lui manquait. Elle n'avait pas compris ce qui s'était passé exactement, mais elle savait qu'il n'y avait aucun espoir de résurrection à leur amour. Harrison était interdit de séjour dans cette maison.

— M'man veut te parler, lui cria Jerry à travers la porte. Main-te-nant !

— J'peux pas.

— Je te conseille de descendre.

Dix minutes plus tard, Kitt faisait son apparition.

— Tu voulais me voir, m'man ?

— Tu n'as pas l'air dans ton assiette, Kitt ? dit Grace. Tu devrais faire quelque chose à tes cheveux. Appelle Kenneth. Prends rendez-vous. Fais-toi manucurer. Masser. Consacres-y une journée s'il le faut. Rester tout le temps enfermée dans cette maison ne te vaut rien.

— Oui, m'man.

— Que dirais-tu de venir à Paris avec moi ? Descendre au Ritz ? Voir Mary Pat ? T'acheter des nouvelles tenues ? C'est peut-être ça qu'il te faut.

— Non, je te remercie, m'man.

— Jerry me disait que tu buvais. Ne me dis pas que tu bois, Kitt ?

— Si, m'man.

— Eh bien, arrête-moi ça tout de suite. Eminence vient ce week-end pour voir ton père et Constant. Tu devrais peut-être te confesser, Kitt. A quand remonte ta dernière confession ?

— Bénissez-moi, mon Père, parce que j'ai péché. Ça fait deux semaines que je ne me suis pas confessée, dit Kitt, psalmodiant ses paroles.

— Ne sois pas sacrilège, Kitt. Arrête !

— Depuis ma dernière confession, j'ai commis le péché d'adultère neuf fois — non, dix.

— Ne sois pas vulgaire Kitt, fit Grace, d'une voix aigre.

— Je répète, dix fois. Dont une fellation, en bas, au salon, après que tu fus montée te coucher. C'est celle-là que j'ai failli oublier.

— On devrait te rincer la bouche au savon. Je regrette que cet Harrison ait remis les pieds chez nous. Après tout ce que la famille a fait pour lui.

— Ne lui en veux pas, m'man. J'étais l'agresseur. C'est moi qui ai commencé. Je l'ai supplié à deux genoux.

— Je ne veux plus entendre ce discours écœurant, fit Grace, se bouchant les oreilles.

— Alors, aide-moi. Aide-moi.

— Il reste la messe. Ton rosaire. Notre Mère. La prière.

— Oh, pour l'amour de Dieu, maman !

— Elle s'en fait pas, la vieille, dit Debbie, la nouvelle bonne, qu'on appelait désormais Colleen en cuisine.

— Tiens donc, et qu'est-ce que tu veux dire par là, ma petite ? lui demanda Bridey, froissée.

— Elle a son mari qui va être infirme à vie, qui se bave dessus, plus capab'de parler, et elle va à Paris pour s'acheter des nouvelles robes, comme si y en avait pas déjà assez dans ses placards.

— Que je ne t'entende plus l'appeler « la vieille ». Elle s'appelle Mme Bradley, ne t'avise pas de l'oublier. Cette femme est une sainte, alors si jamais tu prononces encore une parole comme ça, tu repars à Roscommon sur Aer Lingus.

— Et Kitt ? Où est Kitt ? s'enquit Grace. Il est temps de partir pour la messe.

— Elle est saoule, Madame, lui répondit Bridey.

— Eh bien, dessoulez-la. Giflez-la plusieurs fois, très fort. Faites-lui boire du café salé. Qu'elle prenne de la Listerine. Je ne veux pas que Son Eminence trouve que son haleine sent l'alcool quand elle recevra la communion.

— Oh, je peux pas gifler Mlle Kitt, Madame, dit Bridey.

— Mais si, vous pouvez si je vous le demande. Elle ne peut pas manquer la messe. Ce serait un péché mortel, et vous ne voudriez pas être en partie responsable de sa damnation, Bridey ?

— Non, Madame.

— Où est ma mantille de dentelle, Bridey ?

— Là, dans le premier tiroir avec toutes les autres.

— Non, non. Là, ce sont les noires. Je veux parler de

la blanche que la duchesse d'Albe m'a donnée l'année dernière à Madrid.

— Comment avez-vous trouvé les deux convalescents, Eminence ? demanda le journaliste au cardinal Sullivan qui quittait l'hôpital de Southampton en compagnie de Grace, Maureen et Kitt Bradley.

— Tous deux, le père et le fils, sont en bonne voie de guérison, répondit le cardinal Sullivan, souriant. Je crois que Constant va sortir demain ou après-demain, et Gerald dans huit ou dix jours. Quelle joie ce sera quand toute la famille sera à nouveau réunie ! Vous savez, les gens voient en Gerald Bradley un homme uniquement intéressé par l'accumulation de richesses. Ce n'est pas vrai. Je connais Gerald depuis bientôt quarante ans. Oui, ça va faire bientôt quarante ans, n'est-ce pas, Grace ?

— Presque, Eminence. Trente-neuf, en fait, répliqua Grace, souriante.

— Eh bien, disons trente-neuf. Et je peux vous dire que son plus grand plaisir tient à la réussite de ses enfants. Il est l'homme le plus « famille » que j'aie eu le plaisir de connaître.

— Est-ce que mon photographe peut prendre deux ou trois photos de vous, Eminence, avec Mme Bradley et ses filles ?

Ce soir-là, Harrison rendit visite à Claire et à ses fils à New York.

— Tu ne les emmènes pas se promener ? lui demanda Claire. Ils ont attendu ça toute la semaine. Tu leur avais promis au téléphone de les emmener à Serendipity.

— Non. J'avais pensé commander un repas et dîner tous ensemble à la maison, expliqua Harrison.

— J'ai des épreuves à corriger, fit Claire, rejetant cette idée.

— Ecoute, Claire, c'est très important.

— Qu'est-ce qui ne va pas ? Tu n'es pas malade au moins ?

— Non, non.

— Quoi, alors ?

— Il y a une chose dont je voudrais te parler. Quand les garçons seront couchés.

— Au sujet de toi et Kitt Chadwick, tu veux dire ? interrogea Claire, très terre à terre.

Harrison la considéra, se demandant comment elle était au courant.

— Non, finit-il par répondre.

— Parlons maintenant, Harrison. Je ne suis pas une fanatique de l'atermoiement. Je ne vois pas pourquoi il faudrait prendre rendez-vous pour les discussions importantes.

Elle se tourna vers les enfants.

— Ils sont très heureux devant la télévision, dit-elle.

— Ça n'a aucun rapport avec Kitt, dit Harrison.

— Avec quoi, alors ?

Ils parlèrent pendant une trentaine de minutes, à mi-voix, penchés l'un vers l'autre à la table de la cuisine. Il lui parla de Winifred Utley, de la nuit en question, de Constant, de lui-même. Claire, abasourdie, écoutait intensément, mais sans trahir le moindre affolement.

— Voilà donc d'où venait l'argent, dit-elle, finalement, pour ton année en Europe et tes quatre ans à Brown.

— Oui. Le prix de mon silence, pourrait-on dire.

— Si tu fais ça, tu n'en sortiras pas indemne, tu sais.

— Oui, je sais.

— Papa, j'ai faim ! dit Timmy, venant interrompre ses parents.

— Moi aussi ! renchérit Charlie, en écho à son frère.

— Votre père va vous emmener dehors, les garçons. Allez mettre vos manteaux, leur dit Claire.

Elle dévisagea Harrison.

— J'avais toujours pensé qu'il y avait quelque chose, que tu avais un secret dans ta vie.

— Oui, c'est vrai.

— Je croyais qu'il était plus ancien, remarque.

— Comment ça ?

— Qu'il remontait à une période plus ancienne. J'ai toujours trouvé curieux que tu ne m'aies jamais parlé de tes parents, sauf pour me dire qu'ils avaient été assassinés. Pas une fois tu ne m'as parlé d'eux. Aucune réminiscence, aucun souvenir d'enfance. Ce n'est pas comme s'ils étaient morts quand tu avais quatre ans et que le souvenir que tu aies gardé d'eux se soit affaibli avec le temps. Tu avais quel âge ? Seize, dix-sept ans ? Est-ce que tu penses à eux quelquefois ? Est-ce que tu les pleures ? Est-ce que tu vas sur leur tombe ? Tu n'es même pas revenu d'Europe pour le procès de leurs assassins. J'ai toujours trouvé ça curieux. Tu m'as toujours paru, comment dire, incomplet.

Harrison regarda sa femme, et acquiesça.

— Oui, tu as raison. Tu sais, je crois que si j'ai d'emblée détesté Jerry Bradley, dès le premier soir où je l'ai vu, à un dîner chez les Bradley, à Scarborough Hill, après le renvoi de Constant, c'est que le ton ironique sur lequel il s'adressait à moi me rappelait la façon dont mon père me parlait. Mon père me réprimandait, se moquait de moi, me traitait de « tapette ». Je peux dire ce mot maintenant, et même sourire en le disant, mais pour moi, c'était le mot le plus cruel du dictionnaire quand j'étais gosse. D'autant plus cruel qu'il savait, en le disant, que ça me ferait mal. C'était un homme sensé à bien des égards, mais je le rendais furieux. Je ne correspondais pas à celui qu'il aurait voulu avoir pour fils unique. Il me battait. Il me frappait avec des ceinturons en cuir, des cintres en bois, et quand un cintre se cassait, ce qui arrivait souvent, il allait en chercher un autre dans la penderie et recommençait. J'avais souvent les jambes et les fesses zébrées de rouge. J'ai compris depuis qu'en me battant de la sorte il essayait de chasser de moi ce qu'il considérait comme mon péché. Non, je ne suis jamais allé me recueillir sur sa tombe.

Claire le dévisageait.

— Oh, Harrison, fit-elle.

Ils se regardèrent un long moment.

— Tiens, aide-moi, dit Charlie, tendant son manteau à Harrison.

Harrison aida son fils à enfiler la manche gauche, puis la droite, puis à boutonner le manteau. Claire faisait de même pour Timmy, sans quitter Harrison des yeux.

— Qu'est-ce que tu vas faire ? lui demanda-t-elle.

Il le lui dit.

— Kitt le sait ?

— Non.

— Quelqu'un le sait ?

— Que toi.

— Curieux que je sois la seule à le savoir.

— Oh, je ne trouve pas ça curieux, Claire.

— On appelle ça « brûler ses cartouches », ce que tu vas faire. Tu t'en rends compte, Harrison ?

— Oui, oui.

— Et tu n'as pas peur ?

— Peur ? De quoi ?

— De ce qu'ils sont capables de te faire. Ils sont très puissants.

— Ils ont déjà essayé de me noyer, alors !

*
* *

Deux jours plus tard, un entrefilet dans le *Times* disait que le corps d'un nageur non identifié s'était échoué sur la plage de Shinnecock Creek, près d'Hampton Bays, New York. L'individu, un mètre quatre-vingt-cinq, cheveux bruns, était vêtu d'une combinaison de plongée. Il devait avoir dans les quarante-cinq, cinquante ans. Jusqu'alors, personne n'était venu réclamer le corps.

— Vous vouliez me voir, monsieur Jerry ? demanda le chauffeur, en entrant dans la loggia.

— Oui, Charlie.

— Vous voulez que je vous conduise en ville ?

— Non, Charlie.

— Vous voulez que j'apporte des choses à M. Bradley à l'hôpital ?

— Non, Charlie. Asseyez-vous. Là, sur la chaise en bambou. Elle est plus confortable qu'elle n'y paraît. Vous savez, Sally Steers ne permettrait pas qu'un des invités de m'man s'assoie sur une chaise inconfortable.

Charlie, nerveux tout à coup, sourit.

— Depuis combien d'années travaillez-vous pour nous, Charlie ?

— Oh, attendez, vingt-cinq, vingt-six ans, dans ces eaux-là, j'me souviens pas exactement. Vous songez pas à me mettre à la retraite, dites, monsieur Jerry ? Je suis toujours en pleine forme, vous savez, aussi en forme que le jour où je suis arrivé pour travailler dans votre famille.

— Non, non, bien sûr que non, Charlie. Nous ne risquons pas de vous mettre à la retraite. Mon père va avoir besoin de vous plus que jamais quand il sortira de l'hôpital. Non, ce dont je voulais vous parler est d'une tout autre nature. Le corps d'un homme a été rejeté par la mer à Shinnecock Creek, près d'Hampton Bays. Un nageur. Son cadavre est chez le médecin légiste, à la morgue de Hauppauge. Vous savez où est Hauppauge, Charlie ?

— J'en suis pas sûr.

— C'est à une quarantaine de kilomètres à l'ouest de Southampton.

— Oh, oui, bien sûr, oui, je connais.

— J'ai des raisons de penser qu'il s'agit du corps de Johnny Fuselli.

— Johnny ! Oh, non ! s'exclama Charlie, sous le choc.

— Je le crains. Il est allé nager il y a quelques jours

et il n'est pas réapparu depuis. Ce que j'aimerais, Charlie, c'est que vous alliez reconnaître le corps et, s'il s'agit vraiment de Johnny, que vous le fassiez transporter à la chambre funéraire du coin et que vous preniez les dispositions nécessaires pour une crémation.

— Vous ne pensez pas que ce serait à vous de faire ça, monsieur Jerry, et pas à moi ? demanda Charlie. J'suis que le chauffeur ici.

— En des circonstances ordinaires, oui, Charlie, mais avec toute la mauvaise publicité que nous avons dans la presse entre l'accident de Constant et l'attaque de mon père, je crois que la famille fait assez parler d'elle. Nous avons pensé, mes frères et moi, que vous pourriez vous charger de ça sans attirer l'attention.

— Ça doit pas être donné, vous savez, la crémation et tout...

— En effet. Vous devriez trouver dans cette enveloppe suffisamment d'espèces pour couvrir tous vos frais. Vous pouvez disposer, Charlie.

Ce soir-là, Harrison Burns entra dans une cabine téléphonique au coin de Park Avenue et de la Soixante-Deuxième Rue, dans l'Upper East Side, à New York, et composa un numéro.

— Allô ?

— Madame Utley ?

— Oui. Qui est à l'appareil ?

— Harrison Burns.

— Oh, Harrison, fit-elle, d'une voix amicale. Comme c'est curieux que vous me téléphoniez maintenant : je viens juste de finir de lire votre article sur Esme Bland et Dwane Lonergan. C'est incroyable !

— En effet.

— Cette femme qui élève du bétail en Arizona m'a beaucoup plu.

— Maxine ?

— Oui. C'est un cas de figure plutôt rare pour vous.

— Rare ? Comment ça ?

— Un crime sans coupables.

— C'est vrai.

— On ne vous sent plus révolté.

— Oui, vous avez peut-être raison. Mais je le suis redevenu. Je voulais m'inviter chez vous à boire un thé, ou un verre d'eau, ou ce que vous voudrez bien m'offrir.

— Oui, bien sûr. Quand ?

— Je me trouve dans une cabine téléphonique en face de votre immeuble. Je pensais maintenant.

Quand Harrison sortit de l'ascenseur, à l'étage, Luanne Utley se tenait dans le couloir, la porte de son appartement ouverte derrière elle. Ils se regardèrent un moment, et elle comprit qu'il ne s'agissait pas d'une visite de politesse.

— Entrez, Harrison, lui dit-elle.

III

1993

HARRISON BURNS

15

Comment vous décrire le scandale que provoqua l'inculpation de Constant Bradley ? A quoi fut-il dû ? Au fait qu'il occupait un siège au Congrès ? Qu'il briguait un poste de gouverneur ? A la célébrité de sa famille ? A son multimilliardaire de père ? A son charisme ? A sa réputation de tombeur ? A son exceptionnelle beauté ? C'est selon. A tout cela, sans doute. Qui ne se souvient de la photo de lui, flanqué de deux policiers, arrivant au commissariat de Scarborough Hill, Connecticut, pour se constituer prisonnier ? Il est inexact qu'il portait des menottes, contrairement à ce que plusieurs journaux ont écrit. Il avait été convenu au préalable que, s'il venait au commissariat de son plein gré, on ne lui passerait pas les menottes. On prit ses empreintes digitales. La caution, fixée à un million de dollars, fut payée sur-le-champ. Et il repartit, faisant des signes de la main, souriant avec une triste amabilité, au barrage de caméras qui s'était dressé devant le commissariat. Suivant le conseil d'un avocat, il ne fit aucune déclaration, rien qu'un geste fataliste et charmant. Puis il monta dans la berline familiale et disparut.

Bien sûr, je ne vous apprends rien. Ce fut l'événement de la soirée sur les trois chaînes de télévision et sur CNN. Il fit la Une de tous les quotidiens du lendemain matin, même celle du *Times*. Mais, comme nous le savons tous, la justice est un processus d'une lenteur extrême. Au fil des semaines, des mois, l'affaire fut reléguée au rang de ces médias que d'aucuns appellent « tabloïds », et d'autres « torchons ». Certains membres de la famille Bradley demandèrent la protection de la police contre les hordes de journalistes, photographes et cameramen qui bloquaient l'allée de chez eux, les harcelaient au téléphone et provoquèrent quelques incidents de mauvais goût. Un photographe, perché sur un échalier, réussit à s'approcher suffisamment d'une fenêtre de l'étage de chez les Bradley pour prendre une photo de Sis Malloy en train de faire manger sa soupe à Gerald. La photographie de cet homme pitoyable et sans défense parut dans plusieurs journaux du pays et des cris d'indignation s'élevèrent de toutes parts. Comme d'habitude, les journalistes furent traités de vautours. D'autres protagonistes de cette affaire, comme Luanne Utley et moi-même, prirent le parti de se cacher, séparément, n'accordant aucune interview et refusant de participer à tout ce cirque, même si c'était moi qui en étais l'initiateur.

J'ai toujours aimé écrire sur les gens. Les gens m'ont toujours parlé, même ceux qui, au départ, étaient hésitants à me rencontrer. Claire m'a dit plus d'une fois que, si je m'investissais ainsi dans la vie d'autrui, c'était pour ne pas affronter la mienne. Peut-être. Maintenant, la balle avait changé de camp. De par la décision que j'avais prise de révéler ce que je savais sur Constant Bradley, les feux des projecteurs s'étaient braqués sur moi. Des photographies de moi parurent dans toute la presse. Je découvris très vite, et n'en fus pas autrement surpris, que je n'aimais pas qu'on écrive sur moi. Pauvre Claire. Elle détesta tout ça, surtout quand une photo d'elle et des jumeaux parut dans le *National Enquirer*. Elle quitta New York et loua une maison dans un village isolé du Connecticut, faisant ses travaux d'édition à domicile. La plus grande partie de ce qu'on disait de moi m'était hostile. L'opinion générale, alimentée par la Famille, voulait que j'agisse pour la récompense. Le mot « traître » revenait sans arrêt pour me décrire.

Parfois, plus souvent que je ne l'aurais souhaité, je me disais : « Qu'ai-je fait ? », « Qu'ai-je déclenché ? ». Ai-je parfois douté de la sagesse de ma visite tardive à Luanne Utley, au mois de mai 1990, et des heures de confession qui s'ensuivirent ? Oh, oui. Souvent, je me suis éveillé au beau milieu de la nuit, trempé de sueur, le cœur battant la chamade, hurlant : « Qu'ai-je fait ? » Si c'était à refaire, le referais-je ? J'aimerais répondre « Oui » mais, en vérité, je ne sais pas.

Ma vie n'aurait-elle pas été plus facile si j'avais suivi mon instinct et n'étais pas allé à Southampton ce week-end fatidique au cours duquel j'aurais pu finir noyé à la place de Johnny Fuselli ? Oui. Mais aujourd'hui, quand j'y pense, je me rends compte que le processus s'était enclenché pour moi le soir où, à New York, au Borsalino's, j'avais revu Mme Utley, après tant d'années. Des pensées en sommeil s'étaient alors éveillées, et j'avais lutté contre. Puis, dans le Maine, à l'auberge du Bee & Thistle, ce processus s'était accéléré quand j'étais tombé sur Kitt Bradley, qui ressemblait tant à Constant, et que nous étions devenus amants. Je n'avais pas envie de rencontrer Gerald Bradley au Four Seasons, à New York, mais je m'étais laissé persuader de faire quelque chose contre mon gré. Ce jour-là, Tata Suarez refit son apparition, en bon fantôme, tout de gris vêtu au bas des marches, pour me prévenir de ne pas m'engager sur la voie que je m'apprêtais à prendre. Il comprit, au Miss Garbo's, que j'étais entraîné dans un tourbillon. J'ai souvent repensé à ce qu'il m'avait dit alors : « Tiens toi éloigné d'eux. D'eux tous. Ils te détruiront. Qu'a donc cette famille de si irrésistible à tes yeux, Harry ? » Je n'avais pas envie d'aller à Southampton. Tout me disait de ne pas y aller mais, de nouveau, je me suis laissé convaincre de faire une chose que je n'avais pas envie de faire. Je ne voulais pas revoir Constant. Je n'ai jamais pu effacer de ma mémoire l'image de ce beau jeune homme se servant du pan de sa chemise Brooks Brothers pour essuyer le sang de Winifred Utley et effacer ses empreintes digitales de la batte de base-ball avec laquelle il venait de la tuer.

J'en suis arrivé à penser que chaque existence suit un plan tracé d'avance et que ces rencontres faisaient partie de ce plan — qu'il n'était pas en mon pouvoir de modifier — pour m'amener où j'en suis aujourd'hui. Vous voyez, je savais, du moins je pense que je savais, avant même que Johnny Fuselli ait tenté de me noyer, que j'allais faire ce que j'ai fait. C'était trop lourd pour mon âme.

J'ai revu Kitt une fois après notre séparation à Southampton. Il m'était impossible, après ce qui s'était passé entre nous, de me lancer dans cette affaire sans lui annoncer mes intentions. Je ne pouvais pas lui faire ça. J'étais déjà allé voir Luanne Utley, ainsi que le commissaire Riordan, en retraite. De lui, j'appris ce que devaient être les étapes suivantes. Je laissai un message sur le répondeur de Kitt, disant qu'il était très important que je la voie pour une question des plus urgentes. Elle me laissa un message jovial sur le mien : « Viens déjeuner mardi. Du thon comme plat du jour. » Ayant toujours eu Bridey dans sa vie, elle n'avait jamais appris à faire la cuisine mais elle se vantait souvent de son thon en cocotte dont elle disait que c'était sa seule et unique spécialité culinaire.

Notre entretien fut bref. Elle vivait dans une suite, petite mais chic, avec cuisine indépendante, au Rhinelander Hotel. Le Rhinelander était, et est toujours, un hôtel élégant de l'Upper East Side, à New York, où de nombreuses femmes distinguées séjournent entre deux mariages. J'y étais déjà allé pendant notre liaison, mais Kitt avait vite préféré venir dans mon appartement de spartiate pour nos rendez-vous d'après-midi. « C'est plus excitant », me disait-elle. Elle aimait y arriver avant moi, changer les draps, mettre le vin au frais et disposer les fleurs qu'elle avait achetées à un marché coréen du coin. Elle détestait mon vase. « Ringard », disait-elle. Elle détestait mes deux verres. « Encore plus ringards », disait-elle. Elle m'acheta un autre vase et deux autres verres. Certaines fois, j'ouvrais la porte de chez moi, et je la trouvais nue dans mon peignoir, prête pour ce qu'elle appelait nos galipettes. Kitt avait toujours su me faire rire. Elle me manquait.

Elle m'ouvrit la porte ce mardi-là, le mardi du thon, puis recula d'un pas, me dévisageant. Elle portait les lunettes qu'elle mettait parfois pour lire, et elle les ôta, les tenant à la main en souriant nerveusement, comme font les amants quand ils se revoient après leur première querelle. J'entrai. Je restai planté devant elle, la regardant qui me dévisageait. Je pense, à ma grande honte, qu'elle avait cru que l'empressement que j'avais manifesté au téléphone était dû au désir physique. Un coup rapide, qu'elle aurait accepté si telle avait été mon intention. Elle était allée chez le coiffeur. Elle était habillée comme pour un déjeuner au « 21 ». Tailleur, perles, barrette en or. Derrière elle, je vis une table dressée pour deux : assiettes, verres, argenterie, nappes et bouteille de vin. Une odeur de thon venait de la cuisine.

— Bonjour, dit-elle, dans un souffle.

— Bonjour, Kitt.

— Oh, Harrison. J'étais toute tourneboulée après que tu m'as appelée. Je n'arrêtais pas de penser que tu allais venir. Hier soir, à l'opéra, je suis partie après le deuxième acte. Je voulais que tout soit parfait pour aujourd'hui. De quoi ai-je l'air ?

— Kitt, je ne peux pas rester. Tu dois m'écouter. Tu dois me laisser parler. Sans m'interrompre. Il va se passer quelque chose de terrible et je ne supporterais pas que tu l'apprennes par quelqu'un d'autre que moi, étant donné que c'est moi qui en suis l'initiateur. Constant va être arrêté pour le meurtre de Winifred Utley en 1973. Non, non, ne dis rien. J'étais avec lui cette nuit-là. J'ai vu. Je l'ai aidé à porter le corps de l'endroit où il l'avait tuée jusqu'à l'endroit où elle a été retrouvée sous un pin. Ton père et tes frères le savaient. Ta mère, non, évidemment. Tes sœurs non plus. Je ne pouvais plus vivre avec ce secret. C'est pour ça que Johnny Fuselli a essayé de me noyer. Je suis allé trouver la police de Scarborough Hill et j'ai tout raconté. Voilà. C'est tout ce que j'avais à te dire. Je m'en veux de vous faire du mal, à toi et à ta mère. Je t'ai aimée, Kitt. Je tenais à ce que tu le saches. Mais je devais faire ce que j'ai fait.

Elle me regardait, incrédule. On aurait dit que je l'avais giflée. Ses traits s'étaient affaissés. Puis, comme si son menton était devenu trop lourd pour elle, elle laissa tomber sa tête sur sa poitrine. Ses lunettes lui échappèrent des mains. En se détournant pour aller s'asseoir, elle marcha dessus et brisa un des verres d'un de ses hauts talons. Indifférente, elle se laissa choir sur une chaise. Elle enfouit son visage dans ses mains. Je me détournai, ouvris la porte et sortis. Une fois dans le couloir du Rhinelander Hotel, je l'entendis pousser un gémissement, comme une lamentation. J'eus envie de revenir vers elle, de lui dire combien j'étais navré de lui infliger cette douleur. Je me retins. Je marchai rapidement jusqu'à l'ascenseur et appuyai sur le bouton du rez-de-chaussée.

Il n'est pas rare que des fous avouent des crimes qu'ils n'ont pas commis, ou que des gens prétendent à tort savoir des choses sur une affaire criminelle. C'est pour cette raison que la police cache toujours certains éléments d'une enquête aux médias, un détail primordial que seul le coupable, ou quelqu'un qui a véritablement assisté au meurtre, peut savoir. Consultez les articles parus en 1973 sur l'assassinat de Winifred Utley. Vous y lirez qu'elle portait une robe de soirée rose, qu'elle portait toujours sa petite culotte blanche, et qu'elle n'avait pas été violée. Ce que je savais, moi, c'est qu'elle avait sa petite culotte blanche aux chevilles. Je l'avais vue, j'avais vu ses poils pubiens en la soulevant. C'était le détail qu'il me fallait pour asseoir ma crédibilité. Ils savaient déjà ce que j'avais fait ce soir-là. C'était dans le dossier. Ce que je soupçonnais, sans en être certain, c'est qu'il y avait eu intention de viol mais que la pénétration n'avait pas eu lieu. J'avais ma petite théorie sur Constant, mais je la gardai pour moi.

Le commissaire Riordan m'accompagna ce jour-là. Il était à la retraite, mais il n'avait jamais pu oublier cette affaire dans laquelle il avait toujours eu de très fortes présomptions. Il était resté en contact avec Luanne Utley. Ils se voyaient plusieurs fois par an, et avaient noué une amitié chaleureuse. Après mon départ pour l'Europe, il s'était passé des choses que j'ignorais. Le commissaire Riordan me raconta qu'un cardinal et plusieurs prêtres avaient intercédé en faveur de la famille. Il me raconta que le cardinal avait dit à Gerald qu'il ne devrait pas laisser Constant se soumettre à certains tests demandés par Riordan, disant qu'il en ressortirait plus de mal que de bien. Et, même si personne ne comprit ce qu'il entendait par là, qui songerait à contredire un cardinal, et Son Eminence le savait.

Le nouveau commissaire divisionnaire, Homer Dundee, avait été muté à Scarborough Hill après le départ en retraite du commissaire Riordan, et il n'appréciait pas l'investissement de ce dernier dans cette affaire. Il estimait qu'il était tout à fait capable de s'en occuper seul. Il ne voulait aucune ingérence. Riordan quitta les lieux. Dès lors, je ne le revis plus qu'en tête-à-tête, ou avec Luanne Utley.

Homer Dundee me demanda si je savais pourquoi le menton, le nez et le front de Winifred Utley portaient des traces de griffures qui n'avaient rien à voir avec les traces de coups provenant de la batte de base-ball. Je lui répondis que je pensais que ces marques pouvaient avoir été faites quand Constant avait essayé de la déplacer en la tirant par les cheveux avant qu'il vienne solliciter mon aide. Homer Dundee hocha la tête.

— Y a-t-il des gens qui pourraient confirmer vos dires ?

— La cuisinière des Bradley. Bridey. Je ne connais pas son nom de famille. Elle travaille pour eux depuis que les enfants sont petits. Elle est entièrement dévouée à Mme Bradley.

— Et ?

— Elle s'est réveillée cette nuit-là, quand Constant et moi étions revenus à la maison et retirions nos vêtements à la cuisine. Elle nous a parlé. Il était deux heures du matin.

Homer Dundee prenait des notes.

— Quelqu'un d'autre ?

— Une des bonnes. Colleen. Pas celle qui travaille actuellement chez eux.

— Et ?

— Le lendemain, elle a raconté à Bridey qu'elle nous avait entendus parler, Constant et moi, dehors, devant la maison, pendant la nuit. Sa chambre était au dernier étage et elle disait que nos voix montaient jusque là-haut. Bridey lui recommanda d'oublier ce qu'elle avait entendu.

— Vous connaissez son nom de famille ?

— Non.

— Qui d'autre ?

— Eloïse Brazen, un agent immobilier de New York. Elle est dans l'annuaire. Elle habite dans Park Avenue. A l'époque, elle avait une liaison avec Gerald Bradley. Constant a téléphoné à son père, chez elle, la nuit du meurtre, pour lui dire qu'une chose affreuse venait de se produire et lui demander de rentrer au plus vite. Je sais avec certitude, par quelqu'un qui l'a connue mais qui est mort depuis, qu'elle se souvient de cet incident.

— Et où est passée la batte de base-ball ? demanda-t-il soudain. L'autre moitié de la batte ?

Je lui dis que Constant l'avait mise dans un sac-poubelle. Je lui dis que nous avions retiré nos chemises, nos pantalons, nos sous-vêtements et nos chaussures, et les avions mis avec dans le sac. Je lui dis que Johnny Fuselli était parti avec la voiture de Bridey, le sac-poubelle dans le coffre. Et je lui dis ce que Johnny m'avait révélé juste avant de couler.

Après ma visite à Kitt, ma décision fut très vite connue. Ma femme fut harcelée de coups de téléphone anonymes. Quand je dis ma femme, je veux parler de Claire, de qui je suis séparé mais non divorcé. Au début, ces coups de fil étaient relativement anodins. « Tu ne seras pas admise par le club dans lequel tu veux t'inscrire », disait la voix. De fait, elle avait fait une demande d'inscription dans un petit beach-club de Black Point, fréquenté par beaucoup d'enfants de l'âge de nos jumeaux. Ou encore : « Tes gosses n'iront pas dans l'école où tu voudrais qu'ils aillent. » Etablissement pas spécialement coté, cela dit. Le but de ces coups de téléphone était qu'elle use de son influence sur moi pour que je renonce à ma démarche. Claire est une femme forte qui ne s'effraie pas facilement. Un jour, elle engagea la conversation avec son persécuteur. Après quoi, elle me dit : « Je crois savoir qui c'est. » Personnellement, je penchais pour Jerry, bien sûr, ou même pour Des. Mais Claire était presque certaine qu'il s'agissait de Freddy Tierney, le mari de Maureen, qu'elle avait connu des années plus tôt, à Palm Beach, avant qu'il n'épouse une des filles Bradley. Une autre fois, elle le testa. « Je t'ai reconnu, Freddy. Espèce d'imbécile », lui dit-elle. Le correspondant anonyme raccrocha. Les appels cessèrent. Apparemment, Freddy s'était laissé endoctriner par les Bradley, mais avait raté sa première mission. Comme le pauvre Johnny Fuselli, il est probable qu'il n'avait pas le cœur à l'ouvrage. Récemment, les appels ont recommencé, mais avec une voix différente. Ce sont des appels d'une vulgarité et d'une méchanceté insignes. Claire ne décroche plus le téléphone, préférant s'en remettre à son répondeur et ne prenant la communication qu'une fois qu'elle a reconnu la voix de son correspondant. Par deux fois, elle s'est fait piéger, mais elle a enregistré ces appels et a donné les cassettes à la police. Les appels ont cessé.

Le bruit circula que Gerald Bradley se remettait remarquablement bien. C'était faux. Il avait pris un sérieux coup de vieux depuis son attaque. Les gens qui lui rendaient visite, surtout des prêtres et des intimes qui le complimentaient pour sa mine superbe, racontèrent plus tard qu'il avait tendance à piquer du nez, qu'il oubliait les événements récents mais se souvenait très clairement d'événements plus anciens, qu'il pleurait souvent et se montrait très irascible. La paralysie gagnait du terrain. La moitié gauche de son visage était déformée et il était incapable de s'exprimer intelligiblement. Il proférait des sons qui, pour lui, avaient sans doute un sens, mais n'en avaient aucun pour son entourage. Quand ceux qui étaient le plus près de lui ne réussissaient pas à saisir ses désirs ou ses ordres, il se mettait en colère. Seule Sis Malloy comprenait ses marmottements. « Assure-toi que Sis reste dans la chambre », disait tel ou tel membre de la famille, en prévenant les autres d'une possible crise de fureur.

Même si Grace allait rarement voir Gerald, elle prévenait ses moindres désirs grâce à ses contacts quotidiens avec Sis Malloy et Mlle Toomey, l'infirmière-chef.

Tous les jours, Sis lisait les journaux à Gerald, le *New York Times* et le *Wall Street Journal*. Elle était devenue experte en matière de cotations boursières et il lui arrivait de prendre les communications téléphoniques pour Gerald, servant d'intermédiaire entre lui et ses correspondants, lui répétant les informations et les rappelant pour leur donner sa réponse. Le don de faire de l'argent n'avait pas quitté Gerald. C'était le moment le plus heureux de sa journée. Sis lui apportait tous les quotidiens et lui lisait tous les détails concernant le scandale qui touchait son fils et qui passionnait tout le pays.

— Qu'est-ce qu'il dit, Sis ? Je ne comprends pas, s'écria Jerry, avec impatience.

— Il dit qu'il faut à tout prix qu'on ne mette pas les menottes à Constant, répliqua Sis.

— Oui, oui, bien sûr, approuva Jerry. Il va aller se constituer prisonnier et nous paierons la caution tout de suite. Elle a été fixée à un million de dollars.

En attendant, la vie quotidienne de la famille Bradley se poursuivait comme si aucun nuage noir ne s'était formé au-dessus d'elle. Publiquement, ils affectaient de considérer l'accusation de meurtre portée contre leur fils comme un simple désagrément, la vengeance d'un fou qui aurait tôt fait de se faire démasquer par un tribunal, moment où ils pourraient retourner à leurs affaires courantes. Une des caractéristiques de cette famille était de ne jamais parler de scandales ni de ses malheurs. La folie d'Agnès, l'accident qui avait fait de Jerry un infirme, le mariage de Des avec une bonne, et les maîtresses de Gerald n'étaient jamais mentionnés. Face à la mauvaise publicité, la machinerie des relations publiques des Bradley tournait à plein régime. Sandro fit un discours vibrant d'enthousiasme et très applaudi au Sénat, mettant dans la balance sa candidature pour la présidence contre une audience à la Cour Suprême. Maureen accoucha de jumeaux, ses huitième et neuvième enfants. Le soixante-douzième anniversaire de Grace fut célébré en grande pompe. Son nom fut donné à une nouvelle variété de roses blanches : la rose Grace Bradley. Constant fut photographié poussant son père dans son fauteuil roulant jusqu'au jardin. Je savais que Gerald n'allait pas bien, mais je ne m'attendais pas à le voir ainsi. L'homme que j'avais vu pour la dernière fois onze mois plus tôt, à Southampton, s'était tassé. Le visage hâve, complètement indifférent à ce qui l'entourait, il était assis dans son fauteuil roulant, assumant son rôle dans la comédie familiale, regardant Constant creuser la terre pour y planter le rosier. Un peu plus tôt ce dimanche-là, le cinquième enfant de Maureen, Eugénie, fit sa première communion. Toute la famille, à l'exception de Gerald, y assista.

— Ce sera du meilleur effet pour Constant qu'il tienne la petite main d'Eugénie dans la sienne, et elle portera le voile et l'aube blanche que maman lui a achetés à Paris, dit Maureen. Il est son parrain après tout.

— Mais non, il n'est pas son parrain, lui rétorqua Freddy Tierney. C'est mon frère Tom son parrain.

— Oh, pour l'amour de Dieu, Freddy ! Qui le saura ? Et pour le genre de parrain qu'est ton frère, entre nous soit dit. Il n'a pas souhaité l'anniversaire d'Eugénie depuis trois ans.

Freddy, intimidé, battit en retraite.

— Il a un cancer, ma chérie.

— Et alors ?

En privé, on racontait que Kitt buvait. « Si ce n'est pas malheureux », disaient ceux qui l'aimaient. Officiellement, elle était partie à Paris chez sa sœur Mary Pat, la comtesse de Trafford.

Le livre que Gerald aurait souhaité que j'écrive au nom de Constant, la chronique d'une grande famille catholique américaine, fut rédigé en un bref délai, et anonymement, par une certaine Mme Goldberg, qui avait déjà écrit les « autobiographies » de la femme d'un ex-membre du gouvernement, de l'ex-femme d'un célèbre coiffeur, de la fille d'un ex-président et d'une star de cinéma. Le tout, en tant que nègre. Elle ne recherchait pas la gloire et était ravie de rester dans la coulisse pendant que Constant récoltait les hommages dus à l'auteur. Elle toucha, me dit Claire, toujours au fait des magouilles de l'édition, cinq cent mille dollars payables d'avance. La rapidité d'exécution était la clause principale de son contrat. Si le livre figurait parmi les best-sellers, elle toucherait un autre demi-million de dollars. Intitulé tout simplement *En famille,* le livre de Constant Bradley connut un succès retentissant. L'éditeur dut publier des démentis à une rumeur selon laquelle des représentants des Bradley achetaient, aux quatre coins du pays, des milliers d'exemplaires du livre dans les librairies clés qui donnaient leurs chiffres destinés aux listes des meilleures ventes. Il y eut une vaste campagne publicitaire, comprenant des apparitions télévisées de Constant dans toutes les émissions à grande écoute, en tant que biographe de sa famille, et même, certaines fois, de Grace, en sa qualité de mère de l'auteur. A la télévision, elle, qui avait toujours été dans l'ombre, se révéla une figure immensément populaire, et devint la coqueluche du public et des téléspectateurs.

— Si vous voyiez mon fils avec sa femme Charlotte et leurs adorables enfants aller à la messe tous les dimanches, vous sauriez ce qu'est un bon père de famille. J'ai toujours dit que la famille qui prie ensemble reste ensemble, dit Grace, à « L'Oprah Winfrey Show ».

— C'est un sentiment qui vous honore, madame Bradley, lui dit Oprah, laissant le public du studio applaudir Grace.

Grace sourit et salua le public et la caméra.

Puis Oprah prit un air grave et se tourna vers Constant :

— Monsieur le député Bradley, vous-même, en ce moment, traversez une période de crise en étant l'objet d'une accusation de meurtre sur la personne d'une jeune fille, il y a près de vingt ans, à Scarborough Hill, Connecticut.

— Comme vous vous en doutez, Oprah, il s'agit d'une fausse accusation, ce qui sera prouvé sous peu aux yeux de la loi. Il m'a été signifié que, pour le moment, je ne pouvais pas parler en public de cette affaire. Je suis sûr que vous comprendrez.

— Oui, oui, bien sûr. Il n'était pas dans mon intention de vous demander quoi que ce soit de précis sur l'affaire en elle-même, mais ce qui m'intéresserait, c'est de savoir comment vous vivez ce qui se passe, et la position difficile dans laquelle cela vous place ?

— Toute cette histoire est parfaitement grotesque, intervint Grace.

Constant prit la parole, l'air grave.

— Je pense qu'il y a eu des pressions dans la communauté de Scarborough Hill où, comme vous le savez, ma famille a vécu pendant de très nombreuses années, pour élucider enfin cette affaire abominable qui reste à résoudre depuis bientôt vingt ans — ce qui est dû, sans doute, à une enquête de police inefficace à l'époque. Le corps de la pauvre Winifred Utley — que, d'ailleurs, je n'ai rencontrée qu'une ou deux fois dans ma vie — a été effectivement retrouvé à proximité de la propriété de mes parents. Et, étant donné que, de tous ceux qui ont vu Winifred Utley le dernier soir de sa vie, à un bal, je suis sans doute le plus connu, je deviens le suspect idéal pour le nouveau commissaire de police qui, apparemment, est très désireux de faire parler de lui.

— Il était dans son lit cette nuit-là, Oprah, dit Grace. La mère de la pauvre Winifred m'a téléphoné à deux heures du matin, elle se demandait où était sa fille, et je suis allée dans la chambre de Constant et il était là, dormant comme un bébé.

— Oui, madame Bradley, dit Oprah.

Elle se retourna vers Constant.

— Celui qui a lancé cette accusation contre vous, monsieur Burns, je crois, Harrison Burns, est, ou plutôt était, un de vos grands amis, n'est-ce pas ?

— C'est justement ce qui est si surprenant, dit Constant. C'est ce que personne dans la famille ne comprend.

— Nous avons été si bons pour ce garçon, dit Grace. Nous l'avons accueilli à bras ouverts. Il est devenu pratiquement un membre de la famille après que ses parents ont été... hm... assassinés.

Elle chuchota ce dernier mot en hochant la tête, comme s'il s'agissait là d'un point très significatif.

— Les Bradley défendent leur cause à la télévision, Votre Honneur. Ils ont accès à tous les talk-shows. Sous prétexte de faire la promotion du livre de Constant Bradley, ils utilisent leur temps d'antenne pour défendre leur cause et entravent la justice, déclara Bert Lupino, le procureur, le surlendemain, à l'audience.

Le juge Edda Consalvi tirailla ses cheveux bruns décolorés. Elle tendit le bras vers sa bouteille Thermos et se servit un gobelet d'eau.

— Quelle est votre requête, maître ?

— Je demande que le principe du secret de l'instruction soit exigé des deux parties de façon que l'affaire ne soit pas jugée par les médias avant de l'être par la justice, dit Bert Lupino.

— Accordé, dit le juge Consalvi.

Le District Attorney dit de Bert Lupino :

— Il est notre star. Nous avons grande foi en lui. L'année dernière, il a été nommé meilleur procureur de l'année. Il a presque cent pour cent de condamnations à son actif.

C'était vrai, mais ces condamnations concernaient des affaires de drogue ou de vol. Il n'avait jamais plaidé dans un procès d'assises. Je ne me sentais pas trop en sécurité entre ses mains. Il grimpait un peu trop dans les aigus quand il s'énervait. Il ne cessait de se passer du fil dentaire entre les dents pendant nos entrevues en tête-à-tête. Il faut dire que son père était dentiste.

— Oh, je vous en prie, arrêtez ça, finis-je par lui dire un jour, n'y tenant plus. Excusez-moi, mais ça m'exaspère au plus haut point de vous voir faire ça sans arrêt.

— Hé, hé, du calme, Harrison, du calme, dit-il.

Dès la veille de l'arrestation de Constant, on lui chercha le meilleur avocat du pays. Gerald, via Sis Malloy qui lui servait d'interprète, voulait cet avocat qui avait obtenu l'acquittement « pour ce type de Newport qui avait tenté de tuer sa femme, qui est dans le coma ». Constant émit des réserves.

— Je ne veux pas d'un avocat dont on parle sans arrêt dans la presse, p'pa, dit-il.

D'autres de la même envergure furent sollicités. Ce fut Sims Lord qui proposa le nom de Valérie Sabbath.

— Valérie défend ses clients comme une lionne, dit Sims Lord aux hommes de la famille Bradley. Elle doit sa réputation au fait d'avoir fait sortir neuf personnes des couloirs de la mort.

— Seigneur ! s'exclama Sandro, aussi prudent dans la vie qu'au Sénat. Cela ne va-t-il pas donner l'impression que nous pensons que Constant est coupable si nous prenons un avocat ayant de telles références ? Avoir sauvé neuf personnes des couloirs de la mort. Je trouve que ça sonne un peu mal. Vous ne croyez pas ?

— Je pense que nous devrions écouter ce que Sims a à dire, Sandro, dit Jerry.

— Nous savons tous que Constant est innocent, Sandro, dit Des, mais nous devons quand même faire face à un procès pour meurtre.

— Continuez, Sims, dit Constant.

— Tout ce que j'ai à dire, c'est que pour une inculpation de meurtre, Valérie Sabbath est la meilleure qu'on puisse s'offrir. Dans les tribunaux, on considère qu'elle est la plus impitoyable pour les contre-interrogatoires. Elle a le don d'avilir et de déstabiliser les témoins de la défense. Elle est remarquable. J'ai assisté à quelques-unes de ses plaidoiries. Je l'ai vue de mes yeux. Elle adore intimider, humilier. Elle y excelle. Elle sait quand elle vous tient. Elle arrive à brouiller la mémoire d'un témoin.

Jerry fut convaincu. Il fit part de la recommandation de Sims Lord à son père. Gerald l'écouta, puis acquiesça.

— C'est une sacrée bonne femme, p'pa, dit Jerry. Et pas une tendre.

Gerald approuva.

— Il est exclu de l'inviter à dîner au club. Elle parle trop fort. Elle est vulgaire. Et elle détesterait tous ces gens autant qu'ils la détesteraient.

Gerald écouta. Il fit un signe à Sis Malloy et lui marmonna quelque chose à l'oreille.

— Qu'est-ce qu'il dit, Sis ? s'enquit Jerry.

— Il veut savoir combien elle va coûter.

— Un million.

Gerald remarmonna quelque chose. Il dit : « Engagez-la ».

— L'accusation va essayer d'établir qu'il y a schéma du comportement, p'pa. Ils vont faire comparaître Weegie Somerset et Maud Firth. Croise les doigts en ce qui concerne Wanda Symanski. Personne n'est encore au courant pour elle. Valérie dit qu'ils n'ont pas l'ombre d'une chance. En fait, ses paroles exactes ont été : « Ces trous du cul n'ont pas l'ombre d'une chance. » Voilà comment elle s'exprime, p'pa.

Gerald gloussa.

— Valérie pense qu'ils ne pourront jamais amener ces filles à la barre, poursuivit Jerry. Elle est experte en schémas du comportement. Sims m'a raconté qu'elle avait eu le cas d'une mère accusée d'avoir tué son enfant. Elle a pu empêcher que les jurés apprennent que cette même femme avait tué un autre enfant sept ans auparavant en convainquant le juge que les deux affaires n'étaient aucunement liées. Quoi, p'pa ? Qu'est-ce que tu dis ? Qu'est-ce qu'il dit, Sis ?

— Il dit qu'il vaudrait mieux que cette histoire de mère infanticide ne sorte pas dans la presse.

— Est-ce que vous avez pu obtenir des renseignements sur ce juge ? demanda Jerry.

— Elle habite avec sa mère, et son père porte une perruque, lui répondit Eddie Bargetta.

Eddie avait pris la suite de Johnny Fuselli.

— Oh, bon Dieu, ce que Johnny peut me manquer parfois ! s'écria Jerry. Ecoutez, je me contrefiche de savoir que son père a une moumoute ! C'est sur elle que je veux des renseignements. Est-ce qu'elle est mariée ?

— Non.

— Elle ne l'a jamais été ?

— Non.

— Quel lycée, quelle université, quelle faculté de droit a-t-elle fréquentés ? C'est ce genre de choses que je veux savoir.

— Elle a été boursière pendant toutes ses études, du couvent du Sacré-Cœur à l'université.

— Le Sacré-Cœur ? Ah, voilà qui est intéressant, Eddie. Voilà qui est très intéressant.

La lecture de l'acte d'accusation eut lieu par une journée d'automne, chaude et humide, où des nappes de brume le disputaient à la pluie battante. Je ne m'étais pas rendu au tribunal de Stamford avec ma propre voiture. Un membre de la partie civile m'avait proposé de m'y emmener pour me mettre au courant de nouvelles informations avant d'entrer dans l'enceinte du tribunal.

Valérie Sabbath était assise au bureau de la défense, papotant avec Constant, très proches l'un de l'autre, souriant, riant. Puis elle se pencha vers lui et lui rajusta sa cravate. Sur une photographie, parue le lendemain dans la presse, ils donnaient plus l'impression d'être un couple d'invités à un déjeuner qu'une avocate et son client lors de la lecture de l'acte d'accusation à la veille d'un procès pour meurtre. Quand Maureen, par l'intermédiaire de Jerry, s'étonna auprès de Valérie d'une telle légèreté dans un tribunal, celle-ci répondit, regardant directement Maureen, dont elle savait que venait la question :

— Si on ne montre pas aux jurés qu'on aime son client, qu'on croit en lui, ils ne goberont jamais qu'il doit repartir libre.

— Mais il n'y a pas de jurés à la lecture de l'acte d'accusation, insista Maureen.

— Non, mais il y en aura au procès, répliqua Valérie, qui, d'emblée, avait pris Maureen en grippe. Et puis, je ne vous cache pas que je trouve Constant très séduisant.

A plusieurs reprises, Constant se tourna vers les membres de sa famille pour leur sourire. Puis on le pria de se lever. Il s'exécuta, restant à sa place au bureau de la défense.

Le juge, Edda Consalvi, lut le chef d'accusation d'une voix lugubre, d'outre-tombe.

— Vous êtes accusé du meurtre de Winifred Utley, de vous être posté pour l'attendre, de l'avoir frappée à mort de plusieurs coups de batte de base-ball, ce qui, si vous êtes reconnu coupable, pourrait vous valoir la prison à vie. Que plaidez-vous ?

Le silence régnait dans la salle d'audience tandis que public et journalistes attendaient qu'il réponde. La caméra de télévision était braquée sur son visage. Le seul bruit audible était le ronronnement du moteur de l'unique caméra sur pied que le juge Consalvi permettait qu'il y ait dans son tribunal. Au lieu de répondre du bureau de la défense, comme le voulait l'usage, Constant s'approcha du juge, à pas mesurés. Il se pencha en avant et la regarda droit dans les yeux.

— Non coupable, Votre Honneur, lui dit-il.

Puis il se retourna et regagna sa place.

— C'était un bon truc, de marcher jusqu'au banc et de regarder Consalvi comme ça, lui dit Sandro. Ça paraissait sincère. C'était une idée de qui ? De Jerry ?

— Non. De Valérie Sabbath.

En fin de journée, il pleuvait des cordes. L'avocat qui m'avait emmené en voiture avait été convoqué par le District Attorney. Les autres membres de l'équipe s'étaient dispersés. Je me retrouvai donc sans véhicule. Je téléphonai pour avoir un taxi. A cause de l'orage, ils étaient tous pris. L'opératrice me dit d'attendre devant le palais de justice, qu'elle m'enverrait la prochaine voiture disponible. J'attendis sous mon parapluie. Du parking en sous-sol surgit la berline des Bradley chargée d'avocats et des membres de la famille. Constant était assis devant, avec Maureen entre le chauffeur et lui. Derrière eux, occupant la banquette centrale, se trouvaient Valérie Sabbath d'un côté et un membre de son équipe de l'autre. Tous me virent au même moment qui attendais mon taxi, trempé jusqu'aux os. Le martèlement de la pluie ne m'empêcha pas d'entendre leurs cris dans la voiture. J'étais devenu l'ennemi de la famille. La berline tourna et fila devant moi, roulant sur une flaque d'eau boueuse et m'éclaboussant au passage. Je les entendis hurler de rire tandis que la voiture s'éloignait.

Cinq minutes plus tard, le taxi n'étant toujours pas arrivé, je décidai de retourner au palais de justice. Une voiture s'arrêta. Le chauffeur actionna son klaxon. Je me retournai. Le chauffeur baissa sa vitre.

— Je vous dépose ? me cria-t-il.

— Oui, oui.

Je courus vers la voiture et m'installai sur le siège passager.

— Je suis trempé, je suis désolé, dis-je au chauffeur. Je vais inonder tout votre siège.

— Aucune importance. Vous allez où ?

— A l'hôtel Hessian. C'est dans Wentworth Street.

— Oui, oui, je sais.

— C'est gentil de votre part. J'ai commis l'erreur de ne pas prendre ma voiture. C'est la dernière fois que je me fais accompagner.

— Vous avez raison. Faut toujours pouvoir rouler pour soi.

— Oui, c'est vrai.

— Vous me reconnaissez pas, hein ?

Je me tournai vers mon sauveur. C'était un homme bien en chair, aux traits sympathiques, d'origine irlandaise peut-être. Je ne le reconnaissais pas. Je me demandai s'il n'était pas un des policiers présents lors de mes nombreuses visites au commissariat de Scarborough Hill.

— Fatty Malloy, me dit-il. Quand je vous connaissais, ils vous appelaient Harry.

— Oh, mon Dieu. Fatty ! Comment allez-vous ? Ça fait des années qu'on ne s'est vus.

— Ouais, beaucoup d'eau a coulé sous les ponts, comme on dit.

— Oui, c'est le cas de le dire, beaucoup d'eau. La berline familiale vient de m'arroser copieusement. C'est un miracle que vous passiez par là et que vous vous soyez arrêté.

— J'ai vu. C'est sans doute Constant qui a dit : « Eclaboussez-le. » Ils adorent faire ce genre de blagues. Vous auriez dû vous en souvenir, dit-il, en riant.

Quand Fatty riait, ses yeux se plissaient, lui donnant un faux air chinois.

Je ne répondis pas.

— Vous regrettez de vous être lancé là-dedans ? me demanda-t-il.

— Vous savez, Fatty, je ne crois pas que je devrais en discuter avec vous. Vous pourriez aller leur répéter tout ce que je vous dirais. Nous ne sommes pas dans le même camp.

— C'est pas dit.

— Comment ça ?

— La famille m'a laissé tomber comme une merde quand j'ai refusé de démissionner de mon boulot au supermarché pour devenir l'ordonnance d'Oncle Gerald après son attaque.

— Pourquoi n'avez-vous pas accepté ?

— J'avais pas envie de passer ma journée à porter Oncle Gerald aux chiottes et à lui torcher le cul, et c'est ça qu'ils avaient dans la tête. Y a des tas de gens dont c'est le boulot et je voulais pas leur piquer leur place.

— C'est gentil de votre part.

— J'voudrais pas qu'ils s'imaginent qu'ils ont juste à claquer des doigts pour qu'on change sa vie et qu'on coure leur rendre service quand ils ont des ennuis, surtout quand on n'a plus de leurs nouvelles depuis des années, sauf de Tante Grace, qui envoie un cadeau tous les ans à Noël. La première que Constant m'a sortie quand je suis allé à Southampton, c'est : « Hé, Fatty, montre-nous comment on remplit un sac à provisions », et ils ont tous ri, et puis ils disent quand ils pensent qu'ils t'ont peut-être vexé, « Oh, on plaisante, Fatty, c'est tout. Tu sais bien qu'on t'aime ». Peut-être que le boulot que je fais au supermarché vaut pas grand-chose à leurs yeux, mais il me plaît à moi et je suis doué pour ça.

— Et Sis ?

— Oh, Sis y est allée. Grace lui demanderait n'importe quoi qu'elle le ferait. Quand c'est arrivé, vous savez, quand Winifred Utley s'est fait assassiner en 1973, Jerry a essayé de me persuader de porter le chapeau, de dire que j'étais chez eux ce soir-là, que j'avais bu, que c'était un accident. Il avait un scénario tout prêt. Il me disait que j'écoperais juste deux ou trois ans pour homicide involontaire, mais qu'ils subviendraient à nos besoins, à Sis et à moi, pendant toute notre vie.

— C'est sérieux ?

— Ben oui.

— Vous seriez prêt à témoigner ?

— Ah, non, ça, j'pourrais pas.

— Qui est au courant ?

— Personne. Pas même ma sœur. Elle a une telle adoration pour eux tous, surtout pour Tante Grace.

— Dieu du ciel.

— Ecoutez, Harry, s'ils avaient pu vous faire porter le chapeau, ils l'auraient fait, vous savez. Je suis sûr qu'ils en ont discuté. Mais vous étiez trop intelligent, ils le savaient.

Il se gara devant mon hôtel.

— Venez, je vous offre un verre, lui dis-je.

— Non. C'est trop risqué. Et puis, vous avez plutôt intérêt à aller vous changer.

— Vous savez, Fatty, j'aurais dû aller tout raconter

à la police à l'époque, quand c'est arrivé. Je n'aurais jamais dû mentir. Ça m'a obsédé toute ma vie, de savoir ce que je savais.

— Soyez pas trop dur envers vous-même, Harry. Il faut voir les choses en face : si vous étiez allé trouver la police, ou aviez menacé de le faire, il aurait très bien pu vous arriver quelque chose. Vous n'étiez pas quelqu'un en vue à l'époque. A qui vous auriez manqué ? Vous n'aviez plus vos parents, pas d'amis à part Constant. Que votre tante Gert. Qu'est-ce qu'il y a qui va pas ?

— Rien. Un frisson vient de me traverser.

— C'est que vous êtes trempé, c'est pour ça.

— Oui, c'est pour ça.

— Ils se moquaient de votre tante, vous savez, quand vous n'étiez pas là, exactement comme ils se moquaient de Sis et de moi.

Il m'était insupportable de penser qu'ils avaient ri de Tante Gert. Après m'être douché et changé, je pris ma voiture et me rendis à l'Hospice Ste Mary, à Ansonia, où elle était hospitalisée depuis des années. Je n'étais pas allé la voir depuis des lustres. Lors de ma dernière visite, elle ne m'avait pas reconnu.

— Les heures de visite sont terminées, me dit la sœur de garde.

— Oui, je sais, mais ne pourriez-vous pas enfreindre le règlement juste pour cette fois ? J'aimerais tant la voir. Je viens de loin. Je vous en prie. Je suis son neveu. C'est moi qui paie son séjour ici.

— Je vais voir si elle dort, dit la sœur.

Finalement, on me laissa entrer. Tante Gert avait l'air minuscule dans son lit. Son visage était d'une pâleur extrême, ses cheveux très blancs. Son regard croisa le mien, et je sus qu'elle m'avait reconnu. Je me penchai vers elle et déposai un baiser sur son front. Elle me tendit la main. Je la lui pris et m'assis sur le bord de son lit. Je ne lui dis pas que Claire et moi étions séparés. Ni que j'étais impliqué dans un procès pour meurtre. Ni que j'avais plus ou moins abandonné ma carrière, du moins pour le moment, parce que je n'arrivais pas à me concentrer sur quoi que ce soit. Je ne pus que lui parler des jumeaux. Elle adorait avoir des nouvelles de Timmy et Charlie. Je lui avais apporté une photo des garçons, et la joie illumina son visage. Puis je me levai pour partir.

— Je voulais vous remercier, Tante Gert, lui dis-je, pour vous être occupée de moi après leur mort.

Elle savait, bien sûr, que je voulais parler de mes parents. Avec elle, je disais toujours qu'ils étaient « morts », et non pas qu'ils avaient été « tués » ou « assassinés ».

— Je ne crois pas vous l'avoir jamais dit. Je ne crois pas vous avoir montré assez de reconnaissance. Je n'avais pas compris à quel point vous étiez bonne pour moi. Je n'avais pas compris le bien-fondé de vos conseils. Un jour, vous m'avez dit : « Ces gens t'ont ensorcelé, Harrison. » Vous vous rappelez ? Oui, c'était vrai. Vous aviez vu juste. Mais je ne vous ai pas écoutée.

Son regard restait fixé sur moi.

— Je sais que vous êtes fatiguée. Mais, avant de partir, j'aimerais vous demander quelque chose. Priez-vous toujours autant ? Oui ? Alors, priez pour moi.

Je me penchai et l'embrassai sur la joue. Je ne m'étais jamais rendu compte à quel point je l'aimais. Elle me suivit des yeux, tandis que je m'éloignais.

— Merci, Tante Gert. Je vous aime.

16

Je sympathisai avec Fatty Malloy. De temps en temps, nous nous rencontrions, discrètement. En contact quotidien avec Sis, il me tenait au courant des dernières nouvelles de la famille.

— Gerald est devenu très pieux, me dit-il. Il communie tous les jours. Le cardinal l'a reconverti, si on peut dire. Il a dit à Sis : « Il réembrasse le catholicisme avec ferveur. C'est beau à voir. »

— Gerald pieux ? fis-je, incrédule.

— Selon Sis, le cardinal a dit qu'il avait renoncé au péché de la chair.

— Il faut dire qu'à soixante-quinze ans, après une grave attaque d'apoplexie, il est temps de mettre la pédale douce en ce domaine.

Fatty partit d'un grand éclat de rire.

— Et comment va Kitt ? demandai-je.

— Elle arrête pas de tomber, toujours couverte de bleus ou un orteil de cassé, et quand c'est pas ça c'est autre chose.

— Qui est cette fille ? s'enquit Kitt.

Elle était assise dans la voiture devant le palais de justice, en compagnie de Maureen.

— Elle s'appelle Maud Firth, lui répondit Maureen. Elle est de Lake Forest. C'est la fille de Winston Firth.

— Oh, oui, Maud Firth. Il me semblait bien l'avoir reconnue.

— Tu la connais ?

— J'étais allée à sa soirée de présentation. Qu'est-ce qu'elle est venue faire ici ?

— La même chose que Weegie Somerset. Témoigner contre Constant.

— Oh, mon Dieu, dit Kitt. J'ignorais ça.

*

* *

Le jour où devait être discutée la recevabilité des témoignages de Weegie Somerset, maintenant Mme Louise Belmont, et de Maud Firth, l'atmosphère dans la salle d'audience était tendue. La partie civile avait la conviction que les témoignages de ces deux femmes étaient indispensables pour une condamnation, étant donné qu'ils démontreraient un schéma de comportement chez Constant Bradley. Valérie Sabbath était déterminée à éviter la comparution de ces deux témoins devant des jurés.

— Constant, Jerry, laissez-moi vous expliquer encore une fois, que vous compreniez bien ce que « schéma de comportement » signifie devant un tribunal, dit Valérie, leur parlant à voix basse au bureau de la défense. Au risque de vous paraître vulgaire, je vais vous donner un exemple. Si chaque fois que vous aviez baisé ces nanas, vous vous étiez mis une fausse moustache, les aviez prises par-derrière, et qu'elles soient toutes des Chinoises, là, oui, on peut parler de schéma de comportement. Mais les malmener un peu une fois de temps en temps n'en constitue pas forcément un. Pigé ?

Les deux frères échangèrent un regard.

— Pigé ? répéta Valérie.

— Oui, dit Constant.

— Cette Weegie Machin-Truc, celle de la cabine de plage qui a déclaré au commissaire Riordan que vous ne l'aviez pas frappée et qui, presque vingt ans plus tard, vient nous dire le contraire, aucun problème, continua Valérie. Je lui ai foutu une trouille d'enfer à cette fille, avec sa coupe au carré et ses petites barrettes en or, quand j'ai entendu sa déposition. Elle va se dégonfler à la barre, vous verrez ce que je vous dis.

Constant ne répondit pas.

— Pour Maud Firth, c'est un petit peu différent. Elle a quand même eu dix-sept points de suture. Il y a le dossier médical. Mais elle a accepté de l'argent, non ? Un accord à l'amiable ? Et elle était bourrée quand ça s'est passé, c'est ça ? Ça la fichera plutôt mal quand j'en arriverai là. Il y a son cousin pédé, ce Tata Suarez, je passe sur le surnom, qu'elle est allée voir cette nuit-là. Il veut témoigner qu'elle était couverte de coups.

— Tata Suarez s'était fait virer de la Milford School parce qu'il suçait les bites, dit Constant.

— C'est bon à savoir, dit Valérie, prenant note. Vous allez voir ce que je vous dis : le juge Consalvi récusera ces témoins.

Une femme très élégante s'avançait dans le couloir du palais de justice.

— Vous n'allez sans doute pas vous souvenir de moi, Harrison, dit-elle. Je suis Louise Belmont. Quand nous nous connaissions, à Scarborough Hill, je m'appelais Weegie Somerset.

— Mais si, je me rappelle, Weegie, dis-je.

— Je déteste cette journée. Je suis terrifiée. Mon mari était furieux contre moi que j'accepte de venir témoigner. Je trouve que vous avez fait une chose extraordinaire, Harrison.

— Le traître, voilà comme on me surnomme. Un mouchard, un opportuniste, au choix.

— Vous n'êtes rien de tout cela pour moi. Ni pour mes parents d'ailleurs. Nous sommes nombreux à vous applaudir des deux mains.

— Pourquoi avez-vous toujours affirmé qu'il ne vous avait pas frappée ce soir-là, à Watch Hill ? J'étais dehors, pas très loin de la cabine. J'ai vu. J'ai entendu. Mais, après l'assassinat de Winifred, vous avez dit au commissaire Riordan que ce n'était pas vrai. Pourquoi ?

— J'étais amoureuse de lui, folle amoureuse de lui. Je suis persuadée aujourd'hui que, si j'avais porté plainte à l'époque, Winifred serait peut-être toujours en vie. J'ai ma part de responsabilité et, maintenant que je suis mère d'une petite fille, j'ai estimé qu'il était de mon devoir de dire oui quand Maître Lupino m'a demandé de témoigner.

Valérie Sabbath et Charlotte Bradley bavardaient dans un coin du couloir. Une femme d'un tout autre genre que Weegie Somerset et de Maud Firth passa, ses cheveux maintenus dans une résille.

— Qui est-ce ? demanda Charlotte.

— Wanda Symanski, dit Valérie.

— Celle que mon mari a ramassée dans un bar de Sag Harbor ?

— Oui.

— Elle vient témoigner ?

— Ce n'est pas encore fait. Elle a porté des accusations qui sont improuvables.

— Elle n'a même pas la classe d'une serveuse, dit Charlotte.

Un cameraman d'un journal télévisé approcha prudemment sa caméra de leur visage.

— Pousse ça de ma gueule, toi ! hurla Valérie à son adresse.

Charlotte s'éloigna vivement de l'objectif, mais cette intrusion avait mis Valérie hors d'elle. Tout en s'éloignant, le cameraman continua à la filmer. Elle le suivit tout le long du couloir, brandissant son majeur à l'objectif.

— C'est ça que tu veux ? C'est ça que tu veux ? braillait-elle.

Le couloir était bondé de journalistes.

— Vous vous croyez chez vous ici ? hurla-t-elle à la cantonade. J'avais une conversation privée avec Mme Constant Bradley, et il m'a foutu sa caméra en pleine gueule. Vous ne reculez devant rien. Vous devriez avoir honte, bande d'enculés !

— Oh, ce n'est pas vrai, soupira Maureen.

Maureen, Kitt et Charlotte restèrent de marbre tandis que le procureur, Bert Lupino, restituait de façon imagée les dépositions de Weegie Somerset et de Maud Firth. Elles étaient assises, mains croisées sur les genoux. Elles savaient que Constant avait eu une altercation avec Weegie, mais elles n'avaient jamais entendu parler de Maud Firth. Elles ignoraient qu'elle avait été jetée à terre dans une chambre de motel et eu dix-sept points de suture au crâne.

— Je n'en crois pas un mot, dit Maureen.

Ni Kitt ni Charlotte ne lui répondirent.

Le juge Consalvi déclara qu'elle rendrait sa décision quant à la recevabilité de ces témoignages le premier jour du procès.

Les journaux et émissions de télévision à sensation rendirent compte de l'incident du jour avec une insistance pénible.

— Oh, ce n'est pas vrai ! soupira Maureen, qui regardait le journal télévisé.

Pour la première fois depuis bien des années, je passai des journées entières dans l'oisiveté la plus totale, à attendre l'ouverture du procès. Chaque ajournement demandé par Valérie Sabbath et accordé par le juge Consalvi me mettait au supplice. Je n'avais plus goût à écrire. Je ne pouvais plus couvrir de procès. J'étais moi-même au cœur d'un procès. J'accordai des vacances à ma carrière. Je n'avais pas de bureau où aller. Pas de délai à respecter. J'arrêtai de nager. Je lus *Guerre et paix*. J'enchaînai avec les six tomes du *Quinconce* de Palliser. Je louai des cassettes vidéo, six d'un coup, mais n'en regardai que rarement une jusqu'au bout. Outre Fatty Malloy, que je voyais régulièrement, je n'avais personne à qui parler qui ne soit pas impliqué dans cette affaire. Claire me manquait. L'intelligence de sa conversation me manquait. Etre marié me manquait. Voir grandir mes fils me manquait. Je leur téléphonais tous les soirs à six heures, impatient de les entendre me raconter leurs histoires de cour de récréation, de déguisements d'Halloween et de fête de l'école. J'allais de plus en plus souvent à la campagne pour les voir, les emmener au McDonald's, mais aussi pour parler avec Claire. Je lui posais des questions sur le livre qu'elle était en train d'éditer. Elle s'investissait totalement dans le travail d'un auteur qu'elle avait découvert, et me lut des extraits de son premier roman. Dans ces moments-là, mon agitation se calmait. Elle ne me demandait jamais, « Quoi de neuf ? » — à propos du procès —, ce dont je lui étais reconnaissant. Quant à moi, je commençais toutes mes phrases par « Quand le procès aura commencé », ou « Quand le procès sera terminé ». C'était le moment que j'attendais et redoutais à la fois. Tout y menait et tout s'en éloignait. Claire me comprenait sans rien dire. Un jour, elle me demanda : « Tu tiens ton journal ? Tu devrais garder des traces de tout ça, tu sais. » Quand je les quittais, je n'avais souvent nulle part où aller. Je roulais sans penser à rien, sans but, regardant les villes, les villages, les ponts, les changements des saisons, autant de choses auxquelles je ne faisais jamais attention avant.

Un beau jour, arrêté à un stop, je me rendis compte que je me trouvais à proximité du village où était la Milford School. Je n'y étais plus revenu depuis l'obtention de mon diplôme en 1973. Je lisais rarement les bulletins de l'école qu'ils m'envoyaient même si on me disait, de temps en temps, qu'ils parlaient de moi. Je savais que le Pr Shugrue était en retraite et avait été nommé directeur honoris causa. Un jour, je reçus une lettre du nouveau directeur qui me demandait si j'accepterais de venir donner une conférence à l'école, mais je déclinai son offre, prétextant que je devais partir en Europe pour mon travail, ce qui était faux. Je traversai le village, devenu une petite ville maintenant. Le cinéma où Constant et moi allions en faisant le mur était devenu un complexe de plusieurs salles. Tout au bout de la rue principale, je tournai à droite et montai la colline. A son sommet, se trouvait l'entrée de l'école. « THE MILFORD SCHOOL », proclamait l'enseigne. Quel sentiment étrange que de regarder les bâtiments qui s'étalaient au-dessous de moi. J'avais oublié combien j'y avais été heureux, jusqu'au drame.

Devant moi, se dressait la bibliothèque Bradley. La

dernière fois que j'avais vu ce bâtiment, le jour de la remise des diplômes, le jour où Gerald Bradley m'y avait emmené et m'avait donné les billets d'avion pour l'Europe qui devaient lui garantir mon silence, les travaux s'achevaient. La belle façade d'inspiration classique, en brique rouge, était nue alors. Maintenant, du lierre avait poussé sur ses murs, et de jolis ormes avaient été plantés tout autour. On aurait dit que le bâtiment était là depuis un siècle.

J'y entrai. Le soir tombait. Les lumières étaient allumées. Devant, se trouvait une salle de lecture. Sur une table, des revues et des journaux étaient alignés. Sur une chaise en cuir vert, un vieil homme en veste de tweed et nœud papillon était assoupi. Un exemplaire du *New York Times* par terre, à ses pieds, ouvert à la page qu'il lisait. Je reconnus le Pr Shugrue. Je déambulai dans la pièce, regardant ici et là, admiratif. Il était encore trop tôt dans la soirée pour que des étudiants y soient. Quand je me retournai vers l'homme endormi, je vis qu'il me regardait. Il avait redressé ses lunettes.

— Vous êtes bien Harrison, n'est-ce pas ? me demanda-t-il. Harrison Burns ?

— Oui, monsieur. Je suis flatté que vous me reconnaissiez après tant d'années, et tant d'étudiants, dis-je.

— Nous avons vos deux livres, ici, dans notre bibliothèque. Nous sommes très fiers de vous.

— Merci.

— Elias Renthal est toujours en prison ?

— Oui.

— Tant mieux. Et Max Goesler ?

— Oui, et encore pour un long moment.

— Un sacré salaud, celui-là, hein ?

Au cours de mes années d'études, je n'avais jamais eu de véritable conversation avec le Pr Shugrue. J'étais fade alors, pas le genre d'élève dont la compagnie était recherchée par un directeur. La seule conversation assez longue que j'eus avec lui eut lieu lorsqu'il me convoqua dans son bureau pour m'annoncer que mes parents avaient été assassinés. Cette nuit-là, j'avais dormi dans sa chambre d'amis, consolé par sa gentille épouse qui avait dû trouver étrange que je ne verse aucune larme.

— Asseyez-vous, asseyez-vous, me dit-il. C'est un moment de la journée très agréable, très tranquille. Les garçons sont au réfectoire. C'est pour ça que je viens là à cette heure. Je sais que je devrais dire les garçons et les *filles* sont au réfectoire. Milford est mixte maintenant. C'est une chose à laquelle je ne me suis jamais habitué. J'ai pris ça comme le signal de la retraite.

Il me raconta qu'il habitait toujours dans l'école, dans un petit pavillon de fonction dont le conseil d'administration lui avait donné la jouissance à vie. Il aimait beaucoup venir chaque soir à la bibliothèque pour lire le *Times* et les derniers magazines parus. Il me dit qu'il ne prenait part en aucune façon à la politique scolaire, ne faisant des apparitions officielles que pour les collectes de fonds et les cérémonies de remise des diplômes. Il parla en termes très affables de son successeur. C'était une conversation agréable, mais j'avais l'impression qu'il avait envie de me dire quelque chose, que c'était là sa raison de me retenir. En effet.

— Vous êtes impliqué dans un événement grave, Harrison.

— Vous êtes donc au courant ? Je n'en étais pas certain.

— Qui ne l'est pas ? fit-il en riant.

Il y eut un long silence. Ni lui ni moi ne savions s'il fallait poursuivre sur ce terrain.

— C'est une très belle bibliothèque, finis-je par dire. On la terminait quand j'ai eu mon diplôme.

— Oui, c'est un bâtiment somptueux. Il faut concéder une chose à Gerald Bradley : quand il s'est engagé, il va jusqu'au bout. Il ne lésine pas sur les moyens. Quitte à ce que son nom soit gravé dans le granite au-dessus de la porte d'entrée, il fallait que ce soit beau et bâti pour durer. On considère que cette bibliothèque est la plus grande réussite de mes vingt-sept ans passés à la direction de cet établissement. J'ai été jalousé par tous les directeurs de tous les collèges de la Nouvelle-Angleterre quand elle a été construite. Dommage quand même pour ces deux fenêtres, non ? C'est la seule erreur architecturale. Ce pauvre M. Kahn — l'architecte. Il est mort depuis. Comme il s'en est voulu de céder sur ce point.

Il ajouta, dans un murmure :

— C'est Maureen Bradley qui a insisté.

— Je m'en souviens, oui. J'étais là. J'ai assisté à leur échange. C'était un avant-goût de la vie de Maureen, en quelque sorte.

— Son fils Gregory est élève ici, dit le Pr Shugrue.

Il me fit signe de se pencher vers lui.

— Terriblement gâté ce garçon.

Je souris.

— Vous êtes resté catholique, Harrison ? me demanda-t-il.

— Non.

— Je m'en doutais. Vous n'avez donc pas confessé votre complicité ?

— A la justice, oui. Au prêtre, non.

— J'admire ce que vous avez fait, Harrison. Vous exposer de la sorte.

— Vraiment ? dis-je, surpris. Vous êtes un des rares alors. « Traître » est le qualificatif que je n'arrête pas d'entendre à mon sujet.

— Oh, mais je sais que vous dites la vérité.

— Pourquoi ?

— Vous vous rappelez quand Constant a été renvoyé à cause de ces revues pornographiques ?

— Bien sûr.

— Le cardinal Sullivan m'avait été envoyé par Gerald pour plaider sa réintégration.

— Oui, je m'en souviens.

— Cette bibliothèque nous a été offerte.

— Oui.

— Je dois vous avouer que j'étais fasciné par la fortune des Bradley. Je savais que ce serait à moi qu'on attribuerait le mérite de la construction de cette bibliothèque, que publiquement, je passerais pour un collecteur de fonds hors de pair. Pourtant, j'hésitais. Et cela n'avait rien à voir avec les revues pornographiques. Je puis vous assurer que je me suis trouvé confronté à bien pire au fil des années. Tata Suarez, entre autres. Mais, bon, c'est une autre histoire. Ce que je savais, c'est que ce Constant Bradley, en dépit de son charme et de sa beauté, était un dilettante, un snob, pire, un rustre.

J'étais éberlué. J'avais appris, au bout de tant d'années d'interviews, à ne jamais intervenir, ni m'exclamer, approuver ou désapprouver, quand quelqu'un commençait à parler à cœur ouvert ; sinon il y réfléchissait à deux fois et faisait machine arrière. Je suis quelqu'un à qui les informations viennent toutes seules, quelqu'un à qui l'on se confie. Depuis toujours. Fatty Malloy, qui l'eût cru, m'a tenu au courant des faits et gestes des Bradley une fois qu'ils eurent décidé de fermer leur villa de Southampton, de ne pas ouvrir celle de Californie, mais de retourner à Scarborough Hill.

— Nous avions une bonne à l'époque, poursuivit le Pr Shugrue. Vous n'avez aucune raison de vous souvenir d'elle, elle faisait des travaux de ménage pour Mme Shugrue, dans notre pavillon. C'était une fille du village. Elle s'appelait Teresa Miller. Son père travaillait à la manufacture de pianos de Deep River. Un incident survint.

Il me regarda.

— Vous étiez au courant ?

— Non.

— Je me le demandais. Votre grand ami Constant ne vous en a jamais parlé ?

— Non.

— Il a tenté de la séduire, voyez-vous. Apparemment, elle était consentante mais, heu, comment vous dire ? Il a échoué. Il n'a pas réussi à aller jusqu'au bout. Il est devenu furieux, comme si elle était responsable de son échec. Il l'a frappée. Il l'aurait frappée davantage mais elle s'est mise à hurler et il a fui. Il avait une version de cette histoire radicalement différente, évidemment, mais j'ai cru cette jeune fille. Et c'est pourquoi j'ai été intransigeant au sujet des revues pornographiques.

Nous échangeâmes un regard.

— Personne n'a jamais dit que notre monde était un monde équitable, Harrison. Jusqu'à mon épouse qui, fascinée par le beau Constant, disait que c'était la fille que je devais renvoyer et non lui. Quand la pauvre petite Utley a été assassinée, de la façon que l'on sait, l'année suivante, et quand Constant et vous êtes revenus des vacances de Pâques, après avoir assisté à son enterrement, je ne l'ai pas lâché des yeux. Il n'arrivait pas à soutenir mon regard. Je voyais le rouge lui monter aux joues. J'étais au supplice ; je ne savais pas quoi faire. Un certain commissaire Riordan, de Scarborough Hill, est venu ici pour me poser des questions sur lui, et sur vous aussi d'ailleurs. Sur sa personnalité. Il savait que Constant s'était fait renvoyer et il voulait savoir pour quel motif.

Il s'interrompit un instant, détournant son visage.

— A ce moment-là, on avait déjà creusé les fondations de cette bibliothèque. Les belles briques rouges arrivèrent par camions du Vermont le jour même de la visite de ce commissaire. Et je, hm, je ne lui ai pas parlé de Teresa Miller.

Il se leva, plia avec soin le *New York Times*, et le reposa sur le présentoir, par-dessus l'édition de la veille. Il avait l'air las.

— Je crains que Mme Shugrue ne s'inquiète. Nous buvons un verre de sherry à cette heure-ci. Ou un cocktail. Voulez-vous vous joindre à nous, Harrison ?

— Je vous remercie, professeur Shugrue, mais je dois rentrer en ville en voiture et...

— Oui, je comprends, je comprends. C'est la première fois que je parle de cette histoire. Je suis heureux de l'avoir fait. Peut-être devriez-vous en faire part à votre avocat ? Au revoir, Harrison.

— Au revoir, monsieur.

Nous échangeâmes une poignée de main.

— Présentez mes respects à Mme Shugrue.

— Je n'y manquerai pas, je n'y manquerai pas. Elle se souvient de la nuit que vous avez passée dans notre chambre d'amis. Je tiens à vous répéter mon admiration.

— Avez-vous raconté tout cela au cardinal le jour où il est venu vous voir ? lui demandai-je.

Il prit un temps avant de répondre :

— M'en voudrez-vous beaucoup si je ne satisfais pas votre curiosité ?

— Et qu'est devenue Teresa Miller ?

— Je l'ignore, répliqua-t-il d'une voix douce.

Je l'accompagnai à la porte et l'ouvris. Je le suivis à l'extérieur. Le temps s'était rafraîchi, mais ni lui ni moi n'en fîmes la remarque.

— Ils vous méprisent ? me demanda-t-il.

— Evidemment.

— Oui, je l'imagine aisément. Avez-vous peur d'eux, Harrison ?

Pendant ce qui me parut être un long moment, je ne répondis pas. Puis je dis, seulement :

— Oui.

17

Extrait du

New York Times, du 29 octobre 1991 :

La comtesse de Trafford, née Mary Pat Bradley, fille du multimilliardaire Gerald Bradley, est arrivée à New York de son domicile parisien pour assister au procès de son frère Constant Bradley, ex-candidat au poste de gouverneur du Connecticut, accusé du meurtre de Winifred Utley, assassinée en 1973. La comtesse a été accueillie par ses sœurs Maureen Bradley Tierney et Kitt Bradley Chadwick.

« Toute cette histoire est absurde, totalement absurde », a déclaré la comtesse à la presse, à son arrivée au Kennedy Airport cet après-midi. « C'est une parodie de procès. Mon frère est innocent. L'homme qui l'accuse était amoureux de lui à l'époque. »

Les trois sœurs se sont engouffrées dans une limousine qui devait les conduire à Scarborough Hill, Connecticut, où réside la famille Bradley. Le procès s'ouvrira lundi, à Stamford.

Au cours des six semaines que dura le procès, les sœurs et belles-sœurs Bradley furent rebaptisées par la presse les « dames Bradley ». Elles arrivaient chaque jour en voiture, arborant toutes des lunettes noires, saluant les journalistes de la main, souriant aux photographes, adressant d'amicaux signes de tête. Leur attitude criait l'innocence de Constant. « C'est Charlotte, la femme de Constant », disait-on dans l'assistance tandis qu'elle s'avançait à grands pas. « Elle est bien, hein ? » Ou encore : « Celle-là, c'est la comtesse qui vit à Paris, Mary Pat. Tu crois que c'est un Chanel, son tailleur ? » Ou bien : « C'est laquelle elle ? Kitt ou Maureen ? Je les confonds toujours ces deux-là. »« Dis, tu as remarqué, Maureen ou la comtesse guident toujours Kitt jusqu'à sa place, chacune d'un côté ? Elle a un problème. Kitt, c'est pas celle qui est folle ? »

Toutes ces dames Bradley, à l'exception de Kitt, étaient capables de s'avancer devant la rangée de micros et de s'adresser à la foule qui, devant le palais de justice, attendait pour voir les membres de cette célèbre famille quand, avec élégance, ils descendaient de leur automobile. En fait, c'était une voiture de location qui conduisait les Dames Bradley au palais de justice. Maureen avait pensé que cela ferait meilleur effet que si chacune d'elles arrivait dans sa propre voiture dernier modèle. « Pas de limousine et pas de chauffeur », avait-elle décrété. Ce ne serait pas bien. Ce pourrait être mal interprété. Les gens n'aiment pas ceux qui font trop riches. »

Maureen pouvait enfin jouer le rôle qu'elle avait toujours rêvé de tenir. Elle devint la grande organisatrice. Elle dictait les tables de sa loi.

— Pas de manteau de vison, même s'il fait très froid, dit-elle à une autre occasion.

Chaque soir, liste en main, elle désignait qui de la famille se rendrait au tribunal pour la séance du lendemain, qui conduirait quelle voiture, et qui s'assiérait où.

— Il est important que les jurés voient que nous sommes une famille unie, répétait-elle à l'infini.

C'était elle qui leur fournissait les réponses au cas où l'un ou l'autre serait interrogé par les représentants des médias. C'était elle qui trouvait les prêtres qui, chaque jour, prenaient place aux côtés de la famille au tribunal.

— Demain, c'est le Père Dennehy de St. Justin pour la séance du matin, et le Père Collins de Notre-Dame des Douleurs pour celle de l'après-midi, décrétait-elle. Derrière Constant à sa droite. Comme ça, ils pourront le voir par-dessus son épaule.

En coulisse, il y avait quelques dissonances. Sis Malloy raconta à Fatty quelques scènes de la vie de famille, que Fatty me rapporta. Kitt avait pris la fâcheuse habitude de s'éclipser du tribunal pour, le plus souvent, aller au bar du coin, le O'Malley, aussi Maureen et Mary Pat ne la lâchaient pas d'une semelle. En privé, Charlotte n'adressait plus la parole à Constant ni à aucun membre de sa belle-famille, à l'exception de Kitt, même si elle se pliait aux instructions quotidiennes données chaque soir par Maureen et Jerry lors de la séance de stratégie qui se tenait dans la salle à manger de la maison de Scarborough Hill.

En dehors de Constant, c'était Charlotte que les curieux avaient surtout envie de voir. Elle était la plus applaudie, la plus photographiée. Sa popularité agaçait Maureen.

— Par ici, regardez par ici, Charlotte, criaient les photographes.

Et elle s'exécutait.

Elle ne cachait plus l'aversion qu'elle éprouvait à l'égard de Maureen. Elle la trouvait tyrannique, arrogante, et ne supportait pas la façon qu'elle avait de s'installer systématiquement à l'avant de la voiture et côté allée centrale au tribunal, comme si les meilleures places lui revenaient de droit.

Un matin, comme tout le monde se préparait à quitter la maison pour se rendre au tribunal, Charlotte attrapa Maureen par la manche de son tailleur Adolfo au moment où elle s'apprêtait à monter à l'avant de la voiture de location, la forçant à battre en retraite.

— Je suis la femme de Constant, Maureen, et tu n'es qu'une de ses sœurs, dit-elle, sur un ton sans réplique. Ou, pour être plus précise, je suis encore la femme de Constant jusqu'à la fin de ce procès, où j'ai l'intention de prendre le premier avion pour Porto Rico, la République dominicaine, ou n'importe quelle destination où l'on peut, à l'heure actuelle, obtenir le service le plus rapide en matière de divorce. Mais en attendant, je suis Mme Constant Bradley. C'est mon mari qui est jugé pour meurtre. Je passe d'abord. Je m'assois à l'avant de la voiture. Et côté allée centrale au tribunal. Tu m'as comprise ?

— Oh, mille excuses, fit Maureen, sarcastique, faisant une révérence exagérément respectueuse et faussement servile comme à une reine.

— De plus, ils ont plus envie de me voir moi que toi, Maureen. Je suis la plus jolie. Ta ribambelle de marmots aura eu raison de ta silhouette.

Ce jour-là, Maureen, toujours furieuse de la mise au point faite par Charlotte, s'avança vers la rangée de micros que les journalistes installaient matin et soir pour interviewer Valérie Sabbath et Bert Lupino, ou tout membre de la famille qui serait disposé à parler, et se lança dans un discours.

— Bonjour, dit-elle. Je suis Maureen Bradley Tierney. Toute ma famille est ici pour soutenir mon frère Constant — *notre* frère, devrais-je dire. Oh, les micros fonctionnent ? Et les caméras ? Je disais donc que nous étions tous venus pour défendre Constant qui s'est montré si compétent à la Chambre des députés à Washington et qui, jusqu'à ce, hm, ces circonstances tragiques, avait l'intention de se présenter aux élections pour le poste de gouverneur de l'Etat. Et il le fera, d'ailleurs, quand tout cela sera terminé, c'est moi qui vous le dis. Mon frère, le sénateur Sandro Bradley, est venu de Washington, tout comme mon frère le Dr Desmond Bradley, médecin-chef au St. Monica's Hospital. Et mon frère Gerald Junior aussi, que nous appelons Jerry dans la famille. Ainsi que mes sœurs Kitt et Mary Pat, la comtesse de Trafford, qui a fait tout le chemin de Paris, quittant sa maison et sa famille, pour être aux côtés de son frère dans cette épreuve. Ce procès est un triste spectacle, comme vous le savez j'en suis sûre, la vengeance d'un homme jaloux qui n'a jamais eu de famille et qui a profité, profité, profité de la nôtre — si vous saviez tout ce que ma mère a fait pour lui — et qui maintenant nous remercie par cette ignoble diffamation.

Valérie Sabbath, qui arrivait au tribunal en compagnie de son équipe et de Jerry Bradley, s'arrêta un moment pour écouter Maureen.

— Ça vous ennuierait de lui dire de fermer sa gueule, Jerry ? lança-t-elle, avant de poursuivre son chemin.

Maureen, tournant la tête, aperçut Jerry qui lui faisait des signes.

— Quoi ? Qu'y a-t-il, Jerry ? Oh, j'ai l'impression que mon frère me fait signe d'accélérer, dit-elle. Je vous remercie de votre attention. Je veux juste vous dire que nous sommes une famille très unie et que je vous souhaite à tous d'avoir cette chance.

En se dirigeant vers la salle d'audience, Maureen passa l'air de rien près de Charlotte, lui souriant gentiment.

— Où est le Père Lynch ? Quelqu'un a vu le Père Lynch ? Il devait s'asseoir avec nous aujourd'hui.

Devant le palais de justice, adossé contre la berline familiale de façon très décontractée, Constant semblait attendre quelqu'un. Sa nouvelle Testarossa n'était pas en vue. Elle était encore sur cales dans l'immense garage de la villa de Southampton, joujou trop cher pour être étalé à la vue et à l'incompréhension de la foule. Des femmes s'attroupaient autour de lui pour le regarder ou le prendre en photo avec leurs appareils Instamatic. Il avait pleinement conscience que l'attention générale était focalisée sur lui, que sa présence en soi étonnait certaines gens, surtout les jeunes femmes, mais il était aussi à l'aise que s'il était adossé au linteau de la cheminée du salon de chez ses parents.

— Vous êtes inquiet, Constant ? interrogea une jeune femme.

— Pas le moins du monde. Il n'y a pas une once de vérité dans ce conte à dormir debout, pas une once, dit Constant.

Il adressa un sourire éblouissant au groupe de gens qui l'entouraient, prenant plaisir à les éblouir. Le nombre de femmes qui l'acclamaient quand il entrait et sortait du tribunal était chaque jour plus grand.

— Bonjour, mademoiselle Maureen, dit la femme qui se tenait dans le couloir devant la salle d'audience.

— Bon-jour-ça-va, lui lança Maureen sans s'arrêter. Qui est-ce ? demanda-t-elle à Mary Pat. Son visage me dit quelque chose.

— C'était notre première Colleen, il y a des années. Tu te souviens d'elle ? M'man n'a jamais réussi à la faire servir comme il convient. Elle servait à droite et non à gauche. M'man a eu beau le lui répéter, elle n'a jamais pu le lui faire entrer dans la tête.

— Qu'est-ce qu'elle fait ici ? Elle est venue en touriste ? s'enquit Maureen.

— Jerry dit qu'elle est un témoin adverse. Il dit qu'elle prétend avoir entendu Constant et Harrison parler sous sa fenêtre cette nuit-là. Après tout ce que maman a fait pour elle !

— C'est ce que je dis toujours : il ne faut jamais être trop familier avec les domestiques. Ça finit par se retourner contre vous. Tu n'as pas remarqué ? Soyez poli envers eux. C'est ce que je dis à mes enfants. Il faut toujours être poli, mais pas plus. Sinon, ils essaieront d'en profiter.

Le premier jour du procès, le juge Edda Consalvi récusa, sans autre commentaire, les témoins Louise Somerset Belmont et Maud Firth. Un murmure s'éleva dans la salle d'audience — et des soupirs dans celle des journalistes. Ceux qui avaient l'habitude de couvrir les procès savaient ce que cela signifiait. Si la partie civile ne réussissait pas à établir un schéma de comportement chez le défendeur, il ne restait plus à la défense qu'à chercher un acquittement au bénéfice du doute.

Valérie Sabbath était ravie de cette décision. Elle bichait au bureau de la défense, tapotant affectueusement les mains de Constant. Durant la suspension d'audience du matin, elle conduisit le sénateur Sandro Bradley jusqu'au banc pour le présenter au juge Consalvi. Madame le juge, d'ordinaire si taciturne, se leva et se pencha en avant pour serrer la main du beau sénateur.

— C'est un grand plaisir, sénateur, lui dit-elle.

— Votre nom, s'il vous plaît, demanda le procureur.

— Bridey Gafferty.

— Levez la main droite.

— J'l'ai levée. Elle peut pas aller plus haut. J'ai des rhumatismes.

— Jurez-vous de dire la vérité, toute la vérité, rien que la vérité ?

— Je l'jure.

— C'est mademoiselle ou madame Gafferty ? lui demanda Bert Lupino.

— Mademoiselle.

— Cela vous ennuierait-il de nous dire votre âge ?

— Oui, qu'ça m'ennuierait, dit Bridey.

Des rires s'élevèrent dans la salle.

— Très bien. Voulez-vous bien nous dire quel est votre emploi, mademoiselle Gafferty ?

— Je suis cuisinière chez M. et Mme Bradley.

— Dans quel lieu de résidence des Bradley travaillez-vous ?

— Je voyage avec eux. Je travaille à la maison de Scarborough Hill, à la villa de Southampton, à la maison de Beverly Hills et, des fois, pas toujours, à l'appartement de New York.

— Voulez-vous bien nous dire depuis combien de temps vous êtes employée par la famille Bradley, mademoiselle Gafferty ?

— Hou, Seigneur, attendez voir. Combien ça fait de temps maintenant ? Je suis entrée chez eux juste après la naissance de M. Constant, qui est là. C'était encore un petit bout de chou dans ses langes.

— En nombre d'années, mademoiselle Gafferty, fit Bert Lupino, la rappelant à l'ordre.

— Oh, trente-cinq, trente-six ans, quelque chose comme ça. Vous savez, j'm'amuse pas à faire le compte tous les jours, monsieur.

— Donc, vous travailliez au manoir des Bradley le soir du 30 avril 1973 ?

— Je suppose que oui, monsieur. Je me rappelle pas des dates comme ça, mais je suppose que oui.

— Sur ce plan du manoir, pouvez-vous nous désigner où se trouve votre chambre ?

— Oui, monsieur. Là, c'est la cuisine. A gauche, c'est l'office, avec la télé et les chaises confortables pour s'asseoir l'après-midi après que la vaisselle du déjeuner est faite et avant le moment de préparer le repas du soir. Cette porte, là, c'est celle de la chambre de la cuisinière, monsieur, la mienne, et ce depuis plus de trente ans.

— De votre chambre, pouvez-vous entendre une conversation qui a lieu à l'office ?

— Oh, oui. Si les filles parlent trop fort, je sors en moins de deux pour les faire taire. On ne sait jamais, Madame peut être en train de dormir à l'étage. On veut pas déranger Madame, voyez.

— De votre chambre, pouvez-vous entendre une conversation qui a lieu dans la cuisine ?

— Oui, monsieur.

— La nuit du 30 avril 1973 ou, pour être plus précis, tôt le matin du 1er mai 1973, avez-vous entendu une conversation entre deux hommes provenant de la cuisine ?

— Ça me dit rien, non.

— Une conversation entre M. Constant, comme vous appelez Constant Bradley, et M. Harrison Burns, invité de Constant Bradley à l'époque.

— Non, je ne me souviens pas de ça. Ni de rien de particulier. Parfois, ça arrivait que les jeunes descendent à la cuisine en plein milieu de la nuit pour faire une razzia dans le frigo, après leurs soirées, et me laissent un foutoir terrible que je devais ranger au matin. Les œufs sortis, le lait sorti — tout ça.

— Vous n'avez pas crié pour demander qui était là ?

— J'm'en souviens pas, monsieur. Je ne crois pas.

— A deux heures du matin ? Les deux garçons se déshabillaient, ils mettaient leurs vêtements et leurs chaussures tachés de sang dans un sac-poubelle qu'ils avaient pris sous l'évier.

— Objection ! cria Valérie Sabbath. Conjecture. Question tendancieuse.

— Accordée.

— Vous n'avez pas appelé les garçons en demandant qui était là ?

— Non, je me souviens pas de ça. Harrison était si

gentil à ce moment-là. Quelle belle amitié que la leur. Il était boursier, à l'école, et ils ont tous été si bons envers lui dans la famille.

— Vous n'avez pas crié : « Qui est là ? »

— Ça m'étonnerait. Je m'endors dès que j'ai la tête sur l'oreiller, et je ne me réveille plus jusqu'à six heures quand je dois me lever pour accompagner Madame à la première messe à Saint-Martin de Tours.

— Pas d'autres questions, dit Bert Lupino.

— Je n'ai pas de question, Votre Honneur, dit Valérie Sabbath.

— Vous pouvez regagner votre place, mademoiselle Gafferty, dit le juge Consalvi.

— J'vous remercie, Votre Honneur.

Ce jour-là, Honour, Thelma et le comte Stamirsky, amis de Grace de Southampton, étaient présents dans la salle d'audience.

— Bridey a été formidable, vous ne trouvez pas ? dit Honour.

— Oui, adorâââble, dit Thelma. Et c'est un tel cordon bleu. Je n'oublierai jamais sa mousse aux figues.

Elégamment vêtus, ils vivaient leur journée au tribunal comme une aventure, une épopée qu'ils raconteraient à leurs amis au dîner où ils étaient invités à New York le soir même. Depuis les sièges réservés au public, sur le côté, ils faisaient signe de la main aux membres de la famille et racontaient les derniers potins aux sœurs Bradley durant les suspensions d'audience.

— C'est une vraie pute, dit Thelma, parlant sans la nommer d'une personne connue d'eux tous. Il suffit qu'il lui agite un nouveau bracelet de diamants sous le nez et elle n'a plus d'yeux que pour lui — enfin, pour eux.

Des hurlements de rires résonnèrent dans la pièce où attendaient les Bradley. Quand les journalistes de télévision foncèrent sur ces nouvelles têtes, elles furent ravies d'émettre leur opinion sur l'affaire.

— Ce procès est tout simplement ri-di-cule ! dit Honour.

— C'est une parodie de procès, dit Thelma, une parodie.

Quand on les pria de décliner leur identité, Thelma dit vivement :

— Dites seulement que nous sommes de vieux amis de la famille venus passer une journée ici pour remonter le moral des troupes Bradley.

— Monsieur Wadsworth, avez-vous dansé avec Winifred Utley au bal des Juniors du Country Club ce soir-là ?

— Oui.

— Quel était l'âge des participants ?

— De quatorze à seize ans.

— M. Constant Bradley était-il à ce bal ?

— Non.

— Pourquoi ?

— Je l'ignore, mais il était plus âgé que tous les autres participants.

— Et pourtant il est venu au bal alors qu'il n'y participait pas ?

— Oui.

— M. Bradley a-t-il dansé avec Winifred Utley ?

— Oui.

— M. Bradley a-t-il dit quelque chose de particulier à Mlle Utley ce soir-là ?

— Oui.

— Veuillez répéter à la cour ce que M. Bradley a dit.

— Objection ! cria Valérie Sabbath. Déposition sur la foi d'autrui.

— Pas du tout, Votre Honneur. Ces propos furent tenus en présence du témoin, rétorqua Bert Lupino.

— Objection rejetée !

— Il lui a dit : « Ça ne t'ennuie pas de danser avec un homme qui bande, j'espère ? »

— Pas d'autres questions. Merci, monsieur Wadsworth.

Je tombai sur Bridey dans le parking en sous-sol du tribunal. Elle en sortait au volant de sa vieille Pontiac, celle avec laquelle elle allait toujours faire les courses. Elle baissa sa vitre et regarda à droite et à gauche avant de m'adresser la parole.

— Je suis navrée, Harrison. Il faut que vous me compreniez. J'ai fait ce que j'avais à faire. Que Dieu me prête vie.

— Bien sûr, je comprends, Bridey.

— Je n'ai pas le droit de vous parler, vous savez.

— Oui, je sais.

— Plus jamais, je veux dire.

— Je sais. Ne vous en faites pas, Bridey.

— Je n'oublierai jamais le petit pourboire que vous m'avez donné.

— J'aurais préféré que vous ne me le rendiez pas.

— Au revoir, alors.

— Votre voiture se fait vieille, Bridey. Il faudrait leur faire penser à vous en acheter une neuve.

— Oh, elle est bien suffisante pour les gens comme moi.

*
* *

Etant entendu comme témoin, je n'étais pas autorisé à être dans la salle d'audience sauf quand je témoignais, mais je me rendais au tribunal tous les jours, à la disposition de la cour, relégué dans le bureau du procureur, à l'étage au-dessous de la salle d'audience, où un téléviseur avait été installé afin que je puisse suivre les débats.

Il y a des journées fastidieuses pendant le déroulement d'un procès, même si, comme celui-ci, il retient l'attention de tout le pays. Le témoignage des experts, par exemple, peut être mortellement ennuyeux, traîner en longueur et dérouter les jurés. La défense en avait engagé plus d'une dizaine. Un après-midi, pendant le témoignage d'un expert qui avait analysé les particules de terre de bois prélevées sur la robe de soirée rose de Winifred Utley, je décidai de partir plus tôt et d'aller voir Claire et mes fils. Au bout du couloir, je pressai le bouton « Descente » de l'ascenseur. Quand la porte s'ouvrit, j'entrai. La porte se referma avant que j'aie eu le temps de remarquer qu'il y avait quelqu'un d'autre dans l'ascenseur. Et ce quelqu'un était Kitt Bradley. Nous nous dévisageâmes. L'ascenseur démarra. Aucun de nous ne parlait. Immédiatement, Kitt se précipita sur les boutons pour arrêter l'ascenseur et sortir. Elle appuyait dessus comme une folle, les uns après les autres. L'ascenseur s'arrêta brutalement, vacillant légèrement, mais la porte ne s'ouvrit pas. Regardant par la vitre de la porte, je constatai que nous étions coincés entre deux étages. Je poussai sur un ou deux boutons, mais rien ne se passa. Pendant une bonne minute, nous restâmes sans parler ni nous regarder.

— On est bloqués, dis-je.

— Super, répondit-elle.

Le silence retomba.

— Il doit bien y avoir un bouton d'alarme, non ? demanda-t-elle. Ça ne peut pas être un problème insoluble.

— J'ai déjà appuyé dessus.

De nouveau, le silence retomba entre nous.

— Tu te souviens de moi ? Il nous est arrivé de coucher ensemble, finit-elle par dire.

— Oui, je me souviens.

Elle ouvrit son sac qu'elle portait en bandoulière, et en sortit un paquet de cigarettes et un briquet. D'une main, elle porta une cigarette à sa bouche et, de l'autre, alluma le briquet, mais elle eut toutes les peines du monde à mettre en contact la flamme et la cigarette.

— Un briquet trop bon marché, dit-elle.

— Ou une main qui tremble trop, répliquai-je, lui prenant le briquet des mains et le tenant pour elle.

— Ne me cherche pas, dit-elle, inhalant une grosse bouffée.

— Oh, je ne te cherche pas. Je ne savais pas que tu fumais.

— Tu vois, il y a du nouveau.

— C'est interdit de fumer dans l'ascenseur, lui dis-je, désignant une pancarte.

— Oh ? Et qu'est-ce que tu vas faire ? Me dénoncer à la police ? Comme tu... Bon, pour une fois, je ne terminerai pas ma phrase.

— Merci.

— Mais qu'est-ce qui t'as pris, Harrison ? s'écria-t-elle. Comment as-tu pu faire une chose pareille ? Comment as-tu pu lancer une telle accusation contre un membre de la famille ? Contre ton ami ?

— Tu aurais agi différemment à ma place ?

Elle éluda ma question.

— Je n'aurais pas supporté de rester une minute de plus dans cette salle d'audience, dit-elle.

Elle appuya de nouveau sur deux ou trois boutons. Sans résultat. Elle rouvrit son sac, en sortit une paire de lunettes et les chaussa pour scruter l'enfilade de boutons.

— Ce n'est pas troublant de voir la vie à travers des verres brisés ? lui demandai-je.

— On s'y fait.

— Je me souviens du jour où tu as marché dessus. C'était il y a presque un an.

— Et alors ?

— Comment vas-tu ?

— Je suis une loque. Ça ne se voit pas ? Mes sœurs disent que oui. Elles sont devenues mes anges gardiens. Tu n'as pas remarqué ? J'en ai toujours une de chaque côté essayant de m'empêcher de faire ce que je viens de faire : leur échapper.

Elle tira une autre bouffée de cigarette.

— Tu allais où comme ça ?

— Boire un verre, pour tout te dire. J'ai déniché une

taverne irlandaise, au coin, qui s'appelle le O'Malley's. Maureen croit que je suis aux toilettes.

— Attends qu'elle découvre où et avec qui tu es !

— J'étais justement en train de penser à ça, fit-elle.

Elle rit de bon cœur.

— Tu me manques, tu sais, me dit-elle, d'une voix si basse que je faillis ne pas entendre.

— On m'avait dit que tu me détestais ?

— Bien sûr que je te déteste. Mais tu me manques quand même. Ça n'a pas duré assez longtemps entre nous. On ne s'était pas encore fatigués l'un de l'autre.

— Non.

— Tu y penses parfois ? me demanda-t-elle.

— Oui.

— J'espère que tu souffres un petit peu toi aussi.

— Oui.

— Tant mieux. Tu es devenu, heu...

— Quoi ?

— Plus séduisant, je dirais. Presque beau. Je ne t'ai jamais trouvé beau. Tu étais trop profond.

— Ce que tu vois est l'effet du soulagement. Je me suis délesté d'un fardeau que je portais depuis presque vingt ans. Je ne suis pas comme ton frère. Je n'ai pas pu oublier. Du moins, je n'ai plus pu dès que je l'ai revu.

— Et s'il est acquitté ?

— Je saurai quand même que j'ai fait ce qu'il fallait que je fasse. C'est tout ce qui m'importe.

Le silence retomba de nouveau.

— Tu as lu les lettres parues dans le *Times* ? me demanda-t-elle.

— Oui.

— Quatre-vingt-dix-neuf pour cent sont pro-Constant. Non, disons, quatre-vingts pour cent. Ils le croient. Ça ne signifie donc rien pour toi ?

— Si. Ça signifie qu'il les a bernés, c'est tout. Mais tu connais la vérité. Comme toute ta famille. C'est lui qui a tué Winifred Utley.

— Ne recommence pas, je t'en prie !

Elle agitait les mains devant son visage, ne voulant rien entendre de plus.

— Arrête, arrête, arrête !

— Je me tais.

— Je ne veux pas être dans la salle d'audience le jour où tu témoigneras et où tu raconteras ce qui s'est passé, dit-elle. Je n'ai même pas pu lire ta déposition jusqu'au bout.

— Ecoute, nous voilà coincés dans cet ascenseur, et peut-être pour un long moment. Nous pourrions parler d'autre chose. Comment va ta mère ?

— Elle vit dans sa bulle. Elle ne parle que de prêtres, de nonnes, et passe son temps à changer de toilette. Mary Pat parle français, comme si elle ne savait plus un mot d'anglais. Quant à moi, je suis saoule du matin au soir. Seule Maureen semble en pleine forme.

— Il doit bien se passer autre chose dans le monde que ce procès, dis-je.

— Oui, oui, sans doute. Esme Bland est morte. Tu le savais ?

— Non, on ne me l'avait pas dit, fis-je, surpris.

— Un cancer.

— Je savais qu'elle avait un cancer.

— Pauvre Agnès. Elle est au désespoir, inconsolable.

— Agnès ? Inconsolable de la perte d'Esme ?

— Oh, oui. Elle dit qu'Esme était la meilleure amie qu'elle ait jamais eue. Elles avaient besoin l'une de l'autre, vois-tu. Esme a légué ses perruques à Agnès, ces superbes perruques que Kenneth lui faisait. Agnès ne les quitte plus. Mais elle ne se prend plus pour Mère Vincent.

— Oh, Kitt, fis-je.

— Parfois, je me dis que c'est Agnès qui est dans le vrai, fit Kitt. Avoir dix ans pour toujours. Ça me paraît le bonheur suprême.

Sa tristesse paraissait incommensurable. Oubliant ma résolution, je m'avançai vers elle mais l'ascenseur eut un soubresaut et remonta. La porte s'ouvrit sur

Maureen et Mary Pat en compagnie de plusieurs employés chargés de l'entretien, d'un garde de sécurité et d'une foule de gens qui attendaient l'ascenseur.

— Ça va ? s'enquit Maureen, me jetant un regard furibond.

— L'ascenseur était bloqué, lui répondit Kitt.

— Tu ne lui as pas parlé, hein ? lui demanda Maureen.

— Mais non, répliqua Kitt d'une voix lasse. Pas un mot.

Valérie Sabbath eut beau implorer avec fougue que Grace Bradley soit autorisée à assister tous les jours au procès, sa demande fut rejetée par le juge Edda Consalvi. Grace étant citée comme témoin, comme moi, elle n'avait pas le droit de prendre place dans la salle d'audience jusqu'au jour où elle devrait témoigner à la barre. Valérie ne cacha pas son mécontentement face à la décision du juge. Les bonnes œuvres de Grace envers les pauvres de la ville étaient bien connues, et Valérie estimait qu'aux yeux des jurés et du public la présence quotidienne de cette digne dame compenserait les aspects peu reluisants de l'affaire.

— De toutes les personnes que je connais, Grace Bradley est celle qui comprend le mieux les responsabilités qu'ont les riches envers les plus démunis, déclara-t-elle à la télévision, furieuse de la décision du juge. Il est scandaleux que cette mère ne puisse être aux côtés de son fils.

Grace, au dire de Fatty Malloy, qui tenait tous ses renseignements de Sis, ne pouvait supporter Valérie Sabbath, malgré l'évocation flatteuse qu'elle avait faite d'elle.

— Elle est la femme la plus vulgaire qu'il m'ait été donné de rencontrer, dit Grace, avec un haussement d'épaules. Je n'avais jamais entendu quelqu'un user d'un tel langage. Je devais me boucher les oreilles.

La décision du juge fut un grand soulagement pour Grace. Contrairement à ses enfants, elle ne désirait pas assister au procès. Elle le regardait rarement à la télévision. Elle ne lisait pas les articles de presse le concernant. Elle s'absentait des séances de stratégie qui se tenaient chaque soir dans la salle à manger après dîner. Les soirs où les avocats étaient présents, elle prit l'habitude de se faire monter un plateau dans sa chambre où elle dînait, souvent en compagnie de Kitt. Son chapelet ne quittait pas ses mains.

— Pour qui pries-tu, m'man ? lui demanda Kitt.

— Oh, pour les âmes du purgatoire, ma chérie, répondit Grace.

— Je me suis toujours imaginé le purgatoire comme une prison où tous les prisonniers attendraient d'être mis en liberté conditionnelle.

— Oh, non, non, non, ma chérie. Mère Vincent aurait honte de toi si elle t'entendait dire une chose pareille. Le purgatoire est un lieu où l'on médite sur ce qui est devant nous et où l'on expie ce qui est derrière nous, un lieu de purification, un lieu où l'on se prépare à voir Dieu.

Tout à coup, à la surprise de Kitt, Grace éclata en sanglots.

— Qu'y a-t-il, m'man ? fit Kitt, inquiète. Je ne t'ai jamais vue pleurer, jamais. Que se passe-t-il ?

— Je ne veux pas aller à la barre. Je ne veux pas aller à la barre. Je ne veux pas aller à la barre.

Elle sanglotait, sans pouvoir se contrôler.

— Mais, m'man, on va juste t'interroger sur le coup de fil que Mme Utley t'a passé cette nuit-là. A quelle heure a-t-elle appelé, ce genre de choses. Et on va te demander si Constant était bien dans son lit quand tu es allée voir dans sa chambre. C'est tout. On ne va rien te demander d'autre.

— Je sais bien, dit Grace, se mouchant.

— M'man, Constant était dans son lit cette nuit-là ? C'est ce que tu as toujours dit. Il y était, n'est-ce pas ? Réponds-moi, m'man, réponds-moi !

— La nuit en question, madame Bradley, avez-vous reçu un appel téléphonique ? demanda Bert Lupino.

— Oui, répondit Grace.

Sa voix n'était qu'un murmure à peine audible de la salle d'audience.

— Parlez plus fort, madame Bradley, dit le juge Consalvi. Il est important que les jurés et le sténographe entendent vos réponses.

— Oui, répéta Grace, plus fort cette fois.

Elle regardait droit devant elle, ni les jurés ni l'avocat qui l'interrogeait.

— Vous souvenez-vous de l'heure approximative de ce coup de téléphone, madame Bradley ? demanda Bert Lupino.

— Cela fait de nombreuses années, vous savez. Je crois qu'il était environ deux heures du matin.

— Pouvez-vous dire à la cour qui vous téléphonait à deux heures du matin, madame Bradley ?

— Mme Utley.

— Mme Utley, la mère de Winifred Utley ?

— Je n'en connais pas d'autre, répliqua Grace.

— Pouvez-vous dire à la cour la nature de l'appel de Mme Utley, madame Bradley ?

— Mme Utley était à la recherche de sa fille, Winifred, qui était allée à un bal donné au Club et n'était pas rentrée chez elle.

— A-t-elle dit autre chose ?

— Elle m'a dit que mon fils Constant avait dansé avec Winifred au Club. Elle voulait savoir si Winifred était chez moi. Je crois que je lui ai dit qu'elle n'était pas là. Elle m'a demandé si je voulais bien vérifier si mon fils était là.

— L'avez-vous fait ?

— Oui. Je suis allée dans sa chambre.

— Qui occupait cette chambre, madame Bradley ?

— Harrison Burns était dans un lit. Constant dans l'autre. Ils dormaient tous les deux.

— Vous êtes certaine que votre fils Constant était dans le deuxième lit ?

— Oui. Je m'en souviens parfaitement. Ce n'est pas le genre de chose qu'une mère oublie.

Ce soir-là, Grace Bradley ne descendit pas pour le dîner. Et elle ne reçut aucun de ses enfants qui montèrent à sa chambre pour la féliciter de sa prestation à la barre. A huit heures, on sonna à la porte d'entrée de la maison de Scarborough Hill. Bridey, sachant qui était le visiteur, alla ouvrir et guida le jeune prêtre jusqu'à la chambre de Grace, à l'étage.

— Qui est-ce ? s'enquit Jerry, dans la salle à manger.

— Le Père Ryan, lui répondit Maureen. Le nouveau chouchou de m'man.

Mon contre-interrogatoire par Valérie Sabbath fut cinglant, moqueur, sans merci. Elle se risqua dangereusement près de l'allégation, lancée par Mary Pat, comtesse de Trafford, que j'avais été autrefois amoureux de Constant, mais le procureur s'écria :

— Pouvons-nous nous approcher, Votre Honneur ?

Durant la messe basse qui eut lieu au banc, inaudible des jurés et de l'auditoire, mais consignée dans le compte rendu d'audience, Bert Lupino fit savoir que, si Valérie Sabbath poursuivait son interrogatoire en ce sens, il mettrait au jour ma liaison avec Kitt Chadwick, qui avait commencé à l'auberge du Bee & Thistle à Cranston, Maine, et s'était achevée dans le salon de Grace Bradley à Southampton, quand Kitt fut surprise à genoux devant moi par sa sœur Maureen. Bert menaça d'appeler Maureen à la barre pour vérification.

Valérie Sabbath demanda une suspension d'audience. L'après-midi étant déjà bien avancé, le juge Consalvi décida d'ajourner la séance au lendemain. Les défenseurs de Constant se rendirent alors chez les Bradley, à Scarborough Hill, pour se consulter sur cette question.

Jerry s'exprima. Maureen s'exprima. Des s'exprima. Sandro fut consulté par téléphone à Washington.

— Si les journaux s'en emparent et racontent que Kitt a eu une liaison avec Harrison, m'man n'y survivra pas, dit Maureen. Kitt est toujours son bébé, vous savez bien. Et m'man réagit très bizarrement en ce moment.

— De plus, ça ferait exploser l'image qu'on a réussi à donner de notre famille, dit Jerry. On aurait quand même pu me dire que Kitt lui avait fait une pipe sous le toit de m'man, nom de Dieu !

— Comment évoquer le sujet avec le Père Bill dans la salle d'audience ? dit Maureen. Il a fait tout le chemin de Southampton jusqu'ici pour apporter son soutien à m'man.

La question fut réglée.

— Monsieur Burns, étiez-vous dans la même classe que Constant Bradley à la Milford School ? demanda Valérie Sabbath.

— Oui.

— Vos parents n'ont-ils pas été assassinés pendant votre année de seconde à Milford ?

— Oui.

— Et ils ne vous ont pas laissé d'argent ? Est-ce exact ?

— Ils m'ont laissé très peu d'argent.

— Les parents de Constant Bradley ne vous ont-ils pas « adopté » en quelque sorte ?

— Ils ont été très gentils à mon égard.

— N'étiez-vous pas un invité privilégié au manoir des Bradley, à Scarborough Hill ?

— En effet.

— Ne vous avait-on pas donné une chambre que vous utilisiez si souvent qu'on en était arrivé à l'appeler la « chambre d'Harrison » ?

— Si tel est le cas, je l'ignorais. Je me souviens d'avoir toujours occupé la « chambre d'Agnès ».

— M. Bradley n'a-t-il pas payé vos frais de scolarité pour votre dernière année d'études à Milford ?

— Il l'a fait pour respecter les clauses d'un contrat. J'avais écrit une dissertation pour Constant pour l'aider à être réintégré...

— Contentez-vous de répondre à ma question par oui ou par non. M. Bradley a-t-il payé vos frais de scolarité pour votre dernière année à Milford ?

— Oui.

— Monsieur Burns, après l'obtention de votre diplôme à Milford, n'avez-vous pas profité d'un séjour d'une année en Europe, voyageant par avion en classe Affaires et séjournant dans des hôtels de luxe ?

— J'ai fait un an d'études en Europe, oui.

— Vous avez accepté qu'on vous paie ces vacances d'une année ?

— Je n'ai jamais considéré qu'il s'agissait d'une année de vacances.

— Il s'agissait d'un cadeau, n'est-ce pas, de M. Gerald Bradley à un orphelin désargenté ?

— Il ne s'agissait pas d'un cadeau. C'était un salaire pour service rendu.

— Vous avez accepté de recevoir cet argent, non ?

— J'ai gardé le silence sur ce que je savais.

— Vous avez pris l'habitude de recevoir de l'argent de Gerald Bradley, n'est-ce pas ? J'ai cru comprendre que vos frais de scolarité à Brown avaient été payés grâce à un compte en fidéicommis alimenté par la famille Bradley. Est-ce exact ?

— Oui.

— Il y a eu, n'est-ce pas, une récompense de cinquante mille dollars pour quiconque fournirait des renseignements débouchant sur une arrestation ? Récompense offerte par Mme Luanne Utley, mère de la victime, à qui vous êtes allé rendre visite le soir du 9 mai 1990 ?

— Je pense que, si vous examinez les faits, vous constaterez que je n'ai pas accepté l'argent de la récompense. Mme Utley en a fait don aux Victimes de Guerre. Je n'ai pas souhaité recevoir cet argent, dis-je.

Les journalistes avaient pris Bert Lupino en grippe. Ils le trouvaient ennuyeux à l'audience. Ils lui préféraient l'exubérante Valérie Sabbath. Elle leur donnait toujours des os à ronger.

— Comme procureur, Lupino n'est peut-être pas le pire que j'ai vu dans un procès, mais il n'en est pas loin, dit Gus Bailey, le journaliste obstiné du *Times* de Scarborough Hill, qui suivait l'affaire depuis le lendemain du meurtre en 1973 et que l'on avait cru réduit au silence par Gerald Bradley.

— Peu importe qu'il ait été nommé procureur il y a deux ans. Valérie fait passer Harrison pour un crétin.

— Il a sa liste de questions à poser à chaque témoin écrites sur un calepin jaune. Il ne s'en écarte jamais. Pendant que le témoin lui répond, il est déjà en train de consulter son calepin pour voir quelle est sa question suivante. Ça ne laisse aucune place à la spontanéité, dit l'envoyé du *Miami Herald*.

— Lupino n'a pas le sens du spectacle. Il ne sait pas comment construire une histoire, dit le journaliste du *Detroit Free Press*.

— Si j'étais de ceux qui croient aux complots, je penserais qu'il est à la solde des Bradley, dit le journaliste du *Hartford Courant*.

— Si je devais en faire un roman, c'est ça que j'écrirais, dit Gus Bailey. Mais on n'est pas dans un roman, et Bert Lupino n'est pas à la solde des Bradley. Je crois qu'il n'est pas dans son élément, tout simplement. Je pense que Valérie Sabbath l'intimide. Vous avez entendu, ce matin, elle l'a traité de « rase-motte » dans le couloir. Je ne crois pas qu'on puisse mettre quelqu'un qui est sorti d'une école juridique trois ans plus tôt face à un avocat de la défense à un million de dollars et espérer qu'il gagnera. Je n'arrive pas à comprendre pourquoi on répète toujours cette erreur.

— Conseille à Mlle Sabbath de dire la « maison » des Bradley et non le « manoir » des Bradley, Jerry, quand elle parle de la nuit du meurtre, dit Maureen. « Manoir » ne sonne pas bien. Ça fait riche. Les jurés ne vont pas aimer ça. Et conseille-lui aussi d'arrêter de dire le « domaine des Bradley » !

— Jerry, je fais tout mon possible pour me retenir de dire : « Que votre sœur aille se faire foutre ! » Auriez-vous l'obligeance de lui dire de ma part qu'elle n'a pas à me dicter les mots que je dois prononcer ou pas. Quand on fait appel à mes services, contre mes maigres honoraires d'un million de dollars, on fait comme je dis de faire. Si je préfère dire « domaine » ou « manoir », je VAIS dire « domaine » et je VAIS dire « manoir ». C'est moi qui dois parler d'homme à homme avec les jurés, pas votre frangine ! Pour les jurés, votre maison c'est un manoir, et votre propriété de Scarborough Hill, un domaine. Et je suis plus intéressée par leur réaction à mes mots que par celle de votre sœur. Est-ce que vous pigez ?

— Oui, oui, bien sûr, vous avez raison, Valérie, dit Jerry. C'est juste que Maureen est un peu...

— Je me fous de savoir comment est Maureen, dit Valérie.

— Oh, mille excuuuuuses ! fit Maureen, quand Jerry lui rapporta la réaction de Valérie Sabbath.

*
* *

Dans les affaires comme celles-ci, surgit souvent l'inconnu venu de l'autoroute. Le vagabond, le clochard, le S.D.F. Vous souvenez-vous du rôdeur aperçu sur le toit de chez les Grenville la nuit où Ann Grenville a tué son mari d'un coup de fusil ? Ils sont à l'usage des riches. Ils sont interchangeables. Faites-leur porter la responsabilité du crime. Ils ne sont personne.

— Avez-vous vu Constant Bradley lever la batte de base-ball et frapper Winifred Utley ? demanda Valérie Sabbath.

— Non, répondis-je.

— En d'autres termes, vous ne l'avez pas vu frapper Winifred Utley ?

— Non. Sur le coup, je n'ai pas compris ce qui s'était passé. J'ai pensé qu'il était arrivé un accident. Qu'elle s'était peut-être évanouie, ou qu'elle avait fait un infarctus, je ne sais pas. Ce n'est que lorsque je l'ai touchée et que j'ai senti du sang sous mes doigts que j'ai compris qu'elle avait été frappée.

— Mais vous n'avez pas vu Constant Bradley frapper Mlle Utley ?

— Non.

— Il aurait donc été possible qu'un inconnu venant de l'autoroute 95 ait tué Mlle Utley, n'est-ce pas ?

— Je ne le pense pas.

— Il aurait donc été possible que Constant Bradley ait trouvé Winifred Utley déjà blessée quand il s'est rendu sur le sentier à la lisière de la propriété des Bradley pour son rendez-vous avec miss Utley, n'est-ce pas ?

— Je ne le pense pas.

— J'aimerais vous lire les réponses que vous avez faites au commissaire Riordan à l'époque, quand vous avez été interrogé au poste de police de Scarborough Hill, le 1er mai 1973.

Valérie Sabbath regagna le bureau de la défense et y prit un exemplaire d'un rapport de police. Elle chaussa ses lunettes et posa les pages sur un pupitre devant elle.

— « Commissaire Riordan : Après être allé au lit, vous êtes-vous relevé et êtes-vous sorti ? Harrison Burns : Non, monsieur. Commissaire Riordan : Constant Bradley a-t-il, à un moment ou à un autre, quitté la chambre que vous partagiez cette nuit-là et est-il sorti après votre retour du Country Club ? Harrison Burns : Non, monsieur » !

Valérie Sabbath ôta ses lunettes et se retourna vers moi, toujours à la barre.

— Et aujourd'hui, monsieur Burns, vous racontez à la Cour que vous avez été réveillé à deux heures du matin par Mme Grace Bradley, la mère de Constant Bradley, qui vous aurait prié d'aller voir au rez-de-chaussée si son fils s'y trouvait et que, une fois en bas, vous auriez entendu frapper au carreau et que Constant Bradley vous aurait demandé de le suivre dehors. Pouvez-vous nous expliquer la divergence entre ces deux versions de la même histoire ?

— J'avais dit à l'époque ce que Gerald Bradley et son fils Jerry m'avaient donné pour instructions de dire, répliquai-je. On m'avait fait répéter dans l'après-midi.

— Monsieur Burns, êtes-vous en train de dire à la Cour qu'il est dans votre nature de faire tout ce qu'on vous dit de faire ? C'est cela, monsieur Burns ?

— On m'avait fait prendre du Valium ce jour-là, répondis-je.

— Oh ? On vous avait fait prendre du Valium ce jour-là ? De mieux en mieux, fit Valérie Sabbath.

— Le Dr Desmond Bradley est venu me trouver dans ma chambre en fin d'après-midi et m'a donné un Valium pour que je me calme avant l'arrivée de la police. Un peu plus tard, il m'en a donné un autre avant le dîner au cours duquel la police est arrivée.

MENTEUR ! titrait à sa Une le *New York Post* du lendemain. Le Dr Desmond Bradley, frère de l'ex-candidat au poste de gouverneur Constant Bradley, niait catégoriquement avoir donné du Valium à Harrison Burns avant que ce dernier soit interrogé par la police au cours de l'enquête concernant le meurtre de Winifred Utley en 1973. « Cet homme ferait et dirait n'importe quoi, déclarait le Dr Bradley. Je suis horrifié par sa déposition. »

Ce vendredi-là, les deux enfants aînés de Maureen, Gregory et Sarah, âgés respectivement de dix-sept et seize ans, étaient présents dans la salle d'audience. Pour pouvoir assister au procès, Gregory avait été excusé auprès de la Milford School, et Sarah auprès du Couvent du Sacré-Cœur. Maureen avait estimé qu'il était important de montrer la prochaine génération Bradley aux jurés, au tribunal, aux curieux et aux médias. Ce devait être une journée consacrée aux experts, sans rien de spectaculaire, et les membres les plus connus de la famille avaient décidé de rester chez eux. Mais le beau-père du médecin légiste qui avait pratiqué l'autopsie sur Winifred Utley était mort la veille, dans la nuit, et le médecin légiste avait donc téléphoné pour faire part de son regret de ne pouvoir comparaître comme prévu, car il devait partir immédiatement pour Pittsburgh. L'expert qui avait examiné la terre retrouvée sur le dos de la robe de soirée rose de Winifred souffrait quant à lui d'une indisposition passagère des suites d'un empoisonnement alimentaire dû au sushi dont il avait fait son dîner, la veille au soir, dans un restaurant japonais. Ainsi, Constant Bradley, à la surprise générale, fut appelé à la barre. Une grande agitation régnait dans la salle d'audience et dans le bureau de la presse. Les journalistes fonçaient sur les téléphones.

— Votre Honneur, je souhaiterais appeler Constant Bradley à la barre, mais je veux être sûre que la partie civile ne puisse appeler à la barre des témoins récusés par la Cour, dit Valérie Sabbath.

Elle faisait allusion à Maud Firth et Weegie Somerset.

— Accordé, dit le juge Consalvi.

Gregory Tierney était mécontent : il aurait voulu être à une meilleure place pour mieux voir son oncle.

— Tu n'es peut-être pas content de ton siège, lui dit sa sœur Sarah, mais ce n'est pas une raison pour passer ta colère sur moi.

— C'est là que nous devrions être assis, lui rétorqua Gregory, lui désignant deux places au premier rang des sièges du public, où était installé un jeune homme au côté d'une femme qui pouvait être sa mère.

— Demande-leur s'ils veulent bien changer avec nous, dit Sarah.

Gregory se leva et alla trouver ces deux personnes.

— Je me demandais si cela ne vous dérangerait pas de changer de place avec nous, leur dit Gregory, s'exprimant presque trop aimablement, sûr qu'ils se lèveraient.

— Evidemment que ça nous dérangerait, lui répondit le jeune homme.

Vexé, Gregory regagna sa place et lança un regard furibond aux deux personnes qui ne faisaient plus attention à lui. Gregory se releva, passa devant le couple et gagna le fond de la salle d'audience où il alla se plaindre à l'huissier que ces deux personnes occupaient les places que sa sœur et lui devraient avoir.

— Pourriez-vous leur demander de changer de place ? lui demanda Gregory.

— Hé, mon gars, dans la salle du juge Consalvi, c'est le premier arrivé qui est le premier servi. Les places sont pas numérotées. S'ils sont arrivés avant vous, c'est leurs places.

— Je vous rappelle que nous faisons partie de la famille Bradley, dit Gregory.

— On est tous à la même enseigne chez le juge Consalvi, lui rétorqua l'huissier.

Déterminé, Gregory alla trouver ces deux personnes une fois encore.

— Ma sœur et moi aimerions être assis là pendant la déposition de Constant Bradley, leur dit-il.

— Je suis navrée, mais nous n'avons pas l'intention de bouger, lui répondit la femme.

— Vous ne comprenez pas : nous faisons partie de la famille.

— Non, c'est vous qui ne comprenez pas, lui dit le jeune homme. Moi aussi, je fais partie de la famille.

— Je suis son neveu, insista Gregory.
— Moi aussi, lui dit le jeune homme.
— Comment ça ?
— Ma mère était domestique chez votre grand-mère. Elle a été mariée à votre oncle Des. Ça vous fera peut-être plaisir de dire à votre famille que Rosleen Shea Bradley est ici avec son fils Desi.

— Décidément, nous sommes faits pour nous rencontrer aux distributeurs de boissons fraîches, dit Charlotte. Je n'ai toujours pas compris de quel côté mettre George Washington.
— Laissez-moi faire, lui dis-je.
Je glissai l'argent pour elle. La boîte de soda chut. Je la pris, l'ouvris et la lui tendis.
— Comment va Gerald ? lui demandai-je.
— Il s'arrange pour maintenir la tête hors de l'eau.
Je ris, et elle unit son rire au mien, mais je voyais bien qu'elle retenait ses larmes.
— Je n'avais pas ri depuis un an, dit-elle.
Elle regarda d'un côté du couloir et de l'autre.
— Dites-moi une chose, Harrison. Il faut que je sache. C'est lui qui l'a fait ?
— Oui.
— Ils disent tous que vous avez monté ça de toutes pièces.
— Vous le croyez, Charlotte ?
Elle secoua lentement la tête.
— Imaginez qu'ils le jugent coupable, dit-elle. Imaginez qu'ils le mettent en prison. Je n'ai pas la moindre idée de la manière de jouer cette scène.
— Vous l'aimez toujours ? lui demandai-je.
— Il m'attire encore de temps à autre, mais je ne l'aime plus depuis longtemps. Il est incapable d'éprouver une affection profonde pour quelqu'un.

*
* *

Lorsque Constant entra dans la salle d'audience, le

public retint son souffle, même s'il l'avait vu tous les jours assis au bureau de la défense. Il portait un costume en flanelle gris, une chemise bleue, une cravate rouge. Il s'avançait avec élégance et célérité vers la barre, comme s'il avait attendu ce moment depuis toujours, et ne l'avait jamais craint.

— Comment vous sentez-vous, monsieur Bradley ? lui demanda Valérie Sabbath.

— Je suis un peu nerveux, mais impatient aussi de me présenter à la barre. Je vis avec cette terrible accusation depuis plus d'un an maintenant, et je savoure et apprécie l'occasion qui m'est offerte de laver mon honneur pour que je puisse reprendre les affaires courantes de ma vie, répliqua Constant.

— Aviez-vous bu ce soir-là, monsieur Bradley ? lui demanda-t-elle.

— J'avais bu quelques verres, oui, répondit Constant.

Il se tourna et s'adressa directement aux jurés.

— Plus tôt ce jour-là, en famille, nous avions parlé de mon frère Kev. Il a été tué au Viêt-nam. Nous avons évoqué la dernière fois que nous étions tous réunis au complet, avant que Kev parte se battre pour notre pays. Rien ne l'y obligeait, vous savez. Il n'avait pas été mobilisé. Il s'est engagé volontairement.

Les jurés regardaient Constant, fascinés.

— Qu'aviez-vous fait dans la journée ?

— Nous avions passé cette journée en famille. Nous avions parlé de notre sœur Agnès. Agnès est handicapée mentale. Aujourd'hui, elle a dix ans d'âge mental. Cela fait des années qu'elle est internée à l'hôpital psychiatrique de Cranston, dans le Maine. Mais nous pensons souvent à elle, nous avons évoqué Kev et Agnès, les membres manquants de la famille.

Une certaine Mme Perez, assise au premier rang des jurés, essuya une larme d'un coup de Kleenex. Regardant Constant au télécran installé dans le bureau du procureur, je m'étonnai que Bert Lupino ne formule pas une objection.

— Après, quand la famille s'est séparée, j'ai proposé à mes sœurs Mary Pat et Kitt d'aller dîner au Country Club. Je voulais me remonter le moral après notre conversation sur Kev et Agnès.

— Y avait-il quelqu'un d'autre avec vous ?

— Oui. Harrison Burns. Il était régulièrement invité chez nous à l'époque. Mon père a financé ses études.

— Vous êtes donc allé au Club avec vos sœurs et M. Burns ?

— Oui. J'étais mineur et la serveuse, Ursula, que nous connaissions depuis des années, a refusé à juste titre de me servir un verre, aussi je suis allé au bar qui se trouve dans les vestiaires pour hommes et j'ai soudoyé le barman, Corky, qui aurait pu perdre son emploi, mais j'avais vraiment besoin de me remonter le moral après les conversations de l'après-midi et puis je ne voulais pas faire grise mine pour la dernière soirée de mes sœurs qui retournaient au couvent du Sacré-Cœur, le lendemain.

— Avez-vous invité Winifred Utley à danser ?

— Non. C'est Winifred Utley qui m'a invité à danser. Je quittais le Club en compagnie de mes sœurs quand elle s'est approchée de moi et m'a invité.

— Est-il exact que vous ayez dit à miss Utley, je cite : « Ça ne te gêne pas de danser avec un homme qui bande, j'espère ? »

— C'est vrai, j'ai dit ça. C'était censé être drôle. En fait, c'était drôle à l'époque, pour des ados, mais je me rends compte aujourd'hui combien c'est épouvantable, toutes ces années après, au vu de ce qui est arrivé à Winifred. J'ai un mouvement de recul chaque fois que j'entends cette phrase répétée dans cette salle d'audience mais, oui, je l'ai dit.

— Avez-vous proposé à Winifred Utley de la raccompagner chez elle ?

— Oui. Mais elle m'a dit qu'elle était venue avec Billy Wadsworth et qu'elle rentrerait avec lui.

— Pour autant que vous sachiez, Billy Wadsworth a-t-il raccompagné Winifred chez elle ?

— Je crois que M. Wadsworth, le père de Billy, les a ramenés en voiture. Je ne crois pas que Billy avait le permis de conduire alors. Un groupe de jeunes qui étaient au bal sont allés chez les Wadsworth pour boire un Coca.

— Etiez-vous convenus avec Winifred de vous retrouver après qu'elle eut quitté la maison des Wadsworth ?

— Oui.

— Dites-nous ce qui s'est passé.

— Quand je suis arrivé sur les lieux, elle était déjà morte. Je l'ai trouvée gisant par terre.

— Pourquoi n'avez-vous pas raconté ça à la police ?

— Parce que j'ai pensé qu'on ne me croirait pas. C'est un des grands regrets de ma vie de ne pas l'avoir fait.

Toujours installé devant le télécran dans le bureau du procureur, je m'émerveillai de l'aplomb avec lequel Constant racontait son histoire. Aujourd'hui, j'en suis arrivé à penser que Constant avait une étonnante capacité d'oubli. Ce n'est pas tant qu'il mentait comme il respirait, mais plutôt qu'il s'était convaincu que ce qu'il disait était la vérité.

— Mais où est le Père Murphy ? s'étonna Maureen. Il était censé assister à la clôture des débats.

— Il refuse de venir.

— Je n'arrive pas à le croire. Après tout l'argent que ma mère a donné à sa paroisse !

— Il refuse.

— Et le Père Burke ?

— Nous avons appris par Vincent Corcoran, dit Corky, qui était, au moment des faits, serveur au bar du vestiaire pour hommes au Country Club, que Constant Bradley avait bu six vodkas en l'espace d'une demi-heure, dit Bert Lupino, au cours de son réquisitoire. Ce qu'il but une fois rentré chez lui ne relève que de la conjecture. Il en voulait à Winifred Utley de ne pas avoir laissé tomber son cavalier, Billy Wadsworth, pour rentrer avec lui. Il a traité Billy Wadsworth de « boutonneux ». Constant Bradley savait que Winifred Utley passerait par le sentier derrière la propriété des Bradley pour se rendre de chez les Wadsworth à chez elle, Varden Lane. Tous les jeunes du quartier empruntaient ce raccourci. Là, il l'attendit dans l'obscurité. Il était...

Il s'interrompit, cherchant un mot qui pourrait décrire l'état de Constant à ce moment-là.

— ... lubrique, finit-il par dire. Mais Constant Bradley a un problème. Constant Bradley est un homme qui parle beaucoup de ses érections, mais c'est aussi un homme qui ne réussit pas à maintenir ses érections.

Constant écoutait, impassible, mais une légère rougeur colora ses joues. Moi qui l'observais, je savais que son cœur battait à tout rompre. Je savais que, pour lui, c'était la pire des révélations. Je savais qu'il savait que c'était moi qui avais dit cela à Bert Lupino.

— Et cette incapacité sexuelle fut accompagnée de fureur, le genre de fureur qui pousse un homme, un certain type d'homme s'entend, à frapper une femme, comme si c'était elle la responsable de son impuissance. C'est le genre de fureur qui peut pousser un homme, un certain type d'homme s'entend, à tuer, à ramasser une batte de base-ball qui se trouve par terre sur le sentier et à frapper une innocente jeune fille à la tête jusqu'à l'en faire mourir. C'est un homme qui peut ensuite, très calmement, à côté du cadavre, utiliser le pan de sa chemise pour effacer ses empreintes digitales de la batte de base-ball avec laquelle il a tué. Je vous demande instamment, je vous conjure, de juger cet homme coupable de ce crime atroce que la fortune, l'influence et les prérogatives de sa famille avaient réussi à cacher pendant presque vingt ans.

Ce fut l'heure de gloire de Bert Lupino.

— Il va s'en tirer, dit Fatty Malloy. C'est même pas sa parole contre celle de Winifred. C'est sa parole et la machinerie Bradley. Me dites pas qu'un seul Bradley passera jamais une nuit en prison. Ça ne marche pas comme ça en Amérique.

— Alors que va-t-il se passer ? lui demandai-je.

— Ils lui feront quitter le pays. Il réapparaîtra à Taiwan ou au Brésil, à s'occuper de bonnes œuvres. Tout sera pardonné. Tout sera oublié.

— Il y a deux Italiens, deux Polonais — ou Lituaniens, l'un ou l'autre, je confonds toujours — et une Portoricaine mère de six enfants. Deux Juifs. Une Noire. Mais c'est le premier groupe qui m'intéresse. Ils sont probablement catholiques. Je suppose qu'ils iront à la messe, dimanche, à St. Monica.

— Et alors ? fit Constant.

— Je pensais essayer de trouver à quelle messe ils vont assister.

— Où veux-tu en venir, Jerry ? demanda Constant.

— Je pensais que tu devrais assister à la même messe qu'eux, avec Charlotte et les enfants, que vous receviez tous la communion tout ça — sans prêter la moindre attention aux jurés bien sûr si, par hasard, vous les voyiez parmi les fidèles. Tu vois ce que je veux dire, chapelet, missel, le grand jeu. Ça ne peut que faire une impression favorable.

Constant rit.

— Charlotte n'acceptera jamais.

— Oh, que si.

18

Les jurés en sont à leur troisième jour de délibérations. Dans la matinée, le président du jury a demandé au juge Edda Consalvi que leur soit relu le témoignage de Bridey Gafferty, la cuisinière des Bradley, et, dans l'après-midi, à revoir la batte de base-ball, qui ne portait aucune empreinte digitale, ainsi que les photos du corps contusionné de Winifred Utley, prises lors de l'autopsie, celles-là mêmes qui avaient plongé Luanne Utley, la mère de Winifred, dans un profond abattement, quand elles furent présentées comme pièces à conviction par la partie civile. Ces deux requêtes des jurés ont donné lieu à beaucoup de commentaires parmi les journalistes et, comme toujours en pareil cas, à une considérable divergence d'interprétations. L'atmosphère est tendue ; madame le juge, impitoyable. La veille, elle avait ordonné à l'huissier d'expulser de sa salle d'audience le journaliste de *Newsweek* qui avait ricané bêtement quand le greffier avait relu la déposition de Billy Wadsworth selon laquelle le défendeur, Constant Bradley, s'interposant entre sa cavalière et lui au bal du Country Club, aurait invité Winifred Utley en ces termes : « Ça ne te gêne pas de danser avec un homme qui bande, j'espère ? »

Durant les trois jours de délibérations, Constant Bradley allait et venait dans les couloirs bondés du palais de justice, se comportant en hôte affable, amical à l'extrême, passant d'un groupe de journalistes à l'autre. Il avait mémorisé le nom de chacun d'entre eux et se faisait un plaisir de commenter, souvent avec esprit, ce qu'ils écrivaient sur le procès. De grands éclats de rire résonnaient fréquemment à proximité de Constant Bradley.

— Il est vraiment sympa, ce gars, n'arrêtait-on pas d'entendre, jusque dans la bouche de ceux qui penchaient pour sa culpabilité.

A seize heures quarante-cinq, au troisième jour des

délibérations, le président du jury informa l'huissier que les jurés s'étaient prononcés. L'huissier en avertit le juge Edda Consalvi, qui patientait dans son bureau. Valérie Sabbath et Bert Lupino, qui patientaient dans les leurs, furent également avertis. La plupart des participants et des journalistes s'étaient éparpillés dans les coffee-shops et les bars des environs du palais de justice. Ils furent avertis. Constant Bradley, sa femme Charlotte, et ses frères et sœurs attendaient dans la pièce qu'on avait mise à leur disposition exclusive, au troisième étage, pour toute la durée du procès. Je me trouvais dans le bureau du procureur. Quarante-cinq minutes plus tard, tous ceux qui devaient être présents se retrouvèrent dans la salle d'audience. Constant paraissait tendu, renfermé.

— La Cour ! cria l'huissier audiencier.

Le juge Consalvi entra et prit place.

— Faites entrer les jurés, dit-elle à l'huissier.

Ils entrèrent. A ce moment-là, je les connaissais tous par leur nom. Il était impossible de lire quoi que ce fût sur leur visage ; ils avaient tous un air de conspirateurs. Les minutes duraient des heures.

Le juge Consalvi se racla la gorge. Elle demanda qu'il n'y ait aucune réaction dans la salle, ni de joie, ni de colère, le silence le plus absolu quand le verdict serait rendu. Elle prévint son auditoire que des mesures seraient prises en cas d'infraction à ses ordres. Puis elle se tourna vers les jurés.

— Messieurs les jurés, avez-vous rendu votre verdict ?

Le président du jury se leva.

Oui, Votrc IIonncur.

Le poste de télévision installé dans la chambre de Gerald Bradley était resté allumé toute la journée. Parfois, Gerald s'endormait dans son lit. Il attendait depuis trois jours.

— Oncle Gerald ! cria Sis Malloy, tout heureuse.

Elle lui prit la main, d'une pâleur diaphane, et la lui

secoua gentiment pour le réveiller tout en lui disant à l'oreille :

— Oncle Gerald ! Le verdict est tombé. Oncle Gerald, vous m'entendez ? Le ver-dict ! Ils ont déclaré Constant innocent. Votre fils, votre bien-aimé Constant, est innocent. Innocent. Innocent !

Elle criait presque.

Gerald, s'éveillant, écoutait. Son année de maladie l'avait beaucoup changé. Il perdait la vue, n'avait plus goût à rien.

Tous les téléphones de la maison s'étaient mis à sonner en même temps. Au-dessous, des cris de joie fusèrent parmi les bonnes qui regardaient la télévision à l'office.

— On le savait, on le savait ! criaient-elles. C'est génial, Constant !

— Vous les entendez, Oncle Gerald ? Vous les entendez ? s'écria Sis. Ce sont les bonnes, en bas, qui se réjouissent. Vous les entendez ?

Un léger sourire plissa le coin des lèvres de Gerald.

Sis jeta un coup d'œil par la fenêtre.

— Les journalistes à l'entrée du parc sautent de joie, Oncle Gerald. Regardez, regardez la télévision ! Constant sort du palais de justice. Les gens l'acclament. Regardez, Oncle Gerald, il va faire un discours ! Il s'approche des micros pour s'adresser à la foule. Vous le voyez ? Vous l'entendez ?

Gerald, qui regardait, écoutait, soutenu par sa nièce, sentit qu'il prenait du recul par rapport aux choses matérielles. Il ressentit une certaine légèreté d'être. Il comprit alors que le moment était venu ; qu'il allait mourir. Il ne ressentait pas la félicité qu'on était en droit d'attendre, au dire du cardinal, en cet instant, mais seulement de la peur. Il agrippa la main de Sis Malloy, la regarda droit dans les yeux, et il lui dit certaines choses. Qu'il savait qu'il n'avait pas été un homme bon. Qu'il avait roulé bien des gens. Qu'il avait frayé avec la racaille. Qu'il était responsable de la mort de Johnny Fuselli. Que sa femme ne lui adressait pratiquement plus la parole depuis des années. Que ses enfants étaient imparfaits et pas heureux. Et que maintenant, son plus jeune fils, son préféré, venait d'être déclaré innocent d'un crime qu'il avait commis.

En dépit des avertissements du juge Consalvi, en dépit de ses rappels à la bienséance, en dépit des efforts des huissiers, la jubilation régnait dans la salle d'audience. Il y eut des cris de joie, des applaudissements, des trépignements, des cris de guerre de Peaux-Rouges à la façon d'un mariage Bradley.

— Asseyez-vous, asseyez-vous, madame Tierney ! hurlait le juge Consalvi à Maureen. Assis, Père Burke !

Valérie Sabbath, ignorant madame le juge, enlaça Constant et ils esquissèrent une petite danse autour du bureau de la défense.

— As-sis ! hurlait le juge Consalvi. Vous êtes toujours dans ma salle d'audience ! Je vous poursuivrai pour outrage à la Cour !

Mais plus personne ne prêtait attention à elle. Le procès était fini. Ils n'avaient plus besoin d'elle, ne la reverraient jamais. Elle appartenait déjà au passé.

Dans le couloir, je tombai sur Constant. J'étais seul ; lui, entouré. Un instant, nos regards se croisèrent. Son sourire de triomphe se figea sur ses lèvres. J'eus l'impression de voir un éclair de peur sur son visage. Le mien, il ne voulait plus jamais le revoir. Il reprit sa marche triomphale.

J'attendis, adossé contre le mur, que tous les « fêtards » se soient entassés dans les ascenseurs. Le couloir retrouva son calme. D'une cabine, je téléphonai à Claire.

— C'est terminé, lui dis-je.

— Je sais.

— Comment vont les garçons ?

— Bien. Ils t'ont vu à la télé après le verdict. Ils ont couru à l'écran en criant : « Papa, papa. »

— Ils n'ont pas compris de quoi il s'agissait, n'est-ce pas ?

— Non.

— Un jour, ils comprendront.

— Je suppose. Tu vas bien, Harrison ?

— Je crois, oui.

— J'ai trouvé que tu avais l'air en pleine forme, compte tenu des circonstances. Je voulais te dire une chose.

— Oui ?

— Je suis fière de ce que tu as fait.

— Je me demandais si tu voulais bien que je vienne ce soir.

Je devais retourner dans le bureau du procureur pour parler à Bert Lupino. Le pauvre gars était anéanti, je le savais. En dépit de son réquisitoire vibrant, il avait été ridiculisé publiquement tous les jours par la presse et la télévision, et sa prestation démolie point par point par le genre d'avocats qui louent leurs services aux chaînes télévisées et autres médias pour commenter le déroulement d'un procès. C'était un homme honnête. Un bon avocat. Mais il était aussi trop jeune, frais émoulu de sa faculté de droit. Il était d'entrée disqualifié face à la féroce Valérie Sabbath.

Tandis que je me dirigeais vers le bureau du procureur, la porte des toilettes pour femmes s'ouvrit doucement, comme si la personne qui se trouvait derrière voulait vérifier l'activité qui régnait dans le couloir avant de sortir. C'était Luanne Utley. Elle était demeurée silencieuse et digne durant tout le déroulement du procès, évitant toute publicité avec autant d'ardeur que les Bradley mettaient à s'y vautrer. Je vis qu'elle avait pleuré, à l'abri des regards. Elle semblait vaincue, blême. Le procès l'avait vieillie. Nous nous regardâmes, sans nous épancher. Elle hocha lentement la tête. Je compris qu'elle n'avait pas envie de discuter du verdict. Nous aurions l'occasion de le faire plus tard. Elle m'effleura la joue de sa main, simplement, et dit :

— Merci, Harrison. Je n'oublierai jamais.

— Voulez-vous que je vous aide à sortir d'ici ?

— Oh, oui. Oui. Je ne supporterai pas d'être assiégée par ces gens avec leurs appareils photo, leurs caméras, et leurs questions.

— Je connais une sortie par le parking du sous-sol. Si vous voulez bien m'attendre ici deux minutes, le temps que j'aille dire au revoir à Bert Lupino, et je vous accompagne. Mais ils vont vous attendre devant chez vous quand vous rentrerez à New York, vous savez.

— Leverett et Louise Somerset m'ont invitée à aller passer quelques jours chez eux, jusqu'à ce que les choses se calment, me répondit-elle.

Dehors, il faisait un froid vif, pourtant Constant refusa de porter le manteau que Desmond lui tendait. Il savait toujours comment il serait le plus à son avantage. Le vent le décoiffait. Il marcha d'un bon pas jusqu'à la rangée de micros. Derrière lui, se tenaient son épouse, ses sœurs, ses frères, et ses avocats. Valérie Sabbath était rayonnante. Tous souriaient. Tous faisaient des signes de la main. La joie était sur tous les visages. La scène avait plus un air de victoire à une élection que d'un acquittement pour meurtre. Constant resta un certain temps silencieux devant les caméras de télévision braquées sur lui. Puis il leva son bras gauche et fit un signe de la main. Des vivats fusèrent de la foule amassée devant le palais de justice. Quand, à nouveau, il leva la main pour demander le silence afin de pouvoir parler, la foule obéit à son instruction.

— Il y a un adage de saint Thomas d'Aquin, que mon père me citait souvent quand j'étais petit, et selon lequel la vérité finit toujours par triompher. Toujours. Et nous avons toujours su, ma famille et moi, que la vérité triompherait une fois encore. Nous n'avons jamais douté, ne fût-ce qu'une seconde, que la sublime équité du système judiciaire américain n'aboutirait pas au verdict d'aujourd'hui. J'ai suffisamment de souvenirs pour toute une vie. Nous avons toujours été une famille très unie : mon épouse, Charlotte, ma mère, Grace Bradley, mon père, Gerald Bradley, et mes enfants, la petite Charlotte et Constant Junior qui, fort heureusement, sont trop jeunes pour comprendre la parodie de procès dont vous avez été témoins et que nous subissons depuis six semaines, mais leurs toutes jeunes existences en ont été horriblement affectées. De plus, je tiens à remercier mes frères et sœurs : Jerry, Des, le sénateur Sandro Bradley, Maureen Bradley Tierney, Mary Pat de Trafford, qui a laissé les siens à Paris pour être auprès de moi ces six dernières semaines, et Kitt Bradley Chadwick, ainsi que mes nièces et mes neveux. C'est ma famille, ma merveilleuse famille, qui est depuis toujours l'élément le plus important de ma vie. Et, bien sûr, j'adresse mes remerciements les plus chaleureux à Valérie Sabbath. Venez près de moi, Valérie. Je suis sûr que c'est à vous que ces gens ont envie de parler, pas à moi. Merci beaucoup à tous.

Il refit un signe de la main.

D'autres vivats fusèrent de la foule.

— Quelle classe, quelle classe ! hurla une admiratrice.

— Quels sont vos projets ? lui cria un journaliste.

— Dans l'immédiat, retourner dans ma famille, à Scarborough Hill, et embrasser mon père. Cette épreuve a eu raison de sa santé.

— Et ensuite ? Des projets politiques ? s'exclama le journaliste.

— Oui, mais je ne suis pas prêt à en discuter pour le moment. Comme vous le savez, mon désir de me présenter au poste de gouverneur de notre bel Etat, que j'ai le privilège d'appeler « chez moi », a été contrarié par cette accusation injuste portée contre moi, mais cette épreuve m'a donné une nouvelle force, une force que je n'avais jamais eue, et très vite je redescendrai dans l'arène pour vous faire part de mes projets. Maintenant, si vous voulez bien m'excuser, je dois partir retrouver mon père.

— Nos voix sont pour toi, Constant ! cria une femme, provoquant d'autres vivats.

Tandis que Constant s'éloignait des micros, guidé par ses frères et ses avocats, une femme en manteau de vison se précipita sur lui, l'attrapa par le revers de sa veste, et lui parla avec ferveur. Constant l'écouta un moment, puis éclata de rire. Elle lui tendit un morceau de papier.

— Monsieur Bradley ? cria un journaliste. Pas un mot pour Mme Utley ?

C'était Gus Bailey.

Constant se figea, s'écarta de la femme et revint aux micros.

— Mme Utley a de moi ce qu'elle a toujours eu depuis l'immense perte de sa fille : ma sympathie la plus profonde. Je regrette beaucoup qu'elle ait eu à subir cette terrible épreuve. Je vous remercie, et au revoir.

Dans l'euphorie de la victoire, les voitures de location avaient été mises au rancart. La limousine de la famille était garée le long du trottoir. Un Charlie tout sourire, les larmes aux yeux, en tenait la portière ouverte.

— Félicitations, monsieur Constant, dit-il.

Constant donna l'accolade au vieux chauffeur.

— Merci, Charlie. Et maintenant, Charlie, pleins gaz, mon vieux. Je veux voir mon père.

— D'où sors-tu cet adage de saint Thomas d'Aquin ? lui demanda Jerry. Ça a bien marché. Je ne l'avais jamais entendu.

— Je l'ai inventé, dit Constant.

— Qui était cette femme qui t'a sauté dessus ? s'enquit Des, tandis qu'ils fonçaient vers Scarborough Hill.

— Je n'en croyais pas mes oreilles. Elle m'a dit qu'elle voulait coucher avec moi.

Un éclat de rire général résonna dans la limousine.

— Quoi qu'elle t'ait dit, elle t'a bien fait rire, remarqua Des.

— Ça, oui. Elle m'a dit que je n'aurais même pas à l'inviter à dîner. Elle m'a donné son numéro de téléphone.

Les voitures bondées revenant du palais de justice s'engagèrent dans la longue allée du parc des Bradley à Scarborough Hill, dans un concert de klaxons. Les bonnes apparurent aux fenêtres. Tut-tut, tuuuuuuut. Les rires fusaient. Famille, avocats, prêtres et secrétaires se précipitèrent à l'intérieur du manoir. On embrassa les bonnes, on poussa des cris de victoire. Les frères et sœurs grimpèrent l'escalier quatre à quatre, telle une horde déchaînée, de la même façon qu'ils le descendaient les matins de Noël quand ils étaient enfants, et le bruit de leur course se répercuta dans toute la maison, accompagné de vivats et aux cris de : « Champagne, Bridey ! Champagne ! Ça s'arrose ! » Le tapage augmenta comme ils couraient dans le long couloir vers la chambre de leur père.

— P'pa, ton fils est libre ! hurla Jerry, poussant Constant dans la chambre, suivi de Des, Sandro, Maureen, Mary Pat et Kitt.

Les uns contre les autres, ils se serrèrent dans la pièce.

— P'pa ? P'pa ! Tu entends ?

Mais Gerald n'était plus. Ils le comprirent tout de suite. Sis lui avait déjà fermé les yeux.

— Oh, mon Dieu, dit Jerry.

— Il est... ? interrogea Mary Pat.

— Oui, répondit Sis.

— Quand est-ce arrivé ? demanda Maureen.

— Il y a cinq minutes à peine, dit Sis. Il savait que Constant avait été acquitté. Je le lui ai dit. La télévision était allumée. J'ai entendu le verdict. Je le lui ai dit. Il a écouté ton discours, Constant. J'ai augmenté le volume au maximum. Il m'a regardée dans les yeux. Il a compris. Il avait les yeux pleins de larmes. Regardez, il a un chapelet dans sa main. Il remerciait Dieu, puis il a commencé à avoir des convulsions. Tout son corps était secoué de soubresauts. Il ne voulait pas lâcher prise. Je crois qu'il ne voulait pas partir tant que tu n'étais pas là, Constant.

Sis ne leur dit pas ce qu'il avait crié en son dernier instant, un cri qui avait résonné dans toute la maison.

Ils restaient immobiles, regardant la dépouille mortelle de leur père. Constant, sous le choc, porta une main à sa bouche. Lentement, ses frères et sœurs firent cercle autour du lit.

— Oh, p'pa, dit Maureen, éclatant en sanglots. Je tiens à te dire combien je t'aime.

— Oui, p'pa, surenchérit Jerry. Merci pour tout ce que tu as fait pour nous.

Il déposa un baiser sur le front de son père.

— Oui, merci pour tout, p'pa, dit Constant.

— Oh, p'pa, dit Mary Pat, s'agenouillant contre le lit. Je t'aime, p'pa.

— Sans toi, nous ne serions rien, p'pa, dit Sandro.

Kitt et Constant s'approchèrent du pied du lit et regardèrent leur père.

Maureen se mit à prier à voix haute.

— Notre Père qui êtes aux cieux, que Votre nom soit sanctifié...

Les autres se joignirent à sa prière.

— ... Que Votre règne arrive, Que Votre volonté soit faite sur la terre comme au ciel...

— Attendez une seconde, fit soudain Maureen. Mais... où est maman ? Elle devrait être ici. Nous ne pouvons pas prier sans maman.

— Elle est dans sa chambre, je suppose, dit Sis.

— On l'a prévenue ? demanda Jerry. Elle sait que papa est mort ?

— Oui, elle le sait, dit Sis. Je suis allée la voir dès que c'est arrivé.

— Je vais la chercher, dit Kitt.

Elle sortit de la chambre. Toute la famille demeura silencieuse jusqu'au retour de Kitt, quelques minutes plus tard, avec Grace. Tous les regards se tournèrent vers elle. Elle était sereine, déjà vêtue de noir. Elle tenait un chapelet à la main.

Grace s'approcha du lit. Jerry et Maureen s'écartèrent pour lui faire de la place. Jerry lui présenta une chaise, mais elle déclina son offre d'un geste. Elle regarda son époux un long moment.

— Mets ce chapelet dans les mains de ton père, Jerry, dit-elle.

— Il en a déjà un, m'man. Celui de Sis.

Grace acquiesça.

— Quels prêtres sont en bas, Maureen ? demanda-t-elle.

— Le Père Burke, le Père Bill, de Southampton, le Père Cahill, et Monseigneur Flynn, répondit Maureen. Le Père Burke et le Père Bill étaient au tribunal. Le Père Cahill et Monseigneur Flynn étaient ici quand nous sommes arrivés.

— Demande-leur de monter, dit Grace. Et tes enfants, Maureen ? Il n'y en a pas un ou deux ici ? Gregory et Sarah ? Toute la famille devrait être ici. Oh, et Bridey. Allez chercher Bridey.

— Eh ben, voilà comment on arrose la victoire, dit Colleen, la bonne qui s'appelait Debbie, quand on apprit en cuisine que Gerald Bradley était mort.

Elle était très déçue de ne pas faire la fête.

— On a assez de jambon, de biftecks et de pommes de terre au gratin pour nourrir toute une armée, sans parler des salades et des profiteroles au chocolat. Pauv'Bridey, avoir fait tous ces plats pour des prunes.

— Ne t'en fais pas, Colleen, ça va pas se perdre, dit Rose, une autre bonne. Il va y avoir la veillée funèbre et tout le monde va venir manger ici après l'enterrement.

— Où est Bridey ? demanda Colleen.

— Elle est en haut, dans la chambre de Madame, dit Rose. Elles récitent le rosaire. Et on a tous ces prêtres à nourrir, ce soir, n'oublie pas.

— Dis, tu l'as entendu crier, toi, avant qu'il meure ? s'enquit Colleen.

— Chhh ! fit Rose. Que Bridey t'entende pas.

— On aurait dit qu'il voyait l'enfer, dit Colleen.

— Chhh...

— Ah, mon chéri, je suis très heureuse pour toi, dit Grace à Constant quand il vint la voir dans sa chambre, un peu plus tard. Embrasse-moi, mon chéri. Quel soulagement que cet horrible procès soit enfin terminé. Je ne sais pas si j'aurais pu tenir un jour de plus. Nous savions comment cela allait se terminer, bien sûr, mais quelle tension tout de même, non ? L'autre soir, au club, jeudi, Mme Somerset est passée juste à côté de moi sans m'adresser la parole. Tu te rends compte ? Nous sommes voisins depuis des années ! Enfin, j'espère au moins qu'elle regardait la télévision ce soir. J'ai beaucoup aimé ton discours, mon chéri. J'ai été ravie de t'entendre citer saint Thomas d'Aquin.

— Je suis peiné pour p'pa, m'man, dit Constant.

— Merci, mon chéri. J'ai la conviction qu'il est mort heureux, Constant. Sis le soutenait pour qu'il puisse regarder la télévision, et donc il savait. Tu es un excellent orateur ; on te l'a toujours dit. C'est une merveilleuse façon de mourir, quand on y pense. Il était en état de grâce. Il avait reçu la communion ce matin, alors nous savons au moins qu'il est monté tout droit au paradis, et il est parti en assistant à une grande victoire de son fils préféré.

— Oui, m'man, dit Constant.

— Bon, où est Bridey ? Où est ma chère Bridey ?

— Ici, madame, répondit Bridey.

Elle avait les yeux rouges.

— Comme c'est gentil, Bridey. Il vous aimait beaucoup. Est-ce que tu sais depuis combien de temps Bridey est à mon service, Constant ? Depuis autant de temps que tu as d'années de vie, voilà. Elle fait partie de la famille. Bon, Bridey, sortez mes robes noires, nous allons devoir prendre des décisions. Il y aura sans doute deux jours de visite. Que Gerald soit exposé ici, à la maison, ou à la chambre funéraire, c'est à vous, les garçons, d'en décider. Personnellement, à la maison, je trouve ça déprimant. Pas vous ? Après la mort de mon père, je n'ai pas pu remettre les pieds dans le salon pendant presque deux ans. Je n'arrêtais pas de voir le cercueil au fond de la pièce, à côté du piano. On laissait les cercueils ouverts à l'époque. C'est pour ça que j'ai déplacé la photographie du Saint Père du salon à la bibliothèque. Et tous ces gens de Bog Meadow qui viendront lui rendre hommage et qui déambuleront dans la maison. Vous savez comme ils vénèrent notre famille. Oh, et ces fleurs affreuses qu'ils envoient toujours. Ces glaïeuls ! Vous ne détestez pas les glaïeuls, vous ? Orange et roses, les pires couleurs. Et les giroflées ! Je ne sup-por-te pas l'odeur des giroflées. La plupart d'entre eux n'ont jamais vu de maison pareille, vous savez. C'est pour ça qu'ils viendront. Pour faire une visite. Dieu sait ce qui disparaîtra. Nous dirons aux bonnes de retirer toute l'argenterie des tables. Je pense que tu devrais conseiller la chambre funéraire à tes frères, Constant, plutôt que la maison. Ahern's fait de l'excellent travail. Je suis allée à la veillée funèbre de Monseigneur Hannon la semaine dernière. Ils ont une grande pièce, très jolie. Bref ! Bridey, il me faudra donc deux robes noires pour les deux jours de visite, et une pour l'enterrement. Celle avec la ceinture en or pour les obsèques. Vous n'aurez qu'à découdre les gardénias du col. Et je vais avoir besoin d'une double épaisseur de voiles noirs. Je veux parler à Mme Saltzman, de chez Bergdorf's. Rappelez-moi de lui téléphoner dans la matinée. Je veux un liséré en gros-grain noir au bas de chaque voile. Ils tomberont tellement mieux ainsi, et ils ne gonfleront pas s'il y a du vent. Allons, Bridey. Au travail !

La nécrologie de Gerald Bradley fut très longue et très élogieuse. Son enterrement fut une cérémonie privée à laquelle seuls la famille et quelques intimes furent conviés. Sis et Fatty Malloy y assistèrent, ainsi que Sims Lord, et toutes les secrétaires, toutes les infirmières et tous les domestiques de toutes les maisons. Des mauvaises langues dirent que si la cérémonie fut privée, c'est que très peu de notables seraient venus. Et parmi ces mauvaises langues, certains ajoutaient même qu'ils étaient ravis qu'il soit mort. Aucun membre de la famille n'aurait apprécié un enterrement raté. Entre une cathédrale vide et une chapelle bondée, Jerry, qui prit les choses en main quelques heures après le décès de son père, opta pour la seconde. Grace, la veuve, n'en fut avertie qu'après. Elle ne s'en formalisa pas. Elle n'avait jamais aimé les bains de foule. Elle exigea seulement que toutes les fleurs qui seraient sur l'autel soient blanches, que la messe soit une messe de requiem chantée, et qu'un grand nombre de prêtres, dont Son Eminence, y assiste.

Le déluge de félicitations qui s'abattit sur Constant, suite à sa victoire, de la part des habitants de Scarborough Hill, fut interprété par la famille comme une marque de respect envers le deuil qu'ils venaient de subir.

— C'est si typiquement yankee, n'est-ce pas ? dit Des, en riant.

Le décès de son père avait privé Constant de fêter, comme il se devait, son triomphe contre la vindicte publique. La veille du départ de Mary Pat pour Paris, il décida, au débotté, d'organiser une soirée pour la famille qui avait serré les rangs derrière lui. C'était un « soir de sortie de la cuisinière », et il suggéra à ses frères et sœurs, ainsi qu'à leurs conjoints, de dîner « en famille », au Country Club, avant que chacun ne reprenne sa vie. Tous acceptèrent sauf Charlotte qui, ayant joué son rôle à la perfection tout au long du procès, partit ce jour-là pour le Maryland chez son père.

Constant espérait bien que l'apparition au Club de cette famille si nombreuse et si fascinante, réunie pour la première fois depuis des années, serait l'occasion de récolter des félicitations, voire quelques applaudissements, de la part des membres qui les snobaient depuis si longtemps. Ils se regroupèrent dans le vestibule, attendant que Corky, maintenant maître d'hôtel, vienne les accueillir et les mène à leur grande table dans la salle à manger. Quand il vint vers eux, Constant, l'esprit sportif, lui tendit la main, en un geste d'amitié envers l'ancien serveur du bar des vestiaires pour hommes qui avait témoigné contre lui au procès, en indiquant la quantité d'alcool qu'il avait ingurgitée au Club le soir du meurtre.

— Sans rancune, lui dit Constant, avec un sourire de vainqueur.

Cet échange fit remarquer l'arrivée de la famille et, petit à petit, le silence s'installa dans la salle bondée. Corky fit son métier, les guidant jusqu'à leur table, leur passant les menus, avec cérémonie et sans se régler ni sur le comportement ni sur les paroles de Constant. Les Somerset, les French, les Prinde ville, les Wadsworth et les Thrall, entre autres, détournèrent la tête quand la famille passa près d'eux. Seul Monseigneur Fiddle, en retraite de ses obligations épiscopales à l'Eglise américaine de Paris, la bouche pleine de glace à la vanille, dit à sa femme, de la voix forte des durs d'oreille :

— Ces gens-là viennent encore ici ? Mais c'est inouï !

Epilogue

Le verdict fut une cruelle déception pour les uns, comme pour Luanne Utley, une cause d'exultation pour les autres, comme pour les Bradley, et une surprise pour personne. J'ai, je le suppose, perdu sur le plan juridique, mais j'ai quand même envie de crier de joie. Et de crier victoire. Je n'ai jamais été de ceux qui pensent qu'un acquittement est synonyme d'innocence.

Dès le premier jour du procès, quand le juge Edda Consalvi a récusé les témoins Weegie Somerset Belmont et Maud Firth, qui avaient été agressées par Constant Bradley au cours d'une de ses crises, les dés étaient jetés. Même si Wanda Symanski était venue à la barre — ainsi qu'elle fut tentée de le faire mais sans l'oser, ayant touché une compensation — ou encore Teresa Miller, que j'avais retrouvée à Deep River, et qui avait préféré ne pas venir témoigner, rien n'aurait été changé. Valérie Sabbath avait réussi à instaurer le doute dans l'esprit des jurés. Elle a empoché des millions de dollars et sa réputation s'accrut. Elle a été invitée à tous les journaux télévisés du matin, à toutes les émissions-débats de l'après-midi, elle a été portée aux nues quand elle a avoué qu'elle priait tous les soirs pour la pauvre Winifred Utley.

Les charges contre moi ont été abandonnées. Il était

difficilement concevable que je sois condamné à une peine de prison pour mon rôle joué dans la mort de Winifred Utley quand Constant, qui l'avait tuée, était acquitté. Le doute était suffisamment grand chez suffisamment de gens pour que, si tel avait été le cas, n'éclate une vague de protestations, avec Gus Bailey à sa tête. Les Bradley durent être ravis de la tournure que prirent les événements. Un autre procès n'aurait fait que perpétuer cette attention indésirée sur eux, et ils n'auraient peut-être pas eu autant de chance une seconde fois.

Il est impossible de ne pas penser que la mort de Gerald, au moment où elle survint, fut en quelque sorte le fruit amer de la victoire. Il est indéniable qu'elle mit un bémol aux célébrations qui s'ensuivirent.

Ce fut accablant, bien sûr, pour Luanne Utley, qui vit s'évanouir sa dernière chance de mettre le point final à la mort de sa fille. Elle retourna à New York. Elle refit sa vie. Un soir, je l'invitai à dîner au Borsalino's. Ce ne fut qu'en fin de soirée, comme je la raccompagnais à son appartement au coin de la Soixante-Deuxième Rue et de Park Avenue, que nous prîmes conscience que nous n'avions pas parlé une seule fois du procès. Elle me dit qu'elle considérait que c'était un progrès.

Dès sa sortie de l'hôpital de Southampton, Constant avait eu l'intention de partir, n'importe où, mais loin de Charlotte. Depuis son accident sur la Montauk Highway et la découverte que Wanda Symanski était avec lui dans la voiture, leurs rapports de couple étaient devenus acrimonieux. Mais la mort de Johnny Fuselli et la certitude de la famille quant à mes intentions avaient sapé ses projets.

Charlotte resta aux côtés de Constant pendant toute la durée du procès, comme la plus loyale des épouses. Elle apparut même avec lui à « 20/20 », après l'acquittement, où elle présenta leurs enfants, la petite Charlotte et Constant Junior, à Barbara Walters, l'animatrice de l'émission. Elle joua à la perfection son rôle d'épouse modèle au sein d'une famille américaine exemplaire qui avait surmonté une épreuve extrêmement pénible. Après le procès, elle patienta environ une année avant de s'envoler discrètement pour la République dominicaine et demander le divorce. Elle est retournée à Baltimore avec ses deux enfants. Lorsque le divorce d'Henry Valentine Jessup, Jr., et de Margo Jessup fut prononcé en juin, Charlotte Bradley et lui envisagèrent de se marier ; projet qui, à l'époque, ne fut pas annoncé publiquement. Ils achetèrent une ferme à Frederick, Maryland. Le droit de visite exclut que Charlotte et Constant Junior aillent chez leur père, à Scarborough Hill.

Rosleen Shea Bradley est retournée à Nogales, Arizona, et elle a repris son métier d'aide-dentiste au cabinet du Dr Hector Sabiston. Son fils, Desi Bradley, est retourné en Arizona où il fait une école de journalisme. A l'exception de Gregory, le fils de Maureen, aucun membre de la famille Bradley ne vit Desi, mais sa mère et lui reçurent la visite de Sims Lord à leur hôtel. Un arrangement financier très avantageux fut proposé à Desi, qui déclina l'offre.

*

* *

Il y a six mois, en février, Kitt Bradley Chadwick a péri dans l'incendie de sa suite au Rhinelander Hotel, à New York. D'après la presse, elle se serait endormie en fumant une cigarette. A la demande de la famille, son taux d'alcoolémie fut passé sous silence. Ses obsèques eurent lieu à St. Thomas More, à New York. Je me glissai dans l'église, ni vu ni connu, pour dire un dernier adieu à ma chère Kitt. Ils étaient tous là, même Cheever Chadwick, l'époux volage dont elle n'avait pas eu le temps de divorcer. La cérémonie fut terne. Sans éloge funèbre. Sans musique. Seule l'apparition inattendue d'une femme hystérique, folle de douleur, qui se jeta sur le cercueil au moment de la communion, dérangeant les couronnes d'orchidées blanches, troubla la quiétude de la cérémonie. Il s'agissait d'Agnès Bradley, sous la perruque grise d'Esme Bland, qui s'était enfuie de l'hôpital psychiatrique de Cranston, dans le Maine, pour venir à l'enterrement de la seule de sa famille à être venue régulièrement la voir, au fil des années, avec des cadeaux. Un jour, Kitt m'avait avoué qu'elle confiait à Agnès des choses qu'elle ne dirait à personne d'autre au monde. « Elle est la seule avec qui je me sens à l'aise pour discuter de ma famille », avait-elle dit. La comtesse Grace Bradley reconnut immédiatement Agnès, mais pas ses frères et sœurs qui ne l'avaient pas vue depuis si longtemps. Dès le lendemain, elle fut renvoyée à l'hôpital psychiatrique de Cranston, dans le Maine.

Un peu plus tard, j'ai retrouvé Claire au Borsalino's pour déjeuner. Elle a voulu que je lui raconte les obsèques de Kitt. Claire et moi vivons de nouveau ensemble. Les garçons sont fous de joie. Et nous donc. Nous parlons davantage maintenant. Elle lit ce que j'écris. « Investis-toi plus ici », me dit-elle. Ou bien : « Prends plus de recul, là. Tu t'impliques trop. » Nous allons avoir un autre enfant en août. Nous espérons que ce sera une fille, cette fois, mais nous préférons avoir la surprise. A la convention démocrate de 1992, au Madison Square Garden, à New York, Constant Bradley ne fit pas le discours de nomination à la vice-présidence du sénateur Albert Gore, contrairement au souhait le plus cher de son père qui avait tiré tant de ficelles et posé tant de jalons. Il ne fit pas non plus celui du suppléant. Il était pourtant présent au Congrès et on le vit souvent en grande conversation avec des figures importantes du parti. Il était régulièrement interviewé par des journalistes de télévision, dont, pour certains, il avait fait connaissance durant son procès. Chaque fois, il faisait savoir qu'il allait se présenter pour reconquérir son ancien siège au Congrès.

— Je suis très sensible au fait que la perception que l'électorat a de moi est de jour en jour..., déclara-t-il.

Mais avant qu'il n'achève, le journaliste qui l'interviewait repéra Mme Harriman dans la foule et braqua sa caméra sur elle.

Grace Bradley vit se réaliser son vœu le plus ardent : elle fut faite comtesse papale par Sa Sainteté Jean-Paul II en remerciement pour ses œuvres philanthropiques. Elle n'utilise pas son titre aux Etats-Unis, mais elle signe Comtesse Bradley le registre du Ritz, quand elle se rend à Paris, deux fois par an, pour renouveler sa garde-robe. Elle est toujours membre du Country Club. Elle y dîne tous les jeudis, le « soir de sortie de la cuisinière », avec Sis Malloy, devenue sa dame de compagnie. « Passe-moi mon châle, Sis. Il fait frisquet dans cette salle à manger, ce soir. Demande à Corky d'augmenter le chauffage. » Corky la singe assez bien. Parfois, une de ses petites-filles les accompagne, une fille de Maureen ou de Des. Grace s'y rend tôt et part avant que la plupart des autres membres n'arrivent. Personne ne lui adresse la parole. Depuis le procès de Constant, elle n'a plus du tout de nouvelles de ses amis de Southampton, Honour, Baba, Sonny et le comte Stamirsky. Elle continue de se rendre à la première messe, à sept heures tous les matins, conduite par Bridey, qui a abandonné les clefs de sa cuisine à une parente plus jeune. « Je ne m'assois jamais sur le même banc que Madame, a dit récemment Bridey à Fatty Malloy. Elle n'aimerait pas. Je me mets toujours au fond de l'église, et elle tout devant, là où le prêtre peut la voir. »

— Je ne les vois plus du tout, dit Mme Leverett Somerset. Quelqu'un peut organiser un dîner dansant pour deux cents personnes qu'ils n'y seraient pas.

*

* *

L'ouragan Carmela a fait voler en éclats les fenêtres qui flanquent l'entrée principale de la Bibliothèque Bradley, de la Milford School, Connecticut, blessant au bras Gregory Bradley Tierney, petit-fils de feu Gerald Bradley, généreux donateur de la bibliothèque en 1973. Les plaies ont été recousues, mais il faudra attendre un an avant que les médecins puissent dire si l'opération a été un succès. De Boston, un associé de Louis I. Kahn, feu l'architecte qui avait conçu les plans du bâtiment, a fait aujourd'hui même une déclaration pour spécifier que ces fenêtres n'étaient pas sur les plans d'origine, mais qu'elles avaient été percées plus tard à l'insistance d'une des filles du commanditaire.

L'ouragan arracha l'auvent du Country Club de Scarborough Hill. Cette fois, Grace Bradley ne fut pas sollicitée, contrairement à feu son époux, pour se charger de la réparation des dommages non couverts par l'assurance. Non qu'elle eût accepté, cela dit.

En août, deux jeunes garçons pêchaient sur un canot dans la Crique de Whalebone, à Hadlyme, Connecticut. C'était la saison de la carpe. L'un d'eux ferra un poisson. Du moins, le crut-il. Il dut demander de l'aide à son compagnon pour ramener sa prise, qui ne fut pas la carpe du siècle, contrairement à ce qu'il s'était imaginé. En fait, il s'agissait d'un sac-poubelle beige, datant de Mathusalem. A l'intérieur, ils trouvèrent une moitié de batte de base-ball, une chemise Brook Brothers, abîmée par ses années sous l'eau, les pans couverts de taches brunes, une paire de mocassins de chez Lobb, à Londres, et une autre paire de chez Kofsky's. Ils apportèrent leur prise au surplus de Hadlyme.

— Qu'est-ce que c'est, à ton avis ? demanda l'un d'eux.

Paul, le propriétaire du magasin, se souvint que, quelques années plus tôt, deux hommes-grenouilles des services de police de Scarborough Hill avaient plongé, plusieurs jours de suite, dans la crique de

Whalebone, à la recherche d'un sac-poubelle. Quelque part, dans un tiroir, il avait dû conserver leur carte.

J'avais toujours présent à ma mémoire le souvenir de Johnny Fuselli, le sang coulant de son nez cassé, le regard résigné devant son destin. « Dis-le-moi, Johnny, lui avais-je crié. Où ? Où as-tu jeté le sac-poubelle ? C'est pour ton salut, Johnny. Dis-le-moi ! C'est pour ton salut ! » Sa tête était déjà sous l'eau, mais ses lèvres avaient articulé : « Crique Whalebone ». J'en avais fait part à Luanne Utley. J'en avais fait part au commissaire Riordan. J'en avais fait part au nouveau commissaire divisionnaire de Scarborough Hill. Ils avaient repéré le nom sur une carte, une crique minuscule du Connecticut, mais les recherches avaient été vaines.

La rédemption, enfin. La fin du purgatoire. Maintenant, je sais que Johnny Fuselli est monté tout droit au Royaume des Cieux.

Table

Le Livre de Poche / Thrillers

Extrait du catalogue

Adler *Warren*
La Guerre des Rose

Benchley *Peter*
Les Dents de la mer

Breton *Thierry*
Vatican III

Breton *Thierry* et **Beneich** *Denis*
Softwar « La Guerre douce »

Camp *Jonathan*
Trajectoire de fou

Carré *John le*
Comme un collégien
La Petite Fille au tambour

Clancy *Tom*
Octobre rouge
Tempête rouge
Jeux de guerre
Le Cardinal du Kremlin
Danger immédiat
La Somme de toutes les peurs

Coatmeur *Jean-François*
Yesterday
Narcose
La Danse des masques

Cook *Robin*
Vertiges
Fièvre
Manipulations
Virus
Danger mortel
Syncopes
Sphinx
Avec intention de nuire
Naissances sur ordonnance
Vengeance aveugle

Cooney *Caroline B.*
Une femme traquée

Coonts *Stephen*
Le Vol de l'Intruder
Dernier Vol
Le Minotaure
État de siège

Corbin *Hubert*
Week-end sauvage

Cornwell *Patricia*
Mémoires mortes
Et il ne restera que poussière...
Une peine d'exception
Postmortem
La séquence des corps

Crichton *Michael*
Sphère

Cruz Smith *Martin*
Gorky Park
L'Étoile Polaire

Cussler *Clive*
L'Incroyable Secret
Panique à la Maison Blanche
Cyclope
Trésor
Dragon
Sahara

Daley *Robert*
La Nuit tombe sur Manhattan
L'Homme au revolver
Le Prince de New York
Le Piège de Bogota

Deighton *Len*
Prélude pour un espion
Fantaisie pour un espion
Fugue pour un espion

Dibdin *Michael*
Coups tordus
Cabale

Dickinson *William*
Mrs. Clark et les enfants du diable
De l'autre côté de la nuit
(Mrs. Clark à Las Vegas)

Dorner *Marjorie*
Plan fixe

Dunne *Dominick*
Une femme encombrante

Easterman *Daniel*
Le Septième sanctuaire

Foot *Howard*
La Confession de Joe Cullen

Feinmann *José Pablo*
Les Derniers Jours de la victime

Fielding *Joy*
Qu'est-ce qui fait courir Jane ?
Ne me racontez pas d'histoires

Follett *Ken*
L'Arme à l'œil

Triangle
Le Code Rebecca
Les Lions du Panshir
L'Homme de Saint-Pétersbourg

Folsom *Alan*
L'Empire du mal

Forsyth *Frederick*
Le Quatrième Protocole
Le Négociateur
Le Manipulateur
L'Alternative du diable

Gernicon *Christian*
Le Sommeil de l'ours

Giovanni *José* et **Schmitt** *Jean*
Les Loups entre eux

Graham *Caroline*
Meurtres à Badger's Drift

Granger *Bill*
Un nommé Novembre

Hayes *Joseph*
La Maison des otages

Heywood *Joseph*
L'Aigle de Sibérie

Hiaasen *Carl*
Cousu main

Higgins *Jack*
Solo
Exocet
L'Irlandais
La Nuit des loups
Saison en enfer
Opération Cornouailles
L'Aigle a disparu
L'Œil du typhon
L'Aigle s'est envolé
Confessionnal

Higgins Clark *Carol*
Par-dessus bord

Higgins Clark *Mary*
La Nuit du renard
La Clinique du docteur H.
Un cri dans la nuit
La Maison du guet
Le Démon du passé
Ne pleure pas ma belle
Dors ma jolie
Le Fantôme de Lady Margaret
Recherche jeune femme aimant danser
Nous n'irons plus au bois
Un jour tu verras

Highsmith *Patricia*
L'Homme qui racontait des histoires

Huet *Philippe*
Quai de l'oubli

Hunter *Stephen*
Target

Kakonis *Tom*
Chicane au Michigan

Katz *William*
Fête fatale

Kerlan *Richard*
Vol sur Moscou

King *Stephen*
Dead Zone

Klotz *Claude*
Kobar

Kœnig *Laird*
La Petite Fille au bout du chemin

Koontz *Dean R.*
La Nuit des cafards

Lenteric *Bernard*
La Gagne
La Guerre des cerveaux
Substance B
Voyante

Le Roux *Gérard* - **Buchard** *Robert*
Fumée verte
Fumée rouge

Loriot *Noëlle*
L'Inculpé
Prière d'insérer

Ludlum *Robert*
La Mémoire dans la peau
Le Cercle bleu des Matarèse
Osterman week-end
L'Héritage Scarlatti
Le Pacte Holcroft
La Mosaïque Parsifal, *t. 1 et 2*
La Progression Aquitaine
La Mort dans la peau
Une invitation pour Matlock
Sur la route de Gandolfo
L'Agenda Icare
L'Echange Rhinemann
La Vengeance dans la peau

MacDonald *Patricia J.*
Un étranger dans la maison
Sans retour
La Double Mort de Linda
Petite Sœur

Mason *David*
Tempête sur Babylone

Meigs *Henry*
La Porte des tigres

Melnik *Constantin*
Des services « très » secrets

Morrell *David*
La Fraternité de la Rose
Le Jeu des ombres
Les Conjurés de la pierre
La Cinquième Profession
Les Conjurés de la flamme

Oriol *Laurence*
Le Domaine du Prince

Patterson *James*
Le Masque de l'araignée

Perez-Reverte *Arturo*
Le Tableau du maître flamand
Club Dumas

Puzo *Mario*
Le Quatrième K

Raynal *Patrick*
Arrêt d'urgence

Ryck *Francis*
Le Nuage et la Foudre

Ryck *Francis et* **Edo** *Marina*
La Toile d'araignée dans le rétroviseur

Sanders *Lawrence*
Les Jeux de Timothy
Chevaliers d'orgueil
Manhattan Trafic

Schneider *Joyce Anne*
Baignade interdite

Simmel *Johannès Mario*
Le Protocole de l'ombre
Et voici les clowns...

Smith *Rosamond*
Le Département de musique

Spillane *Mickey*
L'Homme qui tue

Stuart-Nathan *R.*
Le Tigre blanc

Topol *Edward*
La Substitution

Topol *Edward* et **Neznansky** *Fridrich*
Une place vraiment rouge

Uhnak *Dorothy*
La Mort est un jeu d'enfants

Wambaugh *Joseph*
Le Mort et le Survivant

Wiltse *David*
Le Baiser du serpent

Composition réalisée par JOUVE

IMPRIMÉ EN FRANCE PAR BRODARD ET TAUPIN
Usine de La Flèche (Sarthe)
LIBRAIRIE GÉNÉRALE FRANÇAISE - 43, quai de Grenelle - 75015 Paris.

ISBN : 2-253-07676-7 30/7676/7